Fermenty
Władysław Reymont

Fermenty
Copyright © JiaHu Books 2015
First Published in Great Britain in 2015 by JiaHu Books – part of Richardson-
Prachai Solutions Ltd, 34 Egerton Gate, Milton Keynes, MK5 7HH
ISBN: 978-1-78435-178-6
A CIP catalogue record for this book is available from the British Library
Visit us at: jiahubooks.co.uk

Tom I

I.	5	X.	90
II.	13	XI.	96
III.	25	XII.	102
IV.	44	XIII.	109
V.	47	VXI.	123
VI.	53	XV.	128
VII.	62	XVI.	134
VIII.	67	XVII.	138
IX.	80	XVIII.	145

Tom II

I.	159	XIV.	230
II.	166	XV.	236
III.	171	XVI.	239
IV.	175	XVII.	246
V.	178	XVIII.	249
VI.	187	XIX.	251
VII.	195	XX.	260
VIII.	199	XXI.	266
IX.	204	XXII.	272
X.	210	XXIII.	279
XI.	213	XXIV.	284
XII.	219	XXV.	297
XIII.	224		

— Depesza od doktora; przyjedzie towarowym o pierwszej; pan naczelnik go wcześniej widocznie zamówił?

— Co to pana obchodzi! — mruknął zawiadowca drogi, odbierając depeszę.

Telegrafista cofnął się, zmieszany nieco, do telegrafu, usiadł przy aparacie, zatopił długie, chude, nerwowe palce w jasnych jak len włosach i zapatrzył się przez okno w zamglony, jesienny dzień. Cisza się rozlała i zdawała się zatapiać całą stację w nudzie, zimnie i wilgoci. Deszcz płókał szyby z jednostajnym, usypiającym brzękiem i jakby związywał niebo i ziemię miljardami szarych skośnych włókien, a zegar, umieszczony w wysokiej szafce i mający cyferblat nazewnątrz stacji, cykał z okropną monotonją. Telegrafista nie mógł usiedzieć na miejscu, wstał i chodził na palcach, spoglądając z pewną obawą na drzwi otwarte do pokoju zawiadowcy, to na peron przemiękły, szklący się wodą, to, z czołem na szybie drzwi wspartem, słuchał dźwięków fortepianu, płynących niby słaby szmer z piętra stacji — ale odchodził zaraz, bo te równe, jednostajne rytmy, wybijane ciągle wkółko, denerwowały go jeszcze bardziej. Usiadł znowu przy aparacie i zaczął pisać list.

„Mamusiu! Tak się nudzę, droga mamo, że aż mi się w tej chwili płakać zachciało. Jest tak mokro, tak zimno, tak brzydko, że mię ogarnia rozpacz. Mamo, czy ja długo będę musiał siedzieć w tym Bukowcu? Bo, przy tem wszystkiem, czuję się bardzo niezdrowym. Wczoraj zaczęło mi strzykać pod lewą łopatką, roztarłem kamforą i przeszło — ale dzisiaj język nieco obłożony i nic a nic nie mam apetytu, chociaż ta kaczka, którą mi mama przysłała, a szczególnie nadzienie było pyszne. Koszyczek odsyłam i sześć par mankietów brudnych, i kamaszki do podzelowania. Może mi mamusia kupi i przyśle rękawiczki lapis, z czarnem wyszyciem. Wie mamusia, dzisiaj rano tak się zgryzłem, że bałem się, aby mi to nie zaszkodziło, bo ta Andrzejowa zbiła te zielone żabki, co to wuj przywiózł mi z Wiednia, pamięta mama? A były takie śliczne i ogromnie się wszystkim podobały. Mamusiu! a flanelowy kaftanik, to jużby warto mieć, bo lada dzień mogą być przymrozki — myślę, że nie potrzeba kupować nowego, bo tamten...“

Ukrył list pod papiery, aparat zaczął przywoływać gwałtownie, a później wybijał znaki na wąskim pasku papieru, który się odwijał z krążka. Telegrafista czytał uważnie, gdy od peronu wszedł dozorca drogowy, Świerkoski, brunet, wysoki, chudy, z rzadkim zarostem i niespokojnemi czarnemi oczyma, nieco pochylony, w krótkim, jasnym kożuszku, w długich butach i kapuzie nieprzemakalnej na głowie.

— Amis! no pójdź piesku! Amis! no złotko, chodź do pana, chodź! — wołał pieszczotliwie na psa, który stanął przed drzwiami, bojąc się wejść, usiadł na stopniach, niespokojnie patrzył na pana i kręcił ogonem.

— Zamykaj pan drzwi, bo zimno!

— Amis, psie jeden! — krzyknął Świerkoski; pies zaskowyczał żałośnie, przypłaszczył się i wolno zaczął czołgać się do jego nóg. Świerkoski schwycił go za grzbiet i wrzucił do telegrafu. Pies tylko zapiszczał i z niesłychanym pośpiechem wcisnął się pod ceratową kanapkę, na której usiadł Świerkoski zły i pochmurny, jak odbicie tego październikowego dnia. Świerkoski złamał się we dwoje, zupełnie jak scyzoryk się zamknął, bo położył twarz na pięściach, wspartych na kolanach, i siedział czas jakiś w milczeniu, oczy mu niespokojnie biegały po podłodze, zarzuconej mundsztukami papierosów, kilka razy uderzył o bronzową skrzynkę, na której bielił się napis: „Środki opatrunkowe. Stacja Bukowiec", i znowu goniły, to jakieś ostatnie muchy, leniwie wlokące się po podłodze, to za butami telegrafisty, które co chwila zmieniają pozycję, to patrzyły w zwichrzoną górę papierowej wstążki, która wciąż spływała z krążka na ziemię, wreszcie cmoknął cicho na psa. Amis wysuwał popielaty łeb trwożnie, ale, jakby zbierając całą odwagę, skoczył na kanapkę i zaczął go lizać po twarzy.

— Precz! tam!... — syknął Świerkoski, wskazując drzwi. Pies poszedł wolno, usiadł przy drzwiach i żałośnie, prawie błagalnie, patrzył się piwnemi oczyma. Świerkoski nieznacznie wyjął z zanadrza kawał skręconego rzemienia, spoglądał pieszczotliwie na psa, uśmiechał się łagodnie i szeptał:

— Amis! chodź synku, chodź! — Pies przybiegł w radosnych susach. Schwycił go za kark i zaczął bić rzemieniem. — Będziesz złotko słuchać pana, co? Synek będzie słuchał, co? Amis będzie posłuszny, co? — Pies szarpał się i skomlał rozpaczliwie, po jego skórze, pokrytej krótkim, popielatym włosem, lśniącym jak jedwab, przebiegały dreszcze, niby fale, wyginał się, lizał buty pana, prosił się oczyma, ale Świerkoski wpadł w pasję i bił go coraz zacieklej. — A będziesz cicho synku, co? a zmilkniesz przyjacielu, co?

— Co pan robisz? Przysięgam Bogu, że chwili spokoju niema — zawołał zawiadowca, wybiegając ze swego pokoju. Popatrzył groźnie i cofnął się, zatrzaskując ze złością drzwi za sobą.

— Idjota! — mruknął Świerkoski, puścił psa, schował rzemień i rozprostował się. Pies lizał sobie skórę i spoglądał chwilami wylęknionym wzrokiem z kąta, w którym leżał. Świerkoski zapalił papierosa, skubał rzadką brodę, uśmiechał się przyjacielsko i z jakąś dziką miłością do psa i spoglądał w okno, na plant, gdzie kilkunastu robotników, z głowami pozawijanemi w worki, z których porobili sobie kapuzy, podbijało pokłady.

Długie milczenie przerwał telegrafista, bo aparat zamilkł:

— Co? porządny deszcz?

— A porządny.

— Błoto duże?

— A duże.

— Okropny październik?..

— Okropny październik — odpowiedział jak echo Świerkoski.

— A co to będzie w zimie?

— Zima.

— Ja teraz już wytrzymać nie mogę, nudy takie, że chyba się wścieknę.

— Tylko pan później nie pogryź mojego Amisa — szepnął drwiąco Świerkoski.

Pies na dźwięk swojego nazwiska zaskomlał cicho i położył się u nóg pana.

— Psia służba. Ani gdzie wyjść, ani ludzi, ani rozrywek.

— Przecież pan bywasz u tego... Grzesikiewicza — powiedział z przyciskiem.

— Tak, ale... młody Grzesikiewicz, pan Andrzej, chociaż nie z mojej sfery, ale wyjątkowo porządny człowiek, to znowu rzadko go można zastać w domu, a wpaść w ręce jego ojca, prostego chłopa — dziękuję. Prowadzi zaraz do karczmy, częstuje wódką i kiełbasą, sprasza całą wieś, funduje wszystkim, a jak się upije, zaraz całuje — otrząsnął się nerwowo i splunął z obrzydzenia. — Myślałem ostatnią razą, że zemdleję, tylko, że noszę z sobą zawsze eter, więc się orzeźwiłem i uciekłem spiesznie.

— Pan jesteś bardzo delikatny — powiedział cicho i błysnął urągliwie oczyma Świerkoski.

— To jest naturalne nie wychowywałem się przecież w chałupie, ani nad rynsztokiem.

— Wiemy tu wszyscy o tem, a jakże, że w salonach, w atłasach, w złoconych kołyskach, przy mamie, przy wujaszku, z niańką, z boną, z doktorem, Felusiem, jak mój Amis — drwił z dziką złością Świerkoski i patrzył na nieco nienawistnie.

— O tak, tak — odpowiedział z pewną dumą telegrafista — ale nie wiem doprawdy, co w tem jest śmiesznego, że pan kpisz, bo przecież, że pan się tak nie chowałeś, to cóż ja temu winien, zresztą taka nierówność jest konieczna, bo...

— Tak, konieczna — przerwał mu spiesznie — bo później się wszystko wyrównywa, bo później taki atłasowy Stasio, jak pan, panie Babiński, musi służyć, musi robić, po nocach nie sypiać, oczki wytężać i pobierać taką malutką pensyjkę, i zasmucać mamę, że się nudzi, i że mu się buciki podarły! hi! hi! hi! — zakończył śmiechem przykrym, jękliwym, ostrym jak zgrzyt stali po szkle.

Stasio się zarumienił jak dziewczyna, oczy mu się zaszkliły łzami jakiejś żałości, blado-różowe, wypukłe usta drżały nerwowo, ale nie odpowiedział, rozpiął tylko kołnierz munduru, powąchał eter, który nosił przy sobie i zagadnął łagodnie.

— Może pan masz jakie książki do czytania?

— Nie! nie mam pieniędzy na głupstwa — rzekł szorstko.

Stasio popatrzył na niego z dobrotliwem politowaniem i znowu zmienił przedmiot rozmowy.

— Przyszedł dzisiaj w nocy bagaż dla pana z Warszawy.

— Przyszedł — zawołał radośnie Świerkoski, podnosząc się. — Nie uważałeś pan, czy aby w rogożach?

— Tak, doskonale zapakowany. Kupiłeś pan co?

— I... nie... nie... skądbym wziął pieniędzy, dostałem od familji; — mówił śpiesznie, rzucając niespokojnie oczyma — jakiś stary grat, którego przewóz kosztuje mnie tyle, że jestem zły, iż go wziąłem.

Aparat zaczął stukać, Stasio znowu czytał z pasków, potem wstał, wyszedł na peron, uderzył w dzwonek stacyjny i cofnął się natychmiast.

— Sygnały od Kielc, pociąg wyszedł — rzucił robotnikowi, który się zjawił na dzwonek.

— Chodź pan na wódkę! — szepnął miękko jakoś Świerkoski.

— Po pociągu to i owszem, chociaż, coprawda, wódka mi szkodzi.

— Co tam, mama przyśle lekarstwo! — Zaśmiał się i poklepał go przyjacielsko po żołądku, bo, pomimo ustawicznych drwin, żyli w zgodzie ze Stasiem.

— Słyszysz pan! zawiadowca rozmawia z sobą.

Zaczęli słuchać. Z pokoju Orłowskiego dochodziły wyraźne głosy sprzeczki, czasem jakiś dosadny frazes, klątwa; to znowu przyciszony, pokorny i błagający głos.

— Idjota! musiał się pomylić i sam sobie wymyśla i usprawiedliwia się przed sobą. Jeżeli jego nie zamkną u Bonifratrów, to ja, Świerkoski, będę miał miljony. Pan go nie znasz jeszcze dobrze, ale my... — Nie skończył mówić, bo Orłowski wszedł do nich ze swego pokoju; był ogromnie wzburzony, wielkie, czarne oczy, o krwawym odblasku, pałały mu wzruszeniem, twarz o rysach regularnych, jeszcze bardzo piękna, jakby wycięta z dawnych portretów senatorów weneckich, malowanych przez Tintoretta, otoczona gęstemi, szpakowatemi włosami i zakończona wspaniałą, spływającą do pół piersi brodą, dumna i zacięta,z brwiami prawie zrośniętemi, była aż sina z jakiejś irytacji. Przeszedł obok nich bez słowa i wyszedł na korytarz.

Szedł wolno na piętro kamiennemi schodami, zaciskał ręce, mruczał niewyraźnie, to znowu pobłażająco i wyniośle uśmiechał się.

Wszedł do kuchni, obrzucił badawczo wszystkie sprzęty, zajrzał do ognia pod blachę i przytłumionym głosem zapytał starej służącej, obierającej kartofle pod oknem:

— Panna Janina śpi?

— Nie wiem, ale to chybcikiem obaczę.

— Nie trzeba — powiedział śpiesznie i wszedł do sąsiedniego pokoju, który służył za jadalnię, i przez zapuszczone kotary zajrzał do sypialni córki. W ciemnościach, zaledwie słabo rozrzedzonych pasmami brudnego dnia, przeciekającemi przez zapuszczone story, po chwili patrzenia dostrzegł łóżko i blade, niepewne zarysy Janki leżącej. Musiała usłyszeć szelest jego kroków, bo się poruszyła na pościeli. Poczuł jej wzrok na sobie i natychmiast się cofnął zmieszany. Postał jeszcze chwilę, podniósł koniec brody do ust, przyciął ją zębami i powrócił do kancelarji. Zastał tam Karasia, maszynistę rezerwowego, który mieszkał w Bukowcu, bo tu była rezerwowa maszyna, gotowa w każdej chwili wyruszyć z pomocą, gdyby było tego potrzeba, skinął mu głową i wszedł do swojego pokoju, zamykając drzwi za sobą.

— Świerk! wiesz! — zaczął Karaś, siadając na skrzynce ze środkami opatrunkowemi — jesteś codzień podobniejszy do swojego psa, nawet już płowiejesz. Panie Babiński, pan jesteś grubo uczony, skończyłeś podobno całe trzy klasy; czy Darwin wywodzi ludzi od małp, czy od psów?

— W każdym razie nie od Karasiów.

— Nie jestem godzien takiego zaszczytu, nie jestem godzien! — śmiał się Karaś, zacierał ręce i zaczął drobnemi kroczkami chodzić. Jego drobna, chuda i niska postać, śpiczasta bródka, cienki i długi nos, małe i kłujące oczki, wypukłe bardzo czoło, rzadkie, rudawe włosy, wystające kości policzkowe, sine z odmarznięcia uszy, jego cienkie nogi — wszystko to się trzęsło, skakało i poruszało ustawicznie, zdawało się, że wszystkie jego członki, obciągnięte w gruby kożuch, pokryty wyksatyną błyszczącą, zasmarowane oliwą i smarowidłami, skaczą ustawicznie i grożą rozsypaniem.

— Nie masz pan jakiej nowej książki? — spytał go Staś.

— Mam, wczoraj dostałem, ale jeszcze czytam. Bon! pożyczę panu, kapitalna historja i z takim pieprzykiem, jak to my lubimy, panie Stanisławie. — Zaśmiał się, zatarł ręce, zaczął błyskać oczyma, wyszczerzył zęby i znowu biegał po pokoju.

— Uważasz pan, jest tam schadzka miłosna, cudissimo pisana, aż się krew gotuje przy czytaniu; musisz się pan rzeźwić eterem, albo lepiej pan zrób, przyłóż sobie przed zaczęciem książki synapizmy z chrzanu.

— Dziękuję, takich książek nie czytam — odpowiedział Staś, rumieniąc się.

— Bon! dziewczątko anielskie, gołąbku niewinny, bardzo słusznie robisz, napij się lepiej mleczka, wysmaruj kamforą, połóż do łóżka i czytaj z Tańskich Hofmanową, to dobrze robi, i na sen, i na trawienie. Żarty na stronę — dodał poważniej. — Zaleska musi mieć książki jakie, przecież to kobieta i piękna, i wykształcona, jak zapewnia jej mąż.

— Ślicznie gra na fortepianie — wtrącił Staś i znowu się zarumienił.

— Nie rumień się pan tak dziewiczo, afekty umieściłeś pan godnie; to mi się podoba.

— Jak na marnego Karasia, jest to za duża ryba, wielki szczupak zgryzłby cię.

— Nie bój się, Świerkoski! nie bój się! nie takie wieloryby ogryzałem, i było bon.

Zaczął zacierać ręce i śmiał się tak cicho, głęboko i wstrętnie, że Staś odwrócił się od niego; nie mógł patrzeć na jego oczki, przysłonięte białawą mgłą, i na rzadkie, żółte i ostre zęby, które wyszczerzał w tym śmiechu. Trząsł się cały i rzucał na wszystkie strony.

— Wiecie — zaczął znowu, uspokoiwszy się — byłem wczoraj w Kielcach, miałem przygodę taką, że... cudissimo, opowiem wam, bon?

— Nie ciekawiśmy, schowaj dla swojej Karasicy, będzie wdzięczna — przerwał mu Świerkoski.

— Pociąg dochodzi! — zawołał robotnik, uchylając[1] drzwi z peronu. Orłowski w czerwonej czapce wyszedł, naciągnął niepokalanie białe rękawiczki i poszedł na peron.

Karaś stanął na stopniach przed dworcem. Świerkoski znowu się złożył w dwoje, a Babiński stukał w aparat, notował, dawał sygnały elektryczne.

Pociąg z głuchym szumem i sapaniem wtoczył się na szyny i stanął; masa żelastwa szczęknęła ciężko, pusty peron ożywił się nieco, bo kilku smarowników i brekowych zeszło ze swoich odkrytych kozłów na wagonach i rozprostowywało na ziemi pogięte ciała.

Orłowski, chmurny, pod parasolem, spacerował wzdłuż pociągu; chwilami, kiedy przechodził pod oknami, z których nieskończonym potokiem płynęły gamy chromatyczne, ściągał nerwowo brwi, zaciskał silniej, parasol, przyśpieszał kroku i spoglądał na ostatnie, narożne okna nad kancelarją stacyjną, przysłonione szczelnie. Wzdychał, zawracał i chodził dotąd, aż pociąg znowu zaczął sapać, dyszeć, trzeszczeć, szczękać, gwizdać — i powlókł się dalej, pozostawiając za sobą obłoki rudego, duszącego dymu, który darł się na strzępy o półnagie drzewa ogródka stacyjnego i rozwłóczył rudawym pasem po równo obciętej ścianie lasu, stojącego tuż nad plantem.

Orłowski powrócił do kancelarji i, skoro się tylko zamknął, Świerkoski się podniósł.

— Chodźcie na wódkę.

— Ja zaraz przyjdę do was; spytam się tylko, gdzie jest osobowy? — powiedział Staś, stukając aparatem.

Karaś ze Świerkoskim poszli do bufetu. Paru przemokłych żydów drzemało na ławkach, oczekując na osobowy pociąg, a za bufetem, wciśnięty pomiędzy szafę i piec, przysłoniony gazetą, chrapał głośno bufetowy. W drugim rogu wielkiej, brudnej sali kilku dróżników i robotników grało zatłuszczonemi kartami.

Przeszli do drugiej sali pustej zupełnie.

— Twoje zdrowie, Świerk, i twojego konia, i twojego psa, i twoich szwindlów, bon!

— Zaczekaj, zaraz przyjdzie Babiński, to wypijemy razem.

— Bon, ale powiedz-no, podobno się żenisz, czy tam coś takiego z p. Zofją? Świerkoski się skrzywił, poskubał bródkę, pobiegał oczyma po sali, wsunął ręce w rękawy i mówił:

— I... co ja dałbym jeść żonie? żwir i podkłady chyba?

— No i mech, jak swojemu koniowi.

— Śmiej się... przecież jesteś żonaty i wiesz, co kosztuje żona, chociaż twoja to jeszcze anioł.

— Bon, kwadratowy anioł, powiedz.

— A te wszystkie panny, co to jest? gdzie znajdziesz zdrową? gdzie jest mądra, ładna, gospodarna i oszczędna? Jak się znajdzie jaka podobna, to nie ma grosza; jak znowu go ma, to nos do góry i myśli, że królowa, a jakie wymagania!

— O tak, chcą jadać, muszą chodzić w bucikach, mieć suknię, potrzebują czasami jakiej przyjemności, chcą żyć po ludzku; szelmy te panny, czego im się zachciewał., a przytem nie lubią, aby je bić, jak psa albo chłopów... — zaśmiał się Karaś.

— Gadanie, żebym miał na to, to i ja żyłbym po ludzku, a jeśli oszczędzam, jeśli chcę znaleźć także żonę oszczędną, to tylko dlatego, żeby później żyć po ludzku. O, ja jeszcze będę inaczej żył, będę... Wiesz, znam tutaj tylko jedną pannę, z którąbym się choćby jutro ożenił, chociaż wielka pani...

— Czy też Grzesikiewicz ożeni się z zawiadowcy córką?

Świerkoski rzucił szybkie spojrzenie na niego, zgiął się, ręce głębiej wsunął w rękawy i nie odpowiedział, bo to przypomnienie Grzesikiewicza przejęło go złością i niechęcią.

Przybiegł Stasio, i zaczęli pić wódkę.

— Muszę się śpieszyć, bo trzeba korespondencje ekspedjować na osobowy.

— Bon, ale jest jeszcze jedno źródło książek, panna Orłowska.

— A, ta, co się truła; nie znam jej zupełnie i widziałem tylko wtedy, kiedy ją przenoszono z wagonu do mieszkania.

— To pan nie znasz całej historji? bon, opowiem.

— Bardzo mało, wiem tylko, że się pogniewała z ojcem, wyjechała do teatru, później się truła, sam nawet o tem czytałem w pismach. Byłem już w Bukowcu, jak zawiadowca jeździł po nią do Warszawy. Co to za panna?

— Warjatka, jak i jej ojciec — szepnął Świerkoski.

— Ale piękna i wykształcona, bardzo piękna, majestatyczna kobieta, kształty cudowne, wzrok wspaniały, oczy ogromne i ogniste, cudissimo, że tylko całować.

Zaczął się trząść i śmiać cicho i zacierał ręce.

— Wartoby tak jeszcze coś tego chlapnąć. Panie bufet, sześć mocnych.

— Czemuż odrazu sześć?

— Będzie bon, panie Stasiu, na zapas.

— Słuchajcie no — zabrał głos Świerkoski, podnosząc głowę z kolan. — Chcę wam coś zaproponować, niezły interes, na którym możemy dobrze zarobić.

— Bon, Świerk, mów.

— Jest do kupienia poręba, niewielka, za tysiąc pięćset rubli, blisko kolei, oglądałem ją niedawno. Śmiało można zarobić na niej tysiąc rubli, mam nawet już zbyt na drzewo do Radomia. Weźmy ją do spółki, interes złoty.

— I... to już weź sam, nie mam pieniędzy, a zresztą orżnąłeś mnie zimą na węglach, daj spokój, ja wiem, nie tłumacz się, bo ci powiem, czem jesteś...

— O, powiedz, ja się nie pogniewam, z pewnością się nie pogniewam...

— Bon! otóż wyszedłeś ze mną, jak świnia, tak... bufet! sześć mocnych! — krzyknął.

— Tylko tyle, to niewiele — i Świerkoski zaczął się śmiać, ściągał na lewą stronę usta, skubał brodę, latał oczyma po twarzach i dalej ciągnął: — tak, to niewiele, bo mogłem się urządzić lepiej, a nie zrobiłem tego, to handel, mój kochany.

— Łajdactwo, powiedz! handel ładny, przez trzy miesiące straciłem trzysta rubli, które przeszły do twojej kieszeni, któreś mi wyciągnął.

— Kupmy porębę, to będziesz się mógł odbić, jeśli potrafisz...

— Gdzież ta poręba? przystępuję do spółki! — zawołał po chwili namysłu Karaś.

— W Karczmiskach u Grzesikiewicza — szepnął śpiesznie Świerkoski, oczy mu zamigotały radością, pogładził psa.

— Hi! hi! tydzień temu Szczygielski kupił i już tnie... hi!.. hi!.. — śmiał się Karaś, porwał się z krzesła, zaczął biegać po sali, trzęsąc się cały, zadowolenie malowało się w jego oczkach. — Bufet! sześć mocnych! — rzucił we drzwi. — Powiem ci, Świerk, że chcesz robić interesa, a głupi jesteś, bo się prędko zmiarkują, robisz łajdactwa, ale małe, marne, głupie, które pachną kratką... — Wypił wszystkie sześć kieliszków jeden po drugim, zatarł ręce, poklepał drwiąco Świerkoskiego po plecach i wyszedł razem ze Stasiem.

— Zobaczymy... zobaczymy... — szepnął Świerkoski. — Łajdactwa, co za łajdactwa? chcę zarobić, chcę mieć pieniądze, więc niech się głupi strzegą. Amiś! chodź synku! Podły ten Szczygielski, taka pyszna poręba. — Kopnął psa z gniewu, bo straszny żal nim zatargał, że stracił ten na pewno przewidywany zarobek.

Odebrał z magazynu swój bagaż i naładował na plecy robotnikowi, za którym szedł krok w krok. Staś z okna kancelarii widział, że co chwila Świerkoski obmacuje rogoże i głaszcze. Widział go długo, jak szedł tym swoim krętym, wilczym chodem, rzucając dookoła nieufne spojrzenia.

— Chodź pan, podyktuję panu raport — zawołał Orłowski.

Staś przyszedł do pokoju zawiadowcy i czekał, bo Orłowski chodził wzdłuż pokoju, spoglądał w dwa okna peronu, to przez okienko kasowe, wychodzące na korytarz, wychylał głowę i nasłuchiwał.

— Siądź pan przy moim stoliku.

— Przecież...

— Nie przecież, bo tamtem, to stół ekspedytora.

Orłowski był zawiadowcą stacji i załatwiał czynności ekspedytora.

— Wszystko jedno chyba, skoro pan pełni obie służby.

— Przysięgam Bogu, że mnie pan irytujesz. Nie wszystko jedno, bo wiedz pan, że napiszemy raport na ekspedytora stacji Bukowiec — mówił zupełnie poważnie. Babiński ze zdumieniem spoglądał na niego.

— Panie, sam na siebie raport, co w dyrekcji powiedzą?

— To są głupcy. Porządek, przedewszystkiem porządek i systematyczność, słyszysz pan? Gdybyś się pan trzymał tych zasad, nie zwracałbyś uwagi swojej zwierzchności.

Staś opuścił głowę i wyrzucał sobie, że go zadrasnął: tyle razy postanawiał o nic nie pytać, ślepo tylko wykonywać rozkazy, i znowu nie wytrzymał.

— Pisz pan!

„Jako-że pełniący obowiązki ekspedytora st. Bukowiec swojem nietaktownem, a można powiedzieć i brutalnem, postępowaniem przy sprzedaży biletów spowodował to, że pasażerowie zanieśli skargę do księgi zażaleń, którą przy niniejszem załączam, upraszam Wysoką Dyrekcję o ukaranie według uznania, a to w celu uniknięcia na przyszłość podobnych zajść. Jako jedyne usprawiedliwienie ekspedytora, tenże objaśnia, że zajścia owe miały miejsce podczas niebezpiecznej choroby jego córki, która go jakoby miała zdenerwować. Sądzę jednak, że tego rodzaju usprawiedliwienia pod uwagę brać nie można, bo nikogo, ani Dyrekcji, ani pasażerów, nie obchodzą domowe sprawy urzędników, które nie powinny mieć żadnego wpływu na ich czynności służbowe".

— Ależ panie... — protestował Staś.

— Cicho pan bądź! Przysięgam Bogu, bez uwag, panie Babiński. Zapomniałeś pan, że się milczy wtedy, kiedy zwierzchność mówi — zawołał Orłowski.

Babiński zamilkł, przygryzając usta, znowu był zły na siebie.

— Dochodzi! — krzyknął posługacz przez drzwi.

II.

Staś pobiegł do aparatu, a Orłowski na peron. Przypatrując się dosyć licznej dzisiaj publiczności, witał się z jakiemiś paniami, za któremi w przyzwoitem oddaleniu chodził uliberjowany lokaj, ale, spostrzegłszy doktora, zwrócił się do niego i przywitał w milczeniu; raportem skinął, dzwonek zadźwięczał, rozległa się gwizdawka prowadzącego, a później maszynisty, i pociąg ruszył dalej.

— Czekałem na ciebie niecierpliwie, przysięgam Bogu, dobrze, żeś przyjechał. Jance jest lepiej, ale zobaczysz i to powiesz mi, bo ja przypuszczam tylko, że lepiej, a nie wiem. Pójdziesz zaraz do niej?

Doktór skinął głową potakująco, bo na ustach miał respirator, który mu bladą, długą i chudą twarz przecinał na dwoje czarną wstęgą; olbrzymie, głębokie kalosze ledwie ciągnął z nogami, uginał się pod futrem, na które miał narzucony płaszcz gumowy, i pod grubym kraciastym pledem, przykrywającym mu ramiona. Szedł wolno po schodach, odpoczywał i odpinał co stopień jeden guzik u płaszcza i jeden u futra. Nie rozebrał się w przedpokoju, tylko wszedł do saloniku i zaczął oglądać i próbować okien, drzwi i lufcików, czy są dobrze pozamykane.

Orłowski już z przed kotary, zasłaniającej drzwi pokoju, w którym leżała Janka, zawrócił i poszedł do służącej.

— Niech Janowa powie pannie Janinie, że doktór przyjechał. Czy przyjąć może?.. Zaczekaj chwilę, służąca ci zaraz powie — zwrócił się do doktora, który z pomocą Rocha, stacyjnego popychadła, rozbierał się z niezliczonych okrywek. — Pójdę na chwilę do kancelarji. Przyślij po mnie, jak skończysz.

Okręcił się kilka razy po pokoju, popatrzył na doktora, szybko podniósł koniec brody do ust, strzepnął ją, wzruszył ramionami i wyszedł.

— Panie Babiński, napiszemy raport. Niech teraz sam od siebie broni się ekspedytor.

Zaczął dyktować Stasiowi, ale co chwila przerywał, stawał na środku pokoju, przygryzał brodę i wsłuchiwał się chciwie w słabe, zaledwie dosłyszalne, odgłosy kroków na górze, bo pokój chorej był tuż nad kancelarją. Słyszał, a raczej czuł, że doktór usiadł przy łóżku, bo jakieś słabe drgnienie przebiegło sufit; zmąciły mu to wyczuwanie dźwięki fortepianu, które się rozlegały bardzo głośno.

— Cicho tam! — krzyknął z gniewem, tupiąc nogą.

Staś uśmiechał się — przecież grająca przez sufity usłyszeć nie mogła; ale pochylił głowę nad papierem, bo Orłowski znowu zaczął dyktować i, nie skończywszy, pobiegł do mieszkania, słuchał chwilę pode drzwiami i szedł znowu na peron, spacerował po nim, nieznacznie spoglądając na okna.

Doktór skończył rozbieranie się, przyczesał siwawe włosy i zapukał do chorej.

— Proszę! — ozwał się dźwięczny, silny głos.

Uśmiech rozjaśnił mu twarz, gdy wchodził do pokoju. Podniósł story do połowy, opatrzył znowu, czy okna i lufciki domknięte, i dopiero usiadł przy łóżku.

— Jakże się pani czuje? — pytał cicho, odjąwszy respirator.

— Dobrze, chciałabym wstać — odpowiedziała, zadrżawszy, gdy dotknął chłodną dłonią jej ręki. — Tak koniecznie chciałam widzieć doktora, że miałam już pisać dzisiaj — mówiła jakimś dziwnym, prawie altowym głosem, który się jej chwilami przerywał i chrypiał niemile; wtedy przestawała mówić, oddychała głęboko, i głos powracał, ale w wielkich, czarnych oczach migotał ból wysiłku. Uniosła się nieco, skręciła w grecki węzeł całą masę przepysznych rudawoblond włosów, rozsypanych niby snop dojrzałej pszenicznej słomy po pościeli, i mówiła: — Czuję się zupełnie zdrową. W gardle tylko i w piersiach doznaję jeszcze chwilami piekącego bólu, no i głosu mi często brakuje, ale czuję, że się to coraz rzadziej zjawia. Tak, jestem zdrowa, ale się nudzę strasznie. Doktór zostanie na obiedzie? Mam prośbę do pana... — szepnęła ciszej, i fala krwi przyciemniła na mgnienie jej kredowo-bladą twarz.

— Zostanę, zaraz pani służę. — Wstał i poszedł do kuchni; oczy Janki biegły dotąd za nim, aż zniknął za drzwiami, i gdy po chwili wrócił, zawisły mu badawczo na twarzy. — Kazałem dawać obiad wcześniej, żeby zdążyć na pociąg — usprawiedliwiał się, siadając. — Jeszcze raz zbadam panią dokładnie, ale jednocześnie mogę słuchać...

Janka spojrzała na niego z wdzięcznością, bo nie miałaby odwagi powiedzieć mu swojej prośby, gdyby czuła jego przenikliwy wzrok na sobie.

Doktór opukiwał ją, oglądał, pytał o niektóre szczegóły, takie, że Janka odwracała mimowolnie twarz do ściany, przycinała usta i odpowiadała cicho, że ledwie dosłyszał. Konsultacja trwała długo, bo badał chorą sumiennie.

— Czy ojciec wie wszystko?... wszystko?... — powtórzyła cicho.

— Zdaje mi się, że nie. — Wyprostował się, żeby odetchnąć i obrzucił ją spojrzeniem, pod którem oczy jej pociemniały i pochyliła głowę niżej.

— Czy powinien wiedzieć! — pytała wolno, z trudem hamując wzruszenie.

— Pana się radzę, jako naszego najdawniejszego i najlepszego przyjaciela, który mnie zna od dziecka, a zrobię tak, jak mi pan poradzi. — Milczała dosyć długo, kąty ust zaczęły drgać w jakiemś bolesnem ściągnięciu. — Nie chciałabym kłamać, co bądźby później nastąpiło, powiedziałabym, ale... boję się... On mnie nienawidził i nie miał racji, ale gdyby, gdyby wiedział teraz o wszystkiem, to... — zacisnęła kurczowo palce, głosu jej brakło, przycisnęła ręką pierś, bo ten zwykły, piekący ból rozgorzał w niej niby zarzewie i palił straszliwie: dyszała ciężko, ale po chwili cichym a szorstkim z powstrzymanego wzruszenia głosem, ciągnęła dalej: — mnie ojca żal, bardzo mi żal.

— To dobrze; on panią kocha, po warjacku może, ale ogromnie.

Olśniła ją nagle myśl jakaś gnębiąca.

— Czy ojciec zupełnie jest zdrów? — zapytała prędko i wpiła się oczyma w doktora.

— Nie... i dlatego trzeba go oszczędzać, nie wzburzać, bo...

— Co? powiedz pan otwarcie; jestem dosyć silna na usłyszenie zupełnej prawdy, a nietylko pragnę jej, ale potrzebuję ją usłyszeć koniecznie. Tyle przypuszczam, tyle symptomatów dziwnych, prawie przerażających widzę, że boję się o niego.

— Tak, dobrze nie jest, bo jego despotyzm, zaciekłość i ta pewna dwoistość, na którą rozłamuje go powoli ta dwoista służba, jaką pełni... Mówili mi w wydziale o jego raportach...

— Czem się to wszystko może skończyć? — zapytała przerażona, bo doktór umilkł i odwrócił od niej twarz.

— Nie wiem, wiem tylko, że nie trzeba nic mówić, nic — powiedział krótko.

— A jeśli będzie chciał wiedzieć? — zapytała twardo, jakby już chciała rzucić całą prawdę w oczy.

— I wtedy powinna pani nie mówić nic. Prawda jest czasami zbrodnią, bo tak samo zabija. A jeśli ojciec nie obchodzi panią nic, to trzeba powiedzieć, zabije go to odrazu i będzie pani miała później spokój i rozwiązane ręce. — Mówił prędko i gniewnie, nałożył zaraz respirator na usta i rzucił się na krzesełko.

Janka patrzyła długo na niego, po jej pięknej, wychudzonej i zmizerowanej twarzy przewijały się najrozmaitsze uczucia: to ból, to gorycz przypominań, to niepokój i trwoga, to głęboka, ciężka apatja powlekała jej twarz, a oczy zaczynały świecić posępnie pod ciemnemi brwiami jakimś ogniem rezygnacji.

— Co pan myśli o mnie? — zapytała wreszcie. Zapragnęła usłyszeć ciepłe słowo pociechy i przebaczenia, i współczucia; była gotową otworzyć serce, dać ujście dręczącym ją uczuciom, bólom i skargom; pragnęła teraz, w tej chwili, rzucić się na piersi czyje i na nich wypłakać wszystkie nędze całego życia, cały nagromadzony żal. Czuła się tak słabą w tej chwili, bezbronną, a skrzywdzoną, że płacz byłby sprawił jej radość i ulgę; ale doktór długo milczał, pociągał się za nos, przygładzał włosy, patrzył w okno, wreszcie odjął respirator, ścisnął jej dłoń i powiedział:

— Że jesteś nieszczęśliwa, że mi cię, pani, tak żal, jak córki własnej.

— O!... doktorze... o! doktorze... — Nie mogła nic więcej powiedzieć, oczy zaszły jej łzami, przycisnęła jego rękę do ust i opadła na poduszki bezwładnie, tylko łzy, jak jasne, drogie, wyhodowane przez cierpienia perły, posypały się z oczu — i taki nagły a wielki rozlew żalu poczuła w sobie, że nie widziała wychodzącego doktora, że nie słyszała nic i nic nie pamiętała. Leżała bez ruchu i prawie bez przytomności; w każdym swoim atomie czuła łzy i niewypowiedziany ból, co przepalał ją całą.

Ocknęła się wtedy dopiero, gdy służąca na małym stoliczku, przy łóżku, postawiła obiad.

— Niech Janowa zabierze zpowrotem, nie chce mi się jeść.

— Adyć ode wczoraj ani krzynki panienka nie zjadła jeszcze. A kto to słyszał tak się morzyć głodem. Adyć i ja, panienko, niezdrowa, o nie!... w dołku mnie cosik tak ściska, że jaże mnie mroczy. — Spuściła story, odniosła obiad i znowu zaczęła narzekać bolejącym głosem. — I na to bolenie żadnego leku niema, a możeby się to lekarstwo zdało, co panienka używa?

— Niech się Janowa wódki napije, to zaraz przejdzie choroba.

— Wódki!... a prawda, panienko. Wódki! a widzieliście moi ludzie! wódki! a to się przed dobrodziejem odrzekłam, bo to i moja pani córka tego chciała, ale że panienka rzekła, że pomoże na ściskanie, to juści być prawdą musi.

— Niechże Janowa idzie sobie — zawołała zniecierpliwiona.

— Idę! idę... tak samo nieraz mówi moja pani córka. Idę! idę... wódki! aby ino kusztyczek niewielki i na lekarstwo, to grzech być nie musi. — Wyszła, i zaraz rozległ się skrzyp otwieranego kredensu i szczęk szkła.

16

Janka nasłuchiwała słabo brzmiących odgłosów rozmowy w saloniku, prowadzonej przez ojca.

Doktór zjadł obiad, nie czekając na Orłowskiego, który przyszedł pod koniec dopiero i rozpytywał o Jankę.

— Zupełnie dobrze, może wstać, zresztą wszystko, co potrzeba robić i używać, tutaj napisałem, masz kartkę.

Orłowski chciwie przebiegał oczyma przepisy.

— Dobrze jest, ale nie krzycz na nią, nie warjuj, bo recydywa dla niej, to śmierć — mówił doktór, a widząc, że twarz Orłowskiego czerwienieje, że zaraz wybuchnie gwałtownym tonem sprzeczki, założył respirator na usta i usiadł przy stole.

— Ja ją zabijam, to przeze mnie chora? krzyczę na nią, co?

— Daj spokój, bo w wielkiej części winieneś wszystkiemu — napisał doktór na kartce ołówkiem.

— Więc i ty mówisz, że ja winienem, że ja! — zakrzyczał Orłowski i, zmiąwszy kartkę, rzucił ją na ziemię, rozdeptał, kopnął i stanął na środku pokoju z rozłożonemi rękoma, jakby chciał głośno zaprzeczać, ale usiadł gwałtownie przy oknie, zaczął bębnić po szybach, otworzył lufcik i krzyknął do robotnika, stojącego na peronie.

— Sygnał od Strzemieszyc, nie słyszałeś, bałwanie, że osobowy wyszedł!

— zamknął z trzaskiem lufcik, powrócił na dawne miejsce, zapalił papierosa i natychmiast ze złością go rzucił w piec i zaczął chodzić; po twarzy przelatywały mu jakieś płomienie, targał brodę, poruszał ramionami, zataczał oczyma niespokojnie, ale omijał twarz doktora.

— Nieprawda! Co tylko robiłem, jak postępowałem z nią, wszystko miało na celu jedynie jej dobro. Nieprawda, a tak! — wołał podniesionym głosem, uderzając w stół pięścią.

— Dla jej dobra wypędziłeś ją z domu? — napisał doktór.

— Wypędziłem?... tak, prawda... — jęknął Orłowski, rzuciwszy okiem na kartkę, i jakby go te słowa uderzyły i olśniły, cofnął się, spojrzał mętnie i usiadł cichy i zgnębiony.

— Prawda! — dodał ciszej nieco, i tak żywo przypomniał sobie tę scenę nieszczęsną, która tutaj, w tym samym saloniku, rozegrała się parę miesięcy temu, że przygasłem spojrzeniem powiódł dokoła i pochylił głowę, nie mogąc znieść surowego spojrzenia doktora.

— Ty jej nie znasz! — mówił znowu, wstając i chodząc wolno, i przystając mgnieniowo przy drzwiach. — Opowiem ci krótko. Na wiosnę oświadczył się jej Grzesikiewicz, znasz go, człowiek zupełnie porządny i bogaty.

— I cham zupełny, chociaż zewnętrznie ogładzony wykształceniem — napisał doktór.

— Mniejsza. Nie chciała iść za niego, tak się uparła, że nie pomogły prośby moje, powiedziała, że nie, i postawiła na swojem.

— Miała rację, bo go nie kochała.

— Miłość, co to takiego? głupstwo! — machnął pogardliwie ręką — nie dlatego: tylko chciała mi zrobić na złość, chciała postawić na swojem, i postawiła.

— A tyś także chciał postawić na swojem i zmusić! — pisał szybko doktór i podsunął mu kartkę.

— Tylko jej nie zmusisz! Być może, uniosłem się, no, może w rozdrażnieniu sprawiłem jej przykrość, ale czy powinna była zaraz, natychmiast uciekać z domu, powinna była, pomimo wszystkiego, co zaszło pomiędzy nami, porzucać mnie, ojca, dom? I poco? aby wstąpić do teatru!.. słyszysz, córka porządnego domu, moja córka, do teatru, do teatru! — powtórzył z przyciskiem.

— Wypędziłeś ją, musiała coś zrobić z sobą.

Orłowski aż skoczył, przeczytawszy te słowa.

Oczy mu latały w orbitach, broda i usta trzęsły się od gwałtownego wzruszenia. Zaczął przygryzać brodę i biegać po pokoju wkółko, jak zwierzę w klatce, potem usiadł zpowrotem na fotelu, aż sprężyny zatrzeszczały. Zapanowało chwilowe milczenie; przez okna przedzierał się brzęk przekładanych na stacji szyn, w szyby pluskał deszcz z dawną monotonją, a głuche, jednostajne dźwięki fortepianu sączyły się przez ścianę i rozpylały w powietrzu. Doktór spokojnie siedział i śledził muchy, marne, ostatnie, jesienne muchy, łażące leniwie po białym obrusie.

— Wypędziłem... ale ona poszła, ani się obejrzała, poszła i ani mi słowa jednego nie powiedziała na pożegnanie, poszła do teatru, na komedjantkę, pomiędzy bandę łobuzów i ladacznic, rzuciła mnie, ojca, dla nich... A niegodziwa, niegodziwa, niegodziwa! — syczał i targał sobie mundur na piersiach i dygotał cały. — Wypędziłem... a ona przez cały czas nie napisała do mnie nawet słowa jednego! Cztery miesiące! Dobrze, że jesteś kawalerem, dobrze, że nie masz dzieci, nie znasz więc tych cierpień, jakie sprawiają one ojcom... Cztery miesiące sam, w trwodze ciągłej o nią, otoczony upokorzeniami, a!.. a!.. — Gniew zatkał mu gardło, że słowa przemówić nie mógł.

— Trzeba było jechać po nią, przebaczyć i zabrać do siebie — napisał doktór.

— Ja miałem jechać, prosić, upokarzać się przed nią, ja?! — krzyczał, uderzając raz po raz zaciśniętą pięścią w piersi, aż dudniło. — Ja? nigdy, niechby mnie raczej djabli wzięli!

— Ciebie nie wzięli, ale ją przez to wzięli!

Orłowski przeczytał, milczał długo, ukrywszy twarz w dłoniach.

— Ja czekałem, że przecież odezwie się w niej córka i powróci — mówił przejętym łzami głosem; — czekałem choćby listu, myślałem, że napisze o pieniądze, bo ona tam nędzę cierpiała, byłbym rzucił wszystko, i na pierwsze jej słowa pojechał i przebaczył, bo przecież to dziecko jedyne moje, a ja nie mam nikogo prócz niej, i jestem stary, bardzo stary, a starość samotna jest gorzką, o jak gorzką, tego ci powiedzieć nawet nie mogę; zresztą, pocóżbym żył, gdybym nie mógł żyć dla niej? Dwa tygodnie temu dostaję z Warszawy telegram, patrz, noszę go przy sobie: „Panna Orłowska chora. Szpital Dzieciątka Jezus. Prosi o przyjazd. Głogowski". Pojechałem. Zastałem ją nieprzytomną. Otruła się, wiesz o tem, boś ją później ratował i uratował, ale dlaczego to zrobiła, nie wiem do dzisiaj.

Doktór spojrzał na niego z pod czoła.

— Odzyskałem ją i traciłem. Byłbym sobie palnął w łeb, gdybyś jej nie uratował. Na złość mi to zrobiła, tak, na złość, żeby mnie zabić, a łajdaczka, łajdaczka!.. — krzyczał prawie i gryzł ręce, szarpał mundur i rzucał się jakby w paroksyzmie obłędu. Uspokoił się po chwili, pozapinał mundur na wszystkie guziki i naciągał machinalnie białe rękawiczki.

— Musisz wiedzieć, dlaczego się truła, przez kogo — mówił spokojnie, ale głos mu drżał i oczy świeciły ponuro. — Powiedz otwarcie, wszystko... tak, wszystko przebaczę jej, ale jeśli tam jest winien człowiek jaki, zabiję, tak mi dopomóż Boże i wszyscy święci — wymawiał wolno przez błyskające zęby.

— Nie, nic nie wiem — powiedział śpiesznie doktór, zdjąwszy respirator — wiem tylko, że się bała powrócić do ciebie. Co chcesz, to twoja córka i tak samo gotowa jest raczej złamać się, niźli zgiąć. Pogódźcie się, to wam obojgu na dobre wyjdzie. Ona cię kocha, ale jeśli chcesz to usłyszeć sam z jej ust, musisz i ty ją kochać. Poco wy się męczycie, poco?

— Poco? prawda! tyle lat, tyle cierpień...

— Pociąg dochodzi! — zawołał posługacz, wsadzając we drzwi głowę.

— Poco! — powtórzył Orłowski cicho, ucałował doktora i wybiegł śpiesznie.

Doktór poszedł do Janki, ale, że nie spostrzegła go natychmiast, cofnął się i zaraz odjechał. A Janka zupadła w stan dziwnego odrętwienia, w którym się czuje, słyszy, widzi nawet, tylko się nie wie.

Pod czaszką czuła jakąś wielką próżnię, w której rozbrzmiewały echami odgłosy życia zewnętrznego, niezrozumiałe i niepojęte. Patrzyła w głąb nieokreśloną i kilkakrotnie odruchowo powtórzyła słowa doktora:

— Prawda czasami jest zbrodnią, bo zabija tak samo.

I wolno zaczynała później snuć konsekwencje takiego wyznania aż do końca, i cofnęła się, blednąc, opuściła się bezwładnie w sobie, i ostry, przejmujący ból gryzł ją w serce. Nie można — myślała — musi się kryć z przeszłością, musi strzec słów własnych, pilnować się, ukrywać, grać rolę wstrętną obłudnicy. — Ona musi ukrywać coś przed ludźmi, wstydzić się! ona! co niedawno byłaby wyzywała do walki świat cały, ona, co tak dumnie i pogardliwie traktowała błąd wszelki i słabość wszelką, która prawie nie rozumiała, że ona może zrobić coś takiego, z czemby musiała się kryć, bo wszystko robiła świadomie, jak człowiek, który wie, co robi — i teraz, teraz! kryć się musi, udawać, grać komedję — i musi tak robić, a nie inaczej. — Oczy jej pociemniały łzami złości bezsilnej, buntem przeciwko temu jarzmu narzuconemu; jej gwałtowna natura zrywała się w energicznym proteście przeciwko obłudzie, jaką odtąd żyć musiała.

— Toby ojca zabiło... Tak, tak... — powtarzała ciężko, coraz wolniej, i głęboka litość, pełna bolesnego współczucia, budziła się w jej sercu, ale równocześnie dziwiło ją to uczucie, dziwiło ją, że we własnem sercu znajduje coś, jakby miłość do tego, którego, jak się jej zdawało, nienawidziła, do ojca, który ją tyranizował i męczył lata całe, który ją wygnał z domu. O, jeszcze dzisiaj, teraz, poczuła ból tamtej, przeszłej chwili; odnowiła się rana, którą kiedyś wpłynęło całe morze nienawiści. Zapatrzona w mrok pokoju, powtarzała: Precz! precz!.. i czuła, że ją taki sam kurcz trwogi i bólu ściska, jak wtedy, kiedy ją temi słowami wyganiał na zawsze z domu. — Jestem w tym samym pokoju, pomimo wszystkiego — myślała, rozglądając się i jakby budząc z przykrego uczucia. — Mam go oszczędzać poto, ażeby mnie znowu wypędził, gdy mu się w czem sprzeciwię... Nie miała w sobie odpowiedzi innej, tylko powtarzała ją, krzepiąc się wpół świadomie do odebrania przyszłego ciosu.

— To pójdę, pójdę w świat! — powtarzała bezmyślnie i, przez jakieś skojarzenie dziwne, zaczęła się w niej budzić przeszłość niedawna, wiązała bezwiednie dzisiaj z dniem onegdajszym, bo wczoraj tkwiło w niej szarą, niewyraźną plamą. Zadrżała, bo się jej wydało, że leży w tym samym hotelu, w którym się otruła, że to teraz, mgnienie temu, wypiła truciznę i czeka śmierci, że się przeważa całą duszą wtył i leci z jakimś niemym, okropnym krzykiem trwogi w głąb, w noc, w nicość — przymknęła oczy, wir myśli rozprzężonej zakłębił się w jej mózgu, czuła, że się stacza i nie ma ani sił, ani woli do zatrzymania się na pochyłej drodze, że ta pamięć bólów przeszłych, wszystkich, jakie kiedy bądź przecierpiała, przesyca męką niewysłowioną; zaciskała zęby, mocowała się z sobą, żeby nie krzyczeć i żeby nie oszaleć, żeby to słabe tętno świadomości, jakie czuła jeszcze, nie przerwało się. Otworzyła oczy po długiej chwili tak ciężko i tak zdziwiona, jak hipnotycy, i ostre światło myśli i zupełnej przytomności orzeźwiło ją natychmiast.

— Jestem w Bukowcu, u ojca! tak samo jak dawniej, jak przed czterema miesiącami, i jak dawniej, życie ma być bez celu, z dnia na dzień? Nie powiedziała: nie, ale głębokim, prawie nieświadomym ruchem myśli przeczyła i czuła, że jużby tak samo żyć nie mogła, że jej życie ma teraz nowy etap, że pierwszy skończył się w dniu wyjścia z domu i wstąpienia do teatru. Całą przeszłość dwudziesto-dwuletnią, czasy dzieciństwa, czasy szkolne, kilka lat ostatnich, przepędzonych razem z ojcem, te marzenia, wyczekiwania przyszłości innej i niepodobnej, szalone żądze duszy, szamocącej się w szarym bycie córki zawiadowcy, walki indywidualności, szarpiącej się w jarzmie wegetacji prowincjonalnej — walki z ojcem, wstrętne, marne, a okropne przez swoją tragiczną ciągłość — wszystko to staczało się w przeszłość, w noc, w której zaledwie kontury doniosłych niegdyś zdarzeń widziała teraz. To ostatnie czteromiesięczne życie w teatrze zaczęła rozsnuwać we wspomnieniu. Patrzyła zimno w tę przeszłość niedawną, przypominała sobie teatr i ludzi, w najdrobniejszych szczegółach, i jego nędza z farsami tragicznemi, i twarz jakaś piękna i cyniczna zaczęła się wyłaniać coraz natarczywiej z pamięci i przysłaniać wszystko. Wzdrygała się, jakby pod dotknięciem płazu zimnego i oślizgłego — i w gwałtownem uczuciu złości, nienawiści szalonej, zacisnęła kurczowo dłonie, oczy strzeliły płomieniami, uniosła się, jakby chcąc wstać, iść i mścić się za krzywdy swoje... ale roześmiała się sucho.

— Głupia! głupia! głupia!.. — szepnęła z nienawiścią do samej siebie, przypominając tego kochanka, marną kreaturę, nędznika, do którego czuła większą pogardę niż żal.

— Jak ja mogłam! jak ja mogłam! — myślała z palącym wstydem i uprzytomniała go sobie w całej jego nikczemności i głupocie tak dokładnie, że gryzła poduszkę, aby przytłumić gniew na samą siebie, że chciało się jej krzyczeć, aby ulżyć sobie, żeby wyrzucić ten ogrom nienawiści i wstrętu, jaki się w niej zebrał.

Zadzwoniła na Janową. Nie mogła wyleżeć dłużej. Poczuła się zdrową, zapragnęła pod wpływem tych przejść wewnętrznych ruchu gwałtownego, powietrza, ludzi i przestrzeni. Dusza jej rozbłysła oślepiającym ją samą płomieniem energji, który podrywał, przepalał i unosił.

— Zimno dzisiaj? — zapytała Janowej, pomagającej jej ubierać się.

— A zimno, adyć kiej pies tak gryzie. Panienko! a panienka wie, że dzisiaj był pan z Krosnowy? Szłam, a on mię pyta: Janowa! Grzecznie się ukłoniłam i słucham. A on wąsiki se podkręca i rzeknie: A panna Janina już wstała? — powiadam, a juści że nie, a on chlasnął bacikiem konia i powiada: A niech się Janowa kłania panience ode mnie. Grzeczny pan...

— To Janowa zna pana Grzesikiewicza?

— Za pozwoleniem panienki, ale my z jego matką... panienka się gniewać nie będzie, co?

— Nie nudziez, mówcie prędzej.

— A tośmy z jego matką, za pańszczyzny, razem chodziły do roboty do dworu.

— Janowa z jego matką? — zapytała dotkniętą nieprzyjemnie.

— A juści. Ony są teraz wielkie państwo, pan Bóg im poszczęścił i zostały szlachta, a ja sługuję, jak sługiwałam. A niechta, moja panienko! a niechta Pan Jezus da wszyćkiemu narodowi dobra po zęby, to i biedny się pożywi prędzej. A Grzesikiewicze dobrzy ludzie; że tam stary lubi się kiejś niekiejś napić krzynkę, toć nie grzech, bo majątek robi, a ona taka dobra kobieta, że szukać lepszy, a pewnikiem się nie znajdzie. Przecież ja, no cóż, ja... prosta kobieta jestem, na wyrobku, a jak tam pójdę, to mnie ugości, kiej równą, a przecież ony ziemi mają z tysiąc włók, a taka szlachta wielka! Druga toby nie chciała i patrzeć na mnie, a ta i gada ze mną to o swoim Jędrusiu, to o Józi! Ja i powiadam o swoi pani córce, to znowu ugotować każe wódki z tłustością i częstuje... dobra kobieta.

— Janowa ma córkę?

— Mam panienko! Oho! moja pani córka jest teraz pani! Wzieny ją te warsiawskie państwo, co to do Zwolenia przyjeżdżają co lato, do siebie. Dzieci nie mają, i jak zobaczyły moją Anusię, tak się im spodobała, że nie mogłam się oprzeć i dać ją dałam, bo jakże... miałam dziecku los zagrodzić?.. Teraz je we klasach i na takich wielgich, jak dobrodziej, księgach se czyta, a uczona taka, że po zagranicznemu już gada. — Mówiła z dumą naiwną.

— Często ją widuje Janowa?

Janowa nie odpowiedziała zaraz, otarła nos i oczy zapaską, pokręciła się bez celu po pokoju i dopiero, rozczesując włosy Jance, mówiła:

— Nie można często, bo zimą je we Warszawie, a latem, jak są w Zwoleniu, to Anusia mówi, że się państwo gniewają, jak przychodzić często, i że się przeszkadza w uczeniu. Ciężko mi nieraz, bo chciałoby się człowiekowi pogłaskać ją, przytulić, popłakać z uciechy, ale kiej nie można, bo to i dla niej nie honor, i sama nie śmiem, bo gdzie mnie się dotykać brudnemi rękami takiej pannicy w szlachetnym ubiorze, co wygląda jak jaka grafinia. Ale moja Anusia dobra, łoni dała mi całego rubla i chustkę, i materji na całe obleczenie. Spłakałam się i aż zaniesłam dobrodziejowi na msze, i krzyżem leżałam na jej intencję, za tę dobroć. — Mówiła cicho, i łzy głębokiej radości szkliły się w jej wyblakłych oczach.

Janka przyglądała się jej uważnie, bo nie tyle zajęło ją opowiadanie o córce, ile to, że razem z matką niedoszłego jej męża chodziła do roboty.

Kazała później poodsłaniać zupełnie okna i wyjrzała na świat.

Zmrok mętny, zielonawy, rozpościerał się nad lasami, deszcz ustał, ale wiatr się zrywał i trząsł drzewami, i prześwistywał po drutach telegraficznych z jękiem żałosnym; zielone światła na stacyjnych wekslach migotały w szarości, niby kwiaty promieniejące.

Janka, wpatrzona w żółcące się nad lasami, nagie szczyty wzgórz, przypomniała sobie te dawne wycieczki w lasy, o takiej porze, i zapragnęła iść zaraz, ale, przeszedłszy przez pokój, osłabła, nogi gięły się pod nią, i czuła się tak wyczerpaną, że poszła do jadalni i usiadła. Janowa zapaliła światło i przyniosła jej cały stos gazet, ale nie mogła czytać, odsunęła płachty zadrukowanego papieru, wpatrzyła się w lampę i długo siedziała bez ruchu, słowa i myśli. Wyczuwała tylko przyjemność, że jest, że żyje, że zaraz, jak tylko zechce, może wstać i iść.

Orłowski, po zdaniu służby pomocnikowi, przyszedł, przebrał się w jakiś stary bez guzików mundur i siadł z drugiej strony stołu, nawprost córki. Janowa szykowała do herbaty.

— Niech się Janowa zapyta, może panienka zje befsztyk, doktór zalecił! — rzucił cicho z za gazety, prześlizgując się tylko spojrzeniem po twarzy Janki, która na to pytanie podniosła oczy na niego.

— Dobrze, niech Janowa usmaży — odpowiedziała Janowej, która powtórzyła dosłownie.

Orłowski błysnął zadowoleniem, położył pismo i sam zaczął z kredensu wystawiać na stół konjak, owoce, kieliszek, ciastka, konfitury, wina. Nie

22

mówili z sobą, chwilami tylko łapali się oczyma i odwracali zmieszane twarze, lub powlekali je udaną obojętnością.

— Janowa!... nalewać herbatę — zawołał, zobaczywszy, że Janka się podniosła i idzie do samowaru.

Usiadła zpowrotem, ale uśmiech jakiś przemknął po jej ustach.

— Niech Janowa poprosi panienki, żeby się przed befsztykiem napiła konjaku, tak doktór zalecił.

Janowa już teraz nie mogła wykrztusić tego polecenia, tylko wytrzeszczyła oczy i patrzała kolejno na nich ze zdumieniem.

— Jeszcze jeden kieliszek niech Janowa wyjmie z kredensu — powiedziała.

— Nie trzeba! — zawołał prędko. — Wypiję z tego samego, niech Janowa powie.

Janka nalała i podsunęła do niego. Zmarszczył się gniewnie, aby pokryć wzruszenie, zaczął chwytać brodę zębami, ale wypił wkońcu i, odsuwając kieliszek, rzekł:

>— Niech Janowa podziękuje panience.

Janka, żeby zakryć twarz drgającą już śmiechem, podniosła szklankę i przyglądała się herbacie pod światło.

— Mętna, co? — zapytał się jej prosto, zerwał się i wyciągnął rękę po szklankę, ale usiadł natychmiast i przygryzł brodę. — Niech Janowa naleje świeżej herbaty! — powiedział surowo i zaczął gwałtownie mieszać swoją.

Milczenie zapanowało. Janka wolno jadła, a czując wzrok ojca na swojej głowie, podnosiła chwilami na niego oczy; wtedy on zatapiał swoje w szklance, albo nerwowym ruchem chwytał gazetę i zasłaniał się nią, jak tarczą, aby znowu po chwili, gdy jadła w dalszym ciągu, śledzić każde jej poruszenie głowy i ust i całować ją oczyma.

— Niech Janowa naleje panience wina. Stare wino doktór zalecił — odezwał się, gdy Janka przestała jeść befsztyk.

Po kolacji Janka nie siedziała, co zrobić z sobą, czuła się znużoną i ociężałą, a nie śmiała iść do swojego pokoju, żeby ojcu nie sprawić przykrości; wzięła jakieś pismo i czytała, ale męczyło ją schylanie się i ugniatał w plecy drewniany tył krzesła — spostrzegł to Orłowski i przyniósł swój głęboki, wybity skórą fotel.

— Niech Janowa poprosi panienki, żeby usiadła w fotelu, będzie wygodniej.

Spojrzała na niego z wdzięcznością, zakrył się śpiesznie gazetą, marszcząc brwi.

Za oknami wył wiatr, aż filiżanki drżały, a księżyc ukazywał się i znikał za szybko przebiegającemi chmurami. Cisza w pokoju panowała zupełna.

Lampa płonęła jasno i rzucała smugi światła na ich głowy pochylone nieco; czasem zagrała trąbka dróżnicza na linji, lub pociąg z hukiem i szumem przebiegał przez stację, i tak ciężko, że dom cały drżał i szklanki szczękały w kredensie; wtedy Orłowski podnosił się, patrzył przez okno na czerwone światła, zakończające pociąg, i po jego zniknięciu siadał znowu do czytania.

Janka odłożyła gazetę, bo było jej niewygodnie czytać, położyła się prawie w fotelu i patrzyła na Janową, siedzącą w kuchni, zaraz przy drzwiach otwartych do jadalni, z pończochą w ręku. Stary Roch, posługacz stacyjny, klęczał przed kominem i kawałem sukna szorował rondle. Ten spokój, jakiś senny i ciepły, zaczął na nią oddziaływać kojąco. Czuła się dobrze w tem kole dobrobytu i życzliwości — i bezwiednie porównywała to z ostatniemi tygodniami w teatrze, pełnemi głodu, nędzy najstraszliwszej i cierpień. Przetarła ręką czoło, jakby chcąc odegnać przykre mary. Spostrzegł ten ruch Orłowski.

— Jeżeli panienkę głowa boli, to są proszki, niech się Janowa spyta!

— Nie, dziękuję, nic mi nie jest, czuję się zupełnie zdrową.

Rozrzewniła ją ta troskliwość i zdumiewała zarazem, bo po raz pierwszy jej doświadczała.

Orłowski zaczął czytać gazetę półgłosem z początku, a upewniwszy się, że ona słucha, czytał dalej już pełnym głosem, wybierając umyślnie najciekawsze rzeczy.

Była zdumiona i wdzięczna głęboko. Czuł to, bo się przysłonił gazetą, i w akcentach głosu drgało rozradowanie, modulował go, spieszczał, z usilnością wygładzał jego szorstkie brzmienia, żeby tylko jej nie razić, żeby tylko zechciała słuchać czytania jak najdłużej, bo sprawiało mu to nieznaną dotychczas radość. Wieczór się ciągnął długo, a Janka, rozmarzona winem, ukołysana tą atmosferą pokoju, ciepła, łagodnych brzmień ojcowskiego głosu, usnęła. Spostrzegł to i natychmiast pocichu wyniósł się do swojego pokoju, zostawiając drzwi otwarte, żeby móc patrzeć na nią choćby zdaleka. Nie czytał, chociaż gazetę podnosił co chwila do oczu, bo litery mu się zmieszały i nie rozumiał, widział tylko ją. Wstrzymywał prawie oddech, bał się poruszyć na krześle, nie zapalał papierosa, żeby trzask zapałki, lub dym nie zbudziły śpiącej. Siedział i patrzył na nią z głęboką czułością, i miał szaloną chęć iść i ująć w dłonie tą drogą głową, i całować; o, teraz czuł w całej potędze, jak mu jest bardzo drogą, jak ją kocha. Serce mu biło wielką, ojcowską miłością. Już nie pamiętał nic z przeszłości. Czuł, że ją i dawniej musiał kochać, chociaż zdawało mu się, że nienawidził. Z jakimś uśmiechem głębokim myślał, że teraz jego życie będzie jednem pasmem szczęścia, i zaczynała się w mózgu formułować idea wyniesienia się z kolei, zamieszkania gdzieś w mieście z nią razem, i już się widział tam, już w myśli prowadził Jankę, wspartą na jego ramieniu, dumną i piękną, pomiędzy roje ludzi — i podnosił głowę coraz wyżej, i miał ochotę wołać: Patrzcie, to moja córka, moja! Z drogi wszyscy, z drogi! — rozmarzał się w szczęściu coraz głębiej.

W okna uderzał wiatr, i głęboki szum lasów płynął smutną pieśnią, czasem pociąg z hukiem przebiegał, a wszystko drgało i przyciszało się, senniało znowu. Z sąsiedniego mieszkania Zaleskich zaczęły przenikać ciche, przytłumione murami i odległością, dźwięki fortepianu i lały się nieskończoną, monotonną strugą gam, to buchały wrzawą zgiełkliwą rapsodji, albo śpiewały księżycowe hymny rozmarzeń, dreszczów nocy wiosennej, łkań, lub nuciły rzewną, prostą, a głęboką, jak wieczność, piosnkę miłości.

Orłowski słuchał tej muzyki w coraz większem zniecierpliwieniu i już się zerwał, aby iść i prosić o zaprzestanie, kiedy zobaczył, że Janka się przebudziła i szukała go oczyma. Podszedł prędko, ale podniosła się, nie zauważywszy go, i poszła do swojego pokoju.

— Janowa! niech Janowa powie dobranoc panience ode mnie — powiedział cicho do służącej i poszedł spać.

III.

Janka źle spała tej pierwszej nocy po skończonej prawie chorobie. Budziła się często i często jej się zdawało, że jest jeszcze w szpitalu. Widziała tę długą, białą, pełną łóżek salę, w której niedawno leżała. Spoglądała na poprzeczną ścianę sali, tam, gdzie obraz Matki Boskiej, słodko i z miłością patrzący na chorych, poprzez żółtawe blaski oliwnej lampki. Pamiętała to spojrzenie, miała je w mózgu. Nieraz w te nieskończone, długie i okropne noce szpitalne, kiedy się budziła, biegła oczyma do tego obrazu, wisiała duszą u boskiego uśmiechu Królowej, piła słodycz i dobroć jej spojrzenia i długie, nieme, niewypowiadane modlitwy i skargi słała do niej.

Podnosiła głowę teraz i zdawało się jej, że słyszy jęki chorych, chrapliwe rzężenia konających, że słyszy płaczliwe, żebrzące zmiłowania słowa modlitw, szeptanych spalonemi gorączką ustami. Przymykała oczy i leżała cicho, bez ruchu, w trwodze niepojętej; przyciszało się w niej życie i zawieszało na mgnienie, aby tę śmierć, którą cz snuła ującą się w szarych cieniach, którą prawie widziała, jak przemyka się pomiędzy łóżkami i kościstemi palcami dotyka chorych, i świeci czarnemi, pustemi oczodołami, omylić, aby się jej wydrzeć podstępem choćby; albo zrywała się gwałtownie, siadała na łóżku, bo krzyk wielki, wstrząsający, rozdzierał boleśnie ciszę. Śmierć! — powtarzała zbladłemi ustami. — Śmierć! — i serce przestawało jej bić w dręczącym bólu strachu, rozpaczy i oczekiwania.

Mary zmęczonego mózgu wysuwały szpony przypomnień i darły jej duszę strzępami uczuć gorzkich i bolesnych, przeszłemi nędzami, a tak okropnie, że nieomal krzyczała ratunku.

Bukowiec, Bukowiec... powtarzała z uporem i tak długo, aż ten dźwięk zamienił się w obraz i w świadomość i wypędzał z pamięci wszystko, i zapełnił ją całą. Nie pamiętała znowu tych czterech miesięcy teatru; rozmyślała o nim jak dawniej, zanim go poznała, i jak dawniej zaczęła roić przyszłość, zapalać się, entuzjazmować, przerzucać od pewności zwycięstwa do zupełnej apatji i zniechęcenia, i jak dawniej gwałtowna jej dusza zrywała się do walki, do zdobywania szczęśliwości nieznanej, drżała namiętnem i niesformułowanem pragnieniem życia wolnego, wyłamania się z wszelkiej zależności; i jak dawniej nienawidziła ojca, przymusu wszelkiego i wierzyła, że posiądzie to wszystko nieznane a wielkie, czego pożądała, i jak dawniej szarpała się w męce i rozbijała o pręty klatki, w której los ją umieścił. Wreszcie wyczerpana usnęła i już nieprzerwanie spała do rana.

Obudziła się dziwnie rzeźwa i zdrowa. Wstała natychmiast i poszła do okna. Poranek był przepiękny, jeden z tych, jakie bywają czasami w październiku, pomiędzy dwiema serjami deszczów. Pożółkłe trawniki pokrywał szron, mieniący się w słońcu, które świeciło jasno i rozlewało potoki ciepła i wesela na czerwone liście buków, na rdzawe korony grusz, stojących w ogródku, na blado-złote, jakby z najczystszego, nietopionego jeszcze wosku topole; na zielono-perłową ruń zbóż młodych, ciągnących się długim pasem, równolegle z szynami kolei; — odbijało się w kałużach wody, jakby w taflach z seledynu, rozzłacało powietrze i te długie mury lasów stojących bez ruchu, zatopionych w jakiejś usypiającej ciszy. Drzewa zdawały się wolno oddychać i podnosić ostatnie pędy i nieopadłe jeszcze liście ku słońcu, i piły światło i ciepło. Wróble z krzykiem radosnym trzepotały się pod magazynem i jakby oszalałe ciepłem biły się zajadle, i całemi bandami obsiadały dachy, wieszały się na drzewach i znowu spadały ze świergotem na ziemię.

— Bardzo ciepło dzisiaj? — zapytała Rocha, który z mokrą ścierką w ręku suwał się na kolanach po pokoju i wycierał podłogę.

— Ciepło! e... panienko, ciepło je galante, ale i zamróz je też galanty.

Roześmiała się z tej odpowiedzi i zapragnęła ruchu, powietrza, poczuła w sobie dawną Jankę, silną i niezmożoną. Zaczęła się krzątać po pokoju i zapytała go znowu:

— Pan na służbie?

— Na służbie! e... jużci że na służbie, bo pan Zaleski pojechał dodnia na swej maszynie i nie wrócił, pan naczelnik go zastępuje.

— Na rezerwie pojechał?

— Na rezerwie! e... nie panienko, na taki maszynie, co to się siada na ni okrakiem i ino się kalikuje nogami, a ona się kręci sama; pan Zaleski cięgiem jeździ na niej!

— Bicykl.

— Biceg! e... juści, bo mi onegdaj na odwieczerzy pedział: Rochu, przyprowadź biceg z magazynu. Przyprowadziłem juchę delikatnie kiej kunia, a on se skoczył na bicega tego i pojechał, a to kółeczko ino się lśniło. Aż przymrużył oczy, tak sobie żywo przypomniał to lśnienie, i szorował dalej.

Janka zaczęła oglądać całe mieszkanie. Słaniała się nieco, nogi drżały pod nią, z uczuciem dzieciństwa uczyła się prawie chodzić i myślała, oglądając, że przez te cztery miesiące nic się tutaj nie zmieniło, tylko więcej niż zwykle kurzu leżało na meblach i fortepian był przykryty dywanem. Usiadła przy nim i otworzyła, ale nie śmiała uderzyć w klawisze, które się w tem ostrem świetle słonecznego dnia wydawały niby wyszczerzone zęby jakiejś czaszki trupiej. Pewien lęk niewytłumaczony powstrzymywał ją, czuła, że, uderzywszy, obudzi jakąś przeszłość, która ją znowu otoczy tumanami przypomnień bolesnych, bo sam widok już przypominał jej, że w tym samym saloniku oświadczał się jej Grzesikiewicz, i z tego samego saloniku ojciec ją wygnał z domu. Zimno ją przejęło, poszła do swojego pokoju, nie mając nawet odwagi zamknąć fortepianu. Usiadła w oknie i przyglądała się stacji.

Karaś, na maszynie rezerwowej, podciągał ładowne wagony pod rampę, i co chwila rozlegał się głuchy huk buforów, uderzających o siebie przy dojeżdżaniu. Świerkoski szedł z psem linją i stał chwilę przy robotnikach, rozkopujących plant i huczących oskardami przy podbijaniu podkładów. Jacyś Żydzi snuli się po rampie, na której leżały stosy worków ze zbożem, dziesiątki furmanek chłopskich zabierały węgiel z wagonów, słychać było zgrzyt żelaznych szufli o węglarki, skrzyp wozów i poganianie koni. Orłowski chodził po peronie w czerwonej czapce i w białych rękawiczkach, co chwila spoglądając na nią.

Życie toczyło się dokoła po codziennej równi cicho i automatycznie prawie, a ona tak odwykła od niego, iż z pewnem zdziwieniem i przykrością patrzyła; zobaczyła, że ci ludzie poruszają się jakoś sennie, że się tutaj nie śpieszy nikomu, że tutaj nikt nie potrąca i nie prześciga drugich w pośpiechu; że gwar ustawiczny wysiłków, zgiełk, szamotanie się, ostra i wyczerpująca walka współzawodnicza nie istnieje tutaj, że muszą czuć mało i myśleć jeszcze mniej, tyle tylko, ile potrzeba było do roślinnego prawie życia, do zaspokojenia najpierwotniejszych potrzeb; że wszyscy mają w sobie coś z tej ziemi, odartej już z barw lata, smutnej i jakby zamierającej, szarej a silnej, z tych lasów wielkich; czuła w ludziach tę samą twardość, co w dębach, których potężne, rosochate korony, pokryte zrudziałemi liśćmi, miała przed sobą, po drugiej stronie stacji; ten sam smutek rezygnacyjny i nieświadomy, jaki był w wielkich brzozach, co świeciły białemi pniami z pośród ciemnych świerków; i tak samo ci ludzie zaczynali mowę i milkli nagle, jak las, który się rozkołysał, rozszemrał, rozchwiał niewiadomo dlaczego i milknął, i opuszczał się w zadumę, także niewiadomo dlaczego.

Chodziła po pokoju i myślała o takiem cichem życiu, oddanem pracy i obowiązkom, o życiu tylko ciał i mięśni, uwięzionych w jarzmie potrzeb codziennych. Wzdrygała się. Nie, onaby nie mogła tak żyć i tak powoli, bez protestu i świadomości, staczać się do śmierci, tak rozmieniać się na nędzne prace codzienne, małe myśli, kręcenie się w kółku, niezmiernie gładko wyszlifowanem, ale niezmiernie ciasnem.

— Wyzdrowieć tylko zupełnie! wyzdrowieć jak najprędzej! — myślała, ale jeszcze nie miała odwagi nic postanowić, co z sobą zrobi później, po wyzdrowieniu. Czuła tylko, że przecież tutaj nie pozostanie. Przy obiedzie była mniej ożywiona.

— Czy dróżki w lesie bardzo rozmokłe? — spytała Janowej.

— Nie, panienko, byłam rano na rydzach, to sucho całkiem.

— Są rydze? — i pociągnęła nozdrzami, bo poczuła ich zapach.

Janowa przyniosła ich cały koszyk i pokazywała. Orłowski kręcił się niespokojnie po pokoju, chciał coś mówić, ale dopiero wychodząc po obiedzie rzekł do Janowej:

— Janowa powie panience, żeby się ubrała ciepło, jeżeli chce iść do lasu, ja przyślę pana Babińskiego, to z nim pójdzie, bo sama może się jeszcze zmęczyć.

Poszedł znowu na dół do kancelarji i bardzo serdecznie prosił Stasia o towarzyszenie córce na spacer, lecz w duszy był wściekły, bo sam miał ogromną chęć iść i prowadzić ją pod rękę, ale za nic w świecie nie byłby w stanie tego zaproponować. Żeby stłumić gniew, wyszedł na podjazd, który Roch zamiatał, i zaczął krzyczeć na niego:

— Niedołęga, przysięgam Bogu. Trzyma miotłę jak pióro! Słyszysz, co mówię! wszystkie liście zostają za tobą; jak zamiatasz, co?

— Zostają! e... nie, panie naczelniku! e... zamiecie się, zamiecie doczysta, będzie alagancko kiej w izbie — usprawiedliwiał się spokojnie i dalej zamiatał.

Orłowski miał już odejść, gdy go doszedł tętent konia; ktoś jechał lasem. Przysłonił ręką oczy, bo słońce raziło go, i, poznawszy jeźdźca, który wychylał się z lasu na bułanku z białą grzywą i ogonem, uśmiechał się radośnie.

— Roch! potrzymaj panu dziedzicowi konia! — krzyknął, gdy jeździec zeskakiwał na podjeździe.

— Dzień dobry! — skrzyżowały się powitania i ścisnęły się silnie dłonie.

— Panie Andrzeju, pozwólcie do mnie, na chwilę. Nie proszę na górę, bo...

— zaciął się, przygryzł brodę i machnął ręką.

— Jakże zdrowie panny Janiny? — zapytał Grzesikiewicz, kiedy się już znaleźli w kancelarji.

— Dobrze, tak dobrze, że dzisiaj ma zamiar iść trochę się przejść.

— Ol — szepnął Andrzej, i jego blado-niebieskie oczy pociemniały jakąś myślą, zaczął skubać niewielkie, jasne wąsy.

— Więc jest zupełnie zdrowa, co? — zapytał po chwili.

— Zupełnie. Doktór był wczoraj i mówił, że zupełnie. A bo niedosyć miałem trzy tygodnie ustawicznej trwogi, wiszenia pomiędzy życiem a śmiercią.

Mówił szorstko i w nagłym przypływie uczuć chwytał coraz szybciej zębami brodę.

— Ja dawniej wiszę — szepnął cicho Andrzej, z jakimś ledwie odczutym akcentem bólu, i twarz mu pobladła, ale oczy natychmiast rozbłysły dawną energją wytrwania i uporu.

— Cóż tam u was słychać? kartofle kopiecie?

— Kończymy kopać; za tydzień chcę już zacząć odsyłać do gorzelni.

— Rodzice zdrowi? ojca jakoś dawno nie widziałem.

— Mama zdrowa, a ojciec także zdrów, o zdrów! — roześmiał się sucho i trochę cierpko. — Nie zabieram panu czasu. Może pan zechce zanieść pannie Janinie pozdrowienie ode mnie, dobrze? — zakończył ciszej.

Orłowski spojrzał bystro na niego, uścisnął mu ręce i powiedział:

— Dobrze, dobrze. A mamie ucałowanie rączek ode mnie.

Wyszli pod stację, i Grzesikiewicz odjechał galopem. Orłowski długo patrzył za nim, na jego rozrosłą, pochyloną nad karkiem konia postać.

— Szkoda, taki chłop jak dąb — myślał. — Szkoda! Żeby Janka chciała tylko... Może się to wszystko jeszcze dobrze ułoży... może teraz się zgodzi. Szkoda! — powrócił do kancelarji i zamyślił się głęboko.

Wszedł za nim Świerkoski, usiadł na kanapce, złamał się we dwoje, jak zwykle, i gonił oczyma po pokoju.

— Przyszedłem prosić pana o radę — zaczął, wsuwając ręce w rękawy.

— A owszem, owszem, jeśli będę mógł tylko.

Świerkoski zaczął mu obszernie opowiadać o interesie, jaki miał zamiar przeprowadzić, o dostawie trzystu sążni kamienia brukowego. Chciał się podjąć tej dostawy, bo obliczał, że można na tem zarobić w przeciągu dwóch lat około trzech tysięcy rubli. Rozsnuwał swoje plany i projekty, zapalał się do tego zarobku, aż mu oczy świeciły chciwością i usta drżały nerwowo. Przedstawił to przedsiębiorstwo w najpiękniejszem świetle.

— Co ja mogę innego radzić, bierz pan! — powiedział Orłowski.

— Potrzeba kilku tysięcy rubli, żeby puścić w ruch interes, a ja tyle nie mam. Otóż przychodzi mi na myśl, właściwie przyszedłem, z nią: zaproponować panu spółkę w tem przedsiębiorstwie. Trzydzieści procentów od kapitału włożonego jest pewne.

— Przysięgam Bogu, a naco mi to! — Prawda, mam kilkanaście tysięcy rubli w papierach procentowych i na hipotekach, ale niełakomy jestem na wielkie procenty, wystarczają mi dotychczasowe.

— Cztery, pięć, no sześć procent najwyżej, ależ to śmieszne! szczególniej teraz, gdy można mieć trzydzieści. Gdybym ja miał taki kapitał, to ręczę, że w krótkim czasie podwoiłbym go i potroił. Puściłbym go w ruch, umieścił w interesach, niech się powiększa, niech robi dziesiątki tysięcy, setki, miljony. Niech płynie szerokiem korytem, niech po drodze zbierze, co się da zebrać, niech potężnieje.

— Albo niech zginie bez śladu, bo i to się trafia — przerwał mu Orłowski. Nie odpowiedział natychmiast Świerkoski, bo go olśniły własne słowa i projekty, a odmowa Orłowskiego przejęła go zimnem i żalem ogromnym, że te marzenia się nie urzeczywistnią.

Spojrzał na Orłowskiego ze źle pokrytym gniewem i nienawiścią.

— Widział się pan z tym chamem? — szepnął twardo.

— Z jakim chamem?

— No, z tym Grzesikiem — objaśnił drwiąco.

Orłowski rzucił się gwałtownie.

— Widziałem się z panem Grzesikiewiczem.

— Skądże on Grzesikiewicz! Grzesik, karczmarski syn, wszyscy wiedzą o tem.

— Dobrze, ale poco i dlaczego pan mi to mówi? — zapytał gwałtownie Orłowski.

— Myślałem, że pan nie wie, chciałem ostrzec po przyjacielsku.

— Dziękuję, przysięgam Bogu, dziękuję, ale zupełnie dobrze się obywam bez takich wiadomości — mówił, biegając po pokoju, zirytowany.

— To się tak mówi: obejdę się, a jest inaczej zupełnie. Proszę pana, ludzie są podli i maskują się, aby wyprowadzić w pole takich, jak pan, a Grzesikowi potrzebne jest ukrywanie swego pochodzenia przed państwem. Ho! ho! gra on teraz rolę szlachcica, pana wielkiego. Tfy! chamczuk psiakrew — szeptał nienawistnie i spluwał z pogardą.

— Panie Świerkoski, przysięgam Bogu, ale oszczędź mię pan, nie chcę słuchać więcej.

— Dobrze! Amis! do domu. — Podniósł się ciężko, jego trójkątna wilcza twarz pokryła się jakimś ceglanym rumieńcem, głowa zaczynała mu drgać z hamowanego wzruszenia, a długie, chude, o bardzo rozwiniętych węzłach palce, podobne do pazurów, darły z wściekłością kożuch.

— Spółki pan nie chce? — zapytał już w progu.

— Dziękuję, zarabiaj pan sam, prędzej się zbogacisz — rzucił mu szyderczo Orłowski.

— O! o! pan szydzisz ze mnie — zawołał chrapliwie.

— Nie, panie Świerkoski, ja życzę panu z całego serca zbogacenia rychłego.

Świerkoski wyszedł bez słowa, ale zaraz za drzwiami wyprostował się dumnie i podniósł zaciśniętą pięść. — Poczekaj! poczekaj — syczał. — Odbiję to wszystko kiedyś na tobie. Będziecie jeszcze się nisko kłaniać Świerkoskiemu, będziecie! — myślał, śpiesznie biegnąc do mieszkania. W pierwszym, pustym prawie pokoju, gdzie, oprócz łóżka zbitego z nieheblowanych, sosnowych desek, takiegoż stołu i ławeczki, nie było nic więcej, rozebrał się, włożył pantofle i stary szynel dróżniczy w miejsce szlafroka i tak przebrany poszedł do salonu, od którego klucz zawsze nosił przy sobie. Salon stanowił wielki kontrast z resztą mieszkania, bo był literalnie zapchany meblami bardzo wytwornemi i drogiemi. Świerkoski otworzył wewnętrzne okiennice i zabrał się do rozpakowywania wczorajszej przesyłki, jaką odebrał. Było to maleńkie, damskie biureczko, inkrustowane perłową masą, prześliczne cacko, zniszczone już i pokryte pleśnią wilgotnych składów, obejrzał je z radością, bo udało mu się kupić je bardzo tanio w jakimś pociejowskim składzie.

— Franek! herbaty! — krzyknął do kuchni i zaczął wolno człapać pantoflami, zrobionemi ze starych kamaszków. Przystawał przed sprzętami, dotykał się z pieszczotą mahoniów lub palisandrów, gładził aksamity pokrycia, przeglądał się w wielkich zwierciadłach, zasnutych pajęczyną, bo nie było wolno Frankowi uprzątać, ani nawet zaglądać do tego skarbca, okręcał głowę w jedwabne, brudne portjery, zasłaniające drzwi, albona chwilę siadał na przepysznej, tylko nieco poplamionej otomanie, pokrytej wiśniowym w złote pasy aksamitem, o który omdlewającym ruchem kota obcierał policzki, przymykał oczy z rozkoszy, przeciągał się, ogarniał pokój dumnem spojrzeniem i szeptał: — Moje! moje!

— Franek! herbaty! — Pił szklankę za szklanką, palił papierosy jeden za drugim i rozmarzał się coraz bardziej. Zwinięty w kłębek na otomanie, jak Amis, który leżał w drugim końcu, otoczony kłębami dymu, przez który świeciły fosforycznie jego żółtawe, wilcze oczy, puszczał wodze marzeniom, pozbywał się codziennych trosk, zrzucał z siebie skórę zwykłą, znaną wszystkim, zostawiał gdzieś daleko tego Świerkoskiego, który nienawidził wszystkich: i tych, co byli dobrzy za dobroć ich, bogatych za bogactwa, biednych, bo mu byli wstrętni, pięknych dla ich piękna, szlachetnych, bo uważał ich za głupców, mądrych, bo drwił z mądrości, bo nienawidził tej mądrości, która wskazywała jakieś większe, piękniejsze cele w życiu, niż pieniądze, cały ten Świerkoski, który się wił ciągle w wiecznych pożądaniach nigdy niezaspokojonej ambicji i chciwości, zniknął, została tylko dusza, która już osiągnęła wszystko i tem wszystkiem się rozkoszowała.

Chodził już w myśli po wspaniałych salonach, czuł się bogatym i podziwianym, uśmiech osiadł mu na wąskich wargach, wił się po twarzy i przenikał rozszerzone dumą serce jakimś olbrzymim przypływem pychy i zadowolenia; jego niskie, wysunięte nad twarzą czoło idjoty, sfałdowane głębokiemi zmarszczkami, zdawało się promieniować jakąś zielonawą aureolą. Wyjął z pugilaresu dziesiątki losów loteryjnych najrozmaitszych krajów, porozkładał je przed sobą i zapatrzył się w wielkie szeregi cyfr, w sumy, jakie obiecywał wygrywać.

— Dwieście tysięcy rubli! — szeptał z głęboką czułością, rozwijając pożyczkę premjową. — Dwieście tysięcy rubli! — przeginał się jakoś lubieżnie, bo ten słodki dźwięk łaskotał rozkosznie po sercu.

— Trzysta tysięcy marek! — zdawał się szeptać różowy los loterji hamburskiej.

— Dwieście tysięcy marek! — śpiewało mu w duszy od błękitnego losu saskiego.

— Sto tysięcy florenów! — grzmiały czerwone węgierskie.

— Pół miljona franków! — rozległ się głęboki, poważny głos liljowego papieru z głową rzeczypospolitej francuskiej w pośrodku.

— Miljony! miljony! miljony! — szeptał, uśmiechając się słabo, i te miljony już czuł przy sobie, rozpalały mu krew, przenikały siłą potężną,

rozprostowywały skurczoną w pożądaniu duszę, podnosił głowę coraz
wyżej, oddychał głęboko, jakby wciągając słodki a denerwujący zapach
tych pieniędzy, aby je wchłonąć w siebie, aby je czuć we własnej krwi.
— Miljony, moje miljony — skandował wolno razy kilkanaście z
uporczywością idjoty i kretyna, olśnionego świecącą blaszką. — Moje — i
nie pamiętał już nic, że prowadzi życie nędzne, że żywi się chlebem,
kartoflami i herbatą, że oszukuje zarówno ludzi, jak i siebie, że dla tych
urojeń poświęcił w tycia wszystko, że te losy kłamały, że oszukiwały go
dwa razy rocznie, że przez nie umierał prawie z rozpaczy, ponieważ nie
padała na nie wielka wygrana — nic, nic już nie pamiętał, bo w
najtajniejszej głębi jego istoty tkwiła niespożyta wiara w spełnienie się
tych idjotycznych marzeń.

***

Orłowski poszedł na górę, był wściekły za ode zwanie się lekceważące o
Grzesikiewiczu: Cham! Grzesik! karczmarski syn! — myślał, powtarzając
ze złością słowa Świerkoskiego. — Tak, ale porządny człowiek,
wykształcony, dobry, bogaty. Co im do tego? Co to kogo obchodzi! —
Dopiero po jakimś dłuższym czasie uspokoił się i zaczął rozmyślać,
dlaczego tak Świerkoski mówił, co w tem miał za interes! Uderzył się nagle
w czoło i kilka razy z rzędu schwycił brodę zębami. — Ach! on może myśli
o Jance, zazdrość o Andrzeja żre go, a! rozumiem teraz, rozumiem. Mój
panie Świerkoski! za małyś dla Orłowskiej, za mały — szeptał, uchylił
drzwi do kuchni i zawołał:
— Niech Janowa powie, że pan Grzesikiewicz przesyła ukłony panience.
— Panie Stanisławie! — mówił do Babińskiego, zeszedłszy do kancelarji
— córka już czeka na pana.
— Jestem gotów, tylko zechce mnie pan przedstawić, bo nie mam
przyjemności znać osobiście szanownej panny Janiny — mówił Staś
uroczyście, naciągając rękawiczki.
Zaprowadził go, przedstawił w dwóch słowach, nie patrząc na Jankę, i
wyszedł.
— Ja czekałem tylko wyzdrowienia pani, aby przyjść z prośbą o
pożyczenie książek do czytania — mówił Staś. — Takie nudy, takie nudy,
że moi przyjaciele warszawscy są zdumieni, że ja wytrzymam tutaj.
— Pan niedawno w Bukowcu?
— Od trzech miesięcy, pani! — powiedział z tak komicznem ubolewaniem,
że Janka roześmiała się: wydał się jej sympatycznym i zabawnym z tą
różową cerą młodej dziewczyny i z tą nieśmiałością dziecinną, śmieszną
przy jego brodzie i wysokim wzroście, i rozwiniętych ramionach. Robił
wrażenie chłopaczka, ucharakteryzowanego na mężczyznę.
— Chodźmy, pokażę panu, że Bukowiec, chociaż nudny, brzydkim nie jest.
Podał jej rękę, gdy szli, ale się tak zarumienił gwałtownie, że odwracał
głowę, aby tego nie spostrzegła. Prowadził ją z największą ostrożnością, bo
nogi się jej plątały.

— Babiński, a uważaj pani — zawołał za nim Orłowski przed stacją.

— Czy do lasu pójdziemy?

— Tak, musiał go pan już poznać trochę?

— Nie. Byłem raz i zbłądziłem, a po drugie, mama mówi, że to niezdrowo teraz chodzić po lesie, za dużo wilgoci, więc niebezpiecznie, można się przeziębić, dostać febry,

— O! pan się chyba o siebie obawiać nie powinien — powiedziała, obrzucając go spojrzeniem.

— Ba... właśnie, że muszę się pilnować, ciągle muszę pamiętać; mama mówi, żebym nie zaniedbywał, bo zwykle jedna choroba przygotowuje następne. — I zaczął obszernie opowiadać o środkach leczniczych, o wycieraniu się kamforą po każdem zmęczeniu, o obwijaniu flanelą do łóżka, mówił z całą naiwnością, a tak serjo, że Janka powstrzymywała się, aby nie wybuchnąć śmiechem.

— Ma pan dobrą mamę — powiedziała mu krótko, gdy skończył.

— O pani! myślę, że takiej drugiej niema na świecie — i znowu snuł tysiączne szczegóły o rozrzewniającej troskliwości matczynej, i pomimo nieśmiałości, z jaką do niej się zwracał, jaką miał w spojrzeniu niebieskich oczu, w ruchach, w uśmiechu — gadał i gadał niepowstrzymanie.

Nie odzywała się, nie słuchała go nawet; puściła jego ramię i szła środkiem dróżki leśnej, przemiękłym piaskiem, obeschłym tylko zwierzchu. Las nakrywał ich potężnie rozrosłemi konarami, tylko przez gałęzie błyskały kawałki bladego nieba i na mchach żółtawych, na skręconych, rudych i zeschłych piórach paproci drżały miejscami złotawe blaski słoneczne. Suche szyszki, zwieszające się ze świerków niby pełne wrzeciona, spadały im pod nogi i w doły pełne zgniłej wody, w której odbijało się słońce. Nad strugami stały czarne olchy, albo biało-srebrnawe osiki trzepały listeczkami, pomimo zupełnej ciszy i spokoju, panujących w lesie. Potężny zapach żywicy, liści gnijących, surowizny, kory i ziemi przemiękłej unosił się po lesie. Janka błądziła w zadumie oczyma po lesie tak dobrze jej znanym, odnajdywała wszędzie znajomych: wielką górę skalistą i nagą, żółcącą się zrudziałemi głazami, jakieś wapienne zbocza, po których się pięły, niby wyciągnięte szpony, długie pędy jerzyn; olbrzymie sosny, co migotały zdaleka swoją czerwonawą korą, istne bursztynowe kolumny, poplamione rdzą; strumyki, które się sączyły pomiędzy korzeniami drzew, jak pasma jedwabiu lśniące; ścieżki, polanki z bagniskami w pośrodku, poznawała wszystko, myślała w Warszawie nieraz o tym lesie, było teraz tak, jak chciała, aby było, jak pragnęła — a jednak zobaczywszy, poczuła brak czegoś: nie witała uniesieniem, bo ten las był jej prawie obojętnym teraz, nie czuła już tego łącznika pomiędzy sobą a temi gąszczami, co stały nieme, w połowie z liści odarte, zbiedzone i jakby zapadające w długi sen zimowy, a zionęły chłodem.

Chodzili z godzinę. Babiński zamilkł, a ona z pewną goryczą patrzyła na ten las, który nic nie mówił teraz do niej, którego życia nie czuła jak

dawniej, i jak dawniej nie wstrząsał nią. Czuła się obcą wobec niego.
— Wracajmy, tak mnie odurzyło powietrze, że czuję się jakby pijaną.
— Dobrze, bo przyznam się, że zaczynam czuć katar, nie wziąłem kaloszy.
— Co pan robi wieczorem? — zapytała, aby coś powiedzieć.
— Jeśli nie jestem na służbie, to siedzę w domu i czytam, a gdy mi
zbraknie książek, to idę do państwa Zaleskich, posłuchać gry pani
Zaleskiej.
— Nie znam ich, muszą być w Bukowcu niedawno?
— Trzy miesiące, razem sprowadziliśmy się tutaj.
— Ależ ona musi całe dnie grywać, bo ciągle słyszę muzykę.
— Po sześć godzin dziennie. Ogromnie pracuje, a przytem niesłychanie
miła — dodał gorąco i zmieszał się, bo Janka uśmiechnęła się lekko. —
Więc pani będzie łaskawa pożyczyć mi książek do czytania?
— Może pan przyjść jutro, to wybierzemy, jeśli się co znajdzie. —
Podziękowała za towarzystwo i poszła do mieszkania. Jeszcze się nie
zdążyła rozebrać, gdy Janowa przyniosła list.
— To od tej pani, co gra cięgiem — objaśniła.
Janka ciekawie oglądała heljotropowy list ze złotą lirą na kopercie,
woniejącej także heljotropem; nie miała go jeszcze czasu przeczytać, gdy w
kuchni rozległ się jakiś obcy głos. Janka podeszła do drzwi, w których
ukazała się Zaleska w szlafroku adamaszkowym bordo w złote palmy,
obrzuconym u szyi i przy dłoniach kremowemi koronkami.
— Pani pozwoli, ale przychodzę się usprawiedliwić...
Janka poprosiła ją do pokoju.
— Pani daruje... Jestem Zaleska! Musiała już pani słyszeć o nas, jesteśmy
niedawno w Bukowcu. Trochę dziwnym jest mój list, ale niech mnie
usprawiedliwi tak, jak mnie ośmielało bliskie sąsiedztwo. — Usiadła przy
stole, wyjęła srebrną papierośnicę i podała Jance z uśmiechem
zapraszającym.
— Dziękuję pani, nie palę.
— Jeśli zabieram czas, to proszę, powiedz pani otwarcie, pomiędzy
koleżankami nie powinno być żadnego skrępowania. — Zaczęła
gwałtownie koło siebie szukać zapałek. — Prosiłam pani listownie, bo
osobiście nie miałam odwagi, ale mam przynajmniej nadzieję, że pani mi
daruje i śmiałość, i natręctwo! — zapaliła wreszcie papierosa i pociągnęła
kilka razy z lubością. — Mam wieczorem trochę gości, kuzyni bliscy,
państwo Tacikowscy z Tacikowa, wie pani? Ona i moja mama... wilgotny
tytoń i palić się nie chce — rzuciła papieros na podłogę i rozgniotła go
nogą. — Byłam w Warszawie, ale kupić zapomniałam, więc jeśli pani
będzie łaskawa, to będę jej wdzięczną, a wdzięczną być umiem... Pamiętam
raz, jeszcze byłam w konserwatorjum, na ostatnim kursie, Cesia Pigłowska,
wie pani? była później jedną z najlepszych uczenic Rubinsteina, talent
pierwszorzędny, ale zmarnowany przez zamążpójście, chociaż ten jej mąż
idealny, słowo daję — idealny. W zabawny sposób poznali się ze sobą,

wypadkiem, a że traf wszystkiem rządzi... Ale powracam do prośby, otóż chciałam prosić o pożyczenie nakrycia na sześć osób, bo tak mi dzieci wytłukły w ostatnich dniach, że zmuszoną jestem pożyczać. A i pani ma fortepian? i pani grywa? — zawołała, spostrzegłszy przez uchylone drzwi do saloniku fortepian; pobiegła do niego i z wielką biegłością zaczęła wybębniać jakąś improwizację. Janka poszła za nią, zdziwiona tą paplaniną nieskończoną bez związku i sensu.

— Zna pani to, co? — zagadnęła, rozpoczynając co innego. — To scherzo z koncertu Moszkowskiego! Prześliczna rzecz, a szczególniej w tem miejscu, słyszy pani śmiech, subtelny, ironiczny śmiech! — Odrzuciła tren szlafroczka ruchem koncertantki na estradzie, uśmiechała się, przechylając główkę na bok, jakby pod ciężarem rozmarzenia, i grała, posyłając wdal z pod przysłonionych powiek niezmiernie melancholijne spojrzenia. — Ale i bielizny stołowej zechcesz mi pani pożyczyć — powiedziała, kończąc grę jakiemś wściekłem fortissimo, westchnęła, opuściła bezwładnie ramiona, niby pod ciężarem rozkoszy, powlokła oczami po saloniku, podniosła rękę do czoła, westchnęła przeciągle, jakby się budząc, i powstała, dumnie się prostując.

— Daruje mi pani roztargnienie — zaczęła cicho, biorąc Jankę za rękę — ale wiem, że pani mnie zrozumie, bo jesteś pani przecież artystką. Słyszałam, słyszałam, i ma pani całą moją przyjaźń i całe moje serce. Wszystkie dusze, żyjące tylko dla sztuki, powinny się rozumieć i kochać. Do widzenia, do widzenia! — przesłała jej pocałunek od ust i wybiegła. Janka nie miała sposobności zamienić z nią i słowa jednego i po jej odejściu wzruszyła ramionami lekceważąco, i wzięła się do czytania.

W pół godziny Zaleska przesłała znowu heljotropowy liścik: o pożyczenie dwóch funtów cukru i herbaty; bo, pisała, mężuś zapomniał z Kielc. Janka kazała Janowej zanieść wszystko, o co prosiła, ale Janowa zaprotestowała.

— Panienko, ta pani to cięgiem ino pożycza; pan naczelnik jeszcze dawniej, jak panienki nie było, powiedział, ażeby jej nic nie dawać, bo nie oddaje. Niech pan sam powie! — zwróciła się do Orłowskiego wchodzącego, powtarzając mu, o co idzie.

— Głupiaś, moja Janowa, jak panienka jest w domu, to panienka rządzi, mnie nic do tego — powiedział ostro. — Jeżeli panienka kazała ci dać, to dać natychmiast.

Janka położyła się zaraz do łóżka, bo się czuła tym pierwszym spacerem bardzo zmęczoną. Orłowski cały wieczór chodził po stołowym pokoju i co chwila prawie posyłał Janową do Janki z zapytaniem, czy nie potrzebuje czego, a następnie zaproponował czytanie głośne.

— Niech Janowa powie, że bardzo serdecznie dziękuję i słuchać będę z przyjemnością, bo zupełnie spać nie mogę! — powiedziała Janka głośno. — Orłowski usłyszał, odsłonił kotarę, przysunął stół i, siadłszy w drzwiach, czytał jakąś mdłą powieść angielską.

Rano Zaleska znowu przysłała wonny list, w którym zapowiadała się na wieczór, a tymczasem przepraszała, że nie odsyła pożyczonych przedmiotów, bo ci spodziewani kuzyni pojechali do Warszawy, mężuś się widział z nimi na stacji, wstąpią zpowrotem. Posyłała pocałunki i prosiła na zakończenie o pożyczenie kwarty kaszki krakowskiej.

— Panienko! ona ma tu! — wtrąciła Janowa, widząc uśmiech Janki, z jakim czytała list, i zaczęła opowiadać o porządkach, jakie panują u Zaleskich.

— Nie chcę słyszeć, niech mi Janowa nigdy nie opowiada, co się gdzie dzieje.

— Zawdy przecie lepiej wiedzieć więcej kiej mniej! — tłumaczyła Janowa.

— Prowincja już mnie chwyta — myślała Janka — zaczynam już czuć jarzmo.

Przychodziła do zdrowia bardzo szybko i z początku z pewnem upodobaniem poddawała się prądowi życia cichego i dosyć czynnego, ale strasznie monotonnego, jakie płynęło w Bukowcu. Pociągi w oznaczonych godzinach przychodziły i odchodziły; Orłowski regularnie szedł na służbę rano i powracał wieczorem; Zaleski, jego pomocnik, wszystkie wolne chwile poświęcał trenowaniu się na rowerze przed stacją, na małym podjeździe. Spóźniał się na służbę i zaniedbywał dom, a jeździł i jeździł, aż to znudziło wszystkich, i tylko czasami w niedzielę chłopaki najbliższych wsi przylatywali zobaczyć tego „cudaka", co w opiętym kostjumie, na tej djabelskiej maszynie wykreślał nieskończone koła.

Grzesikiewicz codziennie, w różnych godzinach, przyjeżdżał dowiadywać się o zdrowie Janki. Przyglądała mu się kilka razy z okna z dziwnem uczuciem pomieszania. Karaś ciągle wekslował swoje wagony. Świerkoski dnie całe przesiadywał na stacji, łaził po linji z psem, krzyczał na robotników. Janka przyzwyczaiła się widywać go w jednych i tych samych godzinach, w których przechodził koło okien i kłaniał się jej uniżenie, jak i przyzwyczaiła się do wiecznego brzęczenia fortepianu Zaleskiej. Wiedziała, co robili wszyscy wczoraj i co robić będą jutro. Wiedziała o wszystkich nadziejach i chorobach Stasia, bo był u nich kilka razy i z całą naiwną otwartością opowiadał wszystko, co się jego tyczyło. Wiedziała o wszystkiem, bo Janowa nie mogła się uspokoić dotąd, aż wypowiedziała, ile pani Zaleska wydaje na puder, ile na mięso, co robi po nocach Karaś, kto z okolicy i po co przysyłał do bufetu, i tak jej to prędko obrzydło, że zamykała się na całe dnie w pokoju i leżała godzinami na łóżku, nie myśląc nic i nic nie czując prócz nudy, która ją ogarniać poczynała.

Zaleska wypisywała do niej całe tuziny pachnących listów, wpadała na chwilę, a siedziała godziny całe, opowiadając w tempie jedenastej rapsodji Liszta o najmłodszym swoim synku, Waciu, że zaczynał już ząbkować; o Szopenie, że jest boski! o zdolnościach starszego Stefka, który wybijał pięścią klawisze; o Helence, która miała niegrzeczny zwyczaj plucia na wszystko. Wtrącała uwagi o Babińskim i ze śmieszkiem znaczącym usprawiedliwiała się dyskretnie, że nie jest winną temu, że chłopak głowę traci. To znowu snuła fantastyczne projekty na przyszłość i odrazu przeskakiwała do zapytania, po ile Janka płaciła za łokieć materjału, z jakiego miała zrobioną suknię; to przynosiła kapelusz do przymierzenia, bo lustro Janki było lepsze. Wspominała niejasno o jakimś kuzynie w Warszawie, bardzo wpływowym, bardzo bogatym i bardzo miłym, który ich protegował.

— Bo mężuś jest zdolny bardzo — szeptała, uśmiechając się blado i skubiąc kanwowy fartuszek z minką dziewczynki — ale nie ma szczęścia, zupełnie nie ma, przez cztery lata zmienił sześć służb. — Wzdychała ciężko i dawała do zrozumienia, że nie jest szczęśliwą, że ją spotkał w życiu zawód wielki, że jest ofiarą losu. A czasami, słówkami rzuconemi niebacznie, wspominała o jakimś swoim występie publicznym; o występie, który był wielkim triumfem. Wyprostowywała się, mówiąc o tem, usta jej drżały wzruszeniem i rzeczywista czy też imaginacyjna boleść za przeszłością wyciskała jej łzy z oczu i tak ją rozczulała, że śpiesznie wybiegała do siebie.

Jance wydawała się bardzo śmieszną, ale szanowała ją, bo grała znakomicie: tak opanowała technikę fortepianu, jak niewielu ze znanych i uznanych mistrzów tego instrumentu, ale poza grą była dzieckiem, zatopionem w małych sprawach codziennych, w głupstwach; nic nie wiedziała i nic prawie nie pojmowała.

Zaprosiła Jankę jednego dnia na herbatę, ale przedtem heljotropowym liścikiem prosiła o szklanki i cukier miałki. Janka poszła z ciekawością.

Zaleska przeprowadziła ją śpiesznie przez pokój, w którym mężuś nierozebrany, zabłocony ostatnią jazdą, chrapał rozgłośnie na sofce, do swojego pokoju, przylegającego do saloniku Orłowskich. Pokój był wybity błękitnym papierem i bardzo ładnie urządzony. Meble pokrywał błękitny z heljotropowym odcieniem aksamit, takież były portjery i firanki, i podobny zupełnie dywan tłumił kroki. Blüthnerowski fortepian stał pod oknem; wielka palma swojemi wachlarzowatemi liśćmi tworzyła zielony dach nad klawjaturą. Gerydony, pełne zwiędłych i poschłych kwiatów, stały w kilku miejscach. Biurko, wykładane kością słoniową, maleńkie, eleganckie, przepełnione cackami, powiędłemi bukiecikami fiołków, które od wiosny wyrzucić zapomniano, listami, pudełkami z papierem listowym, nutami, rękawiczkami, które się walały w rozsypanym pudrze, stało na środku pokoju. Po krzesłach, po fotelikach japońskich z bambusu, o poręczach z heljotropowego aksamitu, na fortepianie, nawet na skromnem łóżku, ukrytem pod pawilonem z heljotropowych tiulów, na dywanie pod ścianami leżały bezładnie porozrzucane książki, nuty, przeglądy mód, fartuszki dziecinne, kalosze mężusia i t. d. i t. d.

— Boże, co za nieład, Boże, co za nieporządek — narzekała Zaleska, załamując ręce.

— Anusia, Anusia! — wołała na służącą, ale Anusia nie przyszła, tylko od kuchni dolatywał gwar i krzyk dzieci, a w przerwach coraz potężniejsze chrapanie mężusia.

— Panno Janino! niechże pani siada; straszliwy nieporządek; ale jedna sługa nie może sobie dać rady ze wszystkiem; doprawdy, że nieraz rozpacz mnie ogarnia. Mówiłam już mężusiowi, aby przyjął pokojówkę; powiada, że dostać nie można. Pisałam nawet do kuzyna, niechby przysłał z Warszawy.

Poskładała nuty na fortepian, przysunęła Jance fotelik i upadła zmęczona na niski, biegunowy fotel, obity heljotropowym jedwabiem; ale zerwała się natychmiast, wydobyła pudełko cukierków z biurka, przysunęła do Janki maleńki stoliczek z czerwonej laki, postawiła cukierki i zaczęła Jankę zapraszać do nich. Sama jadła je ciągle, bujała się na fotelu, poprawiała misternie w grajcarki sztywne ufryzowaną grzywkę i znowu mówiła:

— Proszę pani, myślę, czemu nie zostałybyśmy przyjaciółkami! Chwilami tak mi potrzeba przyjacielskiego serca, duszy, któraby mnie kochała. Ach! w tej chwili każę dawać herbatę. — Wybiegła i powróciła prawie natychmiast zdyszana i zarumieniona, z wypiekami na twarzy, upadła ciężko na fotelik, zaczęła gryźć cukierki, z kuchni przybiegły za nią przeraźliwe krzyki dzieci. — Ach! boję się szaleństwa, ale jeślibym dłużej miała w takich warunkach żyć, to nie ręczę za siebie. — Przerwała, nasłuchując, bo turkot jakiś rozległ się przed stacją. — Ma przyjechać do mnie dzisiaj pani Osiecka, zna ją pani?

— Tylko z widzenia.

— Bardzo miła kobieta, trochę smutna, ale dystyngowana i ma rozległe w świecie stosunki, bardzo często przyjmuje u siebie, szczególniej latem, bo mieszkało u niej kilka kuzynek. Świerkoski się podobno stara o jej siostrzenicę, Zosię, ale to bardzo dziwny człowiek, przyznam się, że go się boję. Czy to prawda, że pani była w teatrze — zapytała prosto.

— Trzy miesiące byłam — odpowiedziała Janka niechętnie.

— Pani mi daruje, już się nie pytam więcej, bo widzę, sprawiłam przykrość zapytaniem. Tak, tak — szepnęła melancholijnie — każdy człowiek, a szczególniej kobieta każda, ma w swojem życiu jaśniejsze chwile, o których nierada mówić; rozumiem to dobrze. Proszę pani, te morele w cukrze bardzo dobre, ręczę za nie, bo to mój kuzyn je przysłał.

Usiadła do fortepianu z cukierkiem w ustach i zaczęła grać preludjum Szopena, te szeptane przez łzy, wśród czarów wiosennej przyrody, zwierzenia duszy chorej. Janka wsłuchiwała się z przejęciem i kładła na tych pełnych woni i smutku rytmach duszę, i zwolna pogrążyła się w jakiś nastrój szarpiący nieopowiedzianą tęsknotą. Zaleska grała z uczuciem i z przedziwną prostotą, nie było w jej grze nic błyskotliwego, nic wirtuozowskiego, obliczonego na olśnienie i zdumienie słuchaczy; gra jej była jakaś nieosobista, tak nic indywidualnego nie mąciło i nie przysłaniało Szopena. Jej blada, nieregularna twarz, powlekła się smutkiem, wielkie, piwne oczy świeciły głębokim wyrazem odczuwania piękności muzyki, przygryzła ze wzruszenia wiśniowe, prześlicznie wykrojone usta i grała, przejmując się coraz głębiej.

— Przestań! psiakrew, że to przespać się nie można, tylko brzdąkanie i brzdąkanie — krzyczał mąż, zatrzaskując drzwi do buduarku, i poznać można było po gwałtownem trzeszczeniu sofy, że położył się znowu spać. Zaleska zerwała się od fortepianu i zalęknionym wzrokiem spoglądała na drzwi, to na Jankę.

— Pani daruje, ale mężuś zmęczony treningiem... zapomniałam istotnie...

— Wstała, chcąc prawdopodobnie iść przepraszać go, ale usiadła zpowrotem przy fortepianie i zaczęła obrywać zeschłe liście kwiatów na oknie, aby ukryć wzruszenie, ale nie potrafiła, bo łzy zaczęły się wydzierać z pod zaciskanych powiek i coraz obficiej płynąć po twarzy, żłobiąc w wypudrowanej powierzchni żółtawe brózdy; rozpłakała się wreszcie spazmatycznie, przysłoniła twarz chustką i płakała cicho, jak dziecko skarcone niesłusznie. Janka uczuła się wprost oburzona brutalnością Zaleskiego i w jakimś przypływie współczucia przysunęła się do niej, i uspokajała ją z prawdziwą serdecznością. Zaleska przycisnęła się do niej, jak dziecko, i płakała; zdawało się, że całe strumienie łez ruszyły z łożysk niewyczerpanych i płyną coraz obficiej.

— O, jakże jestem nieszczęśliwa! o, gdybyś pani wiedziała! — szeptała coraz ciszej, trzęsła się w łkaniu, jakie rozrywało jej piersi.

Janka przygarniała ją do siebie coraz silniej i głaskała pieszczotliwie po wspaniałych, puszczonych w warkocz, włosach. Nie wiedziała, co mówić do niej, ani czem ją pocieszać, wzbudzała litość tem swojem dziecięstwem i wrażliwością.

— Mężuś jest dobry, o, ja się nie skarżę na niego, nie; jest bardzo dobry, ale służba tak go rozdrażniła, że czasem powie jakie słowo ostre, które mnie tak boli, tak boli... — Umilkła i zaczęła ssać chciwie cukierek; uspokoiło ją to nieco, bo poszła do tualetki, stojącej obok łóżka, wytarła się kolońską wodą, przypudrowała i wyszła uśmiechnięta i rozpromieniona; zupełnie już zapomniała o przykrości niedawnej, tylko pod oczami, wilgotnemi od łez i wody kolońskiej, wystąpiły sine plamy, jako jedyne ślady wzruszenia. Poszła do kuchni i wkrótce służąca przyniosła herbatę.

— Anusia, a nie zapomnij tam o dzieciach.

— To się wie, nie trzeba mi przypominać — odpowiedziała opryskliwie służąca.

— Niech się Anusia nie gniewa, ale czasem można zapomnieć — prosiła pokornie i, gdy służąca wyszła, zaczęła się usprawiedliwiać: — Takie teraz są złe służące i tak o nie trudno, że boję się, aby mnie moja Anusia nie opuściła, bo mężuś się gniewa, jeśli zmieniam sługi często, a do tej dzieci zupełnie się przyzwyczaiły.

Jance żal się zrobiło tej biednej niewolnicy sług, męża i dzieci, i chciała jej to powiedzieć, ale Zaleska znowu mówiła:

— Pani zna pana Grzesikiewicza?

— Dosyć dawno — odpowiedziała Janka, chmurniejąc.

Zaleska spostrzegła się, że znowu sprawiła jej przykrość, i umilkła, przysiadła do biurka, napisała na heljotropowym bilecie kilka wierszy, które zaraz poszła wysłać przez Anusię. Później znowu zaczynała mówić, ale wpadała co chwila w zamyślenie, patrzyła w okno, zaglądała cichutko, czy mężuś śpi jeszcze, wzdychała, jadła cukierki i przesiadała się z krzesła na krzesło, nie mogąc nigdzie usiedzieć.

— Wie pani! w Warszawie jesień nie jest tak straszną. Ciekawam, czy też noszą jeszcze figara?

— Nie wiem.

— Sezon korcertowy już się rozpoczął; ach, te środy w Towarzystwie Muzycznem!

— Bywała pani często?

— Nie opuszczałam ani jednej! a premjery w Rozmaitościach? a koncerty latem w Dolinie Szwajcarskiej! a tysiąc przyjemności, jakie tylko miasto dać może; ta atmosfera artystyczna, którą się oddycha, to życie inne! Boże, Boże! gdzie to wszystko się podziało, gdzie te czasy.

Janka uśmiechnęła się ironicznie; znała ona nieco tę atmosferę artystyczną, to inne życie.

— Pani Osiecka z panienką przyjechały! — meldowała Anusia.

— Proś! proś! — zawołała Zaleska, biegając po pokoju i, nie wiedząc co robić, pobiegła do mężusia.

— Heniu! Heniu! — szeptała mu do ucha, czerwieniejąc z trwogi. — Mężusiu, mój złoty, wstań-no, przyjechała pani Osiecka. — Zaczęła bardzo delikatnie poruszać go.

— Do pioruna z babami! Czegóż znowu chce ten stary grzmot? Psiakrew, że to przespać się nie można — krzyczał, podnosząc się na nogi.

— Henieczku! nie gniewaj się, mój złoty! mój jedyny! — szczebiotała napół z płaczem, uwiesiła mu się u szyi i bardzo pieszczotliwie i z niezrównanym wdziękiem kotki łasiła mu się u szyi, i spoglądała w oczy trwożnie, niby pies, który się boi kopnięcia.

Odepchnął ją, zabrał poduszkę pod pachę i wyniósł się do dziecinnego pokoju, a Zaleska pobiegła śpiesznie naprzeciw bardzo poważnie prezentującej się damie, która wchodziła.

— Jaka pani dobra, jaka pani dobra! — całowała ją serdecznie. — Panno Zofjo, jakże zdrowie? — zwróciła się do młodej pdnny w dość krótkiej sukience i filcowym, marynarskim kapeluszu. — Panna Janina Orłowska! — przedstawiała Jankę. — Anusia! weźno okrycie pani.

— Cicho, dzieci! — krzyczała na gromadkę swoich dziatek, która ze wszystkich stron wieszała się Osieckiej. — Pozwólcie panie do mnie.

— Moja pani Stefo, a niech się tam koniem zajmie służąca, bo przyjechałyśmy same, no, mówię pani, same, bez parobka! — zawołała potężnym głosem Osiecka, z trudem wpychając się na fotel.

— Dobrze. Anusia! a daj tam koniowi owsa! Prawda, że konie jadają owies?

Osiecka roześmiała się na całe gardło i tak donośnie, że koń zarżał na podjeździe.

— Oj, ty dzieciaku, dzieciaku! a chodź-że do mnie, niech cię ucałuję za taką szczerą naiwność, to... — zakrzyczała gwałtownie, jakby jej kto zaprzeczał.

— To ja się zajmę koniem, może Anusia nie chodzić — powiedziała Janka, myśląc, że przy tej sposobności potrafi się wymknąć.

— O, złota panno Janino, dobrze, bo doprawdy nie wiem, czy mamy w domu owies; ale pani zaraz powróci, koniecznie, bardzo o to proszę, bardzo.

Janka obiecała i wyszła.

— Czy to ta Orłowska, co to była w teatrze, co to się przed miesiącem truła? stało o tem w gazetach, sama czytałam, na własne oczy! — dodała, czerwieniąc się z irytacji.

— Tak, to ta sama, bardzo dystyngowana kobieta, dzielna.

— O, dzielna! doskonale! Dzielna kobieta! — powtórzyła ciszej Osiecka, i jakiś drwiący, zły uśmiech przeleciał po jej przystojnej twarzy, okolonej zupełnie siwemi włosami, co przy czarnych, ogromnych oczach, pełnych żywości i temperamentu, stanowiło jakiś przykry kontrast. Usta i płeć miała zadziwiająco świeże i młodzieńcze.

Janka powróciła wkrótce, i zaczęła się pogawędka bardzo żywa, o niczem prawie. Zaleska częstowała tylko cukierkami i kolejno przysiadała się do każdej, aby kilka słów szepnąć do ucha w tajemnicy. Osiecka ustawicznie przyglądała się Jance. Janka poczuła ten wzrok ciekawy, podniosła dumnie głowę, spojrzenia ich się skrzyżowały zimno i badawczo, a Jankę owładnął jakiś lęk niewytłumaczony, zadrżała, bo oczy Osieckiej przewiercały ją nawskroś i wprost obmacywały całą jej postać, i śledziły z uwagą jej ruchy.

— Nie nudzi się pani na wsi? — spytała Zosi.

— Nie — odpowiedziała krótko i w zakłopotaniu spoglądała na Osiecką, pytając się oczyma, czy mówić może, ale i Janka nie pytała więcej, bo czuła, że myśli zebrać nie może, bo ten tubalny głos Osieckiej podrażniał ją, a te jej oczy, ustawicznie biegające, mieszały ją. Mękę jakąś czuła, jaką musi przechodzić ptak, hipnotyzowany przez grzechotnika; nie miała sił się podnieść i uciec, pomimo że pragnęła to zrobić; w głowie zaczynało się jej mącić, fale krwi uderzały do mózgu, tak osłabła, że była bliską omdlenia, a jednocześnie z pewnym strachem stwierdzała swój stan, bo nigdy przedtem czegoś podobnego nie doświadczała. — Chora jestem! — myślała, rozcierając sobie skronie.

— Gdzież Henio? — zagrzmiała Osiecka.

— Mężuś? prawdopodobnie na służbie...

— Nieprawda. Tatuś śpi! — zaprzeczyła ze złośliwą radością siedząca dotąd cicho Hela.

— Tak... być może... nie uważałam — tłumaczyła się Zaleska, spoglądając błagalnie na córkę.

— Obudź go pani, to sobie małego preferka urządzimy; no, mówię małego, to małego! Pani gra w preferansa? — zapytała już spokojniej, zwracając się do Janki.

— Nie — wyszeptała z trudem, wstrząsając się nerwowo.

— Szkoda! Mój ś. p. mąż mawiał, że to jedna z najprzyjemniejszych gier; dla mnie ona jest, niestety, jedyną przyjemnością od czasu śmierci ś. p. męża; tak, jedyną biednej, samotnej wdowy przyjemnością; no tak, skoro mówię, że samotnej, biednej wdowy jedyną... przyjemnością... — powtórzyła z jakiemś łkaniem, wsparła się na stoliczku, aż zatrzeszczał, i łzy, niby wielkie krople tłuszczu, zaczęły płynąć z jej oczu niespodzianie.

— Cioteczko! niech się ciocia uspokoi.

— Droga pani wie, że jej każde wzruszenie szkodzi — prosiła błagalnie Zaleska.

— Szkodzi... oj, szkodzi, ale pani myślisz, że to biednej sierocie tak łatwo zapomnieć o swoim przyjacielu najlepszym, a wszystko mi ciągle przypomina, że jego już niema. Nie mogę podnieść łyżki do ust, aby nie pomyśleć, że ten mój kochany, ten niezapomniany! ten... — przysłoniła sobie tłustą, wielką, niby patelnia, ręką oczy i ciężko wzdychała, aż fotel trzeszczał, rozpierany jej kształtami, wstrząsanemi łkaniem sierocem. — Zosia całowała ją po rękach i szczebiotała słowa banalnych pociech, ale w oczach miała źle skrywaną niecierpliwość i znudzenie. — Zaleska biegała pomiędzy nią a tualetką, skąd przynosiła coraz nowe flaszki z perfumami i z całem namaszczeniem zlewała jej twarz i głowę kolońską wodą. Osiecka pozwoliła robić z sobą wszystko, co chciała. Odjęła ręce od twarzy i całym ciężarem zwiesiła się na poręczy fotelika z bezwładnością boleści nieutulonej.

Janka, pod wpływem tej sceny, która zrobiła na niej komiczne wrażenie, odzyskała nieco sił i przytomności i teraz patrzyła na profil Osieckiej z drwiącym uśmiechem.

— Dziękuję ci, Stefa! dziękuję! — szeptała Osiecka rozbolałym głosem. — Twoje współczucie budzi nowy żal, nowy ból szarpie mnie przypomnieniami, że to nie on, nie ś. p. mąż mój tak myśli o mnie; nie ś. p. mąż mój tak mnie pieści — zawołała energiczniej.

— Ależ nikt pani nie przeczy — powiedziała trochę szorstko Janka. Osiecka uderzyła ją oczami, niby maczugą, i ciągnęła dalej narzekania łzawym głosem:

— Nie dziwię się obojętności ludzkiej, bo cóż kogo może obchodzić stara, samotna kobieta? Grzeczność! tak, grzeczność zimna tylko. To się dopiero później ocenia, kiedy się zostaje samą na świecie... sierotą... opuszczoną... Pani Stefo, każ zaraz robić kolację, bo tylko jedną partję dzisiaj zagramy, aby wcześniej jechać do domu, bo noce teraz są ciemne — są bardzo ciemne, jeśli się nie nie mylę. — Zwróciła się do Janki.

— Doprawdy, ale nie mogę tego potwierdzić, bo wieczorem już oddawna nie wychodziłam.

— Ach, pani chorowała, jeśli się nie mylę.

— Tak — powiedziała krótko Janka, bo ten wzrok przenikliwy Osieckiej zabolał ją i zmieszał.

— Pani Stefo, obudźno męża, czasby już zacząć grać; no, mówię, że czas, to czas.

— O, z pewnością, że czas — potwierdziła senna Zosia.

Zaleska wyszła, i po chwili w sąsiednim pokoju rozległ się gniewny, zaspany głos mężusia i pokorny, błagający żonusi; potem trzask wysuwanych i zamykanych szuflad, chlupot wody i potężne parskanie. W jakie pół godziny ukazał się Henio. Wyświeżony, w nowym mundurze, uśmiechnięty, różowy od snu i wody, podobny do młodego kurczaka, z tym nosem cienkim i długim, z grzywką naturalnie się wijących w pierścionki włosów blond, starannie rozczesanych przez środek głowy, aż do karku, z oczyma niebieskiemi z wypełzłej emalji, ze słodkim uśmiechem i elegancją kelnera, suwał nogami i przeginał wysoką, smukłą, dobrze uformowaną figurę. Ucałował ręce Osieckiej, która go pieszczotliwie poklepała po twarzy.

— Pani dziedziczka dobrodziejka raczyła zaszczycić nas swoją osobą, z czego ja i moja żona jesteśmy niezmiernie radzi, nieprawdaż, żonusiu? — Ucałował po raz drugi jej ręce, pochylił przepołowioną rozczesaniem głowę przed Zosią, i zwrócił się do Janki z poważnym, pełnym szacunku dla córki zwierzchnika, wyrazem twarzy.

— Nie miałem dotychczas sposobności i przyjemności poznać pani osobiście, chociaż tego pragnąłem bardzo, ja i moja żona, nieprawdaż, żonusiu? Tak mówię, bo jestem pewny, że mam przed sobą pannę Janinę Orłowską, córkę naszego drogiego, szanownego naczelnika, z czego jesteśmy, ja i moja żona, niezmiernie szczęśliwi, niezmiernie jesteśmy dumni, że możemy panią powitać u siebie. — Stanął w drugiej pozycji, wyciągnął rękę, jak w kontredansie, uścisnął jej dłoń, skłonił się tak nisko, że zobaczyła jego czerwony kark, i usiadł pomiędzy Janką a żoną. Uśmiech nie schodził mu z ust i rozpromienienie z twarzy.

— Jaki on piękny! jak on mi przypomina ś. p. mojego męża — rozrzewniła się Osiecka, całując go oczyma. — Panie Henryku! usiądź pan przy mnie, bo mam taki szum w głowie, że zdaleka wyrazów niektórych nie dosłyszę. Przysunęła się do niego tak blisko, że prawie pół jej osoby, zwieszającej się przez trzcinowe poręcze fotelika, opadło i pokryło jego nogi.

— Żonusiu! może każesz naszykować stolik do kart.

— Jakże panu idzie trening? — zapytała Zosia.

— Bliski jestem celu, bardzo bliski — zawołał żywo. — Robię już dwadzieścia kilometrów w minut pięćdziesiąt, i jeśli tak dalej będę postępował, to wiosenny pierwszy rekord mój z pewnością, bo dotychczas jeszcze nikt tak szybko nie jeździł. — Rozpromienił się, z żywością zaczął rozmawiać o maszynach, gumach pełnych, pneumatykach, oliwiarkach, szosach, rekordach i startach. Przytaczał szczegóły z ostatnich wyścigów, opowiadał anegdotki ze sportowego życia. Prawił z wielkiem lekceważeniem o niezwyciężonym dotychczas, polskim championie cyklistów. Pokazywał nogami i rękami niektóre finishowe ruchy, które powinien robić jeździec, jeśli chce pierwszy stanąć u celownika. Siadał na krześle, niby na maszynie, i mówił, mówił, sam śmiał się z własnych dowcipów pierwszy, a nogami bezwładnie pedałował i poręcz krzesła ściskał, i kręcił, jakby kierownikiem. Zosia słuchała z otwartemi ustami, Osiecka co chwila wybuchała potężnym śmiechem, aż fotelik trzeszczał i, aby okazać mu swoje zadowolenie, klepała go po twarzy, lub szczypała nieznacznie w wyrobione, stwardniałe bicepsy.

— A smyk! a zuch chłopak! — szeptała, zachęcając go do coraz nowych opowiadań. Zaleska w otwartych drzwiach do jadalnego pokoju ukazywała się co chwila, patrzyma na mężusia z dumą, słuchała, uśmiechała się delikatnie z jego blagierstwa i znikała, krzątając się dalej około kolacji. Jankę znudziło prędko to towarzystwo, więc, pomimo bardzo gorących próśb, aby została dłużej, pożegnała się i poszła do mieszkania.

IV.

Zastała ojca przy herbacie i Świerkoskiego, coś żywo rozmawiających. Na stole stał w bardzo pięknym, bronzowym wazonie wielki bukiet z róż kremowych i czerwonych goździków. Przywitała się ze Świerkoskim i ze zdziwieniem oglądała bukiet ze wszystkich stron, a unikając spojrzeń ojca, spojrzała pytająco na Janową, która stawiała przed nią herbatę.

Orłowski podsunął jej list i wymownym ruchem wskazał jedność z bukietem, odwrócił się do Janowej i półgłosem powiedział:

— Niech Janowa powie, że to z Krosnowy! Owszem! z przyjemnością, panie Świerkoski, pożyczę panu tych czterystu rubli — zaczął mówić prędko do dozorcy.

— Za dwa miesiące od daty dzisiejszej zwrócę, lecz, jak mówiłem, mam teraz wypłaty za te kamienie chłopom, którzy mi je dostawiają, i całą gotówkę już wydałem. Za dwa miesiące będę mógł wziąć zaliczkę, to zwrócę. — Zamilkł gwałtownie, podniósł się i zaczął liczyć w bukiecie kwiaty. — Trzydzieści pięć róż — szepnął, zapisując tę cyfrę na mankiecie, Sześćdziesiąt dwa goździki. — Policzył raz jeszcze i postawił tę cyfrę obok poprzedniej. — Trzy tysiące pięćset sześćdziesiąt dwa! bardzo dobry numer, bardzo dobry. Połowa stanowi: tysiąc siedemset osiemdziesiąt jeden. Śliczna cyfra — szeptał, zapisując mankiet. — Jak się państwu ta pierwsza cyfra podoba? — zapytał, pokazując kolejno brudny mankiet Orłowskiemu i Jance.

— Doprawdy nie wiem, co panu mam powiedzieć, bo na mnie żadne cyfry nie robią wrażenia — odpowiedziała Janka, zdumiona jego zachowaniem.

— To dla pani martwe, tak! do mnie zaś mówią wyraźnie, ot ta cyfra, którą tutaj wyciągnąłem z ilości kwiatów, mówi mi, żebym poszukał tegoż numeru w jakiejkolwiek loterji, bo wygra z pewnością los główny. Dziękuję panu serdecznie za pożyczkę — zwrócił się do Orłowskiego. — Bardzo przepraszam, ale iść już muszę; przypomniał mi się bardzo pilny interes. — Pożegnał się śpiesznie, świsnął na psa i wybiegł: leciał do domu, aby w samotności rozmyślać nad temi cyframi i pisać do swoich loteryjnych dostawców o los z takim numerem.

— Bzika ma, przysięgam Bogu, zupełny fiksat — mruknął Orłowski.

— Bardzo ładne kwiaty! — szepnęła Janka, oglądając raz jeszcze bukiet.

— Umyślnie jeździł po nie do Warszawy — szepnął Orłowski, szarpiąc brodę, bo mu było ciężko mówić wprost do niej; zaczął chodzić naokoło stołu z założonemi na plecach rękoma i z czułością spoglądał na Jankę, która długo czytała list Grzesikiewicza, skończyła i w milczeniu podała go ojcu.

„Szanowna Pani. Niewłaściwie postępuję, ale z tak szczeremi intencjami, że Pani mi wybaczyć musi. Od ojca wiem, iż Pani powróciła do zdrowia, więc jeśli moja osoba nie sprawia Pani wstrętu, jeśli jej nie jestem nienawistnym, to bardzo serdecznie proszę o pozwolenie odwiedzenia się". — List był długi i cały w tym tonie błagalnym, a szczerym. Prosił wkońcu o słówko choćby odpowiedzi, bo bez niej nie miałby odwagi przyjechać; że jeśli nie zechce go widzieć, to on się zgodzi na to, ale tak błagał, tak zgóry zobowiązywał się skryć w sobie, zdusić wszelkie samolubne uczucia, byle tylko pozwoliła mu przyjechać. Załączał pozdrowienie od rodziców.

— Poczciwy chłop, przysięgam Bogu, poczciwy Jędrek — szeptał Orłowski, a Janka słuchała jakby w płomieniach; zaczął ją przepalać jakiś bolesny ogień, jakiś cichy, głęboki żal zatargał nią. Wpatrywała się w bukiet, wchłaniała bladą, jesienną woń tych kwiatów i zobaczyła przed sobą dobrą, poczciwą twarz tego, który jej te kwiaty ofiarował. Poczuła głęboką wdzięczność i jakieś słodkie zadowolenie miłości własnej, że pomimo wszystkiego on ją kocha jeszcze, ale ta wdzięczność jej serca zaczęła się mieszać powoli z jakąś troską, z jakimś nieuchwytnym żalem, z jakimś, niewiadomo skąd płynącym, lękiem; serce jej podobne było do palety pełnej farb, które rozciekały, mieszały się z sobą, przenikały wzajemnie i, pomieszane, tworzyły jakąś brudną plamę.

Wieczór ciągnął się posępnie.

Nie mówili do siebie, ale coraz głębiej czuli, że im tak źle, że potrzebują koniecznie powiedzieć jakieś słowo, które ich zjednoczy i wzmocni. Serca ich wzbierały pragnieniem wypowiedzenia się.

Orłowski wciąż chodził naokoło stołu z ponurą twarzą. Chwytał brodę zębami, przystawał i miał już to słowo na ustach, już chciał je wymówić, ale obawa, że ona się rozgniewa i pójdzie do swojego pokoju, mroziła go, rzucał ramionami, oczy błyskały mu boleścią i nie odzywał się. Janka także nie mogła usiedzieć na miejscu, próbowała czytać, szyć, coś robić, nie mogła, co wzięła, wysuwało się jej z rąk. Zdenerwowanie trzęsło nią całą. Wpadła w jakiś bolesny stan, pełen przeczuć i niepokojów nieznanych.

Słuchała szumów leśnych, wdzierających się przez okna, to monotonnego skrzypu zegara, ale na niczem nie mogła skupić uwagi, o niczem myśleć nie mogła, bo pierzchały jej myśli, jak stado ptactwa, płoszone przez coś niewytłumaczonego. Patrzyła na list, leżący na stole, na który kwiaty rzucały lekki różowawy refleks, czytała go po kilka razy i miała tylko jedno słowo, które samo wracało ciągle i dźwięczało w jej mózgu bez udziału nawet świadomości.

— Nie! nie! nie!

Poszła spać. Orłowski patrzył za nią krwawemi, błagającemi oczyma, nie spojrzała nawet na niego, przechodząc; zapomniała, że oprócz niej jest jeszcze ktoś w pokoju. Postawiła bukiet na stole, zgasiła lampę i leżała wpatrzona w świat, zalany potokami księżycowego światła, które wielkim i długim, pokratowanym przez fugi okienne, pasem, lśniło się na posadzce. Wpatrywała się później z usilnością w stary, wyblakły portret matki, wiszący na przeciwnej ścianie, po którego oszkleniu i czarnych ramach ślizgało się światło i wydobywało łagodne kontury rysów, zatopionych w cieniach, jak się tylko w pamięci rysują dawno umarłe postaci; patrzyła się w matkę i jakby żądała od niej jakiej rady, jakiegoś słowa mocnego, którego pragnęła, którego potrzebowała, i jakby się modliła do niej głębią nieświadomą tylko, bo usta szeptały: — Co robić? co robić... — i, nie znajdując odpowiedzi w sobie, ani nie słysząc jej z zewnątrz, zapadała w chaos splątanych myśli, scen i marzeń, jakie w tej ciszy nocy szły do niej z przestrzeni, wychylały się z ciemnych nor mózgu i przepełniały jej duszę gwarem bolesnym, uczuciem opuszczenia, smutkiem, niemocą; i wtedy miała tylko tyle siły, aby sobie powtarzać w duszy: — Nie, nie, nie! — Bała się, nie śmiała nawet sobie zdać sprawy, dlaczego myśli to — nie. — O! nie mogła, bo natychmiast, gdy unosiła się wewnętrznie, gdy zaczynała rozplątywać, i myśli układały się w pewien wniosek, z jakichś głębin wyłaniała się twarz tego nienawistnego, podłego, którego z całą gwałtownością swojej natury przeklinała, i wisiała jej przed oczyma, i wlokła za sobą wszystkie zapomniane sceny jej upadku, wstrętne sceny! przypomnienia wszystkich łez i cierpień.

Zerwała się z łóżka i boso, w bieliźnie tylko, z zaciśniętemi palcami, chodziła po pokoju. Rozpuszczone na noc włosy, jak złoty ogon komety, biegały za nią, zamiatając kurz posadzki, i w księżycowem świetle skrzyły się elektrycznemi skrami.

Okryła się chustką i poszła do stołowego; przez drzwi do kuchni przeciskało się światło, weszła tam. Janowa siedziała na ziemi, przed skrzynką otwartą.

— Panienka nie śpi jeszcze? A ja se panienko oglądam, a jakże, oglądam se. A to te materje dała mi pani córka — mówiła, rozwijając z papieru jakiś rdzawego koloru materjał. — Spódnicaby była i kaftan, ale ja sobie to każę zrobić dopiero na śmierć, a na śmierć, panienko. Dziecińskie podarunki najmilsze do trumny, panienko. Jak się przed Ojcem Przedwiecznym stanie, to choćby tu i pani córka nagrzeszyła, to jak ja, matka, powiem: dała mi to obleczenie, kochała mnie! to ta już odpuszczone będzie.

Janka w milczeniu przypatrywała się jej starej, pomarszczonej twarzy, o sinych, obwisłych ustach, z poza których wychylały się spróchniałe zęby, podobnej do krowiej gęby, a pełnej macierzyńskiej miłości, którą jaśniały małe, głęboko schowane oczy, świecące pod czołem, okręconem żółtą chustką. Poczuła szacunek dla tej prostej, głupiej kobiety, która umiała tylko kochać, dla której cały świat i życie całe streszczało się w dziecku. Wyszła z kuchni, bo poczuła jakiś żal, że jej nikt tak bezgranicznie nie kochał. Zajrzała do saloniku, w którym księżyc świecił przez okno i złocił jakby wyszczerzone, zielonkawe zęby klawjatury otwartej. Janka weszła i, nie myśląc, poco idzie, pchnęła ostatnie drzwi do pokoju ojca; nie słyszał jej wejścia, siedział pochylony nad biurkiem i pisał.

— Może mi ojciec poradzi, co mam odpisać Grzesikiewiczowi? — zapytała cicho.

Orłowski zerwał się gwałtownie, popatrzył na nią targnął brodę i szepnął:
— Co chcesz, co tylko chcesz; ja cię do niczego nie zmuszam, na nic nie nalegam. Zechcesz iść za niego, idź, nie chcesz, dobrze. — Zamilkł, bo go wzruszenie dławiło, odwrócił się i zaczął bibułą wyciągać atrament z pisma.

Jance zrobiło się przykro, wzięła jego ruch za niechęć, jego szorstki głos za głos gniewu i nienawiści, więc się nie odzywała, tylko szła zpowrotem.
— Janiu! — zawołał, ale tak miękko, tak pieściwie, z takim smutkiem i miłością, i żalem, i strachem w głosie, że odwróciła się szybko i, porwana tym głębokim akcentem, który zatargał ją do głębi, rzuciła mu się w ramiona.
— Ojcze mój! Ojcze! Ojcze!
— Moje dziecko! moje dziecko! — szeptali, obejmując się ramionami.
Zmieszali z sobą łzy i pocałunki i nie mówili nic więcej ponad te słowa, tylko serca biły im zgodnie.

V.

— Panienko, oto Bartek z Krosnowy przyszedł i powiada, że go dziedzic przysłali po list.
— Niech Janowa każe mu przyjść do mnie.
— Hale!... wczoraj podłoga myta, a tam bez las takie błocko, takie... możeby...
— Zawołać go zaraz, podłogę Janowa wytrze.
Bartek przyszedł i stał przy drzwiach, obracając nieśmiało czapkę, a Janowa ze stołowego pokoju spoglądała na jego buty z jakąś komiczną nienawiścią, bo istotnie zostawiały grube ślady na woskowanej posadzce.
Janka pisała, ale co chwila darła arkusiki i zaczynała na nowo. Chciała podziękować Grzesikiewiczowi za pamięć i odpisać kilka słów uprzejmych,

a nic nieznaczących. Wreszcie po długich usiłowaniach skleiła odpowiedź.
— Dawno jesteście u pana Grzesikiewicza? — zapytała, pieczętując list.
— He! he!.. a zawdy byłem, nikaj indziej nie służyłem.
— Starsza pani zdrowa?
— He! he!.. zdrowa, musi być zdrowa, bo jeszcze rano Jewkę sprała po
gębie — śmiał się głupowato Bartek, obracając coraz szybciej czapkę, i
okrągła, pucołowata twarz, wygolona starannie, z szerokiemi ustami,
małym noskiem, okrągłemi oczyma i z grzywką żółtawych włosów, równo
obciętych nad czołem, krzywiła mu się zadowoleniem.
— Oddajcie list i kłaniajcie się państwu. Jak się nazywacie?
— He! he!.. a Bartek! To panienka nie wiedzą? a przecież wszyscy wiedzą!
— Bartek list obwinął w chusteczkę, wsadził ją w zanadrze, pochylił się do
nóg, pochwalił Boga i wyszedł.
W kuchni czyhała na niego Janowa.
— Bartek, ty zapowietrzony, a nie mogłeś to se niezdaro bucisków obmyć
w wodzie, co? to do pokojów będziesz chodzić w takich gnojach, co? Drugi
raz to cię przetrącę.
— He! he!.. ożynię się z wami, kobito, i pogodziwa się!
— Hale! będziesz się tu, pokrako jedna, prześmiwać! — i oglądać się
zaczęła za miotłą.
Bartek sunął prędzej do drzwi i walił nogami tak silnie, że błoto kawałami
odpadało mu od butów na czystą podłogę kuchni, największą troskę i
chlubę Janowej.
Zabrał gazety z poczty, wsadził je do parcianej torby, którą sobie
przewiesił przez ramię, popatrzył przed stacją na trenującego się
Zaleskiego i ruszył przez las do domu. Leciał prędko, ale im bliżej był
Krosnowy, tem większa markotność i niepokój przepełniały mu duszę.
Przystawał, zdejmował czapkę i drapał się frasobliwie po głowie. — I... raz
kozie śmierć — mruczał, naciskał głębiej czerwoną, krakowską rogatywkę,
ucierał nos w palce, obciągał szeroki, nabijany mosiężnemi blaszkami
skórzeń i szedł wolniej, bojaźliwem spojrzeniem badając drogę,
wybiegającą z lasu na wielkie pola, pofalowane wzgórzami, pocięte
długiemi obszarami zbóż ozimych, podorówek i rdzawych, wytartych
ugorów i ściernisk. Lasy wielkiem kołem, jakby obręczą niebieskawą,
ściskały obszary pól, z majaczącą wśród nich wsią dużą, przez której domy
i sady, w połowie ogołocone z liści, błyskała szeroka, wijąca się
kapryśnemi skrętami rzeka, płynąca z lasów do wielkiego stawu przy
dworskim ogrodzie, skąd wylewała się na młyńskie koła i płynęła niżej
przez wielki park, przecinała drogę i migotała błyszczącą w słońcu wstęgą
na łąkach żółtawych, pomiędzy kępami czarnych olszyn i długich plam
trzcin poschniętych.
Bartek most przeszedł i wspaniałym z lip olbrzymich szpalerem,
sadzonym w kierunku nasypu, trzymającego rzekę na wodzy, biegł ku
dworowi, zdaleka już bielejącemu wielką kolumnadą podjazdu, nad którą

okna piętra, zakończonego bardzo śpiczastym dachem o dwóch kondygnacjach, odbijały jaskrawo promienie słońca. Przeszedł skośnie wielki klomb, otoczony niskim, berberysowym żywopłotem, porozrywanym i uschłym w połowie, w którym zamiast trawników i kwiatów rosły kartofle, i poszedł wbok, do dużej oficyny, stojącej w cieniu kasztanów, połączonej z dworem gankiem krytym, pełnym powybijanych szyb, obdartym z szalowania, jakiem niegdyś był obity. Zajrzał przez otwarte okno do kuchni.

— Magda, a kaj pani gospodyni?

Magda wskazała mu głową na sień i tłukła dalej kartofle w wielkiej cebratce, buchającej kłębami pary.

Na progu sieni, do której się schodziło przez czworokątne zagłębienie, tworzące wpuszczony w dom ganek, siedziała Grzesikiewiczowa na starym, podartym fotelu, z którego wyłaziło włosie. Darła pierze w przetak, trzymany na kolanach, i co chwila rzucała oczyma na klomb i na drugie podwórze, oddzielone od paradnego wyplatanym płotem chróścianym i rządem wysmukłych, z poschłemi wierzchołkami, topoli, otoczone z trzech stron budynkami gospodarskiemi.

Bartek w ganku czapką zdjął, torbę przekręcił i wyjmował gazety.

— Masz list od panienki? — zapytała łagodnym głosem, podnosząc ku niemu siwe, bystre oczy i twarz wybladłą i pomarszczoną.

— Jużci, że mam. Panienka kazała mi przyjść do pokoju, kazała list oddać i kazała grzecznie się kłaniać państwu, he! he...

— I zdrowa panienka, co?

— Musi być, co tam o tem w liście stoi, alem widział, że sielnie bledziuchna na gembie, kiej miesiąc na nowiu, i tak miętko gada, com ledwie usłyszał. Pytała się mnie, czy dawno służę u państwa? — he! he! — śmiał się cicho, bo mu się dziwnem wydawało, że ona nie wie — przecież cały świat wiedział, nawet w Miechowie Żydzi wiedzieli, że się on u nich chował od dzieciństwa. — Pytała się, czy starsza pani, to niby gospodyni, zdrowa? Pedziałem, że zdrowa. Kazała się kłaniać i przyszedłem.

— Nic więcej nie mówiła? — spytała się, bo ogromnie lubiła wypytywać ludzi.

— He! he!.. a dyć mówiła: Jak się nazywacie? A Bartek! odrzekłem. A dawno służycie? A zawzdy, pedam, he! he... A starsza pani zdrowa? — powtarzał wkółko.

— Bartek, idźże do kuchni, pomożesz Magdzie zanieść świniom, a potem pójdziesz do kopców, tylko się nie gzij, bo zobaczysz... — pogroziła mu.

Bartek torbę powiesił w sieni i poszedł, ale powrócił zaraz, miał czapkę w ręku, drapał się po głowie, przestępował z nogi na nogę i nieśmiało patrzył się na starą.

— Czego chcesz?

— A to... możeby pani gospodyni — pochylił się i pocałował ją w kolano — wstawili się do pana dziedzica, bo mi się cosik we łbie pokręciło i te listy,

49

co mi dziedzic dali na pocztę, pójdą na maszynę dopiero jutro, a bez to dopiro jutro pójdą nie dzisia, że pan dziedzic powiedzieli: modry na maszynę, a biały do naczelnika. Baczyłem do lasu, ale potem tak mi się we łbie pokiełbasiło, że myślałem, co modry la naczelnika, a biały na maszynę, inaczej ich dać nie chciałem. Naczelnik mnie skrzyczał, bo modry był na maszynę, a biały do naczelnika! Baczyłem do lasu, a w lesie to mi się widziało, że modry był...

— Dobrze, dobrze — przerwała mu prędko, bo nie zrozumiała, o co mu idzie. Odstawiła pierze z gazetami i listami, które wzięła przez czerwoną zapaskę samodziałową, jaką była opasana, przeszła kuchnię i tym gankiem krytym poszła do dworu, do pokoju syna, położonego na piętrze, w rogu domu. Szła cicho przez wspaniale kiedyś urządzone pokoje, pełne jeszcze starożytnych, stylowych mebli, malowideł i złoceń na sufitach poczerniałych, obrazów zakurzonych na ścianach.

Dwór był prawdziwie pański, Grzesikiewicz kupił go na licytacji ze wszystkiem, co w sobie zawierał, bo majątek ogromny obszarem ziemi i lasów, po śmierci właściciela, który się zastrzelił w przystępie obłędu, poszedł pod młotek na rzecz niezliczonych wierzycieli. Starzy Grzesikiewiczowie mieszkali w oficynie; dwór był za wielki i za paradnie urządzony dla nich, nie umieli chodzić po posadzkach i dywanach, ani też poruszać się wśród aksamitów, jedwabiów, bronzów i wielkopańskiego, wytwornego wykwintu; czuli się w tym domu skrępowani, jakby w kościele. Andrzej tylko zajmował dwa pokoje na piętrze, bo stamtąd miał całe podwórze i kawał pól na oczach, a reszta stała pustkami. W jednej połowie poskładano wszystkie meble bezładnie, a druga służyła za śpichlerz, skład uprzęży i starego żelastwa.

Stara szła wolno, unosiła nieco szarej, beżowej sukni, bo kurz grubą warstwą pokrywał dywany i posadzki, i oglądała uważnie pokój po pokoju, wybierając w myśli mieszkanie dla przyszłej synowej. Dom cały, pomimo nagromadzonych w nim wspaniałości, mroził smutkiem i opuszczeniem. Wiele okien było pozabijanych deskami, w wielu szyby pozaklejane papierem, albo zapchane słomą; sprzęty koszlawe, bez nóg, z fornirami poodklejanemi, wyglądały niby najnędzniejsze kaleki w żydowskim składzie mebli. Marmurowe, rzeźbione kominki, o kratach ze złoconego bronzu, zarzucone było śmieciami. Ciężkie, aksamitne z adamaszków jedwabnych portjery zwieszały się w niektórych drzwiach oderwane; wiele obrazów wyleciało z ram i leżało w kurzu; tynki odpadały i tworzyły warstwę szarą na konsolach luster wspaniałych, zasnutych pajęczyną, martwych, na stołach inkrustowanych różnokolorowem drzewem i miedzią złoconą.

W wielkim pokoju od ogrodu, oświeconym przez dwa weneckie okna, dawniej jadalnym, obstawionym kredensami, wyłożonemi dębowemi, rzeźbionemi boazerjami, leżały stosy cebuli, a na stołach dębowych, o wspaniałych blatach, pokrytych mozaiką z jasnego drzewa, czerwieniły się poukładane rzędem pomidory, wystawione tutaj na działanie słońca. Oszklone, szerokie drzwi prowadziły na taras, otoczony balustradą żelazną, kutą ręcznie w wielkie lilje; z tarasu kamienne schody, połupane, powybijane z obsad, prowadziły na trawniki. Grzesikiewiczowa popatrzyła na czerwone georginje, dogasające ostatniemi kwiatami, na żółte nagietki i blade ślazy, które rosły w klombach dziko i odradzały się same z każdą wiosną, na długie, powyginane, pełne wysepek jeziorko, ciągnące się od samego prawie tarasu i przez cały park, pełen starodrzewia, wzgórz sztucznych, grot, posągów potrzaskanych, ulic obsadzonych przystrzyżonemi grabami, aż do rzeki. Poodwracała część pomidorów i poszła na piętro, do syna. Mieszkanie Andrzeja utrzymane było przyzwoicie, miało czyste firanki i całe meble, ale czuć w niem było, że tutaj się tylko sypia, a nie myśli, nie żyje; taki stamtąd wiał chłód i tak poprawnie stały meble. Na długiem biurku pełno było papierów i ksiąg gospodarczych, słojów z próbkami sztucznych nawozów, rysunków, próbek ziemi i kilka retort. Stara pookurzała wszystko starannie, poprawiła pościel na łóżku i patrzyła długo na list Janki, opatrując go ze wszystkich stron. Przyglądała się ciekawie pismu z tą jakąś czcią i szacunkiem, z jakim się patrzą na nie chłopi, bo sama nie umiała pisać, ani pisanego czytać; czytywała tylko na swojej książce do nabożeństwa. Położyła list na biurku, w widocznem miejscu, pogładziła go pieszczotliwie, jakby Jankę głaskała i, uśmiechając się z radości, zeszła zpowrotem do oficyny. Zabrała pierze i zaniosła do swojego pokoju, położonego zaraz przy sieni, z którego okna wychodziły na podwórze i na warzywny ogród. Przymknęła lekko drzwi, aby słyszeć, co się dzieje w kuchni, i drobnemi kroczkami spacerowała po przecinającym pokój chodniku samodziałowym, w poprzeczne białozielone i czerwone pasy. Pokój miał podłogę prostą, z oheblowanych desek sosnowych, lśniących prawie od białości, i ściany wybielone wapnem z niebieską obwódką pod sufitem. Trzy rzędy obrazów świętych, we wspaniałych, złotych ramach, wisiały na ścianach, a nad łóżkiem ogromnem, mahoniowem, przyniesionem ze dworu, zasłanem pierzyną i stosem poduszek i jaśków w białych powłoczkach, wisiał obraz Matki Buskiej, przysłoniony muślinową firaneczką i otoczony kilkunastu obrazkami, przyklejonemi do ściany. W rogu izby starożytna, wykładana bronzami, komoda dźwigała dwa olbrzymie bukiety z papierowych róż żółtych i czerwonych, wstawionych w obtłuczone nieco wazony, pomiędzy któremi stała czarna, prosta pasyjka, opleciona różańcem, a nad komodą, aż do sufitu, wisiały obrazki, otaczające wielkiego, z kości słoniowej, Chrystusa, rozpiętego na hebanowym krzyżu. Niebieska lampa na poczerniałym łańcuszku paliła się przed krzyżem nieustannie.

— Anusia! — zawołała do kuchni — naszykuj dla starszego pana podwieczorek.

— O, pani! Prawdziwa pani! — myślała, uśmiechając się słodko na wspomnienie Janki. Pośliniła palec i pogładziła włosy, gładko rozczesane nad czołem, okryła się kraciastą chustką, wzięła kij, zajrzała do sąsiedniego pokoju i podreptała do kuchni. Sama krajała chleb dla służby i, wziąwszy naszykowany już podwieczorek dla męża, poszła w podwórze. Zajrzała najpierw do chlewów, przerobionych z dawnej psiarni.

— Magda! toście tak żreć dawali, co? Połowa kartofli na ziemi, nie w korycie.

— A to maciora wyrzuciła ryjem, niech gospodyni patrzą, jak wyrzuca.

— Maciora! Ty tłomoku jeden, już nieraz widziałam, jak ty dajesz im jeść — krzyczała piskliwie i zaczęła rękami zbierać z ziemi kartofle z ospą i wrzucać do koryta. — Powiem panu dziedzicowi, to jak cię kijem przeleje trochę, to zaraz będziesz uważała, gdzie kłaść, zaraz zobaczysz koryto. Próżniaki! szelmy! — mruczała. — Bartek! zanieś starszemu panu do buraków, a żywo!

Bartek zniknął za węgłem z podwieczorkiem, a stara poszła dalej.

W podwórzu cicho było, tylko kilkadziesiąt kaczek trzepało się po gnojowiskach i stada kur rozgrzebywały śmiecie i słomę przed stodołami. Wielkie, kudłate brytany, z rudawej sierści podobne do wilków, przykute przy drzwiach stajen, zaczęły się rzucać na łańcuchach i skomleć radośnie, pogłaskała każdego i weszła do środka, do źrebaków, zamkniętych w osobnej przegrodzie. Klepała ich po bokach, po karkach, głaskała i zaglądała do żłobków, a ujrzawszy w drugim końcu stajni koniarka, krzyknęła:

— Michał! źrebaki siana nie mają, od czegoś ty próżniaku! — pogroziła mu kijem i poszła do kopców, sypanych w ogrodzie.

Kilkanaście fornalek woziło kartofle, które zsypywano w długie pryzmy. Stara szła przez ogród, zupełnie opuszczony, pełen odwiecznych drzew owocowych, pokrytych mchem, pod któremi stało kilkanaście pookręcanych słomą pni pszczół.

Za ogrodem kilkadziesiąt kobiet, w jaskrawo czerwonych wełniakach i chustkach, kopało kartofle. Przysłoniła ręką oczy i patrzyła na młody zagajnik, przy którym biegła dróżka, wysadzona od pola brzózkami, a rdzawe kiście liści wznosiły się na białych pniach i na tle mocno błękitnem zagajnika rysowały się, niby wielkie pawie pióra. Dróżką migotał bułanek Andrzeja.

W powietrzu była cisza zupełna; graby w parku ciągnęły się długiemi, rudawemi pasami, wiśnie ciemnoczerwone liście zrzucały na ziemię, świeżo rozkopaną, i plamiły ją, niby płatkami krwi zastygłej. Wróble goniły się pod stogami owsa, a wrony całą bandą chodziły po kartoflisku i zrywały się na każdy głośniejszy odgłos śpiewów, jakie płynęły w powietrzu od kopiących. Wozy turkotały, czasem krzyk fornali rozlegał się głośniej, razem ze świstem bata, to głuchy odgłos zsypywanych na ubitą ziemię kartofli, albo jakaś pszczoła zabrzęczała cicho i siadała na liljowych, ostatnich astrach; młyn huczał gdzieś za parkiem jednostajnie. Senność zdawała się spływać ze światłem słońca i rozwłóczyła się nad ziemią obnażoną ze zbóż, rozkopaną, obdartą z roślinności, zmiętą i zmęczoną wysiłkiem wegetacji, ludzie i zwierzęta chodzili ociężale, nie leciały pokrzyki radosne nad zżółkłemi trawami, nie szumiały drzewa prawie nagie, nie śpiewało ptactwo. Jesień pobrała barwy i siłę przyrodzie, na polach było szaro i pusto, tylko gdzie niegdzie zieleniły się młode zboża, a od łąk rozbrzmiewał głuchy, bez echa, poryk bydła. Zamierało wszystko, zapadało w długi sen i odpocznienie.

A nie wierz chłopu, nie wierz,
A choćby najlepszemu... —
A bo cie wypróbuje,
A powie dziesiątemu...

Leciała zwrotka od kopiarzy, ale zaraz przepadła w ciszy i senności przestrzeni. Grzesikiewiczowa powróciła do domu, myśląc, że syna tam zastanie. Nie było go jeszcze.

VI.

Na sam wieczór, kiedy już podwórze zaczynało nabierać życia, bo rozbrzmiewało beczenie owiec i spędzano bydło do obór, przyjechała Józia, córka Grzesikiewiczów, starsza od Andrzeja.

Przyjechała brekiem, ze stangretem, ubranym w liberję.

— Dobrze, żeś przyjechała — zaczęła stara, wprowadzając ją do swojego pokoju. — Zaraz ci coś pokażę.

Poszła śpiesznie do dworu i przyniosła list Janki.

— Patrz, list od panny Orłowskiej do Jędrusia.

Józia obejrzała list i dosyć niechętnie rzuciła go na stół.

— Cóż w tem ważnego? — szepnęła, podnosząc na matkę dwukolorowe oczy, bo miała jedno błękitne, a drugie żółtawe.

— Przecież to od panny Janiny — powiedziała z naciskiem, jeszcze raz przypatrując się listowi.

— Słyszę, nie potrzebuje mi mama powtarzać.

— Jędruś teraz to już się z pewnością ożeni.

— Jędruś jest... — nie dokończyła, zniżyła głos do szeptu. — Jędruś, żeby chciał, to mógłby się ożenić nie z taką, jak Orłowska. Młody jest przecie, wykształcony, bogaty.

— A juści! juści, że młody, że bogaty, że uczony, tyle lat był w klasach, juści, ale...

— Mogłaby mama tego „juści" nie mówić; to dawniej uchodziło jeszcze, ale dzisiaj...

— O, moja Józiu, co ci to szkodzi?

— Szkodzi, bo ludzie się z mamy śmieją.

— Tylko głupie się śmieją, mądre nie, bo wiedzą, że prosta, nieuczona

53

kobieta jestem i przecież na starość uczyła się nie będę pięknego mówienia. A ty zawsze mnie musisz ugryźć: a matka tak niech nie mówi, a tak nie chodzi, a z matki ludzie się śmieją. Adyć, moja Józiu, choćbym gadała i ubierała się po pańsku, ludzieby i tak wiedzieli, że nie żadna pani jestem. Ty to se żyjesz, jak grafina jaka, a i tak wiedzą, żeś moja córka, i że twój ojciec był karbowym. Jest czem się dąć. Jezus Marja! — szeptała prędko i z pewną goryczą.

— Niech mama przestanie, bo zaraz odjadę — szepnęła Józia, złość zamigotała w jej oczkach, wyprostowała swoją wyniosłą, majestatyczną postać i zmierzała ku drzwiom, ale się rozmyśliła i usiadła na kanapce drewnianej, plecami do okna.

— Czy Andrzej się już oświadczył? — zapytała prawie obojętnie.

— Jeszcze nie, ale że napisała do niego sama, to juścić, że wszystko musi być dobrze pomiędzy niemi. Jędruś tam jeździł codzień podczas jej choroby, ale pono już wyzdrowiała. Chciałabym, żeby się ożenił z nią — uśmiechała się tkliwie. — Taka pani, i ładna, i dobra. Przecież jak łoni, zeszłego roku — poprawiła się, bo Józia syknęła — spotkałam ją w lesie, to pocałowała mnie w rękę! a przecież prosta kobieta jestem — dobra, o, dobra panienka!..

— Dobrze tylko liczy. Przecież takiego, jak Andrzej, męża, nie znajdzie drugiego. Niech mama zrozumie, że panny z najpierwszych domów poszłyby z chęcią za niego.

— Mówisz! a nie jeździł to do panny Zielińskiej, albo do Owińskiej, co? i napróżno.

— To on był temu winien, bo nie umiał się podobać — odpowiedziała i błysk triumfu zaświecił w żółtawem oku, błękitne świeciło zimno, jak lód bardzo przejrzysty, a po wąskich ustach prześlizgnął się uśmieszek niedostrzegalny.

— Nie to, ino tamte panny głupie, dufają, wierzą — poprawiła się — w swoje państwo. Jędruś, choć chłopski syn, ambicję swoją ma i honor, nie chciał łasić się kole nich, kiej pies, i ja nie chciałam, bo jak mie spotkały w kościele, to se patrzyły na mnie bez te głupie szkiełka, kiej na zagranicznego robaka!.. A cóżto, cudak jaki jestem, czy co? — zatrzęsła się z oburzenia.

— Bo też mogłaby mama ubierać się inaczej. Co mama kładzie na siebie! fi! — Wstała i zaczęła matkę wykręcać na wszystkie strony i oglądać z politowaniem. — Zapaska, beżowa suknia, watowany, barchanowy kaftanik, chustka za pół rubla na głowie, fi!.. mogłaby mama w tym kostjumie stać za szynkwasem. Co? i ciżemki na nogach za dziesięć złotych! hi! hi! hi! paradne, jak dzieci kocham. Moja gospodyni... — nie skończyła, odsunęła się i, zatykając nos, szeptała pogardliwie: — ależ mamę czuć oborą i chlewami, to już chamstwo!..

— A ta panna Orłowska — ciągnęła stara, nie obrażając się, ani zważając na słowa córki — to całkiem inna, całkiem. Uczona też jest i bogata.

Prawdziwa pani, a Jędrusiowi jużby czas wielki był się ożenić, bo ja stara, niedługo oczy zamknę i coraz mi ciężej doglądać gospodarstwa.

— Czemu mama nie weźmie sobie gospodyni?

— Trzeba juścić płacić, a po drugie, bo to obca dojrzy, bo to się można spuścić na nie.

— Mama myśli, że Orłowska zajmowałaby się gospodarstwem?

— A niechby ta i nie, aby tylko była. Tak, niech ta se siedzi cały dzień w pałacu, czyta po francusku, abo i gra na fortepianie, od tego przecież ona pani. Jużbym ja jej rączków nie dała umorusać robotą, nie. A taka szlachcianka, taka pani synowa, to nie honor, co? — Uśmiechała się, wodząc rozpromienionym wzrokiem po okrągłej, mocno wypudrowanej twarzy córki, zacinającej usta, żeby nie wybuchnąć złym, drwiącym śmiechem. Żółte oko świeciło nienawiścią i biegało po pokoju, gdy tymczasem błękitne trzymała utkwione w matce.

— Zawsze co pani, to pani. W pałacu tyle dobra jest i marnieje wszystko, a ona umiałaby się w tem obracać.

— Dlaczegóż mi mama nic nie chce dać z tych gratów? Dla bratowej i tak starczy.

— To Jędrusia, przecież wiesz, że to wszystko Jędrusia. Ojciec, jak kupił, chciał śpichrz zrobić z pałacu, a meble sprzedać, ale się z Jędrusiem jakoś porachowali, że teraz pałac i wszystko, co w nim jest, jego. Ja ci dać nie mogę z tego, nie mogę. — Zaczęła energicznemi ruchami zaprzeczać możliwości dania czegokolwiek, bo Józia często ją o to nagabywała.

— Niech się mama nie boi, zostanie wszystko dla Jędrusia, bo przecież tylko Jędruś jest dzieckiem, tylko Jędruś potrzebuje, tylko o Jędrusiu się myśli i dla Jędrusia się zbiera.

— A tybyś chciała wziąć sama wszystko. Masz już po zęby, a najeść się nie możesz; to nawet grzech takie łakomstwo, Pan Bóg cię jeszcze za to skarze, zobaczysz...

— Niech-no mama te przepowiednie zostawi na później, a teraz może dostanę co jeść, bo wyjechałam z domu przed kawą.

Stara popatrzyła na nią niechętnie i poszła do kuchni.

Józia siedziała nieruchoma na kanapce i ze złości zaczęła gryźć i szarpać rękawiczki. Zaczęła pracować mózgiem usilnie, jakby przeszkodzić temu małżeństwu, które mogło popsuć jej najtajniejsze plany i najgorętsze marzenia. Nie chciała, żeby się Andrzej ożenił, bo w przyszłości widziała się już panią całego majątku. Popsuła Andrzejowi opinję we wszystkich dworach, gdzie były panny, z pomocą Osieckiej, która była jej najlepszą przyjaciółką i pomocnicą. Była głęboko uradowana na wiosnę, dowiedziawszy się, że Janka odmówiła bratu, a jeszcze głębiej, gdy się dowiedziała o jej wyjeździe z Bukowca i wstąpieniu do teatru; wtedy, przy każdej sposobności, w formie współczucia politowania, rozmawiała o niej z Andrzejem. — Znowu wchodzi mi w drogę! — pomyślała, uklękła na kanapce, oparła się łokciem o parapet okienny i utonęła w męczącej pracy myśli, wynajdywaniu środków, jakiemi należy przeszkodzić temu małżeństwu. Patrzyła w ten zmrok czerwonawy, pełen refleksów miedzianych, zórz pozachodnich i smug fioletowych, i gwarów kończącego się dnia, co już rozwłóczył się nad ziemią, ogarniał pola, okrywał niskie krzewy i pnie topoli, i wpływał do pokoju mętnym, szarym tumanem, porysowanym konającemi na złotych ramach obrazów błyskami. — Nie dam! — szeptała, zaciskając pięście. — Nie dam! — i zawzięta, chciwa jej dusza zacięła się w gniewie. Żółte oko zaczęło drgać newralgicznie i sypać iskrami, błękitne świeciło martwo i groźnie. Nienawidziła Janki całą mocą swojej dzikiej, chłopskiej duszy, jak nienawidziła wszystkiego, co było pięknem i wyższem.

Służąca wniosła kawę i lampę, bo już w pokoju zupełnie ciemno się zrobiło.

Józia oderwała się od okna, włożyła na nos niebieskie binokle, żeby ukryć oczy pod niemi i z założonemi na plecach rękoma spacerowała po pokoju.

— Irenka pisała? — zapytała matka, nalewając kawę z dzbanuszka.

— Pisała, całuje mamę i ojca. Na Boże Narorodzenie przyjedzie. Przełożona dopisała się do listu i donosi, że Irenka bardzo dobrze się uczy — opowiadała żywo Józia, siadając przy stole, poruszona przypomnieniem córki, która się uczyła u sercanek lwowskich. Rozpromieniła się i zapomniała o wszystkiem, tylko opowiadała nieskończone szczegóły o dzieciach swoich, bo miała jeszcze syna, umieszczonego w jakimś specjalnie arystokratycznym pensjonacie wiedeńskim. Dzieci były jej dumą, marzeniem i pociechą, bo czuła się zawsze nieszczęśliwą; to jej pochodzenie, którego się wstydziła, było dla niej ciężkiem jarzmem w całem życiu. Była dumną, mściwą, zazdrosną i chciwą. Wiedziała, że, pomimo znacznego majątku, okolica, to jest cała dawno osiadła tutaj szlachta, traktuje ją, jak córkę byłego szynkarza i owczarza, i to ją głęboko bolało. Upokarzał ją własny mąż, ekonom, za którego wydali ją rodzice jeszcze wtedy, kiedy stary Grzesikiewicz handlował wełną i owcami, kiedy jeszcze nikt nie przewidywał jego zbogacenia się, bo pomimo kostjumów, w jakie ubierać się go zmuszała, pozostawał zawsze prostym, ordynaryjnym ekonomem, umiejącym zaledwie czytać i pisać.

— Andrzej wie, że Orłowska była całe cztery miesiące w Warszawie? — zapytała wkońcu, skombinowawszy jakiś plan.

— Jakżeż, przecież tam jeździł więcej niż dziesięć razy latem.

— Do niej? — zapytała, udając zdziwienie, bo o wszystkiem wiedziała doskonale.

— Juści tego nie wiem, bo mi nie pedział, nie powiedział — poprawiła się śpiesznie — ale tak sobie kalkuluję.

— Pewnie, że tak. Mama wie, co ona robiła w Warszawie? Przecież Jędruś mówił, że uczyła się.

Józia wybuchnęła śmiechem tak serdecznym i długim, aż czerwona, pomimo pudru, jej twarz pokryła się sinawemi plamami.

— Mama jest łatwowierna, mamie wszystko wmówić można, i gdyby Jędruś powiedział, że Orłowska pojechała na księżyc, to mamaby uwierzyła.

— A dlaczegóżby nie? Pocóż Jędruś miałby cyganić przede mną?

— Poco?.. bo się wstydził powiedzieć, że ta panna Janina, ta prawdziwa pani, ta szlachcianka z edukacją, była komedjantką.

— Komedjantką? — zapytała stara, nie rozumiejąc dobrze.

— A tak. Taka, jakie widziała mama w Miechowie, co to jeździły na koniach i przewracały koziołki; pamięta mama, te w koszulach tylko.

— Jezus Marja! Józia, co ty mówisz? — wykrzyknęła, załamując tragicznym ruchem ręce. Stanęła przed córką i ze zgrozą jakąś, litością i smutkiem patrzyła na nią.

— Prawdę mówię, niech się mama spyta Andrzeja, niech się mama spyta, kogo chce. Na stacji wiedzą najlepiej, zresztą, cała okolica wie dobrze.

— A nie, nie uwierzę, nie, bo pocóżby ona poszła do tych komedjantów? Ojca ma, pieniądze ma, porządna kobieta, nie, nie. — Zaprzeczała energicznie i szybko odzyskiwała wiarę, zachwianą na chwilę. — Taka pani i poszłaby do takich małpów, i poco? — pytała się, nie mogąc zrozumieć.

— Mówili różnie, poco? przecież porządna panna, jeżeli się jej trafia iść zamąż za takiego człowieka, jakim jest Jędruś, toby wyszła, a ona nie chciała... tylko zaraz potem uciekła z domu. Mama wie dobrze, co wyrabiał Orłowski, że o mało nie zwarjował ze wstydu.

— Prawda, prawda... ale bez co ona poszła do komedjantów? — pytała stara, i znowu fala wątpliwości i goryczy przepełniła jej serce.

— Może nie mogła iść za Jędrusia, i musiała uciekać z domu! mówią nawet, że Orłowski ją wygnał!.. — szeptała znacząco Józia, nie patrząc na matkę, która połykała te słowa, jak ogień palący zgrozą.

— Józia, co ty mówisz, jeszcze kto usłyszy? — obejrzała się odruchowo na drzwi i okna.

— Nie będę powtarzać, co wszyscy mówią i wiedzą, ale jak była w domu, to przecież włóczyła się sama po lasach, sama jeździła do Kielc. To porządna panna tak powinna robić, co? Nigdzieby jej za próg nie puścili do porządnego domu. A co robiła w teatrze? Dlaczego się truła?.. przecież napół żywą przywiózł ją stary do Bukowca, leżała w szpitalu, pisały o tem gazety.

— W szpitalu była! truła się, pisały o tem gazety!— powtarzała stara zbladłemi, trzęsącemi się ustami, i łzy, niby groch, posypały się jej z oczu na watowany kaftanik.

— Wszyscy o tem wiedzą. Nikt nie wie, dlaczego się truła, ale przecież to nietrudno się domyślić, o, wcale nietrudno... — szeptała cichym, przenikającym głosem, i zły uśmiech odsłonił jej ostre, psie zęby.

— Nie, nie!.. — protestowała znowu stara. — Jedź już ty sobie, jedź. Nie przywieziesz ty nigdy żadnej pociechy, tylko, jak djabeł, zmartwienie albo złość.

— Prawdę przynoszę zawsze; przekona się mama jeszcze o tem — powiedziała twardo. Podniosła się, włożyła kapelusz zielony z jasnem piórkiem, okryła się długim burnusem i chciała na pożegnanie pocałować matkę w rękę, ale stara usunęła się śpiesznie. Józia kiwnęła jej pogardliwie głową i wyszła.

Grzesikiewiczowa stała wciąż, nie mogąc zgnieść w sobie żalu i oburzenia. Dygotała, bo jej gmach szczęścia, o którym tak dawno marzyła, rysował się i groził rozsypaniem. Janka! ta Janka, której tak pragnęła za synową, byłaby taką... Ta pani... szlachcianka, którą jej Jędruś tak kochał... Nie, nie... to nieprawda. Jędruśby wiedział, on taki mądry i uczony... Tak, to z pewnością nieprawda, co ta Józia mówiła — wmawiała w siebie. — Z pewnością nieprawda. A, suka! aby tylko ugryźć — szepnęła z gniewem, spoglądając oknem za córką, na brek okrążający klomb i ginący pod wspaniałą arkadową bramą. Uspokoiła się nieco, ale w głębi wiły się wątpliwości z pragnieniem, żeby to była nieprawda; jej prosty, chłopski mózg nie mógł pojąć, nie mógł zrozumieć nawet istnienia przyczyn, skłaniających takie kobiety, jaką była Janka, do wstąpienia do teatru i do popełnienia tego, o co ją oskarżała Józia; ale jednocześnie chłopska podejrzliwość świdrowała ją boleśnie. Długo się biedziła temi pytaniami i, nie mogąc doczekać się syna, poszła w podwórze.

Aż w oficynie słychać było jej gderliwy, cienki głos; krzyczała na parobków, na dziewki, na dwórki, dojące krowy. Zaglądała wszędzie: do świń, do żłobów końskich, do owiec, do kur i gęsi; oglądała zamki w śpichlerzu i stodołach, i co chwila głos jej gniewny rozlegał się w innej stronie.

Poszła ku kopcom, gdzie, pomimo ciemności, kończono okrywanie kartofli, bo stamtąd ją doszedł potężny głos syna, krzyczącego na Bartka, który stał z czapką w ręku i starał się tłumaczyć płaczliwym głosem.

— Coś mi ty narobił, chamie jeden! Nie powiedziałem ci wyraźnie, nie tłumaczyłem po kilka razy, że niebieski list wrzucisz do pociągu, a biały oddasz naczelnikowi, co?..

— Jaśnie panie, były dwa listy: biały i modry. Juści, że baczę, co jaśnie pan kazali, modry na maszynę, a biały dla pana naczelnika.

— A czemuś tak nie zrobił? — zapytał Andrzej łagodniej, spostrzegłszy nadchodzącą matkę.

— Zapomniałem. Wyszedłem, tom baczył do samego lasu, pamiętałem cięgiem, co biały do naczelnika, a modry na maszynę; ale już w lesie cosik mi się pokiełbasiło, i stawał modry we łbie tam, gdzie prźódzi był biały, i nie wiedziałem dokumentnie, który gdzie trza oddać, a kiej przyszedem na stacje, to mi się kuniecznie widziało, co modry do naczelnika, a biały na maszynę. Ja, jaśnie panie, baczyłem dobrze, ino pod lasem wrony krakały, śmignułem na nie kamuszkiem i poszedem, i do samego lasu cięgiem se przepowiadałem: modry na maszynę, biały do naczelnika; a w lesie to mie jakoś zamroczyło, i myślałem już: biały abo modry na maszynę, tak, modry abo biały la naczelnika. A na stacji... jaśnie pan mi darują, ale do lasu myślałem: biały, biały, biały — naczelnik, naczelnik...

— Idź do djabła! Zaprowadź bułanka do stajni! Odpowiedź przyniosłeś?

— Oddałem pani gospodyni.

— No, ruszaj! — krzyknął, oddając konia, który stał przy nim spokojnie.

— Jaśnie panie! — szeptał przez łzy Bartek. — Do lasu dobrzem myślał: biały, biały — juścić biały...

— Wynoś się, idjoto! Wytrzyj konia i okryj go na noc derką.

Bartek zniknął w mroku, ciągnął za tręzlę konia, drapał się po skłopotanej głowie i mruczał:

— Jezus! to te zapowietrzone gapy, za to, com na nie śmignął kamieniem. Jeszcze do lasu myślałem: biały, biały, w lesie, abo modry, abo biały... Lo Boga, to nic inszego, ino te gapy dur rzuciły na mnie.

Andrzej wydał ostatnie polecenie i razem z matką powracał do domu. Stara spoglądała na niego tajemniczo i cicho powiedziała:

— Jest list od panny Orłowskiej.

— A mówił mi ten idjota, Bartek. — Zaczął iść prędko, niecierpliwość go porywała.

— Jędruś, bo nie zdążę, już mi tchu brak.

Zwolnił kroku, ujął matkę pod ramię i prowadził troskliwie.

— Józia dopiero co odjechała — zaczęła stara, nie wiedząc, w jaki sposób opowiedzieć mu to, co słyszała od córki. Spoglądała na niego co chwila, i nieśmiałość, a zarazem jakaś matczyna miłość zamykała jej usta.

— Nie jedzie do Warszawy, nie wspominała mamie?

— Nie, ale dużo mi opowiadała o pannie Janinie — rzuciła drżącym głosem.

— Może mi mama nie powtarzać, znam dobrze Józię i wiem, co mówić mogła. Wiem, że nie zostawiła na pannie Orłowskiej i jednej suchej nitki, ani jednej białej centki. Znam dobrze tę jędzę!

Stara odetchnęła, bo jeśli on wszystko wie i chce się z Janką żenić, to, co jej Józia opowiadała i kazała się domyślać, musi być nieprawda; tak ją to serdecznie ucieszyło, że zaczęła na Józię się skarżyć.

— A taka chciwa, że aż wstyd. Wszystkoby ino brała i cięgiem się ze mnie śmieje.

— Lubi brać, w przeszłym tygodniu była w pałacu, prosiła mnie o dwa lichtarze z bronzu. Nie dałem, ale i tak, wychodząc, zabrała je pod okrycie. Mniejsza o to, ale mama powinna jej zabronić wstępu do pałacu, kiedy mnie tam niema. Okropna kobieta, kłóci się z całym światem, okolica cała się jej boi, bo jak kogo weźmie na język, to go tak obrobi, czy winien czy nie, że strach, a przy tem w domu ciągle piekło; ten biedny Ignacy, to już bez głowy chodzi.

Weszli do mieszkania.

Rozerwał gorączkowo kopertę i pożerał list oczyma; fala krwi oblała rumieńcem radości jego jasną twarz, o regularnych, mocno ciętych rysach, zakończonych płową czupryną. Zaczął skubać i przygryzać wąsy, czytał list po kilka razy.

— Przeczytaj, Jędruś, głośno, i ja radabym wiedzieć — prosiła stara, dotykając listu delikatnie.

Czytał. Matka rozradowała się zupełnie. Wszystkie podejrzenia, wątpliwości topiły się, jak śnieg pod wpływem wiosennego słońca, radość przejęła jej serce i szczęście świeciło w jej białej, niby z blichowanego wosku, twarzy.

— Teraz to mi się widzi, że się z nią ożenisz, a czasby, Jędruś, czas! — westchnęła.

— Ożenić się, mamo, jeżeli mnie tylko zechce, to się zaraz ożenię. — I jakaś radosna pewność przejmowała go słodkiem uczuciem zadowolenia. — Będzie mama mieć synową, będzie.

— I wnuczki, Jędruś?

— Będą i wnuczki! — wołał ze śmiechem, całując matkę po rękach. Przycisnęła mu głowę do piersi.

— Stara kobieta jestem i wnuczków mi kuniecznie trza, kuniecznie twoich dzieciątek, Jędrusiu! bo te Józine, to jakieś nie nasze, babki nie rozumieją, i takie jakieś, kiejby zagraniczne.

Jędruś zaczął snuć plany przyszłości i tak mówił wiele, że stara rozpływała się w radości, bo się nigdy nim dostatecznie nasycić nie mogła. Zawsze czas przepędzał za domem, przy gospodarstwie, wpadał tylko do rodziców jeść, zamieniał po kilkanaście słów i znikał. Lecz teraz, zamiast iść do siebie lub jechać do Witowa, gdzie często przepędzał wieczory, siedział z matką i rozmarzonym głosem opowiadał o Jance i o przyszłości. Dotykał ręką piersi, na której list Janki spoczywał, chodził, siadał, opierał głowę na krawędzi stołu i snuł cudną przędzę marzeń.

Matka siedziała w swoim starym, podartym fotelu i robiła pończochę, pochylała się nad nią chwilami, aby znaleźć zgubione oczka, i podnosiła siwe oczy na Andrzeja, promieniała jego szczęściem i słuchała. Przerwał im turkot bryczki.

— Ojciec przyjechał.

Parobek przeprowadził starego tak pijanego, że ledwie się wlókł na nogach, do sąsiedniego pokoju, który był jego pokojem i zarazem służył za jadalnię. Stary upadł na głęboki fotel i dyszał ciężko, zgrzytnął zębami, uderzył w poręcz ręką i syknął:

— A, boli! niech cię psy zgryzą, będzie jutro plucha... a, boli!.. kazałeś zakryć kopce?

— Kopanie skończone.

— Byłem w lesie, bo się zjechało dużo ludzi po drzewo. A... to jak świderkiem, tak mi w kościach wierci. Matka, dajno gorzałki, zaleję tego psa wściekłego, co mnie gryzie, jak Boga tego kocham.

— Musiał go ojciec dosyć już zalewać w lesie — szepnął z goryczą Andrzej.

60

— Cicho, synku! cicho! Widzisz, tak było: strzyknęło mnie coś w nogach, posłałem Walka po gorzałkę, i co mnie koiło tylko, zaraz kieliszek nalałem na tego robaka podłego, aż mnie rozkolały obydwie nogi. Jędruś, sprzedałem tę zmurszałą! — zawołał radośnie, rozcierając kolana.

— Prosiłem ojca, żeby nie sprzedawać, znowu ojciec oszukał kogo.

— Cicho, synku! zapłacili jak za najzdrowsze drzewo. Ho! ho! Niemiec myślał, że mnie oszwabi, a ja go wziąłem! a jucha Szwab, jucha! Matka, dajno gorzałki, bo boli — zaczął zgrzytać zębami, głowa mu opadła na tył fotelu, twarz posiniała nagle i pokryła się potem, krzywił się okropnie i przewracał oczyma. — Matko, daj wódki! — jęczał.

— A juści, chcesz się dopić królestwa niebieskiego? Doktór ci nie powiedział, cobyś ani wódki, ani żadnych jenszych tronków nie pijał, co? Już masz tyle, że ani kropli ci nie dam!

— Matka, daj wódki, mówię ci, bo jak Boga tego kocham... — grzmotnął pięścią w stół, aż szklanki i talerze podskoczyły, zgrzytnął i wyprężył się z jękiem.

— Niech mama nie daje! — zawołał Andrzej, widząc, że matka obciera łzy, ale i szuka kluczyków od śpiżarni. — Jeżeli ojciec nie dba o swoje zdrowie, to myśmy powinni.

— Mądryś, panie synie, mądryś! Jutro się wyprowadzę do Józi, kiedyście tacy, już ona da mi tyle wódki, ile tylko wypiję. Już ona wiedzieć będzie, kto ja jestem — mruczał coraz niezrozumialej. — Pan jestem. Jaśnie Piętrz dziedzic jestem!.. to mnie słuchać!.. juchy... słuchać, bo wygonię na cztery wiatry!.. jak Boga tego kocham!.. Matka, daj wódki!.. Jędrek!.. ej, Jędrek!.. Jędrek, mówię ci, wara ode mnie... wara... bo... — zgrzytnął zębami, bełkotał coś jeszcze sennie i zasnął.

Andrzej przeprowadził go do łóżka. Służąca chciała mu zdjąć zabłocone buty, ale tak kopał i krzyczał przez sen, że musiała dać spokój. Od paru lat chodził spać, nie rozbierając się, bo zawsze wieczorem był pijany. Cały dzień wódki do ust nie brał, ale pod wieczór, lub przy kolacji, upić się musiał.

Stary, pomimo niesłychanego sprytu i rozumu, był chamem w ujemnem tego słowa znaczeniu, i nic go nie było w stanie przerobić. Jeszcze dawniej, kiedy potrzebował częściej prowadzić rozmaite sprawy z ludźmi, maskował się i starał się ukrywać swoje kanty, ale w ostatnich latach, gdy zarząd całym majątkiem prowadził Andrzej, nie krępował się w niczem. Pijał z chłopami po karczmach, okpiwał, bo mu to wielką sprawiało przyjemność; śmiał się ze wszystkich i wszystkiego urągliwie, rozpierany potęgą swojego majątku, który wzrastał corocznie, bo nie wydawali i połowy dochodów.

Andrzej wkrótce poszedł do swojego mieszkania.

Cichość ogromna zapanowała nad światem, wszystko umilkło i posnęło w całym domu, tylko psy szczekały gdzieś na wsi i młyn szumiał głucho. Noc ciągnęła się długo. Andrzej prawie do samego rana przechodził po swoim pokoju, rozmyślając o przyszłości i o tem jutrzejszem widzeniu się z Janką. Postanawiał w najkrótszym czasie ponowić oświadczyny.

VII.

Józia wróciła do domu w wesołem usposobieniu. Mieszkali tylko o cztery wiorsty, w Ługach, wielkim folwarku, dzierżawionym od ojca, bo stary dzieciom nic nie dawał darmo. Józi tanio nawet wydzierżawiał Ługi, mające coś z pięćdziesiąt włók, a Andrzejowi za zarząd całym majątkiem płacił pensję.

Dwór w Ługach był wielki i urządzony z przepychem niezmiernie prostym, uderzający swoją wytwornością. Służby było niewiele, ale tak wytresowana i poważna, i z taką godnością spełniająca swoje obowiązki, jak rzadko gdzie w naszych dworach. Józia wszystkich trzymała żelazną ręką. Mąż zakrzyczany, styranizowany, słuchał ślepo i w milczeniu spełniał wszystkie rozporządzenia; był tylko ekonomem u własnej żony, która na gospodarstwie znała się tak znakomicie, że nieraz sąsiedzi zasięgali jej rad i pomocy.

Zajechała przed dom oświetlony w jednej połowie, rzuciła lejce stangretowi i przez ganek, wsparty na ogromnych słupach, okręconych pędami dzikiego wina, weszła do wielkiego przedpokoju. Lokaj w piaskowej liberji z czarnem zerwał się na jej wejście.

— Pan w domu? — rzuciła mu zapytanie razem z burnusem i kapeluszem.

— Jaśnie pan jest jeszcze w podwórzu — rzekł, prostując się uroczyście.

Poszła do pokoju, którego okna wychodziły na ogród. Przy stole okrągłym, oświeconym wiszącą lampą, siedziała chuda, mała, o długiej twarzy, przenikliwych, czarnych oczach, kobieta lat czterdziestu kilku, otoczona gazetami i książkami.

— Fifi, każ dawać kolację, głodna jestem, mamusia poczęstowała mnie kawą tak obrzydliwą, że mi się słabo robiło — zaczęła Józia, siadając w fotelu na biegunach; rozkołysała się gwałtownie. — Co, znowu czytasz głupstwa?

Fifi, stara nauczycielka, jej powiernica i sprzęt, na którym wywierała nieraz złość swoją, złożyła śpiesznie powycinane świeżo feljetony i podniosła się.

— Idź prędko, a nie zgub nogi! — zawołała złośliwie, bo Fifi utykała i, idąc, kołysała się gwałtownie na jedną stronę.

Zadzwoniła. Wszedł lokaj i stał przy drzwiach wyczekująco.

— Idź w podwórze, poszukaj pana i powiedz, że ja proszę.

Lokaj zniknął cicho, a ona zaczęła znowu się bujać na fotelu i rozmyślać o sposobach przeszkodzenia małżeństwu Janki z Andrzejem.

W pół godziny jakie przyszedł lokaj i, nachylając się lekko, mówił:

— Jaśnie pan pyta się, czy może przyjść do jaśnie pani tak, jak przyszedł z podwórza.

— Nie! — ściągnęła gniewnie brwi i błysnęła okiem. — Cham! — szepnęła pogardliwie. Zmuszała męża, żeby, przychodząc od gospodarstwa wieczorem, mył się i przebierał do stołu.

— Kolacja? — zapytała krótko panny Fifi powracającej.

— Zaraz będzie. Skończyłam „Stary Zamek", prześliczna rzecz — mówiła Fifi z silnym akcentem francuskim. — Po kolacji zrobimy lekcje? — zapytała prędko, strwożona ściągnięciem brwi pani.

— Zrobimy! — i kołysała się dalej, nie patrząc na Francuzkę, która wyciągała książki i kajety, a na tych ostatnich robiła jakieś uwagi czerwonym ołówkiem. Józia w wielkiej tajemnicy uczyła się po francusku i była tak wytrwała, i takie postępy robiła, że Fifina zdumiewała się czasem. Nikt nie wiedział o tem, nawet mąż, że Józia uczy się po francusku, a postanowiła umieć, bo na balu u prezesa jedna z dam głośno zagadnęła ją w tym języku i z uszczypliwością zdumiewała się, jak może polska kobieta nie umieć po francusku. Józia wściekała się z bezsilnej złości i postanowiła się nauczyć. Szło jej straszliwie ciężko, ale przezwyciężała trudności uporem, pasją, z jaką się wzięła do uczenia i z jaką wszystko robiła. Jej nienasycona ambicja pchała ją ciągle naprzód. Nienawidziła tych wszystkich pań, w których towarzystwie żyła, śmiała się z nich, kłuła je ostrem żądłem sarkazmu, ale pragnęła wszystkie prześcignąć w przepychu, upokorzyć i zaćmić. W domu obywała się byle czem, kuchnią niewiele lepszą od chłopskiej, ubraniem nicowanem i przerabianem po kilka razy, kawą paloną z grochu, albo z żyta, byle oszczędzić i mieć pieniądze na kosztowne kształcenie dzieci zagranicą, na zbytkowne graty, na lokai, którzy całe dnie wysiadywali w przedpokoju, na powozy i konie najpiękniejsze w okolicy, na wspaniałe przyjęcia, jakie urządzali dwa razy do roku, i na które spraszali całe dalsze i bliższe sąsiedztwo. Wtedy było wszystko po magnacku.

Józia się podniosła i poszła razem z Fifiną.

W stołowym siedział już mąż, wysoki, przygarbiony nieco pracą, mężczyzna o łagodnej twarzy, i rozmawiał z młodym praktykantem, obywatelskim synem z Krakowskiego, zapalonym myśliwym i gospodarzem, który w Ługach przechodził praktyczną szkołę gospodarską.

— Panie Zygmuncie, mam ukłony dla pana.

— Wolno wiedzieć, kto o mnie pamięta? — zapytał Zygmunt, zwracając ku niej swoją piękną, arystokratyczną twarz, spaloną przez słońce na bronz.

— Zgadnij pan.

— Nie domyślę się, z pewnością się nie domyślę, ale to była kobieta, nieprawdaż?

— O tak, i bardzo piękna. — Założyła binokle, bo jej żółte oko zaczęło drgać newralgicznie na wspomnienie tej pięknej.

— Znam tylko jedną, zupełnie piękną kobietę w Polsce, moją kuzynkę, Jadzię Witowską: ale ta mnie niecierpi i nazywa dzikim człowiekiem; to nie ona, prawda?

— Ona. Spotkałam się z nią, jadąc do domu.

— Doprawdy, nigdybym nie przypuszczał, że pamięta o mnie?

— To, naturalnie, powiedziała mi w braku czegoś innego, więc niech się pan zbytnio nie cieszy. Trzeba było o czemś powiedzieć słów kilka, a że nie mamy nic wspólnego...

— Dziękuję, dziękuję, otrzeźwiła mnie pani, chociaż mogę upewnić panią, że jeszcze nie pływałem w słodkim obłoku marzeń o niej, nie. — Śmiał się Zygmunt, trochę z przymusem: nieszczerość dźwięczała mu w głosie.

— Fifi! — wskazała szorstkim ruchem Zygmunta i talerze.

Fifi, utykając i kołysząc się, podsuwała mu kolację. Dla Zygmunta był befsztyk, konjak i piwo, a oni zadowolili się herbatą, wędlinami i resztką pieczeni z obiadu.

— Buraki?...

— Skończone. Jutro zaczniemy odstawiać do cukrowni — odpowiedział cicho mąż.

— Zredukuj płacę kopaczom o dziesięć groszy dziennie.

Zygmunt spojrzał na nią z oburzeniem, mąż ani drgnął, tylko patrzył w szklankę, a Fifi roześmiała się sucho. Cisza się zrobiła długa, ale nikt głośno nie zaprotestował narazie.

— Obiecywaliśmy płacić drożej, ja sam zapewniałem... — zaczął Zygmunt dość energicznie.

— Zapłacimy taniej. Wtedy, kiedyśmy zaczynali kopać buraki, były słoty i zimna, więc trudniej było dostać ludzi, ale skoro zrobiła się pogoda, niema sensu płacić tak drogo.

— Obiecywaliśmy — szepnął mąż cicho.

— Zapłacimy inaczej. — Poruszyła się niecierpliwie na krześle.

— Będą malkontenci, będą się skarżyć, obmówią nas w okolicy o wyzysk biednych ludzi.

Józia pisała coś w notesie bardzo szybko, liczyła i sumowała.

— To wszystko razem jedno wielkie nic, i tak nas nikt nie oszczędza w tej szanownej okolicy. — Odpowiedziała twardo, schowała notes, dokończyła kolacji, skinęła Zygmuntowi głową, zabrała męża i poszła do kancelarii, w której siedzieli ze dwie godziny, obliczając robocizny i zapisując. Później wróciła do narożnego pokoju, gdzie już Fifina, czekając na nią zdrzemnęła się w biegunowym fotelu.

— Moja Fifi, na dywanie możesz sobie siadać, ale w fotelu, którego ja używam, proszę cię, nie wysypiaj się, tego nie znoszę — powiedziała szorstko. Francuzka zaczęła się lękliwie usprawiedliwiać. — Głupia gęś jesteś; jeśli zrobisz co złego, to miejże odwagę znosić następstwa, a nie wykręcać się, jak dzieciak. Zacznijmy lekcję.

Lekcja ciągnęła się bardzo długo. Józia z niesłychaną cierpliwością tłumaczyła na język polski jakąś powiastkę i znosiła uszczypliwe uwagi i gniewne, pogardliwym tonem wypowiadane poprawki Fifiny, która w ten chociaż sposób wetowała swoje upokorzenia i krzywdy. Józia to czuła głęboko i nieraz rzucała w nią książką lub kajetem, ale uspokajała się błyskawicznie, przepraszała, a nie omieszkała w najbliższym czasie udręczać jej z procentami. Pomimo wszystkiego, żyły na stopie przyjacielskiej, dopełniały się niejako i były sobie potrzebne.

Na drugi dzień, zaraz po południu, Józia kazała założyć konie do breku i pojechała do Osieckiej, bo już miała jakiś plan względem Janki, do którego wykonania była niezbędną Osiecka, dawna i dobra jej znajoma.

Osiecka mieszkała przy samym plancie kolei, od Bukowca ze dwie wiorsty, w małym kilkuwłókowym folwarczku, położonym zupełnie samotnie, w lasach, a kupionym od Grzesikiewicza. Gospodarowała dosyć źle, ale nie żyła z ziemi, tylko z procentów. Kazała zbudować w tem zaciszu, jak nazywano jej osadę, bardzo elegancką willę, piętrową, z werandami z trzech stron. Widok z frontowych okien miała rozległy, bo pola, należące do niej, ciągnęły się długim pasem i kończyły daleko, za koleją, do której od domu szła alejka, wysadzona poczwórnym szeregiem brzóz i jodeł. Las stał z trzech stron, zieloną ramą obiegając ten szmat szczerkowej, dosyć lichej ziemi.

Józia znalazła Osiecką w saloniku, w chwili ataku wspomnień o ś. p. mężu i płaczów. Zastała także Świerkoskiego, który tutaj codziennym był gościem. Siedział zgięty i patrzył obojętnie na Osiecką płaczącą i na Zosię, zajętą wyszywaniem czerwonych kwiatów na fioletowej kanwie. Amis leżał przy nim, skomląc cicho, jakby wtórując Osieckiej, która, ujrzawszy wchodzącą, powstrzymała łzy i z żywością porwała się do przywitania.

— Przepraszam, bardzo przepraszam, przerywam jakąś scenę rodzinną — mówiła Józia, łącząc wzrokiem bezwiednie Świerkoskiego z Zosią.

— O nie, słowo daję, że nie, a jestem pani bardzo wdzięczną za odwiedziny. — Ściskała ręce Józi, wpijając w jej zamkniętą twarz czarne, niespokojne oczy.

— Pani pozwoli sobie przedstawić, pan Świerkoski, poczciwy, nie zapominający o samotnicach przyjaciel.

Świerkoski kłaniał się apatycznie.

— Miałam do kochanej sąsiadki interesik prawdziwie sąsiedzki, więc jeśli mi pani zechce poświęcić trochę czasu...

— Ależ, szanowna pani, doprawdy uradowana jestem, proszę mi wierzyć, tem samem, że pani jest łaskawą mieć do mnie interesik, jak ś. p. męża kocham, jestem uradowana; no, kiedy mówię, że jestem uradowana, to niema wątpliwości — dodała mocniej, obrzucając pokój oczyma.

Józia uśmiechała się złośliwie; wyszły zaraz na drugą stronę domu. Świerkoski przysiadł się bliżej Zosi, pies biegał koło niej i wydzierał jej zębami kanwę. Pogłaskała go i, nie podnosząc oczu, zapytała:

— Amis, prawda?

— Tak.

— Zawsze chodzi z panem?

— Tak.

— Dobry pies, ładny pies, mądry pies — mówiła, głaszcząc go pieszczotliwie.

Amis skakał i szczekał z radości. Świerkoskiemu rozbłysły oczy, wsadził rękę w zanadrze i zawołał cicho:

— Amis!

Pies odskoczył na środek pokoju, stanął na dwóch łapach i szedł ku niemu. Świerkoski wyjął kawałek cukru z kieszeni, położył mu na nosie i wstał, świsnął rzemieniem koło jego uszu i zakomenderował:

— Amis, marsz! rata ta ta ta! rata ta ta ta! — wołał, naśladując bębnienie i wybijając takt nogą. Pies maszerował wokoło sztywno, z cukrem na nosie i z wywieszonym różowym językiem, a on świstał tylko batem i bębnił.

Zosia opuściła robótkę i z podziwem przypatrywała się tej scenie.

— Rata ta ta ta ta ta! ognia! — krzyknął i chlasnął go batem przez grzbiet. Amis wywinął koziołka, cukier w powietrzu chwycił i zemknął pod fotel, na którym siedziała Zosia.

— Jakie to ładne! Pan go tak wyuczył?

— Tak.

— Musi dużo sztuk umieć.

— Zaraz pani pokażę. Amis! — Pies przyszedł niechętnie, oblizywał się i pokornie patrzył. — Amis, synku, pamiętaj, nie zrób wstydu panu — szepnął mu do ucha i głaskał. — No, Amis! kot! kot! kot!.. — Pies się wyciągnął i zaczął skakać po pokoju, udając, że go goni zawzięcie; przeskakiwał krzesła i stoły, szczekał zajadle i biegał wciąż wkółko. Zosia śmiała się rozbawiona ogromnie, a Świerkoski, kiedy pies już biegał jak szalony, wyjął rewolwer i strzelił w otwarty lufcik. Amis, jak martwy, przewrócił się na środku pokoju.

Zosia, przestraszona hukiem, zerwała się i podbiegła do Amisa, bo była pewna, że nieżywy.

— Zdechł pies, niema psa — wołał żałosnym głosem Świerkoski, pochylając się nad nim. — Zdechł pies, zdechł!.. — przydeptał mu ogon, Amis przekręcił się na grzbiet, wtedy Świerkoski zaczął go obchodzić wkółko i udawać, to szczekanie psów, to kwik świń, to rżenie koni, to bek owiec, i tak dokładnie, że Amis, chociaż wiedział, kto to robi, nie mógł się powstrzymać od strzyżenia uszami i warczenia; potem udawał krakanie wron i targał go za skórę, wreszcie skręcił się i szedł do psa prawie na czworakach, i wył głucho, jak wilk. Oczy roziskrzyły mu się zwierzęco, trójkątna twarz pociemniała, i wył, aż na podwórzu wszystkie psy wtórować mu zaczęły żałośnie, kury gdakały strachliwie, a gęsi z krzykiem próbowały uciekać na płoty. Zosia zbladła ze strachu.

Amis nie wytrwał, porwał się i skoczył do drzwi, trząsł się cały, skrobał je rozpaczliwie i wył głucho, bo Świerkoski patrzył na niego rozgorzałemi, wilczemi ślepiami, świstał batem i wył coraz przeraźliwiej, pies uciekł od drzwi i skoczył przez lufcik na werandę, a stamtąd na podwórze.

Świerkoski się wyprostował, przetarł sobie drżącą ręką oczy, popatrzył bezprzytomnie na Zosię, napół żywą z przestrachu, i, chwiejąc się i wspierając o sprzęty, wyszedł, nie powiedziawszy ani słowa. Sam nie wiedział, co się z nim działo.

Zosia wyjrzała oknem i zobaczyła, że bił psa, a potem obaj szli alejką do frontu. Świerkoski, zgarbiony, kołysał się na długich nogach, a Amis wlókł się ze spuszczonym łbem za nim.

Jeszcze się nie uspokoiła po wstrząsającem wrażeniu, jakie na nią wywarło wycie Świerkoskiego i jego twarz straszna, gdy weszła Osiecka i Józia.

— Pan Świerkoski poszedł?

— W tej chwili dopiero; ciocia nie słyszała strzału, ani wycia?

— Słyszałam, słyszałam — odpowiedziała niedbale.

— Nie zabieram czasu — powiedziała Józia, ucałowała Zosię i wyszła. Na werandzie Osiecka szepnęła jej do ucha:

— Najdłużej za dwa tygodnie będzie pani wiedzieć wszystko, natychmiast piszę w tej sprawie do znajomych.

— Czy ta Orłowska żyje z kim bliżej?

— Przyjaźni się z Zaleską, zna ją pani, idjotka muzykalna — zaśmiała się rubasznie z własnego konceptu. — Aha! zrozumiałam panią. Franusia! nie wychodź z dzieckiem na powietrze — zawołała do tłustej mamki z dzieckiem na ręku, wychylającej się z za węgla. — To dziecko mojej siostry, chorowało na koklusz, więc dla zmiany powietrza przysłali je do mnie z Warszawy — tłumaczyła się śpiesznie.

Uścisnęły sobie ręce, i Józia odjechała w wybornym humorze. Podcinała konie coraz częściej, pomimo, że biegły jak szalone wąską, leśną drożyną; brek podskakiwał niby piłka na grubych korzeniach i tak się kołysał chwilami gwałtownie, aż stangret chwytał się oburącz kozła, żeby nie zlecieć. Lubiła tak jeździć, był to nieomylny znak zadowolenia, bo w złości chodziła zwykle pieszo. Droga biegła równolegle z koleją, przez wąski skrawek lasu żółcił się świeży nasyp. Przed stacją, na przecięciu drogi, wiodącej z Krosnowy, zobaczyła bułanki Andrzeja; uśmiech złośliwy przeleciał jej przez usta, oko zadrgało, podcięła mocniej koni, żeby jej nie spostrzegł, i zniknęła na skręcie drogi, w lesie.

VIII.

Andrzej po wczorajszym liście jechał z pierwszą wizytą do Janki. Miał być wieczorem, ale nie potrafił czekać, bo dzień mu się dłużył szalenie i matka go jeszcze przynaglała, aby nie odkładał. Pomimo radości, jaką mu dać miała ta długo oczekiwana chwila, był pełen niepokoju i obaw. Tyle już wycierpiał, że teraz bał się myśleć i wierzyć, że spełnią się jego marzenia; nawet głęboko w sercu tliła się gryząca pewność, którą pokrywał przypomnieniami jej listu, że coś się takiego stać musi, co ich znowu rozłączy. Myślał o powitaniu, gryzł wąsy, zapinał rękawiczki, które mu się ciągle rozpinały, i im był bliżej, tem wolniej jechać kazał stangretowi; był tak zatopiony w sobie, że nie widział przecinającej mu drogę Józi, ocknął się dopiero, gdy konie porwały się gwałtownie i skręciły z podjazdu wbok, w las. Przestraszyły się Zaleskiego, trenującego się na podjeździe stacyjnym. Stangret ściągnął konie, wykręcił je z pośród drzew, ale nie utrzymał, bo lejce pękły i konie przeleciały podjazd i wpadły do ogródka zawiadowcy, przeskakując niskie ogrodzenie z rur żelaznych. Stangret wyleciał, a Andrzej miał tyle przytomności, że wyskoczył; bryczka rozleciała się w kawałki, konie wpadły w wielki świerkowy klomb i zatrzymały się natychmiast.

Zrobił się tumult na stacji. Przyleciał Orłowski, a Zaleski blady i pomieszany, z rowerem przy sobie, stał pod stacją.

Wyprowadzono konie, i stangret, któremu się nic nie stało, pojechał do domu po drugą bryczkę. Andrzej miał tylko dłoń skaleczoną o jakiś kamień, okręcił ją silnie chustką, by zatamować krew i najspokojniej witał się z Orłowskim.

— No nic, wypadek, ale pan Zaleski mógłby jeździć gdzie indziej, nie tam, gdzie konie stają; bo moje widocznie przestraszyły się błysku kół rowera i poniosły.

Zaleski zaczął go przepraszać jak najserdeczniej.

— No mniejsza, stało się już i nie odstanie.

— Nie, panie Andrzeju, nie niniejsza; jeśli pan chcesz, możesz darować panu Zaleskiemu swoją ranę, rozbicie bryczki, przestrach; ale ja nie mogę, bo to się sprzeciwia przepisom; tego płazem nie puszczę, raport złożę o tem, bo mi sumienie zamilczeć nie pozwoli.

— A składaj pan i dziesięć głupich raportowi — zawołał zirytowany Zaleski, skoczył na rower, i w gniewie zataczał coraz szybsze koła na podjeździe.

— Złożę tylko jeden, przysięgam Bogu, że złożę! — krzyczał Orłowski. — Narażasz pan ludzi na nieszczęście i to w czasie, kiedyś pan powinien być na służbie. Panie Babiński, panie Stanisławie! — wołał, wchodząc do kancelarji. — Napiszemy raport.

Staś list rozpoczęty do mamy wsunął pod papiery i niechętnie poszedł za Orłowskim, ale ten przypomniał sobie, że zostawił Grzesikiewicza przed stacją, i natychmiast wybiegł.

Staś śpiesznie dopisywał:

„list i koszyczek odebrałem, dziękuję z całego serca za kiszkę, tylko mi się zdaje, że słona musiała być, bo dzisiaj ciągle mi się chce pić. W tej chwili konie Grzesikiewicza, tego, co jeździ do panny Orłowskiej, przestraszone rowerem Zaleskiego, poniosły; bryczka się potłukła w kawałki, ale jemu samemu nic się nie stało. Stary idjota chce pisać raport na Zaleskiego i pewnie napisze, bo był strasznie rozgniewany. Jeśli napisze, to Zaleski może mieć grubą nieprzyjemność, a może i translokację; niech się mama za kilka dni dowie w dyrekcji o tem. Wuj będzie wiedział. Posyłam flaszeczkę na spirytus kamforowy. Wczoraj zużyłem resztę, zrobiło mi się zupełnie dobrze, bo spałem całą noc doskonale i dzisiaj rano język miałem zupełnie czysty. Może się mamusia spyta Felcia, co to może być, że mnie dzisiaj noga zabolała w kostce, ale tak silnie, że ledwiem chodził. Kiszki niech mama nie przysyła, wolałbym polędwicę, albo kiełbasę serdelową. Papierosów wystarczy mi jeszcze do niedzieli. Całuję mamusię serdecznie. Staś".

Zaledwie zdążył list schować do koszyczka, który wysyłał do matki przez konduktorów, gdy Orłowski powrócił do kancelarji, bo osobowy pociąg dochodził do stacji.

Grzesikiewicz z bijącem sercem szedł na górę. Ręka bolała go dotkliwie, tłumił gniew z tego powodu, ale, znalazłszy się w tym samym saloniku, gdzie przed kilku miesiącami dostał odmowę, zapomniał o bólu, usiadł przy stole i ze drżeniem oczekiwał na Jankę.

Janka, pomimo pewności, że go zobaczy, była bardzo pomieszana. Patrzyła długo w lustro, przygładzała rozczochrane włosy, poprawiała ze szczególną starannością suknię, aby przedłużyć, o ile można wyjście.

Gdy wreszcie weszła do saloniku, Grzesikiewicz podniósł się, zaledwie mogąc pokryć wrażenie, jakie na nim wywarła jej dziwnie blada twarz, mocno czerwone usta i głębokie ślady choroby, tkwiące w kątach ust i w podkrążonych sinemi plamami oczach.

Ścisnęli sobie ręce w milczeniu.

Janka, z jakimś szerokim, nieco teatralnym gestem wskazała krzesło.

— Dziękuję raz jeszcze za pamięć. Bukiet zrobił mi wielką przyjemność, wielką — powtórzyła, czując, że mu sprawia temi słowami zadowolenie.

— Jeżeli pani pozwoli przysyłać sobie częściej kwiaty, sprawi mi pani głęboką radość — mówił przytłumionym głosem.

Podniósł rękę do wąsa, ale bezwiednie syknął z bólu.

— Co panu w rękę? — spostrzegła obwiązaną rękę chustką, na której występowały krwawe piętna.

— Bagatela; wyskakując z bryczki, upadłem rękoma na szaber.

— Mówiła mi służąca o tym wypadku, ale powiadała, że nikomu, prócz bryczki, nic się nie stało.

— Nic nie znacząca rana, spirytusem zaleję i boleć przestanie.

Janka dosyć żywo poszła po spirytus i pomimo jego oporu odwinęła mu chustkę z ręki. Janowa przyniosła miednicę z wodą, w której wymoczył rękę i zalał spirytusem pękniętą w środku dłoń; obwinęła ją świeżym kawałkiem płótna. Spirytus tak go szczypał w ranie, że zbladł i pot rzęsisty okrył mu twarz rosą, zacinał z bólu zęby i szeptał z trudem:

— Niech-że mnie pani nie rozpieszcza... niech-że mnie pani nie przyzwyczaja, bo gotów jestem sobie całe ręce rozgnieść, aby zmusić panią do opatrunku.

Janka spojrzała na niego jasnym, dobrym wzrokiem. Pocałował ją w rękę.

— Wiedziałem dawno, że pani bardzo dobra.

Cień jakiś przysłonił jej oczy, pochyliła głowę, nie mogąc znieść jego wzroku.

— Co słychać u państwa? Rodzice zdrowi, siostra?

— Mama przesyła przeze mnie tysiące pozdrowień i zapytanie serdeczne, kiedy pani raczy ją odwiedzić, bo czeka stęskniona za panią, jak my wszyscy — dodał ciszej.

— Wybierzemy się którego dnia z ojcem.

— Wie pani, nie mogę sobie uwierzyć, patrzę na panią, słucham, mówię, a nie śmiem przypuszczać, że to naprawdę jestem w tym samym saloniku. Smutek zadrgał mu w głosie.

— A jednak to prawda, wszystko zdaje się powracać do punktu wyjścia — powiedziała poważnie.

— Być może, ale myśmy z ojcem pani tak stracili nadzieję zobaczenia pani tutaj, że jeszcze w tej chwili wątpliwości jakieś mnie przenikają, czy to nie jest sen zdradliwie łudzący pozorami rzeczywistości, czy to nie dalszy ciąg tych długich miesięcy oczekiwania. Pamiętam je głęboko.

Przesiadywaliśmy w tym saloniku całe wieczory, nie mówiąc ani słowa do siebie i wisząc myślami i duszą na tej fotografji — wskazał szorstkim ruchem fotografję, stojącą na stole.

Podniósł się, oczy przysłoniły mu się bólem przypomnień, i usiadł na drugiem krześle. Janka w milczeniu przypatrywała się jego twarzy. Wydał się jej teraz nietylko zupełnie przystojnym, ale i jakimś więcej interesującym. Nie było w nim nic z salonowca, ani z wielkomiejskiego pudla, skaczącego niby na sprężynach koło kobiet. Głos brzmiał mu akcentami prawdy i wielkiego uczucia. Miał w sobie jakąś godność i siłę, która jej zaczęła imponować. Przyglądała mu się, niby aktorowi, grającemu swoją rolę z przejęciem, śledziła jego szorstką mimikę, spojrzenia, ruchy, to goniła wzrokiem błysk brylantowego pierścionka, który miał na palcu, przyczepiała się uwagą do szpilki w krawacie, byle tylko zagłuszyć w sobie jakieś uczucie żalu i winy, jakie się w niej budziło.

— Jeździł pan latem zagranicę? — przerwała to milczenie męczące, które już dosyć długo trwało.

— Nie, ale... — zakaszlał, aby zagłuszyć to „ale", bo chciał powiedzieć, że jeździł do Warszawy co tydzień, aby ją chociaż zdaleka zobaczyć.

— Zazdroszczę mężczyznom swobody; możecie panowie robić, co wam się podoba, nie potrzebując z niczego i przed nikim składać rachunku.

— Tak, ale za często nadużywają tej swobody.

— Czy to we wszystkich wypadkach miałoby być złem?

— Z pewnością, bo każde nadużycie, każdy wybryk, każdy niepotrzebny czyn mści się później najsrożej na nas samych.

Głęboko poczuła te słowa, zdawało się jej, że umyślnie powiedział do niej, i już oczy rozgorzały, już miała okazać chwilowe uczucie gniewu, ale się powstrzymała. Siedziała w milczeniu kłopotliwem.

Andrzej miał tyle do powiedzenia, tyle uczuć przepełniło mu serce, tyle myśli tłoczyło się pod czaszką, a nie śmiał nic mówić, siedział skrępowany nieśmiałością własną i jej pozornym chłodem wzroku.

— Żyją jeszcze bułanki? — zapytała znowu, aby tylko mówić.

— Żyją i to one rozbiegały się dzisiaj.

I znowu milczenie przykre i denerwujące.

„Co tu mówić, o czem?..." — myślała Janka z rozpaczą i wstała, poprawiła abażur na lampie, złożyła porozrzucane albumy, zajmowała ręce i poruszała się, żeby stłumić rosnącą coraz bardziej przykrość tego dziwnego przymusu, jaki panował pomiędzy nimi. Ta przeszłość jej niedawna stanęła pomiędzy nimi, i nie mogli się zbliżyć do siebie, nie mogli swobodnie rozmawiać, nie mogli nawet patrzeć na siebie prosto i jasno, bo jemu obok tej Janki, jaką teraz widział, stawała tamta, z teatru, wpośród sceny przyćmionej nieco; tamta Janka — wymalowana, w hecarskim kostjumie, rzucająca wyzywające spojrzenia na pierwsze rzędy krzeseł; tamta Janka — aktorka, której nienawidził za cierpienia, których była przyczyną; ona czuła, co się w nim dzieje, prawie widziała, jakie myśli krążą mu w głowie, czytała mu to wszystko z oczu i to ją gnębiło, i rozstrajało nerwowo; chciała, aby zapomniał o tem i nie myślał.

— Zostanie pan na herbacie... prawda? — zapytała, widząc, że się podnosi.

— Ojciec zaraz przyjdzie ze służby. Pozostawię pana na chwilę samego.

Wyszła zająć się herbatą, a Andrzejowi zrobiło się jakoś jaśniej w duszy. Widział ją w tej chwilowej samotności inną, niż dawniej, imponującą więcej, ale i przez to droższą. Kocham ją! — myślał i czuł, że ją teraz kocha jakoś inaczej, niżli dawniej, głębiej i lepiej, że wzbudziła w nim szacunek, bo zobaczył w niej poza kobietą, której piękność go pociągała, duszę jakąś większą. — Kocham! — szeptał z mocą i jego nieugięta, twarda, chłopska dusza ze drżeniem rozkoszy klękała przed jej duszą i zanosiła niewolnicze modły.

Przyszedł Orłowski, i wkrótce usiedli do herbaty. Zrobiło się wesoło i swobodnie. Janka miała humor i czuła się zadowoloną; Andrzej rozmawiał wiele i ze swoją porywczością trochę nieokrzesaną, prawie w każdem słowie i spojrzeniu, mówił jej o swojej miłości. Rozumiała go, była mu wdzięczną, tylko chwilami na spokojny ton jej usposobienia i myśli padał cień jakiś, mąciło się w niej wszystko na mgnienie, niedostrzegalnie, jak woda, gdy pod samą powierzchnią przepływa ryba; przechodziło to prędko, że znowu mówiła, ożywiała się, błyskała czasami subtelnym dowcipem, którego Andrzej nie odczuwał, nawet jej twarz blada zabarwiła się lekkim karminem krwi szybciej krążącej.

Orłowski był uradowany, ale po wybuchach śmiechu, lub po gorąco wygłoszonem zdaniu, wpadał w zamyślenie, odwracał się prędko i rzucał przestraszone spojrzenia za siebie, i później tem usilniej łączył się, i brał udział w rozmowie, aby się ogłuszyć.

— Doprawdy, tak mi tutaj dobrze, że radbym to dobro pić codziennie — powiedział Andrzej, podnosząc się do odjazdu.

— Pij pan, dokąd nie obrzydnie — powiedziała wesoło.

Ucałował jej ręce, czuła, że zadrżał po tych słowach, i kiedy wychodził, rzucił na nią jedno z tych spojrzeń, które są najgłębszym wyrazem miłości. Wyglądała za nim oknami z kuchni, odczuł jej wzrok, bo się z bryczki odwrócił i przesłał ukłon kapeluszem.

Gdy tylko zostali sami, Orłowski wyjął jakiś papier i dal go do przeczytania Jance. Była to rezolucja Dyrekcji, na jego raport złożony na siebie. Naczelnik wydziału w bardzo poważnie brzmiących słowach, w których jednocześnie tkwiła ironja, polecał:

„Zawiadowcy st. Bukowiec, zawiadomić p. o. ekspedytora tej stacji, Orłowskiego, że na skutek zażaleń publiczności i motywów przytoczonych przez jego bezpośredniego zwierzchnika, zawiadowcę stacji, p. Orłowskiego, Dyrekcja skazuje go na trzyrublową karę, z tem nadmienieniem, aby w przyszłości się to nie powtórzyło, i robi zawiadowcę stacji, p. Orłowskiego, odpowiedzialnym na przyszłość za gorliwe i akuratne wypełnianie obowiązków służbowych przez p. o. ekspedytora tejże stacji, Orłowskiego".

Janka zadrżała, przeczytawszy, stanęły jej w myśli słowa doktora, przypomniały się jej wszystkie dziwactwa warjackie ojca, oddała papier, nie wiedząc, co mówić.

— Surowa kara, prawda? — szepnął cicho. — Surowa, ale sprawiedliwa. Urzędnik nie powinien ulegać słabościom; kto jest na służbie, ten jest jakby na wojnie, ten nie ma ojca, matki, dzieci, rodziny, ma tylko obowiązek. Tak i oni to zrozumieli, uznali nareszcie to, o co się upominałem dawno. Zrozumieli i czynią mnie odpowiedzialnym za czynności ekspedytora, polecając czuwać nad nim. Słuszne, nic słuszniejszego.

— Jak to pogodzi ojciec, spełniając obydwie czynności — mówiła nieśmiało, bojąc się go rozdrażnić, a pragnęła w jaki bądź sposób wywieść go z tego błędnego koła.

— To się tylko tak mówi, że ja jeden spełniam obie służby, tak się mówi, ale jest inaczej. Czułem to dawno, a teraz po raz pierwszy i stanowczy uznała to Dyrekcja, pisząc: „zrobić zawiadowcę stacji, p. Orłowskiego, odpowiedzialnym na przyszłość za gorliwe i akuratne wypełnianie obowiązków służbowych przez p. o. ekspedytora tejże stacji, Orłowskiego". To przecież wyraźnie powiedziane. Tak, dziecko, w istocie, w Bukowcu jest nas dwóch: Orłowski zawiadowca i Orłowski ekspedytor. Ja tak dawno myślałem: tak, są dwa etaty, dwa odrębne zajęcia, spełniane przez dwóch różnych ludzi. Z pewnością tak jest, pisze to sama Dyrekcja, która nie myli się chyba. — Zaśmiał się głośno, wzruszył ramionami, chwycił zębami brodę i chodził po pokoju, przyglądając się co chwila papierowi. Przystawał na chwilę, jakby pod wpływem niejasnych wątpliwości, jakie w nim tkwiły jeszcze, ale odczytywał odezwę, patrzył przed siebie, daleko, uderzał palcami w papier z uśmiechem zadowolenia i pewności.

— Jakże się ojcu wydał dzisiaj Grzesikiewicz? — zapytała, aby go oderwać od tych myśli.

— Ho, ho, miałem rację!... a Grzesikiewicz?... dobrze, bardzo dobrze. Bardzo dużo mówiliście ze sobą — ocknął się, papier schował do kieszeni.

— Wiesz — zaczął, siadając obok niej zupełnie przytomny — że takiego dobrego i uczciwego człowieka nie znam drugiego na świecie. Żebyś chciała iść za niego, byłbym zupełnie szczęśliwy. No, ja cię nie zmuszam, przysięgam Bogu, nie zmuszam — mówił prędko, spostrzegłszy chmurę na jej twarzy. — Myślałem sobie tylko, że gdybyś mieszkała w Krosnowie, to jeździłbym do was codziennie.

— Dlaczego ojciec nie rzuci służby? Miałby ojciec zupełną swobodę, nie potrzebaby znosić zmartwień i kłopotów. Poco ojcu służyć? Przecież to, co ojciec ma, wystarczyłoby nam na swobodne, niezależne zupełnie życie.

— Myślałem o tem i zrobi się to, zrobi, ale teraz jeszcze nie można. Dopóki siły są, potrzeba coś robić i być czemś, zresztą, jestem potrzebny tutaj, bo kolej to społeczna instytucja, to krwionośne naczynie kraju, od jej prawidłowego funkcjonowania zależy cały organizm, zdrowie jego i siła; otóż ja znam, rozumiem i kocham swoje powołanie, a ludzi oddanych pracy, ludzi, którzyby służbie chcieli się poświęcić w zupełności, jest coraz mniej. Taki Zaleski, naprzykład, to mydłek, któremu rower tylko po łbie jeździ, który był w pięćdziesięciu służbach, takiemu idzie tylko o zapłatę i nic więcej. Stasio, to idjota. Świerkoski — zdziczała pomiędzy chłopstwem dusza. Karaś! ten, gdyby nie był zwierzęciem przedewszystkiem, które pije i goni za kobietami, mógłby być dobrym funkcjonarjuszem, bo rozumie, że słuchać potrzeba. A niższa służba! każdy tylko szuka sposobów wywinięcia się gładkiego od wypełniania obowiązków. Tak, czuję, że, żyjąc razem, byłoby nam dobrze, myślałem już nawet o tem, ale co jabym robił bez służby? Człowiek całe życie przywykł chodzić w kieracie, jak koń, który chociaż odwiązany od dyszla, to i tak będzie chodził wkółko, z pochylonym łbem, bo już inaczej nie umie. — Zaczął się śmiać z własnego porównania. Janka się uspokoiła, bo jego myśli wydały się jej zupełnie logicznemi.

— Posłużę jeszcze czas jakiś, niech się przyzwyczają, niech zapomną, że żyli kiedyś inaczej, to już później beze mnie będą robić wszystko, samym ruchem porwani. To moja idea, że mało o tem kto wie i zdaje sobie sprawę; że mnie nie uznają, że nazywają mnie tyranem, że na moje projekty administracyjne odpowiadają często odmownie, to mnie chwilami boli, ale pomimo wszystkiego wytrwam, bo mam nagrodę w sobie, w sumieniu, w pewności, że tak robić powinienem!

Tak się rozgadał i ożywił, że opowiadał jej najrozmaitsze rzeczy, rozwijał teorję ekonomiczną; projekty uproszczonej administracji; przechodził na coraz szersze widnokręgi, zataczał coraz większe koła, porównywał ustroje państw, wykazywał wady panujących systemów wytwórczości, ich ścisły związek z moralnością, etyką, wyobrażeniami, liczbą urodzin i śmierci. Rzucał cyframi, które kreślił palcem w powietrzu, cytował z pamięci zdania aytorów, studjowanych w tych obchodzących go kwestjach, zbijał niektóre twierdzenia, zapalał się, unosił, porywał sam siebie głosem i gestami, a chwilami przerywał, rzucał jakimś mętnym, zaniepokojonym wzrokiem dokoła, uśmiechał się blado do Janki, zdumionej tą powodzią słów i myśli, bo nigdy ojca takim nie widziała, ściskał oburącz głowę i snuł dalej marzenia, tylko ciszej i bezładniej, czasem wypowiadał tylko zarys myśli, jedno zdanie, jeden dźwięk i oglądał się za siebie z przestrachem i przez długą chwilę siedział w milczeniu, zatapiając twarz w wielkiej płachcie gazety, rozłożonej na stole. Wkońcu zerwał się i bez słowa poszedł do swojego pokoju.

Janka poszła także spać i pomimo trwóg i obaw o niego, usnęła zaraz, zmęczona tylu wrażeniami, ale po pewnym czasie obudził ją jakiś przytłumiony głos. Podniosła głowę i słuchała. Zaleska, jak zwykle o tej godzinie, grała niekończące się gamy, dźwięki lały się monotonnie, ale na ich tle drgały jakieś nieznane, bliższe szepty, to wykrzykniki, to słowa jakby próśb pokornych.

Poszła do saloniku, do pokoju ojca drzwi były uchylone.

Orłowski w kalesonach, ale w mundurze i czerwonej czapce, stał na środku pokoju; świeca, płonąca na stoliczku przy łóżku, obrzucała go mętnem, żółtawem światłem.

— Panie ekspedytorze, mówiłem: żadnych tłumaczeń, bo, przysięgam Bogu, nie uwzględnię. Dyrekcja skazała pana na trzy ruble kary, to pan zapłacisz i na przyszłość żadnych wykroczeń, żadnych, bo ja, naczelnik pański, nie pozwalam: słyszysz pan, nie pozwalam — mówił poważnie, rozwłócz, litery, nachylił się, jakby nad kimś znacznie niższym od siebie, pogroził palcem i odszedł, zrzucił mundur i czapkę, zaczął chodzić drobnemi krokami, obcierał spocone czoło i, garbiąc się i pochylając, szeptał zmienionym głosem i tak różnym, że Janka zajrzała lepiej, bo była narazie pewna, że tam jest ktoś drugi jeszcze. Orłowski chodził po jednej stronie pokoju, wprost drzwi uchylonych, któremi patrzyła, wyciągnął rękę do miejsca, gdzie stał przedtem.

— Panie naczelniku, daję słowo uczciwego człowieka, jak córkę kocham, że niesłusznie mnie karzą. Byłem rozdrażniony wtedy, byłem chory, byłem nieprzytomny, prawda. Żydzi się tłoczyli, krzyczeli, uderzyłem jednego, prawda. Podnieśli krzyk, kazałem ich wyrzucić, prawda... ale niech pan naczelnik pamięta, że wtedy córka była śmiertelnie chora, że ją dopiero co przywiozłem z Warszawy, że byłem bardzo nieszczęśliwy. Panie naczelniku! a gdyby tak panu jedyna córka odjechała z domu, poszła do teatru, nie pisała przez kilka miesięcy, gdyby tak pana, ojca, rzuciła jak stary łach, i gdybyś pan to dziecko tak kochał, jak ja kocham, i gdyby ci potem zachorowała śmiertelnie, czy miałbyś przytomność, czy miałbyś poza nią jaką służbę? O, co ja wycierpiałem, co ja przeszedłem! -— jęczał, zakrył twarz rękoma i szeptał poprzez łkanie; łzy zaczęły mu przeciekać przez palce i spływać po zbladłych policzkach i taki ból, taki wściekły ból skręcał mu serce, że tracił chwilami przytomność, chwytał się poręczy krzeseł, żeby nie runąć, kręcił się wkółko, składał błagalnie ręce i szeptał jakieś niedosłyszalne, bolesne skargi, to milczał, długo, wpatrując się z pokorą w tę urojoną postać naczelnika, w to drugie swoje ja, które widział przed sobą najwyraźniej.

Jankę trząsł spazm trwogi, bo to spokojne, dziwne szaleństwo ojca przepełniało ją rozpaczą i wprowadzało także pierwiastek chaosu w jej myśli. Nie mogła się poruszyć z miejsca, brakło jej sił i odwagi. Pokój zaczął wirować, to blade światło świecy drgało przed nią, niby krwawa łuna, niby pożar olbrzymi, w którym kłębił się jakiś pęk ciał, wiły się jakieś ogniste i przerażające skręty myśli, ściskające jej głowę palącemi zwojami. Orłowski usiadł na łóżku, tarł sobie czoło, napił się wody z syfonu, stojącego na stoliku, i widocznie ten syk i szum wytaczanej wody powróciły mu nieco przytomności, oderwały tym głosem zewnętrznego świata od mar chorego mózgu; targał brodę, przecierał oczy i długo szeroko otwartemi oczyma, pełnemi bezbrzeżnego strachu, patrzył w ciemną głąb pokoju. Uspokoił się widocznie, bo w oczach zaczynała błyskać świadomość, majak zniknął. Zgasił świecę.

Janka także oprzytomniała, słuchała pode drzwiami i wkrótce usłyszała równy, mocny oddech ojca; fortepian Zaleskiej coraz cichszemi dźwiękami śpiewał, aż zamilkł; cisza ogromna, mistyczna cisza nocy, pełna rozprzężonych drgań, pełna niewytłumaczonych szmerów i błysków, zalała mieszkanie.

Przejął ją dziwny, wstrząsający strath. Szła do swojego pokoju ze drżeniem, tłumiła oddech, przyciskała serce bijące głośno, bo się jej zdawało, że tutaj, obok niej, w tamtym ciemnym kącie pokoju, ktoś jest, ktoś idzie za nią, jakieś ręce wyciągają się do niej, jakieś oczy patrzą złowieszczo, jakiś powiew zimnem tchnieniem powiał na jej twarz i zlodowacił krew. Meble, niby czarne, bezkształtne potwory, czaiły się w mrokach i zdawały się zabiegać drogę; biaława klawjatura wyszczerzała na nią długie, ostre kły. Przebiegła szybko salonik, wpadła do swojego pokoju, zamknęła drzwi na klucz i rzuciła się na łóżko, okręcając się kołdrą.

Po długim czasie oprzytomniała zupełnie, zaczęła się ubierać, aby zejść nadół, podać depeszę do doktora, ale potrzeba było przejść stołowy, kuchnię, kurytarz długi — zatrzęsła się z trwogi i postanowiła zaczekać do rana.

Nie spała całą noc, co chwila zdawało się jej, że słyszy głos ojca, chowała głowę w poduszkach, ale długo nie mogła tak wyleżeć, bo prawie była pewna, że przez szyby, któremi wpływała czarna, bez gwiazd noc, zagląda twarz jakaś. Zrywała się i, nie zobaczywszy nic, kładła się, ale w coraz boleśniej dręczącem zdenerwowaniu.

Pociągi z hukiem przelatywały, czasem trąbki dróżnicze zagrały tak mocno, aż echa powtarzał las, i znowu się rozpościerała bezmierna, przytłaczająca cisza, jakby świat cały skonał.

Rano Orłowski wstał o zwykłej godzinie, wypił herbatę i poszedł do swoich zajęć, był tylko bledszy i oczy miał więcej przekrwione czerwonemi żyłkami, ale ani słowem nie wspominał o Dyrekcji, wydawał się w zupełnie normalnem usposobieniu. Janka śledziła go uważnie i, gdy wyszedł, przespała się dopiero, a później napisała list do doktora, prosząc go, aby pod jakim bądź pozorem i jak najśpieszniej przyjechał, objaśniając w krótkości o stanie ojca.

— Rochu, ten list oddacie na pierwszy towarowy, idący do Kielc. Macie tu rubla, dacie go z listem pakmajstrowi i poprosicie, żeby ze stacji natychmiast wyprawił. Co to wam jest? — zapytała, spostrzegłszy smutną i strapioną twarz Rocha.

— Co mi jest? mnie to ta nic nie jest, panienko, ale Rochowa już ino bokami robi, pewnikiem się chudziątku zamrze.

— Dawno chora? nic nie mówiliście.

— Nie mówiłem! a juści, panienko, żem i nie mówił, bo co to pomoże... a dawno, juści, że nie od wczoraj, ino od lata słabuje; robić z początku nie mogła, bo zaraz ją kolki spierały pod piersiami, potem to i jeść nie jadła. Chodziła i do dochtorów, smarowała się i tłustością, i okowitą, i zielami, i nic nie pomogło.

— Trzeba było wezwać kolejowego doktora, przecież wam pomoc lekarska się należy.

— Się należy! a juści, panienko, należy, ale... dochtory panów to uny tam likować umieją, ale chłopów to pewnikiem nie, bo przyjechał do Banasikowej, no i co? umarła, panienko. Może i nie przez jego porękę, bo jak kto ma zamrzeć, to mu żadne dochtory pomóc nie pomogą, chyba jeden Pan Jezus, ale zawdy...

— Co jest właściwie waszej żonie?

— Waszej żonie? a juści, że dokumentnie nie wiem, a kto to wie, panienko, kiej ból jeno jest we wnętrzu. Jeść ni może, robić ni może, wyschła, kiej wiór, no i leży, i leży a czeka zmiłowania Pańskiego, albo śmierci; gemba, to jej się zrobiła kiej piąstka. Wódki czasem kapkę sie napije, mięsa dziobnie pare razy łyżką i tyla.

— Oddajcie ten list, zrobimy jeszcze inaczej.

Napisała bilet do ojca, aby zatelegrafował po doktora do chorej Rochowej.

— Zanieście to panu. Za dwie, trzy godziny doktór tutaj będzie. — Tak, to się lepiej stało, nikt wiedzieć nie będzie, że ja wzywałam doktora — pomyślała.

Rzeczywiście, w kilka godzin później przyjechał doktór, przyszedł na górę, nie chciał się rozbierać ze swoich pledów, waterproofów, kaszlał więcej niż zwykle, cerę miał zielonawą, i respiratora nie zdejmował z ust zupełnie. Wszedłszy, natychmiast pozamykał drzwi i lufciki, obejrzał okna i, zobaczywszy, że nieopatrzone na zimę, pogroził Orłowskiemu, który z nim przyszedł.

76

— Żyjemy i tak jakoś zdrowo! — zaśmiał się zawiadowca.

— Ale z reumatyzmami, migrenami i newralgjami — napisał na marginesie gazety, leżącej na stole.

— Może po powrocie od Rochowej doktór mnie jeszcze obejrzy.

Popatrzył na nią, machnął ręką i znowu napisał:

— Pani jesteś zupełnie zdrowa — ale dopiero teraz spostrzegł, że patrzy na niego jakoś szczególnie. Skinął głową potakująco i chciał iść.

Janka szybko ubrała się do wyjścia.

— Pójdę do chorej z doktorem, bo już się od rana wybierałam.

— Poco? — krzyknął Orłowski. — Jeśli zdycha, to się tam obejdzie bez ciebie, choroba może zaraźliwa.

— Doktór pierw wejdzie i przekona się.

Wyszli zaraz.

Roch mieszkał o kilkadziesiąt kroków od stacji w małych koszarach, postawionych dla służby. Szli nad plantem, Janka ujęła doktora pod ramię i cicho zaczęła mu opowiadać o ojcu. Nie było to dla niego niespodzianką, ale, usłyszawszy tę nocną scenę, przystanął i powiedział jej smutnemi oczyma, że to bardzo źle.

— Musi doktór pod jakim pozorem obejrzeć ojca i poradzić, ja głowę tracę.

Skinął głową, i weszli do izby.

Izba była dosyć czysto utrzymana, ale przepełniona wyziewami spirytusu z tłuszczem, świeżo zakwaszonej kapusty, której kłódka stała pod piecem, przykryta poduszką. Jedyne łóżko stało pod oknem, na którem w blaszanych kwartach rosły anemiczne geranje i stała butelka z pijawkami, z obwiązaną gałgankiem brudnym szyjką. Rochowa, z rękoma czarnemi i wyschłemi na pierzynie, leżała bez ruchu; próbowała się unieść, ale jęknęła tylko cicho i blademi, wypłowiałemi oczyma patrzyła bezmyślnie; twarz miała tak suchą, żółtą, pomarszczoną, jak leśne, zasuszone jabłko. Doktór nawet jej nie oglądał, bo już była w agonji, z trudem szeptała niezrozumiałe słowa i goniła zdumionym wzrokiem za Janką.

— Co was boli?

— Umrę... umrę... — szeptała cicho, i ta jej twarz trupia miała ten sam ton, na tle kolorowej, w czerwone paski pościeli, co twarze świętych ascetów i męczenników, wiszących rzędem na ścianach, wychylające z czarniawej głębi tła, niby z niebytu, twarze bezkształtne, podobne do wizyj niezupełnie zmaterjalizowanych.

— Czemuście mnie pierwej nie wezwali?

— Nie wzywali... a juści, nie wzywali, ale myśleliśwa, że samo przejdzie, a potem tośwa widzieli, że już i wielmożny dochtór nie poradzi — tłumaczył się Roch, wyprężony przy drzwiach jak struna i salutujący całą dłonią.

— Jeździliście do znachorów, co?

— Juści, że do dochtorów jeździła i smarowała się wódką z tłustością, i piła ziele, i odczyniały ją kobiety, i na rosę boso chodziła, i pijawki przystawiała, i banków trzy mendle suchych balwierz stawiał, i nic nie pomogło. Już widno na śmierć zachorzała, to nic nie pomoże — mówił ze spokojną rezygnacją, patrząc bezmyślnym, kamienno-obojętnym wzrokiem w chorą.

— Przyślę jeszcze dzisiaj lekarstwo. Chodźmy! — powiedział doktór do Janki, która cały czas z jakąś litością, pełną trwogi, patrzyła na chorą. Odwróciła się, aby wyjść, ale Rochowa wyciągnęła rękę i chudemi palcami chwyciła ją za suknię. Obejrzała się przestraszona.

— Panienko! panienko!.. — wołała głucho, zakrztusiła się i leżała chwilę z wysadzonemi z orbit oczyma, chwytając ciężko powietrze i drapiąc bezmyślnie pierzynę.

Janka poczuła łzy w oczach, poprawiła jej poduszek i pierzyny, ściągnęła jej żółtą, rozluźnioną chustkę, jaką miała okręconą głowę, pogłaskała ją po twarzy i, połykając łzy, wyszła z izby. Rochowa patrzyła za nią i w sztywniejących, zmąconych śmiercią oczach, zaszkliły się jeszcze ostatnie łzy wdzięczności, a sine, obwisłe, odsłaniające bezzębne szczęki — usta poruszały się jakby w modlitwie.

— A niechże!.. a niechże!.. a niechże!..

Snuło się jej po zamierającym mózgu, jak ostatni błysk światła, i spokojnie leżała, i bez trwogi patrzyła w jakąś dal nieznaną a straszną.

— Kobieta jeszcze dzisiaj umrze — powiedział doktór Rochowi przed domem i zaraz włożył respirator.

— Umrze... a juści, że umrze! Ta... to i zaraz póde po trumnę — rzekł apatycznie.

Jance zatrzęsło się serce z żalu, nie mogła nic mówić, tylko szła za doktorem i wpatrywała się w jesienne barwy lasu zamierającego, w szare stada chmur, co płynęły chyżo, niby ptactwo, w świat smutny i jakby obumarły.

Doktór w mieszkaniu się rozebrał i pokazał na migi, żeby mu dali jeść, i gdy Janka opowiedziała ojcu o stanie Rochowej, skinął na nią nieznacznie, aby wyszła.

Wyjął swój notes z ołówkiem na stół, usiadł, rzucił okiem na spacerującego po pokoju Orłowskiego i napisał:

— Jesteś niezdrów, widzę to.

— Ale gdzie tam, nigdy nie byłem zdrowszy.

— Masz w oczach napisane, że cię głowa boli, że źle sypiasz — napisał.

— To prawda, ale mam tyle kłopotów na służbie, że to dosyć naturalne.

Doktór obejrzał bez ceremonji oczy, obmacał grzbiet i głowę i siadł zpowrotem.

— Nic mnie nie boli, co ci się zdaje?..

Nie odpisał, zjadł śpiesznie obiad i poszedł pożegnać się z Janką.

— Jest tylko jedna rada: spokój, spokój, spokój — szepnął cicho — a druga, zresztą połowiczna, żeby Dyrekcja dała mu pomocnika do ekspedycji. Będę się o to starał pocichu.

— Doktorze, nie wypowiem nawet, ale doktór odczuje, co się we mnie dziać musi, jak się boję strasznie, ratuj go, nie krępuj się kosztami, rozporządzaj, wszystko zrobię, byle go ocalić.

— To nie o to idzie, mnie chodzi tylko o przedłużenie dzisiejszego stanu, o wyleczeniu niema mowy — szepnął szorstko, uścisnął jej gorąco rękę, pocałował ją w twarz, założył respirator i wyszedł.

Wieczorem przyjechał Grzesikiewicz z bukietem kwiatów. Janka przyjęła go z roztargnieniem, bo całą uwagę miała skupioną na ojcu. Po przyjeździe Andrzeja, Orłowski otrząsnął się z przygnębienia, śmiał się często i był tak rozpromieniony, że obawy jej zwolna się rozwiewały i milkły, a nawet później o nich zapomniała, bo tak poufale poklepywał Andrzeja po bokach i tak często go całował, że była trochę zirytowana, gniewały ją czułe spojrzenia i ton narzeczeństwa, z jakim Andrzej zwracał się do niej. Rozmawiali o stosunkach sąsiedzkich, gdy Orłowski zapytał:

— Czy Witowski gdzie wyjechał? Dawno go nie widziałem.

— Nie, przestał tylko jeździć przez Bukowiec.

— Dlaczego?

— Dziwaczy, jak zwykle, tłumaczył mi dlaczego: oto, że ten dąb, na którym się zimą powiesił nasz owczarz, pamiętają państwo, denerwuje go, nie może obok niego przejeżdżać.

— To dziwny człowiek jakiś!

— Niech pani powie dziwak. W sobotę, śpię w najlepsze, wtem budzi mnie ktoś; zerwałem się, zapalam zapałkę. Witowski siedzi na łóżku i wita się ze mną. Zdziwiłem się, ale myślałem, że ma jaki ważny interes; a on powiada, że nie mógł spać i koniecznie zapragnął mnie zobaczyć. Przyszedł pieszo, drzwi były pozamykane, więc od tarasu wybił szybę, otworzył okno i wszedł. Psy, jak zwykle, nie mówiły mu nic.

— Jakto, jak zwykle?

— Tak, faktycznie, widziałem kilka razy, że psy nie mówią mu nic, ale idą do niego i łaszą się.

— Na Boga! nie wiedziałam, że okolica ma taką nadzwyczajność.

— Może wkrótce pani go pozna. Bardzo bogaty, wykształcony i straszliwie przykry w stosunkach, ale że wielki pan, boją się go wszyscy i wywiera na całą okolicę dziwny wpływ. Chłopi nazywają go „antychrystem". Jako gospodarz, nie jest świetny, ale majątkiem administruje znakomicie. Bardzo dobrze jesteśmy z sobą i już mi nieraz powiedział prosto w oczy: Grzesikiewicz, ty jesteś cham, ale cię kocham, i dlatego, że jesteś dopiero elementalem ludzkim, z twojej rodziny wyjdzie wielka dusza.

— Skąd on się wziął tutaj?

— Akurat rok temu okrągły sprowadził się prosto z Paryża. Stary Witowski z Witowa, stryj jego, zapisał mu Witów, aby majątek nie wyszedł z nazwiska, ale tyle pozostawił legatów filantropijnych, tyle zobowiązań moralnych a dziwacznych, że tylko szaleniec mógł przyjąć zapis, pomimo że to fortuna magnacka.

— Opowiadał mi pan Skulski dziwne rzeczy o tym Witowskim.

— No, już dosyć anegdot krąży po okolicy na jego conto.

— Chciałabym go poznać.

Grzesikiewicz zaczął się śmiać.

Janka wzdrygnęła się lekko.

— Śmieję się, bo powiedział mi kiedyś, że jeśli kto bądź mówi o nim, lub pragnie go widzieć, to on telepatycznie wie o tem i prędzej czy później da się poznać.

— Będę cierpliwie czekała.

— Pani wierzy w takie bajki, jak telepatyczne odczuwania, przeczucia i t. d.?

— Ani tak, ani nie, ja nie wiem, a przypuszczam możliwość wszystkiego. Rzeczywistość jest z tej samej przędzy, co i marzenia.

Grzesikiewicz nie odpowiedział, ale w oczach miał niedostrzegalny błysk ironji.

IX.

Jance długo stał w pamięci Witowski. Zaciekawił ją ogromnie, działał już z oddalenia, bo czuła w nim jakąś niezwykłą, nieszablonową organizację. Przypominały się jej postacie calderonowskich dramatów — i pełna niejasnych, niesformułowanych myśli i marzeń poszła odwiedzić Rochową. Janowa za nią niosła buljon i wino.

Rocha nie było w izbie. Mała lampka kopciła nad okapem i zalewała izbę brudno-żółtem światłem. Przy kominie, na którym suche, świerkowe gałązki trzaskały wesoło, siedziało kilka kobiet, rozmawiały półgłosem i ze zdziwieniem podnosiły rozczerwienione od ognia twarze na wchodzącą. Chora otworzyła z trudem ciężkie powieki. Kobiety ją nieco uniosły na poduszki, a Janka wlała w zaciśnięte gardło trochę wina. Dyszała długo, w żółtych oczach zatlił się jakiś słaby błysk przytomności życia.

— Panienko! — szeptała bezdźwięcznie, starając się ująć kostniejącą ręką dłoń Janki — a niech ci Pan Jezus da... a niech ci Bóg Ojciec da... a niech ci Matka Boska da... a niech ci... a... — dokończyła rzężeniem, płomyk świadomości zagasł, jęczała cicho i w długim oddechu otwierała usta, oczy stawały jej kołem i wytrzeszczone świeciły, niby wielkie, szklane paciorki. Jedna z kobiet zapaliła gromnicę, bo myślała, że już kona, ale Rochowa po chwili uspokoiła się i spojrzała przytomniej.

Janka siedziała długo przy niej, poprawiała jej włosy, wymykające się z martwą bezwładnością z pod chustki, wlewała po kilka kropel wina, czasem gładziła ją po twarzy i zwolna sama zapadała w jakieś odrętwienie bezbolesne; kobiety znowu siedziały przy ognisku, jedna z nich ukryła głowę w poduszce, pokrywającej kłódkę, i spała, reszta mówiła cicho i trwożnie się oglądały na łóżko i na Jankę. Pociąg biegł z hukiem, aż cały domek dygotał i fajansowe talerze w serwantce brzęczały, i rozlewała się po izbie senna i tragiczna cisza; wiatr szamotał się z lasem i prześwistywał w kominie i ucichł, ale zaraz rozległo się jakieś żałosne beczenie kozłów w lesie, aż baby żegnały się pobożnie i przysuwały się coraz bliżej do siebie. Janka poruszyła się, spojrzała na izbę: kobiety milczały. Rochowa patrzyła na nią z jakiejś zawrotnej głębokości, a ten żółtawy blask spojrzenia przeniknął ją zimnem i trwogą: usunęła swoją rękę, bo chora dotykała jej końcem palców, nie mogąc ująć, jakby czepiała się z trwogą w tej przedostatniej chwili. Wstrząsnęła się i powstała do wyjścia.

— Pa... pa... pa... nienko... pa... — rzężała Rochowa, napróżno usiłując ją zatrzymać, i jakaś straszliwa rozpacz i ból wykrzywiły jej twarz suchą.

Janka nie spojrzała już na nią więcej, nie chciała widzieć nic i, chociaż czuła tę niewypowiedzianą i głęboką prośbę w twarzy umierającej, wyszła.

Nie, nie mogła tam pozostać dłużej, bo czuła, że i w niej wszystko kona, że umiera. Dopiero w tej chwili poczuła całą zgrozę śmierci. Biegła tak prędko do domu, o ile jej tylko siły pozwoliły.

Noc całą widziała tę trupią twarz, pływającą w cieniach.

Rano Roch sprzątał w mieszkaniu, jak zwykle, tylko że dzisiaj co chwila stawał przy robocie, wytrzeszczał oczy, żegnał się i zaczynał ciągle nieskończony pacierz.

— Cóż, żonie nielepiej? — zapytała Janka po długiem wahaniu, bo odgadła po jego zachowaniu, że już wszystko skończone, ale chciała zaprzeczenia, pragnęła słyszeć, że Rochowa żyje, bo ją nurtować począł jakiś żal, że nie została tam, że nie usłuchała prośby chorej, dręczył ją wyrzut sumienia.

— Lepiej?... e... nielepiej panienko, bo akuratnie drugie kury piały, kiej się jej zmarło.

— Umarła!...

— Umarła! Juści, panienko, na śmierć umarła. Ino panienka odeszła, przyjechałem z dobrodziejem, włożył na nią święte oleje i zaraz umarła. Już ją tam kobiety oporządziły do pochowku.

— Umarła — mówił takim głosem, jakby się dziwił dźwiękom i nie rozumiał ich znaczenia, i nie mógł jeszcze uwierzyć, aby ta, z którą przeżył trzydzieści lat, mogła umrzeć. — Pojutrze pochowek! tak, panienko! Dobra kobieta była. Czasem to mnie juści i sprała, ale winowaty byłem, a jaka robotna! a jak harowała!

— Umarła!

Obejrzał się po pokoju.

— Juści, że umarła — dopowiedział.

— Dajcie pokój robocie, idźcie zająć się pogrzebem. Zaraz powiem ojcu, to napisze, żeby wam dyrekcja przysłała na pochowanie.

Pomyślał chwilę i, pochylając się do nóg, rzekł pokornym głosem:

— A to, panienko, chciałem podziękować, że to panienka taka pani, a nie wagowała się przyjść do nieboszki, a niechta Pan Jezus da najlepsze i ta Matka Częstochowska.

Widziała go, jak z czapką w ręku, którą ocierał sobie oczy, szedł ku domowi plantem.

— Umarła! — powtórzyła cicho Janka i wstrząsnęła się w długim, przejmującym dreszczu.

— Tak samo o mnie powiedzą: Umarła! — myślała.

Przez parę dni nie mogła się otrząsnąć z przygnębiającego wrażenia, jakie śmierć Rochowej na niej wywarła. Zaleska heljotropowym listem zaproponowała jazdę na pogrzeb. — „Czas taki piękny, przejedziemy się, odetchniem świeżem powietrzem i spełnimy dobry uczynek" — pisała. Przyszła wpół godziny po liście i z trudem namówiła Jankę. Świerkoski dawał konie i razem ze Stasiem mieli towarzyszyć.

Zaraz po południu pojechali, dogonili orszak i jechali wolno za wszystkimi. Orszak rozciągnął się długim pasem na wąskiej drożynce leśnej. Na przodzie niesiono czarny krzyż i wielką chorągiew, trzepocącą się niby czarny, olbrzymi ptak, przybity jednem skrzydłem do drzewca, z wymalowanym biało kościotrupem z kosą w ręku, potem jechał wóz, w jednego zaprzężony konia, proste deski, w których leżała biała, czysto oheblowana trumna, z czarnym krzyżem w pośrodku wieka. Roch szedł przy niej ze spuszczoną na piersi głową, trzymał się ręką wieka, czasem patrzył przed siebie, w tę szarość perłową, jaka spływała z przestrzeni na drogę, wijącą się jakby głębokim wykopem wskroś lasu, na śmierć na chorągwi, co zdawała mu się wychylać i zagarniać kosą brzozy, stojące z obu stron drogi, aż żółte liście leciały, niby łzy lasu, na trumnę, na odkryte, konopiaste włosy chłopów, na żółte i czerwone chusty kobiet, i opadała mu głowa bezwładnie, i szedł, jak martwy, wielką żałością przytłoczony, a za nim ciągnęły się sznury gromnic, kwitnących złotemi płomieniami, rozpylających zapach przypalonego żarem lipcowym pszeniczyska, gdy na nie deszcz krótki upadnie, i płynął głęboki, pełny uroczystości i namaszczenia śpiew:

Kto się w opiekę poda Panu swemu,
A całem sercem szczerze ufa Jemu.

Pieśń tak mocno brzmiała w ciszy powietrza, aż brzozy drżały, a stare dęby, co poskręcane dziwacznie, narosłe guzami gałęzie wznosiły, niby zaciśnięte pięści, wgórę, szumiały rudemi liśćmi; długie, zielone jemioły trzęsły się, a zżółkłe trawy, jałowce, kiście poskręcanych paproci, drobne leszczyny szemrały smutnie, i las cały, okryty bladawem złotem i purpurą jesieni, słuchał tej pieśni, zadumywał się, pił ją wszystkiemi porami i, jakby przepełniony żałością, co owiewała idących, zaczął wtórować swojemi głosami, rozbrzmiewać cichym pogwarem i hukaniami; kołysał się wolno, niby łan zbóż olbrzymich, przystawał na chwilę wyprostowany, i wtedy leciał głęboki tajemniczy pokrzyk, aż dzięcioły kuć przestawały, wrony zrywały się z wrzaskiem i krążyły nad lasem przestraszone, a pieśń przycichała na mgnienie, i wtedy rozległ się ostry stuk kół wozu o kamienie, i świst bata nad koniem, i ciężkie westchnienia modlitwy orszaku.

Jankę przepajał smutek spokojny, w milczeniu przypatrywała się twarzom idących i głowom — twarde były, kanciaste, a świeciły jakąś kamienną rezygnacją, podobne w tonie do tej szarej ziemi, po której szli i jak ona senni i spokojni, podobne były do tych dębów rosochatych ich mocne postacie, bo miały tę samą siłę i spokój roślinny. Błękitno-siwe ich oczy miały barwy kałuż wody, porozlewanej na drodze, i tego nieba, co jak nieobjętą szklaną taflą wisiało nad nimi. Janka myślała, że gdyby tak zaskrzepli w tym lesie, toby byli podobni grabom, dębom, że rozpłynęliby się na łonie tej pramatki swojej i zginęli bez śladu, tylko na wiosnę przybyłoby młodych pędów, i te pnie ludzkie zazieleniłyby się, i żyły dłużej, silniej i wolniej.

— Wszystko zpowrotem do ziemi! — myślała, patrząc na trumnę — tak, wszystko — i przypatrywała się ze szczególną uwagą Świerkoskiemu, który siedział na przedniem siedzeniu i, skulony, złamany we dwoje, z dłońmi w rękawach, patrzał ponuro; usta mu drżały nerwowo, co chwila wciągał nozdrzami powietrze, spoglądał jakiemś ostrem, nienawistnem spojrzeniem na trumnę i zginał się jeszcze bardziej, i słuchał z zabobonną trwogą pieśni, co się rozwłóczyła po lesie pasmem jakby białego fioletu, przesyconego perłami łez, próśb, ufności — tych robaków ludzkich, którzy kładli w te rytmy odwieczne proste swoje dusze.

— Amis! Amis! — zawołał cicho na psa, biegnącego obok bryczki. Pies wskoczył mu na kolana, zsunął się do nóg i zwinięty w kłębek leżał cicho. Przyciskał jego łeb do nóg, bo tak mu się pusto i smutno zrobiło w duszy, jakby umierał. Dźwięk jego głosu rozbił milczenie, jakie panowało pomiędzy nimi. Zaleska nachyliła się do Janki.

— Wie pani! tam, w lesie, zdaleka tylko, niechby szła orkiestra i grała szopenowskiego marsza, tylko cicho, a przejmująco. Co za tło! śpiew chłopów, trumna, chorągiew, las uschnięty, świece zapalone — szeptała cicho i sinawa od pudru twarz zarumieniła się, oczy strzeliły artystyczną ekstazą. — Byłby cudowny efekt, cudowny! prawda?

— Tak, operowy efekt! — odpowiedziała gniewnie Janka, bo ją rozdrażniło zapytanie; nie chciała mówić teraz, kiedy cisza i milczenie były dobroczynne, ten głos zabrzmiał przykrym dysonansem w tej harmonji.

— Operowy! tak. Trumnę zarzucić kwiatami, konia ubrać w czarną kapę i pióropusz, czarne płaszcze dać chłopom, przybledzić im twarze, cudownie, cudownie! — szeptała upojona i zaczęła pocichu nucić drugą część marsza żałobnego.

Janka odwróciła się od niej niechętnie, patrzyła na dziada, co ścieżynką, wijącą się nad drogą pomiędzy drzewami, utykał na kulach, śpiewał tylko ostatnie słowa i biegł tak szybko, aż wielkie torby, wiszące mu na plecach, obijały się o skurczoną na kuli nogę i o kije, któremi się podpierał, i dymiły obłokiem wstrząsanej mąki.

Przed karczmą, stojącą pomiędzy wsią a lasem, na rozdrożu, stało kilkadziesiąt wozów, naładowanych klocami drzewa, i kupa chłopów, którzy poodkrywali głowy i tępemi spojrzeniami spoglądali na żałobny orszak, a w progu karczmy, przy stoliku, siedział jakiś chłopak i pisał. Stary Grzesikiewicz z bryczki mu dyktował, a zobaczywszy Jankę, uśmiechnął się przyjaźnie i czapką przesłał jej ukłon, a za nim chłopi zaczęli się pochylać z uniżonością i szeptać między sobą.

Zmieszała się nieco temi objawami szacunku, Świerkoski rzucił na nią jakieś groźno-drwiące spojrzenie i pochylił głowę.

Przejeżdżali przez długą wieś o niskich ścianach bielonych, na których rozpłaszczały się słomiane, pokryte zielonym mchem, dachy. Ludzie stawali przed domami, żegnali się, psy wyły pod przyzbami i leciały za wozem, a dzieci w szarych koszulach, bose, w czerwonych rogatywkach na głowach, obsiadały płoty i przestraszonemi oczyma przeprowadzały orszak.

Kościół stał na końcu wsi, w wieńcu ogromnych dębów, i tuż za nim, na zboczu wzgórza piaszczystego, rozkładał się cmentarz, prosty chłopski cmentarz, okopany rowem, zarosły brzozami, złotakiem i akacjami.

Z boku drewnianej bramy, którą trzymały dwa murowane słupy, stał mały powozik, zaprzężony w przepyszne, kare konie.

Chłopi przed bramą trumnę wzięli na ramiona i ponieśli, a ksiądz, który szedł już z nimi od kościoła, zaintonował pieśń łacińską.

— Witowski! — szepnęła Zaleska, spostrzegłszy siedzącego mężczyznę w powozie. Janka spojrzała ciekawie, Witowski odwrócił twarz i spojrzenia ich zbiegły się na chwilę i utonęły w sobie. Fala krwi płomieniem zalała jej serce; przeszła szybciej do grobu, nad którym już postawiono trumnę i śpiewano.

Ceremonja się skończyła prędko, spuścili trumnę na sznurach do dołu i na białe wieko zaczęli zsypywać ziemię.

Jance zrobiło się zimno, strasznie zimno. Patrzyła przerażonemi oczyma w ten dół zasypywany. Roch, z zaciętemi ustami, zmarszczony, sypał ziemię z gorliwością, baby śpiewały jakąś rozpaczliwą, lamentującą pieśń, co gryzła wprost serce; Stasio odwrócił się i obcierał ukradkiem łzy, a Świerkoski, oparty o jakiś krzyż, przejmującym wzrokiem patrzył na świeży grób i drżał cały ze wzruszenia.

Wiatr szumiał po cmentarzu i zamiatał na świeżo oklepane, żółcące się piaskiem mogiły, poczerniałe liście; Amis skomlał krótko i boleśnie, a stado wron na dębach przy kościele wieszało się z wrzaskiem i łączyły swoje głosy z jękliwem zawodzeniem kawek, kołujących nad szpiczastym, czerwonym dachem dzwonnicy, a nad tem wszystkiem wyciągał czarne ramiona krzyż, stojący w środku cmentarza, z którego patrzyły miłosiernie przebaczające oczy Chrystusa.

Na krańcach, ponad lasami, co otaczały wieś kołem zamkniętem, na seledynowych przestrzeniach, zaczęły wykwitać różowe blaski zachodu i rozpurpurzać całą jedną stronę nieba. Mrok już się słaniał zaledwie dostrzegalny po gąszczach, co stanęły, niby w miedzianych blaskach ognisk, w łunach zachodu.

Janka opuściła towarzystwo i poszła w głąb cmentarza, ku grobowcowi w formie piramidy Cestjusza, co się bielił przez wysmukłe, niby cyprysy, drzewa jałowców. Drzwi do grobowca były uchylone, stał w nich lokaj czarno ubrany. Nade drzwiami złocił się napis: „Grób rodziny Witowskich z Witowa", a z boku drzwi, na marmurowej tablicy, świecił szereg imion i dat śmierci, cala litanja istnień dawno rozproszonych we wszechświecie. Janka uklękła i zaczęła się modlić, bo imię „Anna", wyryte na samym końcu tablicy, przypomniało jej matkę, którą straciła w dzieciństwie i pamiętała bardzo słabo, niby jakiś dźwięk, słyszany w przelocie, jakby przez ścianę, i którego w zupełności nigdy sobie przypomnieć nie mogła.

Z kaplicy wyszła młoda kobieta w czarnym stroju, lokaj ujął ją pod rękę i ostrożnie sprowadzał po schodkach. Janka podniosła się i ze zdumieniem patrzyła na nieznajomą, bo tak pięknej, tak dziwne pięknej twarzy nie widziała przedtem. Była to olśniewająca twarz blondynki najjaśniejszej o najczystszym tonie włosów, jakby ze lnu, owal przecudny, dziewczęcy prawie, nos rzymski i usta wprost arcydzieło, jako rysunek, oczy szafirowe ogromne i promienne, o długich i wypukłych powiekach, oprawione w zupełnie czarne, długie rzęsy, świeciły jakoś ostro. Nieznajoma szła wolno, z automatycznością stawiając kroki, i utkwiła oczy w Jance z uporem krótkowidzów. Cała jej twarz była tak jasna, uduchowiona i ześrodkowana w oczach, jak postacie Rossettiego.

Jankę porwało to spojrzenie. Nieznajoma przeszła, a ona wciąż patrzyła w te oczy, które jej zapadły w pamięć, i aż się cofała, jakby przed głębią.

— To Witowska, siostra tego, co siedzi w powozie — informowała Zaleska, która jej szukała, bo mieli zaraz odjeżdżać. — Prawda, jaka piękna, a tak dziwnie patrzy, tak dziwnie, że uklękłabym przed nią, nie wiem sama dlaczego.

W bramie cmentarza spotkały Witowskiego, obrzucił Jankę wzrokiem i podprowadził siostrę do powozu; poczuła na swojej twarzy jakby lodowaty cień.

— Kobiety tak piękne są niepotrzebne na świecie — powiedział Świerkoski, gdy już siadali na bryczce.

Chłopi obstąpili ich, i Roch, a za nim Walek, stary gospodarz, zaczęli dziękować za honor, jaki zrobili, biorąc udział w pogrzebie.

— Panienko! panienko dobra, że i rodzona lepszaby nie była! żeby Jagna mogła, toby pewnie z kontentnością sama podziękowała za dobroć i za honor — mówił Roch z rozrzewnieniem.

— Prawda, jak i to prawda, że tam jej duszyczka trzepie się z ukontentowania, kiej te ptaszki! — dokończył Walek poważnie, wskazując kawki, kołujące nad dzwonnicą.

— Zostańcie z Bogiem — żegnała ich wzruszona Janka.

— Panu Bogu oddajem i dziękujem — rozległ się chór głosów, i wszystkie głowy się pochyliły.

Odjechali prędko, bo wieczór nadchodził.

Gromada ludzi ruszyła od cmentarza, Roch szedł naprzód z Wałkiem, drapał się kłopotliwie po głowie, gdy przystanęli przed karczmą, ale ozwał się dość energicznie:

— Ludzie krześcijańskie, gospodarze i te wszystkie, co z Bukowca, wstąpcie ano na rozgrzywkę.

— Dobrem sercem prosimy, co Bóg dał, to se zjemy i wypijemy — dodał Wałek i ruszył pierwszy do karczmy.

Roch przyniósł z wozu węzełek z chlebem i serkami. W karczmie znalazł się przetak jeden i drugi, a stara Krakalina, która na wszystkich pogrzebach, weselach i chrzcinach prym trzymała, bo umiała zaśpiewać piosnkę nabożną, albo i wesołą, i wiedziała, co robić przy każdej uroczystości, jak okowitę przygotować ze smalcem, zajęła się krajaniem chleba i serów, a poczęści i ugaszczaniem.

Obsiedli długi stół na krzyżakach, i Walek, z butelką w garści, zaczął przepijać do bratów.

— Ludzie krześcijańskie, Polaki kochane, na wypominek ś. p. Jagny — zaczął uroczyście, odlewając wódki w kąt.

— A światłość wiekuista niechaj jej świeci na wieki wieków amen! — odpowiedział poważny chór głosów i wszystkie głowy się pochyliły, i kilkadziesiąt pięści grzmotnęło się w piersi, i kilkadziesiąt głębokich, ciężkich westchnień uderzyło w Rocha, co siedział ze spuszczoną głową i zamedytował się o swojej doli sierocej, podniósł głowę, przetarł kułakiem oczy i ryknął płaczem:

— Nima już Jagny, nima! O biedny ja sierota, biedny! — Oparł głowę o stół i płakał.

Głosy zaczęły się podnosić, bo butelka krążyła wciąż wkółko; zrzucali z siebie żałość, przygnębienie, smutek i zaczęli się wyżalać jedni przed drugimi i przepijać do siebie, przegryzając łzy, pocałunki i wspominania chlebem i serem.

Przy wielkim kominie, na którym, staroświeckim obyczajem, paliły się szczapy drzewa i rzucały krwawe blaski na ciemną izbę, siedział dziad i głosem drżącym i płaczliwym odmawiał nieskończone pacierze za umarłą. Za drewnianemi kratami stojący szynkwas rozjaśnił się nagle zapaloną lampką, w świetle wyjrzały z cieniów wielkie beczki z wódką, rzędy flaszeczek „słodkiej" na półkach i zwoje kiełbas, wiszących na drążku.

— Pijcie, braty, pijcie! — zapraszał wciąż Walek i do wszystkich razem, i do każdego zosobna przepijał, łamał chleb, maczał go w soli rozsypanej na stole, zjadał i znowu zapraszał. Krakalina zachęcała kobiety, co się wstydliwie odwracały, przysłaniały zapaskami i piły okowitę. Gwar coraz żywszy przepełniał karczmę.

— Napij się, Rochu! Pan Bóg dał, Pan Bóg wziął, co poradzić, bracie, co? Miałeś ty kobietę, mieli ją ludzie, miał ją świat, a teraz ma ją święta ziemia, bo i dla niej trza.

Napij się, Rochu, bo już tak być musi, kiej jest.

— Pij, Rochu! żałość to kiej mróz, ino gorącością wypędzisz —
dogadywała Krakalina.

— Gorącością! juści, że ino gorącością — szepnął Roch i wypił, przegryzł
chlebem i wyciągnął rękę po drugi kieliszek. — Gorącością, juści, że ino
gorącością.

— Co poradzić! ani pieniędzmi, ani grontem, ani płakaniem się nie
wyprosisz od śmierci, oho! Kostucha przychodzi kiej złodziej, i kiej złodziej
z obory bydlaka, tak ci ona pocichu grzeszną duszyczkę z człowieka
wyprowadzi! Nalejcie no, Walek.

— Wyprowadzi! juści, że wyprowadzi — powtarzał płaczliwie Roch i pił
znowu; przypomniał sobie, że piętnaście lat temu ukradli im krowę, której
zapomnieć i odżałować nie mogli. — Wyprowadził ścierwa! I zamek był, i
pies zły był, i myśma z nieboszczką w chałupie były, a ścierwa
wyprowadził — żalił się na starą krzywdę. — Trzysta złotych, jak nic, była
warta. A cośma się naszukali, nieboszczka i na mszę dawała, i do policji
chodziła, i kiej kamień we wodę. Jagna to ta dokumentniej wie... —
Obejrzał się, jakby u żony szukając potwierdzenia, ale Jagny nie było, i taka
go żałość przejęła, że z całą pasją bólu, co go gryzł, jak pies, zaczął rwać
sobie włosy i tłuc głową o ścianę, i krzyczeć o swojem sieroctwie, o krowie,
o trzystu złotych.

Odciągał go Walek, otoczyli go kołem i pocieszali, jak kto mógł, brali go w
ramiona, całowali.

— Nie płacz, nie pomstuj! nie skarż się, sieroto Rochu! — pocieszała
Krakalina — już ja ci żonkę wyswatam taką, co i krowę mieć będzie, i
szmat, i grontu, abo spłatę gospodarską, że się pocieszysz, sieroto. —
Napiła się do niego wódki i poszła z jednym kieliszkiem do dziada, co coraz
głośniej i żałośliwiej mówił pacierze.

— Pijcie i wy, dziaduniu, a mówcie za duszę ś. p. Jagny i wszystkie
duszyczki w czyszczu zostające.

— Bóg zapłać! Pani gospodyni, jeszcze kusztyczek, bom zziąbł kiej pies i
pacierza w zębach utrzymać nie mogę.

— Naści, robaku, pij!

— Rochu, mówię ci, nie płacz, nie narzekaj, bo grzech — zaczął wolno
Walek, nalewając kieliszek pod światło bijące z komina. — Robotna była
kobieta, z jednego zrobiła dwa, abo pienć, a że cię ta kiej nie kiej sprała
kijaszkiem, abo i czem miętkiem, a że ta pomstowała o bele co, prawda, ale
to była ino kobieta, człowieku krześcijański! Napij się, robaku, i odpuść
wszystkie krzywdy, bo już na Boskim sądzie ona, z janiołami teraz ona, we
weselu teraz ona, i siedzi se, jak ta największa dziedziczka, ino na złocie,
ino na srybrze, a niech jej Pan Jezus da wieczne odpocznienie. Napij się,
robaku.

— Krześcijański pogrzeb miała, gospodyni na włóce nie miałaby lepszego,
dobryście chłop, Rochu.

— Nie miałaby lepszego! juści, że nie miałaby lepszego — powtarzał sennie Roch, oparł się o stół, bo wódka taką gorącością biła mu do głowy, że karczma zaczynała się z nim chwiać, i bał się, że skoro się puści stołu, to wpadnie w komin.

— Niech będzie pochwalony! — powiedział stary Grzesikiewicz, wychodząc z alkierza, gdzie kończył rachunki z pisarzem leśnym; karczma należała do niego, i zaraz za nią cięto w lesie poręby.

— Na wieki! — odpowiedzieli chórem i kłaniali mu się do nóg, a kobiety całowały go w zatłuszczony rękaw.

— Co to, pochowałeś żonę, Rochu?

— Pochowałem, jaśnie Pietrze, dziedzicu — szepnął Roch i chciał mu się w pas ukłonić, ale szybko uchwycił się stołu, żeby nie runąć na ziemię.

— Na każdego mizeracja przyjdzie, abo dopust Boży — rzekł uroczyście Walek.

— Prawda! Pijta gorzałkę, a ulży wam. Matka! garniec okowity dla gospodarzy — krzyknął do karczmarki i oglądał się za stołkiem.

Karczmarz przyniósł mu drewniany fotel z alkierza, wysłany pierzyną, i przysunął go do komina. Grzesikiewicz prawie się w nim położył, nogi wsparł o łupkę drzewa, leżącą przy ognisku, i tak się rozgrzewał. Chłopi stanęli kupą i nieśmiało pili w jego ręce; nie odmawiał, jego czerwona twarz apoplektyka po kilku kieliszkach zrobiła się sina, oczy zaszły mu mgłą, ale się rozochocił ogromnie.

— No mówta, a co to gęby wam pozamarzały? — zawołał, bo milkli onieśmieleni jego obecnością i odsuwali się nieco w ciemny kąt karczmy.

— Jaśnie Pietrze, dziedzicu, naród się waguje trochę, bo jakże to! jaśnie Pietr, dziedzic, i my proste chłopy, to cosik nie pasuje — szeptał chytrze Walek.

— Głupiś. Pijcie do mnie, Krakalina. Albom to nie wasz, czy co, abo mi to ty, Franek — zwrócił się do chłopa, stojącego trochę w cieniu — tydzień temu nie zapłacił piętnaście rubli kary za dąbka, he! Widzisz go! jucha chłop, kupił ściółki, a uciął sobie dąbka.

— Na rozworę, ino na rozworę, jaśnie Pietrze, dziedzicu — tłumaczył się dosyć markotno Franek i splunął z żałości za piętnastu rublami.

— Na rozworę! a obrobiłeś go jucho na przyciesie, co? Już się nie tłumacz. Mówię wam ciągle: zboża brakuje, przyjdź, jucho, dam, pożyczę, ale od lasu wara! Potrzeba ci drzewa, zapłać! A ukradniesz, to do sądu i ostatnią krowę wezmę, kożuch ci sprzedam, a swojego nie daruję. Tniesz mi las, to jakbyś mnie po łbie siekierą ciął. Matka! pół garnca gorzałki dla chłopów! jak Boga tego kocham, dla sąsiadów!

Chłopi wypili, ale zmroziła ich wesołość ta przemowa, zaczęli się po jednemu wynosić, bo każdy miał coś na sumieniu i niejeden już siedział w kozie przez niego i płacił kary za las, przy którym wszyscy mieszkali, a Grzesikiewicz nikomu nie przebaczał. Las był jego czułą struną i chociaż i poił ich nieraz, i ugaszczał chętnie, obawiali się go i nienawidzili, i pocichu odgrażali się, że mu połamią kości; drwił z tego, bo zawsze jeździł z

rewolwerem i parobkiem, który sam jeden mógł poturbować z dziesięciu.
— Co, wszyscy poszli? Juchy chłopy — szeptał sennie, bo go ogień rozprażał, wódka biła mu do głowy. — Juchy! żebym za łeb nie trzymał, to miałbym wróbla... albo patyk złamany... Pochowałeś żonę, Rochu? — zapytał Rocha, drzemiącego pod ścianą.
— Pochowałem, jaśnie Pietrze, dziedzicu, juści, że pochowałem.
— Pij gorzałkę, a ulży ci. Matka! nalej kieliszki.
— Pochowałem! — ciągnął dalej Roch sennym, nieprzytomnym głosem — jakom ino na wyrobku, ale gospodarski pochowek sprawiłem; i ksiądz był, i chorągiew była, i bractwo ze świecami było, i państwo ze stacji było; i wódka, i chleb, i ser, i wszyćko, wszyćko! — a jakem biedny sierota! Niema cię, Jagna, niema! — zaczął płakać cicho i kiwał się na wszystkie strony.
— Panienka była?
— Była, jaśnie Pietrze, dziedzicu, była. Jak to słońce — wskazał na ogień w kominie — tak i ona dobra jest dusza, u nieboszczki przede śmiercią była, doktora sprowadziła, wina słodziuśkiego sama przyniesła.
— Pij gorzałkę, pij, chłopaku, ulży ci — wołał ukontentowany Grzesikiewicz.
Roch wypił, chociaż już był zupełnie nieprzytomny. Kołysał się na środku karczmy i wytrzeszczonemi, zamglonemi oczyma to patrzył w ogień, to na dziada, co się wyciągnął pod ścianą i z głową na torbach spał. Chciał mówić jeszcze o Jance, ale mu znowu na język wrócił pogrzeb.
— I jakom tylko na wyrobku, ale gospodarski pochowek sprawiłem, jak się patrzy. Trumna to była z całe pół łokcia za duża. Prawdę rzekłem, jaśnie Pietrze, dziedzicu, prawdę, całe pół łokcia za duża, ale niech tam ta nieboszczka kochana ma domowinę galantą, po gospodarsku. Bidowała całe życie, to niechta teraz ma wygodę swoją i kontentność swoją, niech tam...
— Pochowałeś żonę, Rochu? — pytał wkółko Grzesikiewicz i drzemał dalej.
— Pochowałem, jaśnie Pietrze. „Jakoś rzekł, Panie! Ty obrona moja!" — zaśpiewał nagle jękliwie, bo mu się przywidziało, że idzie za trumną, i tak jak stał z czapką w garści i wyciągniętą ręką, jakby podtrzymywał trumnę, wyszedł z karczmy i szedł ku stacji tą samą dróżką, co kilka godzin temu.
— Pochowałeś żonę, Rochu? Matka, nalej gorzałki sąsiadom — zawołał przez sen Grzesikiewicz, ale cisza orzeźwiła go nieco, obejrzał się po izbie.
— Walek! do domu.
Parobek z pomocą karczmarza wciągnął go na bryczkę. Grzesikiewicz, pomimo że zupełnie był pijany, siedział sztywno na siedzeniu i tylko na wybojach kiwał się; jechali tą samą drogą, co i Roch szedł, bo słychać go było, jak rozpłakanym, sennym głosem śpiewał:
„O ostry kamień nie ugodzisz nogą"
Grzesikiewicz przejechał obok niego, nie widząc nic, bo spał.
Roch zataczał się, uderzał o przydrożne drzewa, a szedł coraz prędzej, bo

w jego sennym, bezprzytomnym mózgu tliła się myśl, że musi wracać na służbę. Czapkę wciąż trzymał w ręku, przystawał, przewracał się o kamienie i wyboje, podnosił i szedł.

Blady księżyc świecił nad lasem i zalewał głęboki wyręb, jaki tworzyła droga, lśnił zielonawem światłem na żółtych liściach brzóz i rozlewał po lesie senność wielką i ciszę, bo ani wiatr, ani ptactwo, ani żaden szelest nie mącił uroczystego milczenia, tylko Roch mruczał:

— Prawda, we weselu teraz ona, i jako największa dziedziczka ino na złocie, ino na srybrze se siedzi i z janiołami! — powtarzał zdumionym głosem Walkową przemową. — Jaśnie Pietrze, dziedzicu, Bóg zapłać, Bóg zapłać!... — schylał się, jakby chciał kogo objąć za nogi. — Gospodarski pochowek! pół łokcia trumna za duża... dwadzieścia cztery i złotych dwa, i groszy dwadzieścia, i cztery chleby, i sześć serków, i trzy garnce gorzałki! Gospodarski pochowek — gadał nieustannie, jakoś instynktownie trafił do stacji i zaraz na korytarzu dworca przewrócił się pod ścianą, i zasnął.

X.

— Panie Świerkoski, poślij pan przez swojego robotnika list do Osieckiej, bo piszą, że pilny, a mój Roch po wczorajszym pogrzebie jeszcze nieprzytomny.

— Sam go zabiorą, bo tam z panem Babińskim idziemy wieczorem. Panie Stanisławie, prędko pan będzie gotów?

— O szóstej schodzę ze służby, to jest za godzinę. Wstąp pan do mnie do mieszkania.

Świerkoski poszedł do domu, rzucił się na łóżko w tym swoim pustym pokoju i zawołał:

— Franek!

Wbiegł chłopak, który był jego lokajem, kucharzem, praczką i stangretem.

— Herbaty! zdejm mi buty i naszykuj ubranie na wizytę.

— Trzeba dzisiaj stanowczo pomyśleć: Zosia czy Orłowska? — myślał, leżąc. — Osiecka mówiła, że trzy tysiące w dzień ślubu. Trzy tysiące! ogromnie mało. Policzmy. — Wyjął notes i ołówek i zaczął stawiać różne cyfry, obliczać. — Ogromnie mało — splunął pogardliwie. — Nie, nic z Zosi, niema co myśleć... nędza. Pomyśl, Hipciu! Podoba ci się, co? Hi! hi! hi! — śmiał się cicho i urągliwie, że zadał sobie takie głupie pytanie. Nie cierpiał kobiet, bo dla niego kobieta była synonimem rozrzutności i słabości. — A Orłowska? — snuł dalej. — Bogata, podobno trzydzieści tysięcy! Śliczna cyfra! — Pisał kilkakrotnie tę cyfrę, lubował się szeregami zer, kreślił je z miłością. — Idjota, który niedługo zdechnie, albo zwarjuje! — pomyślał pod adresem Orłowskiego. — Cham przeszkodą — szepnął nienawistnie i splunął, jakby w twarz Grzesikiewiczowi. — Będziesz, Hipciu, całe życie parobkiem, bo chamy ci zabiorą tysiące! — Zerwał się z łóżka, usiadł przy oknie, pił herbatę i rozmyślał długo.

90

— Od dzisiaj zacznę się starać o Orłowską! Zacznę robić czułe miny! Hi! hi! hi!.. — Przejrzał się w lusterku, pogładził włosy i śmiał się długo i głośno, aż Amis zaczął skakać mu do piersi i szczekać; kopnął go, pies zawył z bólu i skrył się pod łóżko. Świerkoski się uspokoił i przebrał się bardzo prędko.

— Kamienie dobrze idą, zarobię dosyć. Wygram choćby jedną główną, ożenię się z Orłowską, zsumujmy razem. — Policzył i zapatrzył się w cyfry. Zatarł radośnie ręce. — Piękna cyfra. Hipciu, postaw na niej. Tak, ona może wygrać, — Zapisał ją sobie w notesie i poszedł do Stasia, do małego domku przy stacji.

— No, chodź pan, a to niby panna, tak się pan stroisz.

— Nie panna, ale do panny. Jeszcze zdążymy. Ubierać się powinno wolno i z namysłem.

Staś z całą systematyczną powolnością rozebrał się z watowanego szlafroka; mył, wycierał, zlewał perfumami i oglądał każdą część garderoby po kilka razy, zanim ją włożył na siebie. Ustawił lustra tak, aby się mógł w nich obejrzeć ze wszystkich stron, przymierzał z tuzin krawatów, bardzo starannie ułożonych w pudełkach. Próbował kołnierzyków różnych fasonów, później cały rząd butów, aż wreszcie skończył się ubierać.

— Herbatki z araczkiem napijecie się, prawda? — zaproponował, wycierając sobie brwi i włosy perfumami.

— Spóźnimy się i zajdziemy na dziesiątą.

— Jeszcze czas, wypijemy herbatki. Mama mówi, żeby zawsze przed wyjściem na powietrze zimne pić gorącą herbatę, bo to ociepla żołądek, zabezpiecza od przeziębień. Wiesz pan, możeby wziąć żakiet zamiast surduta, co? — zapytał, przeglądając się w lustrach.

— Jak Boga kocham, nie wiedziałem, że w tem jest jaka różnica.

— Ha! ha! nie wiedziałeś pan, to zabawne. Chyba pójdę w surducie, bo to wieczorna wizyta; tak, surdut dystyngowaniej wygląda, ale jakiego koloru rękawiczki?

Wyciągnął całe pudełko z rękawiczkami, przewracał, oglądał i nie mógł się zdecydować.

— Amis! chodźmy sami, bo ja muszę wcześnie wrócić, żeby się wyspać.

— Zaraz będę. Jedziesz pan gdzie rano? — Wciągał jasno-perłowe rękawiczki.

— Tak, jadę do Krosnowy, namawiać chłopów do wożenia kamieni.

— Dobrze idzie interesik, co? — zmienił perłowe na żółte.

— I... niech psy biorą takie interesy a nie ludzie.

— Orłowski mówił, że to świetny interes.

— Idjota! co on tam wie? Widzi zarobki, a nie widzi strat.

— Powiadał, że gdyby nie odradzała mu córka, to wziąłby tę dostawę sam.

— Ugryzłby! a jakże! — syknął ze złością — zresztą co może wiedzieć taka gęś!..

— Panna Janina gęś! Panie Świerkoski, to jest wcale niestosowne określenie panny Janiny — mówił Staś poważnie i zmienił rękawiczki żółte na czerwone. — Bardzo nawet niewłaściwe, bo takiej rozumnej i pięknej kobiety nie można nazywać gęsią...

Świerkoski przekrzywił twarz i drwiąco patrzył na Stasia.

— Rozumne, dobre, piękne, anioły, ideały i tak dalej! Amis! ty, piesku, jesteś lepszym i rozumniejszym od wszystkich panien na świecie! — szeptał, głaszcząc psa.

Staś oburzył się, ale dobrawszy rękawiczki, pozamykał szafy, kufry, walizy, pozasuwał szuflady, pochował i poukładał wszystko na swojem miejscu, i dopiero wyszli.

— Grzegorzu! — mówił do dróżnika przejazdowego, stojącego przed domem. — Powiedzcie żonie, aby naszykowała ciepłej wody, jak powrócę.

— Co panu po ciepłej wodzie?

— Wycieram się zawsze przed spaniem wodą i kamforą, albo lekki masaż sobie robię, to mi bardzo służy.

— A może pan polecisz wygrzać sobie łóżko i pantofle.

— No teraz ja powiem: chodźmy! — zawołał energicznie Stasio, który zwykle długo się wahał, namyślał, szykował, ale gdy już coś postanowił, to szedł naprzód niepowstrzymanie.

Staś milczał, podkręcał wąsów i układał w myśli jutrzejszy list do mamy.

— Podoba się panu panna Janina? — zapytał Świerkoski.

— Podoba mi się bardzo, ale... widzi pan, nie rozumiem, jak mogła panna z naszej sfery wstąpić do teatru. Grzesikiewicz miał się z nią żenić, stary ma pieniądze, nic nie rozumiem.

— Ma bzika, przecież córka swojego ojca.

— Wuj Felcio to samo mówił, chociaż i ci Grzesikiewiczowie to zupełne prostactwo.

— To są chamy, najczystsze chamy, dorobkiewicze, hołota, ot, co oni są, panie Babiński.

W milczeniu już doszli do Zacisza, bo Stasia zraził ostry, nienawistny ton Świerkoskiego.

W przedpokoju Stasio się rozebrał, obciągnął, przejrzał w lusterku, przyczesał włosów, zapiął rękawiczki, ruszył się kilka razy, próbując, czy grzbiet dobrze się wygina w ukłonach, i dopiero weszli do stołowego, bo tam się świeciło.

Osiecka, Zosia i jakaś pani siedziały przy herbacie.

Świerkoski przywitał się i usiadł, a Staś kłaniał się, nie śmiejąc postąpić kroku, aż go Osiecka przyprowadziła przed nieznajomą i zarekomendowała:

— Pan Babiński, moja siostrzenica, Tola!

— Zosiu! nalej herbaty panom. Mieliście panowie śliczny pomysł, przychodząc do nas, będzie nam, biednym samotnicom, weselej trochę, bo teraz takie długie wieczory, że wprost końca nie mają. Jakże zdrowie, panie Stanisławie?...

— Dziękuję pani dobrodziejce, dzisiaj jestem zupełnie zdrów. — Porwał się, aby odebrać z rąk Zosi filiżankę, i w tym ruchu ręce ich się spotkały, zarumienili się oboje.

Staś usiadł, pił herbatę i patrzył na nią z rozkoszą, jak się przesuwała cichutko i z niezrównanym wdziękiem. Świerkoski przysiadł się przy Osieckiej, która po przeczytaniu listu, przezeń przyniesionego, zbliżyła się do niego i dosyć tajemniczo zaczęła rozmawiać.

— Może zagracie sobie państwo w warcaby? — zwróciła się do Stasia i Zosi.

— Pan u nas dopiero piąty raz, prawda? — pytała cicho Zosia, rozstawiając warcabnicę na maleńkim stoliczku.

— Dopiero, ale ileż razy więcej się wybierałem przyjść! — zarumienił się po same białka.

— I czemu pan nie przychodził?

— Obawiałem się być natrętnym, to znowu...

— Natrętnym! pan! panie Stanisławie? Ciocia tak często wspominała o panu. — Spuściła oczy, przygryzła usta i rozstawiała po polach kamienie.

— Doprawdy nie zasłużyłem. Pani wychodzi?

— To trzeba się zasłużyć. Nie, pan zaczyna grę — dodała prędko, podnosząc na niego błękitne oczy i bardzo ładną twarzyczkę, o stanowczych i nieco za wąskich ustach. Koralowy fartuszek okręcał jej wysmukłą, gibką kibić.

— A pani mi pomoże się zasłużyć? — zapytał, nieśmiało spoglądając.

— Biję odrazu dwa kamienie panu; ach, jaki pan nieuważny, jaki nieuważny! Umyślnie podstawiłam i złapałam pana.

— Skoro pani jest tak podstępna, będę się teraz strzegł i miał na baczności.

— Nie ustrzeże się pan! Otóż i mam znowu: miał pan do bicia, nie bił, biorę chuch! — zaczęła się śmiać serdecznie, ale tak cichutko, żeby Osiecka nie zwróciła uwagi.

— Widzę, że z panią przegram.

— Trzeba się bronić.

— No, kiedy już nie widzę wyjścia.

— Trzeba się nie dać, bronić do upadłego, walczyć.

— Zosiu! nalej mi herbaty! — zagrzmiała Osiecka, uderzając pięścią w stół.

— Gramy dalej, posuwałam ostatnia, teraz na pana kolej — powiedziała Zosia, podawszy herbatę.

— Kuzynka chora, prawda? — zapytał Staś, ze współczuciem patrząc na Tolę, która bladą, schorzałą twarz oparła na poręczy krzesła i drzemała.

— O, to bardzo nieszczęśliwa, bardzo nieszczęśliwa! — szepnęła Zosia i pochyliła się nad warcabami, aby ukryć łzy; musnęła włosami czoło Stasia. Cofnął się, zmieszany i drżący. Grali w milczeniu. Amis siedział przy nich i rozumnemi oczyma wpatrywał się w Zosię, która co chwila głaskała go i dawała po sucharku.

Zegar cykał monotonnie, i w okna uderzał wiatr, a chwilami z obór i z chlewów dochodziły głosy stad i żórawie u studzien skrzypiały przeraźliwie. Cisza senna i nuda panowały w mieszkaniu.

Osiecka wykręciła się bokiem do lampy, oparła o stół, aż trzeszczał, i pochylona nieco nad skręconym we dwoje Świerkoskim, któremu tylko oczy błyskały dziwną żółtością, opowiadała ciągle; musiała wspominać ś. p. męża, bo po kilka razy wyciągała chustkę z rękawa, aby obetrzeć oczy, ale zapominała i mówiła znowu.

— U pani Zaleskiej będzie pani w niedzielę?

— Mówiła ciocia, że pojedziemy na preferansa, tak, przypominam sobie, że mówiła.

— To przyjść można? Aha, nareszcie, zabieram pani trzy jednem biciem.

— Mogę przyjść do Zaleskich w niedzielę? — zapytał proszącо, a ciszej.

— Skądże ja mogę dawać panu pozwolenie! Bywa pan tam codziennie, tylko u nas raz na miesiąc — powiedziała jakby z wyrzutem.

— A mógłbym tutaj bywać codziennie?

Zosia się zarumieniła, przymknęła oczy, aby ukryć radość, i, posuwając kamień, odpowiedziała:

— Chce pan, naprawdę?

— Bardzo! bardzo! — powtórzył, chcąc wziąć ją za rękę.

— A zrobi pan to wszystko, o co poproszę?..

— Wszystko, pod warunkiem, że teraz pani zrobi to, o co poproszę.

— Dobrze.

— Proszę mi podać rączkę.

Podała mu nieśmiało, wziął ją delikatnie i gorąco ucałował.

— Panie Stachu! bo się pogniewam, tak nie można — broniła się surowo.

Puścił jej rękę nieco zaambarasowany, czuł, że się posunął za daleko.

— Pani mi daruje, ale przysięgam, że się to nigdy nie powtórzy — prosił pokornie, głęboko zmartwiony, bo Zosia, z namarszczoną brwią, odsunęła się nieco dalej.

— Nigdy!... — powiedziała przeciągle ze zdumieniem.

— Słowo daję, nigdy — przyrzekał poważnie. Zapiął dwa guziki, odpięte od surduta, musnął wąsiki, wyprostował się na krześle i grał w milczeniu, ale w tem wyprostowaniu czuł, że mu się jakiś guzik oberwał, sponsowiał i bał się ruszyć z miejsca. Zosia była i zdziwiona, i zła na jego naiwność, grała niedbale, pozwalając mu wygrywać, chociaż coraz bardziej fuszerował, bo go niepokoił ten oberwany guzik coraz bardziej.

Skończyli partję. Zosia odsunęła stolik, posprzątała ze stołu nakrycia, wzięła swoją nieśmiertelną kanwę z kwiatami i zaczęła wyszywać, nie spoglądając nawet na Stasia, który, sztywny, onieśmielony, z rozpaczą prawie, że ją obraził, zaaferowany tym guzikiem, siedział nieruchomy i myślał, jakby tu zawiązać przerwaną rozmowę i odwrócić uwagę od siebie. Przysunął się nieco, rozpiął surdut, nachylił się ku Zosi, ale nie śmiał się odezwać, tylko błagającemi spojrzeniami obrzucał jej twarz pochyloną nad

kanwą. Zosia udawała, że nic nie spostrzega, a uśmiechała się złośliwie.
Siedzieli w tem kłopotliwem milczeniu dosyć długo, aż Staś, zrozpaczony, że nie mógł rozpocząć rozmowy i że szelki wpijały mu się coraz głębiej w ramię, powstał i zaczął się żegnać. Podniósł się i Świerkoski, zamienił jakieś tajemne słowa z Osiecką i wyszli.

W milczeniu powracali. Staś czuł się oczarowanym i zgnębionym, nietyle Zosią, która mu się podobała bardzo, ile własną dzisiejszą wymową i śmiałością. Rozpiął palto, bo mu gorąco było, wyprostował się dumnie i rzucał rozpalone, miłosne spojrzenie w noc i w rzadko płonące na linji światła przejazdów.

— Śliczna dziewczyna, muszę napisać o tem mamie. A jakie to musi być dobre! Panie Stachu! Panie Stachu! — powtarzał z rozkoszą i tak się rozmarzał, że nie pamiętał, czy przy rozstaniu pożegnał się ze Świerkoskim, który prędko szedł, pogrążony w rozpamiętywaniu tego, co słyszał od Osieckiej pod uroczystym sekretem.

Na stacji pusto było, w oknach Orłowskich płonęło światło, a z poza heljotropowych zasłon buduaru Zaleskiej płynął potok dźwięków.

Świerkoski, zaszedłszy do siebie, zbudził Franka, kazał mu gotować herbatę i, nie przebierając się, poszedł do saloniku swojego. Porozpalał świece i wielką lampę, stojącą w rogu na kolumnie, pod czerwonym, niby krew, abażurem. Usiadł na pluszowym, wykwintnym foteliku i zaczynał się rozkoszować komfortem, jaki go otaczał. Franek wkrótce postawił mu herbatę na małym, złoconym stoliczku. Świerkoski ze skrytki, misternie ukrytej w biurku, wyjął dobre cygaro, zapalił, otoczył się kłębem wonnego dymu, popijał herbatę, przyglądał się salonowi i jakby się rozkoszował przedsmakiem przyszłości.

— Hipciu! ożenisz się z Orłowską! Tak, z pewnością. — Jakiś zły uśmiech wykrzywił jego trójkątną twarz, aż mu białe, długie zęby błyskały z pod wąsów i szczękały z zadowolenia. — Śliczna panna! Hi! hi! hi!... kochany robaczek, ślicznieńki, niewinnieńki! hi hi! hi!... — wydobywało mu się z zaciśniętego radością gardła, niby bulgotanie indycze, a twarz mu promieniała dziką, zwierzęcą radością. — Hipciu! będziesz panem, umiej tylko czekać — szeptał, splatając na kolanach długie, jak u szympansa, ręce. — Tak, ożeni się, rzuci służbę, wyprowadzi się do Warszawy, puści się w wielkie interesa, powygrywa na loterji i — miljony! miljony! miljony! — szeptał z upojeniem i przeciągał się ociężale z rozkoszy, dziwnie drażniącej.

— Hipciu, ostrożnie! — ostrzegał sam siebie. — Ach, to ona miała kochanków! Skąd ta Osiecka się dowiedziała? Grzesik się ucieszy, skoro się dowie o tem! A chamie jeden, łajdaku, dobrze ci tak, masz już dosyć! — śmiał się cicho, chodząc po pokoju. Miał teraz w sobie, w tej trójkątnej, bronzowej twarzy, w żółto płonących oczkach, coś wilczego; zataczał koła tak samo jak wilk, z wyciągniętą szyją, z wygiętym grzbietem, miał postawę węszącego żer, co dwa kroki podrzucał się nerwowo, przysiadał na krzesłach i fotelikach, gładził aksamity i jedwabie i szeptał: — Twoje, Hipciu! twoje! — Amis! chodź, synku! — Pies rzucił się do niego. — Spokojnie, spokojnie, dobry piesek, dobry! — głaskał go, a pies lizał mu rękę i twarz. Świerkoski szybko wydobył z kieszeni rzemień i uderzył go z całej siły przez grzbiet. Amis zwinął się w kłębek i upadł na dywan. — Widzisz, synku, bez poufałości.

XI.

Rano, po załatwieniu się z kamieniami, Świerkoski był już na stacji około jedenastej. Stasio był na służbie, i Zaleski, który łaził po telegrafie w skwaszonym humorze i co chwila wyglądał przez szyby, nie mogąc poradzić nudzie, wyszedł na peron i wkrótce już trenował się na rowerze. Świerkoski złożył się we dwoje i siedział na kanapce nieruchomo, tylko oczy ustawicznie biegały mu po podłodze, a Stasio, w przerwach pomiędzy jedną a drugą depeszą, pisał list:

„Droga mamusiu! Koszyczek odebrałem, za co serdecznie dziękuję. Cielęcina była znakomita. Z resztek kazałem zrobić potrawkę dróżniczce z białym sosem i kaszką. Wczoraj byłem ze Świerkoskim u pani Osieckiej. Panna Zosia była taka ładna i taka jakaś życzliwa dla mnie, że z żalem odchodziłem do domu, ale musieliśmy wcześnie odejść, bo Świerkoski ma dostawę kamieni, więc rano wstawać musi. Graliśmy w warcaby i pili herbatę, do której podali ciastka z serem, ale się bałem jeść, bo ser na noc za ciężki do strawienia. Była tam siostrzenica Osieckiej, Tola, chora. A żeby mamusia wiedziała, jaka ta Zosia ładna i jaka dobra! Będę tam częściej chodził, bo mi się już nudzą przewracania oczu Zaleskiej, a Orłowscy przyjmują tylko Grzesikiewicza, wie mama, tego bogacza-chama, co to pisałem o nim, że się z p. Orłowską żeni. Może mi mamusia kupi nowe szelki, tylko jedwabne, miękkie, bo te, co mam, tak mnie wczoraj uwierały w ramię, że porobiły mi się czerwone pasy, aż je wycierałem spirytusem. Było mi bardzo przyjemnie przez cały wieczór, tylko pod koniec pocałowałem pannę Zosię w rękę, rozgniewała się i guzik mi się oberwał przy szelkach, więc się nieco strapiłem. W niedzielę zobaczę się z nią, to mamie napiszę o obszerniej. Całuję mamie rączki". — Zapieczętował śpiesznie, bo Orłowski zły i mroczny jakiś wszedł, nie odzywał się do nikogo, trzaskał drzwiami i później chodził wielkiemi krokami po swoim pokoju.

— Może naczelnik ma dużo do pisania, to mógłbym pomóc — powiedział Świerkoski, wchodząc za nim. Orłowski przystanął, błysnął groźnie oczyma, targnął brodą i głucho rzekł:

— Bez łaski! Jest nas dwóch, przysięgam Bogu, to wystarczyć powinno, za cóżby płaciła Dyrekcja?

Świerkoski zżymnął ramionami i wyszedł. Orłowski zamknął drzwi za nim, pisał raporty, porządkował kasę i sprawdzał rachunki i, zrobiwszy całą, codzienną czynność, przygotowawszy kasę i papiery do wysyłki, zaczął odpieczętowywać nadesłane ekspedycje i czytać. Po przeczytaniu; bo były adresowane na jego ręce, napisał w nagłówku czerwonym ołówkiem:

„P. o. ekspedytora, do wiadomości i zastosowania się". — Roch! zanieś to do ekspedycji. — Roch zabrał papier i najspokojniej położył go na drugim stole. — A ten list zanieś panience. — Orłowski zdjął czerwoną czapkę, włożył zwyczajną, służby ruchu, z czerwonymi wypustkami, zatarł ręce, przygarbił się nieco i przesiadł do tamtego stolika. Przeczytał uważnie słowa, napisane przed chwilą przez siebie.

— Dobrze, panie naczelniku, uważam! — odpowiadał chwilami, unosząc się i pochylając, jakby słuchał polecenia. — Zaciągnę tylko do dziennika i otworzę kasę, bo niedługo osobowy przychodzi. — Skończył wkrótce, otworzył okienko, uporządkował stempel do biletów; przechodził przez pokój na palcach, przesuwał się ostrożnie, aby nie robić najmniejszego szelestu. Od kasy kilkakrotnie spoglądał na biurko swoje, z pewną dziwną usłużnością i pokorą w oczach, i wtedy przychodziła mu myśl, że trzyrublową karę zapłacił niesłusznie, wzdychał lekko. Gdy pociąg dochodził, kasę zamknął, przemienił czapkę, naciągnął rękawiczki i wyprostowany, wspaniały, niby wódz na przeglądzie armji, chodził po peronie.

Janka ze zdziwieniem odebrała list, nie miała pojęcia, kto mógł pisać do niej. Rozerwała kopertę i zobaczyła podpis „Głogowski". — A! Głogowski! — szepnęła uradowana. — List był krótki:

„Panno Janino! Przypomina też pani sobie, w tej chwili czytania, moją osobę?" — Uśmiechnęła się i z pamięci wyłoniła się jej jasna, nieregularna, o ostrych rysach, szarych oczach, twarz, zakończona rozczochraną czupryną. — „Uciekłem kilka dni temu z ostatniej kondycji i już trochę trafem, trochę, że chciałem, dostałem miejsce, wcale dobre, w domu jednej okropnie głośnej autorki. Mieszka ta sława o trzy mile od Bukowca. Mam pakować mądrość we łby jej jedynie żywych utworów. Przyjeżdżam w niedzielę do Bukowca, otóż, bez względu, jak mnie pani przyjmie: dobrze, czy psami, widzieć panią muszę. Pamięta pani, że nas łączą węzły zacnie zawartej przyjaźni? Ogromnie jestem ciekaw stron tamtych i pani. Pisanie kończę, bo obiecuję wiele powiedzieć osobiście. Całuję pani ręce z szacunkiem dawnym i z dawną życzliwością. Przyjadę wieczorem o siódmej, tak mnie objaśnił rozkład".

Odczytywała list po kilka razy i jakby wchłaniała z tego krótkiego szeregu wierszy jakąś szczególną siłę życia, która ją przenikać poczynała dreszczem. — Głogowski — wymówiła głośno, aby się upewnić niejako, że to prawda, że nie śni w dalszym ciągu, nie marzy, w tem biernem, apatycznem poddaniu się losowi. — Głogowski! a! — Budziła się w niej gwałtownie dawna Janka, dawna natura dzika i nieposkromiona w żądzach szerszego lotu, dusza szarpiąca się w jarzmie szarego, prowincjonalnego bytu, pełna fermentu gwałtownego.

Przypomnienia teatru obsiadły jej mózg, wyłaniały się z ciemnych komórek myśli, gdzie czaiły się i czekały na sposobną chwilę, otaczały ją rojem barwnym, skrzącym blaskami, szalonym; taki zamęt miała pod czaszką, że, aby ochłonąć, otworzyła lufcik i patrzyła chwilę na ojca spacerującego po peronie i na pociąg stojący, ale cofnęła się prędko. Co ją to wszystko obchodziło! Dusiła się właśnie w tej samotności. Ubrała się i, nie mówiąc nic Janowej, poszła do lasu.

— Głogowski! — powtarzała, bo ten dźwięk zawarł w sobie cały świat; rozglądała się po lesie, a myślą podążała tam, w tę przeszłość niedawną, której nie było nigdzie, prócz w pamięci. Widziała teatr, kolegów, przedstawienia, publiczność; cały szereg zdarzeń, nanizanych na łańcuch czasu. — Spałam! spałam! — szeptała, rozglądając się zdumionym wzrokiem po lesie. — Co ja tutaj robię? Poco jestem? — Trzy tygodnie w Bukowcu, to był sen; tak, teraz się budziła, przebudził ją ten list przyjaciela. Myśli jej biegły w świat, jak te liście buków, co, niby płatki krwi, leciały na ścieżyny, wieszały się kolczastych głogów, chwiały się na nagich gałęziach olch i jak te obłoki, które, zbite w bezładną gromadę, zmieszane, niby stado burych gęsi, uciekały przez przestrzenie, gnane wichurą.

Obejmowała dumnem spojrzeniem władczyni las, co szumiał dokoła tajemniczo i trząsł koronami hardo, i jakby mocował się z wichurą, co prześwistywała pomiędzy gałęziami, biła w korony i wżerała się w gąszcze. Tylko teraz już nie widziała lasu, nie łączyła z nim swojej duszy, nie czuła w sobie tego tętna, nie szarpała się pomiędzy temi olbrzymami, co ją otaczały ponurą, straszną ciżbą; przyszła do niego, bo szukała odosobnienia, bo miała w piersiach jakiś krzyk, w oczach jakiś ogień, w mózgu jakiś szał i chciała się niemi nacieszyć, chciała wyładować z siebie ten gwałtowny przypływ energji. Nie miała jeszcze żadnej idei, nie sformułowała żadnej myśli o przyszłości, wystarczyło jej teraz marzenie i poczucie, że czuje, jak kiedyś, że jest znowu gotową do walki, do zdobywania świata! Cieszyła się własnem istnieniem.

— Dzieńdobry pani!

Przebudziła się i zadrżała. Przed nią stał Grzesikiewicz, konia prowadził za uzdeczkę i przyjaźnie wyciągał rękę, i uśmiechał się, szczęśliwy z tego niespodziewanego spotkania, a ją przeniknął ból dziwny, żal jakiś i smutek. Opadły jej skrzydła, w miejsce snów — Grzesikiewicz! Przez krótką chwilę nienawidziła go głęboko, ale zapanowała nad sobą, uśmiechnęła się jakoś po komedjancku.

— Pan do nas jedzie?

— Tak, wybrałem się trochę wcześniej, i szczęśliwy trat pozwolił mi spotkać panią.

— Wyszłam się przejść. — Czekała, że może będzie tak delikatnym, że ją przeprosi i odjedzie sobie, ale Andrzej nie myślał o tem.

— Mama się wybiera w niedzielę do państwa.

— O, proszę, będziemy z ojcem bardzo radzi — odpowiedziała chłodno.

— Pani jeszcze nigdzie nie wyjeżdżała?

— Nie, dopiero w niedzielę może się wybiorę do kościoła po raz pierwszy. Chciałabym zobaczyć trochę więcej ludzi. Czuję się już zupełnie zdrową.

— O, wygląda pani prześlicznie — rzekł, z zapałem.

Wydał się jej głupim z tym banalnym komplementem; spojrzała na niego ostro.

— Może za prędko idziemy, pani się zmęczy!...

— Nie, lubię chodzić prędko.

— Przyślę w niedzielę państwu swoje konie, dobrze?

— Dziękuję, ale ojciec już zamówił w Zielonce — odpowiedziała i z pewną przyjemnością zauważyła, że sprawiła mu tą wiadomością przykrość.

— Odwiedzi pani mamę?

— Może... — powiedziała wolno, cofając trochę głowę, bo pochylił się ku niej zbyt blisko, odsunął się zmieszany, bo uderzyła go oczyma, niby szpicrutą, aż pokręcił wąsów z zakłopotania. Weszli do mieszkania, ponieważ Orłowski był, zostawiła mu Andrzeja, a sama poszła do saloniku i po raz pierwszy po chorobie zagrała jakiegoś marsza, ze wściekłą brawurą.

Grzesikiewicz patrzał otwartemi drzwiami na nią, nie mógł jej dzisiaj poznać. Wczoraj była taka dobra, słodka, cicha, a dzisiaj!!! Co się tu stało? — zapytywał siebie z niepokojem. Przestała grać i wzięła udział w rozmowie, ale ton jej głosu był niby stal, ostry i zimny.

— Wie pan, spotkałam Witowskiego na cmentarzu.

— Mówił mi ojciec, że panią widział jadącą za pogrzebem. Jakże się pani podobał?

— On, taki sobie, ale Witowska prześliczna kobieta.

— Także nie mniejsza warjatka, niźli jej brat.

— Dlaczego? — zapytała szorstko; nie cierpiała tego drwiącego tonu, jakim mówił o Witowskich.

— Pierwsze, że się jej zdaje, iż ślepnie.

— Niedość na tem; musi być tego pewna, skoro tak twierdzi, a zresztą samo zdawanie się jest cierpieniem.

— I... bogata! głowa przewrócona, brak jej zajęcia i wymyśla sobie różne urozmaicenia.

— Ale co to przeszkadza komu, co robi? — zapytała dosyć niegrzecznie. — Co pan nazywa przewróconą głową? — zapytała prędko rozrumieniona irytacją.

— Mogła wyjść zamąż, nie chce; urządziła połowę pałacu zupełnie na sposób klasztorny i, niby mniszka, spędza dnie całe na modlitwie; założyła ochronę dla zwierząt, he! he! he! bardzo ładna menażerja!

— To są jej osobiste, dajmy na to, wady, ale co pan wogóle nazywa przewróconą głową?

— Nie umiem pani tego zdefinjować krótko, ale dałem jeden przykład, dobrze ilustrujący przewróconą głowę; dam teraz drugi: pani Stabrowska, literatka powiatowa, zamiast pilnować gospodarstwa, męża, dzieci, bawi się w pisanie głupich wierszyków i jeszcze głupszych artykułów, mających zreformować świat. Albo to nie jest typowa, przewrócona głowa? — Kretyni! — pomyślała Janka, odpadła ją chęć pytania, dyskutowania, już ją nawet nudził ten temat, miała tylko ochotę powiedzieć mu, że jest bałwan i głupiec.

— Czy to Stabrowska z Bonar? — zapytał Orłowski.

— Tak! Śliczny majątek, ale się wszystko rozłazi, bo gospodarstwo prowadzi się prawie po literacku, corocznie przystosowują nowe systemy gospodarowania, a przytem, jak żyją z sobą! — Janka wyszła, a Andrzej nachylił się i pocichu opowiadał różne drastyczne i dosyć skandaliczne szczególiki, jakie kursowały po okolicy o Stabrowskich.

— Ci, co was przerastają o piędź, są przewrócone głowy, wszyscy jesteście głupcy i idjoci. Nienawidzicie tych, którym nie wystarcza codzienne życie, codzienne plotki, bydło robocze! — myślała po wyjeździe Grzesikiewicza, który odjeżdżał smutniejszy i żebrał spojrzeniem litości. Pożegnała go ceremonjalnie.

Po jego wyjściu Zaleska przysłała heljotropowy liścik i wkrótce sama przybiegła, rzuciła się Jance na szyję i obsypywała ją gradem pocałunków. Janka się zdziwiła, nie rozumiejąc powodów tej nagłej czułości.

— Ależ pani zagrała tego marsza prześlicznie. Czytałam w buduarze książkę, słyszę fortepian, przyznam się, że wyjść chciałam do kuchni, bo myślałam, że pani gra, ot tak sobie, jak wszystkie panny, po domowemu. Zdumiona byłam, posłuchawszy. Pani masz talent; co za siła uderzenia, co za ekspresja. Ledwiem się doczekała wyjścia narzeczonego pani.

— Pan Grzesikiewicz nie jest moim narzeczonym — odpowiedziała, niemile dotknięta.

— Niech się pani na mnie nie gniewa, to powiedziałam, co w całej okolicy mówią. Mnie się nawet nie zdawało to prawdą, bo przecież byłabym coś od pani usłyszała. Muszę zaraz iść, bo się dzieci kąpią, a służąca pojechała po sprawunki; ale poproszę bardzo o zagranie czegokolwiek, moja droga panno Janino, bardzo proszę. A! nie jest pani narzeczoną. Dobrze? zagra pani?

Janka uległa prośbom i zagrała. Grała długo; Zaleska chodziła cicho po pokoju, przystawała, stukała nogą w podłogę, gdzie pedał wychodził za słabo, wybijała takt ręką, szeptała — forte! forte! — uderzała rozłożonemi palcami w powietrze, niby w klawisze, siadała gwałtownie na fotelu, ale, nie mogąc wytrzymać, zdenerwowana, trochę rozczarowana i tem uradowana, przerwała jej grę nowym wylewem czułości.

— Ma pani talent, ogromne uczucie, indywidualizuje pani muzykę, brak tylko pani szkoły i techniki, gra pani jest intuicyjną. Boże, muszę iść, bo tam dzieci w kąpieli! Tak, ta jedna fraza pyszna. Uderzyła w klawisze i powtórzyła ją kilka razy — pyszna!

— O, niech mnie pani nie chwali; talentu nie mam, o tem wiem; czuję tylko, co gram.

— Gdyby się pani chciała uczyć, to przytem, co pani posiada, przy swobodzie i środkach, zaszłaby pani daleko.

— Dokąd? — zapytała Janka spokojnie.

— Na estradę, do rozgłosu, do sławy! — odpowiedziała uroczyście.

— Znam tę gorączkę i te marzenia, paliła się we mnie, ale już wygasła.

— Nie pragnie pani wrócić na scenę?

— Nie, wystarczy mi wspominanie teatru na całe, najdłuższe życie.

— Jakto, wyrzekła się pani myśli o sztuce, nie pragnie pani sławy, oklasków, tego boskiego upojenia sztuką, tego zdenerwowania występu, tego szału, tego... — wołała patetycznie Zaleska.

— Nie, niczego już z tego wszystkiego nie pragnę — odpowiedziała smutnie, i to uświadomienie zabolało ją bardzo, poczuła w sercu jakąś próżnię, a w myśli zniechęcenie do życia.

— Ach! żebyś pani wiedziała! Na popisach to nic — ale po skończeniu konserwatorjum zaproszono mnie do wzięcia udziału w koncercie. Skończyłam konserwatorjum ze złotym medalem, przyniosę go pani pokazać. Panno Janino, nigdy tego koncertu nie zapomnę. Grałam szopenowskie mazurki, o te — uderzyła pierwsze takty. — Nigdy tego nie zapomnę. Umierałam z rozkoszy. Dostałam bukiet i wieniec. Czy pani nic nie słyszy? — zdawało mi się, że Hela krzyczy... Krytyka, pokażę pani, co napisali o mojej grze. Cóż z tego? zmuszono mnie wyjść zamąż, środków nie miałam do dalszego kształcenia, a brakowało mi tylko techniki. Teraz ją mam, zdobyłam sześcioletnią pracą, czekam tylko sposobności — przerwała, uśmiechając się łzawo do przeszłości, czy przyszłości. — Zapomniała o dzieciach, o mężusiu, nawet kuzyna nie wspominała, wstrząśnięta zapałem. Miała oczy pełne łez, grzywka się jej rozwiała, podkreślenia oczu rozmazały łzy, nie pamiętała o niczem, marzyła głośno o triumfach i sławie. Zniknęła jej dziecinna wesołość, oczy błyszczały ogniem, rosła jej dusza i obnażała się, pokazywała swoje wnętrze. Rzucała pioruny oczyma, jakby stały przed nią całe tłumy słuchaczy. Uśmiechała się omdlewająco, upojona muzyką, którą słyszała dusza, olśniona brawami, wstrząsana dreszczem ekstazy.

Janka słuchała i patrzyła, ale ten chłód i próżnia, jakie poczuła we własnem sercu, przeszkadzały jej odczuwać zachwyty i uniesienia Zaleskiej. Wydawała się jej wysoce śmieszną, z trudem powstrzymywała uśmiech litości. Miała ochotę przerwać jej brutalnie jaką uwagą ostrą, ale żal się jej zrobiło i słuchała tych nieskończonych wynurzeń coraz niecierpliwiej.

— Laboga pani! tam dzieci cosik krzyczą! — zawołała Janowa, wpadając do pokoju.

Zaleska zatrzymała się na środku pokoju, zbladła, zaczęła spoglądać naokoło błędnym wzrokiem, później spuściła oczy. Mówiła coś bez związku, kręciła się wkółko, jakby nagle straciła przytomność, nie wiedziała, co zrobić ze sobą, wreszcie łzy strumieniem popłynęły z jej oczu, zakryła twarz rękoma i uciekła.

Po kilku minutach przysłała Rocha z heljotropowym liścikiem, prosiła o paski czystego płótna na bandaż i trochę maści diachilowej. Janka posłała i zaraz sama poszła odwiedzić ją, ale przede drzwiami usłyszała podniesiony głos mężusia:

— Co to jest! Włóczysz się po sąsiadach! Psiakrew, żeby dzieci zostawiać same w kąpieli, potopiłyby się jak szczenięta, a ona tam rajcuje z tą komedjantką. Dosyć już tego. Człowiek nie może spać, nie może jeść, obiadu nigdy na czas niema, a ja muszę dzieci pilnować, bo żonusi podoba się chodzić z wizytami, a wszystko zostawiać na Bożej opiece.

— Henryczku! mój najdroższy, mój jedyny, wybiegłam tylko na chwileczkę, bo miałam pilny interes.

— Siedzieć w domu i pilnować domu! Wszystko idzie do góry nogami. Trzeba ci było wziąć ze dwadzieścia tysięcy posagu, to mogłabyś robić, coby ci się podobało, miałby cię kto wyręczyć, byłoby za co.

Janka cofnęła się, nie chciała więcej słyszeć, wystarczyło jej odgłosów małżeńskiego szczęścia. Zamknęła nawet drzwi od salonu, bo przez cienką ścianę przenikał krzykliwy głos Henia, odgłos rozbijanych sprzętów i płaczliwy, pokorny, błagający głosik żonusi.

Do niedzieli, to jest przez całe trzy dni, nie widziała Zaleskiej; przysłała ona tylko kilka pachnących bilecików z zapytaniami o zdrowie i w przypiskach skarżyła się domyślnikami i wykrzyknikami na los i życie. Wieczorem grywała po dwie godziny dłużej, niż dawniej.

— W niedzielę przyjedzie Głogowski! — powtarzała sobie Janka ustawicznie.

XII.

Nareszcie nadeszła niedziela, tak wyglądana przez Jankę. Denerwowało ją oczekiwanie Głogowskiego, bo się jej zdawało, że z jego przyjazdem jej położenie zmienić się musi, że on przywiezie z sobą coś takiego, czego pragnęła w marzeniach, jakieś niedosnute dobro, oczekiwane z gorączką od chwili przeczytania listu. Głogowski rozrastał się w niej, w głębokościach tej pustki, w jakiej żyła, stroiła go w idealne cechy, prawie bohatera, wyolbrzymiając go wysokością własnej duszy, chciała mieć nadczłowiekiem, żeby go móc uwielbiać, bo, jak każda żywotniejsza natura, musiała mieć przed sobą fetysza, musiała mieć jakiś cel woddali, do któregoby można iść, modlić się, któregoby można czuć się własnością. Powiedziała ojcu o jego przyjeździe. Orłowski się uradował.

— Wtedy... chciałem go zobaczyć, ale nie było go w Warszawie. Winniśmy mu bardzo wiele. Poczciwy człowiek, i żeby nie on... — przerwał i schwycił się za brodę...

— Idealnie dobry człowiek. Jestem mu winna kilkadziesiąt rubli; pożyczył mi w takiej chwili, kiedy byłam już bez grosza.

— Oddam mu natychmiast. Taką biedę tam miałaś? — mówił cicho, nie śmiejąc spojrzeć na nią, aby się nie obraziła pytaniem.

— Dosyć tego było, więcej nawet, niźli człowiek unieść może.

— Czemuś nie napisała? co? — krzyknął gwałtownie, ale podniósł ręce do góry, jakby chciał przyciszyć ten ostry dźwięk, i dodał z goryczą i żalem — gdybym był wiedział, gdybym...

— Gdyby!.. Wykreślmy ten wyraz z naszych rozmów. W tym dźwięku są zamknięte wszystkie najsroższe nędze ludzkie, przez to „gdyby" świat się szamoce w męce. — Gdyby! — myślała już, blednąc i przypominając przeszłość, stanęła przy oknie i zatkała usta chustką, aby nie rzucić głośno przekleństwa na to „gdyby". Przyciszała się siłą i ubierała śpiesznie, bo Orłowski przynaglał; konie, zaprzężone do jakiegoś odwiecznego powozu, czekały już przed stacją.

Wpół godziny później jechali do miasteczka, oddalonego o milę od stacji. Zdaleka było już widać masę domków niskich, usadzonych bezładnie, z kościołem w pośrodku, co się nad gontowe, szare dachy wznosił potężną masą gotyckich murów i błyszczał złotym krzyżem na wysmukłej wieży.

Drogą błotnistą, pełną wyboi i kałuż, wlokło się dużo wozów chłopskich, bryczek i powozów; wąską ścieżyną, biegnącą nad przydrożnym, w połowie zawalonym rowem, wpoprzek zagonów, obsianych żytem, szły rzędami czerwono ubrane kobiety, z trzewikami w rękach, niby długą, czerwoną wstęgą, jaskrawo drżącą na tle zimnej zieleni zbóż. Orłowski kłaniał się powozom, kapelusze się uchylały i z poza szyb karet, albo z pod bud powozów wychylały się kobiece twarze i ciekawe spojrzenia obrzucały Jankę. Umyślnie odwróciła głowę, bo ją irytowały te spojrzenia, i kiwała głową chłopom, co ich witali uśmiechami życzliwemi, ukłonami i tem nieśmiertelnem: — Pochwalony! Wjechali w błotnistą uliczkę, obstawioną nędznemi, pozapadanemi w ziemię domkami, zachlapanemi błotem, aż po małe, przekrzywione okienka. Żydzi, brudni i oberwani, Żydówki w obłoconych sukniach, w rudych perukach, nędzne i brzydkie, snuli się pomiędzy chłopami i wydzierali sobie z rąk kury i gęsi, przynoszone na sprzedaż i zapełniające ulicę krzykiem. Wozy stały przed szynkami z wyprzężonemi końmi, pomiędzy któremi trzoda chlewna uwijała się, szukając pożywienia. Jeden potok błota tworzyły niebrukowane uliczki; błoto wpływało do czarnych sieni, zalewało podłogi nędznych sklepików, czerniało na szybach okien, oblepiało ludzi i zwierzęta, unosiło się w oparach ciężkich, co się snuły nad domami razem ze smugami brudnych dymów.

Na wielkim rynku, obstawionym kilku jednopiętrowemi domami z cegły nietynkowanej, gdzie znajdowała się poczta, sąd, apteka i kościół, było trochę suszej; kilkadziesiąt niedołamanych drzewek czerniło się nad chodnikiem z cegieł i osłaniało wielką studnię kołową, obok której rozsiadły się stragany handlarzy. Sterty bułek żółciły się na stolikach, zwoje kiełbas piętrzyły się razem z połciami słoniny, czerwone i żółte chustki powiewały na kramach, niby chorągwie, buty żółte, białe, krakowskie kapoty, niebieskie spodnie, stłoczone razem, wisiały długiemi rzędami i kołysały się na wietrze. Poza murem cmentarnym, okalającym kościół, pomiędzy wielkiemi, szaremi modrzewiami, bieliły się krzyże i nagrobki marmurowe, tworzące kamienny, rozpadający się już w gruzy las. Na cmentarzu kobiety wiązały chustki, wdziewały trzewiki na bose nogi, a kilkunastu mieszczan w czarnych kapotach, wygniecionych całotygodniowem leżeniem w skrzyniach, w czapkach ze lśniącemi daszkami, z wielkiemi książkami do nabożeństwa pod pachami, rozmawiało półgłosem; witali uniżenie Orłowskiego, bo mieli ciągłe stosunki z Bukowcem.

Bocznemi drzwiami, przez zakrystję, weszli do wielkiego, poklasztornego kościoła; Orłowski został we drzwiach, a Janka poszła do olbrzymich stall, wspaniale rzeźbionych w dębie i inkrustowanych jesionem, w których niegdyś gromadzili się na modlitwy wspólne zakonnicy. Stalle zajmowały z obu stron całą długość prezbiterjum i wznosiły się aż po wąskie, gotyckie okna, trzema kondygnacjami miejsc. Janka usiadła najniżej, blisko ołtarza, tam, gdzie siadywała dawniej.

Było jeszcze dosyć wcześnie, ławki stały prawie puste, tylko pod olbrzymiemi nawami kościoła kłębił się coraz gęstszy tłum ludzi. Po prawej stronie kobiety, niby cały łan maków ponsowych, poprzerastałych żółtemi jaskrami i chabrami, zajmował pół kościoła, aż po wręb niskiej, przypłaszczonej, bocznej nawy, z której przez kolorowe szyby gotyckich okien wpływały smugi słońca i refleksami szyb malowały głowy i ramiona, kładły szmaragdowe plamy na wygolone, surowe i kanciaste twarze chłopów, krwawiły rubinem jasne włosy, zalewały fioletem białe kapoty i czerwone kamizele, iskrzyły się barwnym, brylantowym pyłem na metalowych ozdobach pasów, kierezyj i kołnierzy.

Wielki żyrandol, wiszący przed prezbiterjum, obwieszony szlifowanem szkłem, błyskał, niby tęczą, całą gamą barw, jakby się okrył chmurą różnobarwnego pyłu, w którym płonęły złote płomienie świec pozapalanych.

Szmer modlitw, oddechów, kaszlu, ruchów, bił w ołtarz wielki i oblewał Jankę denerwującem ciepłem; ludzie się kołysali, niby wielki łan zbóż, biernie poddając się naporowi ustawicznie napływających wielkiemi drzwiami.

Stalle zapełniały się zwolna.

Janka z ciekawością i z pewnem uczuciem przyjemności spostrzegła twarze, znane tylko z widzenia, i osobistych swoich znajomych. Spostrzegła po drugiej stronie sędzinę Zakrzewską, przyjaciółkę matki swojej, ukłoniła się jej z uśmiechem radości. Sędzina przez pince-nez na długiej, szyldkretowej rączce patrzyła na nią długo, ale się nie odkłoniła, szepnęła tylko jakieś słówko do ucha sąsiadki i z pogardliwym ruchem głowy wskazała Jankę. Odczuła boleśnie ten ruch i to ironicznie-litościwe spojrzenie, jakie jej rzucano, odwróciła wyniośle głowę do kazalnicy, bo ksiądz zaczął mówić. Przez prezbiterjum, zapchane córkami i żonami mieszczan i oficjalistów dworskich, szła dobra znajoma Janki, p. Łomiszewska, znana z języka, energji i czterech córek, które, niby źle dobrana fornalka, szły wprost ku niej. Podniosła się nieco, aby je przeprosić i przywitać się. Łomiszewska, spostrzegłszy ją, cofnęła się, zagradzając sobą córki i usuwając wtył ostentacyjnie ręce.

— Chodźmy, tutaj dla nas niema miejsca.

— Ależ, mamo, tutaj zaraz kilka wolnych.

— Nie, nie będziecie siedzieć przecież obok jakiejś cyrkówki!... — szepnęła tak głośno i pogardliwie, że wszystkie oczy zwróciły się na Jankę.

Janka zatrzęsła się z oburzenia i gniewu tak silnego, że było mgnienie niepowstrzymanej chęci rzucenia książką w twarz Łomiszewskiej; oprzytomniała jednak, usiadła ciężko, zapatrzyła się w ołtarz i słuchała melodyjnego głosu księdza i tych szeptów, co za nią i obok niej zaczęły się krzyżować. Panie przyglądały się jej impertynencko.

— To ta, w tym zielonym kapelusiku?

— Tak, twarz jakby z miedzi pobielanej.

— Ale, naprawdę, piękna.

— Brwi ma malowane i usta.

— To ona się truła?

— Gazety o tem pisały.

Przycichły, bo ksiądz, w religijnej ekstazie, wyciągnął z ambony ręce do ołtarza i wołał ogromnym głosem wiary i ufności: „Powinniśmy tylko tego Pana prosić, słuchać: tego Pana się bać, temu się zasługiwać". — I mówił ciszej, a tysiące oczu i tysiące ust rozchylonych wznosiło się ku niemu, i wszystkie serca, stopione w jedno serce tłumu, drżały w głębokiej ciszy kontemplacji, stalle tylko ciągnęły przerwane na chwilę rozmowy.

— Podobno ten zawiadowca zupełny warjat!

— Lodzia musi się z nią znać, a o ile sobie przypominam, były na jednej stancji i razem chodziły do szkoły, była nawet u państwa, tak, przypominam sobie.

— Tak, niestety, i nigdy tego nie odżałuję.

— Ja swoich dziewczątek nie oddam do szkół publicznych, gdzie byle kto umieszcza swoje dzieci.

— Dlaczego uciekła z domu?

— Proszę pani, różnie mówią... — szept stał się niedosłyszalny.

— Daję pani słowo, mówiła mi onegdaj Głębińska, siostra Grzesikiewicza. Janka już nic nie słyszała więcej, miała dosyć, te słowa zalewały jej duszę bólem i smagały, niby żelaznym prętem; podniosła głowę i słuchała, chciała słuchać przynajmniej, kazania.

— „Błogosławieni pokornego serca! — mówił ksiądz — błogosławieni wierzący, błogosławieni ciszę w sercach bliźnich czyniący, błogosławieni spełniający przykazanie, bo oni miłują ludzi i dobrze im czynią; są oni, jako ci pasterze i pracownicy, którzy po dniach pracy uznojeni, ale czystego serca, przychodzą do drzwi Pana swojego odebrać zapłatę za trud żywota. I zaprawdę, powiadam wam, Pan wypłaci wszystkim podług ich zasług". Unosił się, klękał na kazalnicy i mówił na zakończenie gorącą, przejętą łzami prośby o łaskę i upamiętanie, modlitwę. Westchnienie przeciągłe i palące, niby wicher sierpniowy, przeleciało po kościele, lud się zakołysał gwałtownie, jak las uderzony przez wichurę, oczy się rozełzawiły, jęk wyrwał się ze wszystkich piersi, ręce się podniosły wgórę, serca korzyły się, a czoła biły o posadzkę, i wielki rytm modlitw i płaczu drgał pod sklepieniami.

Janka powtarzała zbielałemi ustami te modlitwy, byle tylko zapomnieć o tych szeptach, które spadały na nią, niby deszcz ukropu, i przepalały ją niesłychaną goryczą. Nie czuła już gniewu, ani nienawiści, tylko głęboki żal trząsł jej sercem, tylko zdawało się jej, że wszystkie oczy przewiercają jej czaszkę, że cały świat z szyderstwem, pogardą, nienawiścią woła:
— Zdaleka od niej! wyklęta!

Łzy zalewały jej serce, ale siedziała prosto i wzrokiem zimnym, rozeszklonym wielkim bólem, patrzyła przed siebie.

Zaczęła się suma, ale Janka modlić się nie mogła; patrzyła na Witowską, którą lokaj prowadził do fotelu, stojącego obok ołtarza, ale Witowska szarpnęła za rękaw lokaja i usiadła obok niej.

Witowski z Andrzejem stali we drzwiach i spoglądali na nią, stara Grzesikiewiczowa siedziała w środku prezbiterjum, na krześle, umyślnie dla niej przyniesionem, i modliła się z roztargnieniem, bo co chwila spoglądała w jej stronę z nieokreślonym wyrazem miłości i podejrzliwości.

Msza ciągnęła się uroczyście, organy snuły jakąś poważną psalmodję, pełną przejmujących akcentów, głosy śpiewaków, co niby girlandą głów bramowali balustradę chóru, płynęły pod sklepienia uroczystą, namaszczoną powagą. Słońce świeciło przez okna i zalewało cały kościół blaskami, w których snuły się błękitnawe pasma dymów, płynące z trybularza. U ołtarza, wpośród obłoków kadzideł, wpośród świateł i blasków, siwy, stary ksiądz drżącym głosem śpiewał modlitwy.

Westchnienia, szepty modlitw, ciche jęki dusz rozmodlonych zlewały się z barwami, z muzyką, z mrocznemi głębiami naw bocznych, z rozpalonemi spojrzeniami, kłębiły się i uderzały potężnym szumem w wielki ołtarz, niby falą, i cofały się do drzwi głównych, i wypływały w blady, złotawy dzień październikowy, co się roztaczał nad ziemią i lasami.

Janka patrzyła w murillowską Madonnę, której kopja była w ołtarzu, ale myślą nie była przy niej, nie widziała nic z tego, co ją otaczało, zatapiała się we własnem wnętrzu, i wszystkie krzywdy, jakich doznała, przypominały się, wyłaziły z ciemnych głębin pamięci i zobojętniały ją na wszystko, zalewając serce spokojem prawie kamiennym.

Nie czuła już żalu nawet, tylko reszta goryczy sączyła się, niby z rozbitej czary złudzeń, i padała po kropli na serce.

— Dlaczego? Za co? — myślała. — Cierpiała tak wiele w życiu, i za te wszystkie szamotania, za zawody spotyka ją pogarda ogólna! — Czyż nie ma prawa do szczęścia? Co ja takiego zrobiłam? — i wodziła oczyma po kościele i głowach ludu, po stallach, pełnych znajomych i znanych twarzy, i uczuła się bardzo samotną i jakby obcą pomiędzy niemi; zrozumiała, że niema żadnej spójni pomiędzy jej duszą a tamtemi duszami. Czuła się na jakiemś morzu, które ją z obojętnością żywiołu zalewało i spychało w głąb. Była poza kołem tego życia, jakiem żyli wszyscy, ale tego nie mogła zrozumieć, jak i nie wiedziała, czem zawiniła wobec nich.

Organy na chwilę umilkły i chóralny śpiew przycichnął.

Ksiądz złotą, promieniejącą monstrancją zrobił krzyż nad klęczącymi i zaintonował:

Święty Boże, Święty mocny!

i schodził po stopniach ołtarza:

Święty, a nieśmiertelny! Zmiłuj się nad nami!

Zerwał się potężny śpiew ze wszystkich piersi, niby orkan huczał, a ksiądz szedł pod baldachimem w obłokach dymu i niósł wysoko, złotem lśniącą i rubinami, monstrancję; lud szedł za nim, głowa przy głowie, ramię przy ramieniu, serce przy sercu i śpiewał prawie jednym głosem; rzędy świec migotały złotemi światłami, dzwonki ostre dźwięki dorzucały do tej ogromnej harmonji, co jednoczyła wszystkie dusze i wielkim głosem wiary płynęła w świat. Procesja wyszła na cmentarz i obchodziła kościół, prowadzona przez śpiżowe, radosne głosy dzwonów, i tylko do kościoła zupełnie pustego, przez grube mury, wdzierał się przyciszony, odległy śpiew:

Święty Boże, Święty mocny!

— Święty, a nieśmiertelny! Zmiłuj się nad nami! — śpiewały echa w pustych nawach, jakby przez tych Serafów i Świętych, których roje pokrywały ściany i stropy kościoła.

— Zmiłuj się nad nami! — powtarzała Janka, nie ruszając się z miejsca, i piła ten śpiew chciwie, i myślała równocześnie, że w świecie niema zmiłowania nad nikim, że wszyscy ci, którzy idą z tym śpiewem na ustach, że ci wszyscy, których zobaczyła wchodzących zpowrotem w wielkie drzwi, rozśpiewanych, ogromnych uniesieniem, silnych ekstazą, zalewających kościół, niby niezmożoną niczem falą, są jej wrogami.

Przycisnęła się do ławki ze strachem bezwiednym, bo cała ta masa ludzka szła prosto na nią; rozpłomienione oczy, dymy kadzideł, lśnienie złota, dźwięki organów, usta porozchylane w śpiewie, głuchy łomot nóg, wszystko to splątane w jakiś kłąb groźny toczyło się ze straszną siłą. Przymykała oczy, bo jej się zdawało, że to morze uderzy w nią i zaleje, jak nędzne źdźbło, że ją rozdepcą, niby marnego robaczka, który śmiał stawiać czoło temu prądowi. Po nabożeństwie wychodziła prawie ostatnia, gdy ją Grzesikiewiczowa ujęła pod ramię życzliwie i dreptała obok niej, szepcąc cichutko ostatnie słowa pacierza.

Na cmentarzu całe towarzystwo okoliczne stało porozdzielane na grupy i rozmawiało z ożywieniem. Chłodnawy wiatr zawiewał nagiemi gałęźmi modrzewi i świstał smutnie. Zanosiło się na deszcz.

— Chciałam usiąść przy pani, ale już miejsca nie było — szeptała stara.

— O, przeciwnie, bo było dosyć miejsca — odpowiedziała spokojnie, uśmiechając się tak blado, że ten uśmiech miał wyraz odpowiedni w smutku rozwleczonym w przyrodzie jesiennej.

— Będziecie w domu wieczorem? bo my się z Jędrzejem wybieramy do państwa.

— Będziemy i będę pani bardzo wdzięczną za odwiedziny, bardzo! — Głos jej zmiękł, bez namysłu podniosła rękę starej i pocałowała. Była jej w tej chwili bardzo wdzięczną.

Towarzystwo rozstępowało się przed niemi, gdy szły do furtki, rozmowy milkły, kilka pań, umyślnie prawdopodobnie, zbliżało się do Grzesikiewiczowej z powitaniami, ostentacyjnie nie spostrzegając Janki. Przechodziła dumnie pod tem kaudyńskiem jarzmem spojrzeń i pogardy, zimnym wzrokiem wodząc po ich twarzach i nie odpowiadając na ukłony kilku młodych ludzi, którzy z pewną nieśmiałością uchylali kapelusze.

Andrzej z Witowskimi szedł za niemi i widział wszystko.

Odprowadziła starą do powozu, pożegnała się z Andrzejem, który z kapeluszem w ręce, wobec wszystkich, całował ją w rękę; czekała jeszcze na ojca, który w sąsiednim sklepie kupował różne rzeczy, kiedy głos łagodny i rozradowany zawołał ztyłu:

— Janka!

Odwróciła się szybko, zelektryzowana tym dźwiękiem.

— Helena! Ty tutaj? Skąd?

— Co za radosna niespodzianka!

I dwie, jeszcze ze szkolnych czasów, koleżanki i przyjaciółki ucałowały się serdecznie.

— Mieszkasz w tej okolicy? — zapytała Janka.

— Odniedawna, w Rozłogach, jeśliś kiedy słyszała o nich. Mieszkamy tutaj dopiero kilka miesięcy; ale ty, ty wciąż w domu? w Bukowcu?

— Powiedz: znowu w domu, znowu w Bukowcu. Co tam! pomówimy obszerniej później, tymczasem zabieram cię do nas.

— Nie, bo jedziemy wprawdzie do Bukowca, ale na stację i pierwszym pociągiem do Warszawy. Zpowrotem z całą przyjemnością wstąpimy. Boże, to już coś z pięć lat nie widziałyśmy się!

— Tylko pięć! Dawno wróciłaś z Paryża?

— Cztery lata temu, byłam tam rok tylko.

— Miałam do ciebie żal i mam go do dzisiaj, żeś ani słóweczkiem nie zawiadomiła mnie o sobie, a ja nie wiedziałam, gdzie cię szukać.

Zapytywałam się o twój adres, przed rokiem, Haliny, ale i ona nie wiedziała.

— Usprawiedliwień pewnie że nie znajdę, ale przebaczyć mi musisz, tymczasem. — Panna Orłowska, mój mąż — przedstawiała wysokiego blondyna, który nadszedł, bardzo przystojnego i bardzo pospolitego. — Jedź z nami do stacji, to pomówimy o tem.

— Dobrze, zaczekajcie, pójdę ojcu powiedzieć o tem.

W kilka sekund była już zpowrotem, czuła się bardzo uradowaną ze spotkania z przyjaciółką.

— I co robisz? — spytała Helena, kiedy już jechali, obserwując ją drobiazgowo.

— A cóżby! Jestem panną na wydaniu! — rzuciła ironicznie Janka.

— Niezabawna pozycja, to prawda.

— O, przepraszam cię, Helu, ale swobody widzę nie oceniasz dostatecznie.

— Doskonałe grunta! — zaczął Woliński, zbudzony milczeniem, jakie zapanowało.

— Znacie się już państwo z okolicą? Dzisiaj w kościele była prawie w komplecie.

— Prócz najbliższego sąsiedztwa, nikogo. W tym kościele byliśmy dzisiaj po raz pierwszy, bo to nie nasza parafja i dosyć daleko od nas. Wstąpiliśmy po drodze, jadąc do kolei.

— Jechałam z planem, że jeśli cię znajdę w Bukowcu, to cię zabiorę, choćby siłą, do nas.

— Nie odmawiam i nie przyrzekam. Mama żyje, zdrowa?

— O, żyje, dziękuję.

— Czy ten pan, co cię w rękę całował, jest... — pytała żywo, zmieniając temat rozmowy.

— O nie, nie! To tylko bardzo dobry znajomy — zaprotestowała energicznie Janka.

Umilkły obie i z zakłopotaniem spoglądały na siebie.

Nie wiedziały, o czem mówić z sobą, były sobie już zupełnie obce i nieznane prawie.

Dojechali do stacji. Wolińscy nie mieli czasu na odwiedziny, bo pociąg zaraz przyszedł, obiecali tylko solennie, że za powrotem wstąpią.

XIII.

Do pociągu, którym przyjeżdżał Głogowski, było jeszcze kilka godzin.

Jankę teraz, gdy została sama, opadły przypomnienia niedawnej sceny w kościele i z taką siłą ją żarły, że poszła do fortepianu, starając zagłuszyć się i utonąć w muzyce.

Przybiegła wkrótce Zaleska i siedziała w milczeniu, z podziwem przypatrując się jej bladej twarzy i oczom posępnie świecącym; była także w kościele razem z Osiecką i Zosią, i słyszała, co mówiono o niej. Po kilka razy zaczynała mówić, pragnęła pocieszyć, ale ten posępny spokój, w jaki zapadła Janka, powstrzymywał ją i onieśmielał; siedziała długo i, nie mogąc się doczekać końca gry, wyszła cicho.

Janka roztapiała się w dźwiękach, improwizowała jakąś dziką fantazję, pełną burzy i piorunów, która orkanem zrywała się ze strun i biła ostremi rytmami w jej duszę.

Później chodziła po ciemnem mieszkaniu i wyglądała co chwila na sygnały, czy podane. Myśli jej były niby węże ogniste, gryzły i oślepiały, niby błyskawice, wijące się w mrocznych przestrzeniach krwawemi biczami.

Pociąg przyszedł wreszcie. W świetle latarni powozowych dojrzała Głogowskiego. Wzruszenie ją ogarnęło. Słyszała, że idzie z ojcem po schodach, że już jest w przedpokoju, i ruszyć się nie mogła z krzesła; dopiero usłyszawszy głosy, podniosła się i wyszła naprzeciw.

Głogowski, tym tak dobrze znanym ruchem, wyciągnął do niej ręce.

— No! niech zdechnę! niech zdechnę teraz, kiedy oczy moje widziały panią w zdrowiu — wołał, całując ją po rękach i bijąc się w piersi. Jasno-szare oczy promieniały radością, rozwichrzone, jasne włosy trzęsły się i spadały na czoło bezładnie, a usta i cała twarz tak mu się śmiały szczerą, dziecinną radością, że i Jankę przeniknął nastrój radosny.

— Zaraz na peronie przedstawiłem się panu Orłowskiemu, no i jestem. Moi drodzy! — zawołał do Rocha — dowiedzcie się, czy są już konie od państwa Stabrowskich.

— Ależ... przysięgam Bogu, że pana tak zaraz nie puścimy, musi pan zostać choćby do jutra — protestował Orłowski.

— Musi pan zostać, bo tak chcemy — odezwała się po raz pierwszy do niego Janka.

— Stwierdzam gwałt, na osobie wolnego obywatela popełniony, ulegam przemocy i zostaję. Powiem jedno, czego szanowny pan dobrodziej za złe mi wziąć nie zechce, bo o pannę Janinę jestem spokojny: otóż jeść mi się chce tak cacanie, że...— rozkrzyżował ręce komicznie.

— Czekaliśmy umyślnie na pana z obiadem i natychmiast podadzą.

— Panie! — zaczął poważnie Orłowski po wyjściu Janki, biorąc go za ręce.

— Winienem ci więcej niż wdzięczność, bo życie córki i swoje; bo gdybyś był nie podał depeszy o chorobie Janki, nic byłbym nie wiedział; nie pojechałbym, onaby umarła i jabym nie żył. Chciałem dawno podziękować panu za jego dobroć, a że nie mogłem, czynię to teraz całą duszą i proszę: rozporządzaj mną w zupełności, pozwól sobie czem wywdzięczyć.

— Niech... — powstrzymał się. — Jeśli usłyszę jeszcze jedno słowo podziękowań, to słowo honoru daję, że, chociażby pieszo, w tej chwili uciekam.

— No, to pozwól się pan chociaż ucałować.

— O, to, to i owszem, tego możemy używać!

Ucałowali się serdecznie.

— Zrobiłem tylko to, co zrobić byłem powinien. Ludzie poto żyją w jakimś statku, aby pomagać sobie, jest to najczystszy egoizm, bo co dzisiaj zrobię Piotrowi, to Piotr dla mnie jutro, uważa pan dobrodziej? Ależ to piękny krajobraz? — zawołał, przystępując do okna i patrząc na lasy, oświecone księżycowem światłem.

Orłowski przyglądał mu się bacznie; jakieś przykre podejrzenie, które napróżno chciał stłumić w sobie, niepokoiło go. Przez cały obiad prawie się nie odzywał, tylko z chciwością chwytał ich spojrzenia i słowa, śledził uśmiechy, słuchał ze skupieniem, ale nie mógł złapać nic podejrzanego, bo w ich zachowaniu się była tylko wielka przyjacielska zażyłość, pełna szacunku i życzliwości.

— Niedługo byłem w Radomskiem — opowiadał Głogowski. — Mój chlebodawca zaczął mi mówić: „Niech siada, niech weźmie, niech uważa na synków". Skończyłem z nim w ten sam sposób, powiedziałem: „Niech zapłaci, niech zdechnie, niech sam uczy synków" — i wyjechałem. Teraz siedziałem trochę w Warszawie.

— A pan nie urzędował nigdzie? Przecież byłoby wygodniej dostać jaką posadę, chociażby na kolei; mógłby pan siedzieć w Warszawie i równocześnie oddawać się literaturze, toby jedno drugiemu nie przeszkadzało.

— Dwa razy już próbowałem posad. Na pierwszej byłem dwa miesiące, a że się tak zdarzyło, iż w tym czasie pisałem jakiś dramat, więc zapomniałem trochę o biurze i nie byłem coś z miesiąc. Sztukę skończyłem, ale z posady mnie wybębniono. Drugi raz dostałem się na kolej i wytrzymałem całe dwa lata, bom sobie powiedział: basta z literaturą, nawet w domu nie miałem jednej ćwiartki białego papieru, nie nosiłem notesu, ani biletów wizytowych, ba, nawet nie miałem czystych mankietów, że mi się bazgrać nie chciało. Chodziłem do biura niby zegarek, pracowałem usilnie, idjociałem tak wzorowo, że w końcu dwóch lat zrobiono mnie jakimś małym naczelnikiem. Urządziło się dla oblania nominacji wspaniałą bibkę, piliśmy bruderszaft, całowaliśmy się z dubeltówki, później mówiliśmy z kolegami sobie ty, jednem słowem w moim oddziale panował raj, bywało u nas weselej, niż na maskaradzie. Raz woła mnie mój naczelnik i bardzo delikatnie daje mi do zrozumienia, że nie powinienem się poufalić z podwładnymi, że brak mi powagi, że powinieniem trzymać się więcej po naczelnikowsku, no i t. d. Uśmiałem się szczerze.

— Przysięgam Bogu, ale pański naczelnik miał zupełną rację.

— Tak, ale i ja miałem pewne racje, aby się śmiać z tego.

— Ciekawy jestem rozwiązania.

— Zaraz nastąpiło — mówił wesoło, wstał i chodził dookoła stołu, bo pięciu minut nie mógł wysiedzieć na jednem miejscu. — Któryś z kolegów napisał humorystyczną scenę na ten temat, bo im opowiedziałem, i umieścił w jednem z pism. A że wiedziano o moich dawnych stosunkach z literaturą, przypisano to przestępstwo mnie. Naczelnik śmiertelnie się pogniewał i ubliżył mi publicznie, nie pozostałem mu dłużnym, w następstwie czego posłałem mu grzecznie kartkę, ale on postarał się o dymisję dla mnie zamiast odpowiedzi. — Roześmiał się serdecznie i nerwowym ruchem wichrzył czuprynę, i szybciej biegał dookoła stołu. Orłowski, zirytowany, zaczął mu tłumaczyć idee zwierzchności:

— Nie można inaczej, przysięgam Bogu, nie można. Trzeba cugle trzymać w garści i batem jeśli nie bić, to świstać przynajmniej, bo inaczej cała buda stanie, i nikt jej później z miejsca nie ruszy.

— Być może, że tak potrzeba, ale ja nie chcę, aby nade mną bat świstał i sam nim świstać nie chcę.

— Musi pan być jednym lub drugim — powiedziała Janka, i przypomniały się jej dawne, nieskończone z nim dysputy.

— O, za pozwoleniem, jest jeszcze galerja, są widzowie, którzy przypatrują się hecy i którzy się tem bawią lub nudzą. Otóż ja często jestem tylko takim widzem, ale szelmostwo... — potarł czoło i rozgarniał włosy. — Nie mogę długo się przypatrywać obojętnie, no i zawsze głupstwo zrobię, uważa pani dobrodziejka.

— Tak, to niebezpiecznie, skończy pan pod kołami, bo albo w pociągu, albo zdaleka od niego — zawołał energicznie Orłowski, chwytając brodą zębami, i rzucił się w gorącą dyskusję.

— Proszę panienki, państwo z Krosnowy przyjechały — zameldowała Janowa.

Orłowski wyszedł z Janką. Głogowski tylko chodził dalej naokoło stołu i myślał:

— Co to jest, to nie ta dawna Orłowska! Spokojna, zimna, uroczysta, jak bogata panna na wydaniu; czyby ją choroba tak przemieniła! Do djabła, niech zdechnę, ale mi ją skleili na inny fason, na podły fason.

Nie miał już czasu więcej myśleć, bo go Orłowski zabrał i wiódł przedstawić Grzesikiewiczowi. Już zdaleka szeptał: bardzo mi przyjemnie — szastał nogami i rzucał głową, jak koń ściągany zbyt mocno mundsztukiem.

Grzesikiewiczowa siedziała na fotelu uroczyście, odrzuciła nieco przydługi tren swojej mantynowej, błyszczącej i twardej, jak blacha, sukni, żeby się nie wygniotła, poprawiła starannie czarny, koronkowy czepek na głowie, sprawdziła, czy tkwią w uszach olbrzymie kolczyki bursztynowe, w formie gruszek, które się opierały już o ramiona, i bardzo cicho mówiła do Janki, bo jej wrodzona nieśmiałość spotęgowała się jeszcze obecnością Głogowskiego i tym świątecznym strojem, w jaki ją Józia zmusiła dzisiaj się ubrać.

— Nie mogliśmy wcześniej przyjechać, bo Józia była.

— Dlaczego mąż nie był łaskaw?

— A bo widzi panna... przyjechał ten Witowski, i zabrał go ze sobą. Ja się go zawsze tak boję, że uciekam, bo to wygląda kiej czysty antychryst, więc i starego nie zatrzymałam. A to ten djabeł podobno... — nachyliła się i szeptała pocichu, rzucając przeciągłe spojrzenia na Andrzeja, który czuł się nieco skrępowany obecnością Głogowskiego i spoglądał na niego niebardzo przyjaźnie.

— Gdzieś musiałem widzieć tego śledzia! — myślał, podkręcając wąsów.

— To mięso jest mi skądś znane, ale skąd? — snuło się Głogowskiemu. Zaczęli spoglądać na siebie z niechęcią.

Orłowski przysiadał się do nich kolejno i rozpoczynał rozmowę, ale się nie kleiła, bo Głogowski zadumywał się, a Andrzej nieznacznie patrzył na matkę, która coś żywo opowiadała Jance i wskazywała go brodą, a zresztą, był jeszcze głęboko wzburzony kościelną sceną, bo to, co usłyszał na konto Janki od znajomych — a nikt mu nie szczędził szczegółów i uwag, bo się zdradził się ani jednem drgnieniem, jak bardzo go to obchodzi — darło poprostu wnętrzności jakby sierpem. Patrzył teraz co chwila w jej twarz, szczególniej dzisiaj piękną i rozjaśnioną, i uspokajał się nieco, ale znowu ten Głogowski! Co za jeden, skąd się oni znają? Niepokój w nim rósł i niechęć. — Może konkurent? — myślał, i tak go ta myśl ugryzła, że się raptownie zwrócił do niego.

— Skąd ja pana znam? — zapytał Głogowski prosto, uprzedzając.

— Nie wiem i nie będę z pewnością myślał o tem — odpowiedział Andrzej szorstko.

— A, pamiętam! Był pan latem u panny Janiny w Warszawie. Przyszliśmy całą bandą po nią, bo jechaliśmy na majówkę, pan zaraz wyszedł.

— Tak, ale ja pana sobie nie przypominam — mówił z pewną złością; ale uderzony tem przypomnieniem, przysunął się bliżej i spojrzał mu w oczy.

— Pan zna pannę Janinę z teatru?

— Tak, i z teatru, i z za kulis, i z domu — mówił wolno Głogowski, bo mu się wydał dosyć zabawnym sposób, w jaki go traktował Andrzej.

— Pan jest aktorem? — zapytał Grzesikiewicz twardo, i spojrzał na niego pogardliwie.

— Cofnij pan ten uśmiech nieskończonej pogardy, bo, niestety, nie mnie się należy, nie jestem aktorem, jestem tylko dotychczas dramatopisarzem, uważa pan dobrodziej?..

— Daruje mi pan, nie chciałem ubliżyć, słowo honoru na to daję, ale na wspomnienie aktorów teatru nie mogę się powstrzymać, aby nie poczuć nienawiści i wstrętu.

— Pan musi potężnie kochać i potężnie nienawidzieć — szepnął Głogowski, ciekawie przypatrując się jego silnie sklepionemu czołu i rysom ostro ciętym.

— Tak, tak, tak!.. — odpowiedział Andrzej przez zaciśnięte zęby, i oczy strzeliły mu takim silnym płomieniem woli, i taka moc rozbłysła mu w twarzy, że Głogowski aż zadrżał z radości, iż spotkał taki piękny okaz; przysunął się bliżej, żeby porozmawiać obszerniej i obmacać mu nieco duszę.

— Daruje mi pan zapytanie: dlaczego aktorów i teatru pan tak nie lubi?

— Bo cierpiałem i jeszcze cierpię przez nich.

— Więc tylko z czysto osobistych pobudek; to zmienia dosyć znaczenie.

— Nie, panie, to nic nie zmienia. Ponieważ coś robi mi źle, więc to coś nienawidzę całą duszą.

— Ale dla drugich to samo może być dobrem.

— To drugich obchodzi, dla mnie jest złem, więc jest złem — powiedział z naciskiem.

— Jędruś! — zawołała stara.

Jędruś poszedł do matki i zaraz wyszedł do przedpokoju po chusteczkę, której stara zapomniała w kieszeni okrycia.

— Pyszny okaz nieuspołecznionego jeszcze bydlęcia, pierwotniaka! pyszny! — myślał Głogowski z zadowoleniem, bo nienawidził ludzi zlepionych z kompromisów. — Jedna bryła, być może, że tylko glina, ale czysta, bez wiórów we łbie.

Andrzej usiadł na dawnem miejscu zpowrotem, ale nie mówił nic, patrzył na Jankę, której Janowa przyniosła heljotropowy bilecik. Przeczytała go, szepnęła coś potakująco Janowej, ale podniosła się i przystąpiła do ojca, który siedział jakiś zmieniony, oglądał się często dokoła, przecierał czoło, gryzł brodę i zapadł w zamyślenie.

— U Zaleskich są goście: Osiecka, Zosia i Świerkoski. Zaleska mi to pisze i prosi o pożyczenie nakrycia, ale przyszła mi myśl: możeby wszystkich zaprosić do nas, byłoby weselej; jak ojciec uważa? — szeptała cicho.

— Dobrze, zaraz pójdę ich prosić; bardzo dobrze, urządzimy sobie preferansa.

— Ile razy pan Głogowski powiedział panu: niech zdechnę? — zagadnęła, zatrzymując się przed Andrzejem.

— Doprawdy, że nie zauważyłem.

— Oho! niech zdechnę już umarło! Odzwyczaiła mnie od niego narzeczona.

— Ma pan narzeczoną, no, no...

— Miałem, miałem, ale piękne sny trwają krótko! — śmiał się Głogowski.

— W mieście, to tam pannów nigdy nie zbraknie — powiedziała Grzesikiewiczowa sentencjonalnie, poprawiając suknię i obmacując czepeczek i kolczyki.

— Rzeczywiście tak jest, tylko niema się komu z niemi żenić.

— Bo te miejskie mężczyzny, to ino tak na urwisa, aby ino zawrócić głowy, a tak do ożenku, to ich nima.

Andrzej zagryzał usta do krwi ze złości i dawał oczyma matce znaki, żeby przestała mówić, a Głogowski przysiadł się bliżej, bo chciał więcej usłyszeć. Stara zamilkła, bo wchodziło całe towarzystwo Zaleskich. Wszyscy się znali z sobą, więc tylko Głogowskiego wziął Orłowski pod rękę i przedstawiał.

— Głogowski! — mruknął dramaturg przed Osiecką, która padła na fotel i sapała niby lokomotywa.

— Głogowski! — i spojrzał ciekawie na Zosię, zarumienioną i dygocącą po pensjonarsku.

— Głogowski! — uścisnął wąską, obciągniętą w lapisową rękawiczkę, dłoń Zaleskiej.

— Głogowski! Głogowski! — szepnął już ze złością Zaleskiemu i Świerkoskiemu. Kiwnął się raz jeszcze do próżni, puścił ramię Orłowskiego, splunął i stanął przy fortepianie obok Janki. — Co, mógłbym być lokajem, grzbiet mam wygimnastykowany — szepnął.— Wie pani, że z powodu tych przedstawień, których nienawidzę, zerwę z ludźmi, bo czuję się wtedy, jak się czuć musi małpa, oprowadzana na obroży i ustrojona w sukienkę. Ta bułeczka, to ładna — wskazał nieznacznie na Zosię.

— Panno Janino, może pani nam co zagra! — prosił słodko Zaleski, pochylając się przed nią, aż pokazał cały przedział włosów, od czoła do karku.

— Przy pani Stefanji nie ośmieliłabym się nigdy.

— Zbyt łaskawą jest szanowna pani, doprawdy, że dobrze mówię, iż zbyt łaskawą. — Pochylił się znowu w ukłonie, wykręcił się, musnął wąsików, wyciągnął mankietki, poprawił krawatu i posunął się do Zosi.

— To małpa, stworzona na amanta ogródkowego. Stroi takie miny, jak Wawrzek albo Władek; przypomina pani sobie?

Janka skinęła głową; spojrzała gdzieś przed siebie i odeszła.

— Panowie, a możebyśmy tak partyjkę preferansa urządzili — proponował Orłowski.

— Jeśli panowie tego, to ja i wszem — zamruczał Świerkoski, który w czarnym surducie, sztywny i z miną psa od dwóch dni głodnego, siedział przy Zosi i patrzył na Jankę.

— Ja nie gram zupełnie — powiedział Głogowski.

— Więc... ja, Świerkoski, Zaleski i może pani dobrodziejka — zwrócił się do Osieckiej.

— Owszem. Po śmierci ś. p. mojego męża, to jedyna rozrywka jego biednej, samotnej wdowy... a może i pani zagrałaby z nami?

— O nie; ja nawet kartów nie znam.

Popowstawali wszyscy mężczyźni, bo w sąsiednim, Orłowskiego pokoju, szykowano stolik i zapalono świece. Świerkoski swoim cichym i krętym chodem spacerował po pokoju, liczył wszystkich, kombinował jakieś cyfry, latał oczyma ustawicznie to za Janką, która się krzątała po ojca pokoju, za Andrzejem, rozmawiającym z Zaleskim, to za Głogowskim, który stał na środku saloniku z rękoma w kieszeniach i odrzuconemi wtył ramionami, z przegiętą nieco głową, i przypatrywał się Zosi, szczebiocącej do Zaleskiej.

— Któż dzisiaj pełni służbę, bo widzę tutaj wszystkich — mówiła naiwnie Zosia.

— Pan Babiński z mężusiem, ale do dwunastej zastępuje go sam.

— Prawda! zapomniałam, że tu jest jeszcze pan Babiński.

— Jakże się mają wnuczki pani dziedziczki? No, tak, pani dziedziczki.

— Nie widziałam ich, jak łoni, kiej przeszłego roku — poprawiła się — moja pani Józia miała list od nich niedawno; a no, cóż, są zdrowe, uczą się...

— Prawda, jaka to miła osoba ta panna Janina?

— A juści, że prawda, moja pani, a to daleko szukać takiej panny, bo to i figurna, i piękna, i uczona. Prawdziwa pani.

— Ale i pan Andrzej jak malowanie — cedziła wolno Osiecka.

— Przecież, a dobry! Takich synów to mało na świecie.

— Słyszałam, że się żeni? — badała dalej, dyskretnie się uśmiechając.

— Czasby mu było, ale poczekać jeszcze może... — wywinęła się stara.

— Zmieniłem rower, kupiłem teraz sobie Brensbora; jak dziedzic przyjedzie, to pokażę.

— Aha, to pan niby tego, kołuje... — zapytał Głogowski, wykreślając palcem kółeczko w powietrzu, na wysokości czoła Zaleskiego.

— Trenuję się, panie — poprawił z naciskiem. — Brałem udział w tegorocznym rekordzie Warszawa — Radom, przyjechałem czwarty, bo nie byłem dobrze przygotowany i rower miałem podły, ale na przyszły rok będę pierwszy z pewnością.

— Nic dziwnego, kto ma takie obiecujące nogi! — drwił spokojnie Głogowski.

— Prawda! Zobaczno pan ręką muskuły, stalowe, jak żonusię kocham. — Nachylił się i z dumą obszczypywał sobie łydki. — Zobaczcie, panowie.

— Wierzymy, że to są pierwsze polskie nogi, ale do pana, jako do specjalisty, zwrócę się o informację: poco te treningi, wyścigi i rekordy pan robisz?

— Zostanę championem, pierwszym jeźdźcem na Królestwo Polskie! Zdobędę medal...

— Tak, to ładne, ale co dalej?

— No, będę championem, to niedosyć? — odpowiedział z politowaniem nad jego głupotą Zaleski.

Andrzej odwrócił się nieco, bo Głogowski najpoważniej uścisnął mu rękę i rzekł prawie wzruszonym głosem:

— Panie! pozwól, abym ja pierwszy powinszował ci tego zaszczytu, jest to dla mnie prawdziwy zaszczyt powitać w panu championa nietylko Polski, ale następnie i świata całego. Panie... jakże to?.. — mówił, biorąc go za metalowy guzik munduru.

— Zaleski! Henryk Marjan Zaleski!

— Panie Henryku Marjanie Zaleski! wytrwaj pan w tak wielkim zamiarze, nie zważaj pan, że filisterja i ludzie, którym trochę brak tutaj — stuknął się w czoło — drwią z tej kołowacizny, nazywają to bezcelową zabawką, marnującą czas i zdrowie, że niektórzy doktorzy higieniści wystąpili przeciw temu sportowi w imię zdrowia, że kobiety są przeciwne temu z jakichś swoich tajemnych racyj, drwij z tego, panie Henryku Marjanie

Zaleski, i idź prosto przez przeszkody do szampjonowania, na sławę kraju i rodaków.

— Panie... panie... doprawdy, że nie dosłyszałem...

— Głogowski! Pafnucy Symforjan! — wygłosił powolnie Głogowski i rzucił szybkie spojrzenie na Jankę, która, usłyszawszy te imiona, wybuchnęła śmiechem i odwróciła się śpiesznie.

— O, panie Głogowski, najtrudniej jest usłyszeć mądre słowo zachęty. Dziękuję panu, bardzo dziękuję, a jeżeli pan kiedy zawadzi o Bukowiec, to bardzo proszę do nas na herbatkę, pogawędkę i przekonanie się o mojej jeździe.

— Ja bo miałem już przyjemność nietylko oglądać — rzekł złośliwie Andrzej, oglądając sobie rękę, zalepioną jeszcze plastrem.

— Panie dziedzicu dobrodzieju, wypadki chodzą po ludziach, tak, dobrze mówię, trafiają się wypadki i ludziom... ale przepraszam... — skłonił się, musnął wąsików, wyciągnął mankietki, poprawił krawat i poszedł do żonusi.

— Ależ go pan wypatroszył, niby zająca. Cały się pokazał.

— Panie, ludzi zawsze można wywrócić niby surdut, podszewką nawierzch.

— Pan się tem bawi?

— Nie, ja to obserwuję, to moja specjalność, uważa pan dobrodziej?

— Mężusiu! Henieczku! Kto to ten pan Głogowski?

— Nie wiem, żonusiu, wiem tylko, że to człowiek bardzo rozumny, bardzo światły, że tak powiem. Zaglądałaś do dzieci?

— Anusia przecież tam jest i pilnuje — powiedziała niechętnie.

— Proszę cię, żonusiu, idź zaraz i przekonaj się, czy śpią! — szepnął twardo i despotycznie, uśmiechając się jednocześnie z niezrównaną słodyczą.

— Panowie! stół gotów! — wołał Orłowski, trzaskając kartami.

— Gdybym miała syna, to sama wybierałabym mu żonę, bo już mój ś. p. mąż mówił, że i najlepiej wychowane panny mogą... uważa pani, no mówię, że mogą wyprowadzić w pole mężczyznę. Mój ś. p. mąż znał się na tem, idę... idę... no idę... — powiedziała głośno i ze złością, podniosła się z fotelu i poszła do kart, aż się podłoga gięła pod nią.

— Panno Janino, kto jest ten pan Głogowski? Bo mężuś mówi, że bardzo rozumny...

— Literat: dramaturg i powieściopisarz — objaśniła ją Janka i poszła dalej, uśmiechając się.

— Literat! — szepnęła, poprawiając sobie odruchowo grzywkę, w subtelne kółeczka opadającą na czoło. — Dramaturg! — uśmiechnęła się czarująco. — Powieściopisarz! — przysłoniła oczy rzęsami i usiadła przy Głogowskim, który zaczął właśnie przeglądać album, leżący na stole, i przypatrywał się fotografji Janki.

— Prześliczna twarz, ma w wyrazie coś muzycznego — szepnęła, poprawiając sobie pierścionek.

— Dobre określenie! — odpowiedział żywo. — Tak, jest w tej twarzy coś rytmicznego. Pani zapewne uprawia muzykę?..

— Trochę, o ile można ją uprawiać na wsi; jest to jedyna moja przyjemność.

— Prawdopodobnie wielka.

— O, nadzwyczajna! Czyżby bez muzyki możebnem było wyżyć w Bukowcu, wpośród ludzi obojętnych na cele wyższe, na przyjemności subtelniejsze, na sztukę. Podziwiam pannę Janinę, że ona może tutaj wytrzymać, pomimo, iż jest wolna, bo ja muszę, mnie trzymają obowiązki... — westchnęła lekko.

— Mężuś, dziateczki! — westchnął współczująco.

— Jedynie marzenie o sztuce, nadzieja trzyma mnie na powierzchni tego życia okropnego. Pan, jako poeta, jako artysta...

— Siedem pik, bez atu!

— Ręka!

— Siedem trefl!

— Ręka!

— Siedem kierów.

— Przejdę się, ręka! — strzelały słowa licytacji z pokoju karcianego.

— Istotnie, kto ma nadzieję, ten ma wszystko. — I w dalszym ciągu oglądał album, a Zaleska szarpała palce z niecierpliwości i nie mogła znaleźć tematu rozmowy, którą koniecznie chciała prowadzić; wreszcie po długiej pauzie zaczęła:

— To pańska nowela p. t. „Zacisze", prawda?

Głogowski skinął głową niechętnie, nie lubił rozmawiać o swoich pracach.

— Prześliczna! Uwierzy mi pan, że płakałam serdecznie nad tą biedną Zośką, płakałam. Jest w tym obrazku szopenowska melancholja i smutek. Wyobrażałam sobie autora, że musi mieć jasne, bujne włosy, jak pan, że musi być dobry, smutny i cierpiący.

— Na żołądek i nerki — wtrącił cicho. — Spotkał panią pewien zawód, bo nie jestem dobry, a jestem bardzo wesoły i niecierpię melancholji — mówił ironicznie.

Patrzyła na niego szeroko otwartemi oczyma i z głęboką przykrością słuchała objaśnień.

— Panno Janino! — zwróciła się Grzesikiewiczowa do Janki, która usiadła przy niej na chwilę. — Czem jest ten pan? — wskazała Głogowskiego.

— Literat, pisarz — tłumaczyła cicho.

— Pisarz? ze dwora jakiego, czy z kolei?

— Nie, to, widzi pani, taki pisarz, co układa i pisze książki...

— Naprawdę taki, co to książki pisze!... Ale on na pobożnego wcale nie wygląda...

— Do nabożeństwa książek nie pisze — mówiła już zniecierpliwiona jej naiwnością.

— A ino jensze, takie do uczenia, co się to Jędruś w klasach uczył...
— Nie, powieści, dramata, krytyki...
— To niby takie historje, kiej o Magielonie! Aha, rozumiem! To pewnie i gazety pisze?
— Pisze — zakończyła krótko. — Pani Zofjo! zaziębi się pani! — zawołała do Zosi, która otworzyła lufcik i wychyliła głowę na peron, bo Staś, nie mogąc zejść ze służby, co parę minut wychodził z kancelarji, spacerował pod oknami i uśmiechał się słodko ku niej. Zamknęła lufcik i siedziała przy klawjaturze, przeglądając nuty, ale tak blisko szyby, że bez trudu widziała przez nią Stasia.
— Proszę odkryć karty!
— No cóż wielkiego, bez trzech leży pan Świerkoski.
— Ś. p. mąż mój zawsze mawiał...
— Panie Zaleski, pan mnie poderwałeś, wyszedłeś pan w dziesiątkę, a powinieneś był w ósemkę.
— Panie Świerkoski! Pozwoli szanowny pan dobrodziej, ale ja wiem, w co wyjść powinienem.
— Panie Zaleski!... — syczał coraz ciszej Świerkoski i trzęsła mu się cała twarz, a żółtawe oczy tryskały prawie iskrami i przebijały Zaleskiego.
— Muzyka, to archanielskie skrzydła duszy! — deklamowała przyciszonym, rozemdlonym głosem. — To szybowanie w przestworzach szczęścia...
— Z mężusiem i dziateczkami! — odpowiedział prawie głośno Głogowski.
— Może pani nieco rozwinie tych skrzydeł, chciałbym bardzo usłyszeć grę pani.
— Dobrze... ale... — spojrzała niespokojnie w stronę mężusia, usiadła przy fortepianie i zaczęła delikatnie trącać klawisze, ale przestała.
— To chyba później, teraz czuję się tak jakoś zdenerwowaną.
Wrócili do stołu, Janka usiadła przy nich, i rozmawiali. Zosia znowu wyglądała lufcikiem. Grzesikiewiczowa co chwila dotykała czepeczka i kolczyków, poprawiała suknię i nadstawiała pilnie uszu na ich rozmowę, bo spojrzenia, jakiemi Głogowski obrzucał Jankę, któremi się porozumiewali, gdyż Zaleska wygadywała niezmiernie śmieszne dzieciństwa, intrygowały ją i niepokoiły, usposabiając niechętnie do niego. Chciała iść i zawołać Jędrusia, powiedzieć mu, żeby siedział przy pannie; ale na myśl, że musi się podnieść i przejść przez pokój, że wszyscy będą patrzyli na nią, dała spokój i siedziała nieruchomie.
— Licytowałam bez atu! Jak ś. p. męża kocham, bez atu, no, kiedy mówię, że bez...
— Ale przysięgam Bogu, że nikt tego nie słyszał.
— Taki tak! nikt tego nie słyszał! — rozległ się drewniany głos Świerkoskiego.
— Szanowna pani dziedziczka dobrodziejka zapomniała, tak, dobrze mówię, nie uważała za stosowne powiedzieć, że bez atu — tłumaczył

uprzejmie Zaleski, pociągając mankietki.

— Co mi pan będziesz gadał: zapomniałam! Mój panie, ja więcej lat grywam w karty, niźli ich pan masz, i gram dobrze; mówił mi to jeszcze ś. p. mąż, a panowie mi zarzucają omyłkę, no tak, jeśli mówię omyłkę, to omyłkę! Ś. p. mąż mój...

— Daruje pani, gramy dalej i niebardzośmy ciekawi, co o tem myślał ś. p. mąż pani — powiedział szorstko Andrzej. — Kto gra, musi ulegać kontroli. Panie Zaleski, weź pan kurę od pani Osieckiej.

— Dobrze, zabierzcie, piszcie, tylko szanujcie imię ś. p. męża, który...

— Jedziemy! ośm w pikach! podać sygnał! — zawołał Orłowski, grzmotnął pięścią w stół, aż podskoczyły lichtarze i popielniczki. Osiecka zamilkła, połykała łzy i przez łkanie jakieś szepnęła łzawo:

— Przejdę się, panie Orłowski! wistuję! ale się pan położy!

— Zobaczymy, zobaczymy — szeptał Orłowski, wybijając nogą jakiś takt, i uśmiechał się do kart, trzymanych w ręku, szarpał brodę, rzucał z pod binokli drwiące spojrzenie i bił karty o stół z siłą.

Zapanowała chwila zupełnej ciszy, tylko szelest kart i sapanie Osieckiej rozlegały się po mieszkaniu.

Andrzej, który po rozdaniu był wolnym, przyszedł i usiadł na chwilę.

— Pani się dzisiaj nie nudzi, taka ożywiona twarz, jak dawno nie widziałem.

— O tak, jest to pierwszy dzień w Bukowcu, w którym się czuję zupełnie dobrze.

— Powinniśmy być wdzięczni panu Głogowskiemu, bo to jego zasługa...

— Dlaczego ironja dźwięczy w pańskim głosie? Opowiem panu kiedy, jak wiele mi zrobił dobrego ten człowiek, więc nic dziwnego, że się uradowałam, zobaczywszy go.

— Głównie, że pani przypomina teatr, tamte czasy...

— Panie Andrzeju, jeśli chce pan usłyszeć, to powiem krótko: teatru obecnie nienawidzę, a tamtych czasów nie przeklinam, ale patrzę na nie, jak na smutną szkołę, jak na tragiczną lekcję życia. Powiedziałam całą prawdę; wierzy pan?

— Wierzę i dziękuję pani z całego serca! — szepnął uszczęśliwiony.

— Panie Andrzeju! — zawołano.

Dotknął się jakimś pieszczotliwym ruchem jej ręki, rzucił na nią jedno z tych głębokich spojrzeń, jakie zamykały całą jego miłość i poszedł...

Janka patrzyła za nim i także poszła do jadalnego pokoju, pilnować nakrywania stołu.

— Zazdrosny jest, ale ja się przed nim zaczynam już tłumaczyć, dlaczego? — myślała, a w sercu nie miała ani gniewu, ani obojętności zupełnej, ale wdzięczność jakąś słodką za jego dobroć.

— Panno Janino, czy ja z panią kilku słów swobodnie nie zamienię dzisiaj — mówił półgłosem Głogowski, wsadzając głowę we drzwi. — Niech mi pani przy stole wyznaczy miejsce przy sobie, honorowe, jako gościowi! —

cofnął się, bo Zosia chciała przejść do stołowego. Zeszła aż na korytarz stacyjny i pod drzwiami kancelarji zaczęła głośno wołać:

— Rochu! Rochu!

Staś, usłyszawszy wołanie, wyszedł. Zapłoniła się i z najniewinniejszą minką pytała:

— Chciałam, aby Roch poszedł i zobaczył, czy koń nasz ma jeszcze obrok w opałce. Pan na służbie? Myślałam, że pan gdzie wyjechał!...

— Tak mi służba nieszczęśliwie wypadła, że nie mogę być u Orłowskich.

— Wierzę, że pan żałuje, bo jest tam i pani Zaleska, a panna Janina cudownie dzisiaj wygląda.

—> Panno Zofjo! — zawołał z wyrzutem, biorąc ją za rękę.

— Do widzenia, do widzenia. Roch pewnie jest na peronie. — Ścisnęła mu dłoń i uciekła.

— Może Roch po kolacji opatrzy naszego konia, trzeba go będzie napoić — mówiła w kuchni.

— Napoić! e... a juści, że sie juchę napoi! Gospodarna panna, ho! ho! gospodarna! — szeptał Roch.

— Przecie, taka szlachetna panna, a sama myśli o koniu — powiedziała Janowa.

Zosia cichutko prześlizgnęła się do saloniku, gdzie już wszyscy po skończeniu preferansa kłócili się i rozmawiali.

Świerkoski tylko, z talją kart w ręku, został przy stoliku i sprawdzał półgłosem:

— Biję asem, daję młódkę, daję dziesiątkę — przebija mi waletem atutowym; daję damę kier, biję ją siódemką atutową — dobrze; daję ósemkę, zrzuca mi obcego asa... — nie tak — łupię królem atutowym, przebija mi asem, gwałtu! Leżę bez nóżki ze sześciu!

Położył karty, obszedł stolik parę razy i znowu medytował zirytowany przegraną, i odszedł dopiero do kolacji, która bardzo była gwarną, ale wszystkie głosy przenosił i pokrywał bas Osieckiej, która przez stół do Andrzeja liczyła na palcach karty i wyjścia, i przekonywała, że dobrze grała. Świerkoski temu przeczył półgłosem, Zaleski uśmiechał się dyskretnie, podkręcał wąsiki, wyciągał mankietki i obcierał co chwila serwetką różowe usta. Podawał mechanicznie obok siedzącej Zosi wszystko i prawił jej w przerwach komalimenty, z których dziewczyna śmiała się do rozpuku i rzucała ciekawe spojrzenia na Jankę, siedzącą nieco dalej, pomiędzy Grzesikiewiczową a Głogowskim, z którym ciągle mówiła pocichu, o ile mogła, bo co chwila podnosiła się, by dyrygować Rochem, który w odświętnym, szarym mundurze z czerwonemi wypustkami, czysto wymyty i wygolony, pełnił rolę lokaja. Andrzej, pomimo że dzisiaj szczególniej jakoś pamiętała o nim, siedział naprzeciwko i chwytał oczyma ich szepty. Zazdrość cicha gryzła go boleśnie, ale się zmuszał do rozmowy z Orłowskim, który był dziwnie roztargniony, podnosił się, odbierał z rąk spoconego Rocha półmiski, obnosił je sam, siadał, oglądał się dokoła, słuchał rozmów, czasem mieszał się do nich, ale nic nie rozumiał, co mówią. Zdawało mu się ciągle, że ktoś mówi mu do ucha, i męczył się tem, że nie mógł zrozumieć, skąd ten głos pochodzi. Zaleska, siedząca obok niego, patrzyła melancholijnie w zapalone świece, przelotnie spoglądała na Głogowskiego, czasem uśmiechała się do mężusia i bezwiednie przebierała palcami po serwecie. Po kolacji porozdzielali się, i zaczęła się gwarna i bezładna rozmowa. Zaleska usiadła do fortepianu i długo grała.

— Ależ pani gra wprost znakomicie! — powiedział Głogowski, gdy skończyła i usiadła przy stole.

— Cóż z tego, kiedy muszę siedzieć w Bukowcu.

— Powinna pani koniecznie wystąpić publicznie, w Warszawie.

— To są moje dawne marzenia, dotychczas, niestety, niespełnione.

— Doprawdy, przyznam się szczerze, ale nie spodziewałem się spotkać z takim talentem w Bukowcu.

— Ja dawno czuję, że mam talent, dawno! — i zaczęła mu opowiadać o swoim występie, o owacjach, o kwiatach; powtarzała słowa krytyków muzycznych, mówiła, ile ma lat i ile dzieci, że lubi kolor heljotropu, takież perfumy i pralinki, które jej kuzyn przysyłał z Warszawy. Skończyła tem, że znowu usiadła do fortepianu, zagrała jakąś piosenkę Tostiego i śpiewała niewielkim, ale dosyć wyrobionym głosem. Posypały się brawa i podziękowania.

— Panie Zaleski, zaśpiewaj pan, wiemy, że pan ma piękny głos — prosiła Janka, prośbę poparli wszyscy, prócz Świerkoskiego, który nie mógł darować przegranej i chodził teraz po saloniku, liczył meble, świece i ludzi, kombinował różne cyfry i zapisywał na mankiecie, zresztą dosyć brudnym. Zaleski, po zwykłej serji wymawań, rozpiął guzik munduru na piersiach, pogładził wąsiki, wyciągnął nieco mankietki, wyprężył pierś, stanął w postawie bohaterskiej obok fortepianu i huknął barytonem „Starego kaprala".

— Dobry głos, zupełnie sceniczny! Powinieneś się pan uczyć i iść na scenę, karjera pewna — powiedział mu Głogowski zupełnie na serjo, gdy skończył śpiew.

— Słyszysz, mężusiu, co pan Głogowski powiedział, a pan, jako literat i krytyk, zna się znakomicie i mógłby ci swoim wpływem w prasie wiele pomóc.

Zaleski czuł się wniebowziętym z zadowolenia i śpiewał jeszcze kilka piosenek, żeby pokazać siłę głosu Głogowskiemu.

Po północy zaczęli się szykować i podnosić do rozejścia. Świerkoski wyniósł się najpierw, bo zobaczył Rocha w stołowym, więc wykombinował, że w przedpokoju nie będzie, a on nie potrzebuje dać mu na piwo za podanie palta.

Osiecka, już w kapeluszu i okrywce, zaczęła płaczliwie lamentować.

— Kto mnie z panów odwiezie, tak ciemno dzisiaj, że się boję sama, a stangreta nie wzięłam, no, tak, kiedy mówię, że nie wzięłam, to nie wzięłam! — zakrzyczała, czerwieniąc się z irytacji, chociaż nikt jej nie przeczył. — A możeby pan Babiński! — dodała, usłyszawszy wporę szept Zosi. — Ale, prawda, pan Babiński na służbie.

— Ja go natychmiast zastąpię, to będzie paniom służył — powiedział Zaleski.

Grzesikiewiczowa ucałowała Jankę serdecznie i bardzo usilnie zapraszała do siebie.

Andrzej był niewyraźny, czuł jakiś żal do Janki, gniewał go jej humor, bo wiedział, że on nie był jego sprawcą.

VXI.

Głogowski miał spać w pokoju Orłowskiego. Wkrótce cała stacja utonęła w ciemnościach i w śnie, tylko Stasio siedział na przedniem siedzeniu bryczki razem z Zosią i powozil wolno, bo noc była ciemna i pełno wybojów i korzeni na leśnej dróżce.

— Pan się pogniewa, że go tak fatygujemy? — zapytała pierwsza, bo Staś milczał uporczywie.

— O, przeciwnie, jestem uradowany, jestem bardzo szczęśliwy, bardzo... — umilkł znowu.

— Co panu jest, panie Stanisławie? — zapytała szeptem, biorąc go pod rękę, bo siedzenie było tak wąskie, że co chwila obawiała się wylecieć.

— Zmartwiony jestem, bo mama napisała mi taki list... — urwał, cmoknął na konia.

Osiecka, rozwalona niby w fotelu na swojem siedzeniu, chrapała.

— Pamięta pan, że mi pan obiecał wszystko zrobić, o co poproszę.

— Pamiętam, wio kary, wio! — uderzył konia batem bardzo energicznie.

— Otóż, ja teraz proszę o powiedzenie mi swojego zmartwienia.

— Nie, nie śmiałbym, nie mógłbym nawet, nie...

— A jeżeli mnie to obchodzi bardzo, bardzo... — szepnęła słodko, przyciskając się do niego ramieniem.

Stasia przeszedł dreszcz, chciał się odsunąć, bo jej oddech palił mu twarz, ale nie było gdzie się usunąć. Milczenie zapanowało pomiędzy nimi.

Las szumiał tajemniczo w czarnych głębiach. Księżyc rzucał złotawe blaski na mchy i lśnił arabeskami fantastycznego rysunku na czerwonych korach sosen, chmury leciały szybko przez szare sklepienia i co chwila przysłaniały światło.

— Pani się na mnie gniewa? — zapytał po długiej chwili.

Nie odpowiedziała.

— Pani się gniewa? — powtórzył płaczliwie i ujął ją za rękę. Wyrwała mu ją energicznie.

Staś posmutniał i pokornym głosem błagał o przebaczenie. Nie powiedziała mu nic, tylko gdy stanęli przed domem, dotknęła się ustami

123

jego ucha i szepnęła, ściskając mu rękę:

— Przyjdź pan jutro, wieczorem.

Staś wracał na służbę oszołomiony. Stał długo pomiędzy szynami i patrzył na rozświetlone okna Zacisza; coś się w nim rozrastało potężnie, jakiś zachwyt i szczęście przepełniały go całego.

Zaleski spał na kanapie okryty mundurem, aparat milczał. Staś zmienił kamasze na zielone, haftowane złotem pantofle, chodził po kancelarji i nie mógł jeszcze pojąć, co się z nim dzieje. Zażył laurowych kropli, bo serce biło mu przyśpieszonem tętnem, wyjął z kieszeni dzisiejszy list matki i przeczytał go raz jeszcze:

„Mój synu! Odpisuję natychmiast, bo twój ostatni list przeraził mnie poprostu. Co to za panna Zofja? Skąd ją znasz? Jak dawno? Gdzie mieszka? Kto są jej rodzice? To jest najważniejsze, a tego mi nie piszesz, tylko same głupstwa, że ci się *bardzo podoba*. Mój Stasiu, nie jesteś już dzieckiem, więc bądźże mężczyzną. Powinieneś już wiedzieć, co ci się podobać powinno. Pamiętaj, że niema nic niebezpieczniejszego nad młode panny. Każda z nich myśli tylko o jednem, aby się jak najprędzej wydać zamąż, aby złapać jakiego bądź głupca, i potrafią one tak mężczyznę obałamucić uśmieszkami, słówkami, spojrzeniami, że ani się spostrzeże, kiedy już wpadł po szyję. Możesz mi wierzyć, ja się trochę znam na tem, żyję dosyć dawno i patrzę, a ty jesteś niedoświadczony dzieciak. Gdybyś uprawiał mały flircik z Zaleską, gdybyś się jej starał przypodobać, nie miałabym nic przeciw temu, bo mężatka nie może grozić małżeństwem, i przez nią mógłbyś mieć protekcję jej męża! Gdybyś się umizgał do zawiadowcówny, to także nic złego, bo to córka zwierzchnika, panna z naszej sfery i bogata; ale jakaś tam pierwsza lepsza zrobiła do niego oko, a ten już pisze: „podoba mi się ogromnie". Piszę w rozżaleniu, że ośmieliłeś się, nie zapytawszy pierwej matki, zwrócić uwagę na dziewczynę, której ja nie znam. Stasieczku, jeśli mnie kochasz, to bywać u tych pań przestaniesz, wierzę, że tak uczynisz dla matki, która cię tak bardzo kocha i prosi o to. Szelki ci posyłam i z twego listu widzę, że gdyby cię nie uwierały, to możebyś się był oświadczył, ty zapaleńcze. Załączam kawałek pasztetu, bardzo dobry, i cały placek z serem. Na pewno u tej panny takiego ci nie podadzą do herbaty!

„Ostrożnie, drogie dziecko, z pannami ubogiemi i nieznanemi, jak z ogniem. Wuj Feluś całuje cię. Posyłam ci sześć jedwabnych chusteczek; kupiłam, bo mi się bardzo podobały".

To był powód, dlaczego się tak hamował w rozmowie z Zosią. Rozmyślał nad tym listem od rana. Wahał się, postanawiał już więcej nie widzieć Zosi, ale ile razy przypomniał dźwięk jej słów ostatnich i dotknięcie jej ust, drżał ze wzruszenia, łzy zapełniały jego wypukłe oczy, łzy radości — i wtedy zapominał o mamie, o wuju Felciu, o wszystkiem. Czuł, że nie jest w stanie oderwać myśli od niej, że nie potrafi zastosować się do życzeń matki — a równocześnie przesuwał mu się przez pamięć jej cień. Matki, której od dziecka ślepo nawykł słuchać, która prowadziła go przez życie krok za krokiem z największą troskliwością i usuwała przed nim przeszkody wszystkie i cierpienia, i która dostarczała mu nietylko rad, jak ma żyć i postępować, nietylko szelek, placków z serem i pasztetów, ale była gotowa stręczyć mu kochanki, byle go tylko nie wypuścić z opieki i nie stracić nad nim władzy. Rozumiał cały ogrom jej miłości, ale miłość do Zosi brała chwilami górę, budziła się w nim samodzielność, wyprostowywał się z energją, chciał nawet list przedrzeć i właśnie przez bunt robić wszystko naprzekór swej matce, ale skończyło się na tem, że list przeczytał raz jeszcze, ucałował go i poddał się biernie losowi. Przyjmował i wysyłał depesze ze zwykłą mechaniczną bezmyślnością, zapisywał do dzienników czas przyjścia i odchodzenia pociągów. Wydawał polecenia Karasiowi, ile wagonów ma podstawić pod rampę do naładowania, i chwilami tylko wzdychał, wpatrując się w omglony, szary, jesienny poranek, i w szeregi błyszczących od rosy, bronzowych wagonów, któremi Karaś manewrował po linji; słuchał gwizdawki parowozu, stuku sztosujących buforów, świergotu wróbli pod magazynem. Dobrze mu teraz było, bo myśleć nie potrzebował, bo to życie dokoła, pokratkowane na godziny, wymierzone, czynne, w którem szedł ze służby na odpoczynek, z odpoczynku na służbę, trzymało go silnie swoją otoczką przepisów i obowiązków.

Wyjrzał na podjazd, czekały tam konie na Głogowskiego, dał o tem znać do Orłowskiego przez Rocha, zdał służbę i poszedł spać.

Głogowski pił śpiesznie herbatę. Orłowski poszedł na osobowy.

— Trzeba zaraz jechać. Mówiliśmy o tem i owem, ale, panno Janino, czy ta przyjaźń nasza, jaką zawarliśmy w Warszawie, trwa jeszcze?

— Co do mnie, to jeśli przyjaźń daję komu, daję na zawsze.

— Dziękuję. Ja się także nie zmieniłem, a powiem przytem otwarcie, że dawniej nie wierzyłem w przyjaźń mężczyzny z kobietą, ale teraz wiem, że to istnieje, chociaż jest to nie moją zasługą, bo wyraźnie mi było wzbronione kochanie się w pani, a?

Uśmiechała się, podnosząc na niego oczy.

— I nie kocham pani tak, jak się kocha kobiety; ja panią uważam za wielką dla mnie duszę, za drogą dla mnie głowę, za inteligencję pokrewną, której los mnie obchodzi, która związana jest z mojem ja niezliczonemi nićmi wspólnych wrażeń, ideałów, pragnień i wstrętów. Powiedziałem wstęp, aby się teraz zapytać: czy mogę wszystko wiedzieć, co się pani tyczy, o wszystko pytać?

Nie odpowiedziała, tylko skinęła mu potakująco głową, ale uchwycił, że jakiś cień przemknął po jej oczach, wpatrzonych w niego.

— Otóż, niech mi pani powie, co teraz z sobą pani robić myśli? — zapytał prosto, i resztę pytań, jakie miał na ustach, połknął, bo ten cień go ostrzegł, że nikt wszystkiego, nawet najserdeczniejszym, nie powie, że każda dusza musi mieć swoje tajemne skrytki, które muszą pozostać zamknięte i niepoznane.

— Nie wiem — odpowiedziała poważnie.

— W Bukowcu pani długo nie wytrzyma, to wiem, ale chybaby pani zamąż wyszła?

— Nie wiem.

— O powrocie na scenę pani nie myśli? — pytał, zdumiony trochę jej odpowiedziami.

— Nie wiem... nie wiem... nie wiem... nic jeszcze nie wiem: co pocznę, dokąd pójdę... Te kilka tygodni przychodziłam do życia, do równowagi, i bałam się samej siebie zapytać jasno: co dalej?.. bo nie znalazłabym odpowiedzi ani w sobie, ani — zrobiła szeroki krąg ręką. — Nie wiem! Wir jakiś mnie porwał i kręci mną dotąd, i nie pozwala wydostać się na prąd, któryby mnie poniósł, chociażby na zatracenie. Wszystko mnie rwie w jakąś dal, ale dokąd? gdzie? poco? nie wiem! — szeptała cicho, oczy jej błądziły po jakiejś próżni i bolesny uśmiech okolił usta drżące od wzruszenia. — Wie pan, wczoraj, w kościele, wszyscy odwrócili się ode mnie z pogardą. Opowiadali sobie prawie głośno takie szczegóły o mnie, że, słuchając, umierałam ze wstydu i bólu, że byłabym spoliczkowała całą tę zgraję i uciekła, gdzie mnie poniosą oczy. O, tutaj jest piekło, piekło! — wołała, przyciskając sobie serce i czoło. — Czegoś pan mi umrzeć przeszkodził?

— Powinienem był. Życie pani nie jest jednak własnością osobistą, to dobro społeczne.

— Obudziłam się w szpitalu po wypiciu tej esencji, myślałam, że już nie żyję. Ojciec klęczał przy łóżku i całował mnie ze łzami, i wtedy cierpiałam niewypowiedzianie za tem zmarnowanem życiem, i przysięgałam sobie, że jeśli żyć będę, to będę żyła dla niego, dla ojca. Teraz, kiedy jestem zdrowa, chciałabym żyć znowu dla siebie. Czuję, że moje serce nie jest zdolne do poświęceń i do ofiar, i do miłości, bo tyle już wyczerpałam z niego, że każda chwila życia tylko do mnie należy, że nic nikomu nie odstąpię. — Zawiesiła głos na chwilę i patrzyła twardo i ponuro w świat, w przestrzeń ogromną, co się roztaczała za oknami.

Głogowski cierpiał, bo te jej gwałtowne akcenta, ta dzika, trochę bezładna mowa, ten chłód, jaki w niej czuł, pomimo ognistych spojrzeń i porywów, przejmowały go bólem współczucia. Czuł, że się szamoce z sobą, że sama nie wie, czego chce, że największym wrogiem jest jej ja własne, buntownicze i bezwzględne, jej temperament szalony, że to wszystko, jak dawniej, fermentuje w niej.

— Odbiegłam daleko, a panu się śpieszy. Chce pan wiedzieć, co będę robiła? Panie, mój ojciec jest bardzo chory, żyje tylko dotąd, dopóki ja jestem przy nim, żyje tylko mojem życiem.

— Pogodziliście się zupełnie?

— Tak. Najlepszy człowiek i tyle już wycierpiał przeze mnie, że nie wolno mi go narażać na nowe cierpienia, boby ich nie przeniósł.

— Czy nie możnaby, jeśli coś pani zechce poczynać, robić to z jego wiedzą i wolą?

— Możnaby. Tylko, co robić? Wrócić do teatru? — zapytała ciszej, i gorzki uśmiech rozkwitnął na jej bladych wargach. — Panie, co ja tam przeszłam, zanim zdołałam targnąć się na własne życie! Nie przypuszcza pan nawet istnienia takich cierpień, nędzy i upokorzeń. Chciałam być kobietą — nie mogłam; chciałam grać, wybić się ponad tłum — nie mogłam; żyć nawet nie mogłam, zepchnięto mnie wdół. Podłość ludzka jest straszna dla takich naiwnych, jaką byłam — jaką byłam — powtórzyła.

— Słyszałem trochę o pani nędzy! — rzekł cicho i smutnie.

— Obrzydł mi teatr, nie czuję w sobie talentu na scenie; po tej chorobie coś się zerwało we mnie, coś zgasło mi w duszy, przyciemnił mi się świat, nawet sama sztuka wydaje mi się chwilami marną zabawką, nędznem odbiciem wszechpiękna.

— Szkoda, bo miałem pewien projekt, który teraz nie warto jest podnosić.

— Powiedz go pan, mów, niech będzie najdzikszy, nie zlęknę się projektowania, marzenie jest jedyną rozkoszą w tem półżyciu mojem, bo na czyn nie mam już sił.

— Chciałem pani zaproponować to: Ja od Nowego Roku wstępuję do lwowskiego teatru, już się umówiłem, potrzebuję być na scenie jakiś czas, wprost dla jej poznania. Załatwiając to, myślałem i robiłem też miejsce dla pani, zgodzono się. Tymczasem, przez dwa miesiące będę uczył dzieci i chcę skończyć swoją sztukę. Projekt, przynajmniej co do pani, zostanie projektem; ale myślałem, że się pani zgodzi. Tam inny świat, ludzie inni, byłoby pani tam lepiej, bo ma już pani pewne doświadczenie...

— O, mam już dosyć doświadczenia, dosyć... — zaczęła się śmiać suchym, histerycznym śmiechem tak gwałtownie, aż Głogowski porwał się z krzesła przestraszony.

— To nie atak histerji, nie! Śmiałam się z siebie samej i żegnałam całą przeszłość głupią, ach, jak głupią, złudzenia młodości i wiarę w ludzi. Mów pan, mów: kiedyś mi pan odsłonił oczy duszy mojej, to przesuwaj przed niemi obrazy, wizje nawet.

Głogowski chodził po pokoju poruszony, ten śmiech i jej słowa nie podobały mu się, widział w nich komedję, albo istotną histerję, spoglądał na nią badawczo.

— Nie patrz pan tak, nie lubię tego spojrzenia, które tylko obserwuje i bada; patrzysz pan na mnie, niby na dzikie, lub bardzo osobliwe zwierzę — zawołała porywczo.

— Patrzę, bo pani nie poznaję; ale wracam do mojego projektu. Układając się z lwowskim teatrem, byłem pewny zgody pani, bo stamtąd otwarta jest droga na cały świat.

— Cudowna bańka mydlana, prześliczna fatamorgana, boję się w nią patrzeć, żeby nie zapragnąć dotknąć się jej ręką, bo cóżby się stało?

— Więc? — zapytał, przystając przed nią i patrząc na zegarek.

— Nie wiem. Wszystkie dawne myśli, wszystkie dawne pragnienia i wszystkie dawne marzenia są we mnie; tylko nie wierzę, żeby mogły dać szczęście. Będę myśleć, co zrobić z sobą. Napiszę do pana, dobrze?

— Tysiąc razy dobrze! Chciałem prosić o to samo. W grudniu muszę już wiedzieć z pewnością, czy pani pojedzie, lub nie.

— Przyjedź pan do nas, przyjeżdżaj często. Pan jeden streszcza mi w sobie cały inny świat, który jest poza Bukowcem.

— Dobrze, jeśli znajdę parę godzin czasu, przyjadę.

— Do widzenia.

— Do widzenia. Niech pani tylko wytrwa w tem, co postanowi.

— Będę chciała...

Odjechał.

XV.

W Bukowcu było cicho i sennie; kilka dni po odjeździe Głogowskiego i po wieczorze u zawiadowcy, o którym przez kilkanaście godzin mówiono na stacji, było tak nudnych, tak rozpaczliwie nudnych, że ludzie chodzili apatyczni, bo deszcze, mgły i wilgoć zdawały się przesączać przez skóry i zalewać nudą, szarością i brzydotą mózgi i serca.

Orłowskiemu te deszcze dały się okropnie we znaki, bo go powaliły cierpienia reumatyczne tak straszne, że całe dnie leżał w łóżku, jęczał z bólu i przeklinał cały świat. Janka, aby mu jako tako uprzyjemnić czas, czytywała głośno, ale wkrótce brakło jej świeżych książek. Orłowski kazał jej czytać balzakowskiego Ojca Goriota, którego znał dobrze; umyślnie, przez jakieś okrucieństwo, chciał, aby czytała, bo czuł, że sprawia jej tem przykrość. Zatykał usta kołdrą, aby nie jęczeć, ale słuchał, nie spuszczając z niej oczu, i ból, i ta smutna historja ojcowskiej miłości, niewdzięczność córek, z taką porywającą prawdą przedstawione, wyrywały mu z piersi chraplive złorzeczenia, miotał się po warjacku, siadał na łóżku, przerywał czytanie i wymyślał na dzieci niewdzięczne, ale przed przyjściem osobowego pociągu zmiękł i łagodnym głosem zaczął prosić Janki:

— Moje dziecko, okryj się i przejdź koło kasy, bo jesteśmy pewni, że ten mydłek, Zaleski, nie sprzedaje biletów. Używają tam sobie próżniaki! — huknął się ze złości w nogę.

— Skoro zastępuje ojca, to tem samem odpowiada za wszystko.

— Odpowiada, odpowiada, my tylko odpowiadamy! Janowa, ubranie!.. Pójdę sam!..

— W tej chwili idę! — zawołała, widząc, że był gotów, i poszła zaraz.

— No, no! kasa była zamknięta, on jeździł już na rowerze, a pasażerowie pojechali bez biletów, na szwarc? Wiedziałem, że tak będzie! — mówił, gdy powróciła.

— Przeciwnie. Było kilku pasażerów, widziałam ich odchodzących od kasy z biletami.

— Jutro obejmiemy służbę. Przysięgam Bogu, że oni okpiwają. W nocy słychać było najwyraźniej, że z ekspedycji wyprowadzono rower, tak, Zaleski jeździł. Dzieją się tam hece! — Nie darujemy tego, o, nie! — uderzył znowu pięścią w kolano, bo straszliwie zabolały go stawy. — Raporciki się kropną, aż miło! — uśmiechnął się, chwycił zębami brodę i słuchał czytania w dalszym ciągu, ale już myślą przepatrywał księgi kasowe i dzienniki, znajdował nieporządki, opuszczenia, jakie Zaleski ze Stasiem porobili, i układał surowy raport w myśli.

Janka czytała bezdźwięcznym, znudzonym i podrażnionym głosem; zdenerwowało ją kilkodniowe, nieustanne czuwanie, dziwactwa i kaprysy ojca, które chwilami były zupełnem już warjactwem. Często nie mówił prosto: ja, tylko: my, z jakąś szczególną powagą wypowiadając ten zaimek. Strach ją ogarniał, bo przypomniała sobie dokładnie ten wieczór, w którym sam siebie strofował.

— Skończyła książkę i chciała odejść, czuła się bardzo zmęczoną, senną!

— Nie chodź, chcemy, abyś została! — krzyknął gwałtownie.

Przez te kilka dni jego dawna szorstkość powracała zdwojona. Na Rocha rzucał butami, jeśli zbyt wolno szedł.

Janka usiadła apatycznie.

Janowa właśnie przyniosła rozprażony owies na okłady i, podając go, patrzyła załzawionemi współczuciem oczyma.

— Cóżto? przysięgam Bogu, zdycham już, czy co, że będziesz tu nade mną kwiczeć, stara klępo!

— Panusiu! adyć mi żal, że panusio ma takie bolenie.

— Głupiaś, przysięgam Bogu... to nie mnie boli, słyszysz, to nie mnie, tylko jego...

— Juści, że słyszę, ale wiem, że boli, a możeby z tatarczanej mąki zrobić okłady, abo zawołać takiej znającej! W Krosnowie jest dochtorka, co to ona i od kołtuna, i kiej w krzyzie strzyka, i od łamania w kościach suchego, a możeby wysmarowała tłustością...

— Głupiaś! Janka! wyrzuć tę wiedźmę, bo nie wytrzymam! Szczeka, jak stara suka!

Zerwał okłady z nóg i rzucił Janowej w twarz z wściekłością.

— Idźcie sobie, bo przysięgam Bogu, że... — chciał rzucić lichtarzem, ale gwałtownie chwycił się za kolano i upadł na łóżko z jękiem i przekleństwami.

Janka długo słyszała przez drzwi jęki i rozmowy energiczne; i co chwila huk uderzeń pięścią w ściany, lub łóżko. Zastraszona tą chorobą, napisała do doktora, przypominając mu obietnicę starań o pomocnika dla ojca.

Nie sprzeciwiała się w niczem choremu, pokrywała milczeniem i obojętną twarzą jego ostre, a często obelżywe słowa, bo widziała jego cierpienia; ale w głębi, prócz strachu przed tem, co się z nim stać może, czuła zniecierpliwienie, że się tak długo i wolno wszystko wlecze. Pozostając samą, rozmyślała nad projektem Głogowskiego, przeglądała własną przeszłość i rozpalała się zwolna do myśli o powrocie na scenę; ale straszył ją jeszcze jakiś nieuchwytny cień, nie była to obawa, ale to mgnieniowe uświadomienie, że teatr już jest dla niej dosyć obojętnym; starała się wskrzeszać w sobie dawne wierzenia, ale już nie pragnęła tak namiętnie sceny jak przedtem.

— Panienko, adyć poproszę ślicznie o jedno — prosiła Janowa, całując w rękę.

— Mówcie!..

— Ta historja o tym panu Górze, czy jak tam, co to panienka czytała dzisiaj panu, czy to wszystko prawda? Albo to może ino tak sobie, la uciechy wymyśliły taką historję. Bo jak to być może, żeby taki bogacz dał córkom wszystko, a pochowku nie miał mu kto sprawić? żeby mu obleczenia nie kupiły, żeby ani jedna córka nie przyszła przede śmiercią?.. To widzi mi się, co prawda nie jest. — Mówiła cicho i tak patrzyła w oczy Janki, jakby koniecznie chciała potwierdzenia własnych życzeń.

— To wszystko prawda, tak robią dzieci swoim ojcom, tak! — odpowiedziała Janka, czując jakąś srogą przyjemność w tych łzach, co się polały po twarzy służącej.

— To źle, to nie po Bożemu, to takie dzieci powinni rozedrzeć końmi — powiedziała, boleśnie dotknięta. — Hale, żeby takie dzieci dla swych ojców, to już koniec świata.

— Przecież i po wsiach tak robią z rodzicami. Janowa przecież znała Sochę w Ługach! Dał dzieciom majątek cały i wygnali go, i teraz chodzi po prośbie.

— Znam go — szepnęła cicho — i wiem, że Pan Bóg ciężko te dzieci skarze na swoich dzieciach i dobytku, ale to ino głupie chłopy! Ale żeby taki pan, co tyla pieniędzy miał, co jego córki były kiej królewny i takie uczone, miały tak samo zrobić z ojcem, to mi się nie widzi, nie uwierzę, panienko, to jaże mnie cosik w sercu kole... — i trzęsła głową, nie mogła wierzyć, bo się jej przypominała własna córka, chowająca się u państwa i taka uczona.

— Moja Anusia takby nie zrobiła! o, nie! — dodała, obcierając palcem łzy.

Pozamykała drzwi, pogasiła światła i długo klęczała przed obrazem, wiszącym nad łóżkiem, zatopiona w gorących modlitwach za córkę.

Jankę zaczynało wszystko gniewać i irytować: gniewała ją Janowa, że chodziła, niby krowa, trzęsąc brzuchem i rozstawiając szeroko nogi, że wierzyła w swoją córkę; irytował ją ojciec, Roch, że był idjota, Zaleski, że miał głupią minę, Zaleska, że miała jakieś aspiracje serca, a nie pilnowała dzieci — wszyscy i wszystko pobudzało ją ustawicznie do gniewu. Płakała ze złości na deszcz, który kilka dni mżył nieustannie i zalewał brudnemi strugami szyby, bo nie mogła wyjść za stację ani na chwilę, czuła się tak zdenerwowana, że nie przyjęła Grzesikiewicza coś trzy razy. Nie chciała widzieć nikogo. Rzucała w kąt heljotropowe bileciki Zaleskiej, nie otwierając ich. Nudziła się i męczyła tem, że nie mogła się zdecydować na projekt Głogowskiego i nie miała odwagi odrzucić go.

Następny dzień powitała z radością, bo przyszedł pogodny, deszcz nie padał i słońce świeciło. Orłowski z trudem zwlókł się z łóżka i poszedł do kancelarji, i zaraz prawie usłyszała jego głos na peronie. Krzyczał na chłopów, zwożących kamienie dla Świerkoskiego, kłócił się z Karasiem, który najspokojniej siedział na tendrze, machał nogami i pogwizdywał. Poleciał do zwrotnic i z pomiędzy szpic-szyn i od bojowych wydobywał piasek palcami, i z pięściami rzucał się do zwrotniczego, wymyślając za niedbalstwo. Zwrotniczy, wyprężony niby struna, z ręką przy daszku, próbował się tłumaczyć; uderzył go w twarz i poleciał na drugi koniec stacji. Nie przyszedł nawet na obiad, tylko kazał sobie przynieść na dół, do kancelarji, w której się zamknął i pisał całą masę raportów, na wszystkich. Przed wieczorem, kiedy ziemia trochę obeschła, Janka poszła do lasu. Dzień był zupełnie ciepły i bardzo cichy.

Las stał nieruchomy, przewiany niebieskawem powietrzem, tylko nad mokradłami tłukły się nisko szkliste opary. W miarę posuwania się w głąb lasu, ogarniała ją coraz większa cisza i uspokajała zupełnie. Szła coraz dalej, nie patrząc, gdzie idzie, i nic nie widząc. Weszła pomiędzy stare, zapadnięte szyby torfowe, ziemia uginała się pod jej stopami i dudniała głucho, strugi czarnej wody, podobnej do tafli polerowanego bazaltu, poplamione rdzawą pleśnią, świeciły tajemniczo z pośród rudawej, poobrywanej ziemi, otoczone żółtemi, umierającemi świerkami i suchemi kiśçiami paproci, co się czepiały rozpaczliwie starych, zmurszałych pni i ssały nędzny żywot z tych trupów.

Chodziła bez celu. Siadała na kupach zlasowanego, rozkruszonego przez deszcze torfu, zatapiała się w przestrzeniach, jakby bez końca z jednej strony, to patrzyła ku wzgórzom płaskim, przecinającym horyzont pofalowaną, szarawą linją, nad które zsuwało się wolno olbrzymie, bezrzęsne, czerwone słońce; na rude, wyschłe łąki, po których ślizgały się miedziane promienie, niby węże olbrzymie; na szyby, zrównane z ziemią, błyszczące wodą, niby oczyma przekrwionemi; na cienkie smugi dymów, rozstrzępiające się po krzakach, niby przędza pajęcza; to na las z drugiej strony, który czerniał nagiemi szkieletami olch, a nad nim wrony krążyły stadem wielkiem i krzyczały.

Patrzyła teraz na świat z jakiejś odległości i poczuła gorycz osamotnienia. Uczuła się samą. Widziała dookoła siebie świat wrogi, zły i mocny, i te tysiączne niewidzialne nici, łączące wszystkich ze sobą, które ją oplątywały coraz gęściej i silniej, że nie mogła się z nich wyrwać. Napróżno raz się zerwała, podeptała wszystko, napróżno, bo znowu czuje to ciężkie jarzmo zależności od wszystkiego i prawie wie, że inaczej żyć nie można. Wzdrygnęła się.

Na moczarach sieczono uschłe, żółte trzciny i sitowia, i do niej dopłynął zgrzyt kos ostrzonych osełką. Zgrzyt ten przejął jej duszę zimnem, zmąciło się w niej wszystko i jakaś obawa nieświadoma ściskała jej serce.

Powróciła znowu do wielkiego lasu. Uderzała kijem w pnie spróchniałe, strącała nogami uschłe muchomory, co, jak kapelusze, przekrzywiały się pod drzewami, i szła, szeleszcząc suchemi liśćmi, co pokrywały ścieżki i drożynki.

Las już zamierał; brzozy żółte, jak wosk gromniczny, liście ostatnie roniły, niby łzy wielkie, które spływały na las, wieszały się na czarno-zielonych świerkach, na czerwonych bukach, padały na ziemię szarą, nędzną, zmordowaną jesienią. Pnie sosen świeciły rozpalonym bursztynem od słońca, które długiemi smugami wsączało się zboku i rozpalało krwawemi odblaskami wnętrze lasu, zasypiającego w ciszy. Nie śpiewały ptaki, nie brzęczały żuki, nie pachniały kwiaty, ani młode pędy drzew, nie tętniało życie młode, wszystko zapadało zwolna w zimową katalepsję i okręcało się w jakąś ciężką zadumę snu i milczenia; stada wron przeciągały wysoko, cicho łopocąc skrzydłami, albo z krzykiem ostrym i bolesnym siadały na nagich drzewach, biły skrzydłami i krakały smutną pieśń jesieni, i znowu całą bandą wzbijały się i wirowały nad lasem w takich wysokościach, że wyglądały na bladem tle nieba, niby kłąb sadzy; czasami wiatr chłodny wdzierał się do lasu, niewiadomo skąd, uderzał w korony, rozszumiał, rozszeleścił, rozgwarzył las i milknął w gąszczach zagajników, tylko olbrzymy kołysały się coraz powolniej i oderwane liście i szyszki leciały na ziemię, a melancholja, pełna spokoju i odrętwienia, i pełna rozdrganych, konających ech, łkań, szmerów i trzasków, rozlewała się po lesie.

Janka usiadła na odwiecznem okopowisku, które kiedyś, przed wiekami, za napadów już niewiadomo jakich nieprzyjaciół, służyło za schronienie, bo zewsząd otaczały je nieprzebyte bagna, dzisiaj w połowie wyschłe i pokryte lasami, lub przemienione w pokłady torfu. Wzgórze było niewielkie, podobne do rozwalonej kopy siana i jakby ocembrowane wielkiemi głazami piaskowca zwietrzałego, który świecił swoją białością, niby ogromne, popękane czerepy jakichś olbrzymów, z pośród niskich krzaków jałowców, porastających wzgórze. Poschłe, popielate dziewanny stały sztywne i martwe, tylko u ziemi patrzyły oczyma ostatnich żółtych kwiatów. Okopowisko było pełne smętku i rumowisk dawno zmarłego życia, jakby zapomniane, umarłe cmentarzysko. Po wsiach szeptano, że tutaj straszy, że widywano w miesięczne noce całe gromady widm, że z prawej strony, gdzie sterczały wielkie, granitowe głazy, obrosłe mchem, zwalone na kupę bezładną i otoczone nieprzebytym gąszczem cierni, malin dzikich i jeżyn — otwierała się ziemia do wnętrza wzgórza, pełnego lochów, bogactw i dusz pokutujących.

Janka położyła się na szczycie, na wielkich białych głazach, leżących w uschłych trawach, niby kamienie grobowe, patrzyła w niebo i zapominała o wszystkiem, przestawała czuć.

Słońce zachodziło; nisko, nad samą ziemią ciągnęły się mgły i mroki, a las cały rozgorzał w ogniach zachodu, stał, jakby oblany miedzią stygnącą, pełen rdzawych blasków, purpury i fioletu. Daleko, z za wzgórz, gdzie chowało się słońce, buchały płomienie słupami, jakby ziemia paliła się z tamtej strony i purpurową łuną okrwawiała pół świata.

Zwolna łuny bladły i zmniejszały się, pomarańczowe zorze przechodziły w żółtawy seledyn, zlewały się z szaro-błękitnym tonem nieba na zachodzie, i gwiazdy, w tym półmroku i półświetle blade, niby lilje; chłód wieczorny wstawał z bagnisk, z wód, z głębin leśnych, i rozpościerał się nad ziemią z mrokiem.

Janka, z rękoma podwiniętemi pod głowę, leżała nieruchomie, wpatrując się w gwiazdy, świecące wprost w oczy. Odpoczywała i jakby nieświadomie piła z nieskończoności moc dalszego istnienia, i jakby się zdawała na łaskę i niełaskę tych strasznych przestrzeni, w które była zapatrzona, tej przyrody konającej i nocy, coraz mroczniejszy całun rozciągającej nad ziemią. Zanurzała się w ogromie i były chwile, w których czuła, że jej duszę przenika jakieś mroźne tchnienie, jakby unicestwienie, że jej roślinne życie zamiera i rozprzęga się; że te wszystkie napół martwe korzenie drzew i traw, ten cały las, cisza, przestrzenie, mroki — przenikają ją nawskroś i zaczynają z niej wysysać życie...

Oprzytomniała, bo wielkie stado wron zaczęło zataczać nad nią olbrzymie koła. Opuszczały się coraz niżej i niżej, słyszała jakby przytłumiony szum ich skrzydeł; krzyczały cicho, a tak złowrogo, że wzdrygnęła się ze strachu, ale nie poruszyła się nawet. Opuściły się już tak nisko, że czuła na twarzy pęd ich skrzydeł i widziała ostre, twarde dzioby, wyciągające się coraz drapieżniej, okrągłe, żółtawe oczy świeciły niby próchnicą; dreszcz ją przeszedł, zdawało się jej, że już tysiące szpon i dziobów spadło na nią ze wszystkich stron i zatopiły się w jej ciele; ale nie mogła się poruszyć, leżała martwa, jakby zahipnotyzowana tysiącami tych oczu, które wżerały się w nią z chciwością, tym szumem skrzydeł, temi krótkiemi, chrapliwemi krzykami, co ją nakrywały chmurą złowrogą; dopiero, gdy kilka wron śmielszych opadło tuż przy niej na ziemię, i z podniesionemi skrzydłami, z roziskrzonym wzrokiem podskakiwały do jej twarzy, zerwała się na nogi; cała ta czarna banda rozbiegła się na wszystkie strony, poobsiadała drzewa i krakała żałośnie z zawodu. Janka poszła do domu prędko, bo w lesie była już późna noc.

Ale gdy powróciła do mieszkania, gdy usiadła w swoim pokoju, wybuchnęła niepowstrzymanym płaczem zdenerwowania. Nie wiedziała, co jej jest, dlaczego płacze, ale uspokoić się nie mogła.

— Panienko! La Boga, co panience się stało? O Jezu miłosierny, czego to kochane dzieciątko płacze? — wyrzekała nad nią cicho Janowa, całując ją po rękach i nogach, i sama miała łzy żałości w oczach; a Janka uspokoić się nie mogła, nie mogła powstrzymać łez płynących nieustannym potokiem i płakała tak długo i spazmatycznie, że Janowa już nie wiedziała, co robić: przynosiła jej to wino, to ciastka, to herbaty, to gazety ostatnie, to wody, to wytarła jej twarz spirytusem, zamiast kolońską wodą, bo więcej w niego wierzyła, i wreszcie z płaczem, ulegając nieprzepartej sile sympatji i współczucia macierzyńskiego, zapominając o tem, że jest tylko służącą —

usiadła przyniej[3], wzięła ją wpół i przycisnęła do swojej prostej, poczciwej piersi, i zaczęła najsłodszem[4] nazwiskami i wyrazami mówić do niej, uspokajać, krzepić.

— Dzieciątko najsłodsze, córuchno przenajmilsza, panienko kochana, adyć nie płacz, adyć nie martwij się, adyć złe przeminie i Matka Przenajświętsza, i Jezus kochany dadzą ci tyle dobra i szczęścia, że będziesz go miała, jaże po grdykę. Nie płacz, królewno, nie płacz... bo świat całkiem przeminie, ale miłosierdzie boskie nie przeminie.

Zaprowadziła ją do łóżka, rozebrała, ułożyła i pookrywała; chodziła koło niej na palcach i, pozałatwiawszy wszystkie roboty w kuchni pośpiesznie, siadła w progu, na małym stołeczku, z pończochą w ręku, i pilnowała jej głębokiego snu, spoglądając na nią z wiernością i miłością psa. Oczy szkliły się jej łzami, ciągle gubiła oczka, ale siedziała, odmawiając długie litanje na intencję Janki; zdawało się jej sercu, że to Anusia. Siedziała tak długo w noc, ale widząc, że Janka się nie budzi i śpi równo i mocno, poszła do kuchni. Postawiła zdjęty ze ściany obraz Matki Boskiej Częstochowskiej na skrzynce i krzyżem leżała przed nim, modląc się gorąco za Jankę i za swoją Anusię, aż wkońcu już za jedną tylko, bo tak się jej zlały w sercu w jedno, że rozróżnić nie umiała.

XVI.

Janka rano uczuła się spokojną, wczorajszy płacz wyrwał z niej gorycz tych smutnych dni i zdenerwowania i przepełnił jej serce rezygnacją smutku.

Zaleska heljotropowym liścikiem prosiła o pożyczenie nakryć, bo już dzisiaj z pewnością mieli przyjechać do nich ci wyczekiwani bogaci kuzyni. Przybiegła zresztą sama w pięć minut po liście.

— Od kilku dni wybieram się do pani. Mam znakomity projekt! Tylko, panno Janino, na miłość boską, ani słowa nikomu, dobrze? — rzuciła się na szyję i ucałowała.

— Sześć par noży i widelców, no, całe naczynie, razem z bielizną stołową. Mężuś po pensję jedzie do Warszawy, to kupi. Nie powie pani nikomu o tym projekcie?

— Jeszcze nic nie wiem — odpowiedziała dosyć szorstko, bo już ją nudziła Zaleska.

— Napisałam do kuzyna, aby się postarał przenieść mężusia do Warszawy, do Dyrekcji; to bardzo wpływowy człowiek, dla nas szczególnie życzliwy — opuściła głowę na chwilę. — Otóż, gdyby się tak stało, to mężuś mógłby w godzinach pozabiurowych brać lekcje śpiewu.

— Poco? — rzuciła niechętnie i prawie z gniewem.

— Panno Janino, on ma wspaniały głos, mógłby zostać śpiewakiem, gdyby się tylko uczył, a ja tymczasem miałabym czas zdobyć sobie rozgłos. Wystąpiłabym najpierw w Towarzystwie Muzycznem, później urządzilibyśmy mi koncert w ratuszu, zdobyłabym środki na kształcenie się zagranicą.

— Pani to mówi serjo? — zapytała porywczo, bo ją zirytowała ta głupia pewność powodzenia, ten optymizm względem świata, z którego ona wyszła zdruzgotana rozczarowaniem.

— Zupełnie serjo. Cóż pani w tem widzi niemożebnego? — zapytała zlękłym głosem.

— Proszę pani. Zupełnie nie przeczę, że pani ma talent — nie mogła powstrzymać lekceważącego uśmiechu. — Ale żeby w Warszawie, gdzie tyle swoich i obcych sław walczy ciągle z sobą o powodzenie, mogła się pani wybić nad zwykłą poprawność, w to trudno mi uwierzyć. Zna pani przecież tamten świat; wie pani o tych szalonych trudnościach, jakie trzeba przezwyciężyć, o tej ciężkiej, przeważnie bezowocnej walce, jaką trzeba toczyć, nim się coś zdobędzie — i pomimo to chce pani tam iść! Bo zresztą, przypuśćmy, że kuzyn — podkreśliła to słowo — urządzi pani koncert, który się powiedzie pod każdym względem, bo kuzyn prawdopodobnie wie, jak brać się do tego, ale co później, co dalej?

— Będę pracowała, aby zdobyć uznanie.

— Nie tak będzie, tylko tak, że mąż pani będzie się wciąż uczył, a pani będzie się męczyła, męczyła, męczyła do śmierci — powiedziała głośno i twardo.

— Być może, ale przynajmniej będę się męczyła wpośród tego świata, o jakim marzę i bez którego jużbym dłużej nie wyżyła. — Łzy zaczęły zalewać jej twarz. — Przecież pani wie, jakie życie straszne tutaj, bez celu, tylko byle dzień przepchnąć, a przytem my jesteśmy biedni, bo ta marna pensyjka mężusia zaledwie wystarcza dla niego, i gdyby nie pomoc kuzyna, to jeść nie mielibyśmy co, a liczę, że przy jakiem takiem powodzeniu jego na scenie a mojem na estradzie, będziemy mieli znacznie więcej dochodów, i zresztą już ten kuzyn nasz...

— O, tak, będziecie mieli skarby! O, tak, będziecie mieszkali w jednym pokoju na czwartem piętrze i jadali raz na dwa dni obiady. Znam takie życie, jadłam tę rozkosz, jaką sztuka daje, tak łapczywie, że aż się udławiłam.

— Panno Janino, dlaczego dzisiaj pani tak mówi? Odbiera mi pani siły i wiarę w przyszłość — skarżyła się, cicho łkając.

— Bo panią znam, jesteś pani biednym ptaszkiem, który chce przelecieć ocean, i mówię: utoniesz, bo, o ile mi się zdaje, mąż pani nie ma takiego głosu, z którego możnaby coś zrobić na scenie; jest to głos do saloniku w Bukowcu bardzo dobry, ale nic więcej, jeden z miljona. Żal mi pani, a że mam pewne doświadczenie, chciałam panią ostrzec, bez entuzjazmu, bez złudzeń i obsłon pokazać chciałam pani przyszłość.

— Dziękuję, dziękuję pani, ale pójdę za przeznaczeniem, pójdę — powiedziała mocno, otarła łzy i, nie żegnając się, wyszła.

— Głupia gęś, świat chce zdobywać i panować mu — szepnęła Janka ironicznie. Rozgniewało ją to, że jakaś głupia kobiecina marzy o tem samem, co ona niegdyś i teraz. Nie, nie chciała jej przyznać nawet talentu, chociaż go czuła w niej, bo coś niby zazdrość ostremi szponami szarpało jej duszę. Zaczęła chodzić po mieszkaniu. — Tak, tak bywa na świecie, jakaś tam będzie triumfowała, zdobędzie wszystko, a ona? — myślała — ona, co całe życie włożyła w pragnienia i którą urzeczywistnienie ich kosztowało już tyle łez i rozczarowań, ona zostanie na tej nędznej prowincji, wyjdzie zamąż za tego chama!

Odepchnęła gniewnie krzesło, które stało na jej drodze. Będzie mu rodziła dzieci, chodziła koło gospodarstwa, będzie żyła w tym świecie, który ją w niedzielę spoliczkował; uśmiechać się będzie do tej starej chłopki, do tej swojej pani matki, która razem z jej służącą chodziła kiedyś na pańszczyznę, będzie mówiła: ojcze! temu pijakowi, wycierającemu wszystkie karczmy okoliczne, będzie żoną tego karczmarczyka, tego Grześka!

Pchnęła znowu jakiś fotel, aż poleciał do przeciwległej ściany. — Ona, ona! tak żyć musi, a dlaczego? poco? Żeby z kluczami u pasa, w przydeptanych trzewikach, chodzić po chlewach, pilnować udojów, toczyć walki ze służbą, żeby w niedzielę jeździć do kościoła, czasem przyjąć u siebie całą tę bandę głupców i kretynów, to stado gęsi i plotkarek, i żeby się wciąż płaszczyć, wciąż pilnować własnej duszy, wciąż stać na straży własnej przeszłości, by żaden jej odgłos nie doszedł tych poczciwców, bo mógłby jej kto w twarz rzucić: cyrkówka! dawna aktorka! I tak zmaleć, tak zdusić własną duszę, wszystkie pragnienia szerszego życia, wszystkie marzenia, nie mające na celu jedynie koryta, tak zniknczemnieć, żeby bez szemrania chodzić w jarzmie codziennego, przemarnego życia!

— To ja mam zrobić? ja mam tak żyć dalej? ja? Nie, nie, nie!... — wołała, unosząc się, porwana buntem duszy, czującej własne siły. — Nie! niech świat się zapada, niech wszystko runie dokoła mnie, wszystko mi jedno, ja pójdę tam, gdzie chcę, żyć będę pełną piersią, gdzie mi nikt nie powie: nie można! nie wypada! nie wolno!

Myśli jej, jak przestraszone przez jastrzębia ptaki, rozbiegły się nagle z tego skupienia i zakłębiły chaotycznie gmatwaniną scen jakichś, obrazów, przypomnień, barw, głosów, chwiała się jej dusza, porywana jakimś potężnym wichrem, i leciała w tamten wymarzony i pożądany świat, pełen słońca, czynów i życia szerokiego i swobodnego.

Usiadła i siedziała długo, rozmyślając zimno.

— Tak, pójdę do teatru, talent mam... muszę go mieć. Odbiorę swój posag, żeby nie zaznać znowu nędzy. Pójdę do teatru. — Mówiła sobie głośno i przez mózg zaczęły się jej przewijać sylwetki poznanych ludzi w Warszawie: tych niby artystów, którzy tworzyli teatr, i tych ludzi, którzy tworzyli publiczność, i te wszystkie nędze, głupie, codzienne ich życia szczegóły, które teraz widziała w ostrem, prawdziwem świetle; te kłótnie nieustanne i intrygi, podłostki, nikczemności całe trzęsawisko, pełne błota moralnego, cały świat histeryków, podłych, złych, do ostatnich włókien, jakiemi ich teraz zobaczyła. A publiczność, te masy Zaleskich, Grzesikiewiczów, Babińskich, Świerkoskich, te masy głupie, dzikie i barbarzyńskie, które tylko w teatrze poszukują żeru dla stępionych nerwów, podrażnienia, uciechy.

— Błazny, manekiny i bydło... Nie, już nic nie wiem! — szeptała zgnębiona tem poznaniem i nie mogła pozbyć się uczucia głębokiej odrazy i pogardy, jaką ją to uświadomienie przejęło do teatru; ale pomimo wszystkiego postanowiła, że wyjedzie. Wszystko jedno, co się stanie, byle się już raz stało, byle stało się jak najprędzej, bo pragnęła wyjechać, nim Grzesikiewicz odważyć się zdoła na oświadczyny. O ojcu nie myślała teraz, ale Andrzeja było jej trochę żal, chociaż sama nie wiedziała dlaczego, czuła się wobec niego jakby winną jakiego przestępstwa.

I tak była temi projektami i myślami pochłonięta, że nazajutrz zrobiła się szorstką i gwałtowną w stosunkach z ludźmi, a ze szczególną niechęcią traktowała Świerkoskiego, który starał się spotykać ją na spacerach, przychodził do nich codziennie po podniesieniu się z łóżka Orłowskiego i przesiadywał wspólnie z Andrzejem całe wieczory, grając w domino z Orłowskim, bawiąc Jankę swojemi dzikiemi z psem sztukami, albo skulony na krześle, zły, milczał cały wieczór, skubiąc brodę i świdrując żółtemi oczyma Grzesikiewicza.

— Wie pani, zarobiłem na kamieniach przez trzy miesiące pięćset rubli — powiedział raz w miejsce powitania, drgającym, rozbitym z radości głosem.

— A ileż pan chce zarobić jeszcze? — zapytała drwiąco.

— Tysiąc, co najmniej, a może być dwa! — uśmiechnął się lubieżnie do tej sumy.

— No, a później na czem pan myśli zarabiać?

— Na czem się tylko da. Będę kupował od Grzesikiewiczów budulcowe drzewo i będę je dostawiał do Warszawy wielkim zakładom ciesielskim. To początek, a później chcę się wziąć do handlu zbożowego; w tym roku Żydzi pozarabiali na nim ogromne pieniądze, czemu ja nie miałbym także zarobić, co?

— Rzeczywiście, czemu! Dlaczego i pan nie miałby zrobić majątku?

— Będę go miał, zobaczy pani! — wsunął ręce w rękawy i patrzył na nią z jakąś dziką, wilczą czułością.

— Rzuci pan wtedy służbę na kolei.

— Tak.

— Powinien się pan wtedy ożenić, żeby te miljony nie pleśniały w skrzyniach — powiedziała wesoło, podsuwając mu szklankę herbaty.

— Ożenić się powinienem prędzej, ożenię się nawet... — mówił wolno i patrzał jej w oczy bardzo czule i bardzo znacząco.

— Ożeń się pan; ale naprawdę co mnie to wszystko obchodzi? — powiedziała bardzo impertynenckim tonem, bo ją rozgniewały i zdenerwowały te żółte oczy, które ciągle czuła na swojej twarzy, jak jakieś oślizgłe, wstrętne pocałunki.

Orłowski, który słyszał tę rozmowę, roześmiał się na całe gardło z poza gazety.

— Świerk, dostałeś prztyczka w nos, co? Trzymajże, bracie! — i śmiał się znowu.

— Tak, dostałem i trzymam, tak! — i przez jakie pięć minut pił śpiesznie herbatę, dmuchał w szklankę, parzył sobie z pośpiechem usta, szczękał zębami po szkle, kopał nieznacznie leżącego u nóg psa i przez zęby syczał cicho i jakby bezmyślnie. — Tak, dostałem i trzymam, tak! — skończył wreszcie i wyszedł...

— Będzie cię jeszcze wszystko obchodziło, aniołku, będzie — szeptał szarpany wściekłością i tak kopnął psa, że Amis zleciał ze schodów. — Przypiłuję ci te śliczne ząbeczki, Hipcio ci je powyrywa, zobaczysz!

Nie przestawał jednak chodzić codziennie do nich. Przysyłał zające, kuropatwy, ryby, które mu znosili jako gościńce robotnicy kolejowi. Nie mogła Janka odrzucać, bo zwyczaj taki panował i na innych stacjach, tylko mu zawsze tak cierpko dziękowała za te prezenty, że Świerkoski trząsł się z gniewu, ale po każdem takiem przysłaniu czegokolwiek przychodził, bo łaknął podziękowań, bo, pomimo tej ostrej formy, sprawiały mu zadowolenie; tłumaczył sobie, że ponieważ przyjmują, więc jest widziany dobrze.

XVII.

W kilka dni później przyjechała Helena z mężem z Warszawy.

Woliński zajął się wyładowaniem z wagonów najrozmaitszych przedmiotów, zakupionych w Warszawie, które ładowano na oczekujące już furmanki.

Janka przywitała radośnie Helenę, ale pomimo ich dawnej przyjaźni te pięć lat rozłąki przedzielały ich dusze. Obie były dosyć skryte i za długo żyły w odosobnieniu od siebie, aby teraz mogły się szybko porozumieć, czuły się wobec siebie obco i dosyć obojętnie.

Helena była jakaś smutna. Rozmawiały urywanie, nie mogąc trafić na przedmiot, któryby je zajął i połączył. Dawna przyjaźń była tylko w pamięci, ale nie było jej w sercach. Spoglądały na siebie ukradkowo i z zakłopotaniem, a Janka nawet z pewnym bólem uświadamiała sobie tę obojętność własną i starała się wszelkiemi sposobami wskrzesić dawne uczucia, ale niebardzo jej usiłowania zwyciężały. Wywołały tylko ze strony Heleny również sztuczną serdeczność i wymuszoną, która co chwila gasła, wyczerpana, i siedziały wtedy obok siebie, nie śmiejąc spojrzeć w oczy, z upokorzeniem w duszach i milcząc.

Na stacji wekslowane wagony uderzyły z głuchym szczękiem o siebie. Helena zerwała się z krzesła z nerwowym, bezwiednym krzykiem.

— Jesteś zdenerwowana ogromnie!

— Ach, wstydzę się, ale ta droga tak mnie zdenerwowała... no, mniejsza o mnie, mów mi o sobie...

— Cóż ci powiem?... Moja historja zamyka się w tem: cierpiałam i cierpię.

— Szeroko bardzo określasz, tragicznie, ale to już wada panien, że przesadzają we wszystkiem. Nie żyłyście, a już przeklinacie życie.

— Ja nie przeklinam, mówię tylko: cierpiałam i cierpię. Dawnoś wyszła zamąż?

— Cztery lata temu. Ogromny kawał czasu. Mieszkaliśmy w Lubelskiem, ale dla rozmaitych powodów musieliśmy się przenieść w te strony, coprawda, zamiana nieświetna, bo czujemy się dosyć obco pomiędzy sąsiedztwem, które jest jakieś smutne; zaabsorbowane kłopotami, trochę zaśniedziałe, więc prawie nie żyjemy z nikim, jedynie ze Stabrowskimi, bo do nich najbliżej.

— Stabrowska?... ta literatka?

— A tak, tak, powieściopisarka, nowelistka, poetka, publicystka, tysiąc i jeden jeszcze tytułów możnaby jej dać! — Zaczęła się śmiać.

— Nie znam jej; jeden z moich znajomych pojechał niedawno do nich za nauczyciela do chłopców; musisz znać nazwisko: Głogowski, komedjopisarz i nowelista.

— Głogowski!... czekaj! Był w Paryżu przed pięciu laty?

— Doprawdy, że nie wiem, bo to człowiek który jeśli mówi, to zwykle nie o sobie.

— Blondyn, ostre rysy, wichrowata czupryna, temperament ogromny!... Tak, pamiętam, i wtedy już pisał dramaty, bo graliśmy na Mont Parnasse jego jednoaktówkę, w której miał sam grać jedną z ról, ale w ostatniej chwili, zamiast wejść na scenę, uciekł z teatru z tremy. Później się tłumaczył, że sztuka jest tak podła, iż go mogła publiczność zasypać kaloszami i obwiesić za idjotyzm.

— To ten sam, byłam przy wystawieniu jego sztuki w Warszawie, wygadywał podobnie.

— Więc jest u Stabrowskich? Musimy odnowić znajomość. Znasz go dawno?

— Kilka miesięcy temu poznałam go w teatrze, nawet grałam małą rolkę w jego sztuce.

— Gdzie w teatrze? Na amatorskiej scenie?

— Nie, na prawdziwej scenie, chociaż ogródkowej.

— Ty występowałaś? Ty? Ależ to niemożebne.

— Tak, byłam aktorką przez kilka miesięcy.

— Ależ to niespodzianka dla mnie! Nie, uwierzyć nie mogę; jakto, ojciec ci pozwolił iść na scenę?

— Sama sobie pozwoliłam, niestety.

— I miałaś tyle odwagi? i siły tyle?

— Miałam, musiałam się zdobyć na odwagę, bo nie mogłam już dłużej żyć tutaj. Pomyśl tylko, przypomnij sobie, że każda panna, dochodząc do pewnego wieku, obowiązana jest wyjść zamąż...

— A tak, zdaje mi się, że to jest dosyć naturalne — przerwała Helena.

— Nie o to mi chodzi, tylko, że mogą być panny, które nie chcą szukać mężów, nie chcą urządzać polowań na władców i nie pragną pozostać wdzięcznemi niewolnicami.

— Nawet na to zgoda, tylko niech co innego robią i nie skarżą się na los swój.

— Otóż ja nie chciałam iść zamąż, bo chciałam się poświęcić sztuce — mówiła Janka z zapałem, nie słuchając jej uwag dosyć cierpkich. — Zresztą mnie tutaj duszno i ciasno, nienawidzę przymusu, kłamstwa, konwenansów, pruderji, jakie panuję na prowincji.

— A gdzież ich niema?

— Nienawidzę całej tej ludzkiej zgrai, tej trzody gryzącej się przy korycie, poza którem nic nie istnieje dla nich.

— Aj! jak ostro i strasznie! Być może, że ta zgraja nie jest tak zła, ani nikczemna, tylko trzeba ją obserwować bez uprzedzeń; nie mówmy o tem, to temat do dyskusji obszerny bardzo, za obszerny!... — mówiła, uśmiechając się pobłażliwie. — Długo byłaś w teatrze?

— Przeszło trzy miesiące! — zaczęła jej opowiadać dosyć gorączkowo smutne dzieje tych czasów. Helena słuchała z uwagą i z ogromnem współczuciem.

— No, a teraz co myślisz robić?

— Stoję na rozdrożu i nic nie wiem, co pocznę naprawdę, bo chociaż postanowiłam wrócić do teatru, ale...

Nie dokończyła, bo wszedł Orłowski z Wolińskim, i rozmowa stała się ogólną.

— Musicie nas państwo odwiedzić koniecznie — mówił przy herbacie Woliński. — Chociażby dlatego, abym się mógł pochwalić swojem gospodarstwem.

— Ja to, przysięgam Bogu, nie mogę, bo musiałbym brać urlop, ale Jania, jeśli zechce, to może wkrótce wpaść do państwa.

— Przyjedziesz Janiu, co?

— Przyjadę, potrzebuję, chociażby przez chwilę, odetchnąć innem, świeżem powietrzem...

— Dwór mamy obszerny, park piękny, lasy nie ustępują tutejszym i w okolicy bardzo dużo przystojnej młodzieży.

— Ostatni warunek, jak dla mnie, nie ma znaczenia.

— Nie wyrzekaj się tak stanowczo, Janiu!

— Tak, tak, przysięgam Bogu! — powiedział Orłowski przez zęby, pociągnął brodę gwałtownie i zaciął gniewnie usta.

Helena umilkła, Janka patrzyła w lampę zamyślona, a Woliński szeroko opowiadał o gospodarstwie i ulepszeniach, jakie zamierzał wprowadzić u siebie.

Przyjechał i Andrzej, ale już od progu przeprosił za kostjum niewłaściwy.

— Byłem konno w miasteczku, wracając, żal mi było nie wstąpić, tem bardziej, że całe dwa dni nie widziałem pani — usprawiedliwiał się przed Janką.

Poznajomiła go.

— Ach! to pan kupił Rozłogi; mówili mi faktorowie, że jakiś pan z Lubelskiego i przytem kiwali głowami na rodzaj gospodarstwa, jakie tam pan podobno zaprowadza.

— Tak, zaprowadzam gospodarstwo przemysłowe, bo nie chcę wyjść z kijem i z torbą, jak mój poprzednik. Sąsiedzi trochę podrwiwają ze mnie, nazywają ironicznie reformatorem, śmieję się razem z nimi i wszystko przekształcam.

— To są nieuniknione rzeczy; takąż, a nawet jeszcze cięższą walkę i ja stoczyłem, nawet z własnym ojcem, który dopiero w roku przeszłym się pogodził z moim systemem, bo dostaliśmy złoty medal za nasienie buraczane i srebrny za opasy. Rozłogi znam dobrze. Mój ojciec tam kiedyś trzymał karczmę i tam się chowałem — powiedział zupełnie szczerze, bez cienia afektacji.

Wolińscy spojrzeli zdumieni, a Orłowski zmarszczył brwi i szarpnął gwałtownie brodę.

— Pozer — pomyślała Janka.

— W Rozłogach pierwsze poręby kupował. Tam z lasem będzie około stu pięćdziesięciu włók, co?

— Przeszło — odpowiedział dosyć chłodno Woliński i spojrzał na Andrzeja jakoś zgóry, zpańska; ten ojciec karczmarz, do którego się tak głośno przyznawał, popsuł mu humor. I już do końca, do samego odjazdu, traktował go z subtelną pobłażliwością.

— Śmieją się z niego, ale rutyna zawsze się śmieje z postępu — powiedział Andrzej po ich odjeździe.

— Pan, to już duszę i ciało sprzedał gospodarstwu.

— Ciało tak, ale duszę komu innemu — odpowiedział, patrząc się na Jankę. Zaczęła mu zbyt prędko przysuwać herbatę i tak niezręcznie, że szklanka zleciała i rozbiła się na miazgę o posadzkę.

— To na szczęście tłucze się szkło — zawołał wesoło.

— Ale na czyje?

— Nie wiem, ale myślę, że na tego, komu była przysuwana herbata.

— Jeśli tak, to dodam jeszcze od siebie życzenia szczęścia.

— Życzy mi pani...

— Ja zawsze i wszystkim życzę, aby byli szczęśliwi — powiedziała wymijająco.

Orłowski uśmiechnął się nieznacznie i poklepał kolano Andrzeja, który rozpromienił się niby słońce i tak świecił radością, że Janka się zlękła, bo pomyślała, że może dzisiaj się zechce oświadczyć. Nie odezwała się i z namarszczoną brwią, chłodna i zimna, siedziała dosyć sztywno, nie spoglądając nawet na niego.

Andrzej wyjął z kieszeni papiery i rozłożył je na stole.

— Jeśli to pani nie znudzi, to pokazałbym pewne plany — prosił.

— Owszem. Stawiać pan co będzie? — zapytała obojętnie.

— Nie, przerabiam ten nasz pałac, bo zacznie się walić niedługo — mówił cicho i oczy jego mówiły, że to dla niej się robi. Przyglądała się z początku obojętnie planom, ale wkońcu poczuła dla niego wdzięczność. Tak się pochylił nad planami, że jej puszyste włosy musnęły mu twarz, rozczerwienił się i dotknął ustami jej ręki, spoczywającej na planach; nie usunęła jej, spojrzała na niego przelotnie z jakąś subtelną ironją i pytała dalej o informacje.

— To ogromny dom; myślałam, że tam znacznie mniej pokojów.

— Tak, dla mnie to puszcza, w której samotny ginę. Jak pani uważa, czy mój pomysł przywrócenia go do dawnej świetności nie jest śmieszny?

— Śmieszny nie, uważam tylko, że musi być bardzo kosztowny.

— Bagatela, nie zrujnuje to nas! — powiedział akcentem człowieka, dla którego kilka tysięcy rubli niewiele znaczy.

— Wierzę... — powiedziała przeciągle, a pomyślała: — cham! — i odsunęła się nieco od niego.

— Nawet koszta nie są tak wielkie, bo większość mebli i sprzętów tylko się odnowi; są, a raczej będą do użytku.

— No i potrzeba, żeby tam miał kto mieszkać — wtrącił Orłowski, który, podczas gdy oglądali, chodził dokoła stołu, z rękoma na grzbiecie i przypatrywał się obojgu z różnych stron i uśmiechał się z zadowolenia.

— Przedewszystkiem to — zawołał Andrzej z zapałem i znowu pochylił się, aby pocałować ją w rękę; usunęła tak śpiesznie, że dotknął ustami stołu, a ona zacięła usta, żeby nie roześmiać mu się w oczy, bo miał dosyć zabawną minę.

— Przecież i państwa wystarczy na cały dom: pan, ojciec, mama... — ciągnęła złośliwie.

— Ojciec, ani mama nigdyby w pałacu nie mieszkali, prędzejby zgodzili się na oborę. Niech się pani nie dziwi, całe prawie życie mieszkali po karczmach, po szałasach leśnych, po szopach owczarskich, więc ten pałac ich onieśmiela, robi na nich wrażenie kościoła. Przyznam się pani, że i ja czuję się w nim niebardzo swobodnie.

— A odnawia pan, mebluje, przywraca mu dawną świetność! Więc?...

— To nie dla siebie... tak... przecież zawsze sam nie będę w nim mieszkał, bo... — jąkał się, zwijając plany, i gdyby nie obecność starego, to byłby powiedział otwarcie, że dla niej odnawia, że tylko o niej myśli, że ją kocha jak zawsze i prosiłby, aby została jego żoną; ale Orłowski chodził uparcie. Janka odczuła doskonale, co myśli, i miała ochotę powiedzieć mu także, zgóry, nimby on zdążył wyznać jej swą miłość: — nie, nie pójdę za pana, bo powracam do teatru: — ale pomimo takich chęci, gdy odjeżdżał, pożegnała go serdecznie, a później myślała o nim ze współczuciem.

— Ten mnie kocha naprawdę. Trudno, trzeba go tak trzymać, aby mi się nie zdążył oświadczyć przed wyjazdem. — Chciała sobie oszczędzić przykrości. Po zachowaniu się ojca, który jej ciągle wspominał Grzesikiewicza, po coraz słodszych oczach Świerkoskiego, poznała, że jeśli ma wyjeżdżać z domu, to trzeba to zrobić w jak najkrótszym czasie. Czuła się zupełnie zdrową i zupełnie zdecydowaną do zerwania jarzma powtórnie. Przystąpiła zaraz do czynu. Napisała obszerny list o wszystkiem do Głogowskiego, nadmieniając, że ona może wyjechać chociażby zaraz. Przytoczyła przyczyny, jakie ją zmuszają do tego. Zakleiła list i dopiero przyszła kwestja, przez kogo list posłać? Rocha nie chciała użyć, bo trzebaby powiedzieć ojcu.

— A ojciec? Prawda! co on powie na mój wyjazd? — pomyślała. — Zgodzi się! Musi się zgodzić, był taki dobry dla mnie. — Uspokoiła się. Zeszła z listem nadół, bo przez okno zobaczyła gromadę chłopów na stacji. W korytarzu spotkała Stasia.

— Czy pan powraca z Kielc? Szkoda, że nie wiedziałam, bo mam mały interes.

— Nie, nie byłem. Idę od pani Osieckiej — odpowiedział miękko.

— Panie zdrowe?

— Panna Zosia zdrowa, dziękuję pani. — Zarumienił się. — Przesyła ukłony, ale panią Osiecką spotkała niemiła przygoda, nie, to raczej wypadek.

Mieszka u niej siostrzenica, melancholiczka, która ciągle chce uciekać; otóż, kilka dni temu, udało się jej wymknąć z domu t. j. uciec. Pani Osiecka przestraszona, żeby chora gdzie nie zabłądziła, bo las i w nocy było, czy nawet wieczorem — zamyślił się — tak, wieczorem — pojechała jej szukać, znalazła, zabrała na bryczkę i powracała tą drogą nad plantem, wie pani? Pociąg szedł, koń się przestraszył świateł, huku i poniósł. Uważa pani, poniósł w lesie. Bryczka się rozbiła, a pani Osiecka szczęśliwie upadła na krzak jałowca, tak mówi, a mnie się zdaje, że na ciernie, i strasznie podrapała sobie twarz. Ja nawet pewny jestem, że jałowiec nie mógł tak podrapać, jest za miękki, tylko ciernie. Szczęściem, że na tem się tylko skończyło.

— O tak, bo mogło się skończyć gorzej. Niechże im pan ode mnie złoży słowa współczucia i życzenie wyzdrowienia.

Stasio, przejęty ważnością swej misji, dziękował bardzo poważnie w Osieckiej imieniu. Janka szła do tej gromady, ale już zdaleka doszedł ją głuchy pomruk klątw i złorzeczeń.

— Złodziej! Powiada: weźta chłopy, zapłacę co zechceta. Przywieźliśwa, a un oszukuje!

— Prawda! Mnie powiada: nie chcesz za furę 40 groszy, to ją sobie zabierz.

— Zabierz! a juści! Ciarach zapowietrzony! Zabierz, a cóżto na barszcz będę kamienie gotował, a moja praca, a wozisko, a konisko się tłukło bez cały miesiąc, a teraz mówi: zabierz sobie!

— Za pierwsze, to jucha zapłacił po ludzku.

— Dla zachęty, mądry on, kiej Żyd! Zapłacił pierwej, a teraz nas krzywdzi.

— Wzięliśta Marcin, to czegój pyskujeta!

— A miałem robić co? Może mu darmo dam kamienie, abo je wezmę do chałupy?

— Oszukaniec, psiamać!

— Ścierwa! a to kiej pies się łasił i skomlał, coby mu tylko wozić!

— Bez to on i teraz gryzie, nie bój się, Wawrzon, myślał on, co robić!

— Ino go zdzielić kłonicą po ty wilczy mordzie, niechby obaczył, co to oszukiwać.

— Poganin zapowietrzony. Mówią, co ino Żydy oszukują, a to swój, i pies taki...

— Jaki on ta swój, obieżyświat!...

Leciały groźby, wyrzekania, klątwy; pięści się zacisnęły, oczy rzucały błyskawice, twarze świeciły posępną, groźną nienawiścią; skupili się, baty zaciskali w rękach, przestępowali z nogi na nogę, drapali się w głowę, spluwali i stali kupą bezradną.

Domyśliła się, że to o Świerkoskim mowa.

Posłała przez jednego z chłopów list do Głogowskiego, a nazajutrz, spotkawszy Świerkoskiego, zapytała:

— Skończył pan już z kamieniami?

— Wczoraj właśnie wypłaciłem już chłopom za ostatnie fury.

— Słyszałam. Chłopi błogosławili panu i wydawali się bardzo zadowoleni... bardzo.

— Bardzo naturalne, płacę co do grosza, co się komu należy...

— O, to szlachetnie, bardzo szlachetnie... — mówiła drwiąco.

Podniósł szybko na nią oczy, pociemniała mu twarz, usta drgnęły nerwowo i rzekł cicho:

— Pani myśli, że ich oszukałem, okradłem; nie, słowo, że nie.

— Ja nic nie mówię i nie myślę, co pan robi, bo mnie to absolutnie nic nie obchodzi. — Skinęła mu pogardliwie głową i, poszedłszy do domu, opowiedziała ojcu o wszystkiem.

Orłowski się nie zdziwił.

— Znam go dobrze, to głupi i zły człowiek. Ile on mi już wprost łajdackich propozycyj robił! To wstyd mówić o tem.

— Może ojciec którego dnia pojedzie ze mną do Kielc?

— Nie mogę, przysięgam Bogu, nie mogę. Poproś Zaleskiej, niech jedzie z tobą. Czy chcesz co kupować?

— Tak, jak ojciec wie, prawie nie mam garderoby i bielizny. Wszystko trzeba kupić. Wszystko, co było, wyprzedałam.

— Nieciekawym gdzie! — krzyknął ze złością, ale uspokoił się prędko, pocałował ją w czoło dosyć szorstko i miękkim, łagodnym głosem powiedział: — Ile chcesz pieniędzy?

— Sama nie wiem, ale dosyć wydać będzie trzeba, bo wszystkiego potrochu należałoby kupić. — Mówiła nieśmiało i, pociągnięta jego pocałunkiem, pochyliła mu się do ręki; ujął ją wpół i pociągnął do swojego pokoju, posadził w swoim fotelu.

— Dlaczego potrochu? Obstaluj kompletną wyprawę, taką, jaką tylko zechcesz, przecież nas stać na to, żeby się później nie wstydzić przed obcymi. Myślę, że w Kielcach nie dostaniesz wszystkiego, jedź do Warszawy. Czytałem w ogłoszeniach, zaraz ci pokażę. — Wyjął z biurka kilkanaście cenników rozmaitych magazynów. — Przeglądałem to latem, zobacz, są tu wymienione najrozmaitsze przedmioty. — Usiadł przy niej i zaczął jej pokazywać cenniki i miejsca w nich pozakreślane czerwonym ołówkiem; były tam podznaczone najdrobniejsze nawet przedmioty. Jankę takie gwałtowne rozczulenie chwyciło, widząc te głębokie dowody jego miłości, że łzy pociekły z jej oczu.

— Jaki ojciec dobry, jaki dobry! — szeptała, całując mu gorąco ręce.

— Cicho! bo sobie pójdę, przysięgam Bogu! — wykrzykiwał, wyrywając ręce, i zaczął chodzić po pokoju wielkiemi krokami, rzucać ramionami, chwytać brodę zębami i oczy mu świeciły dziwnem światłem rozradowania. Siedziała z temi cennikami w ręku i patrzyła się załzawionemi oczyma na niego, a on coraz to przystawał, gładził brodę, brał jej głowę w ręce, przechylał ją do światła, całował w czoło i szeptał:

— Janka! a co? Janka! Faramuszki reszta! a co! Janka! — i chodził znowu, był szczęśliwy i pewny, że ona już zdecydowała się iść za Grzesikiewicza.

— Dał jej tysiąc rubli i, wsadzając do wagonu na drugi dzień, jeszcze zalecał, żeby nie oszczędzała go i kupowała co najlepsze.

Janka wiedziała, dlaczego taki hojny i rozradowany, ale nie wyprowadzała go z błędu, chociaż czyniła sobie wyrzuty, że go oszukuje niejako. Miała mu powiedzieć wszystko dopiero w chwili wyjazdu bez przygotowań, żeby zaraz wyjechać i nie dać mu czasu do protestowania. Bała się, ukrywała tę obawę na dnie serca, ale ją czekała ta niedaleka chwila i mroziła niedobremi przeczuciami.

XVIII.

Myślała o tem całą drogę swobodnie, bo Zaleska, która z nią jechała, była także w jakiemś dziwnem usposobieniu; oczy miała czerwone od łez, bardzo zmęczoną twarz i milczała ciągle, zaledwie odpowiadając na zapytania. Dopiero w Kielcach, w magazynach, wobec tysiącznych drobiazgów tualety kobiecej, wobec materjałów modnych, ożywiła się, zapomniała o własnem udręczeniu i rozkoszowała się nieskończonem wybieraniem fasonów, kolorów i gatunków i chciała tę rozkoszną chwilę przedłużać do nieskończoności, bo Janka prędko się decydowała i bystro się orjentowała we wszystkiem.

— Namyślmy się, zastanówmy się, panno Janino — szeptała przy każdym przedmiocie.

— Biorę, proszę pakować! — odpowiedziała Janka trochę niecierpliwie.

— Wolniej, nie tak prędko, trzeba dobrze obejrzeć — mówiła z żalem Zaleska i z rozkoszą zanurzała ręce po łokcie w koronkach, jedwabiach, a choćby tylko w doskonałych płótnach, traciła wprost głowę, przeglądała materjały pod słońce, okręcała się niemi, przeglądała w lustrach, pytała się wszystkich, czy jej do twarzy. Z wielką przykrością skończyły zakupy i umawianie się z modniarkami. Janka była zmęczona i znudzona, a Zaleska trzęsła się w zdenerwowaniu.

Ponieważ miały jeszcze ze dwie godziny czasu do pociągu, Janka zaproponowała, żeby pójść na obiad do znajomego jej hotelu. Zaleska energicznie zaprotestowała.

— Nie wypada, jakże, dwie same młode kobiety pójdą do restauracji, nie można. Coby sobie ludzie pomyśleli o nas?

— Że nam się jeść chce i przyszłyśmy jeść — odpowiedziała trochę szorstko.

— Ja za nic w świecie nie weszłabym bez mężusia do restauracji.

— No, to chodźmy do cukierni, na kawę z ciasteczkami! — powiedziała z przyciskiem.

Weszły do cukierni w rynku, w jakimś kąciku zdala od okna usiadły.

Janka spostrzegła przy drzwiach wywieszony ogromny, czerwony afisz, ogłaszający, że towarzystwo artystów dramatycznych, pod dyrekcją Cabińskiego, w dniu dzisiejszym daje: „Gniazdo rodzinne" Sudermanna, z panną Majkowską w roli Magdy.

Przeglądała afisz z dziwnem, nie dającem się sformułować wrażeniem, złożonem z najsprzeczniejszych uczuć. Przetarła oczy, bo się jej to wydało niemożebnem, że halucynuje na jawie, ale nie, afisz malinową plamą odcinał się od czarnego tła futryn drzwiowych, czytała po raz drugi i znalazła te same szczegóły. Obejrzała się po cukierni zdumiona i przestraszona zarazem.

Przy okrągłym stole marmurowym, pod oknem, wychodzącem na rynek, siedziało kilka osób. Janka zaczęła się przypatrywać pilnie. Poznała Cabińską, żonę dyrektora teatru, w którym była latem.

Cabińska siedziała zadumana, wpatrzona w okno, rzucała co czas jakiś oczyma na zeszyt trzymany w ręku, popijała czekoladę, stojącą przed nią, i znowu patrzyła.

Janka poczuła w sercu jakiś zalew ciepła ogromnego.

Naprzeciw Cabińskiej siedział chudy aktor, o ładnej, myślącej twarzy, opuścił się w krześle i błądził błękitnemi oczyma po cukierni.

— Pieś! — myślała Janka, coraz więcej zdumiona. Poznała go, bo był to aktor, grywający role charakterystyczno-dramatyczne, miał talent i dużo rozmyślał, był z tego względu unikatem w teatrze. Obok niego siedziała niemłoda, wyróżowana, wybielona i wyczerniona aktorka, ubrana z czysto aktorską elegancją. Janka nie wiedziała,: co robić ze sobą; serce biło jej gwałtownie i takie wzruszenie ją owładnęło, że nie odpowiadała zupełnie na szczebiot Zaleskiej.

— Całe towarzystwo! moje towarzystwo! Majkowska na afiszu! a tutaj: Cabińska, Rosińska! Pieś! — myślała z gwałtownem uczuciem radości.

Zapomniała o wszystkich nędzach, których przyczyną byli właśnie ci ludzie, siedzący tam tak obojętnie, zapomniała o nienawiści, jaką czuła do nich, tylko zapragnęła pomówić z nimi, zobaczyć ich zbliska, odetchnąć powietrzem tamtego świata, który, pomimo wszystkiego, co w nim wycierpiała, ukazał się teraz przed nią, niby olśniewające, czarodziejskie widzenie. Chciała podnieść się, ale nogi się pod nią ugięły, brakło jej sił, drżenie, dziwne drżenie tremy, jak podczas pierwszego występu, zatrzęsło nią bólem rozkosznym, zdobyła się tylko na to, że zawołała chłopaka, aby jej podał afisz.

Czytała go z jakąś chciwością niewypowiedzianą.

— Wszyscy moi! Wszyscy z wyjątkiem kilku obcych nazwisk! — Czytała go uważnie i przy każdem nazwisku występowała jakaś twarz z pamięci, scena, jakiś głos lub frazes, który jej przypominał całą postać.

— Pan Niedzielski! — Czytała to nazwisko po kilka razy, zanim uświadomiła sobie, kto to taki! Dopiero wtedy oprzytomniała. — I on tutaj! on! — Lodowaty powiew owionął jej serce.

Aktorzy zwrócili uwagę na kobiety, czytające afisz, bo cukiernia była prawie pusta. Cabińska odwróciła się leniwie od okna, ale spojrzawszy na Jankę, wypuściła z rąk zeszyt, odstawiła filiżankę i z wyciągniętemi rękoma, z gestem i postawą lady Makbet, szła do niej.

— Panna Orłowska!! Na Boga! i pani się nie wita z nami! Panno Janino! — Upadła jej w ramiona i obcałowywała z serdecznością przesadną, pociągając do okna.

— To niespodzianka! Jakże się pani miewa, nigdybym się nie spodziewała spotkać z panią! — szeptała Rosińska, ściskając jej rękę i ciekawie ją oglądając.

— Nie trzeba cieszyć się niczem, dziwić się niczemu, bo wszystko jest możebne — rzekł poważnie Pieś, witając się z nią i robiąc jej miejsce.

— Co pani robi tutaj? Co pani wogóle robi? A myśmy panią już opłakiwali...

— Naprawdę! Glas nawet zbierał składkę na żałobne nabożeństwo.

— Miał się napić za co — wtrąciła Janka zimno.

— Płakałam, jak męża i dzieci kocham, płakałam, dowiedziawszy się o wszystkiem. Mój Boże, gdybyśmy mogły przeczuć! Ależ to z pani determonistka.

— Deterministka! — poprawił Pieś.

— Szkoda było łez, chociaż one niewiele kosztują w teatrze, jak szkoda było składek, o które trudniej znacznie; pocieszam się tylko tem, że łez nie wylano za wiele, a do składek brakło chęci i amatorów — odpowiedziała Janka zimno i twardo, bo, spotkawszy się z nimi, poczuła odrazu głęboki żal do nich, dawne, niewypowiedziane urazy powróciły i zresztą znała dobrze te komedjanckie dusze.

— Panno Janino, pani ma żal do nas, a to niesłusznie; stało się źle, ale czy tylko z naszej winy. Czy myśmy byli winni, że pani jesteś inną kobietą, niż bywają w teatrze, czy mogliśmy przewidzieć, że pani tak na serjo wszystko bierze do serca.

— Tak, zwykła historja, syci nigdy nie pojmują i nie uwierzą w głód, bo go nie rozumieją.

— Mały! dwa koniaki dla pana sekretarza! — krzyknął gruby, niski aktor, ukazując głowę z sąsiedniego pokoju; ale zobaczywszy ożywienie pod oknem, przyszedł z kijem bilardowym w ręce, który kredował.

— Glas, nie poznajesz panny Janiny?

— Panna Orłowska, ta, co to mortus! Psiatwarz. Pani żyjesz? naprawdę, pani żyjesz? — wołał z komicznym patosem, dotykając się jej rąk.

— Żyję! Łzy państwa i intencje składek na nabożeństwo za mnie uratowały mi życie!...

— No, no! psiatwarz, to nie do uwierzenia. Przyjechał jeden „kibic" o Majkowską, może miesiąc temu, do Płocka jeszcze; pytałem się o panią, ale nic nie wiedział. Niechno dyrektorowa postawi na tę uroczystość butelkę konjaku, skończę partję i przyjdę! No, to chociażby wódek rząd i piw kilkanaście — dodał ze śmiechem.

— Pan się nic nie zmienił, ten sam humor zawsze — szepnęła Janka.

— I ten sam zdrowy żołądek. Witam panią, jakże żołądeczek, t. j. chciałem powiedzieć zdróweczko, chociaż to zupełnie znaczy to samo — zagadnął cichym, bolejącym głosem aktor, podnosząc się od drugiego stolika, gdzie siedział zaczytany.

Janka witała się, odpowiadała na pytania, a wciąż przypatrywała im się krytycznie. Nie mogła zaprzestać tego, tylko z jakąś dziwną przyjemnością stwierdzała ich stan. Wydali się jej nędzni, wytarci, niby łachmany ludzkie; twarze mieli podobne do masek martwych, ruchy zmęczone, spojrzenia niespokojne i apatyczne. Otoczyli ją kołem i znudzonemi głosami pytali, spoglądając w okno na rynek, lub poziewając ukradkiem.

Jedna tylko Cabińska z istotną ciekawością wypytywała się jej i oglądała ją.

— Razowiec! — odezwała się do aktora, który ostatni przyszedł. Szepnęła mu coś do ucha.

— Dobrze, zaraz. Pieś, pozwól na chwilę, zaraz cię puszczę.

Pieś ociężale się podniósł i podszedł.

— Mój drogi, powiedz mi tylko jedno słowo: biały, co? — zapytał Razowca, pokazując mu język.

— Czarny! Nie nudziłbyś ludzi swoim ozorem, bo to jest już głupie.

— Mój drogi, kiedy mi nikt prawdy powiedzieć nie chce i lustra są wszędzie fałszywe, ale jeśli mi ty powiesz, uwierzę; prawda, że jest biały i obłożony plamami, bo czuję gorączkę, całą noc nie spałem. No, powiedz.

— Język jest zupełnie normalny, tylko ty jesteś halucynant i skończysz w Tworkach — Odwrócił się od niego i usiadł przy Jance.

— I pani już o teatrze nie myśli? To niemożebne — mówiła Cabińska. — Wie pani, cudowny pomysł przyszedł mi do głowy: angażuj się pani do nas, na amantki.

— Dlaczegóż taki awans gwałtowny? W Warszawie marnej roli subretki nie chcieliście mi dawać. Doprawdy, że spotyka mnie zaszczyt niezasłużony.

— Och, pani ma dobrą i mściwą pamięć, to czysto kobiece — wtrącił Pieś.

— To chyba czysto ludzkie, że krzywdy się pamięta.

— Panno Janino, wszystko się wygładzi, wszystko, zobaczy pani. Może pani pójdzie do nas, to pomówimy obszerniej, zobaczy pani swoją dawną uczennicę.

— Nie mogę, za pół godziny muszę jechać na kolej — mówiła stanowczo, ale ta propozycja niespodziewana uderzyła jej do głowy, niby mocne wino, i rozmarzyła ją nieco. Siedziała zadowolona, swobodna, bo, pomimo że oni wszystko wiedzieli o niej, nie czuła się tam skrępowaną ani zawstydzoną, patrzyła na nich z pewnej wysokości; nawet te żale, jakie się w niej rozbudziły, nikły zwolna, tłumione rozrzewnieniem i radością, że widzi ich, że jest pomiędzy nimi.

Wpadł zadyszany Cabiński, po którego posłała żona, i już od progu krzyczał:

— Co za gość! co za gość! Witam całem sercem i obu rękoma! — Ucałował jej rękę i z pewnem zdziwieniem patrzył na nią. — Doprawdy, że ledwie panią poznaję, tak się pani zmieniła! Bez komplementów powiem, że wygląda pani prześlicznie! Jak dzieci kocham, na bohaterkę liryczną z pierwszorzędnej sceny!

— Mały! dwa koniaki dla pana sekretarza! — krzyknął przez drzwi do bufetu Glas.

Janka zaczęła się żegnać, bo Zaleska się już niecierpliwiła sama.

— Pani na serjo odjeżdża? Myślałem, że chociaż na przedstawieniu zostanie pani. Przenocowałaby pani u nas, nacieszylibyśmy się dłużej panią.

— To już chyba kiedy indziej, bo dzisiaj i to zaraz odjechać muszę.

— Odprowadzimy panią na kolej.

— A z przyjemnością. — Poszła do Zaleskiej.

Aktorzy patrzyli na nią teraz z ciekawością i jakąś bezwiedną admiracją, bo była bardzo piękna, i jej twarz dumna, wzrost, chód poważny wyróżniały ją ogromnie i pociągały oczy. W drzwiach cukierni zetknęła się z Niedzielskim, z Władkiem. Spostrzegła go zdaleka, pobladła, zacięła dumnie usta i przeszła obok, uderzając go zimnym, pogardliwym wzrokiem, bo stanął pode drzwiami z cylindrem w ręku i, zobaczywszy ją, nie wiedział, co robić z sobą. Powiódł za nią jakimś mętnym, ogłupiałym wzrokiem i zniknął w cukierni.

Do pociągu było jeszcze minut kilkanaście. Zaleska zajęła się ekspedjowaniem sprawunków, bo Cabińscy otoczyli Jankę i bardzo gorąco namawiali do powrotu na scenę.

— Daję pani role pierwszorzędne, jakie tylko pani zechce — mówił uroczyście dyrektor.

— A Majkowska? — rzuciła niepewnym głosem i chwiała się, nie wiedząc, jak postąpić.

— Majkowska nie będzie u nas. Pani nie wie, że się rozeszli z Topolskim? Topolski założył towarzystwo, które trwało cały miesiąc, po pierwszej gaży rozlecieli się wszyscy. Przyjechała wtedy Mela do nas, ale mamy już jej dosyć. Dam pani nietylko jej repertuar, ale jej gażę, słowo honoru.

— To jest, obiecuje dyrektor płacić — powiedziała ironicznie.

— Jak Boga kocham, jakie te kobiety są mściwe. Otóż mogę się zobowiązać kontraktowo płacić pani zgóry. Jestem pewny bowiem, że za pół roku będzie pani najlepszą bohaterką na prowincji.

— Mogłaby pani mieszkać z nami, bralibyśmy większe mieszkanie, to przypominałoby pani dom i ognisko rodzinne. — Janka uśmiechnęła się na wspomnienie ich rodzinnego ogniska.

— Niech się pani zdecyduje, będzie nas pani jeszcze błogosławić, a z taką amantką, jak pani, to możnaby wziąć się do wystawienia Szekspira i najnowszych sztuk repertuaru wielkich teatrów świata; dokompletowałbym towarzystwo, pozabierał innym najlepsze siły... — prosił Cabiński, rozgrzewał się własnemi słowami, gładził dłonią po wygolonej świeżo twarzy i przedstawiał przyszłość w najpiękniejszych barwach. Całował ją co chwila po rękach. Cabińska ze swej strony gorączkowo a serdecznie namawiała.

Janka nie mogła powiedzieć; nie; ale jeszcze nie mogła powiedzieć: tak!

Lwów, według projektu Głogowskiego, mógł być dopiero za dwa miesiące, ale tam role nie były pewne, trzeba było wywalczać stanowisko, a tutaj odrazu stanowisko pierwszorzędne, możnaby się prędko wybić, repertuar nieograniczony, a nawet błyskała jej możność zemsty na tych ludziach, którzy ją tak niedawno jeszcze lekceważyli. Czuła zawrót głowy, tysiące planów i projektów, tysiące wątpliwości i nadziei krzyżowały się w niej i oszałamiały; ale dusza, ale instynkt rwał ją w ten świat, do tej przyszłości, jaką ukazywał jej Cabiński. Zwolna straciła wszystko z oczu, co protestowało przeciwko angażowaniu się, zaczęła ją przenikać dawna gorączka teatru, palić ją i wstrząsać. Zaczął w jej mózgu wirować cały świat nowy, role wspaniałe, brawa potężne, publiczność, rozkosz grania i panowania nad tłumami poczuła w sercu.

— Więc zgoda? Czuję, że pani nasza, prawda? — szeptał niespokojnie Cabiński.

— Nie, jeszcze nie wiem, muszę się namyślić, ale jeślibym się zgodziła, to z jednym warunkiem... to... — Zawahała się, czy powiedzieć go wyraźnie.

— Rozumiem i zgoda — zawołał Cabiński, domyśliwszy się, że jej idzie o to, aby nie było Władka. — Majkowska wyjedzie, to natychmiast sprowadzam na jego miejsce Topolskiego.

— Dziękuję — powiedziała ciszej — w ciągu tygodnia napiszę stanowczo.

— Czekamy z upragnieniem, uratuje pani teatr na prowincji! — zawołał patetycznie Cabiński.

Pociąg przyszedł, i drzwi otwierano na peron. Z pokoju pierwszej klasy wyszła Majkowska, dawna nieprzyjaciółka Janki i, jakgdyby nic pomiędzy niemi nie zaszło, poznawszy Jankę, z uśmiechem podeszła, wyciągając rękę do powitania.

— Co za spotkanie! Witam panią! Serdecznie się cieszę, że...

Janka schowała swoją rękę, spojrzała na nią druzgocąco, pożegnała się z Cabińskimi i przeszła na peron. Majkowska, niby skamieniała, została na środku sali. Cabiński postawił śpiesznie kołnierz palta, wziął żonę pod rękę i zemknął, obawiając się jakiego skandalu.

— Ma zęby ta Orłowska — mruknęła na podjeździe dyrektorowa.

— Pi! pi! mocna kobieta, a ładna! Niech ją kaczusie zdziobią, wprost zachwycająca.

— Nie przewracaj tak oczyma, bo ci mogą z zachwytu kołem stanąć.

— Nie bój się, Pepa, nie obawiaj się, prawnie poślubiona małżonko.

XIX.

Janka wracała do domu pełna triumfu i niepokoju zarazem. Ta bliskość urzeczywistnienia się jej marzeń prawie ją przerażała, wolałaby, aby to dalej jeszcze było; zresztą, tak na nią niespodzianie spadło to spotkanie, propozycja, że ją to wprawiało w niepokój niewytłumaczony. W domu pokazywała wszystko ojcu, co kupiła, ale mówiła mało, zajęta myślami o teatrze.

— Pierwsze role i to wszystko chociażby jutro! — Wyprostowała się triumfalnie. — Ach, nareszcie będę wynagrodzona za wszystkie cierpienia. Nareszcie żyć zacznę naprawdę, żyć szeroko! — Wicher energji podrywał jej wyobraźnię rozpaloną, świat zniknął z oczu. Chciało się jej krzyczeć i śpiewać z rozradowania.

Byłaby całowała w lesie drzewa, gdzie poszła nazajutrz, Rocha, który, myjąc podłogę, patrzył na nią baraniemi oczyma, Janową, jak zwykle cichą i głęboko zadumaną o swojej pani córce. Tylko wobec ojca ukrywała radość, przywdziewała na twarz maskę spokoju i zwykłej obojętności na wszystko, on jeden rzucił cień na jasne tło jej zadowolenia, ale pozbyła się tego myśleniem o teatrze.

Napisała gwałtowny list do Głogowskiego, w którym odwoływała swoje projekty w poprzednim podane liście i radziła się, czy jechać do Cabińskich, chociaż w istocie zrobić to już postanowiła.

Głogowski odpisał, że dobrze robi, jadąc do Cabińskich. Obiecał przyjechać przed jej wyjazdem, o którym prosił zawiadomienia, kiedy nastąpi. Opisywał swoich chlebodawców i wzmiankował, że dłużej niż miesiąc nie wytrzyma u Stabrowskich.

List był jakiś wymuszony i smutny, czuć w nim było zniechęcenie i nudę. Ale Janka przyjęła jego tylko faktyczną stronę, nie wczuwając się w nastrój, bo za dużo sama w tej chwili czuła.

Zrobiła się teraz niezmiernie dobrą i wesołą. Grzesikiewiczowi, który jednego dnia przywiózł bukiet, tak gorąco podziękowała, tak mu ściskała rękę i tak przyjacielsko patrzyła na niego, że Andrzej był uszczęśliwiony i chciał się zaraz oświadczyć, tylko nie znalazł sposobnej chwili, bo ciągle ktoś przeszkadzał. Nawet Świerkoski dostrzegł w niej zmianę, bo była tak dobra, kochająca świat i ludzi, że o ile tylko mogła, wylewała nazewnątrz to uczucie.

Tylko Zaleska była tym stanem zdumiona i z ciekawością śledziła jej przygotowania.

Orłowski tylko nie odczuwał w niej żadnej zmiany, bo sam był pogrążony w dziwnej cichości, jaka się w nim rozlewała i tłumiła wszystkie myśli i chęci, ociężała go ogromnie. Nie poznawał sam siebie! On, który ciągle musiał być czynnym, ciągle musiał coś robić, przesiadywał teraz godzinami, zapatrzony tępym wzrokiem w świat, widziany z okien swojej kancelarji, spełniał służbę automatycznie. Miał chwile nieraz uświadomienia, ale te były coraz rzadsze i coraz krócej trwały, a wtedy zrywał się z miejsca, biegł na górę lub na peron i w połowie drogi zapominał, gdzie idzie, przystawał, tarł sobie czoło i powracał siedzieć bezmyślnie u siebie. Napadały go okropne bóle głowy, w których tracił prawie przytomność i leżał na sofce wpatrzony w jakiś majak, ustawicznie rysujący się przed nim w mgławym zarysie. Zrywał się z sofy, jakby go chcąc uchwycić, przekonać się, że to nie złudzenie, i później cichym głosem wymawiał sobie własne przywidzenia, kłócił się z sobą i zapadał w coraz większą ciemność. Próbował czytać, aby sprawdzić siłę swego wzroku, bo myślał chwilami, że oślepnie; ale ten zarys jakiejś istoty wciąż majaczył mu przed oczyma: raz był przed nim i tak blisko, że mógł się go prawie dotknąć — to widział w jakiejś dali, jakby w głębi błyszczącej zwierciadła, twarz czerwoną, z dużą, sinawą brodą i z oczyma roziskrzonemi: to znowu ten ktoś słaniał mu się zboku i szeptał do ucha, aż się Orłowski odwracał szybko lub, co częściej robił, słuchał z głębokiem przejęciem, tak zupełnie, jakby słuchał zwierzeń córki lub którego z kolegów, kiwał głową potakująco lub zaprzeczał, i często wywiązywała się sprzeczka gwałtowna i długa, którą nieraz słyszeli w drugim pokoju Staś i Zaleski.

Orłowski rozprzęgał się zwolna na dwie osobowości. Stawało się to z pewnemi przerwami, bo były dnie, w których czuł i myślał jak najnormalniej, i wtedy uderzała go przemiana Janki i gorączkowe przygotowania, ale się nic nie pytał, bo się obawiał odpowiedzi, czuł niejasno, że ona myśli i szykuje się do odjazdu: utwierdziły go w tem mniemaniu kufry, jakie kupiła w Kielcach, stojące w jej pokoju. Zresztą był tak podrażniony, że wprost przeczuwał jakąś katastrofę. Nieraz w nocy wstawał i szedł zobaczyć, czy ona jest jeszcze. Zapanował pomiędzy nimi jakiś stan przymusu i podejrzliwości.

W końcu tygodnia Janka napisała list do Cabińskiego, wyznaczając termin swojego przyjazdu i prosząc, aby na pierwszy występ mogła zagrać Marję w „Doktorze Robin", którą kiedyś grać miała, a odebraną w ostatniej chwili dla Majkowskiej.

Cabiński odpisał entuzjastycznie, donosząc, że już role rozdał do nauki, że zrobił wzmiankę w miejscowej gazecie, iż „zaangażował młodą i niepospolitą siłę dramatyczną", że Władek wyjechał, a Majkowska będzie tylko do dnia jej przyjazdu.

Umocnił ją ten list, bo już teraz miała jasno określony cel, na którym koncentrowała wszystkie myśli i w którym czerpała siłę.

Chwila odjazdu się zbliżała.

Kufry czekały zapakowane, wszystko było gotowe, a ona teraz zaczęła jakoś zwlekać z godziny na godzinę, z pociągu do pociągu, bo przecież potrzeba było powiedzieć ojcu o wyjeździe; była pewna, że się zgodzi, a jeśliby nie!.. to i tak czuła, że już się nie powstrzyma, że jużby nie mogła poprostu — za wiele siebie włożyła w te plany i przygotowania, aby się mogła bez cierpień wyrzec wszystkiego.

Zaczynała po kilka razy rozmowę z ojcem, ale te słowa nie chciały jej przeleźć przez gardło! — Odjeżdżam! — mówiły jej oczy, a usta milczały, zacięte nieśmiałością. Pasowała się z sobą i nie była w stanie zmusić się do powiedzenia tego prosto i szczerze, drżała ze zniecierpliwienia, że się tak zwłóczy z odjazdem, a przez całe dnie i wieczory nie mogła się zdobyć na odwagę.

Zrobiło się to wkońcu samo prawie.

W ostatni wieczór siedzieli, jak zwykle, przy herbacie.

Noc była ciemna i dżdżysta, listopadowa noc, pełna wichrów, wyjących w piecach i kominach, deszczu bębniącego po szybach, jęków po lesie i smutków w całej przyrodzie. Przez szyby wciskało się zimno i wiatr, który chwiał płomieniem lampy, jakoś ciemno płonącej. Janowa miała zaczerwienione oczy, wzdychała ciężko i snuła się senna po mieszkaniu, nawet Roch odczuwał dzisiejszy nastrój, bo siedział w kuchni pod kominem smutny, i ilekroć wiatr uderzał silniej w las, a szumy i świsty zaczęły się w nim odzywać przeraźliwie, podnosił senne oczy na okno, żegnał się i znowu patrzał w dogasający ogień.

Orłowskiemu dokuczał reumatyzm, wycierał nogi mrówczanym spirytusem, obwijał je flanelą i siedział w fotelu, klnąc co chwila pocichu. Przekrwionemi oczyma świdrował Jankę, która nie mogła usiedzieć na miejscu, chodziła z pokoju do pokoju, gorączką i niecierpliwością przepalana.

Jutro postanowiła jechać.

— Jutro! — powtarzała po tysiąc razy i po tysiąc razy chciała już powiedzieć ojcu o wyjeździe, ale spotykała się z jego oczyma, w których tkwił ból, strach jakiś i obłęd prawie, i siły ją opuszczały, odkładała jeszcze na później. Zimno jej było, ciemno, straszno jakoś. Zdenerwowanie dochodziło do swego maximum. Patrzyła z trwogą w świat zadeszczony, bała się tych dziwnych cieniów, które drżały pod sufitem i czaiły się pomiędzy meblami, wreszcie poszła do swojego pokoju, pootwierała kufry, pooglądała je z taką uwagą, jakby po raz pierwszy.

— Janowa! Rochu! — krzyknął Orłowski, zerwał się z fotelu i przestraszonemi oczyma wpił się w szybę, na której rozpłaszczył się, zwabiony światłem, nietoperz i bił skrzydłami, nie mogąc się utrzymać na niej.

Janka wstrząsnęła się na ten głos, zerwała się także i stała bezradnie.

Orłowski się uspokoił, upadł znowu na dawne miejsce, spojrzał na nią, bo drzwi były otwarte i wprost nich stała, i zapytał spokojnie:

— Szykujesz się do odjazdu?

— Tak — odpowiedziała ze drżeniem, postąpiła krok naprzód, jakby ku tej walce, która miała się stoczyć w tej chwili. Dreszcz ją przeszedł zimny.

Patrzeli na siebie długo.

— Gdzie wyjeżdżasz? — zapytał cicho i tak bezdźwięcznie, że drgnęła przestraszona.

— Do teatru... — odpowiedziała wolno i z trudem, bo jakiś okropny spazm strachu dusił ją, jakiś lęk zapchał jej gardło. Patrzyła coraz bardziej strwożona na jego ziemistą twarz i oczy biegające po niej, z uporczywością idjoty.

Pociąg przelatywał stację z takim hukiem i łomotem, że ściany się zatrzęsły, a szkło w kredensie zabrzęczało, a potem zaległa śmiertelna cisza w mieszkaniu.

— Gdzie wyjeżdżasz? do teatru? gdzie?

— Do teatru...

Znowu milczenie. Trąbki dróżnicze zaczęły grać na linji, wicher się wzmagał i bił w okna coraz silniej, i coraz większe szumy lasów przedzierały się smutnym jękiem i rozbrzmiewały w tej złowrogiej ciszy mieszkania.

Jego oczy zaczęły się rozpalać, rozkrwawiać jeszcze bardziej, posiniałe usta opadły mu starczo, głowę pochylił i trząsł się cały, i miał wyraz takiej bezsilności, znękania, starości, że postąpiła znowu krok, bo myślała, że zleci z krzesła.

Przetarł oczy, wyprostował się, potoczył oczyma po niej i po kufrach, jakby się zbudził ze snu; świadomość wszystkiego wracała mu, a w niej serce zamierało z trwogi niewytłumaczonej. Była przedtem pewna, że ojciec będzie się upierał, że wybuchnie cała jego gwałtowność, że może znowu ją wypędzi, na to była przygotowana, jak i była zdecydowana, pomimo właśnie takich przeszkód, zerwać z nim i odjechać; ale ten cichy, przejmujący szept, to spojrzenie rozpaczliwe wpiły się ostremi szponami w jej serce, zachwiały nią, zmąciły jej wolę, wytrąciły z równowagi, tego się nie spodziewała.

— Jedź... jedź... jedź... — zaczął znowu mówić, ciężko oddychając, jakby każdy wyraz wyrywał z kawałkiem serca, z życiem razem, głos mu chrypiał i rozpływał się po pokoju jakąś smugą bólu niewypowiedzianego.

Nie odezwała się, bo strach buchnął z jej serca i oblał płomieniem twarz i ręce, obezprzytomnił ją, patrzyła, nie mogąc mówić; wstał i poszedł do swego pokoju, powracając natychmiast z wielką, szarą kopertą w ręku.

— Jedź, masz tutaj wszystko, co tylko mam — i zaczął wyjmować i rzucać na stół: listy zastawne, pożyczki premjowe, arkusze kuponów, książeczki czekowe. — Wszystko, co mam!.. — wyjął z pugilaresu wszystkie, jakie miał, pieniądze, z kieszeni drobną monetę i składał na jedną kupkę.

— Masz, nie będziesz cierpiała nędzy, a mnie te pieniądze już na nic, mnie już nic nie potrzeba. — Zaprzestał na chwilę, odetchnął głęboko, zapatrzył się w jakąś głąb i mówił dalej: — Nic mi już nie potrzeba. Dyrekcja da na mój pogrzeb, nic mi nie potrzeba. Zostanę sam, położę się zaraz i umrę... umrę... umrę... — powtarzał wolno, coraz wolniej, głowa zaczęła mu się trząść... wypuścił z rąk kopertę, podniósł ręce ku twarzy, poczerwieniał i runął.

Zdążyła go jeszcze chwycić, nim upadł na podłogę.

— Ojcze! Ojcze! — jęknęła rozpaczliwie — Janowo, wody!

— Cicho! cicho! cicho!... nie trzeba nic, to tylko chwilowo zrobiło mi się niedobrze, rozepnij mi kołnierzyk. Dobrze, o lżej mi trochę. Dobrze. — Napił się wody i spojrzał na nią przytomnym, ale strasznie smutnym wzrokiem.

— Jedź, dziecko, nie wstrzymuję cię, bo wiem, że to dla ciebie szczęście. My starzy, my ojcowie, czy matki, jesteśmy egoiści, chcielibyśmy dzieci zawsze mieć przy sobie. Jedź, proszę cię o to. Ja tutaj sobie radę dam i, chociaż zostanę sam... chociaż ciebie... nie będzie... chociaż... Przysięgam Bogu, że chcę tego! — krzyknął, uderzył pięścią w stół i zamilkł, zabrakło mu już sił, opuścił głowę na piersi i nie miał sił powstrzymać łez, które polały mu się z ócz dwoma strumieniami. I nic już nie mówił, tylko płakał, jak dziecko.

A Janka porwana jego boleścią, przeniknięta temi łzami, co padały na jej serce rozpaloną lawą, uklękła przed nim i, obejmując go w jakiś ogromny uścisk miłości, zaczęła mu mówić:

— Ojcze mój! Nie pojadę. Zostanę z tobą. Daruj mi. Przebacz, nie wiedziałam, że ci sprawię boleść taką. Nie zostawię cię samego, nie rozstaniemy się nigdy. Słyszysz, ojcze, tylko mi przebacz — prosiła i pobladłą śmiertelnie twarz podnosiła do góry, jakby stamtąd chciała zaczerpnąć mocy do tego poświęcenia, które przechodziło jej siły. — Tak, nie pojadę, zostanę z tobą, ojcze.

— Janka!... Janiu!... — odpowiadał, pochwycił ją w ramiona i zaczął gorąco całować, potem mówił bez związku, śmiał się nerwowo, chwytał zębami brodę, nareszcie się uspokoił i obtarł łzy.

— Moje dziecko, ja cię proszę, żebyś pojechała.

— Nie, mój ojcze, mówię stanowczo, że nie pojadę. Nie pojadę — powtórzyła silnie, powstając, i zdawało się jej, że po tych słowach świat się

z nią zapada, że leci i przepada w jakichś ciemnościach, że w niej wszystko obumiera, taka nagła głusza opanowała jej mózg i serce. Patrzyła się na ojca spokojnie i raz jeszcze powtórzyła z jakąś kamienną determinacją:
— Nie pojadę do teatru.
Upadła ciężko na krzesło, nic już nie wiedziała, co się z nią dzieje.
Orłowski zerwał się z fotelu, oczy mu rozbłysły dawną energją i wdzięcznością, upadł przed nią na kolana i nim zdążyła mu wyrwać, objął jej nogi i całował.
— Dziecko moje drogie, dziecię moje! — szeptał przejmująco.
Podniosła go i odprowadziła do krzesła, bo się chwiał na nogach. Zużywała wszystkie siły, żeby być spokojną, żeby wytrwać. Nalała mu herbaty, podsuwała wszystko, czego mógł potrzebować.
— Wie ojciec, żeby Grzesikiewicz chciał, to pójdę za niego — powiedziała umyślnie, żeby go już zupełnie uspokoić, że to, co mówiła, potrafi dotrzymać. — Ojciec wtedy służbę rzuci i zamieszka przy nas.
— Rzucę służbę, dobrze, już mnie męczy wszystko, od pewnego czasu czuję się nawet słaby, głowa mnie ciągle boli — urwał i odwrócił się gwałtownie, zdawało mu się, że ten jego prześladowczy majak stanął za nim, słyszał najwyraźniej szept jego, patrzył po pokoju.
Janka widziała ten ruch nie po raz pierwszy, ale go nie rozumiejąc, nie przywiązywała doń wagi najmniejszej, zresztą w tej chwili nic nie rozumiała, patrzyła się w ojca i pocichu, odruchowo powtarzała:
— Nie pojadę, zostanę. — Nie pojadę, zostanę... — i pierś jej wzbierała krzykiem buntu, ale siedziała, milcząc, w wielkiej ciszy, ogłuszona tem, co ją spotkało, nie zdawała sobie jeszcze sprawy dokładnie.
Automatycznie odprowadzała ojca do łóżka; biernie i bezmyślnie przyjmowała jego pocałunki i dziękczynienia, bezmyślnie, silą przyzwyczajenia, przeczytała ostatnią gazetę, usiłowała się nawet zastanowić nad jakimś modnym fasonem kapelusza, jaki zobaczyła w „Bluszczu". Wydała Janowej dyspozycję na jutro, posprzątała sama ze stołu, poustawiała szkło w kredensie, rozplotła włosy, bo jej ciężyły, pooglądała lufciki, czy są zamknięte, wyjrzała przez okno, przy którem stała chwilę i, nie widząc, patrzyła na zielone latarnie zwrotnic, i poszła spać...
Dopiero, gdy ją ogarnęła ciemność i cisza, gdy myśli mogła zebrać, a oczy nie uderzały o nic zewnętrznego, ocknęła się nagle. Usiadła na łóżku.
— Nie będę w teatrze! Zostanę w Bukowcu. Pójdę za Grzesikiewicza! — powtarzała głośno i za każdem zdaniem nowa fala uświadomienia biła w jej mózg. Schwyciła się za głowę nagłym, rozpaczliwym ruchem, jakby te słowa spadały na nią górami i rozbijały jej czaszkę. Patrzyła obłąkanym wzrokiem w jakąś próżnię, którą zobaczyła przed sobą, i stała tak chwilę, jak drzewo już podpiłowane, które drży jeszcze i chwieje się tylko koroną, zanim runie martwe na ziemię.
— Co to jest? kto mi to mówi? kto tego chce? dlaczego? — pytała prędko i

rzuciła się na pokój gwałtownym ruchem zwierzęcia ranionego, zbierającego wszystkie siły, aby ujść przed śmiercią, lub bronić się do ostatka. Cały huragan buntu wybuchnął i zaklębił się w jej mózgu i sercu. — Nie, nie, nie! Tysiąc razy nie! Mnie miałby kto powstrzymać, zabrać mi przyszłość, nie pozwolić żyć! O nie, nigdy; niema takiej mocy na ziemi, niema takich pęt, którychbym nie zerwała... — Ojciec! — szepnął jej głos jakiś w głębi duszy. — Ojciec! — powtórzyła przeciągle, rozglądając się, jakby chcąc poznać, skąd pochodzi ten głos. Zatrzęsła się. — Nigdy, nikt, nawet ojciec mnie nie powstrzyma. Chcę żyć, a tam jest dla mnie życie, tam moje szczęście. W teatrze jest dla mnie wszystko, a tutaj, marność, wegetacja, konanie, wieczny głód duszy, wieczna męka! I ojciec chory! — szepnął znowu ten głos surowo. — Nikt się nie poświęcił dla mnie, to ja nie będę, to moje prawo: żyć! — A obowiązek?! — Obowiązek! — zaśmiała się sucho i urągliwie. — Obowiązek! Wielkie słowo, którego nikt nie wypełnia. Ja jestem dla siebie najważniejszym obowiązkiem, o tak! — rozpalała się coraz więcej. — O tak! cóż mnie powstrzyma? Drwię sobie z ludzi i ich sądów, poznałam dosyć ich podłości. Drwię sobie z opinji, wiem, kto ją robi. Drwię sobie z przesądów, znam ich wartość. Cóż mnie powstrzyma? — zapytała hardo, jakby całego świata. — Sumienie!.. — zadźwięczało w jej mózgu ciężko. — Litość, obowiązek, sumienie! — Zachwiała się, usiadła na łóżku i przestraszonym, błędnym wzrokiem patrzyła w ciemny głąb pokoju, gdzie mrok grubym, nieprzeniknietym całunem pokrywał wszystko; oliwna lampka, paląca się na przeciwległej ścianie, przed obrazem Matki Boskiej, migała zaledwie światłem. Wydało się jej, że z tamtej głębi wyłania się jakaś potężna i straszna postać, która mocnym, jakby śpiżowym głosem powtarza: — Litość! obowiązek! sumienie!

— Więc ja mam poświęcić siebie na stracenie? — pytała napół przytomna, przyciszonym głosem rozpaczy.

— Tak.

— Więc mam pozostać tutaj na zawsze, zamknąć się w tej ciasnej komórce życia, wyrzec się wszelkiej myśli o niezależności?

— Tak.

— Więc, jeśli się poświęcę, zaprzepaszczę, wyrzeknę siebie i zgniję w tej codziennej nędzy, to będzie: litość, sumienie i obowiązek?

— Tak.

Janka upadła nawznak na łóżko i jęczała z bólu; burza wrzała jej pod czaszką, burza rozrywała jej serce, orkan najsprzeczniejszych myśli i uczuć targał nią i rzucał.

— Nie — powiedziała po chwili twardo, podnosząc się i zaciskając mocno ręce na piersiach. — Nie, pójdę. Co bądźby się stało, pójdę.

— Idź! idź! idź! — zdawał się brzmieć głos, podobny teraz do jęku dzwonów pogrzebowych, i bił w jej mózg okropnym rytmem; słuchała i zdawało się jej, że wszystkie ściany się otworzyły, że z pod jej stóp biegnie droga w świat jasny, wesoły, uśmiechnięty, że idzie tą drogą i spostrzega wpoprzek trupa sinego ojca! — Krzyknęła z przestrachu. Zaczęła biegać po pokoju, myśli się zmieszały, jak toń, po której powiał ostry wicher. — Jezus! Jezus! Jezus! — jęczała, i taki okropny ból zakręcił jej całą istnością, że skowyczała nieludzko i wpadła w jakieś omdlenie, w którem przestała czuć i myśleć, tylko bezmyślnie patrzyła na smugi światła, wdzierające się z peronu, i miała pod czaszką jakąś pustkę i wielką głuszę dookoła.

Godziny szły za godzinami i, niby krople, sączyły się do nieskończoności; noc trzymała świat w objęciu czarnem; noc, pełna plusku, deszczu i wichrów, które wyły za oknami i zginały skrzypiące żałośnie drzewa i mocowały się z lasem. Jęk drutów telegraficznych, podobny do żałosnego, zmęczonego pisku psów na łańcuchach, rozbrzmiewał po pokoju. Głosy nieznane nocy i ciemności skarżyły się nad lasami, leciały niby skry, niby promieniowania gwiazd, poprzez ciemności, tonęły w ciemnościach i martwocie. Ziemia i noc zlały się w jedną bezkształtną bryłę, która zdawała się drgać przez sen, wzdychać wiatrami i jazgotać urągliwie.

Janka leżała wciąż, burza w niej ucichła, przestała się szamotać; była teraz jak ciężki kloc drzewa, wyrzucony z głębi wód na piasek nadbrzeżny, który tylko fale liżą chciwie, ale już nie mogą porwać na głębie i zatopić.

Wszystko w niej przycichło, wyczerpało się, obumarło, jak świat po orkanie błyskawic i piorunów obumiera i przycicha, ale w powietrzu drży jeszcze groza, na ziemi leżą ruiny i jeszcze niekiedy piorun niemy przerżnie horyzont wstęgą ognistą.

— Zostanę! zostanę! — odpowiadała, głosem podobnym do jęku konających. — Zostanę! — i prawie po raz ostatni pierś się podniosła w łkaniu. — Zostanę! — powtarzała uporczywie, czując, że wszystko, co w niej żyło, chciało, co myślało, zamiera, rozsypuje się i łączy jakby z tą straszną nocą. Czuła, że się rozwija, niby pełne wrzeciono, ze wszystkich marzeń i pragnień, i że się sprowadza do jakiegoś pierwotnego stanu, w którym się nie pragnie niczego, na nic nie czeka, niczemu się nie raduje, i jest się jak brzoza jesienią, bez liści i napół martwa, i tam się gnie, gdzie chcą wichry, i tam pada, gdzie chcą ludzie, i tak zamiera, jak chce ziemia martwiejąca i wystygła.

Uklękła przed obrazem Matki Boskiej.

KONIEC TOMU PIERWSZEGO

TOM II

I.

— Przeniosą mężusia do Warszawy — wołała już od progu Zaleska.

— Była pani w Warszawie?

— Stamtąd wracam, bo jak tylko mężuś zgodził się na mój projekt, o którym wtedy mówiła pani, pojechałam do kuzyna i tak prosiłam, aż się zajął wszystkiem i przeprowadził szczęśliwie translokację. Z pewnością od Nowego Roku wyniesiemy się z Bukowca. Jestem szczęśliwa, bo moje marzenia zaczynają się spełniać: będę mieszkać w Warszawie, będę występować! Doprawdy, aż mi się tańczyć chce z radości. No, do widzenia, bo w domu jeszcze nie byłam, mężusiowi powiedziałam na peronie i wpadłam do pani. Czy pani chora, bo tak okropnie blada?

— Zdrowa jestem zupełnie, a jak teraz, cieszę się pani szczęściem...

— O tak, jestem szczęśliwa! Boże, jakże to daleko do Nowego Roku! Co, wyjeżdża pani gdzie?

— Dlaczego pani pyta?

— Te wielkie kufry...

— Kupowałyśmy je razem w Kielcach, nie pamięta pani?

— Prawda! Zapomniałam. Boże! jakże jestem roztargniona. Czy to nie dzieci moje krzyczą? — Przystanęła na środku pokoju i słuchała chwilę wrzasków, rozlegających się donośnie.

— Bawią się dzieci! — zauważyła cicho Janka, podnosząc na nią oczy.

— Panno Janino, więc pani nie wyjeżdża już do teatru? — zapytała, biorąc za klamkę.

— Nie.

— Aha! rozumiem, oświadczył się pani Grzesikiewicz! No, niech się pani nie wypiera, nie uwierzę.

— Skąd się pani wzięło to przypuszczenie? — zapytała ostrym, podniesionym głosem, ale ochłonęła i już łagodnie dodała: — Ma pani słuszność, istotnie, wyjdę prawdopodobnie za p. Andrzeja.

— A to winszuję pani serdecznie, serdecznie.

Chłodno przyjęła jej życzenia i pocałunki, tak chłodno, że Zaleska odczuła to, popatrzyła na nią jakby zalękniona i cicho wyszła.

A Janka z pewną goryczą myślała o jej szczęściu, ale już nie zazdrościła, już teraz nie umiała nawet zazdrościć, tak była zrezygnowana.

Napisała zaraz długi list do Głogowskiego i drugi do Cabińskich, odwołujący swój przyjazd.

Od tej nocy walki ze sobą zmieniła się ogromnie. Próbowała się zobojętnić na wszystko, zamknąć serce i duszę dla wszystkich wrażeń zewnętrznych, ale pod tym chłodem tlało nieugaszone zarzewie, a pod tą maską spokoju i rezygnacji ukrywała się beznadziejność. Nie żałowała niczego, bo przecież świadomie zdecydowała się pozostać w Bukowcu, ale nurtowała ją coraz głębsza niechęć do otoczenia i jakiś niesłychanie subtelny żal do wszystkich. Była za młodą, za silną fizycznie, za namiętną, aby ta walka mogła wyrwać z niej wszystkie pragnienia niezaspokojone; żyły i rozwijały się w głębi nieświadomej; unicestwiała je wolą, ale to ciche mocowanie się było męczące i bezpłodne. Stawała nieraz przy oknie i ponuro patrzyła w świat, zaciskając usta, aby nie krzyknąć, aby nie wołać, że cierpi; błądziła oczyma po lasach, białawych od śniegów, zimnych, mokrych, przejętych szarugą jesieni późnej, po stacji, jakby sennej, błyszczącej oślizgłemi od wilgoci niciami szyn i dachami budynków — i gdy padały deszcze lub śniegi puchami pokrywały ziemię, gdy wichry zimowe świstały po lasach, gdy szły dnie tak krótkie, że prawie poranek łączył się ze zmrokiem i tak brudne, jak łachmany wytarzane po błotach, i gdy lasy krzyczały i mocowały się z wichrami, i gdy nie było ani nieba, ani ziemi, ani barw, ani świateł, tylko jedna plama migotała przed jej oczyma i osnuwała duszę posępną melancholją — przesiadywała dnie całe w kuchni przed kominem, zapatrzona w ogień i nie myślała nic, czuła tylko jakąś zwierzęcą prawie przyjemność: ciepła i spokoju. Zresztą, patrzyła śmiało w życie, które ją ujęło w swoje jarzmo i nie miało nigdy puścić i widziała bez trwogi, a nawet z jakąś dziwną przyjemnością, że ono gnębi ludzi.

Zobaczyła po raz pierwszy, że otaczający ją, pomimo braku szerszych myśli i pożądań, jak myślała, także cierpią; zaczynała patrzeć i spostrzegać w tych szarych, grubych twarzach przebłyski dusz i zaczynała współczuć z niemi.

— Czy oni myśleli kiedy? czy pragnęli? czy miotały nimi burze? — zadawała sobie pytania, przypatrując się ludziom. Nic nie mogła wyczytać ze spłowiałych i zatartych kart. Zatapiała się znowu w sobie i z pewną rozkoszą myślała, że po latach i ona zapomni o teraźniejszości, że się wyzbędzie tego, co ją tak dzisiaj unieszczęśliwia, że się tak dopasuje do tego jarzma, jak i wszyscy, że będzie zupełnie taką samą, jak te wszystkie młodsze i starsze kobiety, których roślinne prawie życie płynęło tak wolno i tak spokojnie, i których oczy poza dom, dzieci, mężów nie wybiegały.

— Dobre takie ciche życie, dobre! — myślała i zaraz stwarzała sobie obraz i widziała się żoną Grzesikiewicza, kobietą starą, zajętą dziećmi i kłopotami i dwór krosnowski i czuła jakąś ciszę w sobie i spokój wegetacyjnego życia.

— Dobrze! — i zapragnęła, aby Andrzej się jej oświadczył jak najprędzej, aby się to już wszystko stało, co się stać miało.

Pragnęła spokoju za jaką bądź cenę.

Ten przykry nastrój potęgował się jeszcze obawą o ojca, bo to wstrząśnienie źle podziałało na jego mózg, gubiący się w mrokach obłędu. Okazywał jej pewną wdzięczność, ale czuła, że nie rozumiał wielkości ofiary. Oniemiał jakoś, siadywał wieczory całe z gazetą w ręku, której nie czytał i podejrzliwym wzrokiem ciągle śledził kąty ciemne mieszkania, a nawet raz kazał pozapalać wszystkie światła w domu i chodził po pokojach, jak senny, przystawał, oglądał się śpiesznie, szeptał z sobą i gdy się później zamknął w swoim pokoju, słyszała rozmawiającego półgłosem.

Coraz częściej teraz mówił my, a nawet jednego dnia kazał położyć przy obiedzie jedno nakrycie więcej.

— Czy kto przyjdzie na obiad? — zapytała zdziwiona.

— Tak, Miecio zaraz tutaj będzie.

— Kto to taki?

— Nie znasz? Ekspedytor nasz przecież... — nie skończył, ukrył głowę w dłoniach i zamilkł, siedział tak dosyć długo, bo miał burzę pod czaszką, przez chaos rozprzęgającej się myśli błyskały jakieś słabe włókienka świadomości i jednocześnie zalewał go okropny strach przed szaleństwem. Ta walka dwóch, odrębnie rozrastających się osobowości, tocząca się w jego organizmie, w pewnych chwilach przytomności przepełniała go niewypowiedzianym lękiem. Uciekał wtedy z domu, chodził po stacji, siedział pod rampą magazynową, mieszał się z ludźmi, rozmawiał, śmiał się z nimi, nie widział wtedy żadnych uchybień, tylko, o ile mógł, trzymał się ludzi, bo czuł, że ich obecność wzmacnia go, że wtedy szaleństwo jakby nie mogło się przedrzeć do niego przez wał zdrowych organizmów.

Jednego dnia, w początkach grudnia, w straszny dzień, bo deszcz ze śniegiem padał od rana, przyjechał Grzesikiewicz, w zwykłej porze, o zmierzchu, bo teraz przyjeżdżał codziennie prawie, ale dzisiaj, zanim poszedł na górę, wstąpił do kancelarji.

Orłowski podniósł się z sofki, na której leżał i, widząc śnieg przez okno, powiedział:

— Wygodnie nam tutaj, ciepło i zacisznie!

— Ale na dworze jest okropnie. Musiałem przyjechać powozem, żeby nie zmoknąć.

— Byłeś pan u Jani?

— Pójdę dopiero, muszę u pana nabrać nieco odwagi.

— Dobrze wszystko będzie, dobrze, coś wiem o tem — zawołał wesoło, chwytając brodę zębami.

— Czy naprawdę! bo już od kilku dni nie mogę zdobyć się na odwagę. Idę.

Zawrócił od drzwi i zapytał cicho:

— A jeśli będzie: nie?

— Ależ ręczę ci, że: tak — zawołał Orłowski, wziął go w ramiona, ucałował serdecznie. — Idź, oświadcz się, w karnawale się ożenisz, no i basta. No idź, nie marnuj czasu... — popchnął go lekko ku drzwiom, które za nim zamknął i położył się znowu na sofce.

— Widzisz, smyku, mówiłeś, że z tego małżeństwa nic nie będzie — szeptał drwiąco.

— Zaczekaj! zobaczymy po ślubie, jak odejdą od ołtarza, zaczekaj... — odpowiedział sobie, ale zupełnie zmienionym głosem i głową trząsł niedowierzająco.

— Co mi gadasz! Przysięgam Bogu, że jeśli mówię, iż wszystko się stanie, jak chcę, to tak będzie.

— Niezawsze, mój naczelniku, przekonałeś się już, że na córkę liczyć nie można.

— Cicho! Janka jest najlepszem dzieckiem, przysięgam Bogu, najlepszem.

— Ho! ho! ho! — śmiał się cicho. — Najlepsza, a całe lato bujała, a teraz chciała odjechać!

— Milcz! — krzyknął i z wściekłością kopnął nogą w próżnię i rzucił się na pokój, ale sobowtór rozwiał się, zniknął; napróżno zaglądał pod sofkę, pod stoły, szukał nawet w szufladach biurka i w małej kasie ogniotrwałej, wmurowanej w ścianę; nie znalazł nikogo, ale tak był pewny, że tamten był przed chwilą, że otworzył kasowe okienko i krzyknął na Rocha, chcąc się spytać, czy kto nie szedł przez korytarz. Roch się nie zjawił, a on postał chwilę, skupiając myśli i poszedł do Zaleskiego.

Grzesikiewicz tymczasem, pomimo zapewnień Orłowskiego, szedł na górę z wielką obawą, bo sobie dokładnie uprzytomniał podobną chwilę na wiosnę, kiedy szedł tak samo się oświadczyć. Rozbierał się bardzo wolno w przedpokoju.

— Jest panna Janina? — zapytał Rocha, zdejmującego mu palto.

— Jest! a juści, gdzieby miała być! Zaraz powiem panience, że jaśnie pan przyjechali!..

— Zaczekajno — zawołał za nim. — Roch się zatrzymał. — Andrzej obciągał surdut, zapinał się, wciągał rękawiczki, muskał wąsy, przyczesywał włosy i zwłóczył wejście. — No, czegóż stoisz? — zapytał.

— A no, jaśnie pan kazali czekać...

— Tak, tak, chciałem ci dać coś, za różne usługi... tak, prawda... — Dał mu trzy ruble, Roch pocałował go w rękę i chciał starym zwyczajem objąć za nogi.

— Głupi jesteś, mój Rochu! no, idźże już sobie...

Wszedł wreszcie do saloniku. Zatrzymał się na środku, zdjął rękawiczki i niespokojnie patrzył na drzwi, prowadzące do jadalnego pokoju. Niecierpliwość i obawa ryły się ustawicznie w jego spojrzeniu. Łowił uchem najdrobniejszy szelest i wzdrygał się cały, chciał już wyjść, uciec i odłożyć wszystko na później, to znowu chciał, nie mogąc już wytrzymać, iść do pokoju Janki, ale usiadł i siedział, słuchał nawet z pewnem zajęciem dźwięków przyćmionych fortepianu Zaleskiej, która zaczęła grać zwykłe, popołudniowe ćwiczenia.

Wreszcie Janka przyszła i, witając się, poznała po jego uroczystej twarzy, że to dzisiaj się rozstrzygnie. Wskazała mu miejsce jakimś sztywnym ruchem, pobladła od wzruszenia chwilowego, bo zresztą była zdecydowana przyjąć jego oświadczyny.

— Pani wygląda dzisiaj nieco cierpiąco? — przerwał milczenie.

— Migrena... nic więcej.

— O tak, na takie straszne powietrze to nic dziwnego...

— Nic dziwnego — odpowiedziała jak echo.

— Śnieg, deszcz, wichura i zimno... — ciągnął dalej, ale język mu się plątał, był wściekły na swoją nieśmiałość, czuł, że gada najgłupsze banalności, a nie był w stanie powiedzieć nic innego.

— Tak, śnieg, deszcz, wichura i zimno! Tak — powtórzyła ciszej, odwracając oczy do okna.

A jemu chciało się uderzyć głową w kant stołu, z gniewu na siebie. Patrzył na nią błagalnie, prosił spojrzeniem, żeby mu ułatwiła wyjście z tego zaplątania, ale Janka, z niedostrzegalnym uśmiechem w oczach, udawała, że nic nie rozumie. Targał rękawiczki, zapinał i rozpinał guziki surduta, zagryzał wąs i nie mógł nic mówić, myśląc tylko z wściekłością, że może go weźmie za głupca i niedołęgę.

— Prawda, że jestem śmieszny? — zawołał szorstko.

— Nie, o, nie — powiedziała przeciągle, ale w oczach mignęły iskierki ironji — widzę tylko, że pan jakiś nieswój, jakby zakłopotany — dodała.

— Niech pani powie, że jestem ogłupiały, niby baran zbłąkany.

Roześmiała się głośno.

— Śmiejesz się pani ze mnie?

— Broń Boże, porównanie mnie to rozśmieszyło, a raczej, roześmiałam się bez przyczyny.

Podniósł się, przystanął przed nią na mgnienie i poszedł do okna.

— Była pani dzisiaj na dworze?

— Nie, za mokro i za zimno...

— Prawda!

— Wie pan, przypomina mi się rozmowa, jaką mieliśmy w tym saloniku na wiosnę — powiedziała spokojnie i umyślnie, aby powiedział czego chce, bo zaczynał ją niecierpliwić.

Odwrócił się szybko od okna, zbladł, pociemniałe oczy sypnęły mu iskrami.

— Panno Janino... panno Janino... pani pamięta? ależ ja strasznie pamiętam... — głos mu uwiązł w gardle, obtarł sobie czoło rękawem i ujął ją za rękę.

— Boję się, ale jeśli i dzisiaj ma mi pani powiedzieć: nie! to już nie wytrzymam. Nie, już nie jestem w stanie stłumić mojej miłości...! kocham panią. Panno Janino... kocham panią... tak... Nie umiem tego lepiej określić, nie umiem mówić, ale kocham panią!.. — mówił prędko. — Kochałem zawsze. Pamięta pani, kiedyśmy się spotkali po raz pierwszy? Jechała pani z Kielc, na wakacje... Od tego czasu kocham panią i od tego czasu marzyłem o tem, abyś została moją żoną. Pani mi nie mówi, nie odpowiada, nie słucha?..

— Mów pan, słucham z radością — odpowiedziała miękko.

— Słucha pani z radością, więc się pani zgadza? Więc to prawda? Na Boga, niech pani mówi, bo oszaleję — krzyczał prawie, okrywając jej ręce

pocałunkami. — Więc chce pani zostać moją żoną?
— Dobrze! — powiedziała dobitnie.
Andrzej się wyprostował nagle, jakby oszołomiony jej słowami i patrzył prawie przestraszonym wzrokiem w jej oczy.
— Pani powiedziała: dobrze? — pytał, nie wiercąc uszom własnym.
— Powiedziałam.
Osiadł spokojnie, panował już nad sobą zupełnie, zaczął mówić cichym głosem, bo radość roztrząsała mu serce, drżały mu ręce i usta, oczy całowały jej twarz bladą i piękną.
— Wiem, że jestem tem, co się nazywa chamem; tak, jestem prosty człowiek, ale myślę, że zasłużę na miłość pani, przysięgam, że zasłużę. Marzyłem, że stworzymy rodzinę wzorową, którą ja będę podtrzymywał ramieniem, a pani będzie rozświecała i ocieplała uczuciem i inteligencją. Jestem olśniony, że marzenia moje zaczynają się spełniać. Człowiek dziki, taki, jakim ja jestem, potrzebuje kochać, musi kochać kobietę taką, jak pani! O tak, ja w tej chwili, patrząc na panią, czuję dopiero, dlaczego jesteś mi tak drogą i niezbędną do życia, bo kocham panią, bo kocham w pani piękno, inteligencję, kocham w pani kulturę, dobroć, subtelność; kocham w pani cały ten świat nowy dla mnie i wyższy. — Zaczął znowu całować ją po rękach, miał szaloną chęć wziąć ją w ramiona, okryć pocałunkami, przycisnąć do piersi i uciec z nią w jakiś gąszcz, zdala od ludzi! I mówił długo, opowiadał wiele, wyznawał swoje uczucia, swoje myśli, swoje pragnienia.
Janka słuchała, ale tkwiło w niej ciągle to uczucie, że jednak ten człowiek, ten przyszły jej mąż, jest dla niej zupełnie obcy. Ale brzmienie jego niskiego głosu, serdeczne akcenta, miłość ogromna, pocałunki, ta ufność bezgraniczna, jaką w niej pokładał, zaczęły przenikać ciepłem nieznanego uczucia jej wrażliwą naturę, zaczynał zwolna wzruszać jej serce, jednak pomimo to, powiedziała wkońcu z całą samowiedzą:
— A jednak pan nie zna mojej przeszłości... — i czekała z dziwnem uczuciem żalu, który zaczął przesączać jej duszę, że skoro usłyszy tę odpowiedź, wyjdzie i nie wróci więcej. Patrzyła na niego z jakąś niemą prośbą, a powiedzieć wszystko postanowiła.
—Przeszłość pani! Mój Boże, to tylko panią obchodzi... — powiedział prosto.
— Powinnaby i pana obchodzić.
— Nie, nie, nie, nie żąda pani spowiedzi ode mnie, więc nie mam prawa chcieć tego samego od pani. Życie nasze nie będzie miało: „wczoraj!" Zaczyna się od „dzisiaj" i będzie „jutrem". Ach, jestem tak szczęśliwy, tak szczęśliwy! a jak się matka ucieszy! ona tak panią kocha!
I znowu mówił, z ogniem i bezładnością zakochanych.
Janka nie nalegała, żeby słuchał jej spowiedzi, była bardzo wdzięczna, że nie chciał, teraz dopiero odczuwała całą okropność swojego wyznania. Nie, nie powinien nikt wiedzieć, nie, i całą duszą zaczęła słuchać jego

wynurzeń, przytakiwać mu, uśmiechać się, dawała się porywać jego miłości i tak szybko swoją wrażliwą, aktorską naturą weszła znowu w nową dla siebie rolę, i tak się nią przejęła, że bez udawania i przymusu, a z wielką przyjemnością, grała rolę kochanej i kochającej narzeczonej.

Sprawiło jej to ogromną ulgę, zapomniała prawie o przeszłości, śmiała się głośno i tak swobodnie, że Orłowski, który wkrótce nadszedł, usłyszawszy ten śmiech, zobaczywszy twarz rozjaśnioną Andrzeja, zrozumiał, że wszystko skończyło się dobrze.

— No, moje dzieci, bądźcie szczęśliwi, bądźcie szczęśliwi — szeptał, całując ich serdecznie. — Podobasz mi się, Jędrek, podobasz, przysięgam Bogu; co za chłop! co za zięć! he! he! — i klepał go, brał w ramiona i całował z serdecznością.

Wesoły nastrój ogarnął wszystkich.

— Już to i ładny i dobry menszczyzna, już on panią na rękach nosił bedzie, już tam pani chyba ptasiego mleka braknie! — szeptała Janowa do Janki i dodawała: — żeby to moja pani córka takiego męża dostała! to jużbym piechty szła do Częstochowy i wszystkie piątki suszyła.

Janka się śmiała z jej życzeń, ale nie chciała myśleć o tem przyszłem życiu, tak była podniecona tą wspólną wesołością, że pobiegła do Zaleskiej, aby jej powiedzieć o wszystkiem; ale, zobaczywszy ją grającą najspokojniej w pokoju prawie ciemnym i zimnym, ochłodła. Zamieniła kilka słów i powróciła do domu.

Wieczorem, kiedy siedzieli przy kolacji, przyszedł Świerkoski i rychło z twarzy i rozmowy dowiedział się o wszystkiem. W pierwszej chwili oniemiał prawie, oczy mu zamigotały złowrogo, ale siedział, jak zwykle, zgarbiony, z rękoma w rękawach, tylko oczy biegały mu po twarzach Janki i Andrzeja, a nogą przydeptywał ze złości ogon Amisa, aż ten ze skowytem wyrwał się i uciekł do kuchni.

Nikt nie zwracał uwagi na niego. Janka podawała mu herbatę, patrząc na Andrzeja i rozmawiała tylko z nim.

Świerkoski siedział jak na torturach, chwytał oczyma ich spojrzenia i gryzł aż do krwi wargi, żeby nie krzyczeć z żalu, jaki mu zakręcił wnętrzności. Wydało mu się, że jak Amis, z kuchni na niego, tak on na nich patrzy łakomym wzrokiem, z jakiejś głębi, że nikt tego nawet nie spostrzega i taka mocna, straszna zazdrość i ból ścisnęły mu duszę, że bezwiednie prawie ugryzł szklankę, z której pił herbatę, szkło rozprysnęło się w kawałki, a z ust pokaleczonych popłynęła krew.

— Co się panu stało? Szklanka w ręku pękła?

— W zębach! To nic — mruknął, obcierając usta chusteczką.

— Zgryzłeś pan kamienie, a teraz bierzesz się do szkła, jest w tem postęp i metoda.

— Zgryzę i twardsze rzeczy, panie dziedzicu — odpowiedział, wyszczerzając swoje wilcze zęby z uśmiechem. Krew płynęła mu obficie z warg, podniósł się i z chusteczką przy ustach szepnął głucho, nie patrząc na nikogo:

— Muszę już iść, a państwo przyjmijcie ode mnie szczere życzenia na nowe życie, szczere.

— Dziękujemy. Żeń się pan, to pan zobaczy, jak przyjemnie odbierać podobne życzenia.

— Poczekam jeszcze... poczekam — szepnął wolno i powlókł tak dziwnem spojrzeniem po Jance, że podniosła głowę i zadrżała z jakiejś trwogi, uśmiech zgasł na jej twarzy; patrzyła się chwilę w jego żółte oczy, nic nie rozumiejąc.

— Ale w każdym razie, my zapraszamy się zgóry na pańskie wesele.

— Taki zaszczyt!.. czyżbym mógł na serjo marzyć, aby ja, urzędniczyna, mógł gościć dziedzica dobrodzieja; nie, nie śmiałbym prosić, nie godnym takiego zaszczytu... — szeptał, ukłonił się od progu i wyszedł.

II.

Świerkoski stanął przed stacją pod ścianą, bo wszystko w nim zakotłowało i rwało mu mózg i wnętrzności bólem. Stał tak długo, przyciśnięty do tej ściany, z rękoma w rękawach, zgarbiony, nie zważając na zimno, na przemarznięty suchy śnieg, bijący mu w oczy, pies skomlał z zimna i tulił mu się do nóg; nie zważał na niego, pochłonięty tym strasznym żalem, ściskającym mu duszę, jakby obręczą. Zatapiał żółtawe, o fosforycznych blaskach, źrenice w ciemne przestrzenie, z których zaczęły wyłaniać się blade gwiazdy, bo mróz ściskał ziemię, to w las, okryty śniegiem, przygięty, biały, jakby zasłuchany w ciszę, jaka zapanowała, — i jęczał przez zaciśnięte zęby. Poczuł teraz, że kocha Jankę, że nietylko mu żal posagu, ale i jej...

Porwał się gwałtownie, bo taka dzika, wściekła złość nim zatrzęsła, że drżał cały, a palce kurczyły mu się i zakrzywiały, niby szpony; byłby chwycił, gdyby mógł, Andrzeja za gardło i darł go paznokciami. Nie poszedł do domu, tylko, namyśliwszy się, ruszył do Osieckiej, ale, przechodząc obok koni Andrzeja, stojących na podjeździe, nie mógł powstrzymać się, i uderzył z całej siły licowego pięścią w brzuch: zdawało mu się, że uderzył Grzesikiewicza. Koń porwał się zestraszony, i skoczył z powozem wbok gwałtownie; drzemiący na koźle stangret, poderwany tym ruchem, wypadł na ziemię, a konie poszły w las.

Świerkoski zniknął w lesie.

— Poczekam, chamciu! poczekam! — myślał, szczękając zębami z wściekłości, i aż przystawał, bo złość tamowała mu oddech i takim nastrojem napełniała całego, że prawie tracił przytomność. Zgarbił się i począł wyć przeciągle, aby sobie ulżyć. Amis mu wtórował tak głośno, że psy dróżnicze, przy pierwszych domkach, skomlały przeraźliwie i szczekały, a on wył wciąż, aż po lesie leciały takie echa, jakby całe stado zgłodniałych wilków wyło.

— Poczekam! Hipcio czekać umie!.. — i żeby jeszcze energiczniej wyrazić złość swoją, i miłość, i nienawiść, zaczął strzelać z rewolweru w las; strzelał, bo ten huk, zapach prochu, urwane smugi strzałów, błyskające w ciemności, sprawiały mu rozkosz, uspokajały go.

Gdy przyszedł do Zacisza, był już zupełnym panem siebie.

Zastał Osiecką w jadalnym pokoju, przy stole. Zosia nalewała herbatę, Staś siedział i, niby zahipnotyzowany, wpatrywał się w nią. Tola jak zwykle sztywna i martwa, siedziała na swojem miejscu, wpatrzona w lampę. Była jeszcze jakaś nieznajoma młoda kobieta, o schorowanej twarzy, siedząca w fotelu, obłożona poduszkami.

Świerkoski przywitał się i zaraz szepnął Osieckiej, że ma pilny interes.

— Cóż takiego? Przestraszasz mnie pan złowieszczą miną! — zapytała, gdy się znaleźli w sąsiednim pokoju.

— Grzesik oświadczył się dzisiaj i został przyjęty.

— Głupiec. To naturalne, że został przyjęty, onaby wyszła za tragarza, byleby ją tylko ten tragarz chciał.

— Przesadza pani! — szepnął; dotknęło go to niemile.

— Pan mi wierz.

— Wierzę, bardzo wierzę, ale pomimo tego, a może dlatego, oni się pobiorą...

— Ręczę panu, że nie. Zaręczyny to nie ślub. W tej chwili jadę do Głębińskiej, już ona ich rozerwie, choćby byli stalą spojeni. A, sprawiedliwość chodząca! Zedrzemy ci maskę, zedrzemy!.. — szeptała groźnie, i jej piękną twarz napiętnował wyraz takiej mściwości nieubłaganej, że Świerkoski z pewnym niepokojem patrzył na nią.

— Chodź pan, podwiozę pana do stacji, pomówimy obszerniej w drodze.

Kazała natychmiast zakładać konie.

— Panie Stanisławie, zostanie pan, żeby się dziewczęta nie bały; no, kiedy mówię, że pan zostanie, to nie potrzebuje się pan szykować do wyjścia. Za dwie godziny najdalej powrócę.

Ubrała się spiesznie i zaraz pojechali.

W pokoju zrobiło się cicho. Staś dzisiaj był bardziej niż zwykle nieśmiały, bo ostatni list matki, zabraniający mu kochać się w Zosi, przygnębiał go i pogrążał w rozpaczy. Przez jakiś tydzień nie był w Zaciszu, ale nie mógł wytrzymać dłużej i przyszedł. Cały wieczór był mroczny i smutny, ten list w kieszeni palił mu piersi i przypominał ciągle, że postępuje naprzekór radom i życzeniom matki; czuł się winnym, nieszczęśliwym, przez tę walkę pomiędzy dwiema miłościami, i takie gorące spojrzenia rzucał na Zosię, że ta, zaraz po wyjeździe Osieckiej, przysunęła się do niego.

— Co pana tak martwi? — zapytała, pochylając się nad jakiemś pismem, rozłożonem na stole.

— O, bo są chwile w życiu człowieka... że jest bardzo zmartwiony, bardzo — i bezwiednie dotknął piersi, na której spoczywał list matki.

— Boli pana serce?

— Nie, nie. Doprawdy, za łaskawą jest pani, zwracając uwagę na mnie...

— A jeśli mnie obchodzi, dlaczego, przez co pan cierpi?.. — powiedziała ciszej, pochylając niżej jeszcze głowę nad gazetą.

— Panno Zofjo! panno Zofjo! — wyrwało mu się z piersi.

— Niech mi pan powie, co pana tak martwi, proszę o to. Czy to służba? Nie, nie.

— Może mama chora, albo wuj który?

— Nie, nie... doprawdy...

— Aha! pewnie mama napisała jaki niebardzo słodki list. Opowiadał mi ktoś ze stacji, że pan wszystko mamie opisuje i tylko to robi, co mama zaleci lub poradzi.

— Tak, prawda; robię to, bo mama mnie przecież kocha i życzy mi najlepiej w świecie, więc byłoby niewdzięcznością z mojej strony, gdybym jej nie pisał o wszystkiem, co robię. A zresztą, mama zajmuje się mojemi interesami.

— Więc ostatni list od mamy był taki nieprzyjemny? — pytała trochę zirytowana.

— Tak, istotnie, był niezmiernie przykry, bardzo przykry — skarżył się płaczliwie.

— Cicho! — krzyknęła Tola, zaczęła nasłuchiwać i wyciągnęła próżną filiżankę do Zosi.

Zosia wstała, a chora, drzemiąca w fotelu, podniosła oczy na nich, uśmiechnęła się łagodnie, poruszyła ustami, i znowu powieki jej spadły i spała dalej.

Zosia, podawszy Toli herbatę, siadła przy nim.

— Musi mi pan pokazać ten list. Proszę o to, bardzo proszę, bardzo...

— Nie mogę, słowo daję. Są w życiu człowieka takie chwile, w których nie powinien ulegać... — bronił się i, jakby dla zabezpieczenia, wyjął list z kieszeni i ścisnął go w ręku.

— Będę się gniewała; ale prawda, cóż to pana może obchodzić, byle się mama nie gniewała... bo reszta dla pana obojętna. — Odwróciła się zadąsana.

— Gdyby pani wiedziała... gdybym mógł pani powiedzieć... gdybym...

— Trzeba się spytać mamy, czy pozwoli powiedzieć — szepnęła uszczypliwie.

— Panno Zofjo! — powiedział z wyrzutem, wstyd mu się zrobiło, że może ona myśli, iż boi się matki.

— Niech pan nic nie mówi, bo wiem, aż nadto dobrze, że jest mi pan nieżyczliwy, chociaż ja...

— Proszę pani ten list! — zawołał z rozpaczliwą odwagą, dotknięty boleśnie jej akcentem głosu; — ale pani da mi słowo, że, bądź co bądź, gniewać się pani na mnie nie będzie.

— Panie Stanisławie, czy ja na pana mogłabym się gniewać? —

168

powiedziała tak słodko, biorąc list, że Staś oblał się rumieńcem i radością niesłychaną.

Zaczęła czytać wolno. Staś patrzył na nią z niepokojem i teraz żałował serdecznie swojej odwagi; bał się patrzeć na jej twarz, kręcił się na krześle, odpinał surdut, bo i duszno mu było, i te nowe szelki wpijały mu się w ramiona i dodawały jeszcze męki.

Oddała mu list, patrząc nań z jakąś gniewną, litościwą czułością; nie miał odwagi nic pytać, unikał jej oczu, i coraz to nowa fala krwi rozczerwieniała go na buraczkowo.

Zosia, bez słowa, podniosła się i poszła do saloniku.

Wstał, aby iść za nią, ale nie śmiał; usiadł zpowrotem bezradnie, a ze złością zaczął myśleć i buntować się przeciw tyranji matki, i zaczął uczuwać, że przecież jest mężczyzną, że przecież... Wyprostował się męsko, zapiął surdut na wszystkie guziki, poprawił niepostrzeżenie szelek, zrobiło mu się znacznie lepiej. Spojrzał zgóry na pokój, potoczył oczyma wyzywająco, zacisnął dłonie i nie śmiał iść za Zosią.

Chora się przebudziła, popatrzyła sennemi oczyma po pokoju i zawołała:

— Zosiu! Tola powinna iść już spać.

— Panna Zofja wyszła, w tej chwili poproszę — powiedział, idąc do saloniku.

Zosia siedziała przy fortepianie z twarzą ukrytą w dłoniach, podniosła na niego zaczerwienione, jakby płaczem, oczy.

— Panno Zofjo!... pani się gniewa na mnie, że ośmieliłem się pisać do mamy o pani, ale... ale... Tola powinna iść spać, ta pani chora woła panią; bo widzi pani: nie mogłem nie pisać, nie mogłem, i pani mi wybaczyć musi... bo są chwile w życiu człowieka, że...

— Panie Stanisławie, trzeba być mężczyzną, nie można przecież nawet mamie mówić wszystkiego, co się myśli i czuje, nie trzeba. Ja, istotnie powinnabym się gniewać na pana...

— Ale mi pani przebaczy. Przysięgam pani, że od dzisiaj już będę inny, ma pani rację, będę mężczyzną!... tak!... — wyprostował się i z jakąś odwagą niesłychaną ujął jej rękę i podniósł do ust. — Ja panią przekonam, że, jak potrzeba, to jestem mężczyzną.

— Nie, nie, pan znowu o wszystkiem napisze do mamy.

— Słowo honoru daję, że nie napiszę — powiedział energicznie i potrząsnął ją tak silnie za ręce, że mu prawie upadła w ramiona; jakoś się tak stało, że usta ich spotkały się w długim, palącym pocałunku. Ogarnęła ich oślepiająca jasność szczęścia — świat razem z mamą, z obawą i z ludźmi zapadł się gdzieś, pokój zniknął, pamięć wszystkiego szczezła, zostali tylko we dwoje i z ustami przy ustach, z sercem przy sercu, spleceni potężnym pocałunkiem pierwszej miłości. Odrywali się od siebie na chwilę, spoglądali sobie w oczy, w których było zdumienie szczęścia nadzwyczajnego, prawie przestrach, i znowu padali sobie w objęcia, oniemieli, bez tchu, bez przytomności, i wysysali z siebie życie, i dawali je sobie.

— Kocham! — śpiewały jej wielkie niebieskie oczy, pełne łzawych blasków rozkoszy.

— Kocham! — odpowiadały jego oczy.

— Kocham! kocham! kocham! — śpiewało im w mózgach, w duszach, w krwi młodej, i wszystko w nich, i wszystko dookoła śpiewało im ten hymn szczęścia, miłości, upojenia.

Zarzuciła mu bezwiednym ruchem ręce na szyję, oplotła go sobą, i przez łzy, przez miłość, przez bojaźń i rozkosz, szeptała upojona i porwana czarem tej chwili:

— Stachu mój! Stachu mój! kocham cię!

Nie mógł mówić ze wzruszenia, dopiero po chwili pewnej, klęknął przed nią i zapewniał drżącym głosem o swojej miłości wiernej, przysięgał jej na śmierć i życie.

Wreszcie, kiedy już powrócili do jakiej takiej równowagi, Staś otrzepał chusteczką kolana, wytarł spoconą twarz, zapiął wszystkie guziki surduta, i poważnym, nieco drżącym głosem, rzekł:

— To ja pójdę pomówić z ciocią pani...

Tak, teraz czuł się mężczyzną.

— Nie, nie teraz, nie śmiałabym spojrzeć jej w oczy, a zresztą nie przyjechała jeszcze, ale niech pan już idzie.

Pocałował ją w rękę i nachylił się, jakby chcąc pocałować w twarz.

— Nie, nie, Stachu... panie Stanisławie! — szepnęła, uchylając głowę, a wysuwając rozchylone karminowe usta.

Wyszli do ciemnej sieni, drżącemi rękoma szukał klamki, gdy Zosia cicho szepnęła:

— Stasiu!..

Wyciągnął ramiona i, pomimo ciemności, objął ją w namiętnym uścisku.

— Idź już!.. idź, mój złoty!.. idź, bo się boję!..

Rozerwali się siłą prawie.

Staś wyszedł; zataczał się z upojenia, wracając na stację, nie wiedział, co się z nim stało, nie mógł przypomnieć sobie, w jaki to sposób usta ich się złączyły, dreszcz wstrząsający przenikał go jeszcze, czuł ją przy sobie, czuł ciepło jej ciała, jeszcze jej oddech muskał i pieścił mu twarz, słyszał ją, czuł ją całą w ramionach, na piersiach, bezwiednie otwierał ręce i zaciskał, jakby ją obejmował.

Szedł wolno, zatopiony w szczęśliwości niewypowiedzianej, i pierwszą jego myślą, pierwszym ruchem serca była chęć napisania wszystkiego matce, wyspowiadania się przed nią, ale zaraz przyszły mu na pamięć słowa Zosi. — Tak, przecież jestem mężczyzną — myślał, popuszczając szelek, żeby się uwolnić od tego piekielnego uciskania. — Dam sobie radę i bez mamy — rozumował energicznie, ale w głębi czuł się bezradnym i strwożonym wobec tego nowego życia, jakie go czekało, i tej samodzielności. — Zosia taka dobra, energiczna, mądra, przecież zostanie moją żoną! — Uspokoił się, powracała mu równowaga, bo nieświadomie jeszcze odczuwał, że Zosia w zupełności zastąpi mu matkę.

Przed stacją spotkał Osiecką, wychodzącą od Zaleskich, do których wstępowała tylko na chwilę, cofnął się w cień, jakby się bał spotkania z nią. Objął zaraz służbę po Zaleskim, który poszedł spać, i noc całą, pomiędzy depeszami i pociągami, w wolnym czasie, układał plany przyszłego życia, obrachowywał budżet, obmyśliwał umeblowanie i t. d., ale tak mu to szło ciężko, że kilka razy wyjmował papier listowy, pisał „Kochana mamusiu" i darł arkusik, bo sobie przypominał obietnicę, jaką dał Zosi, i jej słowa: „Trzeba być mężczyzną!"

— Tak, „trzeba być mężczyzną!" — powtarzał mocno. Odpiął zupełnie szelki, wytarł sobie skronie kamforą, połknął kilka homeopatycznych pigułek dla orzeźwienia, i czuł się silnym, pełnym woli mężczyzną.

III.

W kilka dni po oświadczynach Grzesikiewicza, najniespodziewaniej przyjechał Głogowski. Janka przywitała go radośnie.

— Chciałam widzieć pana, ale się nie spodziewałam, dziękuję bardzo za pamięć, za odwiedziny.

— Daj pani spokój, w odwiedziny! — przerwał jej szorstko. — Jestem w Bukowcu, bo uciekam w świat. Rzuciłem do djabła swoich Syngalezów.

— Już się pan pożegnał ze Stabrowskimi?

— Ciekawa pani przedewszystkiem: dlaczego? Naturalne zapytanie, bo u kobiet prędzej przychodzi słowo na usta, aniżeli myśl do mózgu. — Powiedział twardo, zwichrzył gwałtownie włosy i wielkiemi krokami zaczął obchodzić stół.

— Ano dlaczego? bo wytrzymać nie mogłem. Godny dom, a jakże, sześć razy dziennie siadają do koryta, uważa pani, sześć razy! Niech pioruny spalą, to i świniaby nie wytrzymała. A jacy wszyscy porządni ludzie! jak Boga kocham, automaty! mąż do produkowania pieniędzy, a żona głupstw. Wyobraź pani sobie najregularniejszy kwadrat szablonu, konwenansów, formuł i porządku! Niech pioruny spalą wszelką regularność, wszelki porządek i wszystkich porządnych ludzi! — I zatopił chude, nerwowe palce, o mocno rozwiniętych stawach, w zwichrzonych włosach i usiadł.

— Nie, już nie mogłem, nie mogłem; jesień taka straszna, zimno, ciemno, mokro, nudnie, że położyć się w błocie i wyć z rozpaczy.

— Jadę do Paryża! Szóste piętderko, obiad w gargocie, co drugi dzień, to głupstwo wszystko, bo człowiek przytem będzie wolny, będzie mógł oddychać powietrzem, będzie się mógł włóczyć, gdzie oczy poniosą, a to rozkosz, tęsknię za tem. Uważa pani, ta Stabrowska zupełnie sfiksowała, smaruje sążniste głupstwa i tak mnie zaczynała niemi opychać, że zbuntowałem się i powiedziałem jej, dosyć zresztą grzecznie, że to, co pisze, i funta kłaków niewarte, że lepiejby zrobiła, pilnując udojów i kur.

No, niechby pisała, jest to taka sama dobra choroba, jak katar chroniczny, lub ślinienie się, ale czemu pragnie zarażać głupstwem ludzi, czemu czytuje swoim i obcym, znajomym i nieznajomym?.. Właściwie, poco ja się irytuję, co to mnie obchodzi? a niech sobie zdycha świat cały, wszystko mi jedno. — Gadał prędko, przeskakując z przedmiotu na przedmiot, roztrzęsionym, zdenerwowanym głosem.

— Tak, to prawda, poco się irytować?

— Irytują się ludzie, mający krew, a zresztą, co ja będę gadał! — machnął ręką.

— Skończył pan „Ludzi niezłomnych"?

— Nie, nie, nie! — krzyczał jakimś wysiłkiem nerwowym i twarz mu poczerwieniała, a w oczach zabłysnął ponury, rozpaczliwy ogień. Posmutniał nagle, oparł czoło o dłonie i głosem znękanym zaczął mówić dosyć bezładnie i cicho, jakby mówił do siebie.

— Nie skończyłem i nie skończę, dosyć mam literatury, dosyć mam tego głupiego kuglarstwa, zdycham z tego. Co mi daje ta kochana sztuka? szczęście może — a jakże, daje mi tylko coraz głębsze uświadomienie, że jestem ślepiec i idjota, że nic nie umiem, nic nie rozumiem. Dałem już spokój wszystkiemu.

— Jakto? więc możesz pan już nic nie pisać, nic nie robić?

— Nie będę, a raczej nie powinienem, przekonałem się, że nie powinienem brać pióra do ręki. Właściwie, to napisałem „Niezłomnych", włożyłem w nich pół roku pracy, pół roku myślenia, podlewałem krwią, żeby rośli i żyli, dawałem mózg, chuchałem, ochraniałem, modliłem się do nich, cierpiałem z nimi i za nich, żyłem tylko nimi — i przez pięć minut byłem pewny, że stworzyłem arcydzieło! A wie pani, co jest naprawdę? Manekiny bez kropli krwi, bez jednego prawdziwego tętna w papierowych piersiach!.. Gadanie jest, nie ludzie, gadanie, nie życie, odbicie prawdy, cień! Rozpacz mnie ogarnęła! o! ja mam tych ludzi w sobie, są we mnie z krwią i kośćmi, mam ich dusze w swojej, to wszystko trzepie się we mnie, jak ptactwo, które chce wyrwać się z klatki i lecieć, te dusze płaczą, krzyczą, proszą się o światło dzienne, proszą się o ciało, chcą żyć samodzielnie, męczą mnie okropnie! — a ja, jak marny pastuch, który widzi cud, który czuje cud i nie może go pojąć i nie może go niczem zakląć, żeby trwał!.. Ach! i ja nie mogę wyrwać tych dusz z siebie, nie mogę ich uzewnętrznić!.. — O, nie mów pani, nie, bo mnie gorycz zalewa, niemoc ogłupia, rozpacz żre; nie chciej pani nic, bo chcieć nawet nie warto, nie pragnij pani niczego, bo niczego pragnąć nie warto, bo się nie urzeczywistni, bo tylko to straszne jarzmo własnej niemocy człowiek silniej czuje, bo poznaje całą swoją marność i nędzotę, bo później najprostszej ludzkiej przyjemności nie odczuje. Szczęście nie jest tam, gdzieś, w marzeniach o sławie, w sławie samej, nie jest poza nami, nie szukajmy go poza sobą, bo ono jest w nas. Głupcy! głupcy! głupcy! — wołał podniesionym głosem. — Naśladujmy woły, co z wiecznie pochyloną głową ciągną pługi i nigdy nie patrzą w niebo;

naśladujmy drzewa, którym wystarczy rosnąć, kwitnąć, uczuwać ciepło, pić słońce, kołysać się z wiatrami, usypiać o każdej jesieni i budzić się z pierwszem drgnięciem wiosny, bo szczęście jest w trwaniu, w istnieniu i w spokoju!

Zamilkł ze zmęczenia, po twarzy przelatywały mu błyskawice gniewu i żalu, który mu serce przeorywał boleśnie, szamotał się w niemocy. Targał piersi, jakby chcąc wydrzeć z siebie te uczucia i porywy, myśli i marzenia, tę przyrodę swoją, która nim rzucała po świecie. Wił się ciągle, wznosił na wyżyny i opadał wdół świadomej niemocy.

Siedział teraz niemy i w szarych, zaszklonych oczach tlił się krwawy ból i zmęczenie. Janka słuchała tego długiego, bezładnego wybuchu uczuć z jakąś gorzką przyjemnością, ale i ze zdziwieniem, bo go znała jako nieugiętego bojownika, który szedł śmiało od porażki do porażki, bo wierzył, że zwycięży wkońcu.

Współczuła mu serdecznie, ale w tem współczuciu była jakaś odrobina zadowolenia z tego, że nietylko jej się źle dzieje, nietylko ona się męczy.

— Tak mi pana żal szczerze, że...

— Nie kończ pani, nie przyjechałem po słowa pociechy, ani współczucia, bo te mi nie pomogą. Przyjechałem, aby panią zobaczyć, aby powiedzieć to, co mówiłem, bo się już przepełniło we mnie, a czy pani słuchała, czy mnie żałuje, grubo mi to obojętne. Tak, tak, tak! — wołał, uderzając ze złością w stół.

Uśmiechnęła się cierpko, bo ją nieco dotknęły te słowa.

— Odebrał pan ostatnie listy moje?

— Odebrałem.

— I nic pan mi nie powie?

— Powiem: powinna pani była tak zrobić, jak pani zrobiła.

— Czy powinnam? — powiedziała z naciskiem, bo ją podrażniło to: powinna.

— Mniejsza o wyraz; dobrze pani zrobiła, pozostając przy ojcu. Cóżby pani miała w teatrze?.. rozkosz, sławę, nieśmiertelność?.. Nic z tego, walkę tylko, walkę marną o marność, walkę o cień, którego nikt jeszcze nie uchwycił.

— A cóż tutaj?

— Chociażby i spokojne wegetowanie.

— To jest: prawidłowość i porządek, rodzina, mąż, dzieci i obowiązki. Znam to! Zaleca mi pan to, co sam od siebie odrzuca ze wstrętem. Trochę wydaje mi się to sprzecznem...

— Niech się pani nie wydaje, bo się pani źle wydaje. Odrzucam je, bo odrzucać mogę, bo tam, gdzie jałowiec może rosnąć i żyć, tam dęby schną i umierają.

— Dobrze pan rozgatunkował — szepnęła z goryczą.

— Znowu o wyraz się gniewamy, nie chodzi mi o to, tylko, że jeden człowiek może żyć sto lat rzepą pieczoną i czuć się szczęśliwym, a drugi rzepą żyćby nie mógł.

— Skądże pan wie, że akurat ja jestem jałowcem, że akurat ja jestem tym człowiekiem, który rzepą żyć może?

— Nie mówiłem tego do pani, ale ogólnie.

— Ponieważ mówiliśmy o mnie, musiałam wziąć to do siebie.

— Kobiety zawsze sprowadzają wszystko do swojego ja.

— Więc?.. — rozdrażniała się coraz głębiej.

— Więc, ja nie wiem, kto pani; ale wiem, że każdy silny człowiek bierze swój krzyż na ramiona i idzie w świat, lub kładzie się gdzieś pod płotem i zdycha, jeśli mu się tak podoba.

— A ja wychodzę zamąż!.. — szepnęła jakoś urągliwie i oczy jej rozbłysły gniewem.

— Najlepszą rzecz pani robi, jaka pozostała do zrobienia.

— I ostateczną...

— Przedramatyzowuje pani. Kobiety zawsze wpadają w ostateczność.

— Żółcią pan dzisiaj oddycha i goryczą.

— Nie miodem mnie życie poi. Zresztą, czas przerwać dialektyczne obełgiwanie się i wspólne lamenty na los. Każdy dostaje to, co mu się należy.

— A należeć mu się powinno szczęście, a tego nie dostaje.

— Dlaczego mu się należy? skąd pani to wie, że człowiek powinien być szczęśliwym?

— Bo chce.

— Więc niech je pani wyrwie skąd bądź, jest do wzięcia zawsze.

— Gdzie?

— W nas samych i tylko w nas samych.

— Niema go we mnie! — odpowiedziała cicho.

— Ha! to go niema dla pani nigdzie...

Nie odpowiedziała, oczy miała pełne łez, a serce goryczy i żalu.

— No, dosyć, czas mi już odejść, pociąg zaraz nadejdzie. Żegnam panią i życzę z całej duszy szczęścia, którego pani tak łaknie bardzo, a wszystko się gnie przed duszą w ekstazie, powiada Avicenna, stary scholastyk.

-— Nie zobaczymy się pewnie prędko — mówiła smutnie i żałość ją ogarnęła za tą jedyną duszą, którą ceniła wysoko i kochała miłością przyjaźni.

— Myślę, że nigdy. — Głos mu zadźwięczał surowo, stanął przy oknie i patrzył szklistym wzrokiem wdał jakąś.

— „Nigdy" powinno się wykreślić z języka ludzkiego, brzmi w tem rozpacz i nicość nasza.

— Dwie jedyne rzeczy, które nie zawodzą nikogo. No, do widzenia. Teraz jadę do Warszawy, a po świętach — w świat. Jeśli mi będzie bardzo źle, albo bardzo dobrze, napiszę do pani, bo tego nie zapomnę, że w tym dzikim zakątku jest jedna dusza przyjazna i cierpiąca.

— Dziękuję, ale ogromny mi żal stracić pana.

— Nie żałuj pani, właśnie i w tem szczęście, że człowiek może zapominać.

Ja nie potrafię zapomnieć pani, ale to co innego. Być może, iż gdybyśmy żyli bliżej, znienawidzilibyśmy się i pogryźli jak psy, za blisko siebie przykute i rywalizujące o miskę i o powietrze.

— Nie, bo ustąpiłabym panu — powiedziała poważnie.

— Do widzenia!.. ciężko mi się odrywać. — Wziął jej obie ręce, ucałował i patrzał długo w jej twarz, jakby chcąc zapamiętać na zawsze.

— Niech mi pani wybaczy... serce mi się rwie z bólu... życie mnie gryzie!.. gryzie...

Obejrzał się po pokoju i wyszedł śpiesznie, obcierając na schodach oczy załzawione.

Janka patrzyła oknem, jak chodził po peronie z ojcem, który mu oddawał ten jej dawny dług, jak się całowali na pożegnanie. Widziała go jeszcze wyglądającego z pociągu. Przesłał jej ukłon, pociąg ruszył i wszystko zniknęło w śnieżnym tumanie.

Ciężko się jej zrobiło na sercu. Czuła, że go już może nie zobaczy nigdy, że z nim pękają ostatnie nici, łączące ją ze światem, że rwą się i zalewają ją ciężkim, przytłaczającym smutkiem osamotnienia. Oddalała się teraz od swojej przeszłości z szaloną szybkością.

IV.

Kilka godzin chodziła jakaś martwa i taka smutna, że gdy przyjechał Andrzej, szepnęła:

— Dobrze, żeś pan przyjechał, czekałam z upragnieniem.

Nie kochała go przecież, tylko samotność ciężyła jej strasznie. Przystosowywała się zwolna do jego zwyczajów i pojęć, ale często nudził ją swoją miłością, raził prostactwem, bo, pomimo swojej wolnomyślności pod każdym względem, miała już we krwi poczucie niezliczonych formułek towarzyskiego *savoir-vivre'u*, a Jędruś, jak go poufale nazywał Orłowski, pomimo pewnego wykształcenia, zresztą czysto specjalnego, był zupełnym barbarzyńcą w bliższych stosunkach.

— Wytresuje mnie pani, jak konia dzikiego — usprawiedliwiał się nieraz i całował po rękach.

Czyniła mu uwagi nieraz bardzo szorstko, bo ją irytowało jego nieuctwo i Andrzej obiecywał poprawę, ale w duchu było mu to obojętnem, wprost niebardzo rozumiał, czego ona chce i dlaczego. Gospodarstwo pochłaniało wszystkie jego siły i władze i zresztą tak był zakochany, że resztę spełniał prawie odruchowo, automatycznie. Pociągała go coraz więcej tem, że wobec niej czuł się onieśmielonym i że była dla niego jakąś istotą wyższą, był z niej dumny.

Rozumował nieraz sobie, że do ich bogactw potrzeba takiej właśnie, jaką ona jest, przedstawicielki, takiej „pani", jak ją określała jego matka.

Codziennie jeździł do Bukowca i codziennie powracał do domu więcej upojony i szczęśliwszy i nieraz późno w nocy siedział u matki i opowiadał jej o Jance nieskończone szczegóły, albo jechał do Witowskich i przed panną Jadwigą spowiadał się do dna. Żył w gorączce przygotowań przedślubnych, nie zważając na szpilkowe i nieraz bardzo bolesne słowa Józi, która teraz często przyjeżdżała do Krosnowy i z nienawiścią i z żalem przyglądała się restauracji wnętrza pałacu.

— Królewskie mieszkanie!.. i dla kogo?.. — szepnęła raz drwiąco.

— Dla mojej żony... nie wiedziałaś?..

— O, wiedziałam, wiedziałam i wiem jeszcze więcej. — Odwróciła się i poszła.

— Moja siostra bardzo mnie kocha... — powiedział ojcu, który słyszał ich rozmowę.

— Co prawda, to prawda, ale djabli to potem, aksamity, dywany, złocone meble... tfu!.. twoja matka mieszkała w karczmie, jak wyszła za mnie i było dobrze, jak Boga kocham.

— Bo ojciec nie miał pałacu, ani matka nie wnosiła trzydziestu tysięcy posagu.

— Phi!.. trzydziestu tysięcy, ładny grosz, juści, ale... jak Boga tego kocham, zginiecie w tylu pokojach... pięć, sześć... to przecież i biskup więcej nie potrzebuje.

— A my potrzebować będziemy szesnastu...

— Poco, co z niemi będziecie robić?

— Będziemy w nich mieszkać... — powiedział mocno, bo stary zaczynał go irytować.

— Poręby z Ługów nie starczy na jedną zimę, żeby ogrzać te landary.

— To są jeszcze krosnowskie lasy, są na Jakóbowie...

— A juści... są, ja wiem, że są, nie potrzebujesz mnie uczyć, gdzie są lasy moje, gdzie są moje poręby!... — zawołał z przyciskiem. — Jak Boga tego kocham, moje!... rodzone!...

— A ojciec nie potrzebuje mi ciągle mówić, że to moje lasy, moja ziemia, bo ja bardzo dobrze wiem i nie czyham na to — zawołał podniesionym głosem.

— Jędrek! ej, Jędrek!... stul pysk, bo ci takiego figla spłatam, że pożałujesz!...

— Dam sobie radę!... — szepnął Andrzej lekceważąco, bo stary w ten sposób dawał mu uczuwać, że może cały majątek zapisać Józi.

— Jucha, chłopak!... — myślał stary, z jakąś gniewną rzewnością patrząc za odchodzącym Andrzejem i sam, pomimo, że tylko z pomocą kija i ścian chodził, poszedł na pilnowanie i pogawędkę do pokojów, w których robili stolarze i tapicerzy.

Stara także po kilka razy dziennie zaglądała do pałacu, przechodziła na palcach przez pokoje parterowe, już prawie gotowe, przyglądała się tym wspaniałościom z podziwem i dumą, gładziła jedwabie i aksamity, wzdychała, jakby z żalem za pieniędzmi, ale synowi nie mówiła nic. Wieczorami długiemi siadywała w kuchni z kołowrotkiem, albo z pierzem wpośród swoich dziewek i parobków, którzy byli na stole dworskim i niezmiernie lubiła słuchać, jak służba wychwalała jej Jędrusia, a często nie mogła się powstrzymać i opowiadała sama o Jance, o jej piękności i uczoności.

Andrzej często robił matce wymówki za to poufalenie się ze służbą i opowiadanie.

— A, mój Jędruś, a gdzieże pójdę pogadać, co?... tylko do swoich; nie bój się, oni mnie rozumią i pewnikiem, że mi lepiej życzą, jak pani Kossowska, albo Witowska, albo insze; to przecie swoje, nasze ludzie... — usprawiedliwiała się cicho. — Prędko się żeń, to se będę przychodziła do pani synowej na pogadanie — dodała.

Rozbroiła go temi słowami, że nic już nie mówił.

— Ale, Jędruś, poproś panny Janiny, niech przyjedzie zobaczyć; może się jej co nie podoba, to można teraz jeszcze zmienić.

— A racja! jadę zaraz do Bukowca.

— Tak, może będzie potrzeba postawić pałac w innem miejscu, tam, na wyspie, byłoby ładniej, a może każe go przenieść na górę, do lasu, stamtąd są śliczne widoki — syknęła Józia, gdy Andrzej wyszedł.

— Ty, Józia, masz żądełko, he! he!... powie słówko, to jakby żgnął pod żebro, jak Boga tego kocham! — zaśmiał się stary.

— Niechże ja chociaż mam oczy, kiedy ich nie ma ojciec, ani mama, bo o Andrzeju już nie mówię. Zobaczy ojciec, że jak ta jaśnie pani tu przyjdzie, to w parę lat zostaną strzępy z Krosnowy...

— A juści... a ja to nie żyję, co?.. patyczki stróżą, a ptaszki jeszcze w lesie.

— Cóż z tego, albo Andrzej nie robi, co tylko chce... Ileż tysięcy kosztuje odnowienie pałacu i poco takie wydatki, co?.. Dla jakiejś zawiadowcówny!.. nos już dzisiaj zadziera do góry, jak jaka hrabianka, a to... — nie dokończyła, żółte jej oko zaczęło drgać newralgicznie, a błękitne znieruchomiało i patrzyło ponuro; założyła binokle.

— Cicho, Józia!.. ożeni się Jędrek, sprowadzi żonę, zobaczymy, co będzie. Nie bój się, już ona Jędrka nie będzie za nos tak wodzić, jak ty swojego Głębika.

— Tyle razy mówię ojcu, że mąż mój nazywa się Głębiński, ale z ojca cham nigdy nie wyjdzie.

— No, dobrze, moja ty szlachcianko, grafinio, dobrze! ale powiedz jaśnie panu na Ługach Głębińskiemu, że już tydzień czekam na ratę dzierżawną.

— Może ojciec poczekać jeszcze miesiąc.

— Józka! — krzyknął, uderzając pięścią w stół ze złością; — tak mi nie gadaj, z pieniędzmi niema żartów; pamiętaj, że nie mówi do ciebie ojciec, a tylko wasz dziedzic, słyszysz?..

— Słyszę, poco się ojciec irytuje, czy to nie płacimy?..

— Tak, choroba takie płacenie... trzeba każdego rubla z gardła wyciągać!..

— Ale wkońcu ojciec wyciągnie co do jednego, nie daruje i grosza.

— A niby za co miałbym darować, he?.. za co?.. jak Boga tego kocham!..

— Ależ mój ojcze, przecież my nie chcemy żadnych darowizn. Nie zapłaciliśmy teraz raty, bo musiałam posłać pieniądze do Wiednia, za dzieci, to przecież pierwsze. Zaczniemy pojutrze młócić pszenicę, to się z pierwszych pieniędzy odda — tłumaczyła się miękko.

— No, dobrze, a sprzedać zaraz, bo teraz pszenica stoi fajn.

A Andrzej rad, że ma powód, pojechał po raz drugi dzisiaj do Bukowca i zaraz od progu zaczął:

— Przyjechałem prosić pani o odwiedzenie Krosnowy. Ponieważ tam zawieszają portjery, firanki i obrazy, a ja, ani moi, niebardzo się znamy na tem, więc, jeśliby pani była łaskawa pojechać i zobaczyć i co złego pani spostrzeże, powiedzieć, to się przerobi tak, jak pani będzie chciała, dobrze?

— prosił, całując ją po rękach.

— A dobrze, miałam chęć pojechać trochę sankami.

— To się przejedziemy.

— Ale warunek, a raczej prośba!..

— Spełnię sto i jeden.

— Będziemy jechali prędko.

— Jak wicher, bułanki moje nie lubią człapać wolno.

— A sanna przetarta?

— Jak po szkle, tak wyszlifowana.

— Na szosie?

— Wszędzie.

— Ślicznie!.. poszalejemy!.. — zawołała wesoło, bo poczuła ogromną chęć ruchu.

— Jedziemy zaraz?

— Nie, jutro!.. przyjedzie pan do nas na obiad, a po obiedzie pojedziemy hulać po drogach.

— Gdzie oczy poniosą! — zawołał, porwany jej ogniem.

— A raczej, gdzie bułanki i drogi poprowadzą.

Odjechał.

V.

Wieczór słał się nad ziemią; wieczór zimowy, mroźny, cichy, wyiskrzony miljardami gwiazd, oślepiająco biały, przesycony ciemno-błękitnemi cieniami, jakie kładły szkielety drzew na śniegi. Stacja milkła, a na długiej i krętej linji kolejowej, wijącej się wskroś białych płaszczyzn i gnących się pod śniegami lasów wykwitały złotawe światełka latarń strażniczych, niby sznur promieniejących pereł.

Zaleska grała, jak zwykle o tej godzinie, muzyka sączyła się przez ściany łagodnemi dźwiękami, ale brzmiała tak smutnie jakoś, że Janka zadrżała, zabolało ją serce, czuła, że jakieś łzy niewypłakane jeszcze ma w duszy, że ta muzyka kołysze nią i budzi przygasłe nieco marzenia, rozpala jakieś ognie. Nie, nie chciała tego. Chciała być silną, chciała to jarzmo, które sama sobie włożyła na barki, nieść świadomie i wytrwale. Chciała zupełnie zapomnieć, czekała nawet dnia ślubu z pewną niecierpliwością, bo pragnęła się już znaleźć u siebie, pragnęła już zacząć żyć tem nowem życiem. Pragnęła i dlatego, że wtedy będzie prędzej mogła namówić ojca do porzucenia służby i zamieszkania przy niej, bo objawy jego obłędu, coraz częstsze, przejmowały ją trwogą.

Pozamykała drzwi, żeby nie słyszeć muzyki, i usiadła w stołowym pokoju, zamienionym teraz na rodzaj pracowni krawieckiej, gdzie dwie szwaczki szyły rozmaite szczegóły wyprawy; jedna, młoda dziewczyna, sprowadzona z Kielc, a druga, stara, siwa, o pomarszczonej, żółtej twarzy i wybladłych oczach niebieskich kobieta, której całe życie zeszło na szyciu wypraw po dworach i dworkach, i która była wyrocznią w tych niezliczonych drobnostkach, tyczących się wypraw.

— Proszę pani!.. — zaczęła, biorąc igłą wiśnię z konfitur, ze stojącego przed nią spodka. — Czy monogramy na pościeli gotowe?

— Są, wczoraj przysłała dopiero hafciarka. Chce pani widzieć?

— Ślicznie prosiłabym. — Pochyliła się uniżenie, i znowu igłą wzięła wiśnię.

Janka przyniosła cały stos rozmaitej bielizny i położyła przed nią.

— Iii! bez koron, a któż to słyszał co podobnego?.. same tylko litery, to dobre dla żydówek, albo jakich łyczek! — szepnęła pogardliwie, ściągając usta. — Przecież państwo mają prawo do korony pięciopałkowej? — zapytała ostrożnie.

— Tak, ale sądziłam, że nie potrzeba, bo... — zarumieniła się pod badawczym i nieco aroganckim wzrokiem szwaczki.

— Nie potrzeba?! szlacheckiej korony nie potrzeba?... co też pani mówi?.. A to znam rozchwiane małżeństwo, właśnie przez to, że panna młoda chorowała na taką sawantkę i nie chciała, żeby znaczono i malowano jej znaków herbowych i szlacheckich. Panna Górnicka, w Płockiem, magnacki dom!.. szyłam wyprawę, bieliznę obszywało się prawdziwemi walansjenkami. Porcelanę sprowadzono wprost z Sèvres... rozchwiało się, panna później rozpaczała, ale nic nie pomogło; jak to, żeby panna nie chciała i wstydziła się herbów swoich?.. to koniec świata!.. to zgroza!.. — szepnęła rzeczywiście oburzona, i zamilkła, zagłębiając się w robocie. Maszyny dudniały głucho, szyjąc bez ustanku.

— Możnaby jeszcze pododawać te korony, prawda? — zapytała Janka po chwili.

— Ślicznie radziłabym zapakować wszystko i odesłać zpowrotem.

— Panno Martyno, odkąd mają zaczynać się te wody w kaftaniku? — zapytała młodsza, mizerna, blada, o sinawej twarzy i czarnych włosach, gładko rozdzielonych nad czołem.

— Panna nie wie!.. — wykrzyknęła z wyniosłością i podziwem. — To koniec świata, to zgroza!.. ale to naturalne, panna jest z pierwszorzędnego magazynu!.. — uśmiechnęła się zjadliwie, biorąc igłą wiśnię. — Pamiętam,

szyłam wyprawę dla panny Wojna, w Lubelskiem, magnacki dom!..
sprowadzili mi do pomocy pannę z pierwszego magazynu, z Warszawy.
Ho, ho!.. ślicznotka, w kapeluszu modnym, żurnalowa panna, miała całą
walizę listów miłosnych i kosmetyków!.. Wszyscy byli nią zachwyceni, bo i
mówiła po francusku, i grała na fortepianie, i nawet śpiewała, ale była taka
uzdolniona, że sukni upiąć nie umiała!.. Odesłałam ją po tygodniu do
Warszawy!.. — zakończyła ciszej, i z wielką powagą poniosła na igle wiśnię
do ust.

Milczenie zapanowało.

— Tę suknię należałoby przybrać aksamitem, welwet za ordynarny.
Pamiętam, że u państwa Mielżyńskich, w Poznańskiem, hrabiowski dom!..

— Proszę panienki! — zawołała Janowa z kuchni.

Janka, nie słuchając końca opowieści, wyszła.

— A to od kilku dni jużem chciała panience podziękować za służbę od
Nowego Roku... — zaczęła nieśmiało, całując ją w rękę.

— Dlaczego?.. a ja myślałam, że Janową wezmę z sobą do Krosnowy...

— Nie mogę, panienko!.. z panią Zaleską się zmówiłam, bierze mnie z sobą
do Warszawy.

. — Jeśli Janowej za mała pensja, to mogę płacić więcej.

— Panienko, tu nie o zapłatę chodzi, to marna rzecz jest, a ja panienkę tak
kocham, kieby rodzoną swoją panią córkę, ale ckni mi się do mojej Anusi,
okrutnie mnie prze zobaczyć ją.

— No, to można to zrobić; ojciec da wam bilet wolny do Warszawy i
zpowrotem. Pojedzie Janowa, zobaczy, nacieszy się córką i powróci.

— Hale!.. juści, mogłoby tak być, juści... — szeptała zakłopotana.— Ale
juści tak wprost, kiej kulą w płot, nie pójdę prosto do niej... nie można!..
Muszę ino utrafić, i kiej bendzie szła do szkoły, to mogłabym popatrzeć na
nią, albo i porozmawiać.

— Dlaczegóż Janowa nie pójdzie wprost do państwa Zielińskich, i nie
zażąda widzenia się z córką?..

— Prawda, że tak byłoby dobrze... ale państwoby się gniewało, że
przeszkadzam, a i Anusi nie byłby honor, że to przy służbie, i przy inszych
państwach przychodzi do ni taka chłopka, że to matka... juści...

Jance żal się zrobiło tej matki, której córka się wstydzi, i która sama nie
śmie się upomnieć o swoje prawa, zaślepiona miłością i pragnieniem
szczęścia dla dziecka; ale nie powiedziała jej nic, co myśli o córce jej, nie
chciała odbierać jej złudzeń, któremi stara żyła jedynie.

— Niech Janowa jedzie z panią Zaleską, jeśli tak będzie wygodniej; ale
kiedy bądź Janowa zechce wrócić do mnie, zawsze miejsce będzie.

— A Bóg zapłać panience, niechta pan Jezus wynagrodzi na szczęściu i na
zdrowiu, i na dzieciach, i na majątku, bo ja tak se pocichu kalkulowałam, że
od świętego Jana, kiedy już moja Anka z państwem przyjadą do Zielonki na
lato, to wróciłabym do pani, do Krosnowy, bo byłoby mi blisko do niej, ino
bez pola...

— Dobrze. Jak i kiedy tylko Janowa zechce. Niech Janowa podaje już samowar, a wy, Rochu, idźcie prosić pana na herbatę.

Orłowski przyszedł zaraz, przebrał się tylko w swój stary, bez guzików mundur, którego używał w miejsce szlafroka, i siadł do stołu.

— Panno Martyno, panno Marjo! proszę na herbatę.

Marja usiadła przy stole, ale Martyna wzięła szklankę i postawiła ją na maszynie.

— Niechże się pani przysunie do stołu, będzie wygodniej — zapraszał Orłowski.

— Ślicznie dziękuję, ślicznie... — rzuciła druzgocące spojrzenie na Marję i siadła przy maszynie.

— Może ojciec chce pojechać jutro do Krosnowy? pan Andrzej przyjedzie do nas na obiad, a po obiedzie obiecałam mu jechać do nich.

— Jedź, dziecko, my nie mamy czasu, koniec miesiąca, śniegi, pociągi się ciągle spóźniają, zadymki i przerwy w komunikacji spodziewamy się lada dzień, więc ani na godzinę ze służby zejść nie mogę — odpowiadał spokojnie, ale głosem urywanym, chwilami zawieszał głos w połowie wyrazu, oglądał się za siebie, przecierał oczy i ciągnął dopiero dalej.

Przesiedział cały wieczór i z niesłychanem zajęciem przyglądał się robocie i wypytywał o rozliczne szczegóły Martyna odpowiadała mu z szacunkiem i powagą, i kiedy odszedł już do swego pokoju, szepnęła cicho do Janki:

— Ojciec pani ma ogromnie pańską, arystokratyczną twarz, bardzo... znam się na tem, a pani nie chciała koron!.. Pamiętam, na Podolu, u państwa Kruszelnickich, magnacki dom... Stary pan Kruszelnicki, szyłam wyprawę dla wnuczki...

— Skończmy na dzisiaj te roboty!.. — przerwała Janka, już znudzona nieco jej przypomnieniami, i poszła do swojego pokoju, ale przez drzwi słyszała przyciszony głos Martyny:

— Jak pani śmiała siąść do stołu razem z państwem?.. to koniec świata, to zgroza!.. że oni proszą, powinni prosić, bo tylko prostacy nie proszą, ale że pani nie rozumie tego, że za grzeczność pańską trzeba grzecznością odpłacić. Ślicznie pani postępuje, ani słowa!

— Ależ, panno Martyno, cóż złego pani w tem widzi?

— Gorzej niż złe, bo niewłaściwe; ja, gdybym była panną Janiną, nie zniosłabym. Zresztą trzeba nieraz udawać nieśmiałość, szacunek, zdumienie, zachwyt... trzeba... szeptała dalej tak cicho, że Janka nic nie słyszała, i wkrótce usnęła.

Obudziła się niedługo; przez szpary w zapuszczonej portjerze światło z pokoju jadalnego wdzierało się do jej ciemnego pokoju. Wstała, żeby zobaczyć, która z nich siedzi tak długo i co robi.

Uchyliła portjery i zajrzała: łóżko Marji zasłonione było parawanikiem, a Martyna stała przed lustrem, ubrana w welon ślubny, i udrapowana w biały atłas, z którego miała być zrobiona suknia Janki. Lustro, chociaż skośnie stojące od Janki, odbijało całą figurę Martyny, która zapuściła welon na twarz, uklękła, i z ręką wyciągniętą, niby do wiązania stułą, szeptała coś cicho. Potem odgarnęła welon z twarzy, i długo, bardzo długo patrzyła się w lustro; łzy płynęły wolno po jej starej, zmiętej, pożłobionej zmarszczkami i brózdami twarzy, a sine, obrzękłe wargi drżały jej w jakimś serdecznym, utajonym bólu. Przeszła cicho kilka kroków po pokoju, tak ociężale, jakby zwieszała się na czyjemś ramieniu; potem, zdjąwszy welon, poodpinała przypięte szpilkami do swojej sukni bryty atłasu, poskładała na dawne miejsca, i z twarzą jakąś dziwną, rozjaśnioną, rozrumienioną, pełną trwogi i szczęścia zarazem, z oczyma pełnemi jakiegoś niezrozumiałego zachwytu, zagasiła lampę i poszła spać.

Janka powróciła na łóżko, zdumiona tem dziwacznem zachowaniem się i sceną. Nie rozumiała z niej nic i na drugi dzień przypatrywała się z wielką uwagą Martynie, ale na jej twarzy nie było nic znać; tak samo opowiadała niestrudzenie o rozmaitych wyprawach i domach magnackich, tak samo strofowała swoją pomocnicę i cały dzień jadła igłą wiśniowe konfitury.

Janka była podrażniona, ale powiedzieć jej o tem, że była świadkiem tej nocnej sceny, nie śmiała.

Grzesikiewicz przyjechał na obiad i zaraz po nim pojechali do Krosnowy.

— Walek! w konie! — zawołał do stangreta, skoro tylko wjechali w las.

— Nie teraz, dobrze? zpowrotem, wyjedziemy na szosę, tam szerzej... — prosiła.

— Słowo daję, niema i tutaj obawy, pomimo, że droga wąska.

— Nie boję się, tylko chciałam przypatrzyć się lasowi, nie byłam tutaj po śniegach.

Jechali stępa.

— Cudownie! panie Andrzeju, patrz pani — zawołała z uniesieniem, zakreślając ręką szerokie koło.

Istotnie, było przepięknie. Las stał cichy, jakby senny, pod masą śniegu, wiszącego na gałęziach, i skrzył się cały w blaskach słońca, i okrywał subtelnym obłokiem błękitu. Droga była jakby zasypana puchem, który pod uderzeniami płóz i nóg końskich rozpryskiwał się tumanem. Konie parskały radośnie, a dźwięczny, wesoły głos dzwonków rozlegał się po lesie bez echa; kłęby sinawej pary, słupy, całe fontanny wisiały nad sankami. Taka cisza panowała pod tą białobłękitną kopułą lasu, wśród tych nieskończonych szaro-zielonawych kolumn, w tych głębiach perłowych, zionących chłodem, że każda szyszka spadająca, każda gałązka sucha, która pękała pod naporem śniegu, co wtedy kaskadą pyłów spływał na ziemię, rozlegały się ostrym dysonansem w tej symfonji milczenia. Przez dolinki, przez moczary, zarosłe żółtemi, poschłemi wicinami, wiły się pasy strumieni stalowo-modrych o zimnym blasku, nad któremi ciężkim, skośnym lotem unosiły się wrony.

Jechali w milczeniu, bo Andrzej nie śmiał mówić, tylko patrzał na rozrumienioną twarz Janki, i biegł za jej oczyma, błądzącemi z rozkoszą po nagich, pustych i białych polach, na które wyjechali z lasu, i taka go dziwna a wielka radość przepełniła, że chciało mu się wstać w sankach i krzyczeć ze wszystkich sił, ale nie podniósł się, tylko delikatnie wyjął jej rękę z mufki i ucałował. Nie broniła mu, uśmiechnęła się łagodnie i szepnęła bezwiednie, przyciskając się ramieniem do niego:

— Dobrze tak jechać... dobrze...

— Nie zimno pani?... — zapytał troskliwie, otulając jej nogi futrem.

— Nie.

— Może jechać prędzej?

Skinęła głową.

Dał znak stangretowi i konie ruszyły z kopyta, sanki świszczały tylko w locie szalonym.

Zaraz też ukazały się zabudowania krosnowskie: park, wieś, nad którą unosiły się błękitne słupy dymów, i rzeka niezamarznięta miejscami, błyszcząca złotemi taflami wody w słońcu.

Pod kolumnadą podjazdową pałacu, gdy dojechali, ukazał się stary Grzesikiewicz, odświętnie ubrany, w długie buty świeżo widocznie wysmarowane, bo w załamku cholew bieliły się resztki skrzepłego tłuszczu, w czarny kożuszek, podbity zwykłemi baranami, od którego zdaleka bił zapach skóry niewyprawnej, siwawe włosy miał gładko przyczesane, a twarz sino-czerwoną; końce wąsów, przyciętych nad ustami, buńczucznie wykręcał do góry.

— Witami witam wielmożną panią! — zawołał, wysadzając Jankę, ale zamilkł i omroczył się, bo syn uderzył go oczyma za tę „wielmożną panią". Odzyskał prędko równowagę i rubasznie, z mlaskaniem, ucałował ręce Janki, wiodąc ją do środka pałacu.

Z Grzesikiewiczową przywitały się serdecznie, i gdy Janka pocałowała ją w rękę, stara chwyciła ją w ramiona i rozpłakała się ze wzruszenia.

— Kto łzami wita, z miłości kwita! — zaśmiał się stary. — Pozadawała pani moim na kochanie, czy co?.. bo ani moja stara, ani Jędruś nie mogą już żyć bez pani, — powiedział wesoło i ujął ją pod ramię. — Jędruś, idź se synku miedzą, tam, gdzie gapy siedzą; ja panią sprowadzę.

— Pan się fatyguje, ależ ja nie pozwolę, — protestować zaczęła, zobaczywszy, że ledwie wlecze nogi.

— Ale, ale! oberkabym jeszcze zatańcował z panią, jak Boga tego kocham.

— I mój ojciec cierpi na reumatyzm, więc wiem, jaka to przykra choroba.

— Niechno się pani dotknie, aksamit, prawdziwy aksamit!.. jak Boga tego kocham!.. Jucha, Jędrek, jeździł po niego sam do Warszawy!.. — mówił, pokazując pokrycie wielkiej, staroświeckiej kanapy. — I sprężyny nowe, o!.. — grzmotnął pięścią, aż zadźwięczały. — Pod bykiemby się nie złamały, a cóż dopiero pod panią, jak Boga tego kocham.

— Wierzę — szepnęła, tłumiąc śmiech.

— A oto, uważa pani, malunki dawniejsze. — Pokazywał jakieś mitologiczne sceny. — Ksiądz nasz na nie trochę się skrzywił, bo to, za pozwoleniem, ździebko za gołe są te pannice, ale wyrzucić było mi szkoda, bo ramy massyw... stuknął kijem z rozkoszą w bronz. — Więc coby oczów nie paskudziło, kazałem stolarzowi, jak Pana Boga tego kocham, lakierem trochę popendzlować, i jest fertig!.. co, ładne?..

— Bardzo ładne!.. — przypatrywała się z zajęciem wspaniałym ramom w stylu cesarstwa, bo obrazu nie było widać, sczerniał pod lakierem stolarskim, tylko dwie główki bogiń jaśniejszą plamą wychylały się z tej czarności.

— Ale to pokój stołowy. Uważa pani, jakie to wszystko!.. — zaczął otwierać kredens, wysuwał szuflady, próbował kluczy, dzwonił z rozkoszą pięścią w deski i blaty stołów.

— Dąb rzetelny, jak Pana Boga tego kocham, u nas wszystko musi być fajn!..

— Istotnie, bardzo ładny pokój... — odparła, z zajęciem przypatrując się widokowi, jaki się roztaczał przez okna, na jeziorko i park.

— Co?.. ładne?.. aha!.. mówiłem sam, że się to pani będzie podobać, latem to tylko ptaszysków bywało za dużo, darły się całe noce, że nie można było spać, ale jak je Jędruś przestrzelał, to ich teraz mniej.

— Słowiki?

— Jest tego paskudztwa najwięcej. Chodźmy do salonu, bo to wszystko nic, ale zobaczy pani, jak Jędruś zmyślnie wszystko wykalkulował; jucha chłopak, do wszystkiego zdatny, jak Pana Boga tego kocham. — Odchylił kijem portjerę i puścił ją naprzód.

Salon był ogromny, o czterech oknach, bardzo wysoki, z rodzajem estrady dla muzyki, i przeładowany cennemi meblami i sprzętami.

— He, he!.. jak Boga tego kocham, niby kościół, niby królewski dom!.. a co?.. niechno pani weźmie! — zawołał, podając jej koniec story z jedwabnej gipjury. — Materja! a jaka gruba! co?.. takich sam sędzia Łomiszewski nie ma. A jakie to cacane, kiejby z cukru! a co!.. — wołał, wskazując kijem garniturek mebli w stylu rococo, ozdobiony złoceniami i malowidłami ręcznemi na jedwabnem pokryciu. — Trochę to puszczało, rozłaziło się, ale tapicer wyreparował, wymalował, matka wycerowała, i teraz fertig!.. a!.. fajnowe, jak Boga tego kocham.

Janka z wielką ciekawością, a nawet zdziwieniem, przypatrywała się ślicznym wazonom z saskiej porcelany, stojącym na ogromnym, marmurowym kominku.

— Porcenela! rozbiła się, jucha, ale stara lakiem skorupy zlepiła i ślicznie, jak Boga tego kocham... albo te malunki! i w kościele niema lepszych, a co ramy, to nasze sto razy więcej warte, żyd chciał je kupić na funty, ale szelma!..

— Mój ojcze, na chwileczkę!.. — zawołał Andrzej, wchodząc do saloniku i, usłyszawszy rozmowę, odciągnął starego trochę wbok, coś mu szepnął takiego, że stary odsunął się gniewnie, stuknął kijem, nasrożył wąsy i szepnął:

— Mówię ci, głupiś! ja wiem, co mówić! — i wrócił do Janki.

— Panie Andrzeju, ależ to same prześliczne antyki te meble.

— Szczęśliwy jestem, że się pani podobają! — odezwał się uradowany.

— Jeszczeby też!.. za samo odnowienie wezmą te skurczybyki...

— Niechże ojciec nie nudzi pani takiemi szczegółami. Panno Janino, czy tak, jak jest urządzony i ustawiony.. zostać może?.. podoba się pani?.. — mówił prędko, przysuwając się do niej, aby odgrodzić od ojca.

— Podoba mi się bardzo, chociaż zaproponowałabym maleńkie zmiany.

— Niech pani będzie tak dobra wskazać tylko, co zmienić, co przestawić, co wyrzucić, a wszystko natychmiast się zrobi.

Stary szturchnął go kijem ztyłu, przestraszony, że obiecuje wyrzucać takie cenne rzeczy.

— Wie pan, teraz niech tak zostanie wszystko, to już chyba później pomyślimy, razem.

— Tak, tak, ma wielmożna pani rację, jak Boga tego kocham. Las kupuj latem, a ścinaj w zimie, będziesz spał w pierzynie. Ha, ha!.. a co?.. Co się odwlecze, to nie uciecze. Kto robi później, sakwy nie wypróżni! Rozum w głowie ma wielmożna pani fajn.

Przeszli do dalszych pokojów, cały parter był już zupełnie skończony. Janka oglądała długo, bo to mieszkanie imponowało jej swoim wielkopańskim wyglądem: nie dostrzegła ani starości i zniszczenia mebli, ani grubej, ordynarnej roboty odnawiaczy, bo ją olśniewały wspaniałe dywany, portjery aksamitne i jedwabne, pokrycia mebli, meble złocone, stoliki inkrustowane metalami i kością, biurka i szafeczki z mahoniu, z ozdobami z bronzu i z nogami świeżo dopasowanemi, powleczonemi czerwonym bejcem; marmurowe kominki z kratami ze złoconego bronzu wywierały na nią wpływ magnetyczny — kiedyś marzyła o takich kominkach, spotykała się z niemi dotychczas w romansach tylko. Wielkie zwierciadła przeżółkłe, w połowie oślepłe, we wspaniałych, świeżo odzłoconych ramach barokowych, patrzyły ze wszystkich stron, jak zamierające smutne oczy; nie widziała tego, bo rada spostrzegła odbicie swojej postaci, bo ją porywało to mieszkanie. Oglądała po kilka razy jedno, cieszyła się, jak dziecko, ze świetnie błyszczącej zabawki, ale nazewnątrz nie objawiała zadowolenia, tylko chodziła wyniosła, majestatyczna, wspaniała, bo te wielkie i wysokie pokoje, te sprzęty staroświeckie, ten przepych butwiejący oddziaływał na nią szczególnie, czuła się, jakby na scenie, jakby w jakiejś roli margrabiny, więc bezwiednie przybierała odpowiednie ruchy, gesty, spojrzenia, nawet dźwięk głosu modulowała inaczej.

Kończyli już oglądać, gdy stara się zjawiła, zapraszając na podwieczorek do siebie.

Przez korytarz, łączący pałac z oficyną, i kuchnię pustą, bo wszystkie służące uciekły do sieni, i tylko przez szparę niedomkniętych drzwi widać było ich oczy, przeszli do jadalnego pokoju Grzesikiewiczów. Przy stole panowało milczenie, bo stary nie wiedział o czem mówić, matka krzątała się, przynosząc całe góry rozmaitych przysmaków, a Andrzej był onieśmielony spojrzeniami Janki, jakiemi obrzucała pokój i rodziców. Dopiero pod sam wieczór, kiedy ostatnie miedziane zorze zapalały się na zachodzie, przyjechała Józia i rozmowa się ożywiła.

Głębińska była w szczególnie wesołem usposobieniu dnia tego. Ucałowała Jankę z serdecznością, śmiała się, żartowała z Andrzeja, piła wódkę z ojcem i co chwila zarzucała przyszłą bratowę gradem całym zachwytów, wypowiadanych w połowie po francusku, w połowie po polsku.

— Matka, słyszysz?.. Józia gada po zagranicznemu! — zawołał zdumiony Grzesikiewicz, bo uczenie się francuskiego języka Józia trzymała w wielkiej tajemnicy.

— A juści, abo to w klasach była! abo się uczyła od gubernantek?.. — wątpiła prosto stara.

Józi kolorowe oczy zamigotały wściekłością, przykryła je śpiesznie binoklami i szepnęła ironicznie po francusku do Janki.

— Musi się pani uzbroić w wielki zapas pobłażliwości dla naszych rodziców.

— Józia, a to jak Boga tego, mów no po ludzku, człowiek siedzi, jak na kazaniu niemieckiem, a to ino szerc... szerc... — zaczął komicznie przedrzeźniać.

— Ach, jaka pani dobra, jaka dobra, tego nie wypowiem, że pani nas odwiedziła, i myślę, że i o mnie nie zapomni pani. Proszę o to koniecznie, z całą serdecznością, no, dobrze?.. panno Janino!..

— A i owszem, jeśli pan Andrzej zechce mnie zawieźć do pani.

— Kiedy tylko pani rozkaże, jestem przecież na rozkazy.

— Przyjedźcie, tylko z pewnością, będzie to prawdziwe święto dla nas, moja droga panno Janino!.. — i tak się przymilała, tak łasiła, takiemi pieszczotliwemi akcentami drgały jej słowa, że stary szepnął cicho do żony:

— Jucha, musiała kogo oszwabić, kiedy taka ucieszna dzisiaj.

— Widziała pani już pałac?.. prawda, że ładny.

— Bardzo ładny, nie myślałam nawet, że tak w nim pięknie.

— Królewskie mieszkanie, ale dla pani niema nic zbyt wspaniałego, nic, słowo honoru daję, że jestem z pani dumna.

Jankę mieszały jej słowa, odczuwała pod temi gładkiemi i pięknemi frazesami nieszczerość, zresztą była bardzo czuła na szarżę, a Józia przesadzała w czułościach i komplementach, nawet Andrzej spoglądał na siostrę trochę niespokojnie i ze zdziwieniem, nie poznawał jej.

Gdy zmierzch się zrobił i księżyc wypłynął z nad lasów, Janka podniosła się do odjazdu. Pożegnała się ze wszystkimi bardzo serdecznie. Stary sam ją wsadzał do sanek, okrywał jej nogi, i gdy sanki pomknęły z brzękiem z pod oficyny, szepnął:

— Jucha ten Jędrek, wybrał se pannicę niby łanię, jak Boga tego kocham, będzie chłop używał.

Józia spoglądała za odjeżdżającymi ironicznym, drwiącym wzrokiem.

VI.

— Pojedziemy się przejechać, panno Janino!

— Gdzie tylko pan chce.

— Walek, jedź do szosy. Co było niewłaściwem, to niechże nam pani daruje!.. — zaczął nieśmiało.

— Ależ, panie Andrzeju, daję słowo, że te kilka godzin, przepędzonych u państwa, sprawiły mi prawdziwą przyjemność, za którą panu serdecznie dziękuję.

— Gdyby pani wiedziała, jak panią kocham, jakiego szczęścia pragnę dla pani! — mówił gorąco, okrywając jej ręce pocałunkami. Zamilkł, bo wjechali na szosę i konie ruszyły z kopyta; przygarnął ją do siebie ręką i siedzieli tak, milcząc i poddając się rozkoszy: on siedzenia przy niej, trzymania jej prawie w objęciu, że czuł jej oddech na twarzy; ona zaś temu nieokreślonemu uczuciu zadowolenia, jakie wywiozła z Krosnowy. Konie biegły tak szalenie prędko, że w półtorej godziny zrobili trzy mile. Stangret wjechał do Miechowa i przystanął przed cukiernią.

— Jaśnie panie, koniom trza dać zipnąć i przegryźć co — tłumaczył.

— A dobrze, wytrzyj je, pookrywaj, niechaj wytchną, bo za godzinę wracamy. Panno Janino, wstąpimy do cukierni na herbatę.

— Doprawdy, wolałabym poczekać w sankach.

— Nie, nie zgodzę się na to, zaziębiłaby się pani.

— Tak, ale znowu... — wahała się chwilę, wreszcie wysiadła i weszli do cukierni. Wybrała jakiś zacieniony więcej stolik.

Kończyli prawie herbatę, gdy przed dom zajechały z brzękiem sanki i do środka wpadł młody, czarno ubrany człowiek.

Andrzej podszedł do niego i zaraz go przyprowadził i przedstawił.

Był to Witowski.

— Wyjechaliśmy z Krosnowy przejechać się, ale że sanna świetna, konie szły dobrze, więc znaleźliśmy się aż tutaj — objaśniał Andrzej, robiąc mu miejsce obok siebie.

— I mnie spotkało coś podobnego. Jadzia pojechała do Jasinowskich, wybrałem się po nią i po drodze wstąpiłem na czarną kawę.

— No, po drodze nie tak bardzo, dziesięć wiorst wbok — zaśmiał się Andrzej.

— Tak, ale mojemi końmi dwadzieścia minut.

— Kiedyż jedziesz za granicę?.. chłopiec! kawy gorącej i koniaku!

— Dopiero po ślubie państwa! — skłonił głowę przed Janką. — A czekam dosyć niecierpliwie, pomimo, że Ada chce mnie powstrzymać, jak można, najdłużej.

— To musi być dosyć nudne jechać daleko koleją.

— Jak dokąd, jak z kim i jak kiedy!.. — odpowiadał i pił wolno czarny ukrop, biorąc szklankę w obie ręce i ustawicznie przyglądał się nieznacznie rzucanemi spojrzeniami Jance, która siedziała milcząca i zmieszana nieco: i jego obecnością i swojem sam na sam z nimi; przytem mieszały i irytowały ją jego spojrzenia jakieś badawcze, a lekceważące, jego ton poufały i obejście swobodne.

— Lubi pani sannę? — zapytał, stawiając szklankę.

— Czemuż pan nie zapytał, czy ser lubię?.. i tem możnaby zacząć rozmowę — odpowiedziała dosyć porywczo, bo ją oburzył impertynencki, niedbały ton zapytania.

Witowski odwrócił się cały do niej. Przez chudą twarz o czarnych, głębokich oczach, przebiegł jakiś twardy ton, skłonił się z powagą.

— Ponieważ nie zawiniłem, więc niesłusznie mnie pani karze; ale, że widzę panią po raz pierwszy, że jest pani narzeczoną Andrzeja, że chcę żyć w zgodzie, więc niech mi pani zapomni przykrość mimowolną. — Wyprostował się na krześle i spojrzał na nią prosto.

Zmieszała się, bo to spojrzenie miało taką siłę, że głowa jej drgnęła jakimś poprzecznym ruchem, poprawiła się na krześle.

— Pani mi odpowie? — dodał.

— Tem, że sannę lubię bardzo.

— Przypuszczam, że pani nie zna prawdziwej sanny, bo konie Andrzeja, chociaż niezłe, ale człapaki, chodzą trochę szybciej od wołów.

— Przesadzasz i to bardzo, trzy mile jechaliśmy półtory godziny.

— To większa przesada, daję ci słowo, ale co tam, jedźcie państwo ze mną, odwiozę was do Bukowca. Zobaczy pani i poczuje prawdziwą jazdę sankami.

— To znaczy, z wywróceniem — uśmiechnęła się.

— O, nie, a zresztą, to zależy od szczęścia.

— Miałeś pojechać po pannę Jadwigę — wtrącił Andrzej, bo nierad był z propozycji Witowskiego.

— Jasinowski ją odwiezie. Ale uprzedzam, że będziemy jechali szalenie.

— Zgoda, ale wracam do wywrócenia...

— O tem nie mogę nic mówić. Mnie to nie obchodzi zupełnie, bo wiem, że jeśli się to stanie, to mnie nic nie będzie, ale czy państwu nie, tego nie wiem.

— Bardzo ciekawa pewność, z jaką pan mówi, że nic się panu nie stanie. Gdybym była panem Andrzejem, wystawiłabym ją na próbę — mówiła wesoło, bo wydał się jej zarozumiałym pozerem.

— O, lubi pani eksperymentować...

— Jedyny sposób sprawdzenia.

Zamilkł na chwilę, zaczynała go interesować, bo przedtem był prawie pewny, że skoro jest narzeczoną Jędrusia, więc musi być, ot, zwykłą sobie gąską, tymczasem zdziwiła go. Znajdował zupełnie co innego.

— Dobrze, spróbujemy! — ściągnął brwi, aż mu na czole wystąpiły podłużne pręgi, formujące rzymską piątkę. Kazał zajeżdżać swemu stangretowi.

— Więc jedziemy?

— Nie, dajmy spokój, panno Janino, z tego może być jeszcze nieszczęście.

— Może być, ale czas jeszcze się cofnąć — szepnął ironicznie Witowski.

— Sprawdzimy. Przecież pana Witowskiego konie nie mogą prędzej biec od pańskich?

— A to djabły, nie konie. Więc, chce pani? — zapytał, myśląc jeszcze, że Janka się cofnie.

— O, proszę tylko — odpowiedziała stanowczo, bo przysłonione oczy Witowskiego jakby szydziły.

Andrzej kazał swojemu jechać za sobą. Wsiedli w sanki Witowskiego, długie i wysłane niedźwiedziem futrem.

Stangret ściągnął lejcarńi niewielkie, w białe łaty, żmudzkie koniki, pokrywane siatkowemi kapami i obejrzał się na sygnał.

Janka siedziała w środku.

— Ruszaj!.. a za miastem ze wszystkich sił! — zawołał Witowski.

Istotnie, za ostatnim domem, stangret zaczął świstać batem, i konie ruszyły jak strzała, prostą, wyszlifowaną drogą. Noc się roztaczała nad ziemią; po granatowych głębiach, roziskrzonych miljardami gwiazd, płynął księżyc, rozsiewał i mżył pyłem świetlistym po śniegach stwardniałych, przesrebrzał nagie przydrożne drzewa, pokryte osiędzielizną, co puchem szklistym zwieszała się i trzęsła za każdem drgnieniem powietrza; drzewa stały długim, nieskończonym szeregiem szkieletów, jakby z masy perłowej i rozwichrzonemi, pokręconemi żałośnie koronami patrzyły w niebo i w tę noc dziką zimy i pól pustych, otoczonych na dalekim widnokręgu sinemi wałami lasów, niby jakiegoś morza falami, co zastygły i skamieniały. Po drodze, wytartej płozami sań, po śniegach, pokrywających pola jednostajną zimną białością, po drzewach, po krzyżach przydrożnych oszroniałych, wyciągających czarne ramiona na rozdrożach, włóczyły się i przebiegały błyski świetliste i skrzyły się tajemniczo i nieuchwytnie, niby jakieś widmo świateł i barw lata umarłego. A tam, pod wzgórzami białemi, siedziały cicho wsie długie, jakby wielkie jakieś ostygłe potwory, o setkach czworokątnych czerwonawych oczu i zdawały się uciekać z pośpiechem wtył.

Mróz brał coraz siarczystszy, konie pokryły się białą pianą i tak leciały, że prawie brzuchami dotykały drogi i tylko od czasu do czasu kwiczały dziko i biły kopytami coraz szybciej.

— Dobrze pani? — zapytał cicho Witowski.

— Prędzej! prędzej!.. — szeptała, upojona tym ruchem szalonym.

Witowski skoczył na kozioł, schwycił lejce i zaczął poświstywać na konie; zarżały radośnie, świsnął je batem; tak poderwały sanki i poniosły, że gdyby był Andrzej wpół nie uchwycił Janki, byłaby wyleciała z siedzenia.

Zaczęła się prawdziwie szalona jazda. Tchu nie mogli złapać. Wsie, drzewa, krzyże, karczmy, przestrzenie, wszystko to zlało się w jakiś kłąb

splątany, migający, niewyraźny, który się przewalał z niezmierną
szybkością i toczył jakby w przepaść jakąś; a oni porwani, oniemieli, z
dziką radością w sercach lecieli... lecieli... lecieli...

Śnieg, pryskający z pod kopyt końskich, zasypywał im twarze i palił
płomieniem.

— Czy teraz dobrze? — rzucił drwiąco.

Nie odpowiedziała, bo nie miała sił i strach jakiś bezwiedny jeszcze
przysłaniał jej oczy krwawym tumanem; przyciskała się do Andrzeja, który
ją trzymał silnie, ale i w nim niepokój rósł co chwila większy, bo konie
szalały, zaczęły kwiczeć dziko i rzucać się wbok, ale Witowski trzymał je
na wodzy żelazną ręką, smagał potężnie, znaglając do biegu i od czasu do
czasu Janka widziała jego profil, zwrócony do siebie, i czarne, zimne oczy i
ten uśmiech dziwny, który ją przejmował dreszczem, ale za nic na świecie
nie przyznałaby się do obawy; zaczynała tracić przytomność, zesłabła,
czuła szalony zawrót głowy, porywały ją te charakterystyczne mdłości, jak
przed chorobą morską, omdlewała ze wzruszenia, ale milczała.

Przelecieli las jak burza, tylko ostre, gwałtowne dźwięki dzwonków
pozostały po nich i leciały po cichym, oniemiałym lesie, i, jak burza, wpadli
przed stację. Zatrzymał konie tak gwałtownie, że zaryły nozdrzami w
śniegu.

— Nie chciało się nas uczepić nieszczęście! — rzekł Witowski spokojnie,
oddając lejce stangretowi.

Janka wysiadła śpiesznie, ale, stanąwszy, zachwiała się i upadła zemdlona
w śnieg.

— Histeryczka! — mruknął Witowski, obwinął się futrem i, nie żegnając
się z nikim, kazał wykręcić i odjechał.

Andrzej, przestraszony, porwał Jankę na ręce. Panna Martyna i Marja z
Janową zajęły się nią i przywracały do przytomności, a on, nie śmiejąc
wejść do pokoju, siedział w kuchni i gryzł ręce i wąsy ze złości na siebie.

Przysłuchiwał się przez drzwi narzekaniom kobiet i płaczom żałosnym
Janowej i taka go rozpacz ogarnęła, że tłukł obcasem w skrzynkę, aż deski
pękały, rzucał się do drzwi i chciał wejść siłą do pokoju, gdzie leżała Janka,
ale Martyna rozkrzyżowała się we drzwiach i głosem wyniosłym
powiedziała:

— Nie można!.. jaśnie pan wiedzieć powinien, że nie wypada panu tutaj
wchodzić.

Ale w kilkanaście minut okropnych dla niego, bo zdawało mu się, że Janka
już umarła, usłyszał jej głos. Wpadł, niby wichura i, nie zważając na
kobiety, przedarł się do sypialni i upadł przy łóżku na kolana, okrywając
jej ręce pocałunkami i przepraszając najszczerzej jak mógł.

— Moja wina, niech mi pani daruje, znam przecież tego djabła, onby
poświęcił cały świat, ale pocom się ja zgodził. Doprawdy, myślałem, że
pani już nie żyje.

— Nic mi nie jest, zwyczajne omdlenie z nadmiaru takich silnych wrażeń, za silnych — mówiła z uśmiechem i przymykała oczy, przechylała się nieco wtył na poduszce, bo się jej wydawało, że jeszcze jedzie.

— Nie, jak Pana Boga kocham, nie daruję! — wykrzyknął.

— Przeciwnie, proszę pana bardzo o to, zapomnijmy... to była moja wina, ja tego chciałam. Czy pan Witowski już odjechał?

— Zapewne już w domu.

— Pierwszy raz w życiu zemdlałam, zrobiło mi się tak słabo, tak się zakręcił świat ze mną, że pamiętam tylko tyle, jak upadałam, a później nic. Może się umiera tak samo.

— Niech pani nie mówi o śmierci.

— Boi się pan śmierci?

— Przyznam się szczerze, że przedewszystkiem staram się nie myśleć o niej, bo mnie zaraz dławi jakiś okropny strach. O, tak, boję się śmierci, boję.

Rozmawiali jeszcze chwilę i wkrótce Andrzej odjechał, a Janka, nie mogąc usnąć, rozmyślała o Witowskim. To oczy jego wyglądały ze śnieżnych, roziskrzonych przestrzeni i chwiały się z powiewem wiatru, płonąc ponuro; to profil jego suchy, twardy, migotał tuż przed nią, to ten spiżowy głos słyszała tak wyraźnie, że przejmował ją dreszczem, i jakieś ciepłe nieznane fale pulsowały w jej żyłach.

Zaczynał zajmować jej wyobraźnię, myślała o nim dłużej i aż się zdziwiła, uświadomiwszy sobie, że tak wiele się nim zajmuje; ale, pomimo, że odsunęła go w głąb pamięci, chciała się dowiedzieć bliższych szczegółów o nim. Zaciekawiał ją i podrażniał.

Miała się spytać Andrzeja, który na drugi dzień przyjechał wcześniej, aby się dowiedzieć o jej zdrowie; ale, spojrzawszy w jego szczere, pełne miłości oczy, zaniechała, bo przesunęła się przed nią twarz tamtego, i bezwiednie porównywała.

— Może i dzisiaj zechce się pani przejechać trochę? — proponował.

— Dziękuję, ale na dosyć długo starczy mi wrażeń wczorajszych.

Nie szła im rozmowa dzisiaj, Jankę mieszały jego czyste, gorące spojrzenia, jakiemi ją obrzucał, głos jego ją drażnił, bo z powodu przeziębienia chrypiał trochę, zawadzał jej, bo musiała z nim siedzieć, i nawet z pewną ulgą pożegnała go i powróciła do szwaczek, które już kończyły szyć wyprawę. Martyna śpieszyła się gorączkowo, bo czekały na nią konie z jakiegoś dworu, gdzie miała zaraz jechać.

— Jadę do państwa Borzęckich; magnacki dom; starsza córka, panna Cecylja wychodzi zamąż, za jakiegoś Wiśniewskiego, doktorzynę z Warszawy; mezaljans, ale podobno się kochają! — skrzywiła się ironicznie.

— Jakże się pani podobał przyszły pani dom? — zapytała i pochyliła głowę nad spodkiem z konfiturami, nabierając wiśnie na igłę, żeby ukryć drwiący uśmieszek, jakiego powstrzymać nie mogła.

— Bardzo mi się podobał, prześlicznie urządzony, z przepychem niesłychanym.

— Chamskim! — myślała Martyna i wybladłe jej oczy zaświeciły pogardą.

— Wie pani, będzie temu dwa lata, szyłam wyprawę u państwa K. na Litwie, magnacki dom, jedynaczka ich wychodziła zamąż za pana Włodka, prześliczny mężczyzna. Na tydzień przed ślubem pojechali na spacer sankami, panna się zaziębiła i zachorowała, nie umarła wprawdzie, ale małżeństwo się rozwiało, bo rodzice uważali, że to zły znak.

— Więc?.. — zapytała się Janka, odwracając się szybko do niej.

— Ja nie chcę przez to powiedzieć, nie, tylko mi na myśl przyszło pani zemdlenie i przypomniałam sobie tę historję. To się czasem tak dziwnie składa, to takie dziwne rzeczy nieraz przychodzą, niewiadomo skąd... — mówiła takim złowróżbnym głosem, że Janka zirytowała się i odeszła do swojego pokoju, ale Orłowski zawołał ją do saloniku i zaczął cicho wypytywać o Krosnowę i o jej zdrowie.

Opowiadała mu szczegółowo, zdawał się nie słyszeć, patrzył tępym, zmąconym wzrokiem w okno i automatycznie gładził brodę; gdy skończyła, rzekł najspokojniej:

— Jakże tam w Krosnowie? pałac ładny? przyjęli cię szczerze?

— Ależ w tej chwili opowiadałam o wszystkiem, nie słyszał ojciec, co ojcu jest?

— Nic, nic, a prawda, słyszałem, dywany, bronzy, porcelana sewrska, stołowy wykładany dębem, prawda, słyszałem. Więc idziesz za Andrzeja? — zapytał, podnosząc na nią ciężko oczy i z takim dziwnie przejmującym akcentem, że zadrżała.

— Dlaczego ojciec pyta się w ten sposób? — zawołała przestraszona i chciała go ująć za ręce.

— Nie, nie!.. — zakrzyknął, cofając się gwałtownie. — Widzisz, myślałem, żeś się rozmyśliła, że... że... — mówił wolniej i raptownie podniósł się i wyszedł do swego pokoju.

— Chory! — pomyślała i w chwilę potem zajrzała za nim. Orłowski stał przed biurkiem z twarzą pochyloną do ściany, nieruchomo i cicho.

Cofnęła się z niepokojem w sercu i napróżno starała sobie wytłumaczyć jego stan, ale uspokoiła się, bo przy wieczornej herbacie, gdy zostali sami — szwaczki już odjechały — Orłowski był w zwykłem usposobieniu, zauważyła tylko jakiś ledwie pochwytny odcień zdumienia, czy przestrachu, jaki miał w oczach, i to, że, odchodząc spać wcześniej niż zwykle, nie pocałował jej.

Przeczuwała, że ma jakieś wielkie zmartwienie, że musiało go coś spotkać na służbie i, chcąc się dowiedzieć, poszła do Zaleskich. Byli oboje w domu, ona grała, a on próbował śpiewać jakąś wielką arję, bo teraz słychać go było na stacji dnie całe wyśpiewującego nieustannie.

Usiadła, milcząc, żeby doczekać się końca śpiewu. Henio wyprężał się po bohatersku i z ręką na sercu, w pozie tenora heroicznego wydzierał wprost głos z siebie i rzucał zabójcze spojrzenia na żonusię, która, jakaś rozpromieniona, z rozrzuconą grzywką, spotniała od wysiłku, zdenerwowana, poddawała mu głosem i dźwiękami tony i wybijała jeszcze od czasu do czasu takt nogą.

— Jakże się pani mój głos podoba, prawda, że jest? — skromnie pytał po skończeniu.

— Zdumiewający! przepraszam, że przeszkadzam, ale przyszłam z prośbą. Henio się wyprężył, wyciągnął mankietki, musnął wąsiki, skłonił nisko, przysunął krzesło, usiadł z miną bardzo poważną i bardzo wdzięczną i słuchał.

Opowiedziała mu swoje przypuszczenia co do ojca.

— Nic nie wiem, nic, daję słowo! — rzekł patetycznie, ale jakoś zesztywniał, spoglądał przelotnie, porozumiewająco, na żonusię, która słuchała rozmowy z twarzą zatopioną w nutach rozłożonych na pulpicie. Jankę zdziwiło jego zachowanie się, odczuła, że ukrywa coś przed nią, i utwierdziła się jeszcze bardziej w przypuszczeniach. Pożegnała się prędko i wstąpiła do kancelarji, aby zapytać się Stasia, bo obawa jakaś ciemna, a bolesna, przepełniała jej serce, ale w kancelarji był Karaś, pokazywał pod światło karty z pornograficznemi rysunkami i śmiał się jakimś ohydnym śmiechem, podobnym do rechotania świń. Staś, rozczerwieniony, z oczyma na wierzchu, niby żaba wpatrująca się w słońce, stał i patrzył. Zamknęła prędko drzwi i wróciła na górę.

— Dlaczego ja się denerwuję? — myślała. — Przecież nic się nie stało, nic! — i szukała myślą przyczyn tego dziwnego nastroju; nic nie znalazła, ale, pomimo to, zdenerwowanie nie ustępowało, niepokój rósł i coraz gęstszemi włóknami opasywał jej serce.

Następnego dnia Andrzej nie przyjechał wcale; czekała go do późna.

— Musiał gdzie pojechać... nie mówił mi, że wyjedzie... — przypominała sobie i po kilkakroć szła do kuchni, aby oknem popatrzyć na rozsrebrzony las, na pusty podjazd i na długą białą wstęgę drogi, ginącą w lesie. Pusto było wszędzie i cicho.

Orłowski milczał cały wieczór i chodził zgarbiony dokoła stołu, targał brodę, rzucał ramionami i znowu, nie całując jej na dobranoc, odszedł do siebie.

— Co to jest? dlaczego? — myślała.

Następnego dnia Andrzej także się nie zjawił.

Jankę zaczęły trapić dręczące, złe przeczucia.

Szły na nią, jak te chmury ołowiane, ciężkie, jakie zaczęły zasnuwać horyzont i zaciemniać świat, jak te wichry, które zrywały się z pól, porywały kłęby śniegu, tarzały się w śnieżnych tumanach i ginęły w nagłej, przerażającej ciszy.

Niepokoiło ją niepokazywanie się Andrzeja, przestraszał ojciec, który całą noc chodził po swoim pokoju i rozmawiał z sobą. Dręczyło i rozdrażniało ją wszystko.

Nie mogła spać w nocy, bo Zaleska grała dłużej i smutniej jakoś tego wieczora; słuchając tych oddalonych łkających dźwięków, zdawało się jej, że to las tak płacze i skarży się. Wyglądała oknem w noc ciemną, burzliwą, rozwianą wichrami, szalejącą, i uczuwała, że ją dławi strach mocny i okropny, patrzyła się rozszerzonemi oczyma w zawieruchę, co, niby orkan, kłębiła się, wirowała w olbrzymich lejach i biła niestrudzenie w las, który się pokładał, jęczał, giął, ale wstawał i rozsrożony, straszny jakiś, w obłokach kurzawy, huczał ponury hymn walki.

— To okropne! — szeptała, siadając na łóżku, a nie mogąc wysiedzieć, zrywała się, jakby chcąc uciekać, i padała na małą otomankę, skręcała się w kłębek, chowała głowę i leżała tak długo, uspokajając się powoli rozmyślaniem.

Andrzej znowu nie przyjechał. Janka, pomimo, że ciągle sobie przypominała, iż go nie kocha przecież, że nic jej nie obchodzi, czy on jest, lub go niema, powiedziała ojcu, że należałoby posłać do Krosnowy i dowiedzieć się, co się tam stało.

— Widziałem pana Grzesikiewicza w bufecie — powiedział Świerkoski, słysząc jej słowa.

— Kiedy?

— Dzisiaj.

— Przywidziało się panu. Ręczę, że gdyby był w bufecie, byłby i tutaj! — odpowiedziała gniewnie. — Czego ten idjota chce, poco dzisiaj przyszedł? — pomyślała.

— Ręczę pani, że w bufecie był. Wydawał się jakiś zmartwiony, wpadł do bufetu, siedzieliśmy z Karasiem i oglądali nowe karty, jakie sprowadził z Sosnowca, przystanął przy nas, popatrzył i zaraz wyszedł; myśleliśmy, że poszedł, jak zwykle, do państwa.

— Nie był, musiał mieć ważny interes i brakło mu czasu... — szepnęła, jakby usprawiedliwiając.

— O tak, przecież narzeczony może mieć interesa ważniejsze, niż odwiedzanie... może... tak...

— Z czegóż się pan śmieje? — zawołała porywczo, bo po ustach Świerkoskiego przesunął się zjadliwy uśmieszek.

— Nie śmieję się, wydaje się pani — powiedział poważnie, wsuwając ręce w rękawy.

Spoglądała na niego podejrzliwie, bo ją uderzył jego suchy, szydzący akcent.

Świerkoski dzisiaj był szczególny; nie poruszał się prawie na krześle, siedział prosto i sztywno, tylko oczy z błyskawiczną szybkością biegały mu po pokoju. W twarzy zamkniętej, więcej pożółkłej i bardziej jeszcze podobnej do pyska wilka, tkwił jakiś wyraz głębokiej radości, siłą powstrzymywanej, i triumfu, mówił bardzo mało i grał w warcaby z Orłowskim, a tak spokojnie przegrywał, że zawiadowca, zapominając o kłopotach, podrwiwał z niego.

— Dlaczego nie wstąpił, co to się dzieje? — myślała Janka, z odrazą odwracając oczy od Świerkoskiego i zadumywała się, nie odpowiadając na jego zapytania.

Nuda jakaś obrzydliwa i okropna po tem zdenerwowaniu przyszła i ogarniała ją całą, przesyciła nawskroś i gnębiła niesłychanie.

VII.

Leżała na otomanie bezmyślnie zapatrzona w sufit, gdy Janowa przyszła powiedzieć, że pan z Krosnowy przyjechał i czeka w saloniku.

— To dobrze, zaraz przyjdę! — zawołała tak żywo, że aż się zarumieniła i długo patrzyła w lustro i poprawiała sobie włosy, nim wyszła.

Andrzej zerwał się z krzesła, pocałował ją w rękę i usiadł znowu, w roztargnieniu pokręcając wąsy.

— Co się z panem dzieje, czy pan chory? chciałam już dzisiaj z zapytaniem posłać Rocha.

— Zdrów jestem, nawet zupełnie zdrowy jestem, tak... tak... — mówił urywanie, podniósł się i patrzył na nią wahająco.

— Pan taki strasznie zmieniony!.. — spostrzegła jego dziwną, sinawą bladość, oczy podkrążone i świecące gorączką, usta białe i popękane.

Nie odpowiedział, zrobił kilka bezcelowych kroków, strzepnął kurz z serwety na stole, przekręcił nieco abażur, przystanął. Patrzał się teraz prosto w jej oczy, ale takim zmęczonym, bezbrzeżnie żałosnym wzrokiem, że zatrzęsła się z trwogi. Drżącemi rękoma rozpiął surdut i długo szukał portfelu, z którego wyjął niewielki, w długiej kopercie list i podał jej.

Potem upadł na krzesło, jakby z absolutnego braku sił, oparł czoło o stół i szeptał głucho:

— Niech pani przeczyta, niech pani przeczyta, niech pani... — urwał, brakło mu głosu i sił do mówienia.

Janka najspokojniej wzięła list i czytała.

„Panie! Bardzo życzliwa osoba poczytuje sobie za święty, chrześcijański obowiązek przesłać panu ostrzeżenie: Ta, której pan dajesz swoje nazwisko, która ma być matką twoich dzieci, żoną twoją, jest najpospolitszą awanturnicą. Że była w teatrze, wie pan o tem, ale o tem, że była kochanką niejakiego Kotlickiego, później Głogowskiego literata, a wkońcu Niedzielskiego, zwykłego szubrawca teatralnego, o tem zapewne szanownemu panu nie zdążyła jeszcze powiedzieć ta, która z taką pogardą patrzy na świat i zwykłych uczciwych ludzi. Nie powiedziała prawdopodobnie i o przyczynach, jakie ją zmusiły szukać przed hańbą ucieczki w samobójstwie. Spytaj się jej pan.

„Załączam adres osoby, u której mieszkała w Warszawie, ta panu może bliższe, ciekawsze szczegóły opowiedzieć. Później, kiedy pan odtrąci ją od siebie, kiedy odetchnie powietrzem czystem i uspokoi się, osoba, która pana ostrzega, da się poznać, żebyś wiedział, kto czuwa nad twojem nazwiskiem, a przedewszystkiem, nad twojem szczęściem".

Podpisu nie było żadnego, data z przed trzech dni.

Janka czytała wolniej, coraz wolniej, odrywała oczy od listu, patrzyła chwilę przed siebie, oddychała głęboko i czytała dalej, chwilami nie rozumiejąc nic, bo litery zlewały się w jedną czarną plamę i krew z takim szumem napływała do głowy i huczała w skroniach, że chwiało się z nią wszystko.

Upadła na krzesło, taki okrutny spazm żalu ścisnął jej serce. Opuściła głowę bezwładnie, bo wszystka moc ją odbiegła, tylko załzawionemi oczyma patrzyła w próżnię i zdawało się jej, że słyszy jakiś potwarczy, nieubłagany głos, mściwie krzyczący:

— Była kochanką Kotlickiego! Głogowskiego! Niedzielskiego! — i ten głos smagał ją okropnie, rozdzierał jej wprost mózg hukiem i rozprężał wszystkie tętnice bólem.

Andrzej patrzał na nią i pił spojrzeniem z jej źrenic każdy błysk i każde uczucie.

— Czy to... prawda?... — zapytał wolno, ale tak wolno i ciężko, jak pyta umierający. Pot zalewał mu oczy świecące krwawo i rozpaczliwie, opierał się o stół, bo wydawało mu się, że zaraz padnie i umrze.

Nie odpowiedziała, tylko patrzyła na niego takim dziwnym, okropnym wzrokiem, pełnym krzyku i rozpaczy, że zadrżał, jakiś błysk nadziei przeleciał mu przez mózg: usta, oczy, cała twarz zaczęła mu latać, rękoma bił powietrze, nie mogąc tchu złapać i nagła, oślepiająca, śmiertelna radość, niby burza, zerwała się w nim; nie mógł mówić, trząsł się ze wzruszenia i rzucił się jej do nóg z okrzykiem jakimś dzikim i zaczął okrywać jej stopy i suknię pocałunkami.

Odsunęła go łagodnie, podniosła z ziemi list i oddała; a kiedy odbierał go, nie rozumiejąc nic, pochyliła się szybko, pocałowała go w rękę i wyszła z pokoju.

Stał osłupiały, zmartwiały, nieprzytomny i patrzył na drzwi, któremi wyszła.

— A! a! a!... — wyrwało mu się z gardła. Ubrał się cicho i wyszedł.

Siadał do sanek nieprzytomny i patrzył na stada wron, tłukących się po drodze, po kupach końskiego nawozu; uciekały przed końmi i opadały zpowrotem na dawne miejsca. Obejrzał się za niemi.

— Walek! gdzie ty jedziesz? Przecież mówiłem, że jedziemy do Bukowca! — zawołał ostro, spostrzegłszy, że jadą lasem.

— A dyć, jaśnie panie, przecie jedziemy z Bukowca.

— Głupiś, zawracaj do Bukowca! To idiota dopiero!.. — dokończył ciszej i, gdy stangret spełnił rozkaz i wykręcił, Andrzej zaczął naciągać machinalnie rękawiczki, a kiedy w parę minut zatrzymali się przed stacją, wysiadł, poszedł na górę i zadzwonił najspokojniej. Dopiero zobaczywszy Janową, która mu drzwi otworzyła, ocknął się, przypomniał sobie wszystko, zatrząsł się cały i uciekł, rzucił się do sanek i krzyknął:

— Ruszaj!... prędzej!... — konie pomknęły tęgim kłusem.

— Prędzej!... — wołał, wyrwał Walkowi bat z ręki i z całą wściekłością bił konie, aż zaczynały stawać dęba i rżeć.

— Prędzej!... prędzej, psiakrew, prędzej!... — krzyczał ochrypłym głosem i bił zapamiętale. Wreszcie upadł w sanie, zatkał sobie usta futrem, żeby nie krzyczeć ze strasznego bólu, jaki mu żarł duszę.

— Ta święta! Janka! jego narzeczona, jego ideał, jest... Jezus! Jezus! Jezus!... ratuj, bo zwariuję... — jęczał przez łkanie.

Chwilami siedział sztywno i bezmyślnie, patrzył na drogę, na las czarny, otrząśnięty wichrami ze śniegu, na sroki, które w porębie wieszały się na nasiennikach i krzyczały, i wtedy jakaś chwilowa cisza rozlewała się w nim i przytłumiła burzę.

Zamknął się u siebie i rzucał po mieszkaniu, jak rozszalałe zwierzę, tłukące głową o pręty klatki, która się nie otworzy. Ale ból i chaos nie ustępowały; wściekłość tylko dzika miotała nim coraz srożej i ten straszny, nieopowiedziany ból zawodów miłosnych przeplatał go nawskroś i gryzł. Po kilka razy chwytał rewolwer ze stolika i kładł go po chwili, bo zapominał o myśli, z jaką go brał, bo ten zamęt rozsadzał mu wprost czaszkę i wszystkie myśli i uczucia plątał i rozkładał.

Poszedł w podwórze na wieczorny przegląd gospodarstwa, ale na nic nie patrzył i nie pamiętał. Chodził z tym bólem, niby z nożem w sercu, i za każdem uświadomieniem sobie własnego stanu, chwiał się i potykał i chodził dalej bezprzytomny. Przy kolacji dopiero zwrócił uwagę na ojca, który, pijany potężnie, krzyczał o wódkę.

— Niech mama nie daje! — krzyknął ze złością i rozsrożył się.

— Jędrek, cicho!.. jak Boga tego kocham, cicho!.. matka, gorzałki postaw! — bełkotał stary i bił pięścią w stół. — Dziedzic tu jestem, to mnie słuchać, bo jak Boga tego kocham... pszoł wszyscy!.. Matka, mówię ci po dobremu, gorzałki postaw!.. — i kiwał się sennie i pluł co chwila na własny brzuch i na talerze, rozstawione do kolacji.

Stara przestraszona postawiła butelkę.

Andrzej ją porwał i rzucił pod piec.

Stary wytrzeźwiał odrazu, siadł prosto i zapytał:

— Coś ty Jędruś zrobił?

— Widzi ojciec, co zrobiłem; dosyć tego pijaństwa!.. — ojciec opija się, jak zwierzę.

— Bo mi się tak chce, Jędrusiu! bo mi się tak podoba, synku! jak Boga tego kocham.

— Ale mnie się tak nie podoba, ja nie chcę, żeby się ojciec zapijał.

— Nie chcesz, Jędrusiu! nie chcesz, mój jaśnie panie synku! aha, to niby ty chcesz, żeby ja nie pił... — przekomarzał się stary i oczy mu zaczęły błyskać wściekłością, a zęby latały jak w febrze.

— Niech mnie ojciec nie irytuje, bo... — krzyknął Andrzej, hamując z trudem gniew.

— No bo co?.. zbijesz mnie, wyrzucisz na śmieci, nie dasz jeść?..

— Pietraś! ady na rany Chrystusowe, proszę was, ludzie!.. — błagała stara, czepiając się obu i starając zażegnać burzę.

— To niby ja ci zawadzam, jużbyś wszystko chciał zabrać, jak Boga tego kocham... poczekaj jeszcze, poczekaj dzieciątko... mnie ta niepilno do Abramka na piwo... oho, jeszcze długo musisz tylko wąchać mój majątek. To mnie żałujesz gorzałki, a całe tysiące rubli pakujesz na swoją grafinię!.. to se kupujesz jaksamity i sajety, a mnie nie chcesz dać gorzałki; a przecie to wszystko moje... a przecie ja tu dziedzic i pan, jak Boga tego kocham... a tobie od wszystkiego wara, jak psu!.. jak ci każę polizać, to liż! ale ugryźć nie wolno, bo nogą w zęby i za drzwi!.. pszoł!.. jucho jedna, pszoł!..

Andrzej się zerwał gwałtownie, ale rzekł dosyć spokojnie:

— To dobrze, niechże sobie ojciec zostaje dziedzicem, ja jutro wyjeżdżam.

— Jedź, Jędruś! jedź jaśnie synku do Italji z jaśnie synową, na pomarańcze, ale pierwej rachunki z foliwarków złóż, wylicz się!.. Ho, jaki mądrala, jak Boga tego kocham... obłowił się niezgorzej, a teraz powiada: pocałuj psa w nos, odjeżdżam!..

— Co wziąłem, gdziem się obłowił, com ojcu ukradł? — krzyczał Andrzej z wściekłością. — Daje mi ojciec chociaż grosz na pensję? Ile razy ojciec naciągał mnie na pożyczki? kiedy rachunków nie składałem? co?.. a odnawiam pałac, to ojciec dobrze wie, że za oszczędności, za konie, które mi wolno chować, mam to w kontrakcie. To zato, że robię i za pana i za parobka, że cały dzień, jak pies z wywieszonym ozorem, latam przy gospodarstwie; to zato, że zaprowadziłem gospodarstwo leśne, że zaprowadziłem płodozmian, że podniosłem dochód w dwójnasób, że pracuję jak wół — ojciec robi mnie jeszcze złodziejem!.. Mnie złodziejem zato, że ojciec się upija, jak świnia i nie wie, co się z nim robi i ojciec mi tak śmie powiedzieć?

— A śmiem, dziedzic tu jestem, bo pan tu jestem, słuchać i basta, a nie, to... pszoł!..

— Ja złodziej, ja!.. — krzyczał, zerwał się z krzesła, chwycił starego za klapy i zaczął trząść nim z całej siły, niby snopem słomy. — Żeby mi to powiedział kto obcy, to zabiłbym jak psa...

— Puść, Jędruś, Jędruś, puść!.. — jęczał stary i znowu poczuł, że jest pijany; przymknął oczy i czekał, rychło go syn zacznie tłuc o piec. Stara z płaczem rzuciła się pomiędzy nich.> — Karczmarska dusza, psiakrew!.. — syknął Andrzej, rzucił starego niby pęk łachów na łóżko i wyszedł.

— Pietruś! laboga Pietruś!.. — zawołała matka, potrząsając rozpaczliwie starym, bo leżał chwilę, jak kłoda nieruchomy, ale wkrótce otworzył oczy i podniósł się przy jej pomocy, obmacał sobie głowę i boki i rzekł trzeźwo:

— Dobra nasza! niczego w kosteczkach nie brakuje! A to honorna ścierwa, jak Boga tego kocham, kiej szlachcic... — zakończył z jakąś głęboką satysfakcją i podziwem.

— Ty pijanico! piekło zrobiłeś, a jak Jędruś pojedzie sobie, to będziesz miał...

— Głupiaś, stara, a gdzie to pojedzie, hę?..

— A juści, to un, co taki uczony, niby nie poradzi sobie; a zresztą, bo to jego panna nie ma pieniędzy?.. to ty będziesz moją pociechę, mojego jedynaka wyganiać, co?..

— Głupiaś, nie wydziwiaj! Jędruś nie pojedzie, bo mu zaraz jutro u regenta zapiszę wszystko. Wart tego, juści że prawda, ale co honorna jucha, to honorna... — podrapał się po głowie. — A mocny, jak koń; rzucił mnie, kiej snopek. Ho, ho!.. udał mi się parobek, jak Boga tego kocham, udał mi się. Pójdę i przeproszę go, co?.. jak matka zrobić? iść, czy nie?

— Idź!.. przecież, że trza go przeprosić; jabym sama poszła, ino śmiałości nie mam.

Stary poszedł, ale trochę nieśmiało, wstyd mu było własnego uniesienia.

Andrzeja nie było w mieszkaniu, wybiegł od rodziców w najwyższem rozdrażnieniu; kłótnia, do której zresztą nie przywiązywał wagi, bo podobne często bywały, dopełniła miary jego zdenerwowania.

Poleciał naprzełaj polami do Witowskiego.

VIII.

Noc była chmurna i wietrzna; od północy ciągnęły nieskończonym szeregiem szare, bezkształtne chmury, podobne do porozrywanych bel bawełny: wiatr miękki prześwistywał i niósł szum lasów huczących woddali jak burza, śnieg prószył mokremi płatkami i opadał ciężko na ziemię.

Andrzej szedł śpiesznie, do Witowa było tylko 5 wiorst, ale śniegi i ta droga przez zaspy i zagony zmęczyły go potężnie. Ochłonął z gwałtowności, ale samowiedza nieszczęścia przenikała go żałością rozpaczliwą. Skarżył się w duchu tym obszarom nocy. Czuł się tak nieszczęśliwym, że przystawał i obrzucał przestrzenie wzrokiem błagającym o pomoc, o zmiłowanie i szedł dalej z tą niepewnością człowieka, który stracił drogę i znaleźć drugiej nie może.

Do Witowskich pchała go siła przyzwyczajenia i to, że Witowski panował nad nim. Andrzej nietylko go słuchał, ale wierzył mu zupełnie, bo w swojem osamotnieniu miał duszę przyjazną, przed którą mógł się wywnętrzać. Witowski nigdy go nie oszczędzał i zawsze go ciął, niby brzytwą, sarkazmem, ale go kochał. Były to dwa szczyty: pierwszy, człowiek z ludu, silny i prosty, w połowie tylko okrzesany cywilizacją — i przerafinowany potomek wojewodów, histeryk prawie, a z pewnością neurastenik.

Dopełniali się.

Andrzej przeszedł most, bo wielki dom, dawny zameczek obronny, stał na wysepce i wszedł do przedpokoju.

Lokaj w liberji oczyścił go ze śniegu.

— Gdzie państwo?

— W bibljotece.

Przeszedł wielki ciemny salon, jakiś mniejszy pokoik i zatrzymał się przed zapuszczoną portjerą, z poza której rozlegał się monotonny głos lektorki: „Panie! otom jest w przygodzie: ciało moje chore, a serce udręczone smutkiem, który je uciska. A teraz cóż powiem? Niech Twoja wola się stanie!"

Nie słuchał więcej, odchylił portjerę i wszedł.

— Miałem posłać po ciebie — powiedział Witowski, ściskając mu rękę.

— Myślałam dzisiaj o panu! — odezwała się panna Jadwiga, siedząca w głębokim fotelu.

— Jedziesz z domu, czy od narzeczonej?

— Z domu przyszedłem... ale przeszkadzam, to zabiorę pani brata i wyjdę.

— Nie, nie zgodzę się na to dzisiaj. Panno Aureljo, odłóżmy czytanie! — zwróciła się do lektorki, która zaraz wyszła. — Masz na dzisiaj dosyć Naśladowania!.. namówiłam po raz pierwszy, żeby słuchał... — zwróciła się do Andrzeja.

— I słuchałem. Dziwna rzecz, jak te słowa są przesiąknięte łzami, poddaniem się, ufnością bezgraniczną; co w tem poezji!

— Może jeszcze tak samo będziesz wierzył! — szepnęła jakimś srebrnym głosem, zwracając na niego cudne, ale bez blasku, martwe oczy.

— Od zachwytu do wiary znacznie dalsza droga, niż nam się zdaje.

— Sądzę, że nie.

Zaczęli jedną z tych przesubtelnych rozmów, w których nietylko słowa i pojęcia, ale ich najlżejsze odcienie rozcina się i przepatruje. Andrzej zwykle milczał, bo albo nie rozumiał, o czem mówią, albo się nudził, ale dzisiaj opuścił się w krześle i nic nie słyszał zupełnie, a czuł się tak wyczerpanym, rozbolałym, zmiażdżonym, że siedział w uroczystej ciszy duszy, omdlewający z nadmiaru cierpienia.

— My mówimy, a pan Andrzej coś milczy zawzięcie.

— Jeść mi się chce — powiedział szczerze, bo w tej chwili przypomniał sobie, że nie jadł od rana i głód zaczął mu ssać wnętrzności.

— Od trzech dni mało co jadłem — usprawiedliwiał się.

— O, to coś niezwykłego! co ci się stało? konie padły, owce zdychają?

— O, nie, nie!.. — zaprzeczał smutnie, nie odczuwając ironji.

— Z rodziców które chore? — zapytała Jadwiga ze współczuciem — bo po głosie czuję, że pan cierpi.

— Niesłychane! Andrzej cierpi i cierpi nie z powodu strat materjalnych... aha, możeś ty chory?

— Zdrów jestem, ale uważasz mnie za proste zwierzę, bez duszy i bez serca.

— Nie, ale myślałem, że te organa nie funkcjonują u ciebie.

— Więc za kogóż ty mnie masz? — zapytał mocno dotknięty.

— W każdym razie za człowieka, a uważaj, że Jasinowskiemu już tego przyznać nie mogę.

— Dziękuję, boć to zaszczyt być zakwalifikowanym przez ciebie do ludzkiego rodzaju.

— Gatunku!.. — poprawił Witowski, unosząc głowę z fotelu, na którym bujał.

— A, tak, marnego, podłego, stadowego gatunku, który nie umie kochać, nie może cierpieć... tak, rozumiem cię, rozumiem was!.. — zaczął się unosić, głos mu brzmiał goryczą i żalem, a w oczach płonął ponury ogień. — Któż ja jestem?.. cham, prosty cham... bydlę prawie dla ciebie... o, tak, my nie cierpimy, my nie kochamy, my nie czujemy. Tak, cóż ja jestem? zwierzę pociągowe; człowiek, który widział tylko z cywilizacji ubranie i potrzeby niektóre; ty przecież mówisz mi codziennie o tem, bo sobie nie zadajesz trudu zajrzeć do mojego wnętrza, bo nie wierzysz, żebym mógł myśleć i zajmować się nietylko końmi, gospodarstwem, lasem, ziemią... a zresztą, co mnie to obchodzi!.. — dokończył ciszej i zamilkł.

— Pan cierpi bardzo, panie Andrzeju?.. pokaż się pan!..— ujęła go za rękę i podprowadziła pod lampę, okrytą jedwabnym, zielonym abażurem i zbliska zajrzała mu w oczy. — Bardzo pan cierpi... — szepnęła smutnie, usta jej drgnęły wielką litością. Wróciła do swojego fotelu, delikatnie rozpoznając drogę rękoma, bo sprzęty rysowały się jej niby we mgle niezdecydowanemi konturami.

— Może poradzimy... jeśli można, powiedz pan, co się stało?.. każde serce ludzkie, to wszechświat zaludniony miljardami bólów. Straszne, straszne!.. — szeptała cicho i cudną głowę zwiesiła na piersi, a w martwych, wystygłych oczach błysnęły łzy.

Andrzej poruszył się, spojrzał na nią z wdzięcznością i uwielbieniem, ale pochwycił przelotnie wyraz twarzy Witowskiego, jakiś pogardliwy, i całe wyznanie, jakie miał już na ustach, zamknął w sobie. Zesztywniał nagle, zapiął bezwiednie surdut, jakby go mroźne tchnienie owiało i, podkręcając wąsa, mówił, siląc się na spokój i obojętność:

— Bagatela!.. słowo pani daję... małe nieporozumienie domowe...

— Domowe... — szepnął przeciągle Witowski, leżąc w fotelu, zapatrzony w malowane na suficie Trytony, dmące w muszle.

— Ach! te niesnaski rodzinne są zwykle najboleśniejszc, bo sączą w duszę rozdrażnienie i złość, niby z czary pękniętej, kropla po kropli i ani się spostrzeże człowiek, jak znienawidził ten swój dom, przystań jedyną... jak przeklina; a to wszystko z powodu braku pobłażliwości, wyrozumienia.

— Tak!.. — szepnął znowu Witowski, ziewając głośno.

— Szczęście, że my ze Stefem nie kłócimy się nigdy; nawet w czasach najcięższej nędzy, kiedy nas dławiła w Londynie, żaden cień nie mącił naszego przywiązania.

— Stawiają też państwa, za wzór zgody i miłości rodzinnej.

— I warjactwa! — dorzucił szyderczo Witowski.

Przyniesiono stolik, pokryty potrawami, przed Andrzeja. Zaczął jeść chciwie.

Milczenie zaległo pokój.

Witowski patrzał wciąż w sufit z ironicznym, gryzącym wyrazem ust, a Jadwiga wstała i zaczęła chodzić wzdłuż pokoju, wyciągniętemi rękoma dotykając sprzętów i tą cudowną intuicją ślepych omijając zawady.

— Kiedyż pan mnie zaznajomi z narzeczoną? pragnę się jej dotknąć i poznać. Myślę, marzę nawet, że stworzymy sobie we czworo mocny związek dusz zbratanych, oddanych zupełnie sobie.

— Liljowy bukiet dusz, związanych surowcem — rzucił Stefan, spoglądając na Andrzeja.

Andrzej udał, że nie rozumie przycinku.

— To moje głębokie marzenie: mieć naokoło siebie dużo dobrych ludzi i wtedy, kiedy już świat zniknie zupełnie dla moich oczu, kiedy ta wielka noc zatopi moje ciało, czuć przy sobie serca dobre i czerpać z ich życia trochę sił do znoszenia ciężaru własnej egzystencji. O, to są egoistyczne uczucia, wiem; ale tak mi trudno się ich wyrzec, tak trudno... — mówiła, stojąc na środku pokoju, z oczyma wzniesionemi do góry i z rękoma wyciągniętemi.

— Nie mogę znaleźć innej radości, a chociaż nie mam prawa już do żadnej...

— Ada! — powiedział z uczuciem Witowski, podchodząc do niej. — Nie mów tak, nie myśl o tem, bo mnie to rozdziera i ciebie wzburza i przyśpiesza ten kres straszny. Nie mów, uśmiechnij się, siostro! — prosił głębokim, przejętym łzami głosem, bo jej twarz jasna, wzniesiona nieco, była pełna surowości bólu, jaki szarpał jej sercem.

Dotknęła się jego twarzy jakimś matczynym, pełnym czułości ruchem i uśmiech, podobny do uśmiechów kwiatów konających, przysypanych ziemią, wykwitł na bladych ustach.

— Myśli są niby ptaki; zrywają się z gałęzi, aby usiąść na drugiej, ale padają daleko, daleko, daleko... bo już w locie spostrzegłszy wynioślejszy wierzchołek, wirują dokoła niego, nim spostrzegą, że i tam odpoczynku niema... Kiedy mnie pan zaznajomi z narzeczoną?.. chciałabym ją poznać jak najprędzej. Stef mówił, że taka piękna!..

— Nie mam już narzeczonej!.. — odpowiedział wolnym, drżącym głosem.

— O, o, o!.. — wymawiał wolno Witowski, leżąc znowu w fotelu, i odrywał zwolna oczy z sufitu i coraz silniej świecił niemi, przenosząc je na twarz Andrzeja.

— I marzenia są jak ptaki, gdyż krążą upojone siłą własną, weselem, pięknem, radością czystą istnienia i wtedy zdają się dosięgać słońca i świat zabarwiać; a jastrząb spada i rozbija harmonję i ginie radość, uniesienie... i ginie szczęście i giną marzenia; złe wieści, to jastrzębie, co szponami wiszą u serc i krzyczą, śmierć i zatracenie! Bardzo bolesną wieść pan przyniósł, bardzo... — mówiła ze smutkiem.

— Złe wieści, to wilki, to węże, co oplatają serca i mózgi potwornemi skrętami i gryzą... gryzą... gryzą... — powtarzał wolno Witowski z wykrzywioną twarzą i takim ciężkim i bolesnym głosem, jakby wszystkie żmije bólów ocknęły się w nim i zaczęły mu gryźć duszę.

— Dobranoc! — powiedział Andrzej, powstając nagle od niedokończonego jedzenia, bo ton ich słów, wyrazy ich twarzy, ta tragiczna cisza pokoju i przypomnienia schwyciły go za gardło okropnem łkaniem i serce ścisnęły mu tak strasznie, że nie mógł nic więcej mówić i wyszedł.

I szedł zpowrotem temi samemi polami i jakby ze śmiercią w sobie — i przez łzy, które mu przysłaniały oczy, przez ból, przez całą nędzę swojego stanu szeptał chwilami:

— Janka!.. Janka!.. — i wyciągał ręce do tych bezmiernych, pustych przestrzeni niebios, w których gdzie niegdzie w przerażającej głębi migotały gwiazdy, przysłaniane chmurami, pędzącemi z szaloną szybkością.

— Biedny człowiek! ta miłość tak go podnosiła i tak uszczęśliwiała!.. — szepnęła ze współczuciem Jadwiga.

— Tak, ale ta boleść go uczłowieczy.

— Biedny człowiek, czem on żyć będzie? przecież w tę miłość włożył całego siebie. Zostaniesz?.. pójdę się modlić...

— Ada! znowu wzruszenie?.. a czyż my nie cierpimy? On mniej cierpi, bo cierpi jak człowiek dziki, który tylko czuje; ale my srożej, bo uświadamiamy sobie i nie widzimy ratunku na ból. Rano pojadę do niego, rozpytam, będę chciał ich pogodzić.

— Dobranoc! — Dotknęła ustami jego czoła, przesunęła ręką po włosach i twarzy i wyszła.

Szła długim, sklepionym korytarzem, pociętym z jednej strony oknami, zupełnie klasztornemi, bo w głębokich niszach wisiały wielkie krzyże, oświecone lampkami oliwnemi. Dotykała się ich, przystawała chwilę w głębokiem skupieniu przed każdym i weszła do ogromnej kaplicy. Była to dawna zamkowa kaplica, zajmująca narożną dwupiętrową basztę, zupełnie bez ozdób i przerażająca swoją surowością i ciszą kamienną. Ściany były czarne od starości, poplamione zielonawemi plamami wilgoci, która ściekała na posadzkę kamienną, ułożoną z tafli białych i czerwonych. Kilka wąskich i długich strzelnic w środku murów nie przepuszczało prawie światła, tak były zasnute pajęczyną. Od wiązań dachowych spuszczał się prosty sznur i trzymał lampę, podobną do róży złotej, która drżała ustawicznie i rozsypywała nieco blasków zimnych na klęcznik, stojący pod nią i na prosty ołtarz, na którym stało sześć żelaznych lichtarzy, z żółtemi woskowemi świecami. Na tle tej czarności grobowej, nad ołtarzem, wisiał ogromny Chrystus, z kości słoniowej, przepyszna kopja z Donatella, z pałacu Pitti; dwie lampki o purpurowych szkłach, stojące pomiędzy lichtarzami, rzucały krwawy refleks na Ukrzyżowanego, którego głowa zwieszona bezsilnie na piersiach, tragiczna smutkiem, wychylała się z cieniów i jakąś nadludzką bladością promieniowała.

Jadwiga uklękła na klęczniku i zatopiła się w modlitwie.

IX.

— To i po wszystkiem! — powiedziała Janka, zamykając się w pokoju, po rozstaniu z Andrzejem.

— Po wszystkiem! — powtórzyła głucho, Usiadła na otomanie, ukryła twarz w dłoniach i siedziała kilka godzin w najsroższej z mąk duszy — w męce upokorzenia i w męce wstydu. To okropnie palące uczucie przepełniało całą jej istotę, paraliżowało mózg, odbierało świadomość i paliło, paliło, paliło.

Orłowski wszedł i chodził po pokoju, co chwila przystając przed nią; nie spostrzegła go nawet.

— Andrzej był?..

Drgnęła na ten dźwięk, podniosła oczy i odpowiedziała bezdźwięcznie:

— Był...

— I więcej już nie przyjedzie... — dokończył wolno; oczy zaczęły mu latać, szarpał palcami guziki munduru, ale powstrzymywał wybuch, rozpierający mu piersi.

— Nie przyjedzie... — powtórzyła jak echo.

— Wiem! nie potrzebujesz mówić tego! — krzyknął, przyskakując do niej z zaciśniętemi pięściami.. ale ręce mu opadły, obejrzał się wbok, i znowu zaczął chodzić.

— Wypędziłaś go znowu — rzekł spokojniej.

— Nie... sam odszedł — mówiła jakimś echowym głosem, bo sił już jej brakło, i siedziała w biernem opuszczeniu, gotowa teraz poddać się każdej sile, któraby ją porwała. Patrzyła w oczy ojcu prosto, bo czuła, że on wie wszystko, i wielka litość nad jego cierpieniem zaczęła się podnosić w jej sercu.

— To go wypędziło, ty ulicznico... — wybuchnął, rzucając jej w twarz zmięty list, bo i on dostał anonim.

Pochyliła głowę i łzy zaczęły wolno spływać z jej oczu; nie powstrzymywała, patrząc z poza nich bezbrzeżnie smutnie.

— Orłowska miała kochanka! moja córka! krew z krwi mojej! — krzyczał coraz głośniej. — Dobrze, dobrze! musi się to wszystko skończyć, musi, bo ja nie zniosę...

— Niech się skończy, niech mnie ojciec zabije. Tak mi jest ciężko, tak strasznie źle, że zrobi ojciec dobrodziejstwo. Proszę cię całą istotą moją, zabij mnie, zabij!.. — błagała, osuwając mu się do kolan. — Zhańbiłam ci nazwisko, unieszczęśliwiłam ciebie i Andrzeja, robiłam tylko złe, i sama jestem taka nieszczęśliwa, taka okropnie nieszczęśliwa, że błagam cię, zabij mnie. Niech się już wszystko skończy. — Upadła przed nim, objęła jego nogi rękoma i z płaczem całowała.

— Nie dotykaj mnie, bo powalasz! — krzyknął wściekły i odepchnął ją z taką brutalnością, że upadła nawznak. Zerwała się, twarz jej pokryła się purpurą, oczy rozgorzały płomieniem i całą ją przejął nagły, oślepiający, niepowstrzymany krzyk poniżenia i dumy.

— A! dosyć tego! to nie jest kara, tylko zemsta. Ojcu nie wolno tak postępować ze mną! Ja zabraniam ojcu, nie pozwolę... — krzyczała obłąkanym, przejmującym głosem. — Za cóż ojciec poniewiera mną tak, co? że miałam kochanka! ale ojciec mnie się nawet nie pytał, czy to prawda, tylko na mocy marnego oskarżenia poniewiera mną, odtrąca od nóg, jak ostatnią!

— Prawda! prawda!.. — szeptał, zalękniony.

— Dlaczego mnie to spotkało? dlaczego ja mam rachunki składać z życia? Nie spytał mnie ojciec, ilem wycierpiała przez to, jak drogo okupiłam swój błąd. Przez trzy miesiące było ojcu obojętnem, co robię, czy mam co jeść, czy się nie sprzedaję wprost z nędzy, a całe życie ojciec mnie tylko tyranizował i trzymał w jarzmie upokorzeń, nienawiści, męki... Zamordował ojciec matkę, mordował ojciec mnie, naginając do swoich zachcianek, nie dbając, czy się połamię lub nie, byle się stało zadość kaprysowi! A teraz ojciec przychodzi i płaci mi zniewagą! Dlaczego ja mam spowiadać się ze swojego życia, kto ma prawo karać mnie, że żyłam tak, jak żyłam, kto? — wołała w najwyższem wzburzeniu, sina aż z wysiłku i gniewu, ze spojrzeniem, rozgorzałem nienawiścią i buntem.

— Ja, ojciec, mam to prawo, mam to prawo? — pytał cicho, jakby siebie, i rozglądał się nieprzytomnie po pokoju.

— Nie, tylko jeden Bóg ma prawo, bo on wie, co wycierpiałam. On jeden zna wszystkie łzy moje, wszystkie cierpienia. O Boże, Boże, Boże!.. — szeptała coraz ciszej i spazm takiego żalu ścisnął jej serce, że straciła przytomność i upadła na podłogę.

Orłowski rzucił się na ratunek, poniósł ją na łóżko, zaczął krzyczeć na Janową, która przybiegła natychmiast, i nagle wszystko się w nim rozprzęgło i zmąciło, przystanął przed łóżkiem, zatarł ręce i śmiał się cicho i długo.

— Dobrze! dobrze, Mieciu! — Poklepał ręką próżnię na wysokości ramienia i wyszedł przed stację. Popatrzył na las, na podjazd, zajrzał do kancelarii, stał dosyć długo na korytarzu, bo z głębin zaczęły mu się wyłaniać jakieś strzępy przytomności i łączyć. Powrócił szybko do Janki, która, już przytomna, leżała na łóżku.

— Janiu! — szepnął nieśmiało, nachylił się, aby ją pocałować, ale cofnął się prędko, jakby szarpnięty wtył przez niewidzialną rękę, przetarł czoło i usiadł przy łóżku.

— Daruj mi... Uniosłem się, ale ja cię tak kochałem, tak cię jeszcze kocham... — powtarzał wolno, odwrócił szybko głowę i, patrząc w jakąś próżnię, spochmurniał, oczy mu zamigotały surowością i mówił twardo i prędko: — Jeżeli chcesz jechać gdzie odpocząć, jedź! Może do tej swojej przyjaciółki. Pamiętasz, jak cię zapraszała?

— Pojadę. Odzyskam trochę sił i zaraz pojadę — odpowiadała ze drżeniem, bo widziała, co się w nim dzieje, jak się zmusza do uprzejmości i spokoju, jak tłumi w sobie grozę i wstręt nieledwie.

— Nie myśl o Grzesikiewiczu, to cham, prosty cham. Dobrze, że się tak stało, bo teraz czuję, że nie byłabyś za nim szczęśliwą. Prawda, co to za rodzina — szynkarska. Jakbyś tam mogła wytrzymać pomiędzy starym pijanicą, chłopką prostą i mężem parobkiem! Jedź, nie krępuj się, że ja sam zostanę, siedź u nich do wiosny. Od kwietnia wezmę dymisję. Dosyć mam służby. Wyjedziemy do Warszawy, albo dokąd zechcesz.

— Wszystko mi jedno, dokąd ojciec zechce, tam pojadę.

— Będziemy spokojni, tak, tak, należy się nam odpoczynek — powtarzał smutnie. — Głupia cała ta służba, głupie wszystko, poco to?.. Cicho, nic nie mów. — Słuchał chwilkę, pokiwał głową i mówił dalej:

— Skończy się to wszystko, skończy, przejdzie, zapomnimy, prawda?

— Zapomnimy — odpowiedziała głębokim głosem pragnienia, i chciałaby już, w tej chwili, zanurzyć duszę w zapomnieniu i nie pamiętać nic, nic.

Orłowski odszedł i nie widziała go dni kilka, bo kazał przynosić obiady do kancelarji, herbatę rano i wieczorem pijał w swoim pokoju.

Nie zwracała prawie uwagi na niego, apatycznie poddawała się wszystkiemu i tak była zmęczona i wyczerpana, że nic jej nie obchodziło. Jeżeli pragnęła czego i myślała, to tylko, aby gdzie przepaść i utonąć w ciszy i zapomnieć.

Chciała jechać do Heleny, bo nie miała żadnych innych znajomych, i czuła, że tam u nich, zdała od miast i kolei, na szczerej wsi, znajdzie tę ciszę upragnioną.

Kilka dni zwłóczyła z wyjazdem, bo tkwiła w niej głęboka jakaś nadzieja, do której się nawet nie przyznawała, że Andrzej powróci, bo zresztą wielką przykrość sprawiła jej myśl, że się z nim rozstaje w gniewie i żalu. Nie kochała, nie byłaby teraz za nic w świecie wyszła za niego, ale ten ból, jaki w nim czuła, wzbudził w niej szacunek.

Andrzej nie dawał znaku najmniejszego, nawet przez te kilka dni nikt z jego ludzi nie zjawił się na stacji.

W dniu odjazdu, gdy już wszystko było gotowe, popakowane, walizy powynoszone na sanki, czekające przed dworcem, Orłowski odezwał się, dając tę samą wielką kopertę z pieniędzmi.

— Weź z sobą, to twoje pieniądze, a mieszkanie zostanie puste, więc mogliby złodzieje... — nie dokończył i cofnął się do saloniku i chodził. Janka pożegnała się z Zaleską, która jej pomagała pakować, i zaczęła się już ubierać w futro, gdy zjawił się Świerkoski, wyświeżony, paradnie ubrany, uroczysty jakiś.

— Byłbym się spóźnił... — powiedział z ulgą.

— Z czem? — zapytała niechętnie.

Świerkoski stanął przy stole, nachylił się nieco ku niej, i, nie podnosząc oczu, któremi biegał po stole, mówił:

— Natychmiast powiem, mogłem to dawniej mówić, ale czekałem, bo... Grzesikiewicz był jeszcze narzeczonym pani; czekałem, nim być przestanie.

— Zechce pan mówić prędzej, bo nie mam czasu.

— Jestem pewny, że skoro pani powiem to, z czem przyszedłem, to znajdzie pani czas dla mnie...

Usiadła gwałtownie, miała ochotę zawołać na Rocha, żeby go wyrzucił.

— Słucham...

— Nie umiem mówić pięknie, ale każde moje słowo ma wagę.

— Kamieni — wtrąciła ironicznie.

— Rubli choćby, czegoś solidnego zawsze. Otóż przyszedłem z propozycją, jakby to krócej powiedzieć, że mogę się z panią ożenić! — wyrzucił mocniej i utkwił żółte oczy w jej źrenicach, i głaskał psa, który się spinał obok niego na stół.

— Pan dostałeś pomieszania zmysłów! — zawołała, zrywając się z krzesła.

— Nie, słowo daję, że ja tu obecny, jestem przytomny i, po długiem rozmyślaniu, postanowiłem przyjść i prosić o pani rękę, pomimo wszystkiego... — zakończył z naciskiem.

— Jakto?.. co pan mówi?.. nic nie rozumiem...

— Ano... bo słyszało się coś niecoś o tem, jakto tam było w Warszawie... wiem, że Grzesikiewicz zerwał przez to z panią, ale to cham, nie ma wyrozumienia, że przecież i panny... mnie tam wszystko jedno. Co to mnie obchodzi, możemy i tak żyć w zgodzie przecież. Ja jestem dobry człowiek i myślę, że pani żałować wyjścia za mnie nie będzie.

Janka patrzyła na niego nietylko ze zdziwieniem, ale i przestrachem.

— Myślę, że się pani zgodzi, no bo jak taki porządny człowiek, mający nieco kapitałów, chce się ożenić z panią, to niema żadnej racji do odmowy. Wyniesiemy się do wielkiego miasta, nikt nas znać nie będzie, będzie nam dobrze, bo będziemy się jeszcze tak kochali, niby turkawki hi!.. hi!.. hi!.. zaczął się śmiać jękliwie i błyskać oczyma.

— Precz! — krzyknęła, bo przysuwał się ku niej tym cichym, krętym ruchem wilczym, i niby wilkowi błyszczały mu żółte oczy, a zęby ostre i długie klapały ze wzruszenia.

— O! Takaś to! o! — wykrzyknął i zgiął się, jakby do skoku.

— Precz natychmiast, bo ludzi zawołam.

— Ostrożnie, z Hipciem ostrożnie, ostrożnie, piękna pani, ostrożnie ty moja caceńka... bo wszystkie ząbki wytrzaskam, żebyś nie ugryzła — syczał w strasznej złości i palce mu się gięły i rozprężały, jakby chciał ją schwycić za gardło i zdusić, wyciągnął ku niej ręce.

— Ojcze! — krzyknęła i z jakąś niesłychaną siłą porwała krzesło z pod siebie i rzuciła w niego. Zawył głucho, skręcił się we dwoje i byłby się rzucił na nią, ale Orłowski wpadł, schwytał go za kark i rzucił pod piec.

Zerwał się natychmiast. Krzyczał strasznym głosem, szukał po kieszeniach, trząsł się, obłąkany z gniewu, rwał włosy.

— Amis!.. bierz go! — krzyknął wreszcie, nieprzytomny.

Dog zebrał się cały i rzucił się prosto na piersi Orłowskiego, ale ten, jakimś odruchem, z taką potężną siłą kopnął go w brzuch, że Amis zaskowyczał przeciągle i upadł jak martwy. Świerkoski wtedy oprzytomniał, rzucił się na psa, zaczął mu dmuchać w nozdrza i trząść nim, ale pies się nie ruszał, więc go chwycił w ramiona i, pozostawiając palto i czapkę, uciekł z nim, jak szalony.

— Jedź już, jedź. Bez czułości, przysięgam Bogu! obejdzie się! — krzyknął, widząc, że Janka chce się z nim pożegnać.

— Dobrze — szepnęła.

Odwrócił się, żeby nie widzieć jej spojrzenia, a ona pożegnała się z Janową, zalecając raz jeszcze czuwanie nad ojcem i pojechała.

Nie odwróciła głowy z sań, aby spojrzeć po raz ostatni na stację, na okno, w którem stał Orłowski i przekrwionemi, obłąkanemi oczyma patrzył za nią dotąd, aż zakrył ją las.

— Samiśmy teraz, Mieciu, co? Sami, sami...— odpowiadał, zacierając ręce.

— Zjemy sobie dobry obiad i pójdziemy do roboty, obiad z winem, co? — zapytał i odpowiadał sobie, ale przytomniał chwilami, biegł do okna i stał przy niem, i długo patrzył na pustą, białą drogę i na las cichy.

Wracał do stołu i jakiś strach szaleństwa mącił mu mózg, zrywał się, jakby chciał uciekać, tarł sobie czoło i uspakajał się znowu.

— Siadaj, Mieciu! Janowa! Dwa nakrycia położyć, bo będziemy jedli obiad razem.

***

A Świerkoski leciał oszalały trwogą, bo już nie pamiętał odmowy, ani uderzenia krzesłem, ani uderzenia o piec, widział tylko, że jego Amis nie żyje...

Wpadł do mieszkania i, nie pomnąc o śniegu na butach, wleciał do salonu, położył Amisa na otomanie i zaczął go przywracać do przytomności.

— Amis! Amis! piesku mój — wołał czułym, zrozpaczonym głosem, przewracając psa na wszystkie boki. — Franek! śniegu prędzej, okłady mu zrobić! — krzyknął na chłopaka, ale i okłady nie pomogły, pies leżał nieruchomy, wyciągnięty i bez oddechu.

— Amis! — krzyknął mu do ucha; pies ani drgnął. Wtedy Świerkoski, oszalały z boleści po stracie psa, zaczął biegać po pokoju, a że zagrodził mu drogę mały, inkrustowany stoliczek, uniósł go i z taką siłą rzucił o podłogę, że rozleciał się w kawałki.

— Masz żonę! masz pieniądze, masz spokojną przyszłość... masz... masz... A durniu!... a głupcze... dobrze ci tak... — krzyczał coraz głośniej i nieprzytomniej.

— Masz państwo i miljony, nędzarzu, masz... A żeby cię, psiakrew, najjaśniejsze pioruny! A żeby cię! — zaczął ryczeć na cały głos i rzucił się na kanapę z jakąś dziką wściekłością, darł pokrycie nogami, rękoma i zębami; wywłóczył włosie, odrywał poręcze i łamał, krzyczał, gryzł i chrypiał oszalały.

— Psiakrew!... psiakrew!... a!...

Wkońcu, zmęczony, bezprzytomny z gniewu, długo leżał w niemem, rozpaczliwem milczeniu. Przycichnął zewnętrznie, ale w duszy zaczęły mu się podnosić gryzące żale, dawne straty, zawody, przegrane stawki, ciągłe i daremne usiłowania wypłynięcia nawierzch i zostania bogatym, wieczne marzenia o życiu spokojnem i dostatniem — i tak go gryzły w sercu te przypomnienia, że jęczał z bólu, ściskał głowę rozpaczliwie, i od czasu do czasu, potężnym odruchem kopał w próżnię, lub bił pięścią w sprężyny kanapy. To uspokajał się i chciał coś myśleć spokojniej o jutrze własnem, ale nie mógł, bo pamięć tej ostatniej sceny z Janką z taką wyrazistością stawała przed nim, że rozszalały potężnym, oślepiającym przypływem gniewu, zrywał się i chciał biec, bić, łamać, krzyczeć, mścić się... ale stawał na środku z zaciśniętemi pięściami, wodził roziskrzonym wzrokiem dokoła po pokoju, zarzuconym szczątkami stolika i kanapy i siadał.

— Amis! — Pies nie przyszedł, bo Franek jeszcze go przywracał do życia.

— Amis! — szepnął ciszej, i przerażonym wzrokiem spostrzegł teraz dopiero zniszczenie; oglądał aksamit podarty, poręcze połamane, resztki porozrzucane i przesycał się coraz głębiej żalem, który nim wreszcie tak zatrząsł, że oprzytomniał zupełnie.

Oblał się zimną wodą, ochłodził się jeszcze chwilę przed domem na mrozie, i zaczął zbierać po podłodze porozbijane kawałki mebli.

— Franek! ugotuj kleju, chamie, a prędko! — krzyknął do chłopaka i cały się teraz zagłębił w reparację i dopasowywanie.

— A, jakiż głupiec ze mnie! Tyle szkody! tyle szkody! — mruczał żałośnie, i z całą pasją i namaszczeniem zszywał, układał, kleił. Nie zapytał nawet o Amisa chłopaka, który mu klej przyniósł. Zapomniał o całym świecie, na czworakach zbierał szczątki inkrustacji, obmuchiwał, wycierał, całował miejsca już zreparowane, oblewał prawie każdy kawałek, każdą drzazgę, każdy płat podartego aksamitu — łzami żalu i radości, jeśli udało mu się coś zreparować, że znać nie było.

Nie widział, że zmrok zapada, że wichura się zrywa i bije w okna suchym śniegiem, nie słyszał wycia lasu, coraz potężniejszego, ani huku i gwizdań pociągów przebiegających.

— Amis żyje, proszę pana — krzyknął Franek, wtykając we drzwi uradowaną twarz; i tego nie słyszał.

— Amis żyje, proszę pana — powtórzył chłopak głośniej.

Świerkoski podniósł głowę, pomyślał przez chwilę i dopiero poszedł do psa.

Amis kręcił ogonem i lizał go po twarzy i rękach, i zaczął wyskakiwać i szczekać z zadowolenia. Świerkoski wygłaskał go, wycałował i zmarszczył się groźnie. Pies zadrżał, przypadł na podłogę i pokornym, żebrzącym wzrokiem patrzał w niego, a bił niespokojnie ogonem.

— Do nogi! — zawołał, uśmiechając się złowieszczo, wyjął z zanadrza swój bat i zaczął czołgającego się psa bić z całych sił.

— A piesku, a synku, to ja przez ciebie miałem tyle strachu, przez ciebie tyle szkód sobie zrobiłem, co? a synku! — i bił go coraz zacieklej. Pies chował się pod łóżka, pomiędzy sprzęty, rzucał się na drzwi, skakał do okien, ale Świerkoski wszędzie go znalazł, wyciągał i bił, wyładowując wszystek ból, wszystką swoją dziką rozpacz w ten sposób. Pies przyczołgał mu się w ostatku do nóg, nie widząc już nigdzie ratunku, i zaczął wyć żałośnie, błagająco, rozpaczliwie.

Świerkoski rzucił bat, oczy mu zaszły łzami, rzucił się na ziemię obok psa, objął go za szyję i zaczął ryczeć i wyć razem z nim, tarzał się po ziemi, niby w epilepsji, aż zmęczony, wyczerpany, opadły z sił, przycichł i usnął na podłodze; Franek podłożył mu później poduszkę delikatnie pod głowę, a Amis leżał przy nim i drzemał, tylko od czasu do czasu otwierał oczy, przysuwał się bliżej, i z jakąś nieopowiedzianą czułością przyciskał swój płowy łeb do jego piersi i lizał go po twarzy i rękach, i spozierał w okno, którem biała, rozwichrzona, grudniowa noc zaglądała.

X.

— Przeczytam ci nowinę, Janiu, sądzę, że...
— Tatusiu ja na barana, mnie weź, mnie. Fela nie była grzeczna.
— Tatusiu, Fela na balana ce, Fela ce, tatusiu!
Krzyczały dzieci w niebogłosy i, rozbawione, śmiały się i wdrapywały na Wolińskiego, który w połowie leżał na wielkiej sofie i sam krzyczał i śmiał się najgłośniej.
— Cicho! ależ własnego głosu nie słyszę — wołała Helena, zatykając uszy i tupotała nogą, ale twarz i usta śmiały się jej do tych jasnowłosych, różowych krzykaczów, tarzających się po sofie. — Mój drogi, widzę, że ty najlepiej się bawisz, bo najgłośniej krzyczysz.
— No, cóż ja im zrobię? Cicho, dzieci, mamusia przeczyta, dzieci będą grzeczne, a później tatko zrobi konia — tłumaczył dzieciom, zdejmując je z siebie.
— Więc czytam: „P. Głogowski, młody, utalentowany dramaturg i nowelista, złożył dyrekcji teatrów najnowszy swój dramat p. t. „Niezłomni". O ileśmy mogli poznać, z pośpiesznie, bo na krótko nam udzielonego rękopisu, rzecz to wspaniała, w duchu Ibseno-Maeterlinkowskim, o scenach niezmiernie wstrząsających".
— A rozpaczał przede mną, że dramat ten absolutnie nic niewart — zagadnęła Janka.
— Dziwadło, przyjeżdżał od Stabrowskich kilka razy do nas.
— Dziwadło! być może, ale bardzo utalentowane i najlepsze pod słońcem.
— Oceniliśmy go tak samo wszyscy. Był rozrywany w sąsiedztwie, nawet przez niego, wiem to z pewnością, bo od panny, jedno bliskie małżeństwo się zerwało. Urządził kilka odczytów, na które panny zjeżdżały tłumami.
— Gąski zawsze rzucają się na owies.
— Dlaczego ma pani to za złe?

— Nie za złe, bawi mię tylko ta panieńska łapczywość, z jaką rzucają się na wszelką nowość, bez względu co ona w sobie zawiera.

— Ba, od tego jest młodość, żeby się zapalała. No, dzieci, zrobimy konia?

— Posyła pan jutro konie do Bukowca?

— Tak się stało, że nie, ale jeśli pani potrzebuje, to posłać mogę.

— Nie potrzebuję, przecież człowiek pójdzie i tak po gazety.

— Nie miałaś jeszcze listu od ojca?

— Nie, dziwi mię to i niepokoi. Przez te trzy tygodnie pisałam cztery razy, a miałam odpowiedź jedną, boję się, czy nie chory.

— Myślę, że jest przeciwnie, dlatego, że zdrowy, nic nie pisze.

— Cichocie no... — zawołała Helena, podnosząc rękę do góry.

— Nic, psy się gryzą w podwórzu, muszą im jeść dawać.

— A mnie się wydało, że słyszałam najwyraźniej płacz... — powiedziała Helena.

— Et... zdawanie — mruknął i znowu zaczęły się krzyki i śmiechy dzieci.

Helena odczytywała gazety, przerysowywała monogramy z Bluszczu, a Janka siedziała bezczynnie i w milczeniu przypatrywała się, jak na czworakach, z jednem dzieckiem na karku, a z drugiem na plecach, skakał po dywanie i udawał rżenie konia. Nie zwracała na to uwagi, chociaż z początku z podziwem patrzyła na niego, że wszystek wolny od gospodarstwa czas poświęcał dzieciom i kamieniem przesiadywał w domu.

Nie zajmowała się zresztą nimi zbyt silnie, bo własne troski pochłaniały ją w zupełności. Czekała listu od ojca; tylko od ojca, ale w głębi ciemnej nurtowało ją pragnienie otrzymania choćby kilku słów od Andrzeja. Nie przyznawała się przed sobą do tego, myślała nawet o nim z niechęcią; ale były chwile, że wyglądała na podjazd, na szeroką, wysadzoną topolami drogę, wiodącą z Rozłogów do Bukowca. Wiedziała, że stamtąd do niej nikt nie przyjedzie, a nieraz się jej wydawało, że widzi wdali zaśnieżonej bułanki znajome, i zawód powlekał jej czoło smutkiem i goryczą.

Zresztą, nudziła się tutaj. Helena dzień cały była zajęta dziećmi i gospodarstwem, on tak samo, a ona przestawała samotna z myślami swojemi i wspomnieniami. Czytać wprost nie mogła, tylko gdy dnie były piękniejsze i suchsze, ubierała się ciepło i szła, tą wielką aleją, na spacer, ale i to ją wkrótce znudziło, bo śniegi były wielkie i na drodze panował ruch nieustanny, więc musiała się spotykać z ludźmi, co ją rozdrażniało.

Lubiła samotność zawsze, a teraz pokochała tę dobroczynną, słodką, upajającą przyjaciółkę dusz chorych, lub zmęczonych życiem. Cofała się od życia i spraw jego w głąb jakąś, z której cały świat i ludzie, i namiętności — wydawać się jej poczynały dosyć sobie marne i głupie, i widziała z tej głębi i siebie także, i długo patrzyła, tak długo, dobrze i jasno, aż opadły jej ręce i dusza załkała ze zgryzoty, że marnowała życie na głupstwa, że goniła majaki, że, chcąc i pożądając szczęścia, robiła wszystko, aby je sama popsuła.

— Jak mogłam! jaka ja byłam ślepa — szeptała ze smutkiem w tych chwilach poznawania. I teraz, patrząc na Wolińskiego, tak serdecznie bawiącego się z dziećmi, na Helenę, czytającą w spokoju, z tym czystym, głębokim wyrazem w twarzy człowieka, który żyje dobrze, bo spełnia obowiązki i resztę zostawia losom, myślała, że takie życie jest najwyższem dobrem, ale czuła, że takby sama żyć nie mogła, bo za wiele pamiętała innego życia.

— Jedziemy jutro do Stabrowskich? — zapytał, siadając przy stole.

— Jak chcesz, ja wolałabym przesiedzieć w domu.

— Obiecałem w twojem imieniu, że będziemy.

— Pani Stabrowska uraczy nas jakim specjałem literackim — szepnęła Janka.

— Pani jej nie lubi?

— O, przeciwnie, tylko nie mogę nie widzieć jej śmieszności. Prawda, że prócz Głogowskiego, nie znam bliżej żadnego literata, ani literatki, ale myślę, iż osoby zarozumialszej niema pod słońcem. Przy tem wszystkiem talent ma.

— Ma pani rację, i gdyby do talentu miała jeszcze piękność i nie mordowała znajomych czytaniem swoich utworów, byłaby z niej idealna kobieta.

— Nie uważam naprawdę za tak ciężką karę słuchania jej utworów, przeciwnie nawet, dwa ostatnie razy słuchałam z ciekawością i byłam jej wdzięczną, bo mnie porwała.

— A ja, przyznam się szczerze, drzemałem i nic a nic nie mogłem zrozumieć.

— To chyba wina drzemki, nie czytanego utworu — uśmiechnęła się pobłażliwie.

— Panno Janino! słowo daję, że szanuję panią ogromnie, że oceniam i podziwiam, że pani jest jedyną kobietą, nie wyłączając Heli, której ważność czuję nad sobą; ale przyznam się, że, że chwilami miewa pani uśmiech taki straszny, taki miażdżący, że ja tracę przytomność, zabija mnie, krając jak nożem — mówił prędko, z pewną niecierpliwością i wyrzutem.

— Tak... — powiedziała przeciągle i znowu uśmiechnęła się bezwiednie. Helena zaczęła się śmiać głośno. Woliński zerwał się z krzesła, przeszedł kilka razy pokój i usiadł zpowrotem, hamując przykrość, jaką mu sprawiło to krótkie „tak".

— A, zapomniałem powiedzieć, że dzisiaj, na polowaniu, rozmawialiśmy o pani.

— Zobaczę, czy powinnam być wdzięczną za zaszczyt...

— Ale, bo to nie był ktoś zupełnie obcy pani. Sam mnie zaczepił, odciągnął z koła, i tak par force pytał o zdrowie pani.

— Grzesikiewicz? — szepnęła cicho i czuła, że fala krwi płomieniem oblewa jej twarz i ręce.

— Zgadła pani. Ogromnie się zmienił od tego czasu, kiedym go poznał u państwa. Był z nim jakiś Witowski, bardzo cudaczny człowieczek.

— Dlaczego cudaczny?

— Nie strzelał zupełnie. Miał stanowisko obok mnie. Wyszedł na niego najpierw zając: nic, oparł się o drzewo i patrzy spokojnie; zając skręcił na mnie. Zabiłem go. Później wysunął się lis, był już o jakie dziesięć kroków, a ten podniósł szyszkę i rzucił na niego. Założyli kocioł na sarny, wyszedł młody jelonek, pyszna sztuka, i tak blisko krajał las, że można go było zabić z rewolweru; ale Witowski zaczął mu pogwizdywać i nie strzelił. Brogowski z Doleżan wściekał się ze złości i zaczął dosyć urągliwie mówić o paryskich strzelcach i nowej szlachcie. Witowski wysłuchał i powiada wkońcu:

— Do ludzi tylko strzelam, ale nie pudłuję.

Brogowski, że to szlachcic sierdzisty i stary awanturnik, pokręcił wąsów i rzecze:

— Ano, to możebyśmy, panie dobrodziejski, się tego i owego przestrzelali, to zobaczyłbyś pan, czy ja zawsze pudłuję.

— Dobrze, mogę pana przestrzelić, ale uprzedzam, że pan spudłujesz.

Rzucili się pomiędzy nich, bo do pojedynku nie było najmniejszego powodu i załagodzili.

Zaraz pożegnał się i odjechał z Grzesikiewiczem. Co, czy nie cudak?

— Tak, na tem szarem tle rysuje się jego indywidualność nieco za jaskrawo — odpowiedziała Janka, przypominając sobie tę szaloną sannę i to, co słyszała o nim.

Nazajutrz, gdy w czwórkę krakowską, zaprzągniętą do sanek, jechali do Stabrowskich, znowu się jej przypomniał.

XI.

U Stabrowskich zastali kilka osób: ksiądz dziekan, który często zaglądał na partyjkę, siwy, stary, z piękną twarzą biskupa rzymskiego; jakiś szlachcic szpakowaty z okrągłym brzuszkiem i sumiastemi wąsami i z cerą tak spaloną, że była podobna do szafranu nierozpuszczonego. Sam Stabrowski, przystojny brunet, z postawą, sztywnością, z faworytami lorda i z monoklem w oku. Matka Stabrowskiej, typ szczątkowy tych cichych,oddanych dzieciom i pracy, matron, których już i na wsiach brakować zaczyna, no i pani domu.

Siedzieli wszyscy w bibljotece. Cała jedna ściana, aż do sufitu, zapchana była książkami, nagromadzonemi na prostych, bronzowo bejcowanych półkach, a po kątach, na stoliczkach, na parapetach trzech okien, wychodzących na ogród, leżały całe stosy dzienników i tygodników. Długi, dębowy stół, na środku pokoju, zarzucony był papierami i stosami jeszcze nieporozcinanych książek, ale w najwidoczniejszem i honorowem miejscu — leżały numery przeróżnych pism z utworami Stabrowskiej.

Wysokie, mosiężne lampy, okryte zielonemi umbrelami, rzucały światło tylko na stół. Na wolnej od książek ścianie, pod którą stały meble obciągnięte skórą i fotel na biegunach, wisiał wielki karton z kilkudziesięciu portretami z jakiegoś zamkniętego już pisma, pomiędzy któremi był portret Stabrowskiej, obrysowany dla wyodrębnienia czerwonym ołówkiem.

— Czekaliśmy z partyjką na pana — odezwał się, po przywitaniu, ksiądz dziekan do Wolińskiego.

— Możemy zaraz siadać.

— Kto gra? Aha, ja, pan Woliński, ksiądz dziekan i pan Rutowski.

— A my? cóż my tu będziemy robiły same? Zamiast porozmawiać z nami, zabawić, to panowie zaraz uciekają do kart.

— Pani dobrodziejka przeczyta jaki utworek — zaczął dziekan żartobliwie.

— Ależ panowie stracicie na tem, bo go słyszeć nie będziecie.

— Pani dobrodziejko, to my sobie to później powetujemy, powetujemy... no, panowie, chodźmy, karteczki czekają.

— Doprawdy, że to jest wyborny temat do artykułu. Zjedzie kilku mężczyzn i zamiast porozumieć się w różnych kwestjach, siadają do kart. Cóż z tego wynika? zupełny zanik towarzyskości, zgrubienie obyczajów, że później taki pan w salonie, pomiędzy kobietami, trzech słów powiedzieć nie umie, że dla niego nie istnieje nic, ani nowy wynalazek, ani nowa książka, ani idea — połknął karcianego bacyllusa i ten go zjada. Rzeczywiście, można o tem napisać z punktu socjologicznego. — Napisała kilkanaście słów na kartce i wsunęła ją pod przycisk.

— Pani wszystko notuje? — zapytała ciekawie Janka.

— Wszystko. Tylko w ten sposób można chwytać z życia i z własnego mózgu najwybitniejsze, najlepsze momenty. O, widzi pani, to są moje dokumenty ludzkie. Mam ich całe stosy — wskazała góry różnokolorowych kartek.

— Te białe, to psychologja ogólna; czerwone, sprawy społeczne; zielone: opisy, krajobrazy, nastroje, wschody i zachody słońca; błękitne: miłość, uczucia rodzinne, małżeństwa szczęśliwe, przyjaźń; białe z czarnem: śmierci, wypadki, tragedje losowe, zbrodnie ze sprawozdań sądowych; żółte: zazdrości, niechęci, nienawiści, sytuacje w głębiach dusz; purpurowe: kataklizmy, i zdrady, uwodzenia, walki z obowiązkami, z sercem, tragedje zmysłów; heljotropowe: tęsknoty, marzenia, sny, zapachy kwiatów, muzyka, chwile łzawe; pomarańczowe: wszystkie najbujniejsze rzeczy, których terenem — dusza. Razem, same szkice, strzępy, notatki i t. d., a tutaj — wskazała paski białe — tu są same pomysły, tematy już gotowe, szkielety opracowane nowel, powieści i dramatów.

— Zupełnie *au bon mar ché* literackie. Wszystko jest, co potrzeba w chwili pracy.

— Wie pani, że to dobre porównanie, zanotuję. Literatura — ciągnęła dalej, zapisawszy to porównanie na jakimś szarym papierze — to ciężka praca, która potrzebuje szalonego przygotowania.

— Pani dużo pisuje?

— Bardzo nawet dużo, ale niewiele drukuję, bo... — zawahała się nieco; jej płaską, chudą twarz, osypaną pudrem, przeleciał twardy wyraz złości i ironji; oczy białawe, rozmiękłe, niby u ryby ugotowanej, wysadzone nawierzch, obwiedzione czerwoną obrączką powiek, szydziły.

— Ja jestem na stopie wojennej prawie z całą naszą prasą, hołdującą tylko gustom i opinjom wulgarnym tłumu, masy ciemnej, instynktom i tradycjom skostniałym, nierozwinięciu, co oni lubią? czemu hołdują? jakie mają zasady? dokąd idą? czego chcą?

Tylko to i tylko to, czego chcą ich czytelnicy i prenumeratorzy; służą obłudzie społecznej. Jeżeli można streścić całą literaturę naszą zapachem, to powiem za Głogowskim, że śmierdzi pieluchami i wodą święconą! Zamiast prowadzić i wieść tłumy, oni węszą, dokąd ten tłum, w swojej ciemności, chce iść i tam za nim dążą. Nie lubię kłamstw, chociażby w imię najdroższych, narodowych bolączek i obwijania brudnemi kompresami obłudy ran, które leczyć można i należy wypalaniem lub nożem.

Odbiegłam od przedmiotu. Otóż dlatego jestem na wojennej stopie z prasą i z uznanymi, bo jestem dla nich za szczera, za bardzo kocham i za mocno nienawidzę.

Ja chcę pokazywać życie bez obsłon romantyzmu i dziecinnej wstydliwości, po męsku chcę wszystko rozpatrywać, aby w tych głębiach, starannie dotychczas omijanych przez rutynę, obnażyć najgłębsze rany i wynaleźć lekarstwo na nie. A szczególniej zwracam uwagę na miłość z jej fizjologicznej strony, bo to kwestja niesłychanej doniosłości społecznej i najobłudniej dotychczas traktowana przez naszych pisarzy, chcę ją wyciągnąć na jawę dnia i zmusić ludzi, aby głośno przyznali jej prawa obywatelskie i jej niespożytą moc, i...

— Ale poco? przypuszczam, że wszyscy » wiedzą o jej sile i trwaniu.

— Ach, poco? Zaraz pani powiem słowami Zoli; mam w tej kwestji list od niego, zaraz pani przeczytam — zaczęła szukać pomiędzy papierami, po tekach i szufladach, pomiędzy kartkami książek, ale nie znalazła. — Nie mogę znaleźć w tej chwili. Nawet pan Głogowski nie chce uznać mojej idei, pomimo, że taki nawskroś realista.

— Ale nie naturalista i nie pornograf — powiedział Stabrowski, stając we drzwiach, wrzucił monokl w oko i rozczesywał powoli, długiemi palcami, wspaniałe bokobrody.

— Mój Włodku! powtarzasz dosyć zużyty epitet, jesteś echem. A zresztą, w tem określeniu niema nic śmiesznego, ani ubliżającego. Każda nowa myśl ma przeciwników. Homer, Dante, Ariosto, Szekspir, Byron, Mickiewicz — wyliczyła bezładnie kilkanaście nazwisk — mieli nieprzyjaciół, którzy im odmawiali nietylko talentu, ale i prawa uzewnętrznienia się! Ale rewolucja zrobiła swoje, wytopiła złoto, a śmiecie zginęło w niepamięci czasów. Dla prawdziwych talentów przyjdzie zawsze dzień uznania.

— Daleko! chyba Todzio doczeka się tego! — szepnął, spoglądając na kilkoletniego chłopaka, przytulonego do Heleny.

— Mój Włodku... — nie skończyła, zagryzła blade usta i na żółtej karteczce nakreśliła słów kilka.

— Unieśmiertelniłaś moją uwagę — uśmiechnął się i wrócił do kart.

— Może pani co przeczyta, prosimy bardzo — zaczęła Helena prędko, aby zatrzeć odezwanie się Stabrowskiego.

— Dobrze, przeczytam paniom ustęp ze szkicu pod tytułem „W oborze".

Nie jest to zarozumiałością, jeśli powiem, że jest to pierwsza rzecz pisana po polsku z takim realizmem, że życie jest tutaj samo w sobie, że to wprost prawda sama.

Wzięła kilkanaście krótszych i dłuższych kartek, kawałków papieru, kopert nawet, marginesów gazet, zapisanych drobnem, prawie nieczytelnem pismem. Uporządkowała jako tako i zaczęła dosyć cicho, przysuwając się bliżej.

— „Waluś! Waluś! Waluś! dyszała Józia z omdlewającym ruchem kolan, cisnąc się do niego i czerwonemi ustami wpijała się w jego twarz brudną, zalana strugami potu, rozgrzana.

— Waluś! — oczy jej zachodziły mgłą coraz mętniejszą, przenikał ją słodki, orzeźwiający dreszcz i jakaś brutalnie łechcąca niemoc rozpierała ją coraz szerzej".

— A dostaniemy herbatki? — zawołał dziekan, wchodząc.

— W tej chwili. Proszę panów do stołu — zaczęła zapraszać matka, bo Stabrowska zbierała kartki rękopisu drżącemi rękoma, zirytowana, że w najpiękniejszem miejscu jej przerwano.

— Nie zdążyłam przeczytać najpiękniejszej sceny, jak Jagna, żona Walka, spostrzega ich.

Helena i Janka były zmieszane tem, co słyszały i zarumieniły się bezwiednie, nie śmiejąc spojrzeć na Stabrowskiego, który dość ciekawie spoglądał.

Stabrowska przy stole była rozpromieniona, oczy jej świeciły, blade usta zaszły purpurą krwi, przeciągała się nieznacznie i co chwila przycinała zębami koniec języka. Odczuwała doskonale opisywaną scenę.

— Więc pan dobrodziej na wiosnę do Włoch jedzie... — ciągnął rozpoczętą przy kartach rozmowę dziekan.

— Pojadę, jakem Rutowski, raz, dwa, trzy, panie tego owego, pojadę.

— Bodaj, czy to nie rok piąty, jak się sąsiad wybiera — wtrącił ironicznie Stabrowski.

— Tak, tak, ale panie tego i owego, zawsze jakoś się tak składało, że nie mogłem, ale już w tym roku, choćby na pniu sprzedać pszenicę, sprzedam, a taki pojadę.

— Istotnie, warto jest zwiedzić Włochy.

— Pani zna Włochy? — zawołał żywo, zwracając się do Wolińskiej.

— Mieszkaliśmy tam z mężem cały rok.

— A, pani moja, ale musi mi pani opowiedzieć — przesiadł się do niej — bo ja byłem kiedyś we Włoszech całe sześć lat i nie mogę zapomnieć i ciągnie mnie coś do nich, że tylko myślę, aby przed śmiercią tam być. Rzym pani zna?

— Kilka tygodni byliśmy w Rzymie.

— Prawda, że wygląda jak rudera, jak wspaniały, ale okropnie zdewastowany majątek. W kopule Św. Piotra musiała pani być? Chodziłem do niej co tydzień, bo w tej bani, pod krzyżem samym, są szpary, któremi widać Śródziemne morze, ale z tej odległości, takie, panie tego i owego, zielone, jak świeżo wykłoszona pszenica... to przypominało mi nasze pola, jak to idziesz sobie dróżką, panie tego i owego, a na lewo nie dojrzysz końca zbożu i na prawo nie dojrzysz. Wiaterek sobie muśnie kłoski, a całe pola szu... szu... i kładzie się pod nogi, kołysze i tak pachnie! A Monte Pincio! śliczny stamtąd widok na miasto. Obmurowywaliśmy go od strony willi Borghese.

— Jakto i pan obmurowywał?

— Tak, jakem Rutowski, woziłem kamień taczkami, aż miło! cóż było robić? Ho! ho! nietylko takie roboty były! — Pokręcił wąsa, twarz mu się rozjaśniła, a w wybladłych, jakby spłowiałych oczach, zamigotał głęboki lazur.

— A Neapol? co? Śmierdzi pewnie i dzisiaj tak samo, jak śmierdział. Uliczki, panie tego i owego, niby przegony na sapach! Gorąco, zaduch, krzyk, brud ścieka po ścianach, oliwa śmierdzi, ludzie śmierdzą, ryby śmierdzą, osły śmierdzą, że człowiek chciałby uciekać na bory i lasy, ale zrobisz dziesięć kroków dalej, cicho jak w lesie, kawał muru, na którym złocą się pomarańcze, Matka Boska wisi, pięknie ubrana, róże po murach kwitną i pachną, ptaszki śpiewają i ludzie się modlą przed Madonną!.. Trzy lata mieszkałem w Neapolu, przy porcie via... zaraz!.. nie, to był vinicolo Siesta, rynsztok, panie tego i owego, uliczka bez wyjścia, sześć pięter domy. Z okna do okna, z jednej strony ulicy na drugą, ręce można sobie ściskać. Nie pamiętacie państwo vinicolo Siesta, zaraz przy porcie?

— Niestety, tyle tam tych zaułków i takich strasznych, żeśmy się obawiali w nie puszczać.

— A zatoka, taka sama, co? co to jak patrzeć pod słońce, to daleko, przy Capri, aż czarna prawie, taka modra, nic, tylko jakby zasiał chabrami całe pole. Ślicznie, panie tego i owego, malować tylko.

— A Wenecja, pani dobrodziejko?! to brudna kaczka, panie tego i owego, jakem Rutowski. Kamień, niebo i woda! no widział to kto? głupie miasto!

— Padwa! Florencja! Genua! to wszystko razem kamień i świństwo! Włóczyłem się tu i owdzie, żyłem z Włochami za pan brat, znam Italję na durch. O bella Italia! bella! Ha! ha! dziwny kraj, lasu ani kawałka, pola ludzkiego ani znaleźć, gospodarstwo Boże się zmiłuj! Sałata, wino, oliwa!

— Z tego wnioskować można, że pan niezbyt przyjemne wrażenie wywiózł z Włoch — wtrąciła Stabrowska.

— Niby prawda, pani dobrodziejko, tak... juści, ale kiedy sobie wspominam, to mi się tak jakoś robi na sercu, że mi dobrze. Było tam i źle i głodno i smutno, ale coś mnie ciągnie do tej włoskiej jasności; ja, panie dobrodzieju, nieraz w polu, w żniwa szczególniej, patrzę się w niebo i widzę, że tu wszystko ciemno, chociaż słońce doskwiera. Pamiętam Włochy. Jak się wylazło nieraz w Neapolu na wierzch, na góry, to jak się spojrzało na morze, na miasto, na drzewa, to się płakało niewiadomo z czego, niby mazgaj ostatni, panie tego i owego. Tak, pojadę na wiosnę z pewnością, niech tam co chce się stanie!

Albo kiedy człowiek był zmęczony, zapracowany, jak ten wół, panie dobrodzieju, to się szło na molo, nad wodę od strony Torre Greco, gdzie same ogrody pomarańcz, to się siadało i poprostu jadło się powietrze i jadło się oczyma świat i zapominało się o wszystkiem, bo to morze co chwila pod nogi chlup! chlup! panie tego i owego, pomarańcze pachną, ciepło, wszystko w człowieku jakby umierało z radości, a na wodzie byle kto jedzie, pierwszy lepszy cham i parobek i śpiewa, aż się w kościach ciepło robiło.

Nieraz człowiek za ostatniego lira siadał w barkę i hajda, panie tego i owego, na morze, a przewoźnik na mandolinie brzdęk... brzdęk... brzdęk... i

O mia Napoli, o santa città
Tu sei sempre il paradiso

zanucił drżącym, pełnym zapału i chrypki głosem. Zerwał się, oczy mu pociemniały z zawstydzenia, zaczął targać wąsy, żeby pokryć i wzruszenie i złość na siebie, bo mężczyźni patrzyli na niego nieco drwiąco.

Ksiądz dziekan przymrużył jedno oko, zażył tabaki i szepnął:

— Stary grzesznik! Garybaldysta, mason...

Stabrowska słuchała go z uwagą autorską, co zdaje się zapisywać w pamięci każde słowo i gest każdy... Helena słuchała z przymkniętemi oczyma i przenosiła się myślą do Włoch, była w Neapolu, płynęła barką i zdawało się jej, że słyszy:

Tu sei sempre il paradiso

A w Jance wstawało jakieś ogromne pragnienie zobaczenia tych cudów. Dopełniała słyszane czytanem i wyobraźnią i tysiące obrazów zaczęło snuć się przed jej duszą.

Milczenie zaległo. Pokojówka nalewała i roznosiła herbatę.

Rutowski pochylił nisko, nad szklanką twarz, bo tęsknota szarpnęła mu boleśnie sercem do tych brudów, kamieni, słowem do tego piękna, w którem się bezwiednie kochał. Wstydził się sam siebie, bo jakto on, ojciec sześciorga dzieci, stary człowiek, jeszcze o takich myśli głupstwach, niby pierwszy lepszy młokos! — Tfy... panie tego i owego — splunął nieznacznie i zaczął rozmawiać o gospodarstwie.

Stabrowska poszła do bibljoteki i na białej karcie pisała:

„Epizod: szlachcic, który był we Włoszech i nazywa Rzym folwarkiem zdewastowanym. O Neapolu mówi: śmierdzi, ludzie śmierdzą, ulice

śmierdzą, powietrze śmierdzi, morze śmierdzi. O Wenecji: kaczka brudna".
Sanki z brzękiem zajechały przed dwór.
Stabrowski wyszedł i powrócił po chwili zmieszany jakiś i pobladły.
— Po panią przyjechali, z Bukowca — szepnął do Janki.
— Ojciec chory! — porwała się z krzesła takim ruchem, jakby biec chciała do niego, ale powstrzymała się, stłumiła przestrach i spokojnie się pożegnała.
Wolińscy zrobili to samo i wkrótce wracali do Rozłogów. Chciała jeszcze wstąpić do nich, aby się przebrać na drogę.
Stabrowska po ich odjeździe powróciła znowu do bibljoteki i na purpurowym papierze pisała:
„Ojciec umarł! — zerwała się z krzesła i z wyciągniętemi rękoma, z krzykiem straszliwym w oniemiałych ustach i szeroko otwartych oczach, Szła ku temu złowrogiemu posłańcowi śmierci, który ostrym zgrzytem zmącił słodką harmonję wieczoru".

XII.

Przez całą drogę do Rozłogów nie mówiono nic. Janka siedziała, ogłuszona wiadomością, nie pytała nawet, kto ją przywiózł. Dopiero kiedy wchodziła do sanek, przysłanych z Bukowca, spostrzegła, że siedzi w nich, prócz stangreta, ktoś drugi. Cofnęła się bezwiednie, wydało się jej, że to Andrzej, ale z pod kapuzy, bo śnieg padał, wychyliła się do niej ostra twarz Witowskiego.
— Pan tutaj, po mnie?
— Niech pani siada, bo pilno nam jechać — powiedział szorstko, okrywając ją bez pytania wielkim płaszczem futrzanym, który przywiózł z sobą.
— Ojciec bardzo chory? — zapytała nieśmiało po długiej chwili, gdy już jechali.
— Bardzo.
— Może... — nie domówiła, bo strach ją przejął szalony.
— Nie, ale zwarjował — powiedział z brutalną szczerością, która pokrywała rozdrażnienie.
— Jedź prędzej, choćby konie paść miały! — krzyknął na stangreta.
Sanki zamiotły tak silnie do rowu, że bezwiednie chwyciła się jego ręki, aby nie wypaść, i trzymała. Spoglądała na niego z prośbą niemą, ale on milczał z surowo ściągniętemi brwiami, a ją zaczął przejmować strach jakiś i żal okropny do siebie, że to jej wina, że to ostatnia scena zabiła ojca. Tak cierpiała, że łzy płynęły jej po twarzy. Płakała, nie wiedząc o tem, zapatrzona w tę dal zaśnieżoną, myślą w Bukowcu.
— Co pani łzy pomogą? sił pani potrzeba — powiedział, zwracając się więcej do niej.
— Ojciec... ojciec... — powtarzała cicho i bezdźwięcznie i coraz

boleśniejsza męka ściskała jej serce; płakała ciągle, tym cichym płaczem rozpaczy i beznadziejności.

Noc okrywała ich mętna, masy śniegu wolno, bez szelestu, otulały pola, drzewa i ich samych i spływały ustawicznie, jakby miały świat zasypać i rozpościerały jakąś okropną ciszę dookoła, w której jej myśli, niby zmęczone ptaki, kręciły się wkółko, napróżno szukając miejsca odpocznienia.

— Nie płacz pani, bólu pani nic, prócz czasu, nie uleczy — mówił dobrym, ludzkim głosem i pochylił się ku niej tak blisko, że ją owionął oddechem aż zadrżała, spojrzawszy mu w tę głąb, gdzie świeciły jego źrenice.

— Tam, w tych sinych przestrzeniach, w tym oceanie nicości, utoniemy wszyscy, wszyscy, ani jeden atom naszego ja nie ocaleje. Tak chce Bóg. Takie jest prawo. Silna dusza świadomością, to pancerz przeciw bólom. Nie płacz pani. Ze śmierci nie potrzeba się śmiać, ale i płakać nad nią nie trzeba, bo nie zmieni porządku, zresztą, ojciec nie umarł jeszcze.

Nie odpowiedziała, tylko poleciała duszą w te przestrzenie, na które ręką wskazał i ogarnął ją jakiś powiew zimny i przerażenie. Głos jego wydał się jej, jakby pochodził z tamtej strony życia, jakby z tych obszarów konieczność mówiła i nieubłaganie; słuchała z bojaźnią.

— Nie płacz pani — powiedział miękko, odczuwając febryczny dreszcz, jaki nią wstrząsnął. Pochyliła niżej głowę i łzy bólu, palące łzy, upadły mu na rękę, poprawiającą płaszcz na niej. Cofnął ją jakby sparzony.

— Prędzej! — zawołał i zamilkł.

Po jakiej godzinie jazdy, śnieg zaczął rzednąć i ustawać; a z poza szarości prześwitywały gwiazdy i wiatr ostry zrywał się z pól, huczał w lasach i kłębił śniegi.

— Odwagi! Kiedy tylko pani zechce, to dom nasz i my jesteśmy do rozporządzenia — powiedział, kiedy wysiadła przed stacją. Uścisnęła mu ręce, silnie ucałował je i odjechał.

Nowa służąca przyjęła ją obojętnie, tylko Roch całował ją po rękach, obejmował za kolana i ze łzami szeptał:

— A juści, że zachorzał, a juści... że się pewnikiem zamrze panisku, a juści...

Poszła prosto do pokoju ojca i krzyknęła z przerażenia, ujrzawszy jego głowę ogoloną zupełnie, pokrytą ranami, twarz cała była w ranie, na oczach miał przepaskę.

— Jezus, Marja!

— Cicho! — szepnął doktor, który przyszedł za nią. — Chodźmy stąd.

— Usnął niedawno — powiedział, wprowadzając ją do saloniku.

Grzesikiewicz, który tam był, w milczeniu podszedł i gorąco ucałował jej ręce.

— O, jaki pan jesteś dobry — szepnęła z głęboką wdzięcznością, patrząc na jego twarz zbiedzoną, zmizerowaną, po której teraz latały płomienie radości jakiejś.

— Cicho! przejdziemy chyba do stołowego, tutaj jeszcze za blisko chorego.

— Pani się położyć powinna, już późno, trzecia. Musi pani czuć się bardzo zmęczoną...

— Nie, nie, będę siedziała do rana przy ojcu, może czego będzie potrzebował.

— Pójdziesz pani spać natychmiast! o ojcu ja pamiętam — napisał śpiesznie doktor na kartce, bo już założył respirator.

— A dobrze, czuję się strasznie znużoną i tak głowa mnie boli, boli... — ścisnęła sobie skronie i smutnym, przejętym bólem wzrokiem patrzyła na Andrzeja.

— Dobranoc pani — szepnął, biorąc ją za rękę.

— Czy jutro... jutro... — zaczęła z wysiłkiem.

— I jutro i zawsze; życie moje przecież należy do pani — powiedział prosto.

Usiadła i zaczęła płakać ze zdenerwowania; ucałował jej ręce, pocałował ją w pochyloną głowę, jakimś pocałunkiem głębokiej czci i miłości i odjechał.

Nie, nie miała sił podnieść się z krzesła, nie miała sił nawet podziękować mu za jego dobroć niesłychaną; siedziała tylko i załzawionemi oczyma odprowadzała go do drzwi i biegła za nim myślą, to znowu patrzyła na doktora, rewidującego swoim zwyczajem okna, drzwi i lufciki i chodzącego w milczeniu po pokoju. Nie zwracała uwagi na jego groźne spojrzenia i niecierpliwe ruchy, jakiemi ją wyprawiał spać.

Co ją to wszystko obchodziło, czuła się tylko śmiertelnie zmęczoną, a do zmęczenia dopływały jeszcze nowe strumienie gryzącego żalu, pomieszane z wdzięcznością dla Andrzeja i przejmowały ją takiem rozełzawieniem denerwującem, że płakała, nie wiedząc nawet o tem.

Dalekie echa dzwonków przy saniach, tłukące się po lesie, jakie napływały z wiatrem i wdarły się przez szyby w tę tragiczną ciszę mieszkania, przepełnioną widmami jęków i zapachem karbolu, oprzytomniły ją nieco.

— Czemu odjechał? — myślała, z jakimś niewyraźnym jeszcze lękiem, patrząc w okno, w rozbielony śniegami świat, w te zimne, roziskrzone gwiazdami granatowo-płowe przestrzenie. Zatrzęsła się z zimna, z przejmującego zimna, jakie płynęło ze wszystkich stron, z obawy, jaka ją coraz silniej przenikała.

Podniosła się, okryła chustką i chciała zajrzeć do ojca, ale doktor zastąpił jej drogę i rozkrzyżowanemi rękoma nie puścił.

— Śpi — szepnął, zdejmując respirator. — Niech pani idzie spać.

Podniosła się znowu i automatycznie szła ku drzwiom swojego pokoju.

— Boję się — szepnęła cicho, powracając do niego.

— Czego?

— Nie wiem, coś ze mną się dzieje, z czego nie umiem zdać sobie sprawy. Zalewa mi się mózg i serce jakąś ciemną obawą. Niech doktór mówi, straszy mnie ta cisza okropna.

— Niech doktór mówi, boję się ciemności, boję się samotności, bo mi się zdaje, że skoro tylko zostanę samą, musi się znowu stać coś strasznego.
— Niech doktór mówi — błagała coraz ciszej.
— Rozdenerwowanie i nic więcej, trzeba iść spać, a wszystko przejdzie.
— Nie, niech mi doktór opowie, jak się stało z ojcem. Może doktór lampę rozjaśni i drzwi pozamyka, bo mi jest straszliwie zimno.
Trzęsła się jak w febrze.
— Nie czas na opowiadanie, ale jak pani chce, to opowiem o ile wiem, lub się domyślam, to nawet dobrze zrobi na nerwy pani.
Po pani wyjeździe przez kilka dni był zupełnie spokojny, tylko rozkazał Janowej, aby kładła do obiadu po dwa nakrycia, a wieczorami zamykał się i z zapaloną świecą chodził po mieszkaniu i oglądał wszystko.
Zalescy przed wyjazdem wyprawiali pożegnalny wieczór, był na nim i, jak opowiada pan Babiński, zachowywał się normalnie.
Dopiero po powrocie stamtąd, kazał Janowej zawołać pani.
Nie chciał uwierzyć, że pani wyjechała.
Nawymyślał jej i poszedł szukać po mieszkaniu i stacji całej; szukał po drodze, szukał nawet w lesie.
Rano poszedł, jak zwykle, do kancelarji, zamknął się na klucz i siedział tam kilka godzin. Słyszeli, że cały czas rozmawiał i kłócił się z samym sobą, a raczej z tym swoim sobowtórem, ale służbę jeszcze pełnił przytomnie. Tak zeszło kilkanaście dni.
Odzywał się tylko coraz mniej do otoczenia i coraz częściej całe noce nie spał, tylko chodził po mieszkaniu i szukał.
Czego szukał? niewiadomo.
Przedwczoraj w nocy, służącą obudziły krzyki głuche i trzask rozbijanych sprzętów. Obudziła Rocha i z nim dopiero pobiegła do jego pokoju. Stał na środku i śmiał się, a potem szukał, rozrywał sprzęty, włazał pod meble, tupał nogami i krzyczał ze złością na tego drugiego.
— Gdzie ona? Mieciu, psiakrew, bo zabiję!
Nie słyszeli więcej, bo spostrzegł ich i rzucił w Rocha krzesłem, uciekli.
Rano, służąca znowu zajrzała do jego pokoju. Szyby były wytłuczone, świeca się dopalała na środku pokoju, a on pookręcany w poobrywane firanki i w zdarte pokrycia mebli, obłąkany, pokrwawiony, straszny, siedział w kącie.
— Okropne!.. okropne!.. — szeptała Janka i serce jej przepełniał taki straszny, dziki ból, że z piersi wydobywały się krótkie, chrapliwe jęki, podobne do skowytu; pochylała głowę niżej, pod ciężarem tego udręczenia winy własnej, jaką sobie coraz wyraźniej uświadamiała.
— To moja wina! To przeze mnie — myślała ciężko w tem poczuciu ostrem, jak nóż, które raz po raz przeszywało jej mózg i serce.
— Dosyć ma już pani — szepnął doktór, odczuwając, co się w niej dzieje.
— Niech doktór kończy, niech doktór mówi, chcę wszystko wiedzieć — mówiła prędko, chwytając powietrze posiniałemi ustami i podniosła na

niego oczy tak pełne znękania, żalu i rozpaczy, że doktór ją ujął za rękę i bardzo serdecznym głosem powiedział:

— Nic tu pani nie jest winna, prawie nic. Tak, czy owak paniby postąpiła, on nieodwołalnie musiał skończyć obłąkaniem. Mówię to zupełnie szczerze, bo nietylko byłem jego przyjacielem, ale i lekarzem.

— Prawie nic, prawie nic... — powtarzała wolno, a czuła, wiedziała teraz, w tej chwili, że była winną wiele, bardzo wiele i przesuwało się jej w pamięci tysiące scen, kłótni, rozdrażnień, cierpień, jakich była jedynym powodem.

— Zresztą któż zna granice i cały ogrom wpływów i oddziaływań duszy na duszę; któż wie, kto winien? kto ma odpowiadać za nieszczęścia, jakie się stają? Wszyscy są winni i wszyscy pokrzywdzeni, ot co. No, uspokój się pani, już się stało i nic tego nie odmieni; fakty są to trupy, których nikt nie wskrzesi, jak nikt nie wskrzesi dnia, co przeszedł. Możesz pani myśleć o tem nieszczęściu i to myśleć głęboko, bo myślenie wypala odczuwanie... ot co! — Zakaszlał się straszliwie i potem długo siedział bez ruchu, wpatrzony w okno.

Janka milczała także.

Cisza była denerwująca, tylko wiatr rzucał suchym śniegiem w okna i świstał po szybach, a gdzieś, z bardzo daleka, szły jakieś słabe głosy, jakby wycia wilków i trzask odpadających W lesie gałęzi, albo z pokoju Orłowskiego wydobywały się długie i bolesne jęki, drżały chwilę i rozpływały się w ciszy.

— Dokończę pani — zaczął doktor. — Wczoraj rano przyszedł ojciec do biura, przywitał się ze wszystkimi i poszedł do swojej kancelarji. Chociaż tam był zastępca jego, którego przysłała dyrekcja, zawiadomiona o wszystkiem, nie zważał na to, usiadł na sofce i zdrzemnął się. Żeby mu nie przeszkadzać, zastępca ów wyszedł.

Po jakiejś godzinie, pan Babiński, który był na służbie w telegrafie, usłyszał zamykanie drzwi na klucz i wkrótce odgłosy jakby uderzeń i krzyki:

— Zabiję, zabiję! Dosyć mam tego, dosyć!

Stukano i proszono, aby drzwi otworzył, napróżno.

Stali wszyscy pod drzwiami, nasłuchując, kiedy naraz drzwi się gwałtownie otwarły i zatrzasnęły natychmiast. Zobaczyli tylko, że zrobił ruch, jakby kogo siłą wyrzucał.

Pozbył się drugiego swojego ja i w obłąkanym mózgu zaświtała zupełnie naturalna idea — pozbycia się go na zawsze: więc pod drzwi, któremi go wyrzucił, a mógł przypuszczać, że odgłosy, jakie z tamtej strony słyszał, były dobijaniem się wyrzuconego — pościągał papiery, krzesła połamane, meble porozrywane, maszynki do stemplowania biletów, drzwiczki nawet od pieca poobrywał, ułożył z tego stos, oblał naftą z lampy i podpalił.

Sądził, że spali tego dręczyciela.

Drzwi tymczasem nadaremnie próbowano otworzyć i dopiero, gdy dym zaczął się przedzierać przez szpary, wzięto się do wyważania ich. Świerkoski wybił od peronu okno i skoczył do środka. Usłyszał tylko straszny krzyk: Żyje! Żyje! i odgłos upadającego ciała — musiał uciekać, bo dym go dusił i stos ów palił się i zapełniał ogniem pół pokoju. Wywalono wreszcie drzwi i wyniesiono ojca napół żywego. Upadł prosto w ogień i palił się cały.

Oto cała historja. Smutna historja!

Założył respirator, popatrzył na Jankę i poszedł do chorego. Nie powrócił już do niej.

Lampa dogasała i brudny mrok zimowego świtu zaczął zalewać pokój i wydobywać kontury przedmiotów.

Poszła do swojego pokoju i z czołem opartem na szybie stała, nie myśląc nic i nie czując; śledziła bezmyślnie brudne kłęby oparów, co się wznosiły z nad oparzelisk i bagien leśnych i rozlewały się nad lasami szarym obłokiem; to patrzyła w gwiazdy, coraz słabiej świecące i w boleśnie czerwone zorze świtu, co jak ostrza rozpalone wrzynały się w szarość obłoków i siały purpurową srzeżogę na śniegi, lasy i przestrzenie.

Nie myślała, ale mózg jej bezwiednie odtwarzał dopiero co słyszane sceny szaleństwa i z taką brutalną wyrazistością i tak nieubłaganie w szczegółach rysował, że zwolna zaczęła drżeć z przestrachu i cofać się od szyby, bo była pewna, że to wszystko teraz się dzieje; że z tamtej strony okna zobaczyła jakąś larwę, patrzącą wprost wypalonemi oczodołami.

— Ojciec! ojciec! — łkała bezprzytomnie ogarniona takim gwałtownym paroksyzmem strachu że była bliska szaleństwa.

Chciała krzyczeć, uciekać — nie mogła! Wyciągnęła ręce bezsilnie i upadła nieprzytomna na podłogę.

XIII.

Rano Orłowski leżał niby kłoda opalona, doktór okręcał mu twarz i głowę kataplazmami.

— To pewna, że oczu się nie uratuje — powiedział.

— Niema żadnego ratunku?

— Żadnego. Żyć będzie, ale skończone z nim. Jak tylko można będzie, przewiozę go do szpitala.

— Nie, za nic w świecie, przecież może się leczyć w domu.

— A tak, a w pierwszej chwili, gdy się poczuje lepiej, może wpaść w furję. Umieszczę go u Bonifratrów. Tu już i czułości nie pomogą — rzucił szorstko, zakładając spiesznie respirator.

Nic już nie oponowała, nie rozpaczała nawet, chodziła jak trup, świecąc zapadłemi głęboko oczyma, zaniedbana i apatyczna na wszystko. Co jakiś czas zaglądała do ojca, patrzyła na niego i wychodziła.

Coś się w niej zerwało, jakaś zdolność odczuwania bólów, czucia nawet. Dopiero z przyjazdem Andrzeja ożywiła się nieco. Grzesikiewiczowa przyjechała z synem, i z wielką troskliwością uspakajała ją i pocieszała, jak mogła; ale w akcencie głosu, w twarzy, miała przymus jakiś i oschłość, której pokryć nie umiała. Patrzyła na Jankę bolejącem, litościwem okiem, ucierała nos głośno dla zamaskowania pomieszania i przenosiła oczy na syna: a widząc jego zmizerowaną twarz, jego oczy płomienne i ślady głębokich cierpień w całem obliczu, pochylała głowę, poprawiała sukni, żeby się nie pogniotła, i niechęć ostra, prawie nienawiść, przesycała ją do tej sprawczyni wszystkiego.

Wiedziała od Osieckiej i Józi wszystko.

Ale widząc znowu, jak Janka dogląda ojca, z jak głębokim szacunkiem doktór zwraca się do niej, jak Andrzej ją całuje po rękach, poczuwała zadowolenie, zaczynała czuć niewiarę w to, co słyszała od Józi, bo nie mogło się pomieścić w jej chłopskiej głowie to wszystko, co tutaj widziała — z tem, co słyszała.

Andrzej, zdawało się, nic nie pamiętał. Kochał ją, pomimo wszystkiego, i te kilka tygodni rozłączenia, pełne męki, przekuły mu duszę; tysiąc razy wybierał się do niej jechać, prosić o przebaczenie, ale zawsze brakło mu odwagi. Dopiero ten wypadek straszny, któremu był prawie wdzięczny, wytrącił go z błędnego koła bezradności i z całą szczerością pośpieszył podać jej rękę do zgody i zapomnienia przeszłości.

Nie mówili o tem, ale wrócili do dawnego stosunku, jakby pomiędzy nimi nie było tych anonimów i zerwania. Podwajał teraz troskliwość o nią, żeby zatrzeć przeszłość; Janka odpłacała mu wdzięcznością i zwracała się doń we wszystkich sprawach, bo teraz czuła, że prócz niego nie ma już nikogo na świecie.

Dnie wlokły się strasznie smutnie i monotonnie.

Rany Orłowskiego goiły się bardzo powoli, a on sam leżał wciąż nieruchomy, z opaską na oczach, i nie odzywał się ani słowa, poruszał czasem ustami, jakby mówił niedosłyszalnym szeptem, i nie zwracał najmniejszej uwagi na otoczenie.

Doktór przyjeżdżał codziennie opatrywać go i odjeżdżał, często nie zamieniwszy ani słowa jednego z Janką lub z Andrzejem, który całe dnie przesiadywał, jeździł do apteki po lekarstwa, pomagał nawet doktorowi przy opatrunku, pamiętał i zmuszał Jankę do jedzenia i spania, czuwał z niewyczerpaną dobrocią nad wszystkiem.

Marzec był już w połowie, dnie nastały brudne, deszcze zaczęły zalewać świat, śniegi znikały; ta ohydna szarość przedwiosenna sączyła się z nieba i zalewała ziemię. Czasami tylko, w południe, słońce przedzierało się przez opary i rozpromieniało jasnością i ciepłem, i wtedy lasy zieleniały, wody lśniły atłasową miękkością i szmaragdem, wróble świergotały na gzymsach i pod oknami, i Janka budziła się jakby z apatji, w jakiej była pogrążona, rozglądała się po mieszkaniu, jakby po śnie, powracała jej cała świadomość, ale ze zniknięciem słońca, wpadała znowu w dawny, szary stan egzystencji prawie roślinnej.

Chodziła smutna po tem mieszkaniu, pełnem» zapachów karbolu i jodoformu, przesyconem żałobą i nieszczęściem, pełnem, zwłaszcza w nocy, jakichś ech okropnych, drgań, akcentów, skarg i płaczów, co nieraz w przejmującem largo wyłaniały się z cieniów i przenikały jej duszę bólem bezbrzeżnym.

Po jednej z takich niespanych, pełnych udręczeń nocy, w której się jej zdawało, że wciąż słyszy ciche tony fortepianu Zaleskiej, i że las huczący wichurą wyrywa się i leci, a z nim wszystkie jęki, i wszystkie głosy, i wszystkie skargi ziemi zrywają się i brzmią w przestrzeniach i zapełniają pokój zgrozą i zgiełkiem — i w jeden z takich dni marcowych, w których życie jest ciężarem, myśl jakakolwiek niemożebnością, wszelki ruch męczarnią, w której człowiek nerwowy szaleje z niewytłumaczonego bólu, i w przygnębieniu, w strachu i w apatji jednocześnie zalega jaki kąt cichszy izby, i, oszołomiony, zmęczony śmiertelnie, ogłupiały, słucha plusku nieustannych deszczów i poświstów wichury, i kona z rozpaczliwej nudy, — przyjechali Witowscy z Andrzejem.

Podniosła się na ich przyjęcie apatycznie, a nawet z pewną niechęcią, bo zmuszali ją do mówienia i ruchu, kiedy jej najwygodniej było siedzieć samotnie i nic nie myśleć.

— Tyle słyszałam o pani, o nieszczęściu, zmusiłam brata, aby mnie, nieznajomą, przywiózł, bo wiem, że współczucie jest czasami balsamem — mówiła Jadwiga.

— Częściej tylko plastrem, który przeszkadza ranie wygnić, a przez to zagoić się.

Pożałowała swojej ostrości, bo Jadwiga pobladła i usta drgnęły jej bólem.

— Niech mi pani daruje te słowa, jestem tak wprost ogłupiona różnemi rzeczami, że bezwiednie zupełnie i niesprawiedliwie krzywdzę — prosiła Janka, ocknąwszy się ze swej senności.

— Ból nie szuka najłagodniejszej formy uzewnętrznienia się, tylko najtwardszej. Odczuwam panią i rozumiem.

Ściskały się silnie za ręce i patrzyły sobie w twarze.

— Nie widzę, pozwoli pani, że dotknę się jej twarzy.

Janka nachyliła się ku niej, Jadwiga delikatnie, końcami palców dotknęła się czoła, oczu, nosa i brody. Opuściła potem ręce i skupiła uwagę na chwilę.

— Wiem, jak pani wygląda. Wiem. Czuję panią! — Uśmiech niesłychanej dobroci i przyjaźni rozjaśnił jej twarz piękną, i jakby rozlał po pokoju jasność, pełną blasków wiośnianych.

Siedziały przy sobie i mówiły długo.

W stołowym, Andrzej z Witowskim wiódł cichą rozmowę o jakiemś serdecznem napięciu, bo oczy mu błyszczały rozrzewnieniem, gdy spoglądał na panie, siedzące w saloniku.

Jakoś dobrze im było, wytworzyła się pomiędzy niemi atmosfera pełna sympatji; Janka mówiła mało, ale słuchała z chciwością; słodki głos

Jadwigi, jej słowa pełne dobroci i jakiejś wprost nadzwyczajnej słodyczy uspakajały ją i wzmacniały. Budziła się w niej powoli energja, podnosiła duszę z apatji i z podziwem i czcią prawie patrzyła na tę ślepą dziewczynę, której każde słowo tchnęło miłością ludzi, przebaczeniem i wiarą. Takich rzeczy nikt jej nie mówił, takiego serca nie przeczuwała nawet istnienia.

— Ale czuje pani i mówi, jak święta! — wykrzyknęła wkońcu.

— O, nie! tylko jak głęboko wierząca, jak chrześcijanka. Wiara mnie uzdrowiła i wzmocniła.

— Wiara? Czyż to możebne, aby mogła oderwać duszę zupełnie i na zawsze od nas samych?

— Nie, ona nie odrywa, ona tylko rozpala duszę miłością wszystkiego i przebaczeniem wszystkiego, rozjaśnia oczy. Kto wierzy w Boga, ten wszystko wie, dla tego niema tajemnic, wątpliwości, szamotań; kto wierzy, jest silnym i na życie, i na śmierć; kto wierzy, ten żyje i pracuje, jak robotnicy u dobrego pana, bo wie, że przyjdzie godzina zapłaty za trudy, godzina odpoczynku.

— I pani tak mówi Pani, która, przy wszystkich warunkach posiadanych do szczęścia, jesteś najnieszczęśliwszą, bo już tracisz wzrok, bo jutro może zupełnie zaniewidzisz? Pani błogosławisz?

— Tak, bo tak się Bogu podobało — powiedziała prosto, pochylając głowę.

— Panno Jadwigo! Na litość, nic nie rozumiem.

— Cicho! Jeśli Bóg tego chce, to tak być powinno!

— Ale skąd wiemy, że Bóg tego chce, abyśmy byli nieszczęśliwi? Czy to nie jest złudzenie, czy...

Doktór im przerwał, bo przyszedł, pooglądał lufciki u okien i drzwi do przedpokoju, rozdział się ze swoich pledów i obsłon, kiwnął im głową i poszedł do chorego.

Nie mówiły już więcej, bo rozległ się głos Orłowskiego, pierwszy raz od czasu choroby.

Janka wzięła za rękę Jadwigę i poszły do jego pokoju.

Orłowski siedział na łóżku, opaskę miał na oczach i twarz całą pokrytą szklistą, czerwoną skórą, wychudłą i tak zmienioną, że niepodobna się było w niej doszukać śladów dawnej.

— Zgoda, panie Mieciu — mówił i potrząsał wyciągniętą ręką, jakby ściskał dłoń komu. — Już się teraz nie opuścimy. Hm!.. chce ci się jeść? Zaraz. Dajcie Mieciowi jeść.

Janka ujęła go za rękę i podniosła do ust.

Nachylił się na bok i szeptał coś cicho i tajemniczo, a potem rzekł głośno:

— A Janka! Pamiętam, pamiętam. Dobrze, żeś przyszła, bo Mieciowi trzeba dać jeść.

Doktór zaczął mówić do niego. Orłowski słuchał, ale pochylony w stronę, gdzie stał ten jego sobowtór, zwracał chwilami głowę do mówiącego i rzekł:

— Jak się masz! Każno dać jeść Mieciowi, bo nam się chce jeść. — Później szeptał coś pocichu, nie zwracając uwagi na nikogo i położył się.

— Klasyczny przykład rozdwojenia osobowości — mówił doktór, i zaczął objaśniać Witowskiego, ale Witowski nie mógł słuchać, zrobiła ta scena takie wrażenie na nim, że zabrał Jadwigę i odjechali, prosząc usilnie, aby po umieszczeniu ojca w szpitalu, Janka przyjechała do nich.

— A my jutro przewieziemy ojca — powiedział doktór Jance.

— Doktór pozwoli, że i ja pojadę, mogę być użytecznym — ofiarowywał się Grzesikiewicz.

— Ja także pojadę. Chcę zobaczyć, jak tam ojcu będzie.

— Poco? a jakże, tam miejsce dla histeryczek! to nie żaden flirt panieński! — burknął doktór, zakładając spiesznie respirator.

— Wytrzymam; tyle przeszłam, to i to zniosę.

Nazajutrz, osobnym przedziałem odwieźli go do Warszawy.

Dla Janki ta droga była męczarnią. Patrzyła ciągle w okno, albo stała na korytarzu, żeby nie widzieć straszliwie oszpeconej twarzy ojca.

Orłowski wiedział, że jedzie, że jest przy nim doktór, córka, Grzesikiewicz, witał się z nimi, ale nie zwracał na nich uwagi, bo rozmawiał szeptem z tym drugim, któremu ustępował miejsca, sam zajmując brzeżek siedzenia. Na stacjach, koledzy i znajomi przychodzili go zobaczyć, bo wypadek był głośny na linji. Przystępując, mówili mu swoje nazwiska. Nie odpowiadał zaraz, tylko pocichu pytał Miecia, co to za jedni, i dopiero wtedy zamieniał po kilka słów. Jankę tak rozdrażniały podobne sceny i te twarze rozciekawione, te banalne pocieszania i jeszcze gorsze litościwe spojrzenia, że zatarasowała drzwi i nie chciała nikogo wpuszczać.

W Warszawie czekała już zamówiona lektyka, którą przeniesiono chorego do szpitala.

Jankę grobowe zimno owionęło, gdy się znalazła w długim i mrocznym korytarzu szpitala; szła za lektyką, jakby za trumną. Jakiś człowiek w łachmanach chodził po korytarzu, w papierowym kasku na głowie, z epoletami z czerwonego papieru na porwanej w strzępy bluzie; pas naklejony złotym papierem ściskał chudą jego postać, salutował poważnie blaszanym pałaszem przechodzących, zawracał po wojskowemu i chodził dalej sztywnym, miarowym krokiem, niebieskawemi oczyma wpatrzony w jakąś próżnię.

Orłowskiego umieszczono w pokoju na pierwszem piętrze.

— Niech pani jedzie do domu, ja będę doglądał ojca; podług prawa, może pani jeszcze mieszkać w Bukowcu półtora miesiąca — radził doktór, gdy wyszli ze szpitala.

— Ani dnia nie będę tam mieszkała, wyjadę do Rozłogów.

— Czy pani wychodzi za Grzesikiewicza? — zapytał otwarcie.

— Prawdopodobnie wyjdę. — Zaczęła mu dziękować za wszystko, co dla nich uczynił.

— To mój serdeczny obowiązek zrobić, co zrobiłem; byłem waszym przyjacielem nie z nazwiska, a zresztą taka fenomenalna choroba. Będę ją studjował, to mi się opłaci.

Zaśmiał się sucho, założył respirator i machnął ręką, żeby sobie pojechała.

— Co jakiś czas będę tu zaglądała, a gdyby było gorzej, to proszę o zawiadomienie.

Skinął głową, wsadził ją w dorożkę i odszedł.

Gdy się znowu znalazła w pustem mieszkaniu w Bukowcu, pełnem tylko niewywietrzałych zapachów karbolu, uczuła, że słabnie, że siła bezwładności, w jaką ją opancerzyła apatja i nadmiar wrażeń — gnie się i rozpryskuje, że gotowa będzie popełnić szaleństwo jakieś, byle się wyzbyć tych udręczeń i osamotnienia.

Siedziała w cichym saloniku i szklanym, martwym wzrokiem przyglądała się fortepianowi, co w mroku wyszczerzał żółte zęby klawjatury, meblom jakimś obumarłym, tchnącym jakby stęchlizną i niemocą taką, że bała się dotknąć czegokolwiek, bo się jej wydało, że to wszystko się rozleci i rozsypie w pył...

Po kilku godzinach snu męczącego, obudził ją pociąg, z hukiem przebiegający stację.

Czerwone latarnie rzuciły na pokój krwawą smugę światła, które się rozlało w cieniach strumieniem iskier; zerwała się i wsłuchiwała — pociąg huczał na moście i po chwili, oddalone, głuche dudnienie milkło i zlewało się coraz bardziej z szumem lasu.

Już nie usnęła. Uprzytomniła sobie wszystko i strach niewytłumaczony przejął ją zimnem i niepokojem, który napróżno stłumić usiłowała.

Stacja ogłuchła i oniemiała, tylko druty telegraficzne, targane wichrem, brzęczały słabo, i oderwany kawał blachy na dachu magazynu targał się i bił twardo o ściany i skrzypiał, a czasami do tych głosów las dorzucił rytm głęboki i krótki, lub wiatr zaszumiał głucho, zgarnął wszystkie odgłosy i niósł dalej.

Koguty w zabudowaniach gospodarczych piały regularnie co godzina. Nie mogła już dłużej znieść tej strasznej monotonji nocy, tej ciszy i tego męczącego uczucia niepokoju, a wprost bała się poruszyć z łóżka.

Pomieszane z wrażeniami myśli zaczęły ją zalewać chaosem, z nieświadomych głębin wynurzały się jakieś słowa nieznane, jakieś nieuchwytne dźwięki, barwy nigdy nie pamiętane, sceny umarłe dawno w pamięci, twarze wyblakłe, przestrzenie. Życia upłynionego widma, co teraz ukazywały się na zrębie jawy mgnieniowej, chybotały się i rozwijały na wąskim skrawku świadomości i rozpadały w chaos, ustępując miejsca zmartwychwstaniu innych, nowych, nieskończonych. Mózg jej zrobił się jakby terenem walki, widownią, na której tłoczyły się zobrazowane wrażenia, zmartwychwstając i umierając równocześnie; a jej się wydało, że to wszystko dzieje się zaraz przed nią, że siedzi zboku i patrzy, podziwia, wzrusza się, poznaje niektóre rzeczy, przypomina sobie niektóre, a na wiele spogląda z obojętnością, bo nie poznaje — i wszystko tak szybko się staje, w takim wirze się przewala, że nim zdąży sobie przypomnieć, zobaczyć i — znika, i zmienia się, i różniczkuje.

Wkońcu nic już nie poznaje. Spogląda na pokój i widzi go dobrze; lampka pali się przed obrazem Matki Boskiej, migotliwym, żółtym płomykiem oliwy, i subtelne iskry światła drżą i ślizgają się po szkle, pokrywającem portret jej matki, a przez okna zagląda szaro-zielona twarz nocy, o błękitnych, głęboko osadzonych oczach gwiazd.

— Co mi jest! czy ja spałam? Myśli — i patrzy się w ścianę — nic, widzi salonik, widzi pokój jadalny, widzi pokój ojca! — Zadrżała, bo z za jakichś kotar, cieniów wychyla się postać ojca!

On, on! — krzyczy jej coś w duszy rozdzierająco, i chciała się zerwać i biec, ale siedzi nieruchoma, i patrzy na ojca widmo, który z czarną przepaską na oczach, z ogoloną głową, z twarzą czerwoną, poranioną, z rękami wyciągniętemi — idzie... idzie... idzie...

Straszna noc! tak ją zmęczyły halucynacje i takim strachem przejmowały, że w chwili już świtowej, poczuwszy nieco siły, zerwała się z łóżka. — Oszaleję! Oszaleję!

Dodnia jeszcze posłała po Andrzeja.

Prosiła go, aby wszystko, co było w mieszkaniu, przewiózł do Krosnowy, i żeby się tem zajął, bo ona nie była w stanie dłużej w tem mieszkaniu przebywać.

A gdy ją zawiózł do Rozłogów, do Wolińskich, i przy rozstaniu, gdy patrzał jej w oczy i żądał spojrzeniem odpowiedzi, nie śmiejąc nic mówić — rzekła mu:

— Na wiosnę! Niech się trochę uspokoję. Przyjeżdżaj pan często, bardzo często! przecież prócz pana nie mam już nikogo na świecie!

XIV.

Wiosna się budziła.

Kwietniowemi rankami, o świtaniu, gdy łąki, moczary i wody, niby z kadzielnic dymiły słupami oparów ku purpurowo-złotym zorzom wschodu; gdy w rosach i wodach zapalały się barwy; gdy resztki cieniów — widma nocy, uciekały chyłkiem w gąszcza, lub na polach konały w światłości; gdy purpurowe, ogromne, bezrzęsne słońce wychyliło się z za lasów i rozlało po świecie miljardy drgań, błysków, światła i ciepła: wiosna podnosiła złotawo-senną głowę, uwieńczoną diademem z jaskółek martwych, i, jeszcze ociężała, napół świadoma piękna swego i mocy, płynęła nad polami zimnemi i martwemi, muskała wrębem słonecznej sukni ziemię i szare ugory się zieleniły; kaczeńce otwierały żółte oczy nad strumieniami i piły rosę; stokrotki przy drogach, na miedzach, rozchylały czerwone rzęsy; ostromlecze świeciły po rowach, w zaciszach, pomiędzy kamieniami; brzozy pękały i dyszały aromatem; topole, co nad drogami stały pół żywe, szeleściły, radośnie pijąc słońce czerwonawemi listkami; a wiatr ciepły, pieszczący, niby tchnienie matki, obejmował ziemię, suszył pola, topił resztki śniegów, co brudnemi plamami świeciły po dołach i wąwozach, podnosił zboża, marszczył wody, budził ptaki, co się zrywały z głuszy leśnych na pola i śpiewały:

— Wiosna! Wiosna! Wiosna!.. — A wiosna była coraz potężniejsza; budziła lasy skostniałe, anemony, pierwiosnki, sasanki śmiały się pod cieniem sennych jeszcze olbrzymów; przepływała nad wodami — i wody rzucały resztki lodów, strumienie płynęły szybciej i błyskały szafirem i złotem; budziła wszystko i z jej dłoni dobroczynnych, z jej oczu złotych, z jej uśmiechów promiennych — płynęło na świat ciepło, życie i rozkosz!

Bociany brodziły z powagą po łąkach, a rankami długo klekotały po gniazdach, wróble po strzechach biły się jak szalone i całemi bandami leciały na świeże podorówki, na jęczmiona dopiero posiane, na owsy.

Po polach, po lasach, w przestrzeniach brzmiał krzyk głęboki, twórczy, nieśmiertelny.

Wiosna! Wiosna! Wiosna!..

Bydło w oborach ryczało na ruń, na powietrze pachnące; psy biegały olśnione, nieprzytomne z radości i tarzały się razem z dziećmi przed chałupami.

Pługi migotały na czarnej, ciężkiej ziemi, niby srebrne błyskawice, a za niemi rzędami chodziły wrony, a nad niemi śpiewały skowronki hymny upojenia.

Przepotężny rytm odradzania się, poczynania, miłości, drgał i przepływał przez wszystko, co było i co czuło.

Ludzie po polach śpiewali zapatrzeni w słońce. Starcy wyłazili na przyzby i wybladłemi oczyma pili nowe życie.

Serca wzbierały dobrocią, modlitwą, dziękczynieniem!

— A, życie! życie! — wybuchnęła Janka, otwierając ramiona do tych przestrzeni, zalanych pożogą słoneczną i tętniących wiosną. Śmiała się jej dusza i drżało serce, w wielkiej radości istnienia.

Nie mówiła więcej, tylko szła aleją parku i dotykała ręką grubych pędów lilij, co wychylały się z ziemi, gładziła liljowe perełki pierwiosnków, rwała pierwsze fiołki; to szła wpatrzona wdal, oddychając głęboko zapachem brzóz, ziemi świeżo oranej, słońca; słuchała ptaków świergocących, szmeru rzeczki, głosów lecących od zabudowań gospodarczych — i nie myślała nic, obejmując sercem wszystko i rozlewając się na wszystko — radością wiosny i zmartwychwstania.

— Jesteś pani entuzjastką — szepnęła Stabrowska, która szła za nią z Heleną. We trzy wybrały się po raz pierwszy do parku.

— Nie wiem, czem jestem, czuję tylko, że jestem, że dusza mi zaczyna płonąć, że szłabym gdzieś, że śpiewałabym razem z temi ptakami, że mam szaloną ochotę potarzać się po trawnikach, że mnie coś unosi do słońca, że chciałabym objąć to wszystko i przepaść! A, wiosno! wiosno! — dodała ciszej z niewypowiedzianą rozkoszą w sercu. Nie pamiętała ojca, Andrzeja, cierpień, nudy Rozłogów, bo czuła, że się budzi tak samo, jak ziemia pod pocałunkami słońca i ciepła.

Helena uśmiechała się z życzliwą pobłażliwością, a Stabrowska, obwinięta w pled, w głębokich kaloszach, wodziła znudzonym wzrokiem po nagich drzewach i gryzła ołówek, bo nadaremnie szukała czegoś do zanotowania.

— Chyba już powrócimy, wilgoci tyle w powietrzu...

— Nie zdążyła pani nic zanotować i chce pani powrotu?

— Nic godnego uwagi niema, bo przecież tego notować nie będę, że wiosnę czuć w powietrzu. To dobre dla bardzo prostaczych natur. Boże kochany! Wiosna, to stary zleżały bagaż poetycznych retorów, którzy udają, że szaleją z rozkoszy, usłyszawszy śpiew skowronka, lub spostrzegłszy pierwszą stokrotkę! Blaga i dzieciństwo!.. — dokończyła drwiąco i szła dalej, strącając parasolką pierwiosnki i kłapiąc po rzadkim, wilgotnym żwirze alei za dużemi kaloszami.

— Kiedy pani jedzie do Warszawy?

— W sobotę w nocy, a raczej bardzo wcześnie w niedzielę, to jest jutro.

— Jeśliby pani zechciała mi jedną rzecz kupić...

— A owszem, cały dzień zwykle spędzam w Warszawie.

— Często pani jeździ?

— Ostatni raz byłam dwa tygodnie temu u ojca.

— Zdrowszy?

— Fizycznie zupełnie zdrowy, tylko umysłowo jak dawniej.

— Można spytać, kiedy ślub?

— W początkach maja. — Wyręczyła ją Helena, bo Janka pochyliła się nad fiołkami.

— W naszym kościele?

— Tak. Odbędzie się rano, pocichu, a po śniadaniu, jakie będzie u nas, wyjazd do Krosnowy.

— Poprawię cię, Helciu. Po śniadaniu wyjazd prosto do Włoch, to moja wina, opowiadałaś mi tyle cudów, że namówiłam pana Andrzeja, abyśmy prosto od ołtarza tam pojechali.

— Do Włoch! Co za romantyczna podróż! O, tak! to bardzo poetycznie; ręka w rękę płynąć lagunami Wenecji, spacerować po galerjach Florencji, zwiedzać Kolizeum rzymskie; o tak, to wzniosłe, żyć w chwilach pierwszych uniesień miłosnych w kraju, gdzie cytryna dojrzewa, gdzie pomarańcz gaj, gdzie laury, i gdzie wszystko śmierdzi, jak powiada Rutowski.

Szeptała patetycznie z gryzącą ironją Stabrowska, zmieniła szybko ton i mówiła surowym, poważnym głosem:

— Myślałam, że epidemja podróży poślubnych wygasła, że ta moda razem z krynolinami przeszła, a tymczasem! tak, to ciekawe, że gdy warstwy przodujące jeździć przestały, teraz plebs, pchany odruchem, czysto naśladowczym... tak, dobry społeczny temat — szeptała, szybko zapisując w notesie.

— Co za czasy okropne, że plebs zaczyna czuć się człowiekiem i zaczyna mieć cywilizowane potrzeby zobaczenia świata, piękna, arcydzieł! — wykrzyknęła złośliwie Janka.

— Podróże są znakomitą szkołą poglądową — rzuciła Helena.

— Zapominania obowiązków dla marnych przyjemności.

— Niech mi pani wierzy, że ja zawsze pamiętam o swoich obowiązkach — odpowiedziała Janka z naciskiem, bo Stabrowska już od pewnego czasu irytowała ją swojemi uwagami moralizującemi i ignorancją często dotkliwą.

— Ja nie zwracałam uwagi pani. Broń Boże. Mam takie zasady, jakie głoszę, a głoszę wolność indywidualną zupełną. Niech każdy robi, jak mu wygodniej i przyjemniej — mówiła prędko, rozbierając się w wielkiej sieni dworu i, przyszedłszy do salonu, wyjęła notes i pisała: — „Obowiązki! Dajcie mi spokój! Rozkosz jest moim obowiązkiem, upojenie, przyjemność, to co chcę, czego pożądam, czego mi potrzeba". — Nie skończyła, bo przyjechał mąż i wszedł do saloniku — zaraz zaczął gorąco prosić Janki o zagranie.

— Bo chociaż żona moja nazywa mnie marnym filistrem, ale, jak pani wie, uwielbiam muzykę i po pracy jest mi ona bardzo krzepiącym odpoczynkiem.

— W tem właśnie jest filisterstwo. Nie cierpię brzdąkania, muzyką mogą się zachwycać tylko ludzie, nie umiejący myśleć. Jest to sztuka dusz płaskich i znudzonych, która je przyjemnie łaskoce, i przyjemnie zatapia w słodkiem far-niente lenistwa i bezmyślności, dlatego właśnie muzyka w tem stuleciu budzi taki szalony wpływ na masy, bo bezmyślne...

— Nie, dziecko — przerwał dosyć łagodnie Stabrowski, kręcąc młynka monoklem.

— Masz przykry sposób przeczenia, tem tyranizujesz.

— Kiedy jestem tyranem, to raz jeszcze powiem: nie! — zawołał mocno, oczy mu błysły, wrzucił w oko monokl i drżącemi nieco palcami rozczesywał bokobrody.

— Nie, nie, nie! Muzyka dlatego przemawia do tłumów, bo mówi do ich uczuć szlachetniejszych, lepszych, bo zaspokaja pewną sumę idealniejszych pragnień i porywów, bo odrywa ich właśnie od ciężkiej i często istotnie bezmyślnej pracy, bo jest potrzebą przedewszystkiem uczucia...

— Uczucia! — przerwała mu triumfująco — to właśnie barbarja, bo tylko dzicy czują i wszystko sprowadzają do uczuć; człowiek kulturowy pojmuje, rozważa, myśli...

— Ej, gdzie Rzym, gdzie Krym, gdzie...

— Nie przerywaj. Takiemu człowiekowi, naprawdę cywilizowanemu, muzyka nie wystarczy, bo nie mówi do niego całego, bo nie może wystarczyć schemat, który można wypełnić dowolnie, czem kto chce. Muzyka, to chińska łamigłówka, którą każdy rozwiązuje po swojemu, i zawsze dobrze, bo jest bez rozwiązania. Muzyka, to jak te głosy przyrody, w których poeci, histerycy, halucynanci słyszą hymny, czują słodycz, śpiewy aniołów, niebo, harmonje, a to jest tylko ryczenie krów na pastwiskach, krzyki ptaków w bitwie o żer i samice, szum drzew targanych wichrem, kwik osłów i świń; jednem słowem pierwotna bezrozumna kakofonja. Muzyka! nie mówcie, że to sztuka wielka, światowa, to kwilenie dzieci i warjatów, to... — zatrzymała się, aby zaczerpnąć powietrza.

— Mów dalej, żono, słuchamy i myślimy i Hamletem: Słowa! Słowa! Słowa!..

Stabrowska odwróciła się gniewnie do okna, patrzyła w milczeniu w okno, ale wkrótce wyjęła notes i pisała:

— „Mężczyźni są podli, i wtedy kiedy kochają — i kiedy nie kochają. Mężczyźni są nikczemni, i głupi, i wtedy kiedy świat ma ich za mędrców, i kiedy są kretynami".

Stabrowski, oparty o fortepian, mówił do Janki, rozkładającej nuty na pulpicie:

— Nie wiem dobrze, co się kryje pod nazwą filistra, ale przypuszczam, że żona ma rację, że jestem chwilami filistrem, to znaczy, że jestem człowiekiem, który pracować musi, który nie może mieć zbyt wysubtelnionych uczuć, któremu nie wolno się osłabiać uniesieniami, ani nawet zbyt głębokiemi rozmyślaniami; bo musi dodnia wstać, iść do gospodarstwa, i robić; musi trzymać się tej ziemi ze wszystkich sił, trzymać nie dlatego, że ten kawałek należy do niego od pięciuset lat, nie dla jakiejś tradycji kastowej, tylko dlatego, że to mój warsztat, na którym obowiązałem się wyrabiać codzienny chleb dla siebie i dla rodziny, i dla tych, którzy pracują razem ze mną, i dlatego, żeby za część mojej pracy fizycznej inni mogli myśleć, tworzyć arcydzieła, posuwać w spokoju wielkie dzieło postępu.

Jestem tylko nawozem, na którym rosną kwiaty i zboża, ale rozumiem to i zgadzam się, bo tak być powinno; a że nie chcę udawać słowika, gdy czuję się tylko koniem roboczym, więc nazywają mnie pogardliwie filistrem. Ależ ja nie niszczę słowików, nie zaprzeczam im prawa śpiewania i życia, bo wiem, że koń i słowik — są potrzebni w przyrodzie.

— Włożył pan głowę dobrowolnie w ciężkie jarzmo zrezygnowania.

— Cięższe jest ono, niżli pani przypuszcza, ale świadomie włożone! — spojrzał bezwiednie na żonę.

— Są ludzie, co umieją zmniejszyć ciężary, nawet własnowolnie podejmowane.

— Są, ale tacy, jak ja, filistrzy, brzydzą się kompromisami. Jest się uczciwym, lub się nim nie jest. Zacząć, to dokończyć, podjąć się czego, to dokonać. A zresztą, to nie widzę nigdzie ucieczki, bo nie tu, to tam, gdzie indziej, a zawsze, chociaż w coraz inny sposób, jakieś jarzmo musi ująć kark ludzki i gnieść do śmierci.

— Zawsze? prawda! — odpowiedziała i zaczęła grać preludjum Szopena.

Cisza zapanowała w saloniku.

Wieczór nadchodził. Zorze pomarańczowe paliły się za parkiem i oblewały nagie, czerwone dachy aureolą niesłychanie subtelnego fioletu, który razem ze zmrokiem wsączał się do pokoju i przysłaniał zwolna wszystko. Janka z preludjum przeszła do improwizacji, która dźwięczała, niby skarga pohaftowana marzeniami, i zapełniała pokój nastrojem melancholji. — Chwilami pobłyskiwała łzami, jak te rozlewy i kałuże wody po brózdach, co się paliły w ogniach zachodu i świeciły ostro; czasami wionęła tak denerwująco, jak fale powietrza nabrzmiałe zapachami brzóz, fiołków i wiosną, to podnosiła głos i śpiewała głębokim, poważnym rytmem, w którym były i organów brzmienia i bicie dzwonów, i pieśni wypełniające dusze wszystkich, i te marzenia, co płynęły nad chatami, co się tuliły w zakątkach serc i mózgów wszystkich.

Przycichły tony, osłabły i prowadziły smutny śpiew, przestronny, jak te pola, co za parkiem szły nieskończoną równiną, i rozlewały się nad niemi skargą bolesną — tony ligawek pastuszych się odzywały i śpiewały żale jakieś prostacze, dziecięce, jakby żale dzieci, co pogubiły ojców i szły zmrokiem, płacząc i wołając napróżno — i obejmowała je cicha noc kwietniowa, mgły, chóry żab, chłód przejmujący; a one idą wciąż, wołają cicho i przejmująco, błądzą w nocy, która zaczynała patrzeć miljardami oczu zimnych i błyszczących; siadają nad rowem jakimś i, spłakane, zmęczone, przyciskają się do siebie i usypiają pod krzakiem pokrytej kwiatem tarniny, a przez sen jeszcze szepcą i wołają napróżno; nad niemi latają czajki coraz niżej, niżej, zaglądają im w oczy i krzyczą cicho i przejmująco. A tam, w tych wioskach, ostatnie wierzeje skrzypią, ostatnie rżenia i ryki przebrzmiewają, światła gasną, ludzie usypiają — i zalewa świat pełna tajemnic noc i panuje milczenie...

Oderwała ręce od klawjatury i taka cisza zalała pokój, że słyszała bicie serca swojego.

— Helenko! na litość, jeść mi każ dać! — wołał Woliński, wchodząc do pokoju i, przywitawszy się ze wszystkimi, odciągnął Stabrowskiego i półgłosem opowiadał.

„Głowa ginęła w cieniu firanki, tylko wspaniale rozwinięte piersi rysowały się przez czarną tkaninkę opiętego stanika — zmysłowe usta i wysunięty podbródek w tym półzmroku rysowały się wydatnie. On lubieżnym, przysłoniętym białawą mgłą wzrokiem obejmował jej piersi, jej stan, jej biodra i nachylał się coraz bliżej ku niej".

Zapisała szybko Stabrowska i zwróciła się do Janki:

— Pani improwizowała?

— I tak i nie, bo, grając, nigdy nie wiem, co gram, tak się myśli i uczucia mieszają swoje i cudze, tak się jedno z drugiego wysuwa i łączy w jeden łańcuch, że trudno mi rozumieć.

— Ja panią podziwiam, że może pani przy fortepianie siedzieć kilka godzin i grać, mnie pół godziny przynosi już sen — mówił Woliński.

— To naturalne, bo pan sam nie gra i nie lubi muzyki.

— Może i lubię, tylko nie mam nigdy czasu. Człowiek przyjdzie wieczorem spracowany jak wół, to są przedewszystkiem dzieci, potem kolacja, trochę rozmowy i już przy gazecie jestem gotów.

Zaczął się śmiać z dobrodusznością.

Po herbacie Stabrowscy odjechali, a Janka poszła spać zaraz, bo trzeba było wstać wcześnie, aby zdążyć na pierwszy pociąg.

XV.

W Bukowcu czekał Andrzej, bo razem zwykle jeździli odwiedzać Orłowskiego. Janka nie mogła bez przykrości patrzeć na tę stację, bo całe poprzednie życie przychodziło jej na pamięć; czuła dziwne ściśnięcie serca, spoglądając na nowego zawiadowcę, który, tak samo jak ojciec, w czerwonej czapce i białych rękawiczkach, spacerował po peronie. Drażniło ją też, że ilekroć była tutaj, widziała zawsze w oknie dawnego swego pokoju jakąś twarz wypudrowaną, suchą, z papierosem w ustach, z grzywką pofryzowaną w grube loczki, podobne do grajcarków.

Nieraz, oczekując na pociąg, nasłuchiwała, czy się nie rozlegną dźwięki fortepianu Zaleskiej, lub czy nie usłyszy charakterystycznego chrzęstu rowera na podjeździe. Kilka razy, wysiadłszy z powozu, szła prosto na górę i dopiero przed drzwiami przypominała sobie nagle, że ona jest tutaj obcą zupełnie. I dzisiaj, ponieważ do przyjścia pociągu było z godzinę czasu, nie mogła usiedzieć w chłodnej i pustej sali pasażerskiej, pozostawiła Andrzeja, który usnął na kanapce, znużony ciszą i czekaniem i poszła na peron.

Świt szary zapalał się nad lasami i rozbielał przestrzenie, a w porannej rosie długie nici szyn, dachy, zwrotnice, budki czerniały twardo. Światła zdawały się dogasać słabym pyłem i jakby tylko rodzajem aureoli rozświecały przedświt. Przeszła peron i ze ściśniętem, pełnem żalu sercem patrzyła na wszystko: na las, co stał ciemną, milczącą masą, jeszcze senną, na stację jakby obumarłą, na drogi i dróżki biegnące wśród lasu, o stwardniałej, wiśnej niby rzemień ziemi — wszędzie znajdowała jakieś echo dawnego życia, wszędzie jakiś cień, jakieś widmo wstawało, budziło się i szło za nią i szeptało do jej duszy przejmującymi głosami wspomnień... Dopiero dzisiaj poczuła swoją głęboką zależność od tej miejscowości.

— Za długo tu byłam — myślała, zatrzymując się na skraju lasu i patrząc w jego mroczne, wionące surowością głębie. Z miłością jakąś obejmowała wzrokiem olbrzymy nagie jeszcze, czarne, stojące w ponurem odrętwieniu, słuchała z radością jakichś krzyków rozlegających się po lesie i znowu szła na peron i wszędzie odnajdywała jakąś cząstkę siebie, umarłą i zapomnianą, która teraz zmartwychwstawała.

Oparła się o ogrodzenie ogródka i patrzyła na klomby, przysypane zeszłorocznemi liśćmi, z pomiędzy których sterczały suche, umarłe badyle kwiatów.

— E... panienka, a juści... Niech będzie pochwalony!

Odwróciła się żywo, bo Roch z czapką w ręku schylał się jej do kolan.

— Jakże się macie, Rochu!

— Niezgorzy, chwała Panu Bogu, niezgorzy juścić.

— Cóż u was słychać? jakże sobie radę dajecie sam?

— Sam? e... panienko, nie sam, bo żonę mam, jak się patrzy.

— Ożeniliście się!.. no i któraż żona lepsza?

Roch wsadził palec pod czapkę, zafrasował się i po krótkim namyśle rzekł:

— I... zawżdy ta nowa mocniejsza.

— Cóż za jedna? panna, czy wdowa?

— Jakby to rzec, juści niby panna, ale ta idziebko nie umiała pilnować kole swego panieństwa i przypadek się zdarzył w ten czas, kiej moja nieboszka pomarła; ale dobra kobieta i robotna i szmat ma galantych i krowę z cielakiem, jako że nie samą wziąłem — dali i spłata będzie niezgorsza, dwa tysiące. Piękna kobieta, czerwona, mocna w garści, rozłożysta, nie taki chuderek kiej nieboszka! Piękna kobieta.

Skinęła mu głową i poszła, pociąg dochodził i Andrzej z bagażami stał już na peronie. Z okna pociągu zobaczyła Świerkoskiego; szedł ze swojego mieszkania skulony, z rękami w rękawach, zapatrzony w ziemię; cofnęła się żywo, ale podniósł oczy, spostrzegł ją i przystanął na mgnienie; kopnął Amisa, który się także zatrzymał i spiesznie ruszył dalej.

W Warszawie, prosto z pociągu pojechali do szpitala.

Nie mogła bez trwogi przestępować tych strasznych progów. Szła, patrząc z przerażeniem po długich, nagich, zimno białych korytarzach, pociętych oknami silnie zakratowanemi; z oddali dochodziły przytłumione nieco ryki jakieś ludzkie i rozlegały się ciężkiem, hucznem echem.

— Po tygodniu zwarjowałabym tutaj.

— I na mnie działa ogromnie. Tutaj zawsze myśl o śmierci przychodzi w całej swojej przerażającej grozie i potem mnie prześladuje długo.

Weszli do celi ojca. Orłowski w długim szlafroku, na który naciągnął mundur dawny, siedział przy stole, zarzuconym papierami i pisał.

Gdy weszli, podniósł na nich swoją straszną twarz i czerwone oczodoły.

— Zaczekać! kasę zaraz otworzą!

Ciągle pisał raporty i załatwiał czynności służbowe, a czasami chodząc, dyktował Mieciowi. Dostarczano mu całe góry papieru, które, pomimo ślepoty, zapisywał.

— Panie Mieciu, czas kasę otworzyć! — zawołał, podnosząc się.

Przeciągnął się, zdjął z głowy czerwoną czapkę, włożył zwyczajną z czerwonemi wypustkami, stanął przy długim stoliku, stojącym poprzecznie do drzwi, nachylił się nad nim takim ruchem, jakby dawnem okienkiem kasy wyglądał, zatarł ręce i czekał.

Janka pocałowała go w rękę, nie mogąc słowa powiedzieć, bo dusiły ją łzy.

Nachylił się wbok, szeptał coś pocichu i dopiero powiedział:

— Janka! jak się masz? jak się masz Jędruś? — wyciągnął do niego rękę i uścisnął.

— Jakże się ojciec czuje?

— Ślicznie! kropnąłem na Miecia taki raporcik, że pięć rubli zapłaci, jak amen w pacierzu. Przysięgam Bogu, że musiałem; sam służysz, to rozumieć powinieneś, że zwierzchnik jest stróżem i wykonawcą przepisów i poleceń — mówił, jakby do Miecia.

— Nie brakuje niczego ojcu?

— Mnie nie, tylko — zniżył głos — Miecio jest gałgan, zły urzędnik, niedbały, czasem się upija, przysięgam Bogu, wczoraj poczułem, że pije wódkę; ale widzisz, skarżył mi się, że jeść mu się chce czasem. Złożyłem o tem raport! Narzekał, że mu twardo spać; kropnąłem protokuł, bo to już dyrekcja winna! Swoją drogą napiszę trzeci. Tak. Dobrze mi jest, tylko tu, przez ścianę, ciągle ktoś krzyczy; posłałem Miecia, żeby się dowiedział, kto taki; przychodzi i powiada, że tam warjaci siedzą. Co za warjaci? Warjaci! ha! ha!

— Zaraz po ślubie, to ojca przewieziemy do nas, do Krosnowy — przerwał mu Andrzej.

— Krosnowa! co to takiego? Mieciu, Krosnowa! o!

— Ojciec nie pamięta, parę wiorst przecież od Bukowca.

— Bukowiec? Nie znam i Miecio nie zna. Nie było nigdy żadnego Bukowca — rzekł stanowczo. — Nie, nie.

— Ojcze, przyjechaliśmy prosić o błogosławieństwo, bo za kilkanaście dni nasz ślub.

— Ślub... Mieciu! — odsunął się pod okno, pochylił i szeptał długo. — Rozumiem. Janka idzie za ciebie — mówił, powróciwszy do nich. — Naturalnie, w tym liście, mam go tutaj, wczoraj przysłali z dyrekcji, piszą, żeś był jej kochankiem. Pamiętam, ale kiedy... moje dzieci... moje dzieci... — Umilkł, patrzył krwawemi oczodołami, naprężył żyły na skroniach, walczył z jakąś myślą, która jak słaby świt przesunęła się w chaosie szaleństwa, bił rękami z niecierpliwości, tarł czoło, męczył się, wreszcie szepnął cicho z takim akcentem, że zadrżeli oboje.

— Moje dzieci... moje dzieci... ale ja!... — bełkotał dalej niewyraźnie, pochylił się nad stołem i wielkie łzy popłynęły po jego twarzy, pokrytej zabliźnionemi ranami.

Janka rzuciła się do niego, bo myślała, że powróciła mu świadomość; ale skoro go tylko dotknęła ręką, wyprostował się gwałtownie, brzask przytomności zagasł, odepchnął ją silnie i zaczął krzyczeć:

— Wynosić się! Pociąg już odszedł. Panie Mieciu, powiedz tym ludziom, że nie mają na co czekać. — Odwrócił się i poszedł w drugi koniec pokoju i stamtąd zmienionym głosem mówił: — Tak, idźcie sobie, bo jak pan naczelnik powiedział, że pociąg odszedł, to nie macie na co czekać.

Usiadł przy stole i zaczął najspokojniej przeglądać papiery.

Spojrzeli tylko na siebie i wyszli.

— Dokąd pani teraz chce jechać? — zapytał, gdy się znaleźli na ulicy.

— Pojadę odwiedzić Zaleską; prosiła mnie listownie, aby koniecznie wstąpić do niej, a później zrobię kilka sprawunków dla Stabrowskiej.

Wyznaczyła mu miejsce, gdzie się spotkać mieli i następnie iść razem kupować.

W milczeniu zaprowadził Jankę do dorożki, bo wzburzyło go wspomnienie anonimu.

„Byłeś jej kochankiem" brzmiały mu w mózgu słowa Orłowskiego i piekły boleśnie.

Gdy zobaczył ją odjeżdżającą, przyszła mu myśl pewna. Wskoczył do drugiej dorożki i kazał wolno jechać w oddaleniu.

— Do Zaleskiej! Do Zaleskiej! — powtarzał, a na usta cisnęło mu się inne nazwisko z anonimu. — Z pewnością, że tak, z pewnością. — Uspakajał się i zaczął wyrzucać sobie podejrzliwość i zazdrość, jaka nim miotała i na Marszałkowskiej już wstrzymał dorożkę, aby wysiąść, ale tramwaj zagrodził mu drogę. Skinął ręką i pojechał dalej. Drżał, żeby się nie odwróciła i nie spostrzegła go za sobą. Z denerwującym niepokojem patrzył na trotuary, zapchane ludźmi wystrojonymi, na ruch, jaki wrzał dokoła, na jej głowę, ubraną w ciemny, wielki kapelusz.

— Do Zaleskiej! tak... tak... — powtarzał i coraz boleśniejszy kurcz strachu ściskał mu serce. Jej dorożka skręciła w Piękną i zatrzymała się wkrótce przed jakimś parkanem; Janka wysiadła i zniknęła w głębi. Odprawił dorożkę i z pół godziny czekał w jakiejś bramie, aż się wreszcie odważył wyjść i, chwiejąc się na nogach, blady i wzruszony niezmiernie, przez małą furtkę wszedł na to samo podwórze; zboku stała oficyna murowana jednopiętrowa, której okna wychodziły na ulicę, a na niej, tuż przy drzwiach sieni, wisiała lista lokatorów. Przebiegł ją kilka razy oczyma i z ogromną ulgą odczytał: „Zaleski Henryk, urzędnik Dr. Z. I. D." — i uciekł, jak mógł najśpieszniej.

XVI.

Janka, nie domyślając się niczego, weszła do mieszkania Zaleskich, na pierwsze piętro.

Janowa rzuciła się do niej z krzykiem radości.

— Laboga, ady to panienka moja!.. Pani! pani... — wołała do pokoju pośpiesznie. — Panienka z Bukowca przyjechała!.. jaka to pani dobra... a ja dzień i noc myślałam o panience i tak się nieraz głowiłam, co też panienka robi?..

Utarła nos z hałasem i rozpłakała się, całującą po rękach z uniesieniem.

Zaleska w niezapiętym szlafroku, nieumyta, z przypudrowaną tylko twarzą, wybiegła, rzucając się Jance na szyję.

— Boże, co za niespodzianka!.. Myślałam, że pani zapomniała już o nas. Janowa, herbaty! Niechże pani pozwoli dalej! — zaczęła pomagać jej przy rozbieraniu. — Papierosa tymczasem, proszę pani!.. ach, pani nie pali. Boże, jakże pani pięknie wygląda!.. Co za nieład!.. Janowa! Janowa!.. herbaty prędzej!..

Zaczęła biegać po pokoju tak zapełnionym sprzętami, garderobą porozrzucaną, nutami i dziennikami, które leżały wszędzie, że usiąść nie było miejsca. Pobiegła do kuchni, krzyczała na dzieci, sprzeczała się z Janową, wreszcie przybiegła i przy biurku, na heljotropowym papierze napisała kilka wierszy, z któremi wysłała Janową.

— Ciekawe, od kogo teraz pożycza? — myślała Janka, zobaczywszy list.

— Ach, jakam szczęśliwa, że panią widzę, to wypowiedzieć nie umiem. — Znowu serja całusów, słów bez związku, uśmiechów, ruchów, przesuwań wszystkich krzeseł i bieganiny wkółko.

— Cóż słychać u państwa? — zapytała Janka dość chłodno; raził ją nieład i to jej roztargnienie.

— O, dobrze, bardzo dobrze!.. mam dosyć lekcyj nieźle płatnych.

— A kiedyż koncert? — zapytała ciszej i odwróciła głowę, bo gryzący uśmiech miała w oczach.

— Niedługo, jeszcze czekam. Widzi pani, przeprowadzka, zainstalowanie się, pozawieranie a raczej poodnawianie znajomości zajęły nam bardzo wiele czasu. Ale teraz zaczynam już myśleć o koncercie, szykuję się... o, ja mam cierpliwość, jak pani wie, mam!.. — podeszła do przymkniętych drzwi sąsiedniego pokoju na palcach, zajrzała i cofnęła się śpiesznie.

— Czuje się pani szczęśliwszą, niż w Bukowcu?

— O, o całą oktawę! Żyję przynajmniej w cywilizowanym świecie. Bywam w domach, gdzie zbiera się literatura, sztuka i teatr!.. o, nieskończenie jestem szczęśliwsza... kilka razy grałam z wielkiem powodzeniem na rautach!.. — zajrzała znowu do sąsiedniego pokoju. — I gdyby nie różne kłopoty... no, ale się wszystko przetrzyma! Jakoś tam będzie! Mężuś bierze lekcje śpiewu i uczy się bohaterskich partyj: Raula, Lohengrina, Wilhelma Tella! Wolno idzie, bo musi przecież chodzić do biura. Tak, tak się to żyje, ale co u pani?.. co w Bukowcu?.. Była tu u mnie niedawno matka pana Stasia. Bardzo miła kobieta, tylko taka dziwna... przyszła się wypytywać o syna, mnie... uważa pani, jakie to kłopotliwe... skarżyła się, że zaprzestał wszystko pisywać w listach, szczególniej od mojego wyjazdu z Bukowca.

— Zarumieniła się. — Prosiła mnie, żebym mu nie cofała swojej przyjaźni, że on zupełnie zasługuje nawet na miłość... doprawdy, że nie rozumiem, czego ona chciała.

— Stefa! — rozległ się głos Henia z drugiego pokoju. — Wody do mycia!.. co u djabła, dwie wiedźmy w domu, a nic nienaszykowane!.. — krzyczał ze złością.

Zaleska pomieszana pobiegła do niego.

— A, przecież usłyszałaś... kamaszki, dawajże mi kamaszki, cóż u starego djabła!

Umilkł nagle, musiała mu powiedzieć o obecności Janki i słychać było tylko skrzyp łóżka. Wstawał i ubierał się. Stefa ze spuszczonemi oczyma nosiła mu wodę, kamasze, bieliznę i nie śmiała spojrzeć na Jankę, która odwróciła się nieco do okna przez delikatność, ale wytrzymać nie mogła, tak ją irytowało tyranizowanie Stefy.

Janowa powróciła z ulicy i nakrywała do herbaty w przyległym saloniku, który służył i za jadalnię i za pokój dziecinny, bo był obstawiony łóżeczkami. Stara była tak rozradowana obecnością Janki, że co chwila przybiegała patrzeć na nią i całować po rękach.

— Kuntentność mam taką w sobie, że laboga! — szeptała.

— Dzień dobry drogiej pani, dzień dobry! — wołał Zaleski, wchodząc. Był ubrany w jasny garnitur, w krawatkę błękitną, w artystyczny węzeł zawiązaną. Jasny, uśmiechnięty, woniejący, w koszuli w różowe paski z białym kołnierzykiem, w lakierkach. Piękny, jak tenor prowincjonalny i z głupim, iście tenorowym, uśmiechem na ustach, posunął się do niej, ścisnął jej rękę, potrząsając zgóry, jakby ją chciał jej wsadzić w bok. Upadł niedbale na krzesło, założył nogę na nogę, wsadził monokl w oko, wyciągnął mankietki i tak siedział z przymrużonemi oczyma, pozwalając się łaskawie podziwiać.

— Doprawdy, że na ulicy nie poznałabym pana! — zaczęła Janka, z trudem tłumiąc śmiech, takim się jej wydał głupio zabawnym.

— Si... si... signora! to naturalne!.. — mówił z komiczną wyniosłością. — Człowiek taki, jak ja, w nędznej budzie, jak Bukowiec, nie mógł być na właściwem miejscu, nie mógł czuć się sobą. Doprawdy, dzisiaj dziwię się, że tam mogłem tak długo wytrwać — zakończył pogardliwie, wsadzając monokl, który mu wypadł.

— Mężusiu, poproś panią na śniadanie.

— Pani — rzekł z ukłonem, królewskim ruchem ręki zapraszając. — Gdybym był wcześniej głos swój zaczął obrabiać, śpiewałbym już w operach, a tymczasem muszę jeszcze zaczekać, muszę jeszcze pojechać do Medjolanu na jakie pół roku.

— Tak mężusiowi radzą, ale to jeszcze niewiadomo, bo...

— Nie przerywaj, żonusiu... tak będzie, jak ja chcę. Mam zresztą bardzo bogatego mecenasa, który się zachwyca moim głosem. Wierzy pani, że biorę górne cis, jak Mierzwiński, o... — zaśpiewał pełnym głosem i z wielką łatwością jakiś pasaż. — Mecenas powiada, że w górnym regestrze mam najszlachetniejszy metal. Na pierwszy występ biorę Jontka w „Halce". Żonusiu! — zawołał groźnie, otworzywszy jajko, które przed nim leżało na serwetce. — Te jajka są za twarde, ja takich jadać nie mogę, mnie zabroniono, mówiłem tyle razy!.. — mówił z oburzeniem.

— W tej chwili będą inne. Janowa, codzień wam mówię, żeby się tylko jajka ścięły.

— Adyć to już wymysły czyste; niecałe Zdrowaś trzymałam je we wodzie. Pan to ino ciągiem piekło robi, a to jajka za twarde, a to za słone, a tera...

— Moja Baucis, nie falsetuj, tylko dawaj świeże jajka.

— Kiej już niema.

— Kup, ugotuj i dawaj!.. prędzej!.. — zawołał silniej, wciskając monokl, który mu ustawicznie wylatywał z oka.

Zaleska znowu napisała heljotropowy liścik i w kilkanaście minut Henio z całą ważnością połknął dwa jajka. Wypił szklankę bardzo lekkiej herbaty i, gryząc sucharek, rzekł z namaszczeniem:

— Sztuka, to męczeństwo!.. widzi pani, sucharki jadam, jak dziecko.

— Takie poświęcenie nie zostanie bez nagrody — odpowiedziała z drwiącym uśmiechem, ale nie zrozumiał ironji.

— Jakże ojciec?.. słyszałem o wszystkiem i było mi bardzo przykro, ale, droga pani, myśmy to przewidywali, niestety! przykry był w stosunkach, często niesprawiedliwy, no, ale to trudno, człowiek starej daty, rutynista...

— Kiedyż ślub pani? — przerwała mu szybko żonusia.

— W początku maja.

— A, wychodzi pani za tego... jakże się nazywa?... aha, za Grzesikiewicza, poczciwe chłopisko!... orzeł to nie jest, trochę, jakby to powiedzieć... — pstrzyknął w palce, pociągnął mankietki i wsadził monokl. — No mniejsza, ale winszuję pani szczerze szczęścia w tym związku...

— Dziękuję i nawzajem życzę panu scenicznych sukcesów — powiedziała dosyć cierpko, bo ją ten jego głupio-protekcyjny ton irytował.

— Sukcesy, wieńce, oklaski, powodzenie, o, będzie to wszystko, daję pani na to słowo honoru. — Przycisnął rękę do piersi teatralnym ruchem, obtarł fularem usta, otrzepał starannie klapy, przejrzał się bez ceremonji w wiszącem nawprost stołu lustrze i powstał.

— Bardzo żałuję, ale muszę się wyrzec towarzystwa tak miłego i wyjść.

— Mężusiu, mieliśmy iść razem, pamiętasz gdzie...

— Ja państwu nie przeszkodzę, bo wpadłam tylko na chwilę i mam rzeczy do kupowania — zaczęła Janka, podnosząc się także i kładąc kapelusz.

— Ależ żonusia zostanie, ja muszę iść sam, bo przypominam sobie, że jednemu z kompozytorów obiecałem, że przyjdę do Semadeniego w tej porze. Addio, ma bella, addio Signora! — rzucił pocałunek od ust, kiwnął niedbale głową i wyszedł.

Na schodach jeszcze słychać było jego organ, brzmiący najszlachetniejszym metalem.

— Śliczny głos! — szepnęła Zaleska, nasłuchując z lubością. — Prawda, jaki on piękny? Niechże pani jeszcze siada na chwileczkę. Ma szalone powodzenie u kobiet, całe stosy bilecików przynosi do domu. Śmiejemy się z nich razem i nieraz ja sama umyślnie odpisuję. To takie zabawne, bo wyznaczam schadzki w takich godzinach, w których mężuś jest albo w biurze, albo na lekcji. Tak, przypominam sobie, że go wczoraj zapraszał Noskowski. Niechże pani jeszcze nie odchodzi, a może cukierka, te są przepyszne!... — zapraszała uprzejmie, podając pudełko.

Janka tak miała ich dosyć, że, nie zważając na pocałunki i gorące prośby Zaleskiej, ubrała się i wyszła. Na ulicy już dogoniła ją Janowa.

— Duchem lecę, a ledwiem zgoniła. A to chciałam pokornie się przypomnieć, co jakby panienka chciała mnie wziąć do Krosnowy...

— Dobrze. Od świętego Jana, bo zaraz po ślubie wyjeżdżamy z mężem i dopiero w lipcu będziemy zpowrotem, ale ja powiem panu Grzesikiewiczowi...

— Bo widzi panienka, ja już tu ścierpieć dłużej nie ścierpię. Dobrzy są ludzie. Pani na ten przykład, ale cóż, kiej jej tu cosik brak — stuknęła się w czoło — i pomyślonek ma kiepski. A pan, to takie ladaco, że jaże wstyd mówić panience, cięgiem się ino drze, kieby go kto wrzątkiem polewał, że jaże państwo z dołu przysyłają, co sypiać nie mogą. I taka bieda, taka bieda, że wszystko się na bórg bierze, na karteczki. Pani się zaharowywa, bo całe dnie chodzi uczyć grania, a on, co zarobi i co wyciągnie od pani... słyszy to panienka?.. to przepuści z takiemi!.. — zaakcentowała pogardliwie. — Oho, dobrze wiem, ino pani nie powiem, bo i tak ma za swoje, a un taki pies niepoczciwy...

— Córkę widuje Janowa często? — przerwała jej Janka.

— A jakże, panienko, a toć i wczoraj widziałam moją panią córkę. Zobaczyłam ją zdaleka, jak se szła do szkoły, służąca niosła za nią książki, schowałam się do bramy, bo mi tak cosik zatchnęło w piersiach, że tchu złapać nie mogłam, ale wytchnęłam ździebko głowę, zobaczyła mnie i ośmiała się. Bledziuchna taka, kiej panienka, a w pasie to cienka jak osa, a tak się rucha cała kiej na sprężynach i szlachetnie niby pani ubrana.

— Rozmawia z nią Janowa?

— A gdzieżbym ja śmiała zaczepić na ulicy taką szlachciankę, przecież ja prosta kobieta jezdem, nienauczna, jeszczeby się pogniewała, bo zawsze tak jej śpieszno do tych klasów, że chociaż me obaczy, to ino spojrzy, co jaże mnie gorącość przejmie i poleci — mówiła, podnosząc na Jankę wybladłe, pełne łez oczy. — Byłam raz w niedzielę u tych jej opiekunów. Czekałam w kuchni, wyszedł lokaj i powiada, że jaśnie panienka kazała, żeby niania, to niby ja, przyszła. Poszłam, zaprowadziła mnie do swojego pokoju, takiego śliczniuchnego, co jażem się przeżegnała. I u najpierwszej dziedziczki, to piękniej nie jest. Pokazała mi wszystkie podarunki, jakie dostała. Jezus! jakie śliczności i materje i złoto żółciutkie i brelanty! Nagadałam się z nią długo, a potem to mi przynieśli obiad, a moja pani córka dała mi te chustkę i kazała koniecznie w niej chodzić, a na odchodnem me prosiła, żeby często przychodzić, tylko że ona się musi teraz dużo uczyć i taka była dobra dla mnie, tak me pogłaskała po gembie, żem ją jaże pocałowała w rączkę, a ma takusią, paninko!.. — pokazała na trzy swoje palce. — Dobrą mi Pan Jezus dał córkę, dobrą!.. Juści, matce toby się ta chciało popieścić z gołąbką, popłakać, ale kiej nie można teraz, to nie można... — obtarła fartuchem oczy.

— Janowa jest taką dobrą matką, że lepszej chyba na świecie niema.

— Panienko, to przecież moje dzieciątko!— zawołała prosto. — Hale! byłam tam we szpitalu, u starszego pana i tak się spłakałam, że jaże mnie mroczyło.

— Była Janowa?.. a, moi drodzy, dziękuję wam z całego serca! — zawołała rozrzewniona.

— Jak mi pani powiedziała o wszystkiem, to się jednej niedzieli wystroiłam i poszłam. Nie poznało mnie panisko. Mówiłam: adyć jezdem Janowa, proszę pana naczelnika. Janowa, służyłam u państwa w Bukowcu! Krzyczeć zaczął, co niema żadnego Bukowca, słyszy też panienka? i tak gadał do siebie i tak się patrzył temi czerwonemi oczami, kiej wrona, co jej chłopaki na psotę ślepie wypalą. Laboga! myślałam, że mi serce pęknie z bolenia. Mój Boże! taki naczelnik, taki nauczny, taki szlachcic dobry i tak mu popadło robakowi. — Lamentowała z głębokiem, pełnem zgrozy współczuciem.

Rozstała się z Janową i szła wolno Marszałkowską.

Słońce świeciło jasno i rozlewało potoki ciepła i wesela na twarze przechodniów. Tłumy zapełniały ulice, tłumy strojne, banalnie uśmiechnięte, sztywne w swoich świątecznych sukniach; wybladłe twarze podnosiły do słońca, a zmęczone powieki spadały na oczy pod dotknięciem blasków. W tem silnem, południowem słońcu, w tem wiosennem powietrzu, co zawiewało od ogrodów zieleniejących, od pól odległych, od sprzedawanych po ulicach fiołków i hiacyntów, odcinały się ostro chorobliwe twarze ludzi. Śmiech drżał w powietrzu, ale jakiś nieszczery, wymuszony i rozpływał się szybko, ginął w głuchym gwarze, w turkocie dorożek, w odgłosach tramwajowych dzwonków i pozostawiał tylko jakiś rytm ciężki troski, zmęczenia i apatji.

Janka zaczęła uczuwać udręczenie: to, co widziała u Zaleskich, ich całą nędzę wewnętrzną, oszukiwanie się, kłamstwo, pozory łudzące, blagę, zaczynała teraz dostrzegać i na ulicach i w twarzach przechodniów i w tym ruchu szalonym a bezcelowym, wywoływanym nie potrzebą, lecz chęcią ogłuszania się.

Wróble świerkały radośnie i tarzały się pijane wiosną po trawnikach, pokrytych delikatnym puchem zieleni, drzewa otaczały się już przesubtelną aureolą młodych, pierwszych listków, w powietrzu drgała wiosna z całym swoim czarem; ale Janka rozglądała się po Saskim ogrodzie ze smutkiem prawie, ludzie przysłaniali jej sobą wszystko — te tysiące twarzy, które się snuły po ogrodzie, śmiały, mówiły — te stroje błyskotliwe i tandetnie świetne, zasłaniały tylko a nie przykrywały trosk i nędzy, jakie się poza niemi taiły.

— Blaga! blaga! blaga! — myślała, patrząc w ich dusze jakimś ostrym wzrokiem przenikania nawskróś, do dna wszystkiego. Widziała, że te piękne warszawianki są sztuczne, poretuszowane pudrem, szminką, różem, woalkami, kapeluszem, suknią; że te ciała są nierozwinięte, pokręcone, że poza maskami banalnie uśmiechniętych twarzy niema nic; że te fiołkowe, czarne, niebieskie oczy patrzą pustką i głupotą; że mężczyźni chudzi, mali, wynędzniali, nerwowi, są wprost marni, wiało od nich chłodem zużycia i przesytu. Patrzyła coraz uważniej i później zaczęła spostrzegać coraz wyraźniej w tych tłumach piętno walki, tragicznej, codziennej, głupiej i zabijającej powoli walki o byt.

Nic tylko o żer! tylko o żer! — myślała z litością i wiedziała teraz, że to jarzmo przeklęte tak zgina tych ludzi, ogłupia i wysysa z nich wszystkie myśli i pragnienia szersze. Dalszy ciąg myśli przerwał Andrzej, który już czekał przy fontannie; zadrżała na jego widok, nie wiedząc dlaczego.

— Zimno pani? — zapytał, spostrzegłszy to.

— Chodźmy z ogrodu, zimno jest istotnie.

Pozałatwiali sprawunki, zjedli obiad w hotelu i przed wieczorem samym wyjechali.

W wagonie już zaczęła mu opowiadać o Zaleskiej i o Janowej. — Mówiła z goryczą i politowaniem smutnem.

— O Zaleskim dawno wiedziałem, że to błazen i cyrkowiec, ale że ona taka naiwna i wierzy w jego głos i karjerę na scenie — nie myślałem. Szkoda jej, bo że on ją rzuci i pozostawi na bruku, tego jestem pewny, bo do głupoty przymieszały się teraz aspiracje, zaraził się niemi od żonusi. Ach, te wyższe aspiracje! — rzucił szorstko i pogardliwie. Przecież jeśli to nie jest śmieszne, to jest głupie. Tacy Zalescy mają aspiracje, ona będzie zdobywać świat muzyką, on głosem. Ha, ha! — zaśmiał się.

Janka patrzyła się na niego trochę smutnie, ale mówić zaczęła:

— Tak, ona jest naiwna, słaba i śmieszna, ale ma właśnie te głupie szersze aspiracje. Jej nie wystarcza to życie codzienne, umiera w tem jarzmie bez pożytku dla nikogo. Pan jest szczęśliwym przez to, że się pan do swoich warunków życiowych tak przystosował, iż nie ma potrzeby pragnienia czegoś więcej. Ale ona! ale inni! nie śmiejmy się! nie potępiajmy ludzi za ich pragnienia, często nierozsądne, za ich marzenia, prawie nigdy nieurzeczywistnione, bo cierpią przez nie i dla nich. Boże, jakie tragedje odgrywają się w takich duszach, ile szamotań, męki, łez płynie w cichości, zdala od oczu ludzkich i o tem nikt i nigdy wiedzieć nie będzie. Tak mi żal dusz takich, jak Zaleska, bo pod maską pewnych śmiesznostek, które się wydają takiemi tylko, że nie umiemy przeniknąć do głębi, jest tam ciągłe krwawienie, ciągły wysiłek, a nie będzie nigdy szczęścia i wszystko to, całe jej życie przejdzie nadaremnie.

— Tak, tak, ma pani słuszność! — szepnął z głęboką przykrością.

Janka popatrzyła na niego długo, potem oparła głowę o poduszki i zaraz usnęła.

Andrzej wyszedł i, paląc papierosa po papierosie, chodził po korytarzu i co chwila patrzył przez niedomknięte drzwi na śpiącą. Był wzburzony i nie mógł stłumić w sobie jakiegoś żalu do niej, co się wyłonił teraz w nim i przejmował udręczeniem. Niechęć prawie czuł w sobie do jej inteligencji, do jej wyższości rasowej i intelektualnej. Teraz dopiero zapragnął nagle, żeby go kochała, bo dotychczas wystarczało mu to, że on sam kochał, że myślał o niej, że odgadywał i spełniał jej najmniejsze życzenia, że żył jej uśmiechami i nadzieją, że będzie jego żoną i wystarczało mu takie kochanie; ale teraz, w tej chwili jakby przebudzenia, pragnął jej miłości, pragnął panowania nad nią, pragnął ją posiąść całą i mieć.

Przystanął i długo patrzał na jej twarz, tonącą w mroku wagonu; spała jakimś cichym snem; półotwarte usta swoją purpurą odcinały się mocno od bladości twarzy, opadłe powieki rzucały długi cień na policzki, była bardzo piękna.

Pociąg biegł bez ustanku, zatrzymywał się na stacjach mgnienie, wyrzucał z siebie pasażerów, zabierał nowych, gwizdał, dyszał i znowu leciał, niby potwór, ziejący ogniem w tumanie dymów, w deszczu iskier, co jak ogon komety ciągnął się za nim. Noc była ciemna, w wagonach spali wszyscy; Andrzej pozasuwał firanki na latarnię i usiadł naprzeciwko śpiącej i patrzył się w jej twarz coraz bliżej. Walczył z sobą. Była tak piękna, że przenikał go dreszcz ognisty, że wyciągał już ręce, aby ją pochwycić i ucałować, ale powstrzymał się prawie w ostatniej chwili i, aby nie ulec pokusie, wyszedł znowu na korytarz. Spacerował w dalszym ciągu, ale już nie patrzył na Jankę, ochłonął i jakiś nastrój nudy i zniechęcenia powoli nim owładnął; zobojętniała mu nagle tak, że, widząc sąsiedni przedział pusty, położył się w nim i usnął.

Konduktor obudził go w Bukowcu. Nie usprawiedliwiał się nawet przed nią, że spał, wyprowadził ją z wagonu, wsadził do czekającego powozu i, drzemiąc całą drogę, dowiózł do Rozłogów.

Pożegnali się, jak zwykle, krótkiem „do widzenia".

XVII.

— Za cztery godziny będziesz żoną pana Andrzeja, jak to prędko!

— A tak! — odpowiedziała, ziewając. — Za cztery godziny wszystko się skończy.

— Albo, właściwie mówiąc, zacznie się... boisz się?.. — zapytała Helena troskliwie.

— Nie, tylko mi smutno, bardzo mi smutno! — powtórzyła w myśli.

— A ja się cieszę, bo czuję, że będziesz szczęśliwa.

— A ty jesteś szczęśliwa? — zapytała prędko, podnosząc na nią oczy.

— Zupełnie, ale tak bardzo, że aż chwilami boję się o to szczęście, bo nieraz czuję się wprost za szczęśliwą. Pomyśl, mam wszystko, czego pragnęłam: męża, miłość, dzieci, jaki taki majątek, spokój i zadowolenie. O tak, jestem bardzo szczęśliwa i tobie z całej duszy życzę takiego szczęścia.

— Dziękuję! — szepnęła cicho, z niedosłyszaną prawie ironją w głosie.

Po wyjściu Heleny, stała przy oknie długo, zapatrzona w siebie; ocknęła się z zadumy wtedy, gdy był już czas ubierać się do ślubu. Czuła się spokojną i zimną prawie. Nieliczne towarzystwo, tylko najbliżsi znajomi: starzy Grzesikiewiczowie, Józia z mężem i Witowski, czekali na nią w salonie i po jej wejściu otoczyli kołem, składając życzenia. Przyjmowała je obojętnie i później, jadąc już zamkniętą karetą do kościoła, dziwiła się sobie, że ten ślub nie robi na niej żadnego wrażenia, że więcej ją zajmują te pola, na które oknem patrzała, pełne zieloności i wiosny, niż Andrzej, który siedział obok niej w milczeniu i drzemał nieco, bo ostatniego wieczora wyprawiał pożegnanie kawalerstwa tak wesoło, że Woliński, który był na niem, jeszcze dzisiaj nie był zupełnie trzeźwym.

Stary, drewniany kościół, o czarnych, pogiętych ścianach, obwieszonych obrazami poczerniałemi, ubrany w jedlinowe girlandy i świerki, rozjaśniony szeregiem świec olbrzymich, które tworzyły szpaler płomieni, wiodący od wielkich drzwi do ołtarza, poprzeplatanych podzwrotnikowemi krzewami z oranżerji Stabrowskich, wyglądał czarodziejsko i pochłaniał jej uwagę. Z rozkoszą czysto estetyczną przyglądała się światłu, przesianemu przez zieleń palm, starym, czerwonym chorągwiom, tworzącym pod chórem pyszne plamy, jakby krwi krzepnącej, a wielki ołtarz ze swojemi złoceniami poczerniałemi, po których drgały blaski świec, tonący w kwiatach białych i purpurowych azalij, obwiedziony u dołu wieńcem narcyzów, o węzłach z bzów i fiołków, wionął na nią czarem. Spojrzała z wdzięcznością na Andrzeja, ale nie było już czasu szepnąć podziękowania, bo zaczęła się ceremonja.

Składała przysięgę z takim spokojem i obojętnością, że po kilka razy podnosiła oczy ku oknom, poza któremi na wielkiej lipie hałaśliwie świergotały wróble, lub patrzyła na sinawą twarz Józi i na drgające jej żółte oko i na Witowskiego, który stał po prawej stronie z przysłoniętemi oczyma i zagryzał usta.

Organy śpiewały „Veni Creator" i wszystko się skończyło dość prędko, ale Janka, odchodząc od ołtarza, czuła się znużoną. Patrzyła pustym, martwym wzrokiem po twarzach obecnych i pomyślała, że gdyby wszyscy w tej chwili zniknęli, zapadli się w podziemie, to tak samo obojętnie wychodziłaby z kościoła. Czuła, że nic ją nie obchodzą ci ludzie, nawet Helena, z którą w wielkiej żyła przyjaźni, była jej w tej chwili obcą zupełnie; te wszystkie pędy sympatji, jakiemi była splątana z ludźmi, poschły nagle i opadły, jak marny popiół na dno pustej duszy; to oczekiwanie nowego życia stłumiło w niej wszystkie myśli i uczucia, pochyliła się pod niem z biernością i szła obojętna i apatyczna, a równocześnie zdumiona tą zmianą w sobie, której przyczyny ani ogromu nie była jeszcze w stanie uświadomić. Zdawało się jej, że ją porwał prąd szeroki i tak wolno ją niósł, że nawet nie wiedziała, czy płynie dokąd?

Po ślubie nie wstępowali nigdzie, nawet do Krosnowy, tylko pojechali wprost do Bukowca, na pociąg, bo jechali do Włoch.

Witowski ze starym odwieźli ich na stację.

Andrzej zajął się ekspedycją bagaży, a Janka to chodziła po sali niecierpliwie, bo pragnęła się znaleźć od tych miejsc daleko i jak najprędzej, to wyglądała na peron, po którym Stasio spacerował ubrany w czerwoną czapkę zawiadowcy.

Odrętwiający spokój panował dokoła; bo nawet Karaś, jak zwykle wekslujący wagony i podstawiający je pod ramę magazynową, nie gwizdał i nie dawał sztosów hałaśliwych, maszyna suwała się po szynach cicho i dyszała wielkiemi kłębami brudnego dymu, który płoszył wróble goniące się po dachach; kilku robotników podbijało oskardami podkłady jakimś automatycznym, usypiającym ruchem, a lasy stały dokoła ciche, zieleniejące młodemi pędami, pełne rozśpiewanych ptaków i woni żywicznej, co zalewała całą stację; słońce świeciło nad stacją, i na łukach linji drgało jakby morą i wypijało błyszczące smugi wody w rowach. Życie płynęło zwykłym codziennym rytmem. Janka z przykrością zaczęła odczuwać, że się tutaj nic nie zmieniło, że nie było czuć braku ojca, ani Zaleskiego, ani jej, że wszystko jest, jak było, i że wszystko to zostanie, chociaż wszyscy ludzie się zmienią. Miała żal do tych lasów, że rosły i żyły, do słońca, do tych murów nawet, do pociągów, co przychodziły i odchodziły.

— Nie życzyłem pani dotychczas nic — przerwał jej Witowski, podchodząc. — Bo czegóż mogę życzyć? szczęścia?

Uderzył ją jego głos cichy i smutny i spojrzenie pełne wilgotnych blasków; popatrzyła mu prosto w oczy i odpowiedziała nieco niepewnie.

— Tak, tylko szczęścia!

I umilkli oboje, bo im nagle na usta zaczęły się cisnąć jakieś wyrazy pełne smutku i goryczy i serca przepełniło drżenie bolesne, bo poczuli, że mogliby powiedzieć sobie słowa, których im mówić nie wolno, bo zresztą żal ciężki i gryzący szarpał im dusze i ostre, bezlitosne światło poznania olśniło ich i pogrążyło w trwodze i w tępym, głuchym bólu. Bojąc się spojrzeć sobie w oczy, patrzyli na stację, na jasny świat, przecinany, niby kulami, szalonym lotem jaskółek, i serca im biły cicho i wolno.

Nie umieli sobie wytłumaczyć, co się dzieje z nimi, skąd to przyszło. Poznali tylko, że zajrzeli do jakiejś głębi i przerażenie odebrało im siły i świadomość.

Wszedł Andrzej, bo pociąg już huczał, wpadając na stację.

Odjechali zaraz.

Witowski, nie żegnając się ze starymi, popędził do domu.

Grzesikiewiczowie długo stali na peronie, powiewając chustkami za ginącym woddali pociągiem, ale wreszcie wsiedli w bryczkę i odjechali.

— Pietruś! — szepnęła stara po długiej chwili milczenia, obcierając ostatnie łzy.

— He?

— Mamy już, chwała Bogu, synowę.

— A juści, że mamy dziedziczkę, jak Boga tego kocham. — Wsunął palce pod czapkę i drapał się z jakiegoś głębokiego zadowolenia, bo oczy mu się skrzyły wesoło.

— Sielma szlachcianka ta pani synowa! W kościele kiej szła, to niby królewna wyglądała, że te drugie panie, to przy niej były niby służące! Ale bo to i Jędruś nie dziedzic? nie uczony? — pocieszała się.

— Będziesz ty jej jeszcze usługiwać, jak Boga tego kocham! przeje ci się jej państwo...

— Nie bój się!.. a usługiwała będę, jak dla mnie będzie dobra.

— Ho, ho! już ona potrafi za łeb Jędrka wziąć!

— Charakterna to juści ona jest, a ładna taka, że laboga! cięgiem mi przed oczami stoi, aże nie śmiałam jej całować.

— Jucha chłopak ten Jędrek!.. będzie se używał, jak Boga tego kocham!

— Cichobyś był, a to nogami ledwo powłóczy, a rozpusta jeszcze mu we łbie.

— Jucha chłopak... we mnie się wrodził... jucha... — mruczał głęboko zadowolony, przymrużał oczy, chlastał konie batem, bo sam powoził i coraz to cmokał ustami, rozpamiętując piękność Janki.

XVIII.

Staś po odejściu pociągu wrócił do pokoju, dawniej zajmowanego przez Orłowskiego, bo zastępczo pełnił obowiązki zawiadowcy, i pisał list do mamy:

„Najdroższa mamusiu! Dawno nie pisałem, bo jestem tak zawalony robotą i tak zmęczony, że radziłem się już doktora i ten zalecił mi dłuższy odpoczynek. Podałem się też o urlop dwudziestoośmiodniowy. Mamusia poprosi wuja, żeby mnie poparł, gdzie potrzeba, dobrze? Będę mógł cały ten czas przepędzić z mamusią, prawda? Muszę też przy sposobności kupić w Warszawie wiele rzeczy do mieszkania, bo przecież teraz, zostawszy pomocnikiem zawiadowcy, powinienem żyć na odpowiedniej stopie. Mamusiu! mam jeszcze plan taki, że teraz będzie pora i czas, aby mnie mamusia zapoznała z panną Cesią, co to mamusia pisała niedawno. Przecież jestem już na takiem stanowisku, że mi o żonie myśleć wypada, co? Kołnierzyki odsyłam, bo o pół numeru są mniejsze, niż zwykle noszę. Wie mamusia? Orłowska, córka dawnego zawiadowcy, tego co zwarjował, wyszła zamąż, pomimo skandali, za tego chama Grzesikiewicza, dzisiaj odjechali w podróż poślubną do Włoch! słyszy mamusia: do Włoch! Tacy jeżdżą do Włoch, a my musimy służyć za jakieś marne pareset rubli! Nie ukłoniłem się jej nawet, bo przecież, żeby tylko było połowę prawdy w tem, co o niej mówią, to jużby należało wyprzeć się, że się ją znało kiedykolwiek! Dobrana para: karczmarski syn i cyrkówka!

„Może mamusia pójdzie do Zaleskich i odbierze od niego maszynkę do papierosów, parę mankietów, dwie spinki czarne do gorsu i rubla. Pożyczyłem mu to już dawno, pisałem już, żeby mi pozwracał trzy razy, ale mi nie odpisał. Koszyczek odsyłam, placek z powidłami był pyszny, tego z serem nie jadłem, bo bałem się przy obecnem rozdenerwowaniu, żeby mi nie zaszkodził, dałem go państwu Kubiczom. Całuję mamusię i t. d.“

Wysłał list z koszyczkiem i po skończeniu służby przebrał się i poszedł do

Osieckiej.

Zaraz na wekslach spotkał się ze Świerkoskim, który wymyślał dróżnikowi:

— Psiakrew! złodzieje! psy! chamy!.. wypędzę, wygonię! oddam do kryminału! — krzyczał, tupał nogami i bił czapką o ziemię z taką wściekłością, że aż Amis szczękał zębami i skomlał cicho.

— Wielmożny nizinierze, juści, że winien jeżdem, ale się dopraszam łaski, powiem jak było i dopiero niech mie sądzą! — tłumaczył się pokornie dróżnik. — Roch, ten ze stacji, przychodzi i powiada, co nasza dawna panienka dzisia będzie jechać do Italji, a że moja kobieta chciała jej grzecznie podziękować, bo jak się wyprowadzali, kazała jej panienka dać różne statki, to moja mówi: — Rafał, polece na pociąg, ucałuje panience rączki, a może i da co jeszcze dla dzieciaków, bo tera taka wielka dziedziczka, i zaraz przylece. — Mówię: idź, zastąpię cie na służbie na te pare minut, bo myślałem, że choćby i pan nizinier się dowiedział, to gniewać się nie będą.

— Nie wolno krokiem ruszyć się ze służby bez mojego pozwolenia, nie wolno, bo złożę raport, zawieszę cię w służbie, wyślę na roboty, wygonię na cztery wiatry! nie wolno! — krzyczał, pieniąc się z wściekłości i przyskakując z pięściami do dróżnika, który wyciągnięty, sztywny, z ręką przy czapce, stał głęboko zmartwiony.

— Panie Świerkoski, chodź pan! — rzekł Staś, wziął go pod rękę i odprowadził. — Poco się pan irytujesz? szkoda zdrowia, taka bagatela zresztą...

— Trucizna moja! A, podłe chamy, w czułości psy się bawią... przejeżdża jakaś ostatnia... a ta leci całować ją po rękach, żegnać... ażeby cię psiakrew!

— Cicho, panie! usłyszy kto, doniesie Grzesikiewiczowi i awantura gotowa.

— Co mi taki cham, złodziej! oszukaniec! w kajdanach zgnije...

— Gadajże pan sobie, bo ja słuchać nie chcę. — Staś go puścił, zeszedł z plantu w las i zniknął.

Świerkoski gwizdnął na psa i zaczął go okładać batem. Staś zdala słyszał jeszcze wycie psa i krzyki Świerkoskiego, bieganie po lesie; wsadził watę w uszy i przyśpieszył kroku, nie lubił takich gwałtowności, denerwowały go i przyprawiały zwykle o pewne zaburzenia żołądkowe i bezsenność.

Zobaczył zdaleka Zosię, siedzącą na werandzie i zaczął machać czapką i krzyczeć. Wybiegła naprzeciwko niego i, zakryci olbrzymim krzakiem bzów rozkwitłych, ucałowali się serdecznie.

— Napisałem już do mamy o urlopie, mama niczego się nie domyśla i nawet pisałem, że na cały czas urlopu przyjadę do mamy odpocząć... — zaczął się śmiać.

— Panie Stachu, ale tak oszukiwać mamę, to...

— Panno Zosiu! przecież jestem mężczyzną! — wyprostował się dumnie — trudno, kiedy nie można inaczej, to trzeba oszukiwać.

— A jakby się skąd dowiedziała o wszystkiem i przyjechała?

— No to... nie dałbym się, oho! dosyć mam tego słodkiego jarzma, już mi się sprzykrzyło! — wykrzykiwał bardzo głośno, nawet za głośno.

— Panie Stachu! — zaczęła, owijając sobie na palec loczek z grzywki i patrząc nań z pod czoła.

— Panno Zosiu, słucham! — mówił jakimś miłosnym, przyduszonym głosem.

— Trzeba być zawsze mężczyzną, zawsze... zawsze... nie trzeba się obawiać mamy, trzeba mnie kochać i słuchać; dobrze, panie Stachu?

— Panno Zosiu! alboż pani nie widzi, że jestem mężczyzna? kocham panią, przesiedliłem się do tutejszej gminy, dałem na zapowiedzi, prosiłem o urlop, weźmiemy ślub, wyjedziemy, no i tak panią kocham, tak kocham, że nigdy tak nie kochałem! — i łzy mu zaświeciły w niebieskich oczach.

Przytuliła się do niego i rozgarniała mu paluszkami włosy zwichrzone, bo czapkę trzymał w ręku, a on ją zaczął całować po twarzy, po oczach, ustach, włosach, rękach, gdzie dostał, i szeptał łzawo:

— Moja złota Zośka, moja dobra, moja kochana, najdroższa, święta, moja ty mateczko!

— Dzieci! a chodźcie-no do domu! — zagrzmiał z werendy bas Osieckiej i echem rozległ się po lesie.

Wzięli się za ręce i poszli.

Osiecka roztyła się przez ostatnie czasy, włosy miała bielsze, a twarz różowszą. Patrzyła na Stasia groźnie i gdy ją na powitanie całował w rękę, uszczypała go w policzek.

— Rzepa nie chłopak. Po ślubie dziateczki do lasu, po ślubie. A to takie smyki, jak pan, co psem śmierdzą jeszcze, to zdaleka od narzeczonej... kiedy mówię, że zdaleka, to zdaleka! — krzyknęła, czerwieniąc się nagle.

— Ależ ja nie zaprzeczam — tłumaczyć się począł.

— Głupiś, mój kochany. Franka, przyprowadzić na obiad Tolę! — wrzasnęła.

— Proszę pani, już wszystko gotowe. Urlop mieć będę w piątek najdalej, to w sobotę ślub możemy wziąć i wyjedziemy zaraz na parę tygodni.

— Dobrze... matkę biorę na siebie, już ja ją uprzedzę o wszystkiem, no, mówię, że uprzedzę, że wszystko będzie dobrze.

— Dziękuję pani.

Poszli w głąb domu.

XIX.

W ostatnich dniach lipca Grzesikiewiczowie powrócili z Włoch.

Na stacji nikt ich nie czekał, bo nikogo nie zawiadamiali o dniu przyjazdu. Wysiedli na peron pusty i cichy, po którym z powagą spacerował Staś, w czerwonej czapce i białych rękawiczkach, zastępujący zawiadowcę. Słońce przygrzewało mocno i zalewało jaskrawemi blaskami żółty peron i czerwone mury; linje lasów, długie wici szyn były jakby opłynięte rozgrzanem, drgającem morą, powietrzem.

Cisza letnia upalnego dnia otoczyła ich i zalała.

Janka z pewnem zdziwieniem rozglądała się dokoła.

— Jak tu cicho!.. jak tu inaczej!..

— Ba, to Bukowiec, a nie Włochy! Bukowiec!.. — powtarzał przyciszonym głosem Andrzej i radośnie spoglądał na lasy i z chciwością wciągał w płuca powietrze, przesycone ciepłem i żywicznemi zapachami borów. Dusza tak mu się trzęsła z ukontentowania, że nie mógł utrzymać najrozmaitszych paczek i pudełek, które mu wypadały z rąk drżących; zbierał je kilka razy, aż Staś, który po odejściu pociągu odszedł, udając, że ich nie poznaje, ukazał się znowu i szedł śpiesznie, ale zawrócił zpowrotem do kancelarji, bo sobie przypomniał, że zdjął już czerwoną czapkę i rękawiczki. Przyszedł dopiero po chwili wyczerwieniony, różowszy niż dawniej, majestatyczny.

— Mnie przypadł w udziale zaszczyt witania szanownych państwa po tak dalekiej podróży — rzekł, poważnie witając, ale Roch mu przerwał, bo chylił się do kolan Janki i załzawionym głosem gadał:

— Panienka! e... juści panienka, dziedziczka kochana!.. a starsze państwo, to niby z Krosnowy i jaśnie Pietrz dziedzic i pani gospodyni jechały bez Bukowiec wczoraj... tak, dobrze mówię, wczoraj... abo i...

— Niech Roch rzeczy zabiera i znika! — zawołał wyniośle Staś. — No, jakże zdrowie szanownych państwa, jakże podróż?

— Dziękujemy, dziękujemy!.. cóż słychać u pana, panie Stanisławie? mamusia zdrowa?

— Dziękuję i mama zdrowa i żona...

— Pan się ożenił?

— Tak, szanowna pani dziedziczko, dobrodziejko!.. w miesiąc po państwa wyjeździe zawarłem związek małżeński z panną Zofją Osiecką!.. o, widzi pani dobrodziejka, żona się z okna kłania! — mówił z powagą.

— Dzień dobry! — krzyczała Zosia z okien dawniej Zaleskich i po chwili zbiegła na dół i rzuciła się w ramiona Janki i całowała ją z uczuciem dawnej przyjaciółki.

— No i mnie się coś należy z tego! — żartował Andrzej.

— Jak państwo ślicznie wyglądają oboje!.. Ja także chciałam, abyśmy ze Stasiem, z mężem, pojechali za granicę po ślubie, ale... ale... jakże? Włochy bardzo piękne?

— Bardzo piękne.

— W Rzymie państwo byli, bo widzieliśmy listy...

— Byliśmy. Czy są jakie konie? — zwróciła się do Andrzeja, bo ją niecierpliwili.

— Są, chłop szykuje siedzenia, możemy już jechać.

— A Ojca świętego państwo widzieli?

— Widzieliśmy, ale daruje pani, że nie będę teraz opowiadać, bo jesteśmy dosyć zmęczeni drogą i pilno nam do domu.

— Rozumiemy... ale jeśliby można kiedy zastać państwa w domu, to umyślnie, aby usłyszeć...

— Zawsze będziemy chyba, proszę, przyjedźcie państwo!

— Roch jutro przyjdzie do Krosnowy, to wam dam coś, co przywiozłam z Rzymu dla was — mówiła Janka, wsiadając na zwyczajny wózek krakowski, zaprzężony w małe koniki o parcianym moderunku.

— Z Rzymu!.. e... z Rzymu, lo mnie... loboga! — mruczał Roch, pochylając się do wozu, który się potoczył.

— Poganiaj prędzej! — wołał Andrzej na chłopa, bo koniki wlokły się sennie ze spuszczonemi łbami.

— A juści, kiej gorąc taki!.. praży tyż Jezusieczek, praży!.. wio! maluśkie! wio! — świstał batem, szarpał lejcami, hukał, zachęcał; konie się podrywały, aż wózek skakał po kamieniach i korzeniach leśnych, ale po chwili wolniały i znowu się wlokły sennie wąską drożynką przez las, który ją prawie nakrywał, że tylko przez gałęzie kładły się płaty olśniewającego światła na drodze, na mchach, na pniach i mieniły fantastycznemi arabeskami.

— To naprawdę las! — szepnął Andrzej z dumą.

— Tak, to las! — odpowiedziała cicho i włóczyła trochę sennemi oczyma po dębach olbrzymich, po sosnach, co jak miedziane kolumny stały nieskończonemi szeregami i zdawały się podpierać niebo, po polankach zielonych i cichych, po bagniskach zarośniętych, pełnych wrzawy ptasiej, pisku, chlupotu, brzęku; po kamienistych szczytach, przeświecających przez drzewa, pokrytych zieloną siatką — pędami jeżyn. Las stał cichy, rozprażony lipcowym upałem, woniejący żywicą, trawami i garbnikiem. Ptaki zrzadka i sennemi głosami odzywały się w gąszczach, tylko sroki gdzie niegdzie kłóciły się na drzewach, albo żołna przelatywała cicho pod gałęziami, niby tęczowa błyskawica, albo drzewa zaszumiały na chwilę i znowu robiła się cisza głęboka i usypiająca.

— Tak, to las! — myślała, ale widziała przez niego wysmukłe palmy, mieniły się jej w oczach lazury zatoki neapolitańskiej, tamta zieleń, tamto słońce, tamto powietrze — i teraz czuła, że ten las, tak kiedyś ukochany, jest jakiś czarny, dziki, że wionie chłodem i posępnością, że zaczyna ją omotywać jakiś smutek życia, tam nieodczuwany. Zadrżała w głębi, bo z tych przestrzeni zaczęły jakby iść do niej przypomnienia wszystkie życia tutaj spędzonego, zaczęły wstawać w niej widma przeszłości i cieniami przysłaniać jej duszę.

Budziła się, jakby dawne życie brało ją w swoje łożysko zpowrotem.

— Ciemno jakoś! — szepnęła, wstrząsając się nerwowo.

— Bój się Boga, przecież słońce wprost oślepia!

— O, nie tak, jak w Neapolu, nie tak, jak w Palermo!

— Nie widzę różnicy, a zresztą, teraz powiem ci szczerze, że jestem szczęśliwy, czując się u siebie; nudziły mnie już Włochy w ostatku. To upiór, nie kraj żywy, to...

— Nie mówmy, dobrze?

— Dobrze, wiem przecież, że Włochy podobały ci się ogromnie; entuzjazmowałaś się przecie przy każdym zmurszałym kamieniu: no, milczę. Rozmarszcz czoło, spojrzyj na mnie.

Spojrzała, ale nie mogła ukryć pewnego żalu i goryczy.

— Powinnaś mi darować te chamskie uwagi, chociażby za ich szczerość!

— Alboż się gniewam?

— Dziękuję! ot widzisz, jedziemy już do siebie do domu; czy ciebie to nie cieszy?

— A i bardzo, bo zmęczona jestem.

— Marzyłem o tym dniu, bo przecież teraz już żyć będziemy tylko ze sobą, nie będą nas krępowali ani ludzie, ani kraj obcy, ani to hotelowe życie, którego nie cierpię, nie będą pomiędzy nami stawały arcydzieła i kłótnie o nie; tak nie cierpię tego hotelowego kraju, tego życia w oczach wszystkich, podzielonego na etapy, wyznaczone przez Cooks limited, gdzie wszystko ma cenę zgóry oznaczoną, gdzie wszystko jest posegregowane i opisane i oznaczone numerami przez Baedekera, gdzie człowiek nigdy nie może się czuć sam zupełnie i sobą. Obcy świat, a mnie tego brakowało, o, tych lasów i tej ziemi!.. ja stąd i z tego!.. — zakreślił szeroki łuk ręką i rozrzewnionym wzrokiem ogarnął obszary pól, na które wyjechali z lasu.

— To już Krosnowa? — szepnęła jakimś strwożonym głosem.

— Tak, to już dom nasz.

— Dom nasz!.. — powtórzyła jak echo. — Krosnowa! — i patrzyła z jakąś głuchą obawą na park i długą aleję lipową Krosnowy.. Nie czuła upału, jaki ich zalewał teraz, kiedy jechali polami, niezasłonieni niczem; zimno jej było i ciemno. Jakieś uczucie obcości przenikało jej duszę chłodem.

— Dom nasz! — powtarzała i niepokój rósł, miała wrażenie, jakby te lasy, które zataczały olbrzymie koło i stanowiły zieloną ramę pól, odgradzały od świata i wtłaczały siłą w tę ciasną dolinę, gdzie odtąd żyć miała, jakby ją te pola, złocące się pszenicą, pohaftowaną makami czerwonemi, liljowemi wykami, które jak morze się kołysały i dźwięczały muzyką chrzęstów koników polnych, przepiórek, brały w swoje objęcia tak mocno, tak mocno, że czuła jakiś strach niewytłumaczony i ból.

Andrzej spoglądał na nią, ale nie umiał czytać w tej pięknej, bladej twarzy. On się cieszył, że powrócił, bo pewny był, że teraz, kiedy go nic nie będzie przegradzało od jej duszy, zazna szczęścia dopiero, że teraz ona będzie mogła ocenić jego miłość; ale chwilami odzywał się w nim jakiś cichy i głęboki żal do niej za obojętność marmurową, za ten chłód, którego nie mógł przełamać, za tę wyniosłość pewną, która go onieśmielała i zamykała mu nieraz usta w połowie gorącego okrzyku, więc chwilami spoglądał surowiej, z wyrzutem, ale w tem wytrwać nie mógł, bo otaczały go jego ziemie i jego zboża.

— Zwożą pszenicę! — zawołał, wstając na wózku. — Pyszna pogoda, sucho zbierają! — i gonił oczyma za żniwiarkami, które o kilka staj od drogi pracowały — tryby zgrzytały i ostre zęby błyskały co chwila stalowemi błyskawicami nad złotawem polem. Wielkie sterty wznosiły się w różnych kierunkach niby piramidy, a czerwone stroje kobiet, rojących się po polach, cięły się ostro, niby wielkie maki. Powietrze lekko drgało, aż przydrożne niskie grusze szeleściły sennie zakurzonemi liśćmi.

— Walek! sam tu! — krzyknął ogromnym głosem Andrzej na chłopa, uwijającego się na koniu przy najbliższej żniwiarce.

— Zobaczę tylko, co się robi i zaraz przyjadę!

Skinęła głową i patrzyła na Walka, który sadził przez zagony i kołysał się na siodle, niby na biegunach i co chwila zapadał i wychylał się ze zbóż. Pojechała sama do dworu. Nikt nie wyszedł na jej spotkanie, drzwi były pozamykane, okna szczelnie pozasłaniane, a na podwórzu, prócz kur i ślepego psa, co się wylegiwał w cieniu podjazdowej kolumnady, nikogo.

Dopiero w kilkanaście minut po wołaniach chłopa, nadbiegł zadyszany Bartek w jednych tylko parciankach i koszuli, ociekał wodą i obcierał się nagwałt spencerkiem.

— A to kąpać się byłem, bo taki gorąc, że śpik me morzył, ale ino pacierz byłem — usprawiedliwiał się ze strachem — a nie byłbym i tyla, ino...

— No dobrze, otwórz drzwi.

— A juści, kiej Janowa mają klucze, zaraz polecę; a nie byłbym pacierza, ino Jędrek Rafałów, koniarek, wzion mi obleczenie i zaniósł na kępę; złapałem go, sprałem juchę kiej psa, a tu słyszę, że ktosik woła...

— Idźno i poszukaj Janowej.

— Jezdem, paninko, jezdem! — krzyczała zdaleka, lecąc z rozłożonemi rękoma, niby stara kokosz do piskląt w niebezpieczeństwie; przypadła do nóg i radosnym głosem wołała: — O mój Jezu słodki, o moja paninka najukochańsza, a tośwa czekali i dnie i noce! a tośwa ze starszą panią wychodziły jaże do mostów, a tośwa se mówiły: a może dzisiaj przyjadą! Loboga, jak mi paninka ślicznie wygląda, kiej na obrazku, a opaliła się paninka na gembie za przeproszeniem, kiej bułeczka. — Gadała, otwierając drzwi, pomagając wnosić walizy, i co chwila przypadała do Janki, obejmowała za nogi, całowała po rękach, nie wiedziała co robić już, tak ją roztrzęsła radość.

— Duszno tutaj, pootwieraj Bartek okna.

— A moja złota paninko, a moja kochana!

— Starsza pani w domu?

— Pani gospodyni je na wsi u Jadamki, co już od rana rodzi, je i dochtór...

— Hale! widzisz go! głupi chłop, chlapie ozorem byle co, idź do kuchni palić ogiń! — zakrzyczała Janowa, wypychając Bartka. — A to u żniwa wszyscy, a starsza pani je rychtyk u chory kobity, na wsi. A ja byłam w ogrodzie za ogórkami i bez to me paninka nie zastała.

— A córka wasza? cóż tam słychać, jest już w Zielonce?

— A jest... jest... — urwała, usta opadły jej tak jakoś na brodę, że jej stara obrzękła twarz z sinemi wargami zrobiła się podobną do gęby krowy, ryczącej za cielęciem.

Janka nie czekała na dalszy ciąg opowiadania, tylko poszła oglądać mieszkanie. Otoczyła ją smutna cisza mieszkania napół umarłego, bo niezamieszkanego. Mrok, jaki rzucały pospuszczane story, ciemne obicia i portjery, meble o formach poważnych, wielkie pokoje, wszystko to tchnęło jakąś pleśnią i posępnością.

Chodziła i oglądała długo, nikt się nie zjawił, tylko od oficyn dochodził ją krzyk łapanych i zarzynanych kurcząt, a od dziedzińców i zabudowań — szczekanie i wycie psów na łańcuchach, a czasami od pól leciały odgłosy turkotów i echa śpiewów rozbrzmiewały smutno w tem pustem mieszkaniu.

— Co ja tu będę robić? — zapytała głośno, rozglądając się po tych wspaniałych pokojach. Nie umiała sobie odpowiedzieć, a nawet nie chciała; przeszła pokój jadalny, wyłożony dębem, obstawiony wspaniałemi kredensami i przez werendę zeszła do ogrodu, nad długie, powyginane jeziorko, otoczone alejami grabów strzyżonych, tak rozrośniętych, poskręcanych ze sobą, pooplątywanych dzikim chmielem, że tworzyły głuchy, zimny tunel, którego spód, niegracowany od wieków może, zarósł chwastami. W niszach żywych, utworzonych z drzew odwiecznych, stały trzony, z których pozrzucane posągi bóstw mitologicznych leżały zaledwie widoczne w trawie, sczerniałe, obrośnięte mchem, jedzone przez deszcze, trawy i powietrze. Kosy gwizdały w gąszczach, gile, zięby, bogowole, sikorki zawodziły ogromny wrzaskliwy chór w całym parku, a na jeziorku, przyczepione do wielkich liści grzybieni, żaby nukały przeciągle i sennie, wielkiemi oczyma patrzyły w słońce i na miljardy much, kotłujących się nad powierzchnią, niby tuman, przez który, jak punkty szmaragdowo-złote,błyskały wysmukłe ważki. Jaskółki ze świergotem przelatywały nad wodą i pruły powietrze fantastycznemi linjami. Cisza była taka ogromna w parku, że słychać było głosy komarów i szelest trzcin, tataraków i sitowia, co zarastały brzegi i biły o siebie, ilekroć wiatr powiał od drzew, albo kolisko wody roztrąconej piersią jaskółek nadbiegało. Jasnopopielatawy błękit rozciągał się nad wszystkiem, niby dach, z którego zsuwało się już ku zachodowi słońce i kładło na wodę złotą patynę, niby laserunek.

Janka zimno i bez uniesienia przyglądała się parkowi; szła, ale zaczynała ją porywać nuda i zniechęcenie; siadała po kilka razy na kamiennych ławkach, zielonych od mchu, to na trawie tuż nad wodą, ale zrywała się prędko i znowu szła, patrząc obojętnie. Obeszła całą jedną stronę i przez most zrujnowany, ozdobiony kiedyś posągami, które teraz przeglądały z dna wody, przeszła na drugą stronę.

— Jestem w domu! — myślała, idąc samym brzegiem, wpatrzona w fasadę domu, który się wychylał, niby z ramy zielonej, z pośród potężnych lip i buków, rosnących w szczytach.

— Jestem w domu! — odwróciła nieco głowę, bo słońce biło w szyby i zapalało kilkadziesiąt promieniejących ognisk.

Powtarzała te słowa po kilka razy, ale jej nie poruszyły. Nie wiedziała, co w niej jest, ale czuła, że niema w niej ani radości, ani zadowolenia z tego, że jest już u siebie.

I kiedy powróciła i przy pomocy Janowej rozpakowywała walizy, to musiała sobie przypominać, że jest u siebie, bo jej się zdawało, że zaraz stąd odjedzie, że jest jakby z wizytą tylko.

O dobrym zmroku dopiero przyszła Grzesikiewiczowa, a zaraz potem stary, Andrzej i Józia z dziećmi.

Przywitanie było nad wyraz serdeczne.

Józia drgała rozpromienieniem i radością, aż co chwila musiała zasłaniać oczy binoklami.

— Ralf, Tola! przywitajcie się z ciocią! — wołała po francusku na dzieci i śledziła z dumą, jak dzieci, niby manekiny lub pudle wyuczone, sztywno witały się.

— Józia, gadajno po ludzku! — upominał stary, który, trochę onieśmielony wyniosłem i chłodnem zachowaniem się Janki, stał sztywno, nie wiedząc, co zrobić z sobą. — Wielemożna pani! — zaczął, ale Józia uderzyła go oczyma, że zamilkł. — E! moja Józia, przecież ojciec tu jezdem, to mi tu wolno cośnieco z pyska pary puścić przy swoi pani synowej; prawda pani? — pytał Janki, zbierając się na odwagę.

— Ależ mój ojcze, przecież ojciec u siebie, to mu wszystko, wszystko wolno.

— A widzisz Józka. Stara, a niedajno wiele... pani synowej morusać rączków! — wykrzyknął, widząc, że Janka zabierała się do nalewania herbaty.

— A juści, dałabym ja co robić. Siedź sobie córko, to już ja ci posłużę, abo i Józia.

Józia skrzywiła się nieco, a Andrzej rozpromieniony patrzał na żonę i na matkę.

Podano kolację i zaczęło się to prędkie i bezładne opowiadanie pierwszego dnia po podróży. Stara tylko niewiele słyszała, bo śledziła z niepokojem Bartka, obnoszącego półmiski, który, ubrany w przyciasną liberję, chodził sztywny i ogłupiały, wszystko wysuwało mu się z rąk.

— Upuścisz! a, jakto trzymasz?... oblejesz, niedojdo, panią! — wykrzykiwała stara.

— Gadaj, Jędruś, gadaj!... takim rad, żeście przyjechali, takim wesół, że pił będę na uciechę. Matka, postaw gorzałki! — wołał stary rozpromieniony i przesiadł się do syna, popijał i ukontentowany do głębi, dumny, słuchał i jadł jak wilk, głośno mlaskając, i z tej radości rzucał pod stół kości Łapie, staremu nieodstępnemu psu, który je odnosił pod okno i gryzł, aż trzeszczało.

— Papo, szkoda podłogi, a zresztą do czego podobne rzucać kości na ziemię, tutaj nie karczma przecież.

— Papo! papo! Józia! Józia! — przedrzeźniał stary. — Ty sobie dzisiaj gadaj, a ja i tak słuchał nie będę, bom wesół, jak Boga tego kocham. Matka, daj gorzałki.

Józia założyła binokle i szepnęła po francusku do Janki:

— Czeka panią niemała praca oduczenia ojca od chłopskich nawyknień.

Janka pochyliła głowę, nie odzywając się prawie przez całą kolację, tyle tylko, ile do niej się zwracano, bo dziwne wrażenie wywierali na nią zgromadzeni. Józia śledziła ją ciągle i goniła oczyma, matka pilnowała Bartka i gderała, stary pił, plul za siebie, gadał głośno, śmiał się i dowcipkował rubasznie; dzieci siedziały obok siebie sztywno i poważnie, a Bartek, o ile nie był zajęty, stał przy drzwiach wyprostowany, zalękniony, i wycierał spoconą twarz rękawem i wzdychał. Andrzej opowiadał, ale jakoś sennie i niecierpliwił się, bo stary co chwila brał go w ramiona, albo klepał po łopatkach i porwany dumą wykrzykiwał:

— Udał mi się synek, udał mi się parobek, co, prawda, pani?..

A Janka na odpowiedź uśmiechała się blado i czekała, rychło się skończy ten wieczór, bo czuła się zmęczoną i jakoś bardzo obcą tym ludziom; zwracała się do dzieci, ale dzieci uśmiechały się do niej banalnie, niby automaty, aż stara rzucała na nie niechętne spojrzenia i szeptała:

— Cudaki! Boże się zmiłuj!

— Jestem w domu, u siebie, z rodziną! — powtarzała i wodziła oczyma po dębinie rzeźbionej, okrywającej ściany, pociętej na wielkie czworokątne pola bronzowemi pasami, po kredensach olbrzymich, co zajmowały całą jedną ścianę, po tych łosich głowach z rosochatemi gałęziami, co w środku owych pól były zawieszone, a potem po twarzach siedzących, prostych, grubych chłopskich twarzach, które tak dziwnie wyglądały na tle tego wielkopańskiego przepychu, że, chwilami zapominając, myślała: skąd oni się wzięli? poco? i miała ochotę wstać i wyjść; czując się dotkniętą, że siedzą obok niej.

— A niechże pani nie zapomina o nas! — mówiła Józia i dalej już opowiadała o sąsiedztwie całem.

Wtedy Janka przychodziła do równowagi i wkrótce przyszła zupełnie, bo przyniosła rozmaite drobiazgi, przywiezione z Włoch, i zaczęła rozdawać, kiedy drzwiami z werendy najniespodziewaniej wszedł Witowski.

— Wszelki duch Pana Boga chwali! — wykrzyknęła stara.

Nie odezwał się, tylko z Janką się witał najpierw, a potem z resztą. Andrzej zerwał się i pochylił do pocałowania, ale mu Stefan mocno uścisnął rękę i usiadł obok dzieci.

— Bartek! daj mi mocnej herbaty. Dowiedziałem się, że państwo przyjechali i przyszedłem was zobaczyć. Jędruś pysznie wygląda, ale pani jakoś inaczej, o inaczej!.. — spojrzał jej w oczy tak mocno, że drgnęła.

— Cóż, Włochy! cuda! same cuda! — ironja zadrgała mu w głosie.

— Istotnie cudowny kraj! znalazłam tam więcej, niźli myślałam, że znajdę.

— Albo przywiozła pani ze sobą taką chęć zobaczenia cudów, że aż pani i zobaczyła! — Zaczął pić herbatę, a po chwili dodał: — Jadzia przesyła pozdrowienia i czeka na wasze odwiedziny.

— Jak tylko nieco żniwa zepchniemy, to natychmiast.

— Dobra i obietnica.

— Siostra zdrowa?

— Prawie już zdrowa i dzisiaj po raz pierwszy wyjeżdżała na spacer.

— To chorowała?

— Trochę. Konie poniosły, powóz się wywrócił i potłukła się.

— Pewnie te same djabły, któremiś nas wiózł wtedy.

— Te same. Czy też pani pamięta jeszcze ową sannę?

— I myślę, że nie zapomnę nigdy! — odpowiedziała dosyć prędko.

— A to ścierwy ogiery, czyste smoki, jak Boga tego kocham.

— Smoki nie, tylko Jasinowski nie umiał powozić i pozwolił się im rozhukać. Pamiętasz, Jędruś, jak to wtedy się rwały? — umyślnie mówił o tej sannie i patrzał na Jankę.

— Ba, dzisiaj mnie jeszcze dreszcz przejmuje i dziwię się, żeśmy się nie pozabijali, pamiętam i z tego, że żona zemdlała.

— Pani zemdlała?.. ale kiedy?.. — pytał, jakby nie wiedząc o tem.

— Skorośmy tylko wysiedli.

— No, no, nie wiedziałem!..

— Że co? — podchwyciła.

— Że pani umie takie rzeczy odczuwać tak mocno.

— Zawżdy kobieta je miętsza, kiej menszczyzny! — wtrąciła stara sentencjonalnie.

— Przyznam się, że pierwszy raz jechałam z taką szaloną szybkością.

— Urządzimy sobie jeszcze nieraz podobną sannę, żeby się pani przyzwyczaiła i nie mdlała.

— Nie. więcej już tak nie pojadę, a przynajmniej nie pańskiemi końmi — powiedziała z naciskiem, bo ją drażnił ironiczny ton jego głosu.

— Wyrychtujemy sanie, założymy bulanki i pojedziemy, jak Boga tego kocham, że jaż... ha! Matka, dajno jeszcze gorzałki, napijemy się z panem Witowskim.

Ale matka, widząc, że stary już pijany, podniosła się, ujęła go pod pachę i chciała wyprowadzić.

— Nie ciągaj, jak mówię, gorzałki postaw, to postaw. Pan Witowski jest jaśnie pan dziedzic i ja jestem jaśnie Pietr dziedzic. Postaw gorzałki, niech się dwa dziedzice ucieszą, jak Boga tego kocham, wesołym dziś taki, to... — nie skończył już, bo go Andrzej ujął mocno pod ramię i wyprowadził, a zaraz i Józia się zabierać zaczynała do odjazdu.

— Idźcie państwo spać, mnie Bartek da herbaty jeszcze, wypiję i pójdę sobie. Niech się pani nie dziwi, to nie po raz pierwszy... — tłumaczył Jance.

Ale Andrzej z Janką pozostali i jeszcze z godzinę razem siedzieli na werandzie, wpatrzeni i wsłuchani w cudną noc lipcową, tak ciepłą, tak rozmarzającą i pełną zapachów lip i kwitnących w klombach heljotropów, tak rozśpiewaną, że Janka wkrótce zasnęła w swoim biegunowym fotelu, a Andrzej był coraz senniejszy.

Witowski siedział na balustradzie, pił herbatę, dopóki była, palił papierosy jeden za drugim i patrzył w niebo granatowe, głębokie, pełne gwiazd i ciszy nieobjętej; czasem spoglądał na Jankę, której przechylona twarz słabo się rysowała w zmroku, na jeziorko dymiące mgłami, na park czarny i głucho szemrzący, jakby przez sen, w tę noc spokojną, która obejmowała wszystkich i wszystko w sen i w milczenie i wkońcu, nie odezwawszy się ani słowem, zeszedł z werandy i poszedł.

XX.

Życie w Krosnowie płynęło cicho, a pracowicie, szczególniej teraz, czasu żniw. Andrzej od świtu do nocy na koniu uwijał się na polach, stary również dnie całe przesiadywał w lasach. Dom opustoszał, bo nawet stara Grzesikiewiczowa, gdy słońce przygrzało, szła w pole z przyzwyczajenia i siadywała dnie całe pod stertami, lub nieżżętem jeszcze zbożem i śledziła robotę, albo łaziła około domowego gospodarstwa i gderała, że ciągle słychać było jej gniewny głos w coraz innej stronie.

Tylko Janka nie brała udziału w tych kłopotach i pracach.

Te pierwsze dnie przepędziła prawie samotnie. Męża widywała raz na dzień, a czasami wcale, jeśli kazał sobie obiad przynieść na pole, a wieczorami, albo zamknięty w kancelarji z ekonomami przesiadywał prawie czas cały, albo, jeśli przychodził na kolację do jadalnego, to był tak strudzony, że nie dopijał herbaty i zasypiał w krześle.

Przepraszał ją zato serdecznie, wypytywał, czy się nie nudzi, czasem zabierał w pole, i uspokojony jej spojrzeniem i twarzą zawsze zamkniętą, zmrożony tym chłodem obojętności, jaki wiał od niej, i tą jakąś pańską wyniosłością, z jaką na wszystko patrzyła, choć bardzo cierpiał z tego powodu, zostawiał ją w samotności. Zapracowywał się, żeby nie czuć bólu i wyzbyć się tego wrzenia gniewu, jakie nieraz czuł w sobie w jej obecności.

— Jeszcze się nie zżyła z nami, czuje się obcą, niech mama o niej pamięta! — tłumaczył matce.

— Nie bój się, Jędruś, już ja pilnuję, chucham na nią, już jej tu niczego nie brakuje.

— Niech mama z nią więcej przesiaduje i rozmawia, bo ona tak ciągle sama, to może się jej nudzi.

— A bogać to! mówić, juści, ale widzisz, kiej nie śmie. Nieraz przylecę z pola ino poto, coby z nią pogadać, bo i mnie się za nią ckni, i boje się gemby otworzyć. Ona taka pani, taka uczona, co ja jej powiem? A nudzić, to pewnie, że sie nie nudzi, bo cięgiem grywa na fortepianie, abo czyta na tych wielgich książkach. Panią mam synowę, uczoną mam synowę! — dopowiadała z dumą stara, ale swoją drogą ciężko jej było, że nie mogła się do niej zbliżyć, bo właśnie ta jej „uczoność" i „pańskość" przegradzały i otaczały Jankę kołem zaklętem. Obcą była im wszystkim, zupełnie obcą. Przyszła z innego świata, podziwiali ją, kochali po swojemu, ale nie rozumieli tak, że zwolna do duszy starych wkradała się niechęć, podsycana jeszcze zmianami, jakie z jej przyjazdem zaprowadzał Andrzej w Krosnowie.

Dotychczas, pomimo magnackiej fortuny, żyli jak dostatni chłopi, może trochę lepiej, mieszkali w oficynie, jadali co Magda ugotowała, jeździli bryczkami, ubierali się jak bądź, skąpili na wszystkiem, bo nie mieli żadnych potrzeb. A teraz wszystko się zmieniło. Andrzej chciał dom postawić na stopie odpowiedniej: nie dla siebie, bo było mu to dosyć obojętnem, ale dla Janki, przyjął kucharza, piwnice kazał zaopatrzyć dostatnio, Bartka ubrał w liberję, pokupował powozy i kilka par koni cugowych stało zawsze w stajni, aż starego złość porywała.

— Te habany zeżrą tyle owsa, co połowa fornalskich, nic nie robią, jak Boga tego kocham! — skarżył się żonie pocichu, bo Andrzejowi nie śmiał.

— Kunie, juści że żadna pociecha, a wydatki tylko; ale żeby to kunie ino, a toć ten zapowietrzony kucharz tyla masła, jajków i śmietany bez tydzień bierze, co dawniej i bez miesiąc nie wyszło, a jeszcze się za gotowy grosz sprzedało.

— Gryzą Krosnowę, aż trzeszczy! — dodawała Józia od siebie; — ale to początek, zobaczy ojciec, jak to później będzie.

— Głupiaś! nie wtykaj swoje trzy grosze! — przerwał jej brutalnie, bo go złość szarpnęła.

— Ale pani synowa jest niby lala malowana!

— Józia, ty mi na nią nic nie mów, słyszysz, bo jak Boga tego kocham! — uderzył pięścią w stół, złapał czapkę i wyniósł się w podwórze.

— Lala malowana, wielka pani! szlachcianka! Tfu! na psa taki pański moderunek na habecie! — mruczał zirytowany, bo gryzły go i te wydatki, i to, że synowa trzymała go w oddaleniu, że nie śmiał ani kląć przy niej, ani pić, i musiał na obiady i kolacje przychodzić do pałacu umytym i przebranym, bo mu to Andrzej wprost nakazał.

— Takim elegantem zostanę jeszcze, że co miesiąc nowe obleczenie będę sobie kupował, fryzjera sprowadzę, frak kupie, jak Boga tego kocham! i celender!.. — gadał nieraz Andrzejowi.

— Przecież ojca na to stać.

— Stać! przecie że stać i na więcej, bo cóż to przy nas taki pan Łomiszewski, co to ino czwórkami wali? karbowym mógłbym go zrobić na folwarku; albo pan Zieliński! wielkie mi państwo, jak Boga tego kocham! z bebechamibym ich kupił, i jeszczeby się co zostało, prawda, synku?

— I dużoby się zostało, bo oni prócz długów, pretensyj i szlachectwa, nic nie mają więcej. Dlatego właśnie my będziemy żyć po ludzku.

— A jaktośmy dotąd żyli, he?

— Po chłopsku! ojciec tego nie rozumie, że właśnie dlatego, że mamy dużo, to powinniśmy znacznie więcej niż dotychczas wydawać. Robiliśmy dotąd pieniądze, a teraz musimy zacząć żyć.

— A żyj se Jędruś, ino kiej chorujesz na pana, to ja twoim doktorem nie bede, i za lekarstwa płacił nie bede. Głód daje nogi, a chleb rogi, mój synku, jak Boga tego kocham! mój panie dziedzicu, mój jaśnie Jędrusiu! ho! ho! — Andrzej trzasnął drzwiami i wyszedł.

— Szlachta zapowietrzona! Pani synowa nie może patrzeć na mój kożuch, buty jej moje śmierdzą, perfunami po mnie kadzi, a żeby to!.. — syczał ze złości i kopnął nienawistne kamaszki, w które się miał przebrać, aż się rozleciały po pokoju. Napił się wódki dla uspokojenia, ubrał się i poszedł do pałacu.

Prawie takie same sceny były i z matką, która za nic nie chciała się pozbyć swoich beżowych sukien i chustki z głowy i starych chłopskich przyzwyczajeń.

Andrzej znowu nie ustępował, bo nieraz widział spojrzenia, żony rzucane na rodziców, i czuł, że ją rażą swojem prostactwem i ubiorami, zdawało mu się przeto, że, przebrawszy ich, zbliży do niej tem samem.

Ale i to nie pomogło, nie zbliżyło ich do siebie. Janka żyła obok nich, ale nie z nimi. Pozostawała też prawie samotna dnie całe.

Jeździła czasami na pola ze starym, chodziła z matką po chlewach i oborach, odwiedziła Józię, próbowała się interesować życiem otoczenia, chciała się zająć sprawami domu i gospodarstwa; ale kończyło się to prędko, i znowu czuła, że to wszystko nic jej nie obchodzi. Napróżno powtarzała, że jest w domu u siebie, że już stąd nigdy nie wyjdzie, że musi przystosować się do tych ram życia, jakiem żyli wszyscy; nie, nie mogła, i żyła tylko jakiemś oczekiwaniem — na co? nie wiedziała, Czuła tylko, że tutaj pozostać nie może, że nie wytrzyma pomiędzy tymi ludźmi prostymi, którzy ją odgrodzili od świata, jakby groźnie strzegli, żeby nawet myślą nie mogła wybiec z Krosnowy; więc się zamykała coraz częściej w sobie i długie godziny przepędzała przy fortepianie, albo na samotnych po parku spacerach; pisywała długie listy do Heleny i do doktora, który jej często donosił o zdrowiu ojca; przesiadywała z książką w ręku, zapatrzona w przestrzeń, bezmyślnie prawie poddając się apatji i nudzie, jakie ją przenikały; obca temu, na co patrzyła, i obca nawet samej sobie, tej dawnej swojej duszy, pełnej nieskrystalizowanych fermentów, marzeń i pragnień, której teraz, jeśli się jej przypatrywała głębią swoją, poznać nie mogła.

— Co się ze mną stało? — myślała, ale odpowiedzi nie znalazła, i pogrążyła się znowu w apatji, i leniwie przypatrywała się Bartkowi, siedzącemu pod podjazdem, który przeciągał się ociężale, i tęsknie poglądał na pola, i wzdychał jakoś żałośnie.

— Bartek!

Chłopak śpiesznie nadział spencer liberyjny, który, o ile tylko mógł, zawsze zdejmował, bo go dusił, i rozczerwieniony, sztywny, patrzał na nią.

— Co ci jest? czemu tak wzdychasz?

— A to... a bo... ckno mi, proszę jaśnie pani! — szeptał nieśmiało.

— Powinno być ci dobrze: nic nie robisz, masz chłodno.

— Juści, że nic nie robię; juści, że chłód mam galanty, ale... — zaczął się drapać po głowie rękami i obcierać rękawem twarz wiecznie spoconą, — ale... człek był wzwyczajony do pola i do ruchania się, tu siedź, kiej pies w budzie uwiązany, kiej tyn kamień, i patrz, jak drugie parobki jeżdżą, śpiwają se, a do tego wszyscy się śmieją ze mnie... — zakończył napół z płaczem.

— Śmieją się z ciebie?

— A ino, że to ja lokaj, i w tej zapowietrzonej luberji, kiej jaka małpa zagraniczna chodzę, że ino pańskie psy po ogonach drapie za całą robotę. Ścierwy!... — mruknął, zaciskając pięści, opamiętał się rychło i zamilkł zmieszany.

Nie odezwała się już nic więcej i szła przez wspaniałe salony, zalane mrokiem, chłodem i ciszą. Stare portrety ze ścian spoglądały za nią wybladłemi spojrzeniami, w których tkwił jakiś smutek rzeczy umarłych; bronzy, złocenia, kraty kominków, marmury, stiuki sufitów, ciężkie jedwabie portjer i obić miały w sobie jakąś przygniatającą posępność; wpół oślepłe zwierciadła świeciły suchotniczą żółtością, niby zamierające oczy tych pustych salonów; bukiety róż, lewkonij i astrów rozlewały duszącą, ciężką woń i pogłębiały barwami ten nastrój pustki, jaki Jankę przenikał coraz głębiej.

Chodziła z pokoju do pokoju, grube dywany tłumiły odgłos jej stąpań, czasem przystawała na środku, zakładała ręce na głowę i stała długą chwilę, nie myśląc, pustemi oczyma błądząc po otaczającym ją przepychu, po oknach, przez których zasłony rysowały się kontury drzew, i za któremi były pola, lasy, ludzie, świat cały, ten świat, od którego czuła się coraz dalej.

— Moi kochani, powiedzcie mi prawdę, czy tutaj jest smutno? — zapytała Janowej, która w jednym z pokojów wycierała podłogę.

— Hale! całkiem po pańsku jest. Ja prosta kobita jezdem, cobym ta tutaj nie ścierpiała, ale ślicznie je, kiej w kościele. Jezus kochany, kiej wejdę do tej dużej stancji, to jaże mi sie chce przeżegnać, tyla je złota, że jaże trza oczy mrużyć, tak się łyśni wszystko.

— Czy wam nigdy nie jest smutno?

— O, jest, paninko, jest! kiej pani córki długo nie widzę, to me tak rozbiera, że rady sobie dać nie mogę.

Nie pytała się więcej, poszła do swojego pokoju.

— Pusto! pusto! pusto! — szeptała, opadając w głęboki fotel.

Wzięła jakąś książkę i przerzucała bezmyślnie kartki dotąd, aż oczy same zaczęły się zaczepiać na literach i czytać:

My się nie możem kochać, jak gołębie,
Dwie nasze dusze są jak dwie otchłanie,
Co wzajem patrzą w swe bezdenne głąbie —

I nigdy wzrok ich u kresu nie stanie.

— Dziwny człowiek, dziwny! — myślała o Witowskim, oderwawszy oczy
od książki, i zobaczyła jego suchą, ostrą twarz, i jego czarne, przepaściste
oczy magnetyzera. Zaczęła znowu czytać to samo, nie wiedząc, co czyta;
przeczytała po raz trzeci, bo ten wiersz: „Dwie nasze dusze są jak dwie
otchłanie" zapadał jej w pamięć, i powracał na usta, i koncentrował koło
siebie rozpierzchłe myśli.

Przeczytała raz jeszcze, odłożyła książkę, chodziła znowu po pokojach i
powtarzała te cztery wiersze ustawicznie, a ten rytm słów, to ich głębokie
znaczenie budziło ją z apatji. Te wiersze zapełniły całą jej duszę,
przeżuwała je po tysiąc razy, i było jej coraz dziwniej w duszy.
Mieszkanie wydało się jej grobem, i ta pustka jakby się wdarła do jej duszy
i huczała rytmem powtarzanych wierszy.
Głęboka tęsknota zerwała się w niej, i niby wicher, owionęła całe jej
jestestwo, — tęsknota za światem, za życiem, za kochaniem.
— Janiu.
Drgnęła, przystając, bo już miała wyjść na podjazd.
— A to miodu córko ci przyniesłam, podebrali dopiero pszczółkom, może
zjesz?
— Dziękuję mamie serdecznie. — Ucałowała ręce gorąco, taką czuła
potrzebę zbliżenia się do ludzi.
Stara łzy miała w oczach z radości.
— Jedz, dzieciątko, taki czysty jak bursztyn. Banach podbierał, a ja se
myślę: siedzi tam sama, wezme miodu i zaniese. Jedz, córko, słodziutki jest,
bo to lato było suche, i kwiateczki dobrze kwitły; wzięłam i przyniesłam.
— Wie mama co? wezmę ten miód i zaniosę Andrzejowi na pole! —
zawołała i, porwana myślą, okryła talerzyk jakąś serwetką, i poszła.
Andrzej był na polach zaraz za parkiem, stał na koniu przy młockarni
parowej, buchającej kłębami brudnego dymu, zobaczył żonę idącą przez
ściernisko i skoczył do niej galopem.
— Jakaś ty dobra, żeś przyszła, jakaś dobra! — wołał głęboko uradowany,
okrywając jej ręce i twarz pocałunkami.
— Widzisz, tak mi było jakoś pusto i samotnie, a potem mama przyniosła
miód, może będziesz jadł, co? — zapytała nieśmiało, odsłaniając talerzyk.
— O moja najdroższa, o moja kochana! nigdym jeszcze nie czuł się tak
szczęśliwym. Umyślnieś mi przyniosła? — nie mógł uwierzyć.
— Ależ tak, będziesz jadł?
— Chcesz, to zjem i talerzyk, i serwetkę nawet! — wykrzyknął
entuzjastycznie.
Oparł się o konia i jadł pośpiesznie, a całował ją oczyma i śmiała mu się
twarz i dusza z przypływu radości ogromnej i niespodziewanej.
— Te! chamie jeden! uważaj, bo batem dostaniesz! — krzyknął na fornala,

wiozącego zboże do młockarni, który nieomal nie wywrócił na przegonie.
— Jeśli masz czas dzisiaj, to możebyśmy pojechali do Witowskich?
— Jedź sama zaraz, przyjadę po ciebie wieczorem, dobrze?
— Nie możesz teraz jechać?
— Widzisz, młócą pszenicę, to ważna taka robota, ale jeśli już tak koniecznie chcesz razem, zaczekaj trochę.
Miała się już zgodzić na to, ale w ostatniej chwili powstrzymała się i szepnęła:
— Pojadę, mogę pojechać i sama, ty przyjedziesz?
— Przyjadę! Wałek, odgarniać słomę prędzej! — krzyknął znowu.
— Prędko przyjedziesz na obiad?
— Za pół godziny.
— To ja już pójdę.
Uśmiechnęła się do niego blado, i poszła zirytowana na siebie za ten spacer.
— Śmieszna scena! — myślała. „My się nie możem kochać jak gołębie", powtórzyła półgłosem i roześmiała się głośno, tak głośno, że aż się obejrzała, czy nie usłyszał; zobaczyła, że znowu siedzi na koniu. I taki silny, ogorzały, wielki, niby posąg śpiżowy Gattamelaty w Padwie.
Przy obiedzie była dość rozmowną, bo oczekiwanie wyjazdu do Jadwigi podniecało ją, i przytem zaczynała czuć do samej siebie wdzięczność za ten miód zaniesiony Andrzejowi, który był niesłychanie rozpromieniony przy stole. Stara także była w humorze, i po raz dziesiąty opowiadała, jak to ona przyniosła miód, jak to ją Janka ucałowała, i jak ten miód zaniosła; tylko stary był mroczny i zły czegoś, czekał tylko okazji, aby się wywnętrzyć.
— Kundlu jeden! — krzyknął na Bartka. — Cóż to, w liberji będziesz paradował na codzień? widzisz go! jucha się w korty wystroiła, i myśli, że sielny pan, jak Boga tego kocham! fotela ci tylko potrzeba.
— Jaśnie Piętrzę dziedzicu, kiej mi tak kazali.
— Niech mu ojciec da spokój!
— A to w spencerku chodzić nie może?... to darł bedziesz takie ubranie poczciwe, co kosztuje całe dwadzieścia pięć rubli.
— Bartek, idź do Walka, niech założy cugowe do wolancika, pojedzie z panią do Witowa!
— Bój się Boga, chłopaku! roboty tyla, że niewiadomo, co wpierw robić, ludzi nawet na lekarstwo dostać nie można, a ten, jak Boga tego kocham, parobków na spacery wysyłać będzie!
— Wiem dobrze, że robota jest, ale Jania musi jechać.
— Tak, muszę jechać! — odpowiedziała z przyciskiem, aby zrobić na złość staremu.
— Grafina zapowietrzona! — mruknął stary ze złością i, nie skończywszy obiadu, wyszedł, a Janka była w takiem usposobieniu, że aby mu zrobić więcej przykrości, kazała koniom czekać przed dworem całe dwie godziny, i z pewną przyjemnością widziała, że stary kilka razy wyglądał z oficyny na

podjazd, klął głośno na marnowanie czasu i na jaśnie państwo, i, nie mogąc wkońcu wytrzymać, krzyknął na stangreta:

— Czemu nie jedziesz?

— Jaśnie pani kazała czekać.

— Ażeby pioruny takie rządy, jak Boga... — cofnął się, bo wyszła Janka i pojechali.

XXI.

Do Witowa był kawał drogi; jechali wielką aleją, wysadzaną lipami, łączącą oba majątki, kiedyś tworzące całość jedną. Ciepło było w powietrzu i bardzo spokojnie. Lipy olbrzymie, rosochate, stały bez ruchu wyciągniętą linją, niby wał zielony. Pola ogołocone ze zbóż migotały pomiędzy pniami pasami chłopskich kartofli, jeszcze zieleniejących, i wysokiemi ścianami końskiego zębu, a na złotawordzawych rżyskach trzęsły się w słońcu srebrnym pyłem pajęczyny.

Pszczoły brzęczały wśród gałęzi lip i na czerwonych kwiatach ostów, rosnących nad rowem przydrożnym, zewsząd pachniało miodem i gryką kwitnącą, której różano-śnieżne pola rozlewały się z drugiej strony drogi, nad łąkami, ku wodom, połyskującym złotem w oddali błękitnawej.

Wieś była jakby wymarła. Domy stały w ogrodach, oddzielone od drogi płotami z desek i wysokiemi bramami, nakrytemi gontowemi daszkami, a w środku bram, w wiankach ze zbóż lub ziół pachnących, wisiały obrazki Matki Boskiej Częstochowskiej. Ściany domów bieliły się z sadów śliwkowych, pokrytych owocem, jakby liljową rdzą, i świeciły przepalonemi w słońcu oknami i stały ciche i puste. Tylko gdzie niegdzie błękitne słupy dymów biły prosto i wisiały w powietrzu spokojnie, a stare, oślepłe i zniedołężniałe psy wyłaziły na przyzby i szczekały krótko, albo otwartem oknem wyjrzała jaka twarz, stała chwilę, przysłaniając oczy dłonią, i ginęła w czanem wnętrzu izb, i znowu było pusto i cicho, bo wszystko, co mogło tylko robić, było na polach i łąkach.

— Proszę jaśnie pani, a to dziedziczka tam idą! — Przerwał milczenie Wałek, wskazując batem przed siebie, ku końcowi wsi.

Witowska szła środkiem drogi, otoczona gromadą dzieci, które trzymały się jej rąk, czepiały sukni, wieszały u ramion, tuliły się do niej ze wszystkich stron, niby młody rój pszczół do matki, i cienkiemi głosikami śpiewały. A ona z jasną, cudną głową, z uśmiechem, którym promieniały purpurowe usta i głęboko szafirowe oczy, pełnym szczęścia i dobroci nieopowiedzianej — szła i wtórowała dzieciom, to przystawała i mówiła im głośno, a one podnosiły głowy i wszystkie te dziecinne oczy wlepiały się w nią z miłością i zachwyceniem, i wtedy jej wysmukła postać, obwinięta w jasną muślinową suknię, wielkiemi fałdami spadającą do ziemi, ściśniętą w pasie niebieską szarfą, oblaną potokami słońca, co przez sady rzucało skośne, czerwonawe płomienie — wydawała się cudnem zjawiskiem, widmem, co spłynęło z tych pól ogromnych, z pod tego błękitu nieba, z lasów zielonych.

Walek zjechał na bok; przystanął i zdjął bezwiednie czapkę — i patrzył się takim wzrokiem, jakim chłopi patrzą na obrazy świętych.

Janka patrzyła zdumiona.

Gromada skupiła się przed kapliczką, co stała przy drodze, nad strumykiem, gdzie święty Jan Nepomucen, ciosany z drzewa i polichromowany, stał z krzyżem w ręku, otoczony wieńcami i bukietami kwiatów, wśród ścian wybielonych wapnem. I chór tych młodych głosów, podobny do trzepotania liści wiosennych, do zapachów pól, do szumu strumieni i zbóż — śpiewał:
Wszystkie nasze dzienne sprawy
Przyjm litośnie, Boże prawy.

I jasne, konopiaste głowy, i modre, niby strumień w dzień pogodny, oczy, świecące w opalonych twarzach, podnosiły się wyżej, i głosiki brzmiały coraz zgodniej, i rozlewały słodkie rytmy, co się łączyły z harmonją wieczoru nadchodzącego.

Jadwiga klęczała w pośrodku gromadki i, skupiona, zapatrzona daleko przed siebie, śpiewała czystym, dźwięcznym, niby bronz, głosem.

Ludzie zaczęli już schodzić z pól, i co chwila ktoś przyklękaj na drodze, kładł kosę czy grabie, składał ręce i modlił się lub łączył głos z drugimi.

Wozy ze zbożem, jakie szły, przystawały, i chłopi przyklękali w piasku.

Bydło, spędzane z pastwisk, szło całą drogą w złotej kurzawie pyłów, a za niem piszczałki pastuchów, klekotki zawieszone u karków krów, beczenie owiec, porykiwanie i pieśni, co się skądciś zrywały, głosy nawoływań, skrzyp kół — wszystko to łączyło się z tą pieśnią i rozlewało w cichem powietrzu pól, po ścierniskach, po ugorach, po podorówkach, i płynęło ku lasom — hen ku słońcu, co się za nie zsuwało. Wołało głębokim głosem ufności:
Odwracaj nocne przygody,
Od wszelkiej broń nas szkody.

Janka stała zboku i słuchała, i dopiero gdy śpiew umilkł, gdy dzieci kolejno całowały Jadwigę w ręce, a ona każdą głowę głaskała jakimś ruchem miłości matczynej i całowała na pożegnanie, podeszła się przywitać.

— Pani Janina! Ależ zrobiła mi pani ogromnie dobrą niespodziankę.

— Szczęśliwiem trafiła, bo na jakąś uroczystość.

— To dzieci z naszej ochrony śpiewały, odprowadziłam je, bo taki cudny czas.

— Ja dotychczas nie mogą jeszcze pozbyć się zdumienia, patrząc na to.

— Cóż panią dziwi? Wezmę panią pod rękę, bo niezbyt dobrze widzę.

— Mam powóz, to pojedziemy. Jechałam właśnie do pani.

— Przejdźmy, to tak blisko.

— Co mnie dziwi? No to, co widziałam, być może dla pani jest to rzecz naturalna, ale dla mnie zupełnie nowa i zdumiewająca.

— To brata zasługa i inicjatywa ta ochrona. Dawno państwo wrócili? — zapytała prędko, bo nie lubiła mówić o swoich czynach filantropijnych.

— Przeszło miesiąc. Wybierałam się dawno do pani, ale mąż ma tyle roboty, a potem, zanim się do tego nowego życia nieco przyzwyczaiłam...

— Czekałam dawno na panią, dawno.

— Daruje mi pani, bo już jestem.

— I nie puszczę rychło, musi mi pani odświeżyć wrażenia Włoch, bo to już trzy lata, jak tam byliśmy po raz ostatni, trzy lata, jeszcze wtedy zupełnie dobrze widziałam — dokończyła ciszej i smutniej, zwieszając głowę na piersi.

Szły czas jakiś w milczeniu, wśród wrzawy wieczornej wsi, zapełniającej się coraz gęściej ludźmi, wozami i stadami.

Chłopi odkrywali przed niemi głowy, kobiety przychodziły całować po rękach, pochylać się do kolan i witać tem nieśmiertelnem: „Pochwalony".

Jadwiga poznawała wszystkich, wypytywała o roboty, o dzieci, zajmowała się ich interesami i kłopotami, radziła w niektórych kwestjach, i szła dalej, niby promień słońca przez mroki tej ciemni ludzkiej, co zapychała ulice wioski. Janka milczała, bo zdumienie jej przechodziło w podziw. Patrzyła na nią, nie rozumiejąc wcale. Lubiła lud, ale zdaleka, z przedpokoju, bo chłopa miała prawie za zwierzę i nie zbliżała się do niego bez źle skrywanego wstrętu, czysto estetycznego; nie mogła teraz odczuć i zrozumieć w Jadwidze tego jej szczerego zajęcia się nimi, wydało się jej to nieco eksentrycznem. Żyła w ciasnej komórce wiecznie burzącej się duszy i przez to nie mogła zrozumieć takiej społecznej kobiety, jaką była Jadwiga.

— Pokażę pani coś, co przypomni nieco Włochy, — odezwała się Jadwiga, kiedy już szły ogrodem, wielką aleją, nakrytą wiązami, co jak wielkie, porwane w strzępy parasole, zwieszały cienkie gałązki.

I zaraz ukazał się ten głośny Witów, stary zameczek, zbudowany na sposób dawnych włoskich zamków, z wieżą czworokątną dwupiętrową, zakończoną wysmukłemi blankami, z tarasami, balkonami kamiennemi i żelaznemi, z oknami okratowanemi, ze strzelnicami długiemi, z rzędami wąskich okien, z murami zrudziałemi, po których pięły się pędy dzikiego wina aż do wysokości strzelnic i blanków. Zameczek był zbudowany na wysepce, oblanej szerokim pasem wody, rozpalonej do czerwoności zorzami zachodu. Wyniosłe jodły otaczały go wieńcem i kładły na wodę i na brzeg przeciwległy długie cienie.

— Ależ to zamek z legend! Cudowny! — wykrzyknęła Janka, oczarowana, i dosyć długo stała, przypatrując się z rozkoszą.

Przez olbrzymią sień, mogącą pomieścić ze sto osób, ozdobioną głowami jeleni, łosiów, dzików, zawieszoną bronią i skórami dzikich zwierząt, weszły w głąb domu.

Jakaś klasztorna surowość wiała od wszystkiego i mroziła. Wszystkie pokoje były sklepione, o rzadkich oknach, zastawione ciężkiemi meblami starożytnemi, o ciemnych ścianach, robiły wrażenie kaplic w gotyckich katedrach.

Janka szła z pewną obawą za Jadwigą, która, z wyciągniętemi rękami dotykając sprzętów i ścian, rozpoznawała drogę i zaprowadziła ją do pokoju, w którym kiedyś Andrzej powiedział, że nie ma już narzeczonej.

Janka tam dopiero odetchnęła, bo chociaż panował półmrok, ale jasne meble i obicia czyniły ten pokój bardzo wesołym.

Wkrótce przyszedł Witowski i siedzieli tak we troje, w zmroku, który zwolna zalewał pokój, przysłaniał wszystko i wypijał światło ze złoceń sufitu, ścian i sprzętów.

Rozmawiali półgłosem.

Jadwiga chodziła po pokoju z wyciągniętemi rękami, i w swojej białej sukni sprawiała wrażenie widma, cicho przesuwającego się.

Witowski prawie leżał w biegunowem krześle, a Janka siedziała na niskim foteliku, pod oknem, tak, że jej złotawe włosy świeciły się w ostatnich blaskach dnia, i słuchała, uczuwając jakiś dziwny nastrój spokoju i zadowolenia. Czuła na sobie oczy Witowskiego, a jego głos niski, o brzmieniu bardzo miękkiem, przenikał ją głęboką rozkoszą, odzywał się echem w sercu i rozlewał po niem nieokreślone dziwne ciepło.

— Włoch nie lubię! — mówił — są dla mnie za jasne, za ładne, tam wszystko się wykreśla z tą wyrazistością geometryczną, jakiej właśnie nie cierpię; tam piękno tkwi w powierzchni, w linji, w formie samej, a ja w pięknie szukam czegoś więcej jeszcze, szukam treści — duszy.

— Ta dusza przecież musi i może się wyrażać w jakiejś formie, ta dusza może być właśnie w samej formie tylko — mówiła Jadwiga.

— Nie, Ada! A pani jak myśli?

— Nie będę przeczyć ani potwierdzać, bo jeśli mi się coś podoba, zwykle nie zdaję sobie sprawy dlaczego.

— Dlatego też podoba się pani i Neapol i Krosnowa — rzucił ciszej.

— Bo i Neapol i Krosnowa są piękne, każde na swój sposób!

— Tak! — rzucił przeciągle i zakołysał się szybciej.

— Mnie Włochy porywały właśnie tem jasnem powietrzem, przejrzystością przestrzeni, tym spokojem dziwnym piękna, taką dziwną łącznością sztuki z naturą. Tam zresztą czułam pierwszy raz głęboką przyjemność samego istnienia.

— Tak... — rzucił znowu.

— Tymczasem tutaj nie czułam nigdy tego; tutaj, idąc czy lasem, czy polami, nawet w zupełnym spokoju duszy, nigdy nie mogę zapomnieć, że jestem, wszystko sprawia mi jeśli nie ból, to przykrość, a ludzie i przyroda jest zmęczona dziką, nieustanną, straszną grozą śmierci; tutaj wszystko zdaje się żyć rozpaczą, walką, obawą, gdy tymczasem tam wydało mi się życie spokojem, niezakłóconym nawet przez obawę śmierci, nawet śmierć sama musi tam nie mieć grozy, tylko jakąś melancholję gasnącego dnia i kwiatów okwitających.

— Tak! — powiedział po raz trzeci i uniósł głowę z fotelu.

Janka spojrzała na niego ostro, podrażniona tym krótkim dźwiękiem, ale nie miała już czasu mówić, bo wszedł Andrzej.

— Jesteśmy teraz wszyscy, tak, jak chciałam — mówiła Jadwiga.

— Sami bliscy.

— Ja nie mam prawa zaliczać się jeszcze do tych bliskich.

— Zaliczamy jednak panią, bo Andrzej już dawno do nas należy.

Andrzej przysiadł się bliżej niego. Janka wstała, ujęła Jadwigę pod ramię i chodziły przyciśnięte do siebie, i mówiły cicho.

Wniesiono lampę, która napełniła seledynowemi blaskami jedną część pokoju, na resztę rozsypując zaledwie pył świetlany.

— Kochałam panią, jeszcze nie znając, z opowiadań męża, i czekałam dawno tej dzisiejszej chwili.

— Wyglądasz dzisiaj na bardzo szczęśliwego? — zagadnął Stefan.

— Jestem istotnie szczęśliwy, no, bo powiedz...

— Chcesz wyliczać pierwiastki swojego szczęścia, daj spokój, dość mi spojrzeć tam — wskazał głową na Jankę — aby wiedzieć więcej, niż mi powiedzieć możesz... — Usta mu zadrgały, a przez oczy przeleciał jakiś zimny błysk, jakby niechęci czy zazdrości. Patrzył długo na twarz Andrzeja, który siedział przy nim na niskiem krześle, patrzył z gniewem prawie, aż rzekł:

— Masz twarz człowieka zupełnie zadowolonego, zupełnie spokojnego.

— Jestem spokojny, tak spokojny, że aż mnie to dziwi, że po tylu burzach wszystko we mnie tak przycichło odrazu.

— Szczęście jest oliwą, przytłumiającą burze wszelkie serc i mózgów.

— Wiesz, nieraz w nocy wstaję, aby zajrzeć do niej, bo mi się chwilami wydaje niemożebnem, aby była pod moim dachem.

— No i znajdujesz ją śpiącą!.. wtedy, ma się rozumieć, klękasz przed łóżkiem i wpatrujesz się w twarz ukochaną.

— Dlaczego drwisz? — szepnął Andrzej z wyrzutem.

Nie odezwał się, bo go złość przygniotła do krzesła; zaczął się kołysać szybko i zagryzał wargi do krwi prawie, przyciszał się z trudem. — Cóż to mnie obchodzi, co oni robią, jak się kochają, czy są szczęśliwi! Cóż mnie to obchodzi! — myślał, ale czuł, że jednak go to obchodzi.

— Nie nudzi się żona w Krosnowie? — zapytał znowu, nie mogąc się oderwać od tego tematu.

— Bój się Boga, dopiero trzy miesiące po ślubie i już nudziłaby się?

— Tak, tak! masz rację, trzy miesiące dla dusz upojonych sobą!..

Andrzej spojrzał na niego uważniej, a on gonił wzrokiem za Janką, spotkał się z jej wzrokiem i przypomniał sobie te ostatnie chwile, przed ich wyjazdem do Włoch, na stacji. Ściągnął brwi i kołysał się prędko, bardzo prędko, a myśli latały mu pod czaszką coraz dziwniejsze, i coraz potężniejsza fala złości zalewała mu duszę, gdy spoglądał na Andrzeja pochylonego nieco i siedzącego tak nisko, że były chwile, w których poczuł szaloną chęć uderzenia nogami w tę głowę i rozbicia jej na miazgę.

— Czuję, że nam będzie dobrze ze sobą — mówiła Jadwiga do Janki — bo czego trzeba, aby się czuć szczęśliwym? Spokoju wewnętrznego i kilku dusz dobrych w otoczeniu, na których możnaby się wspierać w dniach smutku. — I mówiła długo jeszcze, odkrywała swoją czystą duszę z tą szczerością ludzi dobrych nawskroś. Opowiadała nietylko myśli swoje, ale i marzenia prawie, szczytne przez swój altruizm, przez wiarę w dobro, w cnotę, w sprawiedliwość.

Janka słuchała z początku z pewnem roztargnieniem, które sprawiały oczy Witowskiego, i z pewnem sceptycznem niedowierzaniem; ale później i ją porwała, i już słuchała z chciwością, i wpatrywała się w tę cudną, napół oślepłą, głowę, otoczoną jakby aureolą świętą, dobrocią i zapałem.

— Czy też ona zna anonim? — pomyślała nagle Janka. — Czy ona wie kto ja jestem? — i pierwszy raz w głębi swojej poczuła jakieś szarpnięcie ostre, poczucie niższości swojej wobec tej świętej. Już nie mogła słuchać, bo myślała o sobie, o przeszłości i zestawiała ją bezwiednie z życiem Jadwigi.

— Któż ja jestem? — przychodziło jej co chwila na myśl. Puściła jej ramię i usiadła zamroczona temi oślepiającemi przypomnieniami.

— Co pani? — pytała łagodnie i troskliwie.

— Nic, zmęczyłam się tylko! — Opuściła głowę, bała się, aby jej z oczu nie wyczytała myśli, bo jakiś wstyd dziwnie palący przejął jej serce i ubarwił twarz rumieńcem.

Przeszli wkrótce do jadalni, podobnej do średniowiecznego refektarza klasztornego, tak była ciemną i obstawioną olbrzymiemi kredensami.

Cisza panowała. Służba w milczeniu grobowem usługiwała, nawet dziesiątki świec, płonących w wielkich branżowych kandelabrach, świeciły jakoś posępnie i nie rozświecały całego pokoju, bo szafy i sklepiony sufit o wydatnych żebrowaniach, podobnych do nóg olbrzymiego pająka, tonęły w cieniu. Później rozmowa była dosyć ożywiona, tylko Janka mówić nie mogła, miała gardło zapchane jakiemś cierpieniem bez nazwy i duszę smutną. Wodziła oczyma po wszystkich twarzach, które się uśmiechały do niej życzliwie, po białej plamie obrusa, pełnej sreber i kryształów promieniejących w świetle, po twarzach służby niknącej co chwila w mroku olbrzymiego pokoju, po głębokich niszach okien kolorowych, przez które zaglądał księżyc i kładł na kamiennej posadzce długie płaty światła różnokolorowego, i znowu siedziała zatopiona w sobie, z tem dręczącem pytaniem w mózgu:

— Czy ona wie, kto ja jestem?

Kiedy się żegnali, spostrzegła zły ironiczny wzrok Witowskiego, jakim mierzył Andrzeja i ją. Tak żywo dotknęło ją to spojrzenie, że chciała mu coś powiedzieć, ale nie zdołała, bo podał jej rękę i prowadził do powozu.

— Piękny wieczór, nieprawdaż? — szeptała, aby coś powiedzieć, wskazując na księżyc, wlokący srebrne smugi światła po drżących wodach kanału i wyolbrzymiający cienie jodeł.

— Piękny! Pani jest w stadjum najwyższego szczęścia, więc wszystko się wydaje pięknem, nawet tak banalny wieczór z księżycem, wodą i murami starego zameczku. Szkoda że pani nie maluje, możnaby to uwiecznić akwarelką. Panna Jasinowska już to wyśpiewała w tuzinie sonetów.

Odsunęła się od niego bez słowa, a on natychmiast pożałował ironji, bo, żegnając się, szukał usilnie jej oczu, — nie spojrzała na niego.

Wracali w milczeniu. Andrzej, jakoś dobrze usposobiony, całował ją gorąco i szeptał jakieś prośby, które ją przejmowały obawą, a nieledwie wstrętem takim, że mogła tylko przez zaciśnięte zęby powiedzieć:

— Nie... nie...

Długo w nocy nie mogła zasnąć, tyle myśli naraz skłębiło się w niej, myśli o sobie i o ludziach, a przez które prześlizgiwały się, niby błyskawica, spojrzenia Witowskiego i cudna głowa Jadwigi.

I jakaś zazdrość takiego życia czystego, i płodnego, i spokojnego, gryzła jej serce aż do krwi i męczyła boleśnie.

XXII.

W końcu września Janka pojechała, aby sprowadzić ojca do Krosnowy. Wstąpiła do doktora i z nim poszła do szpitala, wypytując o stan jego zdrowia.

— Nic się nie zmieniło w jego umyśle, jest zupełnie niepoczytalny i rozprzęgnięty umysłowo; ale u pani cóż słychać?

— Żyję i jestem zdrowa, to wszystko.

— Wiele i nic jednocześnie zawiera ta odpowiedź.

— Bo i życie moje teraźniejsze zawiera to samo, a nawet jest tylko wielkiem nic.

— Jakże można tak mówić, mając męża, dom i obowiązki?

— I nic więcej.

— Tego, co jest, jest aż nadto do wypełnienia życia.

Nie odpowiedziała, żeby nie wykrzyknąć, tak ją to nudziło niewypowiedzianie, ale nie odpowiedziała dlatego, bo zaczynała czuć, że doktor ma rację, że skoro się zgodziła sama i własnowolnie na to jarzmo, to powinna być cicho.

— Bo właściwie czego pani chce od życia, pani Janino? Ja mogę mówić, bo jestem waszym przyjacielem, a pani życzę dobrze z całej duszy, więc niechaj mi pani raz szczerze powie, czego pani chce? a zato, czego pani wymaga, co pani może dać wzamian? Na świecie jest tak, że ten oto dorożkarz, jadący przed nami, wie czego chce? chce zarobić, wyżywić rodzinę, wychować ją, a daje zato pracę; tamten sklepikarz tak samo, większość tak samo. Artysta wielki chce sławy, uznania — daje talent lub genjusz wzamian, daje myśli własne, obrazy, piękno, wrażenia — to prosta wymiana usług. Czego pani chce i co pani daje?

Zawołał szorstko i zakaszlał się tak strasznie, że aż chwilę stał na trotuarze, oparty o jaąś ścianę.

— Czego ja chcę?.. czego chcę? — szeptała... nie, nie mogła narazie sformułować jasno żądań swoich, nie mogła i później. Pragnienie jej i żądania były tak nieokreślone, że miały raczej cechy marzeń. — Czego ja chcę? To proste pytanie onieprzytomniło ją, uderzyło niby młotem, i szła ogłuszona, bezradna i napróżno siliła się wyrwać z siebie to jakieś słowo, któreby określiło jej pożądania.

Weszli do szpitala i z tych posępnych murów, z tej ciszy grobu, przerywanej echami dalekich śmiechów i ryków, z tej hekatomby dusz ludzkich, szedł za nią strach jakiś ostry i poznanie własnej nicości.

— Ci także czegoś chcieli! Ci także za czemś gonili! — szepnął doktor, przeprowadzając ją do celi Orłowskiego, który się podniósł na ich wejście. Janka przypadła do niego; cofnął się prędko pod okno i zwrócił się do doktora:

— Aha! jesteś, przeczytam ci raport, jaki napisaliśmy.

Zaczął szukać w stosach papierów. Mówił bezładnie, zapinał mundur, odpinający się ciągle, dawnym ruchem gładził brodę. Wyglądał strasznie, bo włosy na wąsach, brodzie i głowie nie odrosły po opaleniu, więc cała głowa była podobna do kuli czerwono-żółtej, pokrytej szramami, przeciętej sinemi ustami i czerwonemi oczodołami.

— Chodźmy, nie poznał pani, to i nie pozna! Ja się zajmę przewiezieniem do Krosnowy. Na wieczorowy pociąg niech pani czeka na stacji. No, do widzenia.

Wyszła bez słowa i dopiero na ulicy spostrzegła, że idzie. Była zdziwiona, że widok ojca nie poruszył w jej sercu żadnej struny, ani bólu, ani litości. Nie chciała przyznać przed sobą, że był jej prawie obojętny ten biedny obłąkaniec.

— Ale dlaczego?

Nie szukała odpowiedzi, tylko pojechała odwiedzić Zaleską.

Nie mieszkali już na Pięknej; z trudem dostała nowy adres i, mając do wieczora dosyć czasu, odszukała ich gdzieś na Chłodnej, w podwórzu na trzeciem piętrze, w domu brudnym i zapełnionym po wręby wrzawą jeszcze brudniejszych dzieci. Z obrzydzeniem szła po schodach zasłanych śmieciami, pełnych zapachów kuchennych, nie dotykając poręczy lepkich od brudu, przez korytarzyki zapchane sprzętami gospodarskiemi; otwarte drzwi pokazywały wnętrze izb małych, zapełnionych brudem, nędzą, kobietami podobnemi do widm, parą bijącą z kuchenek, czadu z węgli, zapachów porozlewanych na blaty kuchenne tłuszczów, smrodu okropnego.

Zaleską zastała przy fortepianie.

— Pani Janina! Pani Janina! — zakrzyczała, rzucając się jej w ramiona i rozpłakała się z radości; potem zrzucała z krzeseł rozmaite przedmioty, podsuwała je nogą pod łóżka, kręciła się oszołomiona z całą swą dawną bezradnością po ciasnym pokoiku o jednem oknie, przepełnionym nędznemi gratami.

— Jaka pani dobra, nigdy tego nie zapomnę, nigdy... — Znowu płakała, ocierając oczy brudnym fartuchem. — Waciu! Hela! — krzyczała przez okno na podwórko. — Weronika! — zawołała do małej ciemnej kuchenki. — Boże! jak zwykle niema nikogo, kiedy potrzeba. To niespodzianka! To niespodzianka! — wykrzykiwała, a ujrzawszy, że Janka, nie odpowiadając prawie, rozgląda się jakby z litością po mieszkaniu, po tych nędznych sprzętach, z których wyzierała cała jej nędza, usiadła apatycznie i ze splecionemi na kolanach rękami siedziała, tłumiąc z trudem jakiś krzyk, wzbierający w duszy. Po jej brzydkiej, podstarzałej twarzy, ciągnącej się długiemi, wychudłemi włóknami ku dołowi, przelatywały łzawe błyski biernej rozpaczy; rozprostowana grzywka niby rudawym mchem oblepiała jej czoło, a warstwa pudru, zmyta łzami, opadała na czarny kołnierz stanika, który wisiał na wychudłych ramionach, niby na manekinie.

— Panno Janino! Panno Janino! jaka jestem nieszczęśliwa!.. — i płakała długo i cicho, i cicho i długo opowiadała: że mężuś w Medjolanie uczy się śpiewać, że ona utrzymuje się z lekcyj, i miałaby prawie dosyć dla siebie i dzieci, gdyby nie musiała posyłać mężusiowi, któremu tak mało daje ten mecenas na kształcenie, że ciągle pisuje do niej rozpaczliwe listy; że Hela spadła ze schodów, że wszystko zastawiła, co mogła tylko zastawić, że nie mogła wziąć lekcyj lepszych, bo wprost nie ma sukni i bucików całych.

Chwilami przerywała opowiadanie, zrywała się na nogi, chwytała za głowę i szeptała nieprzytomnie:

— Wytrzymam przecież! Wytrzymam! Na wiosnę mężuś już skończy naukę, a może mnie się uda koncert zimą! — Chodziła po pokoju i uspakajała się znowu, i poprzez rozpacz i łzy, płynące niepowstrzymanie, prześwitywała w jej piwnych oczach nadzieja i marzenia słodkie o powodzeniu, pieniądzach, sławie. I jak dziecko tuliła się do Janki i żebrała potwierdzenia.

— Przecież to możebne, prawda?

— Prawda. Tak pani pragnie, że stać się musi — odpowiadała Janka cicho, bo ją głęboki ból litości i współczucia zalewał, i gładziła niby dziecku włosy, i całowała ją po czole i oczach, i wlewała w nią wiarę i nadzieję w przyszłość drżącemi ustami i sercem pełnem łez, bo jej się przypomniała dawna przeszłość, i zdawało się jej, że to ona, Janka, tak klęczy, tak płacze, tak narzeka, tak się wije w pazurach życia. Siebie odczuwała w niej, dawną Jankę, umarłą już na zawsze, bo teraz, w tej chwili spostrzegła, że choć ją to boli, co słyszy, nie przerywa jednak, że więcej współczuje jej nędzy życiowej, niżli duszy zawiedzionej. A potem siedziała w milczeniu, gdy pierwsze wrażenia przeszły, i patrzyła zimno i spokojnie na Zaleską, i już nie miała dla niej w sercu nic — prócz litości.

Zaleska zaczęła ubierać się pośpiesznie.

— Na lekcję śpieszę się, bo to aż w Aleje Jerozolimskie.

— Niech pani weźmie dorożkę!

— Ba! czasem na obiad nie mamy czterdziestu groszy — szepnęła cicho.

Janka zerwała się śpiesznie, jak błyskawica, przypomniały się jej te dnie głodu w teatrze i taki ją żal ścisnął, że pożegnała się zaraz.

Uciekła prędko z tego domu, od widoku nędzy.

W jakiejś cukierni napisała kilkanaście słów, dołączyła do tego wszystkie pieniądze, jakie miała i wysłała Zaleskiej, prosząc najusilniej o przyjęcie.

Każde, najmniejsze dobro, czynione drugim, jest rozkoszą dla czyniących, odczuła to Janka i zaraz postanowiła, że się zajmie losem Zaleskiej.

— Jadwiga zrobiłaby tak samo! — myślała przez całą drogę na stację, zadowolona z tego postanowienia, poddając się dobroczynnemu wpływowi tej cudnej duszy. I takie zadowolenie z siebie czerpała z postanowienia swego, że radość powlokła jej twarz weselem, że nawet zbytnio się nie zdziwiła, dojrzawszy Andrzeja, stojącego w drzwiach stacji.

— Tutaj? Kiedyś przyjechał?

— Dostałem telegram, że maszyny, jakie zamówiłem, przyszły do Warszawy, a że jednocześnie chciałem ci zrobić niespodziankę... więc i jestem — kłamał spokojnie, ale w oczach miał niepokój i jakby ból, że musi ją oszukiwać.

— Jadę prosto od Zaleskiej. — I opowiedziała mu wszystko, co widziała i słyszała, zamilczając tylko o pieniądzach i postanowieniu.

Odpowiadał jej monosylabami, to czasem jakiemś krótkiem zdaniem, nie wiążącem się zupełnie z jej opowieścią, a tylko pobladły, z przysłonionemi powiekami, siedział nawprost niej w wagonie. Kiedy już jechali, śledził jej twarz, jej oczy, doszukiwał się tam śladów czegoś, do czego przyznać się przed sobą nie śmiał i bardzo często wychodził zajrzeć do sąsiedniego przedziału, gdzie siedział Orłowski z dozorcą; wracał więcej panujący nad sobą i wypytywał się jej troskliwie, co robiła przez dzień cały w Warszawie.

Dławiła go zazdrość.

Wszystko jej przebaczył i wszystko chciał zapomnieć, ale zapomnieć nie mógł tego anonimowego listu.

To była zmora, co mu w pewnych chwilach przypinała się do duszy i ssała ją straszliwie.

Był zazdrosny o jej przeszłość, bo zdawało mu się, że w niej tli się jeszcze jakiś płomyk dawnej miłości i nieraz, całując ją lub trzymając w ramionach, spostrzegał, że ona patrzy jakimś dziwnym wzrokiem na niego, jakby na kogoś, którego pamięć zachowała jej dusza. Wtedy odsuwał się i w ponurym gniewie na świat cały przepędzał dnie całe, aby przyjść do wniosku, że jest najgłupszym człowiekiem na świecie, że jego podejrzenia są szaleństwem i tam, gdzie widział wczoraj pewne potwierdzające jego przypuszczenia rysy — nie znajdował nic.

Pojechał za nią do Warszawy, bo nękała go myśl dzika i szalona, że może ona pojechała spotkać się z tamtym...

Teraz, zobaczywszy jej twarz spokojną i śmiało patrzące oczy i tę jej dumną wyniosłość, wstydził się własnych podejrzeń i już przed Bukowcem był tak daleki od wszelkich posądzeń, że miał ochotę uklęknąć przed nią i ucałować jej nogi i przepraszać.

Janka zauważyła jego stan dziwny, ale nie myślała o nim, ześlizgiwały się jej oczy po tej bronzowej od słońca twarzy, błyszczącej jasnemi oczyma, jakby po rzeczy martwej, i odczuwała z pewnem zdumieniem, że to miasto, które widziała dopiero, ten szalony gwar, ruch, ta plątanina spraw i podrażnień, to życie tak zupełnie inne, do którego tęskniła całą mocą, sprawiało jej przykrość, nużyło ją i przenikało pewnego rodzaju niechęcią. Wyjeżdżała z Warszawy z jakąś ulgą i z pewną niecierpliwością liczyła stacje, oddzielające ją od Bukowca.

— Dlaczego tak wolno jedziemy?

— Jak zwykle.

— Czy zgodzisz się, żeby ojciec zamieszkał ten narożny pokój?

— Gdzie ty chcesz, byle mu było dobrze.

— Będzie mu przecież lepiej w Krosnowie, niż w szpitalu.

Zamilkła i dziwiła się znowu, że ona myśli o Krosnowie, że tam ją coś ciągnie, jakby własna emanacja w tym pustym, wielkim dworze.

I bardzo rada była, kiedy stanęli w domu, bo czuła się daleką od wszystkiego, co mogło przypominać jej przeszłość i mącić tę jakąś ciszę, która zwolna zaczęła wyłaniać się z fermentów jej duszy.

Orłowskiego ulokowano tak, jak Janka proponowała, dając specjalnego chłopaka do usług. Przyjmował wszystko obojętnie; jeść mu się chciało, to pisywał raporty, a zresztą pełnił ciągle tę imaginacyjną służbę i spacerował po parku. Ogrodzono barjerkami długą ścieżkę nad jeziorkiem, niezasłonioną drzewami i w tem ogrodzeniu, suwając rękami po poręczach, chodził całemi godzinami, rozmawiał z sobą, czasem się kłócił, czasem bił usługującego chłopaka i tak wiódł życie.

Przyzwyczaili się wszyscy do niego prędko, a jeszcze prędzej przestał ich obchodzić. Tylko stary Grzesikiewicz, którego gryzły powiększane ustawicznie wydatki domowe, nie zapominał o nim. Z początku patrzył na niego z szacunkiem, bo go przecież niedawno widywał w Bukowcu, gdzie mu imponował jako urzędnik; ale później zaczynał patrzeć na niego i jego kalectwo po chłopsku, t. j. z nienawiścią prawie.

— Zdechłby sobie, jak Boga tego kocham, a za to co zje, toby parę koni utrzymał, coby się na coś zdały — i tak go to gniewało, że raz przy kolacji dosyć delikatnie zaczął Andrzejowi wymawiać, że trzyma darmozjadów, do których jeszcze trzeba służby.

— Mój ojcze — przerwała mu wzburzona Janka — na utrzymanie mojego ojca łożę ja, więc nie ma mi prawa ojciec wymawiać.

— Juści... ale z czyich pieniędzy to pani synowa daje, hę?

— Niech ojciec da spokój! Ojciec niedługo gotów mówić, że za wiele jadamy — wtrącił się Andrzej, któremu zresztą te ojcowskie uwagi nie sprawiały przykrości, bo w głębi przyznawał im pewną rację.

— Przecież, że za dużo, abo to matka nie mówiła...

— Pietruś, a co ty plótł będziesz! Mówiłam ino la ciebie.

— A co nie mam mówić, bo to nie mnie kosztuje wszystko, co? A poco to trzymać kucharza, co? Abo to Magda, abo i ta stara krowa, Janowa, ugotować nie mogą, jak Boga tego kocham, co? A to płacić takiego byka, co se tylko jucha cygarysy ćmi, kiej jaki dziedzic, co?

— A masłem sobie ogień podpala! — wtrąciła żałośnie stara.

— Co nie mam mówić! Ty cicho bądź, stara — krzyczał podniecony wódką i ciszą, jaka zapanowała przy stole. — Pani synowa tylko spaceruje i zagraniczne książki czyta, a tyle dba o dom, co pies o zeszłe lato. Cicho bądź, stara. Ja mówił będę, bo tu pan jezdem i dziedzic. — Uderzył pięścią w stół.

— A to co? — zawołała Janka rozgniewana; stary zmieszał się nieco. — Więc gdzież ja jestem? u siebie, czy u tych ludzi? — zapytała hardo.

— Ci ludzie są moimi rodzicami, bądź łaskawą nie zapominać — powiedział Andrzej z naciskiem. — Jesteś u siebie, a jeśli ci robią przykrości, to nie pozwól na to. A ojciec mógłby nie przychodzić pijany i nie robić awantur, bo tutaj nie karczma! — krzyknął rozirytowany.

— Takiś-to, synku!... jak mu rogi wyrosły! a dobrze Józia mówiła, jak Boga tego kocham, że jak ojciec zapisze, to wezmą ojca za łeb. Takiś-to, synku.

— Niech ojciec cicho będzie i pójdzie spać lepiej.

— Mnie tak śpiwasz jedynaku!... mnie, jaśnie dziedzicu — hę?...

Janka wyszła i zamknęła się u siebie, ale długo jeszcze słyszała odgłosy kłótni i płaczliwy, rozbrajający głos starej.

Dosyć już miała wszystkiego; te codzienne drobne ukłócia, te nędzne oszczędności, te pootłukane talerze i półmiski, jakie podawano, aby oszczędzić nowych; ta ustawiczna kontrola, te grubjaństwa, to skąpstwo obrzydliwe, płaskie i głupie, które ją otaczało coraz silniejszem kołem — przejęły ją niepohamowanym wstrętem. Miała ochotę odjechać natychmiast, rzucić wszystko i uciec w świat szeroki, bo czuła całą swoją bezradność wobec tych ludzi brutalnych, wobec tego życia płaskiego. Biegała po pokoju, nie wiedząc, co zrobić z sobą, tysiące myśli i postanowień zjawiało się w mózgu i rozpryskiwało bezsilnie, wreszcie zadzwoniła.

Zjawił się Bartek, ale w koszuli tylko, nawet bez spencerka.

— Poproś pana. Jak ty chodzisz, co?

— A kiej proszę jaśnie pani, starszy dziedzic zlał me kijem i kazał zdjąć luberję.

— Poproś pana! Dobrze — mówiła do siebie — rozmówimy się teraz. — Ach, to jest małżeństwo! — Zaczęła nerwowo szarpać koronki szlafroczka.

— Dobrze, to ja muszę znosić od tych chamów, ja! — myślała coraz wolniej i szalony gniew wzbierał w niej, niby burza.

Andrzej wszedł i usiadł w milczeniu.

— Prosiłam cię, bo mam pilny interes.

— Przypuszczałem, dla czego innego nie zapragnęłabyś widzieć się ze mną!

Mówił twardo, gniewem płonęły mu oczy i jakąś nienawistną zaciętością. Oprzytomniała, dotknięta akcentem jego głosu.

— Słucham! bo jest już tak późno... — spojrzał na zegarek.

— Jeśli ci pilno iść spać, to nie zatrzymuję! — zawołała porywczo.

— Ale zanim to zrobię, mogę jeszcze usłyszeć, co mi powiedzieć chciałaś.

— Chciałam się ciebie spytać, jak my dalej żyć będziemy? — zapytała po długiej pauzie.

— To już od ciebie tylko zależy, panią tutaj jesteś, jak zechcesz tak będzie.

— Tak, a tymczasem twoi liczą mi każdy kawałek chleba i traktują jak obcą.

— Bo jesteś obcą, bo chcesz nią być, bo nic cię my nie interesujemy, albo przynajmniej tyle, co te sprzęty. — Odsunął nogą krzesło, wszystkie żale do niej, długo tłumione, budziły się i rozpierały duszę, gorycz sączyła mu się z ust.

— Zamknęłaś się w sobie i nie dbasz o resztę, która żyje obok ciebie, i być może, iż żałujesz wyjścia za mnie, być może... — powtórzył ciszej.

— Nie, o nie! — zawołała, przeniknięta jego głosem.

— Traktujesz wszystkich zgóry, a nie wiem dlaczego, chyba dlatego, że cię tak bardzo kochają.

— Nie, nikogo i nigdy zgóry nie traktowałam, zobacz raczej, jak mnie traktują twoi rodzice.

— Głupstwo! co tam ojciec lub matka wygadują, nie zważaj na to.

— To mnie obraża! — wykrzyknęła zdenerwowana tą kłótnią spokojną.

— Na to jest rada. Ponieważ rodziców od gadań nie oduczy nikt — wiesz przecie, że to prości ludzie, że nic nie mogą skryć w sobie — trzeba wszystko wziąć w swoje ręce, cały zarząd domem; zresztą jeśli chcesz, to możemy się oddzielić od nich, wrócą do swojej oficyny, a ty będziesz mogła spokojnie nie widywać ich, kiedy cię rażą. — Wyrzut zadźwięczał mu w głosie.

Ona patrzyła na niego, dotykały ją boleśnie niektóre słowa, odczuwała ich wagę, odczuwała ból męża i jego niespokojne, wyczekujące spojrzenie, i prawie mówić nie mogła z jakiegoś dziwnego dławienia, jakie czuła w sobie.

— Dobranoc! — powiedział, nie doczekawszy się jej odpowiedzi.

— Idziesz już? — zapytała cicho.

— Późno, po dwunastej.

— Odchodzisz, jakbyś się gniewał... — mówiła i miała ogromną chęć przeproszenia go, powiedzenia jakiegoś słowa, któreby mogło rozproszyć tę niechęć, jaką w nim czuła, ale nie mogła nic znaleźć w mózgu.

— Nie, cóż znowu... miałbym się gniewać na ciebie! Niedobrze mi jakoś — ścisnął się za głowę i obcierał spocone czoło.

— Możeś chory?.. a może...

— Może... — powtórzył szeptem i patrzył na nią tak jakoś dziwnie, że zadrżała, postąpiła kilka kroków bezwiednie i usiadła przy lampie, a jemu dusza miękła, zawziętość ustępowała prędko i wstawało w nim ogromne pragnienie słyszenia jej głosu, wzięcia w ręce tej bladej pięknej głowy, ucałowania tych ust dumnych i zaciętych.

— Janiu!.. — powiedział bardzo cicho i bardzo proszącym głosem. — Przebacz mi te przykrości, bo widzisz... — Urwał, a ona podniosła oczy na niego i patrzyła i czekała, co dalej powie; chciała mu nawet ułatwić, chciała sama coś powiedzieć, nie mogła. Cisza się taka zrobiła, że słychać było pianie kogutów w czworakach i lekki szum parku. Postał chwilę jeszcze, oczekując, i wyszedł.

Gdy drzwi się zamknęły, odzyskała władzę nad sobą, ale jego już nie było.

— Czego ja chcę? Czego ja chcę? — wykrzyknęła boleśnie.

XXIII.

Rano, nim jeszcze poszła na herbatę, wszedł Bartek, rozczerwieniony, z jakiemś rozpaczliwem postanowieniem w oczach. Pochylił się do jej nóg i rzekł:

— A to dopraszam się łaski jaśnie pani, niech mnie zwolnią od luberji i od tego lokajstwa, bo jo już docna zgłupiałem, a po drugie, na ty harbacie toby się człowiek zamorzył na śmierć. Dopraszam się łaski jaśnie pani — zaczął po raz drugi.

— Dlaczego nie chcesz służyć?

— Służyć juści chcę, bo co jabym biedny człowiek robił? służyć jako i u państwa, ale do kuni, do wszystkiego, ino do tej ścierwy pokojów to służył nie będę.

— Dlaczego?

— Abo wczoraj jaśnie pan młodszy dziedzic zdzielił me w pysk, że nie byłem w luberji, a dzisia starszy pan dziedzic wylał me lachą, że chodziłem w luberji. Ja już całkiem nie wim. Śmieją się ze mnie wszystkie. Ja już służyć nie będę, bo jeszcze sobie co złego zrobię, a ja jestem...

— Jesteś głupi, słyszysz?

— Juści niby słyszę — rzekł pokornie, prostując się na jej podniesiony głos.

— To słuchaj dalej: liberję włóż i chodź i jakby ci kto mówił, to powiedz, że ja ci kazałam.

— A jak starszy pan me wyleją i wypędzą? — pytał płaczliwie.

— Służysz u mnie, ja jestem twoją panią i młodszy pan, nikt więcej, rozumiesz?

— Rozumiem! Włożyć luberję i chodzić, a kiej kto spyta abo i spierze, to powiedzieć, że służę u młodszych jaśnie państwa, że jaśnie pani kazała, rozumiem — wyprostował się i wyszedł.

— Zaczyna się wojna, dobrze! — szepnęła twardo. — Chcecie, abym wam panowała, będę! Poczujecie władzę i albo ja stąd wyjdę, albo będzie tak, jak ja chcę.

Myślała gniewnie, patrząc przez okno na ojca, który w czerwonej czapce i w starym mundurze spacerował pomiędzy opłotkami, podnosił nogi wysoko i maszerował uroczyście.

— Raz... dwa!.. Raz... dwa... Mieciu! — wołał ustawicznie, domaszerował do końca, zawracał i wciąż chodził.

Oderwała oczy od ojca i poszła do jadalnego pokoju.

Andrzeja już nie było, siedział tylko stary przy stole ze szklanką herbaty w obu rękach i matka. Kiwnęła im głową i zabrała się do śniadania. Janowa jakoś cicho dziwnie, z zaczerwienionemi oczyma i obrzękłą twarzą, usługiwała.

— Niech Janowa otworzy okno; ten ojca tytuń jest wprost obrzydliwy.

— A bogać! — mruknął, postawił szklankę i patrzał na nią niechętnie.

— Da mi Janowa inne nakrycie, nowe, na tych wyszczerbionych skorupach nie będę jadła i niech je Janowa zbierze i wyniesie do kuchni. Nie podawać ich nigdy.

— Janiusiu! Kiej to jeszcze takie dobre talerzyki — oponowała stara.

— Cicho matka! Jaśnie pani tak każą, to słuchać, jak Boga tego kocham, a nie to jeszcze powie: pszoł wszyscy i basta! — wybuchnął urywanym ze złości głosem.

Prędko skończył śniadanie i wyszedł, bo złość go dławiła.

— Będę walczyć za masło, za talerze, za liberję! — myślała z pewną goryczą urągliwą.

Matka wyszła cicho, nie spojrzawszy na nią, a ona długo siedziała przy stole i myślała.

— Czego ja chcę? a, czego ja chcę? — zadzwoniła gwałtownie na Bartka.

— Zawołaj zaraz kucharza. Ale poco mi to wszystko? dlaczego nie mogłam żyć wolna i niezależna! A teraz co? — chodziła gwałtownie po pokoju i prawie nienawiść miała w sercu do tego domu, do tych pokojów, które widziała w długiej amfiladzie przed sobą, do tej ziemi, oblewającej niby morze dwór dookoła. Czuła się upokorzona tą rolą, jaką grać musiała i tą nędzną walką.

— Od dzisiaj niechże Jan przychodzi do mnie po wszystkie dyspozycje.

— Dobra! bo to rzekną, że stara to już mi kością w gardle stoi — mruknął, stojąc rozparty w drzwiach, z papierosem w ręku.

— O kim Jan mówi?

— A no, o starszej pani! — Uśmiechnął się pogardliwie.

— Niechże ja to słyszę po raz ostatni, jak po raz ostatni znoszę, żeby Jan przychodził z papierosem.

— Ale proszę jaśnie pani, bo to... — zaczął przestraszony.

— Bo co?

— Bo ta stara...

— Cicho! — krzyknęła. — Niech Jan wraca, a pamięta, co mówiłam.

— Zobaczycie! Poczujecie mnie! — szepnęła zirytowana i później siedziała w skupieniu, zbierając siły do walki, pełna podniecenia, ale i trwogi zarazem przed tem jutrem, do którego iść musiała. Rozbiegały się jej myśli i uczucia, niby jastrzębie na łowy i krążyły ciężko w pustce i szarości. Cofała się w głąb, w przeszłość niedawną, otaczała wspomnieniami, ale były one niby mgły, których nic ująć ni zatrzymać nie jest w mocy. Pustkę coraz większą czuła w sobie. Gdzie się to wszystko podziało? — myślała z żalem i przerażeniem prawie czuła, że nie jest w stanie zerwać się, obudzić dawnych marzeń i pożądań dawnych, że serce jej i dusza wypaliły się ze wszystkiego i tylko świecą dogasającemi żużlami.

I wstawało w niej ciche jeszcze i nieświadome pragnienie czegoś, coby zapełniło tę pustkę wewnętrzną, czegoś bardzo bliskiego i dobrego; pragnienie oparcia się i obwinięcia koło jakiej duszy kochanej.

— Czego pani chce? — wzdrygnęła się, przypomniawszy sobie to proste zapytanie doktora. Obejrzała się błędnie po pokoju. Tak, czego ja chcę?.. Nic nie wiedziała dokąd idzie, czego chce, poco żyje. Przecież... — i powtarzała puste dźwięki — mam dom, męża... obowiązki...

dlaczego innym wystarcza takie życie, dlaczego?.. Bo kochają!

odpowiedział w niej głos jakiś. — A ja? i zaczęła na swoje usprawiedliwienie szukać w pamięci i w sercu tych rozproszonych ździebeł sympatji do męża, czepiała się ich rozpaczliwie, zwiększała je, podnosiła na chwilę do miłości, wmawiała w siebie, że przecież ona go kocha, rozrzewniała się nad jego dobrocią i chwilami czuła w sercu jakiś żar, jakby refleks jego miłości i rozdmuchiwała w sobie dotąd — aż te drobne iskierki gasły i ciemniało jej w duszy.

— Nie kocham go! — szepnęła wtedy upokorzona, niezdolna do dłuższego oszukiwania siebie samej. Był jej obojętny nawet, a w pewnych chwilach wstrętny.

Obtarła usta, bo ją zapiekły przypomnienia pocałunków i pieszczot.

— Oszukuję świat cały! — I dręczyło ją to poznanie bardzo głęboko i upokarzało ciężko, tak ciężko, że chwilami uderzała ją myśl zerwania wszystkiego, wyjazdu i ucieczki; ale wtedy zrywała się w sobie na chwilę i opadała, bo nie wiedziała już, dokąd iść, nie miała już sił, ani chęci do walczenia ze światem, tysiące skrupułów, nieznanych dawniej, tamować zaczynało jej ruchy woli. I tak się w niej wszystko skłębiło, porwało, obezsiliło, że była podobną do ula, w którym rój zamarł i tylko czarne robaki zgryzot, męki strachów, syciły się miodem jej życia i huczały coraz głośniej w pustych komórkach.

Wreszcie, nie mogąc się pozbyć z siebie tego chaosu, ani zapanować nad nim, uciekła prawie z mieszkania i poszła do matki.

Stara w drzwiach oficyny, swoim wiecznym zwyczajem, darła pierze i gderała na służące.

— Może mama pójdzie na wieś, co? — ozwała się Janka.

— A zajrzeć do Jadamki by trza; dobrze. Magda! o świniach nie zapomnij! Chodźmy zajrzeć do chlewów po drodze.

Wzięła kij, obwinęła głowę chustką i szła naprzód nieco, nie odzywając się wcale, chmurna i zła, tylko chwilami jej siwe oczy ślizgały się ukradkiem po Jance i zaraz przysłaniały powiekami, kryjąc niechęć i żal.

A Janka w tym stanie duszy patrzyła się na nią pokornie prawie, czekała na jakieś słowo ciepłe, pragnęła je usłyszeć; bo czuła jakąś nagłą potrzebę sympatji, potrzebę przyciśnięcia głowy do jakiejś piersi, jakiś głód miłości.

— Bartek! Chodź tu! — Bartek niechętnie opuścił ławkę pod podjazdem. A to zdejm te luberje próżniaku i idź pomagać Magdzie — krzyknęła stara ostro.

— Nie póde i luberji nie zdejmę; jaśnie pani kazała nie zdejmować, siedzieć w przedpokoju i nie słuchać, to słuchał nie będę, bo jako i swyniarkiem nie jezdem — gadał hardo, a patrzał na Jankę.

— Co ty szczekasz, gadzino podła, co! — wykrzyknęła zdziwiona, trzęsąc się z gniewu.

— Ja ta nie szczekam, bom nie pies żaden, ino powiadam...

— Ty nie szczekasz! luberji nie zdejmiesz, słuchał nie będziesz! Tak! O ty zapowietrzona sobako! Ty mnie tak pyskujesz, co? mnie! — Uderzyła go kijem przez głowę i zaczęła, nim się spostrzegł, okładać potężnie, chwyciwszy go garścią za włosy.

— Gospodyni! laboga gospodyni! — bełkotał ogłupiały.

— Dosyć tego! Niech mu mama da spokój! — krzyknęła Janka, oderwała matkę od niego i zasłoniła sobą. — Robi mama, jak pijana baba w karczmie, a nie jak dziedziczka, to wstyd przecież.

— Baba jezdem! chłopka jezdem, a tobie zasie do mnie! Chłopka jezdem, a nie żaden darach, abo inny obieżyświat. Widzicie ją! jaka wielka pani, abo może mnie weźmiesz za łeb, co? O mój Jezus słodki, o Matko Częstochowska, żebym się takiej pociechy doczekała na stare lata! O mój Jezu!

Lamentowała tak głośno, aż dziewki zaczęły wychylać się z okien oficyny.

— Cóż ja mamie zrobiłam złego? Że nie dałam bić Bartka! On robił tylko to, co ja kazałam.

— To ja już nic nie znaczę, to mają me za popychadło, to już im przeszkadzam.

— Co mama wygaduje? — zawołała zirytowana i, aby powstrzymać gniew, nie słuchała dalszych lamentów i poszła. Kazała założyć konie i pojechała do Witowa.

Siedziała tam kilka godzin w jakiemś ociężeniu i apatji, aż Jadwiga zwróciła na stan jej uwagę.

— Co pani jest? — pytała troskliwie.

— Nie wiem. Wiem tylko, że stoję na rozstaju i żadnej drogi nie widzę przed sobą — powiedziała i zamilkła, chociaż wyznanie miała na ustach, bo wstyd się jej zrobiło zakłócać spokój tej czystej duszy. Przesiedziała kilka godzin przy fortepianie, ale i muzyka nie przyniosła uspokojenia. Przed samym wieczorem, ponieważ było bardzo cicho i pięknie, odesłała konie, a sama powracała pieszo do domu. Szła wąską dróżką, biegnącą naprzełaj pól ogromnych, patrzyła daleko przed siebie, w głąb jakąś, z której zdawały się wychylać kontury postanowień jakichś. Uciszała się zwolna, bo te przestrzenie, po których zaczęła błądzić oczyma, przyciszały w niej burzę i rozlewały spokój, dając moc wytrwania.

— Nie jestem potrzebna nikomu! — myślała i poczuła po raz pierwszy chęć stania się czemś, zajęcia jakiegoś miejsca w tem życiu ją otaczającem, poczuła znowu tę pustkę osamotnienia, w jakiej żyła, tylko głębiej i szerzej.

Usiadła pod krzyżem, co w środku pól, nad drogą, na wzgórku, zarosłym cierniami i krzewami dzikich malin, stal i ramionami ogarniał te olbrzymie, odarte z roślinności, senne jakieś łany i zapatrzyła się w jesień idącą wszystkiemi miedzami.

Nie widziała ucieczki nigdzie, więc zaczęła pilniej patrzeć w otoczenie, szerzej obejmować życie i widzieć, że ma ono swoje czary, że można się z niem pogodzić, że może w niem jest jeśli nie szczęście, to spokój.

Zapominała chwilami o własnych myślach i czuciach, tylko poddawała się biernie fali piękna, jaka biła z pól i z przestrzeni i patrzyła duszą całą w tę jesień, w tę przeboską, polską jesień, która się snuła po polach pustych — w tę jasną panią, o cichem złotawem obliczu, w liljowych astrów wieńcu na lnianych włosach, w długiej szacie z pajęczyn babiego lata, przetykanej czerwonemi jagodami jarzębiny, która w słoneczne, ciche popołudnie przepływa nad rdzawemi rżyskami, nad czerwonawą runią zbóż kiełkujących, nad wodami przymglonemi i, zapatrzona w siebie, rozsiewa w przestrzeniach ciszę pełną smętku i woni ostatnich powoi, gasnących po jej przejściu; muska szatą bratki modrawe, że przymykają oczy i padają martwe; potrąca suche badyle dziewanny, odziera krwawe liście z grusz, co przysiadły na polach, i niknie w lasach, w gąszczach czarnych olch i świerków, w żółtych brzozach i tylko włókna pajęczyn drżące mówią, że tutaj była, że tędy przeszła, że jest tam... gdzie wody czarne odbijają srebrnawe drżące liście osiki i krwawe grona wilczych jagód; tam — w tej pustce oniemiałej, na tych rozłogach i polankach leśnych, w tej świątyni, podpieranej przez tysiące kolumn, gdzie tylko słychać stuk dzięciołów i chrzęst spadających szyszek i krzyki ptactwa oddalone.

W tę jesień patrzyła i zwolna zaczynała się rozszerzać na te pola, na lasy, na te wsie, których błękitne słupy dymów szły prosto wgórę; zaczynała je pojmować i odczuwać, jak kiedyś, i jak kiedyś zaczęła się snuć myślą wszystkiemi drogami, po wszystkich kniejach, po wszystkich wodach, po wszystkich dniach pełnych słońca i spokoju, jak kiedyś zaczynała odczuwać głęboką, odżywczą miłość do tego wszystkiego, zaczynała znowu łączyć się z ziemią i z tem powszechnem pulsującem życiem dokoła. Nie czuła się już ani tak obcą, ani tak samotną.

Patrzyła i widziała tę jesień, jaką widać w przedwieczorza, jak płynie w nimbie zórz miedzianych zachodu nad miedzami, gdzie siedzą stare drzewa, tarniny i kępy jeżyn rosną na kamionkach. Przepływa, a liście drzew lecą za nią obumarłe, trzciny po stawach szemrzą sennie, ptaki zrywają się i z krzykiem trwogi uciekają do siedzib ludzkich, wrony stadami płyną za nią i kraczą pieśń grobową, smutną glossę jesieni, a ludzie stają po drogach, przy pługach, przed domami i milkną, patrzą w świat ze smutkiem głębokim i z trwogą. Pieśni po pastwiskach cichną, dusze się skupiają, bydło porykuje głucho i patrzy w zamgloną przestrzeń tępem spojrzeniem obawy. Dymy tłuką się pomiędzy wpółnagiemi sadami i wiatr powstaje z przestrzeni, przychodzi z lasów, podnosi się z pól i zaczyna szumieć głucho i smutnie, szare chmury pędzą jak ptaki i jak ptaki rzucają cień posępny, przysłaniają zorze, tłumią światło, wypijają ciepło i rozlewa się wtedy smutek, w którym, jak cienie cieniów, tłuką się ostatnie, rozbite w pyły, konające widma lata.

Długo siedziała, nie spostrzegłszy, że za nią prawie stał Witowski, konia trzymając za cugle. Siedziała, zapomniawszy zupełnie o sobie, przeniknięta słodyczą tej jesieni i tej *vis medicatix naturae*, płynącą z pól i ze skupienia się w sobie.

XXIV.

— Odprowadzę panią! — szepnął, stając przed nią — bo od roznaturzenia i zachwytów na łonie wilgotnej przyrody do kataru i przeziębienia niedaleko.

— Poco ten ton? — zapytała, powstając, niezdziwiona jego obecnością, ale dotknięta ironją, dźwięczącą mu w głosie.

— Poco jest wszystko — aby było.

Zajrzeli sobie w oczy, tak samo prawie, jak wtedy, przed wyjazdem do Włoch.

Jankę oblał rumieniec, odwróciła głowę, a Witowski zaciął usta i trzaskał szpicrutą po butach i jakaś nagła, ostra złośliwość przejęła mu duszę. Pragnął, potrzebował drwić.

— Idzie pan do nas? — mówiła, kiedy już szli.

— Nigdzie nie idę, idę z panią. — Odsunął się nieco i patrzył długo na nią.

Była dzisiaj przepiękna na tle pól zabłękitnionych i zórz purpurowych.

W oczach miała roztęsknienie, zadumę i jakąś tajemniczość, jak te pola, co pod lasami okrywały się już mrokiem.

— Wygląda pani niby „Gioconda" Lionarda.

— To jest?

— Dziwnie pięknie, za pięknie — dodał ciszej.

— I nic więcej... — szepnęła ironicznie. — To stary repertuar...

— Znudził panią! a dobrze, popiszę się nowym natychmiast.

— Ciekawam.

— Ciekawość jest pani cechą bardzo ważną.

— Czy to określenie jest już z nowego repertuaru? Pytam, bo wydaje mi się znajomem...

Nie odezwał się, zabolała go ta ironja, bo zresztą jej ruchy, nieco ciężkie, lekko rozkołysane, te ramiona wspaniale uformowane, te usta purpurowe, zmysłowe, przy oczach spokojnych i głębokich, ta cała postać dumna i drażniąca działała na niego dziwnie: przyciągała i gniewała na siebie, że ulega czarowi. Ogarniał ją płomiennym wzrokiem; spostrzegła to i włożyła kapelusz, który dotychczas niosła w ręku.

— Niech pani się nie szpeci tem pudłem — zaprotestował.

— Nie lubię, żeby mnie taksowano oczyma — powiedziała twardo.

— Kto pani jest? — Uderzyły go jej słowa, niby pejcz przez twarz.

— Człowiek.

— Wielka ambicja jest zasadniczą cechą pani.

— Mówimy o umarłej! bo gdyby jeszcze ta ambicja żyła we mnie, to nie szłabym tą drogą z pewnością.

— Nie rozumiem.

— Byłabym gdzieś w świecie. Może byłabym wielką artystką, może niczem, ale nie siedziałabym w Krosnowie, to pewna.

— Z dobrych żon wprawdzie mniej jest pożytku, niż z wielkich artystek, ale... można być i wielką kobietą w Krosnowie.

— Dla kogo? — Pożałowała tego zapytania, wydało jej się dziecinnem.

— Dla samej siebie, dla ludzi, dla męża, dla jaśnie Pietrza dziedzica.

— Dlaczego pan zawsze kończy drwinami?

— Drwiny są często tarczą przed własnem sercem — odpowiedział ciszej i smutniej.

— A może tylko flirtem z nowego repertuaru...

— Bardzo pani jest szczęśliwą w Krosnowie?

— Panie...

— Dlaczego się pani oburza? Podchwyciłem tylko ton pani.

— Dobrze; więc jakże z pańskiem szczęściem w Witowie!

— Jestem kwadratowo szczęśliwy. Tak, odżywiam się doskonale, kocham w miarę potrzeby, sypiam kiedy chcę, drwię z ludzi, kiedy pragnę, nie dbam o nic i o nikogo i mogę w każdej chwili rozbić sobie czerep, jeśli mi się spodoba. Uśmiecha się pani drwiąco! nie wierzy pani, bierze mnie pani za jednego z tych nędznych blagierów, pozujących na nudę i weltszmerc. Mogę panią zaraz, natychmiast, przekonać, że to, co mówię, gotów jestem zrobić, jak ów Anglik! — Mówił prędko, oczy mu zaświeciły taką zdeterminowaną stanowczością, tak strzeliły płomieniem gwałtownej siły, gdy wyciągał z kieszeni rewolwer, że Janka zbladła i bezwiednym ruchem zatrzymała mu rękę, podnoszącą się do czoła. Strach oblał ją płomieniem, była najgłębiej przekonaną, że byłby się zastrzelił.

A on stał chwilę i wpijał się w nią swojemi oczyma magnetyzera, twarz, podobna nieco do dzikiego Antinousa, drgała mu na chwilę wszystkiemi muskularni, wreszcie zdjął ze swojej dłoni jej rękę i rzekł drwiąco:

— Jest pani za nerwową na żonę Andrzeja, a przeto trudno będzie zapanować nad gospodarstwem, bardzo trudno...

— Nie kończ pan! — syknęła, przychodząc do siebie, i taki nagły, oślepiający gniew ją ogarnął, że w pierwszym odruchu byłaby go uderzyła parasolką.

Nienawidziła go w tej chwili tak silnie, że, nie powiedziawszy słowa więcej, poszła naprzód bardzo śpiesznie.

— Pani Janino! — zawołał za nią zdumiony. Nie obejrzała się nawet, tylko przyśpieszyła kroku, serce biło jej gniewem, a w oczach poczuła łzy zdenerwowania.

— Błagam o przebaczenie. Nie chciałem pani obrazić. Niech pani tak nie odchodzi.

— Rozejdźmy się lepiej; nie przywykłam, aby eksperymentowano dla zabawki na moich nerwach i wrażliwości.

Patrzał się w jej oczy tak smutnie, że stopił gniew, i zadrgała w niej litość i współczucie.

— Ciekawe wrażenie wyniósłby ten, ktoby nas widział i słyszał teraz — powiedziała, usiłując panować nad sobą.

— Zrozumiałby, że ma przed sobą dwie dusze, które się szukają i które się boją własnych przepaści.

— A pan coby powiedział? — Serce zabiło jej mocno.

— Żeśmy szukali bezwiednie dróg do dusz własnych.

— Dobranoc panu, dojdę już sama.

— I żeśmy zajrzeli do ciemni — mówił, nie słysząc jej pożegnania.

— Mając takie cuda przed sobą! — Wskazała wiszące nad lasami słońce, co się krwawiło w szybach stawów i pływało w mgłach sinych.

— H^2 O — zabarwione metalicznie, chce pani, to określę formułami resztę.

Spojrzała na niego i jakieś dziwne uczucie obawy ścisnęło jej duszę, jakby istotnie zajrzała w przepaść niezgłębioną.

Szli w milczeniu, spoglądali na siebie chwilami zimno i badawczo, a dusze się im trzęsły w jakiemś nieopowiedzianem uczuciu miłości i zgryzoty, w uczuciu pożądania i strachu przed tem pożądaniem, a pomiędzy nimi snuły się błyski źrenic rozpalonych i te niezliczone prądy, biegnące z duszy do duszy.

Od kapliczki z Witowa leciał głos sygnaturki i łączył się z muzyką koników polnych i z rytmicznym turkotem młyna, huczącego w Krosnowie, i biegł po rosie i rozlewał się coraz szerzej.

Milczeli wciąż, bojąc się przerwać ciszę, bojąc się przemówić, aby czasem to pierwsze słowo, jakieby się wyrwało z ust, nie było tem, co tak chcieli mówić, a co tak pragnęli zachować w głębi własnej. Janka czuła zawrót głowy, czasami fala krwi tak uderzała w jej serce i mózg, że chwiała się, bliska runięcia na ziemię. Przystawała nieco, aby oprzytomnieć, i znowu szła. Nie myślała nic, ani pamiętała, prócz niego, prócz tego dziwnego wyrazu oczu, gdy mówił: Szukaliśmy dróg do dusz własnych. Drżała coraz silniej wewnętrznie i obwijała się w pelerynkę coraz szczelniej, jakby chcąc się zamknąć przed jego oczyma, które ją magnetyzowały; czuła je na ustach swoich tak silnie, jakby pocałunki, aż pokryły się wilgotnym, promieniejącym karminem upojenia; czuła je w oczach swoich i opanowywała ją dziwnie senna ociężałość. Szła coraz wolniej i niepewniej, chwilami budziła się z tego czaru dziwnego, jakim ją opanowywał, spoglądała przymglonym wzrokiem dookoła; ale, spotkawszy się z jego wilgotnemi, świecącemi dziwnie oczyma, opadała w siebie, przeniknął ją taki dreszcz dziwny, aż rozkładała ramiona, oddychała głęboko i miała szaloną chęć przyciśnięcia się do niego z całych sił, z całej duszy i przepadnięcia chociażby.

W nim działo się prawie toż samo, czuł, że go jakaś siła porywa i przykuwa do niej, tak ją czuł obok siebie, tak wchodziła mu w duszę głęboko, aż uczuwał pewien tępy, nieświadomy ból fizyczny. Zajmowała go całego, przycichał, ale w głębi podnosiła się w nim złość na samego siebie, na nią, na wszystko.

— Kocham cię! Kocham! — biło mu serce ze straszliwą jednostajnością, a wyrazem ust szydził, nienawidził i bronił się do ostatka, by nie upaść przed nią na kolana, by nie objąć jej stóp i nie przywrzeć ustami chociażby do kraju jej sukni, której szelest suchy przenikał go męką, i nie wypowiedzieć tego wszystkiego, co miał w duszy, a co dopiero teraz sobie uświadomił.

— Dobranoc panu! — szepnęła cicho, gdy wchodzili do wsi i śpiesznie ukryła ręce pod okrywką, nie spojrzała nawet na niego i poszła dalej sama, bo nie starał się jej zatrzymać, ani iść z nią; patrzył tylko, jak jej jasna suknia migotała w zmroku i zlewała się z cieniami.

— Kocham cię! — myślał długo i tak stał zapatrzony w te miejsca, gdzie zniknęła, a gdzie on widział ją jeszcze oczyma duszy.

Janka szła szybko i dopiero ocknęła się, usłyszawszy tętent jego konia, gdy odjeżdżał; obejrzała się za siebie i jakiś żal zatargał ją silnie.

— Czemu nie poszedł ze mną! — myślała, ale później, gdy ruch wrócił ją do przytomności zupełnej, zacięła usta z gniewu, była bardzo niezadowoloną z siebie, jeszcze resztki tego nastroju przenikały ją dreszczem rozkosznym, ale się im broniła myślami i rozwagą.

Przy kolacji zauważyła tylko, że matka miała zaczerwienione oczy, stary był pijany i groźnie patrzył na nią, a mąż, weselszy niż zwykle, namawiał ją usilnie, aby co zjadła koniecznie.

— Nie mogę. Zmęczyłam się trochę i głowa mnie boli...

Nie, nie mogła mówić, nie słyszała nawet, gdy mówiono do niej, była bardzo daleko od nich wszystkich myślą, błądziła po jakimś świecie rozmarzeń, pełnym błysków spojrzeń, konturów twarzy, dźwięków głosów, wyrazów ócz, pełnym słodkiego chaosu.

— Panna Jadwiga zdrowa? Widziałaś się ze Stefanem?

— Zdrowa, zdrowa — powtórzyła. — Pana Stefana podobno od rana nie było w domu,

Dlaczego tak odpowiedziała, nie umiała zdać sobie sprawy, ale to ją zmieszało.

Poszła zaraz do swojego pokoju.

A rano obudziła się dziwnie dobrze usposobiona, tak dobrze, tak się czuła spokojna, pełna sił, chęci do życia i do czynu, że poszła do oficyny.

Matka zajęta była powłóczeniem świeżych poszewek na poduszki.

— Ja to prędzej zrobię! — powiedziała, odbierając jej z rąk poduszkę.

— Hale!.. bo to taka jaśnie pani potrafi... — szepnęła uszczypliwie.

— Zobaczy mama. — Powlekła poduszki, posłała łóżko, poustawiała na komodzie niezliczone figurki i obrazki świętych, zapaliła lampkę przed obrazem, a stara nie rozmarszczyła się jeszcze, tylko z chłopską zaciętością i pewną ironją w siwych oczach śledziła jej ruchy i wzdychała. Dopiero gdy Janka porobiła, co było, i, nie doczekawszy się słowa nawet, chciała wyjść, stara zawołała:

— Janusiu! — Pozostała, siadając obok niej.

— Nie gniewaj się, córuchno, na mnie. Widzisz, stara kobieta jezdem, prosta i prędka i nienauczna, to mi sie ta łacno jakie złe słowo wypsnie z gemby.

— Co tam, nie mówmy o tem mamo, ja mamę przepraszam. — Pocałowała ją w rękę, co starą tak rozrzewniło, że pochwyciła ją w ramiona i długo całowała.

— Bo to ckni mi się córuchno, zagadnąć do kogo nima, Jędruś z dziewkami przestawać nie da, z ojcem niema co, bo zaraz kłótnia i obraza boska, z Jędrusiem niema kiej, z tobą nie śmiem, no, bo co ja taka prosta kobieta mówiła będę?... to sie i człowiekowi i życie przykrzy i tak markotność rozbierze, że sie chodzi z kąta w kąt i ino szuka do czego się przyczepić.

— Hol ho! taka zgoda! — zawołał Andrzej, wchodząc.

— A bo widzisz synku, ja tak opowiadam, co mi się tak ckni do wnuczków — powiedziała chytrze.

Andrzej spojrzał jakoś dziwnie na Jankę, że się oblała rumieńcem i wyszła bez słowa, podrażniona tym wzrokiem.

— Kwoczka jeszcze nieśna, to ją nieprzyniewoli siedzieć! — Śmiała się stara.

— Niechże mama o tem przy niej nie mówi.

— Czegóż to wstydzić się będę, że trza mi wnuczków, co?

— Ma mama Józi dzieci.

— A jak mi się chce twoich, mój parobku kochany, co? twoich mój Jędrusiu.

Uwiesiła mu się u ramienia i głaskała go po twarzy i włosach, rada z własnej śmiałości i okazji wypowiedzenia najgłębszych swoich pragnień, na których urzeczywistnienie czekała z coraz większą niecierpliwością.

— A może dochtór je potrzebny, abo co? — szeptała dalej.

— Nie mówmy o tem. — Ucałował matkę i poszedł do pałacu.

I on tego pragnął niemniej od matki, bo czuł, że dziecko związałoby ją silniej z nimi, rozmyślał o tem, gdy usłyszał jej głos.

— Poproszę cię o wielką łaskę.

— Wiesz przecie, że dla ciebie zrobię wszystko.

— Daj mi sześćset rubli w ratach miesięcznych.

— Dobrze. Kupujesz co?

— Nie, nie... — zawahała się, czy mu powiedzieć, że chciała pomagać Zaleskiej, przyszło jej na myśl, że może on to przyjmie z niechęcią, więc nie powiedziała.

— Właściwie to chcę sobie coś kupić, ale mam w tem pewien cel, że kupię na rozpłaty.

— Masz czeki na bank handlowy. Wpisuj żądaną sumę na okaziciela, wypłacą natychmiast. Ciekawy jestem, co kupujesz?

— Później ci powiem.

Zastanowiła go tajemnica i, gdy jechał w pole, jakieś ciemne podejrzenie zaczęło kiełkować mu w mózgu.

— Komu ona posyła, na co? A może!... nie, nie... — zaprzeczył sobie energicznie i zawrócił, wszedł do mieszkania cicho, bo dywany tłumiły odgłos kroków, tak, że, bez szelestu wszedł do jej pokoju.

— Przyszła mi myśl... — zaczął od progu — żeby w niedzielę złożyć kilka wizyt w sąsiedztwie, jeżeli zechcesz, ma się rozumieć.

— Trzeba żyć z ludźmi. Mówiła mi nawet p.Jadwiga, że sąsiedztwo jest zdziwione, że jeszcze nie składaliśmy wizyt — odpowiadała spokojnie, wyciągając bibułą atrament z listu i tym sposobem przykrywając go.

Zobaczył to dobrze i przez ten cały dzień tłukło mu się pytanie:

— Do kogo pisała?

Janka pojechała na pocztę, aby osobiście list wysłać z pierwszym czekiem. Potem odwiedziła Józię, która od kilku dni leżała chora ze zmartwienia, bo jej cały drób wyzdychał na czerwonkę. Nasłuchała się dosyć skarg na niedołęstwo męża i niegodziwość służby i dosyć fałszywych, obłudnych uniesień nad sobą i znudzona tem powracała do domu.

Deszcz zaczął padać gwałtowny i gliniaste drogi rozmiękły, tak, że konie szły noga za nogą i ślizgały się co chwila, wieczór się robił prędko, wieczór czarny, zimny, przesycony wilgocią, obrzydliwy.

Jechali już lasem prędzej, bo droga była twardsza, gdy Janka usłyszała tętent konia tuż za sobą. Obejrzała się i spostrzegła Witowskiego.

Ukłonił się jej i nadjechał tak blisko, że bok jego konia ocierał się o skrzydła powoziku, nie powiedział nawet zwykłej formy powitania, tylko nachylił się ku niej i szepnął głucho:

— Muszę z panią dzisiaj mówić! — Chwycił jej rękę i zamiast pocałować ugryzł tak silnie, że krzyknęła, a on zawrócił błyskawicznie konia i zginął w mroku lasu.

Nim zrozumiała, nim się obejrzała, już zniknął, jak cień.

Siedziała w jakiemś oniemieniu wewnętrznem, pochodzącem ze strachu i zdumienia.

— Jedź prędzej! oszalał! — myślała, z trwogą prawie spoglądając po lesie, czy gdzie z za drzew nie ujrzy jego twarzy; przeraziła ją taka gwałtowność i sprawiła jednocześnie bardzo dziwne, bardzo podniecające wrażenie.

Przycisnęła usta do tego miejsca, gdzie ją ugryzł, bo ją paliło bardzo, ale tak silnie przywarła ustami i z takiem uczuciem, jakby całowała kogo bardzo kochanego. A potem, ochłonąwszy, przynaglała Walka do pośpiechu.

W domu zastała gości, przyjechali Wolińscy z Rutowskim.

Bardzo się ucieszyła narazie, ale później ciążyli jej nieco. Miała duszą zajętą czem innem, to „muszę się widzieć dzisiaj z panią" tkwiło ustawicznie w myśli i przejmowało ją lękiem, obawą i dreszczem zdenerwowania. Słuchała, mówiła i bardzo często chwytała się na śledzeniu wszystkich, bo się jej wydawało, że wiedzą i szczególną uwagę zwracają na nią, a najbardziej niepokoił ją mąż, który patrzył tak dziwnie dzisiaj! Siedział chmurny, przygryzał wąsy i silił się na rozmowę, która co chwilę się rwała, nie umiał jej podtrzymać, bo dręczyło go zapytanie:

— Komu wysyłała pieniądze?.. a może... — nie kończył nawet w myśli i zwracał się do Rutowskiego, ciągnął oczyma za Janką i nic nie słyszał, a Rutowski, poruszony i rozpromieniony, nie mogąc wyciągnąć wiele z niego, przesiadał się do Janki, ale ta go zbywała ogólnikami o Włoszech, bo była zajętą Wolińskimi i ich dziećmi i tą ciekawością dręczącą coraz bardziej:

— Czego on chce! Co powie — myślała i na każdy szelest wiatru, co tłukł i wpychał prawie szyby, drgała żywo i nasłuchiwała odgłosu kroków; patrzyła nieznacznie w okno, czy poza szybami nie zarysuje się sylwetka Witowskiego, znajdowała nawet sposobność wyjścia na podjazd i spojrzenia w czarną, pełną plusku deszczu, zimną noc. Potem zirytowana na siebie, zdenerwowana, siadała przy Helenie.

— Wyglądasz dziwnie imponująco, dziwnie pięknie... — mówiła Helena.

— Krosnowa tak zmienia.

— Włochy, pani dobrodziejko, tego i owego, Włochy — wtrącił Rutowski — aura tam panie...

— Ale ty zawsze świetnie wyglądasz, przytyłaś tylko nieco.

— A tak!.. — wykrzyknął Woliński, siedzący przy Andrzeju. Helena pochyliła głowę.

— W okolicy żadnych nowin? — zaczęła Janka, aby ją wywieść z kłopotu.

— Są: pani Stabrowska napisała nową powieść p. t. „Pomyje". Drukuje ją w jakimś tygodniku, którego nikt nie czyta, więc ażeby zmusić całe sąsiedztwo do czytania utworu, kazała wszystkim sąsiadom, w promieniu trzymilowym, rozsyłać ów tygodnik.

— Dopłaca do rozgłosu.

— Ale zmusza do czytania, a przeto i do myślenia — szepnęła Janka i podniosła się nieco, bo się jej wydało, że jakiś głos znajomy rozległ się w przedpokoju. — Czytałaś, czy to bardzo zła rzecz? — pytała dalej.

— Czy państwo byli w Loreto? — wsadził znowu Rutowski.

— Nie czytałam, mąż powiedział, że to wprost niemożliwa rzecz.

— Tytuł w tym razie najlepiej definjuje treść.

— Że mężowi się nie podobała, no to może nie w jego guście, ale ty powinnaś się była przekonać. Bartek! — zawołała, podniosła się i poszła do przedpokoju, spojrzała przez szyby i powróciła.

— Bo to trochę na boku od Ankony, ale ślicznie. Morze, panie tego i owego, u nóg.

— Gdzie? — zapytał ostro Andrzej, bo ten niepokój Janki nie uszedł jego uwagi.

— Pod Ankoną, państwo byli w Loreto?

— Jechaliśmy zwykłym szlakiem jeżdżących do Włoch.

— Pobożnych pielgrzymów, t. j. z omijaniem pięknych miejscowości, a wstępowaniem do cudownych! — szepnęła Janka więcej do siebie.

— Ależ wspaniale mieszkacie, po książęcemu... — odwróciła rozmowę Helena, spostrzegłszy, że Andrzej spojrzał ostro na żonę i rzucił się na krześle.

— O tak!.. jest to przepych wielkiego składu mebli na Pociejowie.

— Ale, byłabym zapomniała ci powiedzieć, Janiu! Głogowski pisał do Stabrowskich z Paryża, obiecuje przyjechać do nich na wiosnę.

— Kto?.. a Głogowski! Głogowski!.. Jakże tu zimno! — Wzdrygnęła się, otuliła szczelnie jakimś szalem i nachylona nieco ku Helenie słuchała, ale oczyma błądziła po oknach i duszą była gdzieś na drodze, wiodącej z Witowa do Krosnowy.

— Te karebym kupił od pana... — mówił Woliński, zapalając cygaro.

— Są do sprzedania, może pan z ojcem pomówi o tem, to jego wydział.

— Nie jest panom ta para potrzebna?..

— Nie, a zresztą, my wszystko sprzedajemy, jeśli się trafi kupiec.

— Widzę, że macie wielki młyn.

— Walcowy, systemu amerykańskiego. Wszystko zboże mielemy i sprzedajemy mąkę.

— A, teraz się nie dziwię, że macie takie wspaniałe inwentarze...

— Mamy zasadę nie sprzedawać nic z surowych produktów, tylko przerabiamy u nas. Nawet od wiosny przestaniemy sprzedawać poręby, bo zakładamy tartak.

— Macie zbyt na rżnięte i obrobione drzewo?

— Prawie mamy.

— Przetwarzacie gospodarstwo na fabrykę.

— Chcę doprowadzić do tego. Chciałem nawet znacznie więcej robić, bo chciałem założyć wielką cegielnię, kolej zabudowuje się i potrzebuje kilku miljonów cegieł; chciałem założyć browar, bo piwo ma pewny zbyt koleją, podniosłoby to uprawę jęczmienia i dało możność wypasania wielkiej ilości bydła, chciałem założyć gorzelnię, bo wtedy żyto da więcej niźli dotychczas przerabiane na mąkę.

— Ale... boi się pan tych miljonowych przedsięwzięć?..

— Nie, tylko mi się nie chce, energję, kapitały mam, tylko poco to robić? — Opuścił się w krześle, strząsnął popiół z papierosa i zamilkł, utkwiwszy jakiś wilgotny wzrok w Jance; zniechęcenie i ból miał w duszy i żal do niej, że mu odbiera siły. Woliński rozważał słyszane projekty i spoglądał na niego z jakimś szacunkiem pełnym podziwu.

Cisza zalegała salon.

Helena nachylona mówiła coś szeptem do Janki, siedzącej pod wielką bronzową lampą, której zielonawe światło, przesiane przez jedwabny abażur, powlekało jej twarz sinawym refleksem. Słuchała uważnie, ale oczy jej ciągle błądziły z niepokojem po salonie i twarzach siedzących i jakieś nieznane, denerwujące drżenie nękało ją coraz boleśniej.

Rutowski przy osobnym stole siedział, zatopiony w albumach, przywiezionych z Włoch, a z dalszych pokojów dochodził krzykliwy głos dzieci, które wzięła stara pod swoją opiekę.

Deszcz bił monotonnie w szyby, wiatr uderzał z taką siłą, aż portjery się chwiały i światła kołysały się co chwila; park szumiał głucho i dorzucał swoje głosy. Chwilami robiło się tak cicho, że wszyscy spoglądali ze zdumieniem na siebie i jakby z trwogą. Wieczór był ciężki i przygnębiający.

Koło dziewiątej wszedł Witowski. Ujrzała go dopiero, gdy stanął przed nią i wyciągnął rękę do powitania. Ciepło radości ogromnej rozlało się po niej, ale marmurowa twarz ani drgnęła, oczy patrzyły spokojnie w jego zamkniętą, zimną, ale dziwnie wychudłą twarz.

— A siostra? czemu pan jej nie przywiózł?.. — pytała wolno, bardzo wolno, bo drżała jej dusza i głos chwilami wiązł w gardle.

— Teraz jest w kaplicy i prawdopodobnie wyżebruje miłosierdzie dla nas wszystkich.

Przywitał się ze wszystkimi i swobodny, elegancki, ironiczny, jak zwykle, wziął krzesło i usiadł obok Janki.

— Wcisnąłem się pomiędzy panie, niby klin niebardzo pożądany.

— Bardzo nie, ale zniesiemy pana, chociażby ze współczucia, żeby pan nie był zmuszony rozmawiać o gospodarstwie z panami.

— Dziękuję, ale przyznam się szczerze, iż milszy mi szczebiot dam.

— To znaczy, że pan lubi muzykę słów.

— Pochlebia pani słowom, wyrzeczonym przez damy.

— Muszę, skoro pan prawi im impertynencje.

— Tak ciągle okłamują mężczyźni panie, tak ciągle są panie przyzwyczajone do słodkiego brzęku flirtowych dzwoneczków, że głos brzmiący naturalnie wydaje się paniom skrzekiem barbarzyńcy.

— A jeśli my lubimy ten brzęk! A jeśli, słuchając, nie wierzymy wam nic a nic, to co?

— To nic, bo okłamywana obłuda godna jest okłamujących.

— Ależ państwo naprawdę brząkacie w dzwonki flirtu! — zauważyła Janka, siedząca cały czas w milczeniu, bo napróżno chciała wziąć udział w rozmowie, nie mogła słowa wydusić z siebie.

— A czy niedość wprawnie to robimy? — zapytał, nie patrząc na nią. Zaśmiała się jakoś przymuszenie.

— Co do pana, to tak, i gdyby były medale za mistrzostwo w tej specjalności, sądzę, że należałby się panu — powiedziała dosyć cierpko, powstając. Gniewał ją dzisiaj jego ton lekko cyniczny, a zresztą czuła w sobie jakiś strach, głuchą obawę przed tem, co nastąpić miało.

— Co on mi powie? — pytała i tysiące myśli cisnęło się do jej duszy. Prawie wiedziała, co jej powie i ta pewność przenikała ją dreszczem dziwnej, nigdy nieodczuwanej rozkoszy.

— Niestety, ale we flircie, jak i we wszystkiem, jestem tylko dyletantem — odpowiedział.

Nie odpowiedziała i poszła do jadalni, gdzie już Janowa z Bartkiem nakrywali do stołu. Przechodząc obok okien, spostrzegła przez nie ojca, siedzącego na werandzie.

— Janowa! Bartek! Ojciec na taki deszcz i zimno na werandzie!

I pomogła im sprowadzić Orłowskiego, który, zapomniany w swoich opłotkach, przywlókł się na werandę i tam siedział skulony i przemoczony zupełnie.

— A któż to o nim będzie pamiętać, hę? kiej jaśnie pani córka nima czasu, bo ino na spacerach i wesamblach — szepnął stary i tak się zatoczył na stół, że kilka talerzy z brzękiem spadło na podłogę.

— To moja rzecz, ale ojciec tak się upił, że nie wiem, jak się ojciec śmie pokazywać; są przecież obcy ludzie, to wstyd doprawdy.

— Co mi to obce, dziedzic tu jezdem i pan, a komu się to nie widzi, to pszoł! jak Boga tego kocham. — Matka! — ryknął, grzmocąc pięścią w stół, ale matki nie było, stała tylko Janka, dygocąca ze złości.

— Zaraz zawołam mamy, to możeby kazała zaprowadzić ojca pod studnię, żeby trochę wytrzeźwiał.

— Pod studnie! mnie... kiej swyniaka! A, jak Boga tego kocham, kuniec świata! mnie, dziedzica, pod studnie, a ścierwo sobacze... pszoł... Matka!

Nie słuchała, poszła powiedzieć Andrzejowi, który zaraz kazał go wziąć i zanieść do oficyny.

Janka zapraszała wszystkich na kolację i tak się jakoś stało, że szła ostatnia z Witowskim. Nie mówili do siebie, ale na środku długiego, prawie ciemnego pokoju, przez który przechodzili, Witowski ujął jej rękę i szepnął:

— Przyjdę pod pani okno od ogrodu, musi mnie pani wysłuchać, musi... — szepnął twardo i nakazująco, puścił jej rękę i złączył się z towarzystwem, a ona stała chwilę nieprzytomna i ogłuszona.

— Janiu! — Andrzej zawołał, wchodząc drugiemi drzwiami i widział, że
Witowski mówił z nią, słyszał nawet dźwięki jego szeptu, tylko nie mógł
ich zlepić w słowo, w treść jakąś. Podejrzenie dziwnie oślepiające zalało
mu duszę.

— Chodź na kolację! — szepnęła cicho i przez cały czas kolacji poruszała
się jak senna, patrzyła, nie widząc, słuchała, nie słysząc, rozmawiała, nie
rozumiejąc słów własnych. Śmiała się z byle czego, to chwilami zapadała w
jakieś posępne zamyślenie, z którego ją budziły oczy Witowskiego,
uporczywie patrzące; oczy dziwnie rozszerzone i tak świecące i tak
ogromne, że chwilami spoglądała w nie, jakby w jakąś przepaść, która ją
ciągnęła swoją głębią i te skrzące płomienne spojrzenia rozpalały w jej
sercu żar potężny, przepalały ją nawskróś i tak obezsilały, że chwilami
siedziała zupełnie zahipnotyzowana, gotowa na każde skinienie,
wpatrzona w nie z pokorą i poddaniem się zupełnem.

Kiedy się skończyła kolacja i wszyscy rozchodzili się spać, Witowski,
odjeżdżając, tak spojrzał na nią i ścisnął jej rękę, że oprzytomniała
zupełnie. Chciała mu powiedzieć, żeby nie przychodził, chciała go błagać o
to, bo wszystko się w niej zatrzęsło ze strachu; ale nie można było nic
mówić. Andrzej zimno patrzył na nich, Wolińscy stali także i każde słowo,
każde nawet poruszenie byłoby zauważone. Patrzyła na niego z
przerażeniem i rozpaczą, nie zwrócił na to uwagi i odjechał. A ona długo
siedziała u Heleny, sama rozbierała dzieci i kładła je na posłanie, otulała z
dziwną troskliwością, przeciągała rozmowę do nieskończoności, byle
dłużej być z ludźmi, byle później pójść do swojego pokoju. Chodziła jak
błędna, czepiała się najbłahszych pozorów pozostawania, aż wreszcie,
widząc, że Helena zasypia ze znużenia, szła do siebie.

— Czy spuścili roletę? czy?.. — myślała ciężko i teraz, w tej chwili, czepiła
się tej myśli, zawisła na niej całem życiem. Stanęła pode drzwiami, bo bała
się wejść, bo już stąd zdawało się jej, że widzi za szybami twarz
Witowskiego, że słyszy jego głos. Omdlewała z dziwnego uczucia, wszystko
w niej pożądało go i wszystko w niej protestowało przeciwko temu
widzeniu.

Wreszcie, zbierając siły, weszła.

Okno nie było zasłonione. Krzyknęła z przerażenia i długo patrzyła w
czarną zadeszczoną noc, przeglądającą szybami. Lampa paliła się na stole,
w pokoju była cisza zupełna, biały futrzany dywan tłumił zupełnie kroki.
Przebiegła gorączkowo oczyma pokój, oglądała po tysiąc razy te
jasnobłękitne meble, wielkie łóżko pod kotarami z błękitnego aksamitu,
tysiączne drobnostki, poustawiane na biurku i tualecie, i zawsze wkońcu
oczy tonęły z jakąś bolesną ulgą w tem oknie, jakby w jakiejś strasznej
ranie ściany.

Była taka straszna cisza, że słyszała skwierczenie knotów świec,
zapalonych przed tualetą, szum drzew w parku i chlupot wody,
rozbijającej się o brzegi jeziorka i monotonny, okropny szelest deszczu,

padającego bezustannie, i te wszystkie smutne, rozbite na atomy głosy dnia, co się tłukły ostatniemi echami ech po parku. Tysiąc razy zrywała się w sobie, aby iść i zasłonić okno — i nie mogła, bała się ruszyć z kanapki i nie umiała zdać sobie sprawy z niczego, ani z tego, co się z nią dzieje, ani z tego, co się stać miało. Czuła tylko, że ją porwał jakiś wir straszny, z którego nie miała sił się wydobyć.

Zadrżała, bo doszedł ją słaby, w normalnym stanie mózgu niedosłyszalny chrzęst żwiru i odgłos stąpań. Słyszała dobrze, tak strasznie dobrze, że każdy ten krok odbijał się echem okropnem w jej mózgu; zerwała się i, nie wiedząc co robi, zadzwoniła gwałtownie. Oprzytomnił ją ten dźwięk; byłaby pół życia dała, żeby stłumić te dźwięki, huczące w ciszy.

— Nie śpisz jeszcze? — zapytał Andrzej, wchodząc.

— A... a!.. to... nie, nie, nie mogę spać — wykrztusiła z trudem i zadygotała, bo odgłos kroków był coraz bliższy; patrzyła się to w okno, to na męża, z niedającem się określić przerażeniem i bólem.

— Co ci jest, dziecko, wyglądasz tak dziwnie? — zapytał miękko i jego dobre serce zwyciężyło, zapomniał o podejrzeniach, o męce, jaką przechodził do tej chwili; porwany jej stanem dziwnym, przysiadł się do niej, ujął jej nimne ręce i zaczął okrywać pocałunkami.

— Co ci jest, dziecko moje, co ci jest, Janiu! — I mówił długo, przygarniał ją do siebie, całował jej oczy i usta, przytulał jak dziecko chore, a ona przyjmowała te pieszczoty, nie wiedząc o nich, wpatrzona w okno i wsłuchana w te coraz bliższe kroki.

— A!.. — krzyknęła, wyrywając mu się z objęć: cień Witowskiego przemknął po szybach i przepadł w nocy.

— Zobaczyłaś kogo w oknie? — zapytał, idąc za kierunkiem jej szeroko z przerażeniem otwartych źrenic.

— Nie, zdawało mi się tylko... nie, doprawdy tak jestem strasznie zdenerwowana.

— Przysłonię okno! mówię zawsze, żeby zamykano okiennice. — I podniósł się.

— Ja zasłonię! — zawołała, bo przemknęła jej myśl, że on, spuszczając roletę, może zobaczyć tamtego. Skoczyła śpiesznie i zapuściła, ale roleta nad samym parapetem zatrzymała się nieco na wazonach z kwiatami, tak, że od dołu została szeroka szpara przez całą szerokość okna, którą z zewnątrz można było doskonale widzieć, co się dzieje w pokoju.

Usiadła zpowrotem przy nim, a on z tą samą serdecznością mówił:

— Tak chciałem przyjść do ciebie, tak mi bardzo było potrzeba widzieć cię samą, tak bardzo się męczę... widzisz, chciałem cię szczerze zapytać...

— O co? — pytała cicho, tak cicho, jakby nie chcąc, aby jej głos mógł być słyszanym przez okno.

— Ale mi daruj, przebacz moją podejrzliwość, ale już dłużej nie mogę wytrzymać. Ja potrzebuję sił, a to mnie zamęcza, nie daje spać, nie pozwala myśleć o niczem... tylko mi przebacz, moja droga, moja najdroższa!

— Ale co?

— Powiedz, komu posyłałaś pieniądze! — powiedział prędko, obejmując ją i chowając twarz na jej piersiach.

— Zaleskiej — odpowiedziała prosto. — Nie chciałam ci mówić, bo myślałam, że byłbyś się gniewał, miałam ci później powiedzieć.

— Ach, to idjota ze mnie! Przebacz mi, przebacz!

Nie odpowiedziała, bo całe swoje jestestwo skupiła w wyczuwaniu. Nie słyszała nic, ale czuła, że Witowski jest pod oknem; zdawało się jej, że tą szparą z pod rolety patrzą na nich jego oczy. Odsunęła bezwiednie męża i chciała się podnieść, ale pozostała, bo nie miała sił powstać, bo zresztą nie wiedziała, co robić, spoglądała na męża, to na okno i czekała, ze śmiercią prawie w duszy, na to, co się stanie. Andrzej, nic nie przeczuwając, uszczęśliwiony odpowiedzią, która mu kamień zdjęła z serca, zaczął ją pożerać pocałunkami.

— Jakaś ty dobra! jaka poczciwa, jak ja cię kocham.

— Nie, nie — wydzierała mu się już z ramion, bo była tak bezprzytomna, iż zdawało się jej, że to tamten siedzi przy niej, że to tamtego głos, tamtego pocałunki, tamtego palące oczy i wtedy przyciskała się do męża, zarzucała mu ręce na szyję i wpijała się spragnionemi ustami w jego usta i całowała, całowała...

— Kochasz mnie? — pytał cicho, coraz ciszej.

— Kocham! kocham!.. — odpowiedziała dyszącym namiętnością głosem i miała ochotę rzucić się na kolana i tarzać się przed nim w prochu i wtedy serce biło jej tak silnie, a dusza nabrzmiewała taką radością ogromnego kochania, że twarz jej promieniała szczęściem nieopowiedzianem, upojeniem, szałem prawie.

Coś się poruszyło za oknem, szyba zadźwięczała dosyć głośno, wiatr zatargał silniej drzewami i szumiał głucho, trząsł, uderzał w ściany, wył w kominach, prześwistywał pomiędzy nagiemi konarami.

Wyrwała mu się z objęć, stanęła na środku pokoju i przerażona, wstrząśnięta, patrzyła się na męża, nie mogąc zrozumieć, skąd się wziął. Oglądała się po pokoju — nie było nikogo więcej.

Wtedy zrozumiała wszystko. Patrzyła długo na niego tak dziwnie, tak jakoś żałosno-litośnie, że się poruszył niespokojnie. Usiadła i taka ją niemoc schwyciła i takie straszne rozżalenie, że wybuchnęła płaczem, długim, strasznym płaczem zawodu i żalu.

Zaniósł ją na łóżko, rozebrał, mówił do niej najczulszemi słowami, całował po nogach, ale płakać nie przestawała, a on uspokajał ją jak mógł i umiał i gdy wkońcu przycichła, że tylko od czasu do czasu łkanie wstrząsało jej piersiami, zaczął prosić bardzo pokornie.

— Dobrze! — szepnęła apatycznie i ostatnie łzy, jakby pogrzebowe łzy marzeń wszystkich popłynęły strumieniem z jej oczu.

XXV.

Całe dwa miesiące Witowski się nie pokazywał w Krosnowie, dopiero trzeciego przysłał list, adresowany do Janki.

Otworzyła z jakąś smutną ciekawością, jakby list był pisany przez kogoś, kto umarł dawno, tak dawno, że już rysy jego zatarły się prawie w pamięci. List zawierał kilkanaście wierszy i był bez nagłówka i daty. „Dlaczego nie chciała mnie pani wysłuchać? Dlaczego nie oszczędziła mi pani widoku małżeńskich pieszczot. Kochałem panią o tyle, o ile dzisiaj nienawidzę, a nienawidzę tak, jak kocham — bezgranicznie. Nie żebrzę tym listem litości, nie; chcę tylko przesłać pożegnanie, bo jutro wyjeżdżam i chcę rzucić ostatnie: dlaczego? Widzi pani, że nawet nie ironizuję, nie mam sił, dusza mi odpada kawałami, niby znoszony łachman. Kochałem panią od pierwszego dnia poznania i kocham panią całą nienawiścią. Zabiłbym panią tylko dlatego, żeby samemu umrzeć. Nie moglibyśmy nigdy być szczęśliwymi, ale mogliśmy próbować zostać nimi; dlaczego pani nie chciała? Zlękłaś się jak gołąb jastrzębia? Tak, ja byłbym ci zabił duszę, wyssał ją i zaprzepaścił w sobie, albo sam zginął w tobie. Pożeralibyśmy się, alebyśmy żyli, gdy tymczasem zgnijemy: pani w małżeństwie ubłogosławionem obficie, a ja na śmietniku dusz samotnych. Nie jestem tak szlachetnym, aby pani szczerze życzyć szczęścia, nie, nie mogę... Nie żegnam i nie mówię do widzenia! tylko zapytuję: dlaczego? Nie czekam nawet na odpowiedź. Nie czekam na nic. Rozbiegły się nasze drogi i nie zejdą nigdy!.. nigdy!!!...“

Czytała po kilka razy ten list, a potem zatopiła się w długiem rozpamiętywaniu bolesnem i gdy się obudziła z niego, była zupełnie spokojna i zrezygnowana, czuła tylko potrzebę odpowiedzi, napisania kilku słów; ale napróżno napisała i podarła kilka arkusików papieru, nic jej nie zadawalało; wreszcie przypomniał się jej ten wiersz Langego, który kiedyś tak długo tkwił w jej pamięci. Znalazła książkę, wydarła z niej kartkę i, nim ją włożyła do koperty, raz jeszcze przeczytała:

My się nie możem kochać, jak gołębie,
Dwie nasze dusze są jak dwie otchłanie,
Co wzajem patrzą w swe bezdenne głębie —
I nigdy wzrok ich u kresu nie stanie.

— Tak, my się nie możem kochać! — powtórzyła — nie możem. Nie czuła już nic z tej burzy, co przeszła przez jej serce, prócz żalu i smutku, jaki przysłonił jej oczy zadumą. Zgodziła się już na życie takie, jakiem było, bo nie miała sił wywalczyć sobie takiego, jakiego pragnęła, bo zresztą nie wiedziała, czego pragnie. Wypaliło się w niej wszystko, zagasło i poszarzało, jak te szmaty pól, na które teraz patrzyła oknem, przyprószone śniegiem, przez który czerniały grzbiety zagonów, wypłókane deszczami; jak te smutne, nagie drzewa parku, co niby szkielety, poobdzierane przez wichry, tłukły się o siebie i bełkotały drżącą, lodowatą pieśń zimy; jak to szare, nisko wiszące niebo, co niby brudna ścierka zwieszało się ciężko nad ziemią.

Zbudziła się z rozmarzenia i zadzwoniła.

— Bartek! Zawołaj mi zaraz Walka, pójdzie do Witowa, tylko prędko.

W kilka minut był już Walek, ale stał przy drzwiach i drapał się po głowie.

— Odniesiesz ten list do Witowa i oddasz panu, idź zaraz.

— A kiej ja mam jechać ze starszym panem i już kazali zakładać konie.

— Pójdziesz do Witowa i to natychmiast, słyszysz?

— Ano juści, kiej rozkaz to i posłuchanie, a co starszy pan me spierze po pysku, to spierze. — Zabrał list i wyniósł się.

Wkrótce wpadł stary i zaraz od progu zaczął krzyczeć, był pijany zupełnie, bo od pewnego czasu był pijany ciągle.

— Co to za rządy! Walek jedzie ze mną.

— Gdzie? do karczmy! Nie spóźni się tam ojciec, jak pojedzie przed wieczorem, tymczasem zdąży przyjść z Witowa.

— Do karczmy, czy nie do karczmy, to od tego wara, ja tu każe, bo ja tu dziedzic, jak Boga tego kocham!

— Niech ojciec nie krzyczy, bo się nie zlęknę i niech ojciec wróci do przedpokoju i oczyści sobie buty ze śniegu, bo szkoda dywanu.

— Ale, jak chcę, to chodzić po dywanie będę, bo ja tu jezdem dziedzic, ja tu jaśnie pan, to moje wszystko!.. — krzyczał coraz głośniej.

— Nie jest ojciec żaden jaśnie pan, tylko zwyczajny cham i parobek, a nawet i tacy jeszczeby więcej po ludzku się zachowywali.

Powiedziała pogardliwie i wyszła.

— Pszoł!.. jak Boga tego kocham, pszoł!.. — wykrzyknął po chwili. — Ja cham, ja parobek! Dziedzic psia ścirwo jezdem, osim folwarków mam, jaśnie pon jezdem — krzyczał rozwścieklony. — Dywany ci psuje, czekoj!

Wybiegł w podwórze, skoczył w gnojówkę aż po kolana, umazał buty w śniegu i poszedł, rzucił się na wykwintną kanapkę, obitą perłowym jedwabiem, wytarł o nią nogi, a potem tarzał się po jasnym dywanie, zostawiając wszędzie olbrzymie i obrzydliwe plamy.

— A masz grefinio, masz chama, masz parobka, teraz se ugaszczaj swoich szlachciców. — Kopnął jakieś krzesło, plunął w lustro, obok którego przechodził, bo ujrzał w niem czerwonosiną, obrzękłą twarz swoją i poszedł w podwórze.

— Grefinia! Ja cham, ja? Cham jesteś jaśnie Pietrze dziedzicu, cham i parobek! A ścierwo, bo dam w pysk! Cham jesteś! — powtarzał z uporem pijackim. — Ja! cham, ja! Nie szczekoj, bo ubije jak psa marnego! — Chwycił się za głowę i uderzył nią w ścianę stodoły. — To mnie chamem nazywać! Wygonię, pszoł... jak Boga tego kocham pszoł wszyscy... — Był tak pijany, że się przewrócił pod stodołami, przynieśli go do domu i ciepła pierzyna tak go rozmarzyła, że napół senny gadał:

— Januchno! jaśnie synowo, a toć jezdem twojego Jędrusia ociec, a toć uszanuj. Cicho stara, cicho! ino kulasy zbiere, to zaraz pójdę przeprosić — odpowiadał starej, która nad nim kilka godzin wykrzykiwała. — Cicho stara, cicho... niech tylko ma chłopaka, to już me może prać i po pysku i pary nie puszcze, jak Boga tego kocham.

***

W półtora roku później, w cudowny zmierzch majowy, siedziało całe towarzystwo na werandzie Krosnowskiego dworu.

Wieczór szedł cichy z pól zielonych i rozwieszał nad ziemią, pokrytą młodą zielenią, nad drzewami kwitnącemi po sadach, subtelną oponę szarawego fioletu. Słońce zaszło, tylko ostatnie zorze rozlewały się długiemi pasmami złota i purpury po szybie jeziorka. W gąszczach kwitnących bzów, podobnych do ognisk płonących fioletem, ozwały się chóry drozdów i słowików. Powietrze przesycone było zapachami wiosny.

— Cudowny czas! — ozwała się pierwsza Janka i przechyliła się przez balustradę do niańki, niosącej rocznego chłopaka, który z piąstkami w oczach, z buzią otwartą, spał jej na ręku. — Łusia, chodź prędzej, bo dla dziecka za zimno — i z wielką macierzyńską troskliwością patrzyła się w oczy jedynaka, a gdy służąca przechodziła obok niej, pocałowała dziecko w białą nóżkę, wysuwającą się z pod czerwonej sukienki.

— To jest widzę ogromnie kochane przez panią! — szepnął Głogowski, który od kilku dni bawił w Krosnowie i dzisiaj szykował się do wyjazdu.

— Tak, to, jak pan nazywa, jest istotnie bardzo kochane, ale bo czy nie piękne?

— Zachwycający robak! — zawołał Staś Babiński, teraz już zawiadowca stacji Bukowiec i przesłał od ust pocałunek w stronę dziecka.

— I ogromnie mądry! — dodała jego żona, zazdrośnie śledząca dziecko.

— Nadzwyczajnie! Cudowne dziecko, samo już dłubie w nosku i samo pakuje sobie nogę do buzi! Niech zdechnę, ale to przesada — zawołał Głogowski, zwichrzył mocno przerzedzone włosy, rzucił cygaro w klomb rozkwitłych tulipanów, podniósł się i zaczął drobnemi, niecierpliwemi krokami przebiegać werandę.

— Bartek, czy konie już są?

— Gdzie się panu tak śpieszy, czemu pan nie może zostać z nami?

— Dokąd? i poco?

— Dokąd pan zechcesz, załóż pan u nas pracownię, osiądź, nikt cię nie będzie krępował i w niczem, doczekaj się pan, aż mój chłopiec będzie potrzebował nauczyciela.

— A ja tymczasem zidjocieję, dziękuję. Muszę jechać.

— Teraz ja spytam: dokąd i poco?

Odpowiedział dopiero wtedy, gdy Babińscy odjechali. Stanął przed nią, przypatrywał się jej chwilę, zwichrzył włosy i powiedział cicho:

— I ja nie wiem poco i nie wiem dokąd! W świat, przed siebie na dalszą tułaczkę. A jednak od kilku dni, jak tu jestem, patrzę na panią, słucham i ciągle się pytam, gdzie jest dawna panna Janina? Ja pani takiej, jaka stoisz przede mną, nie znam; niedość, ja takiej nie chcę: Co pani zrobiła ze swoją duszą? — zapytał prawie ostro i jakiś ból świecił mu w szarych oczach, gdy się przypatrywał tej wysokiej, wspaniale rozwijającej się figurze Janki; zaglądał w jej oczy spokojnie patrzące, śledził twarz piękną jakąś pięknością kończącej się wiosny, obmacywał jej duszę, wsłuchiwał się w dźwięki jej słów i napróżno — dawnej Janki nie było, bo dawna Janka umarła, stała przed nim inna zupełnie kobieta. — Co pani zrobiła ze swoją duszą? — zapytał ciszej jeszcze.

— Spytaj się pan o to życia.

— Sfilistrzała pani do szpiku.

— Frazes — szepnęła, urażona nieco.

— Frazes, frazes! Wszystko jest frazesem i wszystko nim nie jest. Ale jestże pani przynajmniej szczęśliwą?

— Jestem zupełnie spokojną.

— A tu... — wskazał na piersi i głowę — nic się już nie pragnie, nic się już nie marzy, wszystko wygasło pod popiołem filisterstwa, wszystko zapomniane.

— Nie, panie Głogowski, wszystko, co potrzebne mi w obecnem życiu, jest i pozostanie, bo to wszystko...

— Nie kończ pani, na Boga, nie pokazuj mi pani tego zwykłego chlewika duszy gospodarskiej i obywatelskiej.

— Pan mnie obraża!

— A pani mnie zabija! Wie pani, siedziałem w Paryżu, tłukłem się po świecie, robiłem coś, tworzyłem, myślałem i miałem w dniach znękania tę jedną pociechę, gdym myślał o pani. Kochałem pani duszę, czepiałem się nieraz jej własną duszą, czerpałem z niej nieraz siłę, bo czułem wtedy, że nie jestem tak strasznie samotny na świecie, tak zupełnie wyodrębniony z życia, które się toczy dookoła mnie. Przyjechałem i poco? aby zobaczyć panią w glorji rodzinnego, zapasionego szczęścia! Obcą mi, tak obcą, jak ten Bartek, jak pani mąż, jak reszta świata! Ja pani nie znam!

— Konie czekają! — zameldował Bartek, stając we drzwiach.

— Dobrze, jadę natychmiast. Żegnam.

— Więc nie zostanie pan?

— Nie, co jabym tu robił? nie mogę patrzeć na trupy, które znałem i kochałem. Żegnam panią.

— Do widzenia, a nie zapominaj, że tutaj są zawsze życzliwi i nie potępiaj pan nas, a mnie w szczególności. Tak jak żyję, żyć muszę, bo inaczej nie umiałam. Przekona się pan sam, że to nie zbrodnia takie życie, lecz tylko obowiązek mój społeczny.

— Żegnam panią! — Uścisnął jej ręce, spojrzał po raz ostatni na jej twarz spokojną, zimną, wystygłą, pogodzoną zupełnie z losem, twarz, na której nie było już i śladów dawnych marzeń i wzlotów ducha, zwykłą twarz dobrej matki, żony i kobiety świadomej życia i celów jego, pochylił głowę i wyszedł.

Patrzyła za nim chwilę, żal jej było, że odchodzi, ale wydał się jej dziwacznym, histerykiem o przedrażnionej i przesubtelnionej duszy, niezbyt nawet przyjemnym, bo drażnił ją rozmową i przypominał sobą czasy, o których chciała zapomnieć zupełnie; a potem zwróciła oczy na park tonący w zmierzchu, na ojca spacerującego jeszcze pomiędzy opłotkami, na te głębokie ciche przestrzenie nieba, z których wykwitały gwiazdy, niby kwiaty, i cofnęła się do jadalnego pokoju, bo wszedł Andrzej.

— Żono, kolację, bom głodny jak wilk! — wykrzyknął, całując ją głośno w usta — a gdzież ten „Fliegender literat"? — zapytał, nie zobaczywszy Głogowskiego.

— „Fliegender literat" odleciał.

— I nie chciał pozostać?

— Nie. Prosiłam, nic nie pomogło, uparł się i pojechał.

— To nic, obejdziemy się bez niego, nudna pała. Łusia, a dajno tu synka — krzyknął na dziewczynę do drugiego pokoju.

Przyniesiono chłopca i wkrótce oboje rodzice, starzy Grzesikiewiczowie, niania, a nawet Janowa, szykująca do herbaty, zaczęli przyglądać się z niesłychaną ciekawością i uniesieniem dziecku, które, rozbawione, wesołe, tarzało się po wielkiej otomanie, ciągnęło ojca za wąsy, właziło Jance na głowę, spadało i wybuchało śmiechem i piskiem dziecinnym.

A „Fliegender literat" jechał tymczasem do stacji.

Noc się roztaczała nad ziemią, noc pełna wiosny i czaru, pełna zapachów pól, pełna głosów przyrody potężnej, zmartwychwstającej, pełna śpiewów ptaków, chórów żab, chrzęstu drzew, pełna białych kwiatów na gruszach, siedzących po miedzach. Wsie stały ciche, pokryte całe wiśniowemi sadami, które, niby fale kwiatów bladoróżowych, drżały i dyszały wonią i radością. Siedział, kuląc się coraz bardziej, i z coraz większą nienawiścią spoglądał dookoła; jakiś wąż oplatał mu duszę i ssał ją okropnie, wąż żalu, osamotnienia i obcości.

Czuł się tak strasznie samotnym i pokrzywdzonym, tak mu duszę żarła niewypowiedziana żałość i ból zawodu, że skręcił się prawie we dwoje na siedzeniu, trząsł się cały i syczącym, pełnym nienawiści i cierpienia głosem zawołał:

— Psiakrew!.. Trzoda filisterska!.. Świnie!.. — i splunął z taką pogardą i nienawiścią, jakby pluł w twarz całej ludzkości, całej przyrodzie.

Wolbórka 1896 r.
K O N I E C.

Also Available from JiaHu Books

Chłopy
Ziemia obiecana
Faraon
Bunt
Ludzie bezdomni
Wampir
Quo vadis?
Pan Taduesz
Zemsta
Kariera Nikosia Dyzmy
Na wzgórzu róż
Kariera Nikodema Dyzmy
Utwory wybrane – Maria Konopnicka
Osudy dobrého vojáka Švejka za světové války
Válka s molky
R.U.R.
Hordubal
Krakatit
Továrna na absolutno
Povětroň
Obyčejný život
Babička
Hiša Marije Pomočnice
Judita
Dundo Maroje
Suze sina razmetnoga
Az arany ember
Szigeti veszedelem

www.ingramcontent.com/pod-product-compliance
Lightning Source LLC
Chambersburg PA
CBHW020914200626
46814CB00001BA/339